U0141458

吉姆爺

一段軼事

Joseph Conrad

約瑟夫・康拉德　著

鄧鴻樹　譯

LORD JIM

A Tale

國家科學及技術委員會經典譯注計畫

┃ 目 錄 ┃

譯序

　　每個讀者心中都會有「那本書」。無論是不得不讀的課本，還是消磨時間的閒書，或是讀不下去的巨著，書架的角落總有一本捨不得丟的書。

　　「那本書」就這樣被擱著，成為光陰的足跡；隨著年歲漸長，變得愈來愈不起眼。直到某種因緣際會，往事閃過腦海，「那本書」不再模糊。你會突然看見過去的自己：「那本書」就在身旁，一直都在。

　　《吉姆爺》正是譯者的「那本書」。

　　本書翻譯期間正值全球疫情爆發，有段時間世界被迫安靜下來。譯者在此詭譎氣氛裡重讀《吉姆爺》，耳邊不斷響起的是作家殷切傾訴的肺腑之言。

　　譯者對這本小說特別有感。期盼「手工精製」的譯文能換得情感的浮水印，為讀者完好保藏原著不被消音的話語。

　　本書為國科會經典譯注計畫成果，得以順利出版，首先要感謝人文處推廣經典所做的努力。非常感謝聯經出版公司陳逸華副總編輯對本書初稿的肯定與支持，在此要特別感謝編輯部孟繁珍資深主編的精心編輯。

　　最後，希望本書能成為讀者放不下的「那本書」，在經典文學的世界有所領悟，如《吉姆爺》名言有云：“*usque ad finem*”。

鄧鴻樹

導論

　　1923年5月有位知名英國作家訪問紐約，下榻出版商道布戴爾（F. N. Doubleday, 1862–1934）座落於紐約市郊的豪宅。當地有位二十七歲青年作家慕名而來卻不得其門而入，於是借酒壯膽闖入豪宅鬧場，盼能引起偶像注意。無奈，青年作家很快就被攆出去，弄得敗興而歸。[1]隔年，那位知名英國小說家與世長辭，留給粉絲無限遺憾。青年作家雖無緣見偶像一面，兩年後發表名作《大亨小傳》（*The Great Gatsby,* 1925）發揚大師的寫作題材，開創現代小說嶄新局面。這位狂野文青就是美國爵士時期代表作家費茲傑羅（F. Scott Fitzgerald, 1896–1940），那位英國大作家就是現代文學傳奇人物康拉德（Joseph Conrad, 1857–1924）。

　　這件文壇趣事確切情節已不可考；可確定的是，康拉德是當時英美文壇公認的泰斗，作家中的作家。1923年4月7日《時代雜誌》首次以小說家作為封面人物，獲選的風雲人物正是康拉德。[2]

一、「無可救藥的唐吉軻德」

　　康拉德的生平充滿傳奇色彩。他是波蘭人，本名柯忍尼奧斯基（Józef Teodor Josef Konrad Korzeniowski），出生於帝俄統治下波蘭南部一個名叫別爾奇夫（Berdichev）的小城（現烏克蘭西北部）。當時波蘭因列強瓜分而處於亡國狀態。1861年，他父親因參與波蘭獨立運動被捕，歷經八個月監禁後雖逃過一死，卻讓全家面臨生不如死的放逐生活。1862年，五歲的小康拉德隨雙親被遣送到莫斯科東北離基輔一千多里遠的沃洛格達

1　Jeffrey Meyers, "Conrad's Influence on Modern Writers," *Twentieth Century Literature* Vol. 36, No.2 (1990), p. 189.

2　*Time*, April 7 (Vol. I No. 6), 1923.

（Vologda），開啟顛沛流離的苦難童年。

　　流亡生活與政治迫害重挫小康拉德一家人的身心健康，母子倆差點因肺炎客死異鄉。隔年，全家人因健康因素獲准前往基輔東北一百多公里的切爾尼契夫（Chernihiv）繼續流亡生活。輾轉流放徹底改變這家人的命運。短短六年內，小康拉德的母親與父親相繼死於肺癆。1869年，十二歲的康拉德成為名符其實的亂世孤兒。疾病與死亡陰影籠罩他的成長期。日後他飽受各種疑難雜症所苦，很可能肇因於孤苦童年所受的創傷。[1]

　　小康拉德在祖母與舅舅照顧下在家自學，時而投靠各地親戚並在不同寄宿學校短暫接受教育。1872年，十五歲的康拉德萌發成為海員的念頭。1873年，舅舅安排家庭教師帶他前往瑞士壯遊，希望能藉機勸他打消不切實際的想法。據康拉德回憶，那次旅遊是他人生唯一一次快樂出行。前往弗卡隘口（Furka Pass）途中，他在旅館初次遇見英國隧道工程師，對英國人留下深刻印象。康拉德在兩千五百公尺高的峰頂對家庭教師吐露追逐夢想的決心。年輕老師深受感動，在壯麗山景前對稚氣未脫的門生表示：「你真是無可救藥的唐吉軻德。」[2]

　　康拉德身為「異議分子」之子，很清楚人生道路充滿變數。1874年，十七歲的康拉德不顧親戚反對，決定前往法國馬賽成為船員。他遠離家鄉的抉擇開啟二十年以海為家的航海人生（1874–1893）。1878年，二十一歲的康拉德隨船首次踏上英國土地，隨後加入英國商船服務（British Merchant Service）。當時他所認識的英文「不超過六個字」。[3]

　　跑船期間，康拉德發揮驚人的語言天分學習英語，用第一份薪水購入精裝版《莎士比亞全集》；這本莎翁全集將陪伴他在海上出生入死。[4]他

1　有關以心理醫學檢視康拉德人生與作品，請見Martin Bock, *Joseph Conrad and the Psychological Medicine* (Texas: Texas Tech University Press, 2002).

2　比喻不切實際的理想主義者。Joseph Conrad, *A Personal Record: Some Reminiscences* (1912; London: Dent, 1923), p. 44.

3　Conrad, *Personal Record*, p. 122.

4　Conrad, *Personal Record*, pp. 72–73.

日後一派輕鬆回憶自學英語的過程:「1880年,我已讀完莎士比亞全部作品;隔年又重讀一遍。」[1]莎翁精練的語言不僅深深影響康拉德寫作,莎劇悲情成分與浪漫主題也反覆浮現於他日後作品。[2]

1886年,康拉德歸化英籍;同年,獲得英國帆船船長資格。當時他已嘗試用英文創作,寫下人生首篇短篇故事〈黑大副〉("The Black Mate")。那段期間正值蒸汽輪船興起、帆船航運沒落,帆船船員職缺大幅縮減,他經常被迫擔任降級職位才能謀生。1894年,康拉德人生方向再度急轉彎:他毅然決然辭去商船職務,回到岸上改行成為專職作家。那時他已完成首部小說《奧邁耶的痴夢》(Almayer's Folly)初稿。自學英語不到二十年便以「第二外語」從事創作(他的法語比英語流利[3]),英國文學史上至今無人能及。

康拉德號稱「七海遊俠」[4],曾親身造訪歐、亞、非、大洋等四大洲,將所見所聞化為寫作素材,是英國現代文學最具全球視野的作家。他是首位將婆羅洲、馬來半島等殖民異域介紹給英美讀者的小說家。身處殖民主義掛帥的世界,他以悲天憫人的角度記錄帝國邊陲的人性故事。他寫作的題材或許充滿異色,其主題卻極具普世性。他於自傳《私記》(A Personal Record, 1912)點出創作理念:他要成為「記錄內心的史學家」,藉由寫作探尋快樂與痛苦的源頭,因為「世務相貌值得歌頌與憐憫,更值得尊重。」家破人亡的成長過程讓他對人生別有頓悟:「認命——不是搞神

1　R. Mégroz, *Joseph Conrad's Mind and Method: A Study of Personality in Art* (London: Faber & Faber, 1931), p. 32.

2　有關康拉德作品隱藏的莎劇要素,請見Katherine Isobel Baxter, "Comedy and Romance: A New Look at Shakespeare and Conrad," in *Joseph Conrad and the Performing Arts*, ed. by Katherine Isobel Baxter, Richard J. Hand (London: Routledge, 2009), pp. 174–189.

3　康拉德十歲時已讀過法國文豪雨果全集。小康拉德不僅讀翻譯小說,也喜歡閱讀法語原文作品,請見Conrad, *Personal Record*, p. 70.

4　"Joseph Conrad: A Great Novelist to Visit the United States," *Time*, April 7 (Vol. 1, Issue 6), 1923, p. 15.

祕、也非置身事外，而是睜開雙眼、神智清楚、懷抱著愛的聽天由命——是我們所有情感裡唯一無從造假者。」[1]他的作品刻劃各式各樣不敵時代洪流的辛酸故事，同時也記錄了不同族群各種人物活下去的勇氣。

康拉德走上航海與寫作的雙重人生，離鄉近四十載終於在1914年再度踏上故鄉土地。或許因為連「聽天由命」的他也覺得背棄祖國的包袱異常沉重，他終其一生記錄異域的離散故事。他於自傳道出一句肺腑之言：「要解釋人性各種矛盾之間密切的依存關係，怎麼說也說不清：為何有時心中的愛會被迫以背叛的形態呈現。」[2]《吉姆爺》正是一部把人性矛盾說個明白的傳世巨作。

二、《吉姆爺》的經典地位與時代意義

《吉姆爺：一段軼事》（*Lord Jim: A Tale*, 1900）訴說一位淪落異域的英國水手如何忠於本性重拾個人榮譽的曲折故事。這部長篇小說以複雜的框架敘事手法探討失去榮譽的悲情、流離失所的無奈、國族認同的糾葛，是康拉德寫作生涯邁入巔峰之代表作。

有別於吉卜林（Rudyard Kipling, 1865–1936）等頌揚大英帝國的同期主流作家，康拉德並未寫下歌頌帝國的殖民小說，反倒質疑英式價值觀之黑暗矛盾。《吉姆爺》的要角在「公理」夾縫中力抗命運，體現另一種形式的的英雄主義。如敘事者馬羅指出，要說出吉姆的人生故事，就得突破道德圭臬的侷限：「真理戰勝一切……沒錯，只要時機容許的話。」（本書p.343）。在英式「體制與進步的法則」（p.358）主宰一切的世界，《吉姆爺》試圖「盡最大同情心尋求最貼切字眼」（p.73）以傳達現代人生之不可控。

2017年，哈佛大學歷史學者瑪雅・加薩諾夫（Maya Jasanoff）發表

1　以上引言請見Conrad, *Personal Record*, p. xix.

2　Conrad, *Personal Record*, p. 36.

《黎明的守望人》（*The Dawn Watch*），以傳記歷史角度探討康拉德如何早在百年前就已暗忖全球化必將引發的人生難題。加薩諾夫強調，康拉德以世界公民身分親身造訪全球化初期的邊疆異域，以文學手法捕捉異鄉漂泊與跨種族互動的複雜關係。康拉德作品透露一個沉重預言：歷史宿命無從解脫。[1]

　　《黎明的守望人》出版後隨即登上英美書市文史類暢銷書榜，並獲選為《紐約時報》年度好書；2018年，更榮獲坎迪爾歷史圖書獎（Cundill History Prize），顯示康拉德作品與人生依然值得二十一世紀讀者關注。本書〈前言〉特以《吉姆爺》關鍵詞「屬我族類」（"one of us"）作為標題，不僅彰顯《吉姆爺》的經典地位，亦凸顯《吉姆爺》持續發人省思之主因：世界公民難逃「屬我族類」的框架。「我族」的存在必須預先界定異質的「他族」。然而，「我們」與「他們」的差異難道會是必然？《吉姆爺》揭露的難題就是全球化世界建構普世價值的難題，有賴當代讀者持續思索以求解方。

　　在新舊世紀交替之際，《吉姆爺》探究存在的悲劇性、榮譽的意義、自我放逐等普世議題，揭開英國現代主義小說的序幕，對二十世紀現代文學發展有深遠影響。

　　1914年，英國作家李察・柯爾（Richard Curle）發表第一部康拉德專書《康拉德研究》（*Joseph Conrad: A Study*）。柯爾是康拉德晚年摯友，作家過世前兩天恰好登門拜訪。他負責打理作家後事，擔任遺囑共同執行人長達二十年，很了解康拉德的文學世界。柯爾表示，康拉德最廣為人知的身分就是「《吉姆爺》作者」：「不可否認，康拉德身為小說家的聲望主要是建立於《吉姆爺》」。如柯爾指出，本書必將成為家喻戶曉的作品，因為這是康拉德所有作品中「最強而有力、最可讀、爬梳最為細膩的

1　Maya Jasanoff, *The Dawn Watch: Joseph Conrad in a Global World* (New York: Penguin Books, 2017), p. 11.

佳作」。[1]

　　1924年8月3日康拉德逝世後，英國小說家吳爾芙（Virginia Woolf, 1882–1941）特於隔週《泰晤士報文學增刊》（*Times Literary Supplement*）發表訃聞，細數康拉德這名文學異客的成就。[2]吳爾芙不僅是當時重要藝文團體「布魯姆斯伯里派」（Bloomsbury Group）核心成員，亦是鼓吹新小說、宣揚女性意識的關鍵作家。她十分肯定《吉姆爺》等早期作品的文學價值：「無論時代與潮流如何改變，這些作品無疑已在我們的經典作品裡占有一席之地。」[3]這篇文章後來收錄於吳爾芙著名評論集《普通讀者》（*The Common Reader*, 1925），把康拉德納入英國經典作家行列，對確立《吉姆爺》的聲望功不可沒。

　　康拉德傳記學者傑弗瑞・梅耶斯（Jeffrey Meyers）指出，《吉姆爺》重拾失落榮譽的主題深深影響現代文學發展：海明威、福克納（William Faulkner, 1897–1962）等諾貝爾文學獎得主，皆深受康拉德影響。[4]海明威以《吉姆爺》箴言「屬我族類」形容《太陽依舊升起》（*The Sun Also Rises*, 1926）其中一位要角；摘冠之作《老人與海》重塑追尋個人榮光的康式主題。[5]海明威好友費茲傑羅顯然也深受康老啟發；費氏作品帶有歐洲色彩的浪漫寫實風格得自康拉德真傳。《大亨小傳》鏗鏘有聲的原文書名（*The Great Gatsby*）很可能源自《吉姆爺》第十九章外國人對吉姆的風

1　Richard Curle, *Joseph Conrad: A Study* (London: Kegan Paul, Trench, Trübner, 1914), p. 4, 35, 37.

2　Virginia Woolf, "Joseph *Conrad*", *Times Literary Supplement*, 14 August 1924.

3　Woolf, *The Common Reader: Frist Series* (1925; London: Harcourt Brace Jovanovich: 1953), pp. 225–6.

4　Jeffrey Meyers, "Conrad's Influence on Modern Writers," *Twentieth Century Literature*, Vol. 36, No. 2 (1990), pp. 186–206.

5　Meyers, p. 188.

評：「噱力過人」（"great gabasidy"）。[1]美國南方文學代表作家福克納每年都會重讀康拉德作品[2]；巨作《押沙龍，押沙龍！》（*Absalom, Absalom!*, 1936）表露《吉姆爺》劃時代的影響力。[3] 此外，獲頒諾貝爾文學獎的法國作家紀德（André Gide, 1869–1951）也深受康拉德影響。康拉德人生最後十年曾與紀德維持短暫卻密切的書信往來。紀德表示，他最喜愛的康拉德作品就是《吉姆爺》。[4]紀德長篇名作《梵蒂岡地窖》（*Les Caves du Vatican*, 1914）第五部特引用《吉姆爺》第二十章兩句名言作為卷首語。[5]

　　《吉姆爺》除影響英美現代小說成形，也是現代文學批評重要文本。1958年，美國學者亞柏特・傑拉德（Albert Guerard）發表《小說家康拉德》（*Conrad the Novelist*），成為二十世紀新生代文學批評的指標專書。全書共計八章，其中有長達兩章的專文深入評析《吉姆爺》。傑拉德認為《吉姆爺》不僅是「藝術小說、小說家的小說、評論家的小說」，更是「自《項狄傳》（*Tristram Shandy*, 1759）以來，英國首次出現的重要小說。」傑拉德以心理分析的角度檢視《吉姆爺》時代意義，推崇康拉德「對現代世界的毀滅暴力具有非凡體認」。[6]

1　有關《大亨小傳》與康拉德作品的密切關聯，請見Jessica Martell and Zackary Vernon, " 'Of Great Gabasidy': Joseph Conrad's *Lord Jim* and F. Scott Fitzgerald's *The Great Gatsby*," *Journal of Modern Literature* 38.3 (2015): 56-70. 另見Robert Emmet Long, "*The Great Gatsby* and the Tradition of Joseph Conrad," *Texas Studies in Literature and Language* Vol. 8, No. 3 (1966) , pp. 407-422.

2　Meyers, 190.

3　Stephen M. Ross, "Conrad's Influence on Faulkner's *Absalom, Absalom!*," *Studies in American Fiction*, Vol. 2, No. 2 (1974), pp. 199-209.

4　Ian Watt, *Conrad in the Nineteenth Century* (Berkeley: University of California Press, 1979), p. 355.

5　「解方只有一種！只有一個方法能讓我們不至於做自己治癒！」；「嚴格說來，問題所在並非要如何求解，而是要如何求生。」（本書p.248）。

6　Albert Guerard, *Conrad the Novelist* (Cambridge: Harvard University Press, 1958), pp. x–xi & 130.

　　以《東方主義》（*Orientalism*, 1978）開創後殖民主義文學批評的名家薩依德（Edward Said），與康拉德作品也有深厚淵源。他的《康拉德與自傳小說》（*Joseph Conrad and the Fiction of Autobiography,* 1966）是由博士論文改寫而成，顯示薩依德後殖民思維深受康拉德影響。[1] 薩依德晚年表示，他日後寫作的基石來自本身對康拉德作品的領悟，如同體會了音樂定旋律（*cantus firmus*）的根柢。[2] 評論集《世界、文本、與評論家》（*The World, the Text, and the Critic*, 1983）特以《吉姆爺》為例，剖析小說家如何開創嶄新敘事手法以挑戰不可言宣的主題。[3]

　　1981年，文學批評大師詹明信（Fredric Jameson）發表名作《政治潛意識》（*The Political Unconscious*），探討現代文學深層意識結構。本書為當代文學批評經典作，有高達三分之一篇幅詳論《吉姆爺》。詹明信指出，《吉姆爺》以近乎後現代的敘事策略產製文本再進行觀念解構，在言說層面壓抑高尚與雅俗兩種矛盾共存的文化。[4]《政治潛意識》成為後現代主義有關「物化」（reification）的代表論述，印證《吉姆爺》為當代文學批評不可忽視的重要文本。

　　1988年，英國學者約翰‧拜奇樂（John Batchelor）發表首部《吉姆爺》專書，剖析康拉德這本巨作奠基於《哈姆雷特》的文學傳統。[5] 1992年，美國學者羅斯‧莫爾芬（Ross Murfin）發表《吉姆爺：追尋真相》（*Lord Jim: After the Truth*），論證這部小說的價值在於刻劃追求真相之

1　Edward Said, *Joseph Conrad and the Fiction of Autobiography* (1966; New York: Columbia University Press, 2008).

2　Edward Said, *Reflections on Exile and Other Literary and Cultural Essays* (London: Granta, 2001), p. 555.

3　Edward Said, *The World, the Text, and the Critic* (Cambridge: Harvard University Press, 1983), p. 105.

4　Fredric Jameson, *The Political Unconscious: Narrative as a Socially Symbolic Act* (Ithaca: Cornell University Press, 1981), pp. 206-280.

5　John Batchelor, *Lord Jim* (London: Unwin Hyman, 1988).

挫敗過程。[1]尤其對身處「後真相」（post-truth）的當代讀者而言，《吉姆爺》獨具時代意義。

　　美國國家人文學中心前主任傑佛瑞・哈爾芬（Geoffrey Galt Harpham）於1996年發表《屬我族類：康拉德的精湛技藝》（*One of Us: The Mastery of Joseph Conrad*），力陳康拉德寫作成就。[2]全書以《吉姆爺》關鍵詞作為論述主旨，再度印證這部小說與當代世界的緊密連結。2007年，英國學者史戴波（J. H. Stape）發表康拉德新傳記《康拉德的多重人生》（*The Several Lives of Joseph Conrad*）[3]，特別引用《吉姆爺》第十六章名句作為卷首語[4]，並以關鍵詞「屬我族類」作為結語，充分證明《吉姆爺》歷久不衰的經典地位。

三、「為同類世系立下楷模」

　　《吉姆爺》故事主軸帶有濃厚的成長小說（Bildungsroman）色彩。吉姆從小喜歡閱讀冒險小說，很崇拜書本描述的航海英雄。他立志長大後要「到熱帶海岸對付蠻人、在公海收服叛艦、在汪洋中的小船替絕望的船員鼓舞士氣——永遠會是盡忠職守的楷模，就像書本裡的英雄那般堅忍無畏」（p.77）。

　　吉姆完成海員培訓後隨即展開跑船生活，經常「自我陶醉於幻想中的功成名就」（p.89）。他年紀輕輕就當上大副；然而，「大海的實情並非如想像那樣顯而易見」：「偶然間才能於事實的表象瞥見一股不祥的強橫意圖——某種強加於人心、無法形容的東西」（p.81）。後來，來自

1　Ross Murfin, *Lord Jim: After the Truth* (New York: Twayane Publishers, 1992), p. 114.

2　Geoffrey Galt Harpham, *One of Us: The Mastery of Joseph Conrad* (Chicago: University of Chicago Press, 1996).

3　J. H. Stape, *The Several Lives of Joseph Conrad* (New York: Pantheon Books, 2007).

4　「似乎孤獨是生命存在不容質疑的絕對前提」完整長句（本書p.220）。

大海的這股殘酷勢力終於找上門來，「打算要從他心中扯出希望和恐懼」（p.81），對他展開「可恥的試煉」（p.160）。這段經歷營造了《吉姆爺》前二十章的情節發展。

試煉的導火線是一樁離奇的船難事件。吉姆在一艘老舊的蒸汽輪找到差事，負責運送穆斯林前往聖地朝聖。某夜，輪船行駛途中與不明物體發生碰撞，船身破裂進水。船長認為輪船即將沉沒，決定與高階船員私下棄船逃生。危急時刻偏逢海上風暴來襲，原本打算疏散乘客的吉姆慌亂間也倉皇跳船，與船長一行人乘小艇逃命。

沒想到輪船並未沉沒；乘客隨船漂流，被路過船隻救起後安然返港。這起烏龍事件成為船業醜聞。海事調查庭速審速判，船長等人棄職罪成立，執照全被吊銷。吉姆不僅當不成海上英雄，反而身敗名裂受困陸地，淪為「被大海放逐的船員」（p.76）。吉姆該如何扭轉失去榮譽的噩夢人生？敘事者馬羅徹夜說出吉姆不為人知的故事。

吉姆與同儕最大不同在於堅信命運得以扭轉。他不願畏罪潛逃，認為「正確的做法是力撐到底——獨自面對——等待翻身機會」（p.182）。這位落難水手的特質深深吸引老船長馬羅的目光：

> 我眼前浮現他那雙帶著孩子氣直視著我的藍眼，臉龐稚嫩、肩膀強健、金卷髮下的古銅高額有道白額頭紋，這幅畫面令我心生同情：他的神情竟如此坦率，笑容竟如此天真，一本正經的模樣竟如此青春。他是符合期望的那種類型；他屬我族類。（p.135）

吉姆的職業操守雖有瑕疵，卻自始至終表露「對某種行為準則的忠貞不渝」（p.113）。老船長在吉姆身上看見英國海員應有的群體認同：

> 他站在那裡，為同類世系立下楷模，代表一群男男女女，雖然毫不聰明有趣，立身處世卻秉持誠心正意與勇敢天性。我不是在說

武人之勇，也不是文人之勇或其他特殊類別的勇氣。我指的只是勇於直接面對誘惑的那種天賦——一種嚴正以待的能耐，雖極為膚淺，卻絕非裝模作樣——一種抗拒的能力，你們知道嗎，可謂莽撞，倒也千金難求——以不假思索、與生俱來的堅忍面對外在與內在的恐懼，面對大自然威力與人心誘人的腐化——這種天賦要靠信念支持，事實再怎麼有力都無法擊垮、他人榜樣再怎麼好也不受感染、世人想法再怎麼強也不為所動。（p.108）

所謂「同類世系」正是自英國海洋作家馬里亞特（Frederick Marryat, 1792–1848）以來，通俗冒險小說所刻劃「同行一條心」（p.181）的英國海員。這個群體英勇無畏，「走在文明前線，深入大海黑暗之地」（p.83），是吉姆從小崇拜的典範。

「同類世系」的價值觀清楚體現於海事陪審員布萊利船長的作為。他主張每位海員都應自我鞭策，盡力「成為應當成為的人」（p.127）。布萊利義正辭嚴對馬羅表達自己對帕德納號事件的看法：

我們在專業上應當要有規矩，不然我們就會像一群到處流浪的劣等工人。我們深獲信任。你懂嗎？——深獲信任！坦白講，我毫不在乎來自亞洲的朝聖客；不過，有規矩的人不會那樣對待滿艙滿室受難的窮人。我們並非有組織的一群，能凝聚我們的只有一件事：以遵守那種規矩之名。（p.128）

吉姆的案子促使布萊利反求諸己，調查庭結案後不久這位模範船長就跳海自殺。布萊利執著於完美無瑕的行為準則，一輩子「幾乎騙倒自己，以為他的人生得以倖免於該有的恐怖」（p.125）。如馬羅觀察，布萊利缺乏克服人性弱點的「抗拒能力」：「他或許在默默自我審問。他對自己做出的

裁定想必是百分之百有罪」（p.121）。

　　有別於布萊利的自我逃避，吉姆勇於面對人生「該有的恐怖」：「某種匿影藏形之物，潛伏於深處左右一切的毀滅之靈，如同令人作嘔的軀體包覆的惡毒心魔」（p.97）。吉姆雖然慘遭被「世系」除名的懲罰，卻「甘願露出破綻；他情願給人捉把柄」（p.139），自始自終盼望能被同行認可，好比「一位苦苦哀求歸隊以盡微薄之力的落隊者」（p.259）。大海「可恥的試煉」觸動吉姆身為「同類世系」不為人知的一面，如馬羅指出：

　　我能推測他或多或少被自己的發現嚇到了──他的自我發現──而且，那段期間想必他整天絞盡腦汁，試圖將這個發現解釋給唯一能理解他的那個人：只有此人才能體認他的發現事關重大。你們要知道，不管他自我發現了什麼，他無意要貶低其重要性。有關這點我非常確定；正因如此，他與眾不同。　（p.138）

　　「唯一能理解他的那個人」正是吉姆自己：他勇於自我審視，懷抱信念力抗「心魔」，老船長馬羅不禁對這位勇往直前的青年海員感到一股「同袍情誼」與「強烈的寬宏情感」（p.180）。吉姆的成敗事關「人生確切的本質到底為何」（p.148）：「好像他是同類的先鋒，彷彿所涉及的真相隱晦難懂卻茲事體大，足以影響人類看待自我的概念」（p.149）。於是，老船長想盡辦法助吉姆一臂之力走出困境。

四、「逐夢，一再逐夢」

　　馬羅動用人脈在東南亞各大港介紹工作給吉姆，替這位青年打造「人生美夢的虛幻城堡」（p.228）。然而，吉姆仍無法擺脫帕德納號醜聞的陰影：「他往太陽的方向全身而退，那件事也無可避免緊追在後。於是

這些年來，他陸續現身於許多地方：孟買、加爾各答、檳城、巴達維亞等地」（p.76）。後來，吉姆「再也無處可躲，只好永遠離開海港與白人，走入原始森林」（p.76）。

起初，馬羅對吉姆東山再起很有把握：「他的時代將會降臨：我會見證他受人愛戴、信賴、景仰，英勇無畏的傳奇聲望將會與他的名字結合為一」（p.217）。不過，洗刷吉姆汙名的機會遲遲不來，馬羅決定先找地方讓吉姆「隱遁」（p.213）以等待翻身機會。馬羅有套獨到說法：「幸福——該怎麼說呢？——是要從打遍天下的金杯一飲而盡才會有的感覺：只有自己才能品嘗個中滋味——獨自一人」（p.217）。

吉姆被迫遠離「同類世系」才能持續效忠於群體。此宿命令馬羅感慨萬千：「說也奇怪，他那種宿命：讓本身所有作為染上逃離之風，所有舉止都是一時衝動、不假思索的離棄——一頭栽進未知世界」（p.263）。吉姆如何前往「未知世界」追尋人生「金杯」成為馬羅口述故事最富哲理的環節。

提供吉姆翻身機會的關鍵人物為馬羅的老友史坦。這名德裔老翁在東南亞闖蕩多年，與部落貴族通婚，身兼說客、貿易商、業餘自然學家等多重身分。史坦長年深入白人殖民勢力難達的邊陲地帶，靠農產品買賣與搜集昆蟲標本致富。

史坦願意出手相挺的主因，在於他從蝴蝶標本悟出存在的意義。他認為生命本質超越死亡，賦予我們「某種難逃一死卻又不畏滅絕之物，正如眼前那片脆弱的蝴蝶組織，雖然了無生機，依舊展現不受死亡玷汙的璀璨」（p.244）。史坦從《哈姆雷特》名言（「要活或不要活」）悟出人生真諦：關鍵在於「該如何活下去」（p.248）。史坦指出，存在本身即為人生意義；因此，「問題所在並非要如何求解，而是要如何求生」（p.248）。人生而在世注定要「往毀滅元素沒入」（p.250），不斷追尋難以成真的美夢：「那就是解決之道。逐夢，一再逐夢」（p.250）。

史坦的人生觀肯定存在的價值，可謂積極的宿命論，促使馬羅以全新觀點體認吉姆的心境：「我能感受一股確確實實、無可抗拒的生存

力量！」（p.251）。如馬羅點出，「世上最浪漫之人」（p.251）莫過於史坦。史坦提供吉姆一個工作機會，前往一個名叫巴度山的偏鄉擔任代理商，以務實方式實踐英雄夢。這份工作能否讓吉姆繼續忠於「同類世系」？能否讓他如願「重新做人」（p.225）？苦尋翻身機運的吉姆欣然接下這份工作，自願遠赴異域成為「荒野隱士」（p.265）一探究竟。

五、「暗黑不祥的浪漫英雄國度」

史坦商行獲得荷蘭東印度公司「特許」（p.262），深入巴度山地區買賣橡膠、蜂蠟、胡椒等農特產，享有掌控「火藥庫存」（p.379）特權。吉姆繼承專賣成為貿易代理人，新職務具有非正式官方色彩。

巴度山是「當地自治王國的一個偏遠行政區」（p.255），位於原始叢林阻隔的內陸，「該地平原、山谷、老樹、古老居民皆與世隔絕、被世人遺忘」（p.261）。所謂「與世隔絕」的說法，顯然是當時歐洲人對「未開發」區域的刻板印象。該地早年因「胡椒熱」（p.261）飽受歐洲冒險家的覬覦，至今仍潛藏可觀的經濟資源。吉姆反轉人生的新環境其實並非「荒野」，新身分也絕非「隱士」：

> 面對他的是歸然不動的森林，在土裡深根固柢、陽光中拔地參天、無形中受到世代相傳的庇蔭而永垂不朽——這幅畫面就像人生。他的人生機會有如東方新娘，戴著面紗坐在他身旁，有待主人伸手揭起蓋頭。他也是一個無形中蒙受偉大傳統庇蔭的繼承人。（p.276）

吉姆前往巴度山的主因並非經商，而是試圖重新做人以實踐英雄美夢：「進入那片大地，注定在那裡遠播他的德行，上至內陸藍色山峰、下至沿海白色碎浪都將洋溢他的聲名」（p.276）。

　　然而，馬羅在巴度山看不出傳說中英雄的功成名就，反而感受到忐忑不安的氛圍：「一股陰沉慘澹氣氛籠罩著這片廣漠單調的風景；光線灑下好像落入萬丈深淵。大地吞噬了陽光」（p.293）：

> 我跟他一起在那邊，頂著陽光在他開創歷史的那座峰頂上。他俯瞰那片森林、俗世陰靈、古老人類。他就如同安置在檯座上的雕像，以永駐青春代表了從陰靈裡現身之不老民族的力量與其——或許吧——美德。我不清楚他對我而言為何總是具有象徵性。或許正因如此，我才會對他的命運大感興趣。（p.293）

　　《吉姆爺》後半部「英雄故事」（p.261）的場景融合浪漫傳奇（romance）與寫實主義的風格，為康拉德馬來小說最具代表性的場景設計。從早期《奧邁耶的痴夢》（*Almayer's Folly*, 1895）、《海隅逐客》（*An Outcast of the Islands*, 1896）乃至晚期《勝利》（*Victory*, 1915）、《拯救》（*The Rescue*, 1920）等作品，皆顯露一貫浪漫的寫實風格。

　　康拉德同期作家毛姆（W. Somerset Maugham, 1874–1965）曾藉一篇短篇故事〈尼爾·麥亞當〉（"Neil MacAdam," 1933）表露當時讀者對於康式風格的看法。主角尼爾來到婆羅洲一處自然博物館擔任助手，與館長夫婦聊天時提起本身是康拉德書迷，很嚮往馬來小說描繪的世界。沒想到館長夫人毫不欣賞康拉德，認為其作品不夠寫實。可是，館長對康拉德則有完全不同的評價：

> 他描述的婆羅洲並非我們所認識的婆羅洲。他所見到的景物是從商船甲板觀察而來的；就他所看到的事物而言，他不是敏銳的觀察者。可是，這有差嗎？我搞不懂小說為何非得要受制於事實。能打造心靈上暗黑不祥的浪漫英雄國度：我覺得這項成就不是一

件小事。[1]

　　康拉德身為小說家的創作意圖，有別於以紀實為主的遊記作家或人類學家。如《吉姆爺》卷首語揭示，小說家需藉想像力讓讀者「信以為真」。康拉德特於自傳《私記》重提此創作理念：「小說不正是深信他人與我們同樣確切存在——深信不疑以致能讓我們透過想像的形式刻劃人生：所得相貌遠比現實還逼真，其斷面之真實性會令歷史紀錄自愧不如。」[2]

　　1916年英國作家休‧沃波爾（Hugh Walpole, 1884–1941）對康拉德的創作特質有以下評論：「從一開始他就表露自己擁有詩人——或謂浪漫——的心思，他下定決心要以寫實方式處理浪漫傳奇，顯示他決定要在眾人真誠的目光前敞開自己的浪漫之心。」[3]寫實主義奠基於理性觀察，浪漫傳奇則透過想像力以探究人生；康拉德的作品藉由獨到的描寫融合兩者長處，既寫實又浪漫，創造出獨樹一格的作品。[4]

　　英國殖民官員兼小說家休‧克里夫（Hugh Clifford, 1866–1941）曾批評康拉德「完全不懂馬來人的文化習俗」。[5]克里夫擔任馬來殖民政府要職多年（1883–1902），曾任彭亨（Pahang）總督，發表許多有關馬來半島的遊記與小說，為當時文壇公認的馬來文化權威。康拉德很清楚會有讀者以紀實文學的標準衡量他的作品，他坦然表示：「我其實對於馬來風土民

1　W. Somerset Maugham, "Neil MacAdam," in *Ah King* (1933; London: William Heinemann, 1936), p. 272.

2　Conrad, *Personal Record*, p. 15.

3　Hugh Walpole, *Joseph Conrad* (New York: Henry Holt and Company, 1916), p. 101.

4　Walpole, p. 98; pp. 96–198.

5　Robert Hampson, *Cross-Cultural Encounters in Joseph Conrad's Malay Fictions* (Basingstoke: Palgrave, 2000), p. 72.

情一無所知。」[1]康拉德對出版商強調：「我從來無意充當馬來西亞的權威」；他認為克里夫那種如民族誌般的作品犧牲了小說應有的藝術性。[2]

1899年10月《吉姆爺》連載當月，恰逢克里夫出版馬來故事集《亞洲一隅》[3]。因同一家出版社曾出版康拉德前兩部馬來小說，康拉德特地致函克里夫表達賀意。信中，康拉德忍不住抱怨：「你對想像空間的營造做得不夠多」。康拉德認為克里夫描寫工夫不足，太過拘泥於表象；他提出建議：「要讓讀者自由發揮想像力以激發情感」。[4]讀者不禁想到《吉姆爺》敘事者馬羅的觀察——吉姆的特質正是想像力：「他不想讓我忘記他是想像力豐富的人」（p.258）。馬羅更近一步強調：「看在他所感受到的情感分上，他值得關注」（p.257）。

康拉德擔任維達號（the *Viddar*）大副期間（1887年8月至1888年1月），一共跑了四趟婆羅洲航線，深入東加里曼丹東北部貝勞河（Sungai Berau）流域。[5]因職務在身，加上靠港時間有限，他其實並無機會上岸探索當地風土民情。但是，他與船上馬來、華人船員朝夕相處，在河口貿易站認識許多不同族裔的當地人士。旅程的短暫見聞令他眼界大開，成為日後創作馬來小說的素材。很可能就是在這段期間，他聽當地人士提及七年前吉達號（the *Jeddah*）的船難事件，成為《吉姆爺》帕德納號故事發展的

1　Conrad, *Personal Record*, p. iv.

2　Hampson, *Cross-Cultural Encounters*, pp. 72–73.

3　Hugh Clifford, *In a Corner of Asia: Being Tales and Impressions of Men and Things in the Malay Peninsula* (London: T. Fisher Unwin), 1899.

4　〈康拉德致克里夫信〉，1899年10月9日，*The Selected Letters of Joseph Conrad*, ed. by Laurence Davies (Cambridge: Cambridge University Press, 2015), p. 124. 下文引用康拉德書信若無特別標注皆出自本書。

5　Norman Sherry, *Conrad's Eastern World* (1966; Cambridge: Cambridge University Press, 2005), pp. 119–138. Ian Burnet, *Joseph Conrad's Eastern Voyages* (Milsons Point: Alfred Street Press, 2021), pp. 83–109.

重要靈感。[1]

　　船員康拉德對「新環境的感受力」（p.135）有別於《吉姆爺》嘲諷的走馬看花「環球旅行者」（p.142）。跟馬羅一樣，康拉德也想「理解無從想像之事」（p.148），皆試圖看穿表象以探究殖民異域各式人物的內心世界。馬羅無法苟同海事調查庭的做法：「他們只要事實。事實！他們要求他說出事實，好像事實能說明一切！」（p.95）。這句感言暗示《吉姆爺》作者與敘事者皆有意捕捉紀實文學無法記錄的另一面向。

　　不過，就當時殖民背景觀之，吉姆這位「白爺」（p.298）在巴度山的大業極具歷史寫實性。吉姆扶弱濟貧，「以冷靜果決的口氣闡釋經文教誨：不應阻擋任何人正正當當替自己與小孩獲取食物」（p.282）。吉姆在當地解放「奴隸」（p.337）、拯救「難民」（p.379），把居民的苦難「當成自個兒的事」（p.355）。吉姆以武力統一巴度山，發揮「打勝仗的道德效益」（p.297）。康拉德塑造吉姆的原型並非憑空想像，而是來自十九世紀中葉統治砂勞越的英籍「白王」（the White Rajah, 1842-1868）布魯克（James Brooke, 1803-1868））。[2]

　　布魯克在婆羅洲一帶剿除「海盜」勢力、促進「無私」的殖民貿易、宣揚講求公理正義的統治手段。如當時負責「剿匪」的英籍艦長指出，布魯克在該區徹底發揮「祖國的道德與實質力量」處理少數民族的問題、「堅決抵制馬來人對當地原住民的極權統治」，為英式殖民統治立下「最

1　1880年8月，蒸汽輪吉達號從新加坡滿載穆斯林前往參加，途中機械故障導致船長率船員私下棄船逃生，登上當時東方海運界頭條新聞。1923年9月，馬來殖民地前總督瑞天咸（Frank Swettenham）投書《泰晤士報文學增刊》，首次指出《吉姆爺》帕德納號事件可能改編自吉達號事件。詳見Norman Sherry, *Conrad's Eastern World* (Cambridge: Cambridge University Press, 1966), pp. 41–86.

2　康拉德為重現馬來半島與婆羅洲的風土民情，大量閱讀布魯克日記與英軍追剿海盜的史料。詳見Sherry, *Conrad's Eastern World*, pp. 139–170.

為適切、最為無私、最為人道」的楷模。[1]吉姆的歷史原型在馬羅的浪漫刻劃下化為巴度山傳奇:「彷彿他已成為那些超凡入聖的人物」(p.299)。「那些」留名青史的殖民英雄顯然包括打遍婆羅洲的布魯克。

吉姆的大業不僅「政治正確」,貿易行為也是如此。如馬羅點出,吉姆「打算在那裡開墾咖啡園」:「他總是在進行許多嘗試;我很佩服他的精力、事業心、精明能幹。當時,全世界沒有任何東西能比他的計畫、幹勁、熱忱來得真實」(p.344)。咖啡樹並非當地原生植物,十七世紀由荷蘭東印度公司引入爪哇與蘇門答臘才成為重要輸出品。馬來群島於1870年代由英人引入咖啡。蘇門答臘曼特寧咖啡(Mandheling)產於中高海拔地區,為世界知名之特級咖啡。[2]巴度山統治者以咖啡款待吉姆與馬羅,顯示當地居民很清楚咖啡的經濟價值。此細節顯示,吉姆有賴外界殖民體系的庇護才得以在巴度山獨飲幸福「金杯」。

另一方面,若以敘事層面觀之,吉姆的大業依循前輩開創的先例。如馬羅指出,史坦可為吉姆現實生活的楷模,因為這位歷經滄桑的老翁「已發現要以堅定不移的腳步跟隨命運,也明瞭卑微環境能開創人生,帶來無盡熱忱與源源不絕的友誼、愛情、戰爭──具有浪漫傳奇所有崇高要素」(p.252)。對過著「逐夢」人生的史坦與吉姆而言,巴度山這個「失落之地、遺忘之境、未知之國」(p.346)成為打造英雄傳奇的最佳試煉場。因此,馬羅傾注全力試圖說清楚「那裡有許多抱負、恐懼、憎恨、希望」(p.351);所在乎的是吉姆能否在殖民邊陲複製「同類世系」的成就。

馬羅用心良苦把吉姆送入遠離「同類」的邊疆;儘管如此,「同類世系」的準則仍是衡量吉姆成敗的指標。吉姆迫於現實所選擇的「隱遁」實為精神上之真情「回歸」。他的命運再度面臨意想不到的變化:

---

1 Henry Keppel, *The Expedition to Borneo of H.M.S. Dido for the Suppression of Piracy* (London: Chapman and Hall, 1846), pp. 224–229.

2 M. R. Fernando, "Coffee Cultivation in Java, 1830–1917," in *The Global Coffee Economy in Africa, Asia, and Latin America, 1500–1989*, eds. by W. Clarence-Smith, & S. Topik (Cambridge: Cambridge University Press, 2003). pp. 157–172.

他所有征服——信任、聲望、友誼、愛——所有他虜獲的這些事物讓他成爲主人，卻也把他變爲俘虜。他以擁有者的眼神注視著寧靜祥和的夜晚、那條大河、房舍、森林天長地久的生命、古老民族世代相傳的生活、大地蘊藏的祕密、他心中的自傲；可是，這些事物才是擁有他的主人，把他深深虜獲給最私密的心思、隱隱作動的情感、他嚥下的最後一口氣。（p.279）

此「暗黑不祥的浪漫英雄國度」扭轉「白爺」的歷史原型，揭露殖民異域潛藏的反撲勢力——能顛覆「同類世系」的致命吸引力。在馬羅西方視野的窺探下，吉姆的人生故事成為「屬我族類」的警寓：「如同美那般游移不定的真理，難以捉摸、令人費解，若隱若現隱沒於寧靜無聲的神祕之海」（p.252）。

六、「質疑不變的行為準則所尊崇的至尊力量」

康拉德曾說：「我的讀者都知道我有個信念：我堅信這個世界——俗世——是奠基於幾個頗為單純的想法；這些想法是如此單純，想必就跟山丘那般古老。其中一項尤其不可或缺，那就是：忠貞（Fidelity）。」[1]他更進一步指出：「對特定傳統的忠貞能挺過毫不相干的人生遞變；不同的人生能依循內心的莫名衝動，各自對共同傳統忠貞不渝」；因此，「不應輕率指控他人不忠不義。」[2]

這段話透露康拉德身為移民作家的肺腑之言。他的寫作生涯飽受波蘭文人批評，被指控「背棄」祖國。1903年，正值康拉德成名之際，他對一位波蘭作家解釋道：「無論在海上或在陸地，我的觀點可謂英式；但請勿就此推論我已成為英國人。實情並非如此。以我本身的例子而言，所謂

---

1 Conrad, *Personal Record*, p. xix.

2 Conrad, *Personal Record*, pp. 35–36.

Homo duplex（雙面人）並非只有一種意涵。」[1]康拉德的特殊成長經歷，加上航海生活帶來的多元文化刺激，皆促使他比同期作家更能跳脫國族框架以反思「忠貞」與「傳統」的本質。

　　1904年，《吉姆爺》首部波蘭文譯本問世，在波蘭引發熱烈討論。可是，祖國讀者對康拉德的成就並無共識。歸化英國國籍的他是否「屬我族類」？不用母語寫作的這位海外「同胞」仍否忠於祖國傳統？此爭議在波蘭文壇持續延燒整個二十世紀懸而未決[2]；2007年，波蘭教育單位重審學校課綱時，甚至考慮是否應將康拉德作品從規定書單剔除。[3]小說主角不被自家人認可的困境搬上現實舞台，康拉德若天上有知，心底的不平可想而知。

　　康拉德寫道：「在與我同齡的同胞與家族裡，我相信我真的是唯一個案：選擇縱身一跳，如立定跳遠般，跳出自身種族背景與族群關係。」[4]就象徵層面而言，吉姆也是藉由「縱身一跳」走上離鄉之路，「一頭栽進未知世界」（p.263）與宿命抗衡。《吉姆爺》是自幼無國無家的康拉德對宿命所做最深切的省思。吉姆以為人生能從頭再來，此天真想法令馬羅不勝唏噓：「重新做人，他如是說？彷彿人之初的巨岩上並非早已用無可磨滅的字句銘刻了我們的命運」（p.225）。

　　康拉德曾對哲學家朋友羅素表示：「我在任何書或任何人的話裡都找不到一點值得信服的事物，能暫時動搖我篤信的宿命論。」[5]青年康拉德當年之所以會在兵荒馬亂之中選擇離鄉跑船，涉及太多不可掌控的外緣政治因素。《吉姆爺》清楚揭示顛沛流離的困境：身陷離散命運的「小我」

1　〈康拉德致Kazimierz Waliszewski信〉，1903年12月5日，*Selected Letters*, p. 172.

2　詳見Joanna, Skolik, "Conrad Under Polish Eyes, or: Is Conrad Still 'One of Us'?," *Yearbook of Conrad Studies*, Vol. 10 (2015), pp. 193–209.

3　Skolik, p. 5

4　Conrad, *Personal Record*, p. 121.

5　〈康拉德致羅素信〉，1922年10月23日，*Selected Letters*, p. 456.

要如何在異鄉對故土的「大我」持續效忠？吉姆與馬羅最後一次別離時說道：「我將永遠忠誠」（p.354）；馬羅則有感而發：「他很浪漫，卻依然真誠。誰知道他在西方餘暉裡看見了什麼形體、何種幻影、哪些臉龐、何等寬恕！」（p.354）馬羅感到無限哀傷，因為他已看出一旦「掉隊」（p.258），在異鄉要持續效忠於原本「團隊」（p.358）是困難重重的。

　　如馬羅強調，「同類世系」的傳承要靠所有「屬我族類」成員「對某種行為準則的忠貞不渝」（p.113）。他更近一步指出，此信念與家鄉密不可分：一個人「必須要有土地才能落地生根，才能汲取信念得以過活」（p.257）。群體規範之所以無可動搖，是因為每位成員都同根同源，皆臣服於來自故鄉的「大地之靈」（p.256）。然而，吉姆的戰友丹瓦歷斯「有一個歐化的心」（p.291）；吉姆在巴度山發現「他族」的道德情操與「我族」行為準則如出一轍。吉姆選擇到異地「歸鄉」（p.361），在異地突破種族文化的限制效忠於新故鄉的「大地之靈」：「這證明他擁有某種忠誠，在自己眼裡能讓他與那些完美無瑕、絕不脫隊的人平起平坐」（p.405）。

　　吉姆在巴度山領導居民抵抗外侮，「成為賦有神力的傳說人物」（p.295），改頭換面重拾榮耀的過程如同羅曼史般具有傳奇色彩，其成就——「征服愛情、榮譽、外人的信任」——「都是英雄故事的適切題材」（p.261）。吉姆證明離散可為回歸；「屬我族類」的價值觀有跨文化的潛質，不僅能夠跨域，還可越界。然而，吉姆投身異族，並未「在團隊裡奮鬥」（p.358）。這位「落隊者」（p.259）的成就是否「算數」（p.358）？

　　吉姆力挽狂瀾的人生充滿矛盾，馬羅自始至終不知該如何解釋：

如今我很清楚當初在妄想不可能實現的事——想要袪除凡人所能想出最頑強的心魔、想要解除忐忑不安的疑慮——如湧現的迷霧、如暗中惱人的惡蟲，比明知難逃一死更令人不寒而慄：想要

　　質疑不變的行為準則所尊崇的至尊力量。（p.113）

馬羅點出論斷吉姆功過的最大難處：「問題是，他到最後是否承認皈依的信念遠勝於體制與進步的法則」（p.358）。吉姆是否「相信種族上屬於我們的觀念蘊含真理，並以其之名建立體制，讓進步合乎倫理的道德規範」（p.362）？馬羅的口述並未解答這個疑問。後來，他寫信給一名歸鄉友人，把結局透露給這名「有幸人士」（p.357）。馬羅的筆述成為《吉姆爺》最後十章，以吉姆喜愛的冒險小說風格「用他自己的話說出自己的故事」（p.362）。

七、「一位沒沒無聞的征服者」

　　吉姆在巴度山能憑一己之「種族威望」（p.379）打下江山，實有賴英、荷等歐洲國家長年來在該區「拓荒」。馬來亞與印尼諸島盛產黑胡椒，十七世紀歐洲興起「胡椒熱」（p.261），東南亞成為歐洲殖民版圖富含經濟價值的熱區。[1]巴度山早年盛產胡椒，吸引許多歐洲冒險家前去開拓市場。若以歷史角度衡量吉姆的冒險夢想，這名「落隊者」（p.259）其實是不折不扣的「後繼者」（p.261）。

　　由此觀之，吉姆與其他歐洲冒險家並無不同，皆「已成天命的工具；投身未知世界只為遵從內心聲音、聽命血脈悸動、臣服於未竟夢想」（p.261）。吉姆「勇往直前投身於逞英雄的虛幻國度。他無暇懊惱有所失；他天生只在乎有所不可得」（p.140）。吉姆「重新做人」（p.225）雖狀似「退隱」（p.399）至「蠻荒」之地，實際上是緊隨「同類世系」的腳步「深入核心」（p.140）。

　　然而，吉姆這位後起之秀為非典型，因他不是為了「換得回流財富」

1　Kenneth Hall, "The Opening of the Malay World to European Trade in the Sixteen Century," *Journal of the Malaysian Branch of the Royal Asiatic Society*, Vol. 58, No. 2 (1985), pp. 85–106.

（p.261）才遠赴異域，而是試圖追尋「永恆不變的救贖真理」（p.274）。因此，馬羅口述與筆述的態度皆暗示道德哲學所謂「雙重效應原則」（the principle of double effect）——要評價一個人的行為後果，應考量其行事意圖。例如，馬羅指出吉姆在巴度山「意識到自己擁有某種力量——維持和平的力量」（p.290）。馬羅唯恐自家人會誤以為吉姆是霸道的冒險家，特加重語氣補充說明：「唯有由此觀之，力量通常才**會是**正義」（p.290）。言下之意，吉姆有別於查斯特那種投機的「尋寶弟兄」（p.212）；吉姆不會只顧「穩賺的大好機會」（p.212），也不會背棄道德想當「苦力隊裡至高無上的主子」（p.211），更不會淪為布朗、阿里謝里夫等類的嗜血盜匪。

歐洲人前往邊疆「草創之初」（p.254），把「提升道德」作為「增加獲利」（p.254）的藉口。然而，吉姆有別於典型的殖民者，他在異域力抗「文明講求功利的謊言」（p.309），拒絕成為殖民主義的樣板英雄。無奈，「世界再大也無處可躲」（p.234）。吉姆儘管「落隊」，仍與「團隊」裡的其他成員一樣，都躲不開「帝國交通」網絡與「帝國屯墾」情操。[1]吉姆須與史坦「保持密切聯絡」（p.379），才得以「獲得荷蘭政府特許授權」（p.379）進口火藥至巴度山，成為該區唯一「擁有火藥庫存」（p.379）維持區域和平的勢力。吉姆縱然能到邊疆改頭換面，這位異族眼中的「爵爺」仍是「我族」的貿易代理人，無法斬斷「電報電纜與郵輪航線」（p.309）所佈下的帝國經濟臍帶。

因此，馬羅在吉姆身上所感受到的「深切羈絆」（p.180）實乃同為「後繼者」的無奈。老船長很清楚吉姆的浪漫人生觀只適用於虛構的冒險世界：

> 我們每人都有所求才投身大海，我們所懷的壯志是何等含糊不

1　Scott Cohen, "'Get out!': Empire Migration and Human Traffic in *Lord Jim*," *Novel*, Vol. 36, No. 3, (2003), pp. 374–397

清、追尋的光榮是何等曖昧不明、對冒險的渴求——歷險竟是唯
一回報——是何等美妙貪婪！我們所得到的——嗯，這就不提
了；然而，我們之中有誰能忍住不笑？沒有其他人生能像航海人
生那樣與現實遠遠脫節。（pp.179-180）

馬羅欲言又止，因他與友人彼此心照不宣，都明白冒險生活的「回報」涉
及物質利益與醜陋手段。若要維持夢想光環，實情不能點破。吉姆身為
「後繼者」，以為冒險英雄能解決物質利益與浪漫理念的衝突，試圖在巴
度山實踐英雄主義的崇高理念。馬羅察覺，吉姆的人生注定與現實脫節：
「羅曼史已選中吉姆並將他據為己有——這才是那段傳奇最為真實的部
分」（p.309）。

　　布朗紳士最終成為衡量吉姆人生價值的關鍵人物。這位「晚近的海
盜」（p.371）在南洋一帶無惡不作，卻跟吉姆有個共通點：都想與「厄運
結清舊帳」（p.413）。這位劣質的「後繼者」跟吉姆一樣「自始至終都在
做自己」（p.413）；可是，布朗的作為是吉姆原本可做、卻拒絕從事的卑
劣行徑。布朗畢生「與厄運搏鬥，直到最後終於沿著既定航道，航入吉姆
的事蹟，成為盲從黑暗勢力的幫凶」（p.373）。「吉姆人生美夢的虛幻城
堡」（p.228）就敗在布朗手中：吉姆的下場再度證明，在殘酷的現實世界
追尋崇高理念的人，到頭來果真「無處可躲」。

　　根據馬羅的說法，吉姆的「威名」（p.299）是巴度山「方圓好幾天
路程裡最偉大的東西」：「他的話成為那片土地唯一真理」（p.299）。不
過，故事結尾，馬羅卻斷然表示：「我們能看清他：一位沒沒無聞的征服
者」（p.421）。所謂「沒沒無聞」顯然是針對「我族」而言。吉姆堅持崇
高的道德標準，拒絕淪為流寇；此堅持令吉姆再度被命運捉弄：布朗「戰
勝他們所有人——男男女女、蠻族、商人、惡棍、傳教士——還包括吉
姆——就憑他這個粗臉叫化子」（p.396）。

　　吉姆的結局令馬羅憤恨難耐。馬羅不禁信心動搖，質疑「我族」群

體的「大地之靈」為何失去維持正義的「至尊力量」。馬羅沉痛表示，吉姆最終換得「沒沒無聞」的下場是因為這位青年「在騙人的幽魂環伺下過活，在嚴厲的陰魂窺視中生存」（p.201）。吉姆這位「充滿想像力的可憐蟲」（p.139）最終仍無法戰勝宿命，因他自始至終以為「憑一己想像力果真就能將命運勢不可當的力量釋放出來且不為所動」（p.361）。

「全人類裡吉姆只跟自己打交道」（p.358）：吉姆的困境就是「做自己」（p.252）的困境。如史坦表示，吉姆所面臨的人生難題在現實世界並無「解方」（p.252）。不過，吉姆試圖掙脫現實追求自我實現，不甘成為「落隊者」（p.259）。他在最後關頭獻出性命把自己化為現實世界「後繼者」的祭品，這種下場令老船長無限扼腕：

> 他拋下世間一位女子，無情地獻身給另一世界，與理想中的虛幻行為準則結合為一。他是否心滿意足——若在世的話，是否得償所願？我想知道。我們應該要知道。他屬我族類——難道我沒有不止一次挺身而出，如同被召喚的幽靈，承擔他永遠忠誠的後果？難道說我到頭來錯得離譜？（pp.421-422）

吉姆這位「沒沒無聞的征服者」到頭來成功征服的僅是渺小的自我；對「團隊」而言，這項成就實微不足道。馬羅不勝唏噓：「結局就是那樣。他在愁雲慘霧裡飄然而逝，內心深不可測，被人遺忘、不被原諒，浪漫到無可救藥」（p.421）。吉姆人生故事「或許永遠不可斷言」（p.259）；可是，無言中，馬羅一連串無解的疑問仍明確揭示《吉姆爺》對西方殖民英雄主義所做最沉痛的批判：「人類本身不就如此？不都是盲目前進，受到夢想驅策，奢望能成就大事、追求權力，以致屈膝盲從地踏上狠心無情的黑暗之路？再者，何謂追求真理——究竟為了什麼？」（p.367）。

附錄一：《吉姆爺》的寫作過程與版本

一、寫作與連載過程

　　《吉姆爺：一段軼事》原版為十三萬五千餘字長篇小說，最初於1899年10月至1900年11月連載於英國《布萊克伍德雜誌》（*Blackwood's Edinburgh Magazine*）；經作者修改後，1900年10月以單行本形式於英國發行初版；同年末，於美國發行初版。本書寫作過程反映典型的康式「焦慮性」寫作。

　　如〈作者按語〉透露，康拉德原本所構思的是一篇朝聖船遇險的短篇故事。1898年6月，他寫信給布萊克伍德出版社編輯，提及手邊有篇暫名〈吉姆：側寫〉的故事，已完成十八頁手稿，計畫寫成兩萬至兩萬五千字的短篇小說。[1]

　　那段期間是康拉德寫作生涯最痛苦也是最關鍵的轉型期。1898年6月，他已完成名作〈青春〉（"Youth"），但〈吉姆：側寫〉的寫作過程很不順利。康拉德遇上創作瓶頸，被迫暫時擱置手稿，重新草擬另一篇名為〈拯救者〉（"The Rescuer"）的短篇故事。可是，過沒多久，康拉德又陷入寫作瓶頸。他向編輯好友吐露寫作困境：

> 我就算沒死，也只剩半條命了。我會盡快寄給你幾頁手稿。我邊寫邊感到絕望——但我沒停筆。我的心情無從表達。草稿堆積如山，故事發展卻停滯不動。我想自殺。[2]

1　〈康拉德致David Meldrum信〉，1898年6月4日，*Selected Letters*, p. 98.

2　〈康拉德致Edward Garnett信〉，1898年8月3日，*Letters From Joseph Conrad 1895-1924*, ed. by Edward Garnett (Indianapolis: The Bobbs-Merrill Company, 1928), p. 141.

　　康拉德再度擱置進行中的寫作計畫。1898年12月至翌年2月，面臨財務困境的他又著手構思別的短篇故事。1898年聖誕節康拉德過得格外淒慘，他寫信給親戚：「根本沒有足夠時間寫作，我發覺寫作工作非常困難，只能勉強混口飯吃。真相就是如此。」[1]1899年2月至4月，歷經數月苦悶寫作，這篇故事順利連載於《布萊克伍德雜誌》，成為日後傳世巨作〈黑暗之心〉（"Heart of Darkness"）。

　　1899年2月，康拉德重拾〈吉姆：側寫〉手稿。他向出版社編輯表示，他計畫該年5月前能完稿，並提議將本篇與〈青春〉、〈黑暗之心〉集結成《青春故事集》（Youth and Other Stories, 1902）。[2]然而，〈吉姆：側寫〉的寫作進度並未如預期。1899年7月，康拉德僅完成第三章開頭、三十一頁手稿。[3]同年夏，康拉德設法在十月連載前趕工完成第四章；同時，他與出版社談妥版權事宜以獲得預支現金。[4]

　　作品尚未完成就先收下預支稿費，這種做法雖能解決生活燃眉之急，卻將寫作推入無法回頭的焦慮深淵。1899年8月，康拉德向經紀人揭露本身這種「荒唐弱點」：「我通常在作品尚未動筆前就先行推銷；作品只完成一半，就先收預支稿費；其餘尚未寫完的部分還得拖到有靈感才動筆。」[5]當時，康拉德預估已完成〈吉姆：側寫〉兩萬字初稿，只打算再寫兩萬多字就趕著上架。[6]

　　1899年秋，正值〈吉姆：側寫〉即將於10月連載之際，康拉德不僅無法於預定期限內完成這篇「短篇」作品初稿，寫到第五章（第二期連載）

1　〈康拉德致Aniela Zagórska, Senior信〉，1898年12月25日，*Selected Letters*, p. 111.

2　〈康拉德致David Meldrum信〉，1899年2月14日，*Selected Letters*, p. 117.

3　J. H. Stape and Ernest Sullivan,"The Texts: An Essay" in Joseph Conrad, *Lord Jim: A Tale*, ed. by J. H. Stape and Ernest Sullivan (Cambridge: Cambridge University Press,2012), p. 326.

4　Stape and Sullivan, "The Texts: An Essay," p. 326.

5　〈康拉德致J. B. Pinker信〉，1899年8月23日，*Selected Letters*, p. 123.

6　Stape and Sullivan, "The Texts: An Essay," p. 326.

時竟以近八千字的深入描寫將故事發展提升至長篇小說的層次。作家的「荒唐弱點」再度將〈吉姆：側寫〉推入暗無天日的寫作深淵。

　　1900年5月，〈吉姆：側寫〉連載第八期，出版社很清楚康拉德所構想的作品已非原先談妥的短篇，便主動提議將發行單行本。康拉德接獲消息鬆了口氣，在昏天暗地的趕稿期間發電報回覆：「提案頗為明智。幾天後會完稿。」[1]康拉德所謂「幾天」又歷經好幾週延宕；閉關奮鬥兩個月後，1900年7月20日，經過「二十一小時持續寫作」[2]，終於完成〈吉姆：側寫〉。

　　1900年7月至11月，這部長篇故事最後二十章分五期連載完結，此為「連載版」。同年10月，單行本《吉姆爺：一段軼事》如期出版。康拉德兩年前原先構想的「短篇」作品最終以超出七倍的總字數、多花好幾倍的寫作時間才以長篇小說的形式大功告成。

　　對出版社而言，康拉德焦慮性寫作模式著實是噩夢一場。出版社再怎麼欣賞這位嶄露頭角的新作家，仍須顧及營收。康拉德寫作速度出奇緩慢，除了面臨憂鬱症不定期發作，還需克服用「第二外語」寫作的困難。雪上加霜的是，他往往收了預支稿費後又欠稿成性。早在〈吉姆：側寫〉構思前兩年，無法如期交稿的壓力已把康拉德逼得憂鬱症上身。1896年6月，他對經紀人絕望寫道：「我的憂鬱症多次發作，持續很久，若在精神病院會被當作發瘋。」[3]

　　對發行人布萊克伍德來說，康拉德拖稿成性，不僅打亂出版規劃，康式「外國英語」寫成的手稿則編輯費時、徒增成本。《吉姆爺》發行後，康拉德依然我行我素。1902年5月31日，布萊克伍德終於按捺不住與康拉德翻臉，布老當面指責康拉德完全「沒用」（"worthlessness"），令作家非

1　Stape and Sullivan, "The Texts: An Essay," p. 330.

2　〈康拉德致John Galsworthy信〉，1900年7月20日，*Selected Letters*, p. 143.

3　〈康拉德致Edward Garnett信〉，1896年6月2日，*Letters From Joseph Conrad*, p. 56.

常傷心。[1]康拉德嚥不下這口氣，回家後立即寫封長信辯解，「拒絕接受所謂無用的說法」。康拉德指出，他的寫作方式「是基於本身信念而刻意為之」，已於《吉姆爺》發展成熟。他進一步強調，自身作品代表全新的寫作世代；他大聲疾呼：「我是現代的」。[2]

二、英文版本

　　1900年7月，〈吉姆：側寫〉完稿；同年夏秋之交，康拉德持續處理剩餘的連載工作，同時修改「連載版」以利單行本發行。他費心修改故事前半部與最後幾章，有關人物刻劃的諸多細節都詳加潤飾，以更加細膩的手法呈現角色的內心世界。[3]1900年10月，布萊克伍德出版社於倫敦與愛丁堡正式發行小說版《吉姆爺：一段軼事》，此為「英國初版」；同月月底，道布戴爾出版社（Doubleday）於紐約發行《吉姆爺：一段羅曼史》（*Lord Jim: A Romance*），此為「美國初版」。

　　《吉姆爺》「英國初版」付梓期間，康拉德又對校樣（gallery proof）進行潤稿。可是，作者最後的修改可能無法及時送達美國出版社，以致「美國初版」的校樣並未經過作者確認。[4]另外，英美兩家出版社各有不同體例與編輯風格，以致英美兩部「初版」在部分慣用語、動詞時態、標點符號等方面皆略有差異。[5]如今已無從考證這些修改是否經由作者確認。不過，有學者比對康拉德手稿與英美兩部「初版」發現，有很多文字修飾是針對時態與句構而做，顯示大西洋兩岸編輯皆有意「改進」康拉德的

1　〈康拉德致布萊克伍德信〉，1902年5月31日，*Selected Letters*, p. 151.

2　*Selected Letters*, pp. 151–153.

3　Stape and Sullivan, "The Texts: An Essay," p. 348.

4　詳見Ernest Sullivan, *The Several Ending of Conrad's "Lord Jim"* (London: Joseph Conrad Society, 1998).

5　Stape and Sullivan, "The Texts: An Essay," pp. 350–351.

「外國英文」。[1]

　　《吉姆爺》小說版推出後深獲好評，多次再刷很快就銷售一空；後來，受到一次大戰爆發而幾乎絕版。那段期間，康拉德與布萊克伍德漸行漸遠，於是透過經紀人尋求其他出版機會。1917年，《吉姆爺》改由英國丹特出版社（J. M. Dent & Sons）發行「英國二版」。康拉德特地為本版重新校稿，還接受出版社委託寫篇〈作者按語〉（"Author's Note"），吐露創作與出版歷程。

　　丹特發行之「英國二版」售價五先令，書市反應熱烈。1919年，美國道布戴爾計畫將《吉姆爺》納入新發行的「日晷圖書系列」（Sun Dial Library）。康拉德對經紀人表示，「丹特五先令版」（英國二版）是經由他本人修改確認後的版本：「此版本文本正確，並有附作者按語」，日後印行「可直接以此版付梓，不需再經由我修改」。[2]

　　1921年初，道布戴爾根據《吉姆爺》「英國二版」發行「美國二版」。本版系列叢書包括康拉德全集，以道布戴爾紐約印刷廠日晷為紀念標章，暱稱「日晷版」（Sun-Dial edition）。1930年本系列改由美國知名之現代圖書社（Modern Library）接手發行，更多讀者因而有機會接觸《吉姆爺》與康拉德作品。

　　「美國二版」（日晷版）在美國流傳極廣，成為日後多家出版社重印《吉姆爺》的始祖版本。1922年，丹特租用「美國二版」的印版（plates）於英國發行康拉德全集；1923年《吉姆爺》納入系列叢書，此為「統一版」（Uniform Edition）。1946年，丹特將本系列改為小開本的「全集版」（Collected Edition），半世紀以來廣為流傳，成為康拉德研究的標準版本。

1　Stape and Sullivan, "The Texts: An Essay," p. 351. 另見Stape and Sullivan eds., *Conrad's Lord Jim: A Transcription of the Manuscript* (Amsterdam: Rodopi, 2010).

2　〈康拉德致J. B. Pinker信〉，1919年6月4日，*The Collected Letters of Joseph Conrad*, Vol.6, ed. by Laurence Davies et. al. (Cambridge: Cambridge University Press, 2002), p. 433.

　　1920年，正值道布戴爾計畫於美國發行康拉德全集（美國二版／日晷版），曾發行康拉德早期作品的英國海曼出版社（Heinemann）有意推出具有收藏價值的套裝系列。康拉德與這兩家出版商達成協同出版的協議。1920年底，海曼發行康拉德全集，此為《吉姆爺》「英國三版」（「海曼版」）。本版限定七百五十冊（另印行三十冊供展示），發行後不再續刷，成為康拉德全集各種版本裡唯一限定版。[1]

　　康拉德原本打算親自校訂道布戴爾的校樣，再由美方將確認後的校樣轉交給海曼另行排版。然而，編輯工作涉及三方越洋聯繫，曠日費時。拙於校稿的康拉德很快就把校稿工作丟給英國秘書代為處理。[2]據學者研究海曼版校樣後推論，校稿筆跡可能不是出自康拉德之手；《吉姆爺》部分文字、標點與時態的異動極可能是海曼編輯逕行修改使然。[3]

　　1983年，牛津大學「世界經典系列」（World's Classics）發行《吉姆爺》。本系列以1946年丹特「全集版」印版重印康拉德作品，作品正文版面和頁碼都與「全集版」一致，重現經典風采。2007年，英國企鵝出版社「企鵝經典系列」（Penguin Classics）重新發行《吉姆爺》。本版最初為1949年「企鵝圖書」（Penguin Books）系列，1986年改為「企鵝經典系列」，皆根據《吉姆爺》「英國初版」重新排版。牛津與企鵝兩家出版社所發行的現代本皆由學者根據「英國初版」進行校訂，所附導論與注釋頗具參考價值，廣獲國外英文系與各級學校採用。

　　2012年，劍橋大學「劍橋康拉德全集」系列推出《吉姆爺》。本系列根據康拉德手稿、校樣、初版等珍貴史料試圖重建最貼近作者原意的權威版本。劍橋版《吉姆爺》以「連載版」底本，運用電腦軟體比對各種歷史

1　Alexandre Fachard, "The Production and Publication of the Heinemann Collected Edition of Joseph Conrad's Works," *The Conradian*, Vol. 38, No. 1 (2013), pp. 72–85.

2　Fachard, pp. 72–85.

3　Stape and Sullivan, "The Heinemann Collected Edition of *Lord Jim*: An Unauthoritative Text," *The Conradian*, Vol. 27, No. 1 (2002), pp. 72–87.

版本進行文本勘誤，校正數量多達上千條。本系列尚逐年出版中，未來有望取代行之有年的「全集版」，成為21世紀康拉德研究的標準版本。

附錄二：《吉姆爺》繁體中譯本評介

目前於市面流通最廣的《吉姆爺》繁體中譯本，為1994年桂冠出版社發行之陳蒼多譯本。[1] 此版本（以下簡稱桂冠本）是當前（2023年）繁體中文版讀者能於圖書館參閱或於書局購得之主要版本。[2]

「吉姆爺」這個中文譯名，首見於1934年商務印書館發行之譯本。[3] 桂冠本為「桂冠世界文學名著」系列叢書，有承先啟後之功。本系列附有精簡導讀引領讀者賞析，在網際網路尚未普及的年代，成為年輕學子接觸世界文學主要途徑。近三十年來，桂冠本對推廣經典文學的閱讀貢獻良多，值得肯定。然而，桂冠本有許多地方有待改進，現行版本可能不符合當代讀者的閱讀需求。

首先，桂冠本並未包含《吉姆爺》原典卷首語與扉頁獻詞，也未收錄《吉姆爺》再版所附之〈作者按語〉。因桂冠本並未注明原典版本，讀者無從判斷此疏漏是否由於不同版本使然。不過，《吉姆爺》自1900年初版發行後，卷首語與扉頁獻詞已與小說版密不可分；1917年再版後，〈作者按語〉就普遍收錄於各種版本。卷首語、扉頁獻詞、〈作者按語〉都是了解作家與作品的重要線索，桂冠本並未收錄，實屬遺憾。

以上疏漏或許微不足道，卻點出桂冠本內容編排不夠精確的問題：《吉姆爺》海事用語、特殊名詞、文本參照等皆未獲妥切處理，以致讀者無法充分理解譯文。

例如，第一章倒數第四段描述訓練船教官下令緊急出動小艇，桂冠本

---

1   《吉姆爺》，陳蒼多譯（台北：桂冠，1994年）。

2   本譯本籌備出版期間，商周出版社推出《吉姆爺》新譯本（陳錦慧譯，2023年7月）。本評介乃針對當前書市既有繁體譯本，在此僅討論目前流通較廣之桂冠本。

3   《吉姆爺》，梁遇春／袁家驊譯（上海：商務印書館，1934年）。梁遇春1932年過世時僅完成部分譯稿。

作:「低身駛離開啊!」、「放開;掠過大水!」(p.5)。以上兩句原文分別為海事術語:「降小艇!」(Lower away)、「解纜;鬆吊索!」(Let go; clear the falls)。Let go原為「下錨」,在此為「解纜」之意;這裡所謂的falls並非「瀑布」,而是固定小艇之吊索。再舉一例,第五章第十段老船長回憶往事提及有位「淺水領港」(mud pilot),桂冠本作:「全身泥淖的領航員」(p.36)。原文指的是於河口淺水區之引水人,並無「全身泥淖」之意。連最常見的海事用語「人員落水」(man overboard),桂冠本直譯作「在船外的人啊」(p.133;第十四章第四段),誤讀原意。

康拉德身為船長作家,最為人稱道的就是有關航海生活的寫實描寫。《吉姆爺》忠實反映這項寫作特質。例如,第五章第十段老船長追憶英國海員傳承,有句關鍵話:「為了服事『那面破紅旗』」(for the service of the Red Rag)。The Red Rag為海事俚語,指的是「英國商船紅底艉旗」(the red ensign),是英國水手群體榮譽之象徵,桂冠本作:「為了服事『引起仇恨的事體』」(p.35)。原文指的是值得海員犧牲奉獻之物,在桂冠本竟成「引起仇恨」之物。此處關鍵語的誤譯非同小可,曲解了《吉姆爺》群體榮譽之重要母題。

在特殊名詞方面,桂冠本同樣顯露不夠精確的問題。例如,第九章第三段描寫輪船遇上氣象學所謂「颮」(squall)的劇烈天氣現象,桂冠本僅作「狂風」(p.83)。敘事者以船員行話據實描寫海上致命天候,暗示吉姆面臨的死亡威脅並不浮誇。因此,若僅譯作「狂風」,讀者就無法體認船員棄船的急迫。另外,第二章倒數第三段有關輪船航線的描寫,桂冠本作「繼續通過『一度』水道」(p.12)。「一度」雖為航行方位角,恐讓讀者誤認為「曾經一次」。若能改作「北緯一度」並適時增添注釋,讀者才能體認《吉姆爺》之寫實:敘事者指的是穿越馬爾地夫之「北緯一度航道」(英國海圖之One and a Half Degree Channel)。

再舉一例,第三章第四段有關海圖標示的文句,桂冠本作:「鉛筆穩定地劃到培林的地方」(p.15)。「丕林島」(Perim)為紅海入口附近小島,十九世紀為英國屬地,提供輪船用水與燃煤;故事裡為航程的中繼

站。若無譯注說明，讀者會誤以為海圖上有「培林」（bearing，軸承），意思就天差地遠了。

又一例，第三十七章第十四段有關自然學家花園的描寫，桂冠本作：「我後面的卡修利納樹，樹枝不斷輕輕搖動著，使我想起家中樅樹的颯颯聲」（p.293）。「卡修利納樹」（Casuarina tree）其實就是海邊常見的「木麻黃」；「樅樹」就是松柏類杉木。木麻黃葉片狀若針葉，原產地為馬來西亞與大洋洲一帶。《吉姆爺》有關木麻黃與鄉愁的聯想，顯然影響英國小說家毛姆（W. Somerset Maugham, 1874–1965）寫下短篇小說集《木麻黃》（*The Casuarina Tree*, 1926），悲情記錄歐洲人在東方的離散命運。譯文若能注明此文本參照，將能提升讀者閱讀樂趣。

除了內容編排有所瑕疵，桂冠本有許多關鍵語句判讀失當。例如，馬羅形容與吉姆初次於調查庭見面時所發生的誤會："the inquiry thing, the yellow-dog thing"（第五章第一段）；桂冠本作：「詢問的事情，卑鄙的事情」（p.27），讀者可能一頭霧水。原來是吉姆走出調查庭（inquiry）門口時，恰有人斥喝一隻擋路的黃毛狗，因而誤以為有人在罵他（yellow dog 為俚語「懦夫」）。吉姆在意的顯然是雙關語罵人之意，並非在乎有人「詢問」或言行「卑鄙」。因此，馬羅這句話若作「調查庭的那檔事，孬種的那檔事」，將更能妥切傳達原意。

以上例子顯示，譯者須為細心的讀者，尤其面對文學作品，不僅要讀得懂也要讀得通，才能解決翻譯問題。例如，第六章倒數第十二段，吉姆走出法庭時聽見有人喊道「看那可憐的雜種狗」（"Look at that wretched cur."）。Cur 除了是「劣等混種犬」，英語俚語亦指「懦弱可鄙之人」，吉姆因而誤以為有人罵他。後來，他在馬羅面前道出心事：

"you don't think yourself a—a—cur?"（第七章第七段）

"You think me a cur for standing there"（第八章第九段）

桂冠本作：

> 「你不認為你自己是一隻——一隻——雜種狗嗎？」（p.66）
> 「你認為我站在那兒是一隻雜種狗」（p.75）

試譯如下：

> 「難道你不會覺得自己是—是—是個孬種？」（p.138）
> 「只因我呆站在那裡，你就認為我是孬種；」（pp.147-148）

吉姆所要表達的是要如何面對「怯懦」這個弱點，無關人狗問題。桂冠本直譯的結果破壞了原文所要呈現的悲憤心境。

桂冠本譯文處理關鍵情節的手法往往不盡理想，類似例子不勝枚舉：

1. 桂冠本：「當某種沉重的刺針刺中時，發覺束縛很緊密，這是多麼令人驚奇」（p.106）。

   原文："What wonder that when some heavy prod gets home the bond is found to be close"（第十一章第二段）。
   - Prod並非「刺針」，而是「拍打提醒」之意；"get home" 也不是「刺中」，在此有「心坎裡」之意。
   - 試譯：「當我們肩膀被人重重一拍而由衷感到彼此的深切羈絆，這會令人多麼詫異」。（本書p.180）

2. 桂冠本：「他像在發射槍——斷然發射著——到處發射」（p.154）。

   原文："He darted—positively darted—here and there"（第十七章倒數第二段）。
   - Dart在此有「坐立難安」之意，並非「發射」。此句描寫吉姆真情告白時之焦慮心境，譯文曲解原意。

- 試譯：「他坐立難安——顯然坐立難安——完全不知所措」。（本書 p.225）

3. 桂冠本：「我不再年輕，無法常常看到那種莊嚴，這種莊嚴在善和惡中妨礙我們瑣細的步伐」（p.154）。

原文："I was no longer young enough to behold at every turn the magnificence that besets our insignificant footsteps in good and in evil"（第十七章最後一段）。

- Beset有「圍困」之意，非「妨礙」。譯文與原意相差甚遠，「瑣細的步伐」語意不明。
- 試譯：「我已不再年輕，無法看出我們迂迴於善惡之中徒勞的腳步每個轉折有何光彩」。（本書p.225）

4. 桂冠本：「土地的精靈，變成偉大企業的統治者，並不關心無數的生命。流浪者是悲哀的！我們只是在我們聚集在一起的情況下才生存」（p.187）。

原文："The spirit of the land, as becomes the ruler of great enterprises, is careless of innumerable lives. Woe to the stragglers! We exist only in so far as we hang together"（第二十一章最後一段）。

- Stragglers指「落後者」，非「流浪漢」；hang together有「同心協力」之意。本段為馬羅衡量吉姆成敗的關鍵語句，譯文並未忠實傳達原意。
- 試譯：「大地之靈統御偉大事業，對眾生是了無同情的。落隊的人真是不幸啊！我們要齊心齊力才得以存活」。（本書p.258）

5. 桂冠本：「我們的生命不是顯得太短，無法說出那充分的言語嗎？那充分的言語儘管我們口吃，當然是我們唯一和永久的意向。」（p.188）

原文："Are not our lives too short for that full utterance which through all our stammerings is of course our only and abiding intention?"（第二十一章最後一段）。

- 桂冠本典型的粗譯；「充分的言語」、「儘管我們口吃」等恐讓讀者

對原著風格有錯誤印象。Stammerings在此有「吞吞吐吐」之意，並非「口吃」。

- 試譯：「人生唯一不變的目標當然就是要一吐為快，再怎麼苦短，還是要支吾其詞說出個所以然，不是嗎？」（本書p.259）

6. 桂冠本：「你為這樣一次嚴重的遭遇要求把一支迷人和有毒的箭杆浸在一種太巧妙而無法在地球上發現的謊言中。這是為夢境所做的努力，我的主人啊！」（p.265）。

原文：“You require for such a desperate encounter an enchanted and poisoned shaft dipped in a lie too subtle to be found on earth. An enterprise for a dream, my masters!”（第三十三章倒數第六段）。

- Desperate在此有「危急」之意。譯文句構冗長，有礙理解。
- 試譯：「為了要在這種危急衝突中致勝，需要的是一個蘸過謊言的魔法毒箭——不容於這個世界的巧妙謊言。這是夢境才能實現的不可能任務，諸位大人懂嗎？」（本書p.339）

在此無法一一列舉桂冠本亟待改進之細節，不過，以上範例已清楚顯示桂冠本譯文不夠精確的問題。康拉德文筆犀利，文句鏗鏘有聲，譯文應妥切轉化此特質以求原文精髓。例如，《吉姆爺》第三章第四段，吉姆在粗鄙的德國船長身上領悟到人性的卑劣：

Jim started, and his answer was full of deference; but the odious and fleshy figure, as though seen for the first time in a revealing moment, fixed itself in his memory for ever as the incarnation of everything vile and base that lurks in the world we love: in our own hearts we trust for our salvation, in the men that surround us, in the sights that fill our eyes, in the sounds that fill our ears, and in the air that fills our lungs.

桂冠本：

吉姆吃了一驚，很尊敬地回答船長；但船長那奇異和多肉的身軀，好像第一次在一個啓示的時刻中爲人看到，永遠自我固定在他的記憶中，就像潛伏在我們所喜愛的世界中的一切邪惡和卑鄙事務的具體化：在我們自己的心中，我們將「拯救」信託給我們周圍的人，信託給充滿我們眼中的景象，信託給充滿我們耳朵中的聲音，以及信託給充滿我們肺部的空氣。（p.16）

本譯本：

吉姆聽見船長指令嚇了一跳，卻仍畢恭畢敬回話；不過，刹那間他似乎有所頓悟，永遠記住腦海這幅畫面：船長令人作嘔的肉體體現了潛伏於我們關愛的世界裡所有卑劣低賤之物——潛藏在我們盼望能自我救贖的內心、隱匿在我們周遭友人當中、躲藏在我們眼前景象背後、銷聲於我們耳中聲響之間、匿跡於我們胸中吸入的那口氣裡。（本書pp.89-90）

有些版本漏印in the men前面的逗號（誤植成in our own hearts we trust for our salvation in the men that surround us），以致原本屬於「潛伏」（lurks in）的介系詞被誤認為來自「拯救」（salvation）。桂冠本若能詳加考證，就會發現英國初版並無此標點疏漏。再者，就算康式文風有其特殊，文句結構不至於悖離英語慣用語法。若能仔細推敲，就會察覺salvation之後的幾個介系詞（in）應都是lurks in的延續。另一方面，lurks in語意在本段各子句有不同程度變化，譯文若能適度轉換，就能避免出現「信託給」等重複出現的彆扭語句。

桂冠本譯文除了無法傳達原文語意與節奏，也未成功傳達康拉德善用「外國英語」的黑色幽默。例如，第二十三章倒數第四段描寫一

位混血船長「那口流利英語好像源自瘋子編纂的辭典」。這位滿口「洋涇浜」英語的船長表示，若意見不被上級採納，就會「當場拿出『辭職的辭呈』」（"presented 'resignation to quit' "）。這句話好玩在於同義反覆（tautology）：因「遞辭呈」（present resignation）就是要「辭職」（quit），「辭職的辭呈」成了重言句。那位船長自以為英語造詣甚高，沒想到在母語人士面前自曝其短。桂冠本僅作「他會提出『辭呈』」（p.200），原文精心策劃的諷刺蕩然無存。

　　為了傳達康式「外國英語」的幽默，有時需要譯文與譯注雙管齊下。再以上述那位船長為例，他表示：有人比「鱷魚的武泣」（"weapons of a crocodile"）更加虛情假意。桂冠本僅依字面直譯作「鱷魚的武器」（p.201），雖然語意沒錯，讀者卻無法體認可笑之處。英語「鱷魚眼淚」（crocodile tears）為「假慈悲」；法語「眼淚」（larmes）與加定冠詞的「武器」（l'armes）僅一個標點符號之差。那位船長顯然也懂法語，以法式英語逞口舌之快。譯文若作「武泣」，模仿原文並加以注釋，讀者才能掌握原文對多語殖民社會所做的嘲諷。

　　以上例證顯示，桂冠本譯文所牽涉的問題已非部分改寫就可輕易解決。雖說「有讀」翻譯總比「沒讀」來得好；不過，倘若譯文並未如實傳達原意，讀者可能因此對原著產生誤解而乾脆「不讀」。就經典文學的推廣而言，譯本之重要性實不容輕忽。綜上所述，《吉姆爺》確實有重譯增注之必要，才能讓當代繁體中文版讀者體認康拉德傳世之作的時代意義。

附錄三：本譯本翻譯說明

　　本譯本原典採用1923年英國丹特出版社發行之「統一版」（The Uniform Edition）。[1]此版本之印版源自1921年「美國二版」（日晷版），皆根據1917年「英國二版」而來。據學者研究指出，「英國二版」是康拉德親自修改確認後之可靠版本。[2]「統一版」自1946年改以小開本「全集版」（Collected Edition）發行後，半世紀以來成為康拉德全集最通行之版本，普遍獲得學者採納。因此，本譯本特以「統一版」作為翻譯原典。此外，為避免典籍數位化可能產生之疏漏，特採譯者收藏之1923年「統一版」紙本作為翻譯原典。

　　康拉德曾對友人私下透露：「寫作對我而言是一件難事：我最私密、不假思索、尚未成形的想法都是用波蘭語；當我想認真表達自我，用的是法語。寫作時，我是用法語思考，然後再將想法翻譯成英語。」[3]康拉德作品是不折不扣多語轉換的產物：文法雖正確無誤，遣詞用字有別於母語人士。因此，翻譯《吉姆爺》最大的挑戰就是要如何轉化康拉德獨樹一格的文風。

　　著名文學家李維斯（F. R. Leavis, 1895–1978）曾指出，康拉德作品以奇特方式運用修飾語，甚至到了「形容詞執著」（"adjectival insistence"）的地步。[4]康式文風獨特性不僅是讀者印象而已，更是語言學可量化的特質。有語言學家以語料庫比較康拉德作品與其他經典作家的文學語言異

1　Joseph Conrad, *Lord Jim: A Tale* (London: J. M. Dent and Sons, 1923).

2　Sullivan, *The Several Ending of Conrad's "Lord Jim."*

3　Ford Madox Ford, *Joseph Conrad : A Personal Remembrance* (Boston: Little, Brown, and Company, 1924), p. 32.

4　F. R. Leavis, *The Great Tradition* (London: Chatto & Windus, 1950), p. 177.

同，發現康式文筆確實有其「怪異」（eccentric）之處。[1]

康拉德作品「怪異」之主因，在於形容詞用法迥異於其他經典家。有語言學家指出，與狄更斯、史蒂文森、哈代、勞倫斯等英國作家相比，康拉德早期與中期（1894–1900）作品之形容詞使用不僅密度偏高，「名詞後修飾語」（post-nominal adjectives）的比例亦高出兩倍。[2]康拉德作品大量使用形容詞表述語（epithetical adjectives）[3]，讓其作品意涵蒙上一層語言「屏障」（encrustation），讀者需更加費心解讀才能理解。[4]

本譯本試圖突破康式語言「屏障」，亦設法保留其「隔層紗」的特質。例如，《吉姆爺》第四章第六段，調查庭要求吉姆重述事故發生過程，吉姆心境如下：

The facts those men were so eager to know had been visible, tangible, open to the senses, occupying their place in space and time, requiring for their existence a fourteen-hundred-ton steamer and twenty-seven minutes by the watch; they made a whole that had features, shades of expression, a complicated aspect that could be remembered by the eye, and something else besides, something invisible, a directing spirit of perdition that dwelt within, like a malevolent soul in a detestable body.

本譯本作：

1　Michael Lucas, "Conrad's Adjectival Eccentricity," *Style*, Vol. 25, No. 1 (1991), pp. 123–150.
2　Lucas, pp. 131–132.
3　Lucas, p. 133.
4　Lucas, p. 146.

這些人急於探究的事實皆清楚可辨，實實在在、五感所能體驗，
具備確切的人事時地物；這些事實要能具體成形，需要一艘一千
四百噸的輪船，計時二十七分鐘；這些事實拼湊的全貌五官分
明，有不同臉色，也有眼睛所能記得的複雜外貌；此外，還有別
的東西，某種匿影藏形之物，潛伏於深處左右一切的毀滅之靈，
如同令人作嘔的軀體包覆的惡毒心魔。（本書p.97）

　　原文結構顯露康拉德大量運用修飾語的寫作特質，尤其是偏好介
系詞片語的描寫習慣。譯者先要解讀眾多修飾語句，盡可能揣摩何謂a
directing spirit of perdition that dwelt within；解讀原意後，再設法以「心
魔」一詞傳達恐怖的弦外之音。

　　《吉姆爺》的文學語言「隔層紗」，反映出融合寫實與抽象的細膩描
寫。此特點可見於原著層出不窮的比喻：全書有高達四百六十個like（有
如）；as though 與as if（好像）合計共有兩百九十個之多。可是，比喻雖
有助澄清表述，有時卻愈說愈晦澀。例如，第二十章倒數第八段，馬羅對
史坦的人生觀有以下描述：

The whisper of his conviction seemed to open before me a vast and
uncertain expanse, as of a crepuscular horizon on a plain at dawn — or
was it, perchance, at the coming of the night? One had not the courage to
decide; but it was a charming and deceptive light, throwing the
impalpable poesy of its dimness over pitfalls — over graves.

本譯本作：

他悄聲道出的信念彷彿在我面前敞開一大片變化莫測的廣袤無

垠，如同日出時平原上朦朧的地平線——抑或夜幕降臨時所見？沒人有勇氣決定；不過，那道光既迷人又令人迷惘，黯淡裡有股無形詩意，籠罩著隱患——覆蓋著墓地。（本書p.250）

本段旨意在於人生潛藏無從看清的禍患，As of a crepuscular horizon on a plain at dawn暗示忐忑的命運之路有其無從斷言之美。不過，晨曦與地平線皆非具體事物，這句明喻顯得不明不白。根據前後文推敲，令馬羅憂心的是命運未卜的問題，而非pitfalls字面意思（陷坑）。因此，譯文選擇較為恰當的字眼以傳達原句所暗示之「在劫難逃」。

康式複雜的文學語言若涉及典故，增添譯注可適時輔助譯文。例如，第二十七章最後一段，馬羅如此形容吉姆的聲望：

Its voice was not the trumpeting of the disreputable goddess we all know— not blatant—not brazen. It took its tone from the stillness and gloom of the land without a past, where his word was the one truth of every passing day. It shared something of the nature of that silence through which it accompanied you into unexplored depths, heard continuously by your side, penetrating, far-reaching—tinged with wonder and mystery on the lips of whispering men.

本譯本作：

他的威名並非我們所知那位不名譽女神吹捧的事——並非公然炒作——亦非厚顏醜行。他的聲名所具氣度源自那片沒有過去且陰沉靜謐的大地——日復一日，他的話成為那片土地唯一真理。他的威名也具有某種寂靜本質：那種寂靜伴隨你投身無人探勘的深

處，是在你身邊不斷響起的寂靜，刺耳、遠播的寂靜——悄然中被竊語私議的人們增添些許驚奇與神祕。（本書p.299）

Disreputable goddess指的是羅馬神話裡謠言化身Fama，也就是英語「聲望」（fame）字源。若將此資訊融入譯文或以括號說明，恐會干擾閱讀或打亂語句節奏。為兼顧譯文與讀者理解，較佳方式為添加譯註說明。另外，本段silence的修飾語涵蓋heard、penetrating、far-reaching、tinged等多重面向。譯文設法透過句型變化傳達「寂靜」的多面性，再以「悄然中」轉化on the lips，以求原文營造的口傳神祕感。

康拉德首次接觸英國文學，是透過父親所翻譯的莎劇《維洛那二紳士》（*The Two Gentlemen of Verona*）。[1]當時他才十一歲，父親叫他到書房朗讀譯稿，從小培養對不同語言文字聲韻的感受力。作家晚年有次讀到《吉姆爺》的法譯本，讀起來猶如意外發掘一本精采絕倫的法文書。他對法語版譯者表示：

我已多年未曾重讀這本英語小說了；如今讀了您的譯本，我覺得本書彷彿原先是用法語寫的。我邊讀邊說道：「啊，寫得好！哎呦，寫得巧！文辭真是優美！」等等，連連讚嘆，愈讀愈有味。我感到一陣短暫的自豪，直到我突然想到：我若真的寫出這些字句，全都要歸功於您。[2]

能獲得原著作者真情認同，是每位譯者的夢想。譯者願盡最大努力將

1　Conrad, *A Personal Record*, p. 72.

2　〈康拉德致Philippe Neel信〉，1922年10月24日，Walter Putnam, "A Translator's Correspondence: Philippe Neel to Joseph Conrad," *The Conradian*, Vol. 24, No. 1 (1999), p. 80.

《吉姆爺》引介給讀者。雖不知康老會作何感想，盼讀者能跟當年讀到好譯本的作家一樣，「愈讀愈有味」。

有關本譯本其餘翻譯細節，茲補充說明如下。

一、歧視語

自從《吉姆爺》出版後，一百多年來世界已大不同。後殖民運動餘波盪漾，當代讀者以更敏銳角度反思文學與歷史。雖說《吉姆爺》的人生大哉問並無國界之分，就算原作者具備多元文化背景，文學作品產製仍難逃時代制約。然而，《吉姆爺》成為經典的主因，正是由於作者顯示超越框架的寫作動向。

《吉姆爺》闡示：「無論多麼精於咬文嚼字，事實語言更加撲朔迷離」（本書p.359）。敘事者自始至終以「故事語言」試圖讓人理解「無從想像之事」（本書p.148）。馬羅在遙遠的地方說出遙遠的故事，轉述不同族裔人士的各種話語，到頭來驚覺「人類語言」（本書p.345）不足以表述實情。

吉姆爺的「軼事」發生在殖民社會多語環境，歷經各種人物多語思考與轉化才得以輾轉流傳。當代讀者若僅就字面乍看《吉姆爺》的「事實語言」，部分用詞恐不合時宜。可是，這些遣詞用字反映不同人物於特定時空的偏見，與故事主題息息相關。

例如，「混種人」（half-caste）這個歧視語，反映出十九世紀英屬殖民地以血緣歧視當地特定族裔之社會偏見。「中國佬」（Chinaman）、「卡納卡人」（Kanaka，大洋洲島民）等歧視稱謂，也反映出當時殖民地區對弱勢族群的文化偏見。在《吉姆爺》的世界，歧視語成為敘事者呈現文化社會異己的敘述手段。因此，為忠實呈現《吉姆爺》的時代意義，本譯本特保留原著所用之歧視語，並添加譯注說明。

二、外語與特殊詞彙

《吉姆爺》是一部建立於「翻譯」的跨文化小說。「吉姆爺」（Lord Jim）這個稱謂本身即是譯語，是從馬來語「吉姆端安」（Tuan Jim）轉譯而來。吉姆兩段人生離不開殖民地區眾聲喧譁的多語環境，有許多不同族裔人物如跑馬燈穿梭其中。「吉姆爺」的軼事在文化迥異的東方各地輾轉相傳，再由馬羅親身訪談相關人士、歷經多層面轉譯才以英語口述始末。

馬羅身為船員，結交各路人馬，很清楚不同語言代表不同文化觀。例如，他以法語引述法國上尉的話，再以英語轉述原意，正如一名稱職的口譯能手。馬羅的口述善用外語，以語言異質性（foreignness）刺激聽者反思既有觀念。《吉姆爺》記敘的世界是一個多族的多語世界，反映了十九世紀殖民社會多元的文化衝突。因此，為呈現原著營造的「聲歷其境」之感，本譯本特別保留原典使用的德語、法語、馬來語等外語用詞，並添加譯注說明。

外語用詞除營造多元文化觀點，馬羅引述的「洋涇浜」英語頗具笑點，能有效緩和說故事氣氛。例如，第二十章史坦以德語句法道出人生哲理："One thing alone can us from being ourselves cure"（「只有一個方法能讓我們不至於做自己治癒」）。這句外國英語聽起來雖頗為彆扭，仍令聽者意識到這是一句警世箴言。引述「洋涇浜」英語是馬羅重要的口述策略。因此，本譯本盡可能保留原典所用的外語句構，再以注釋輔助說明句意。

康拉德本身說英語帶有濃厚的東歐腔，跑船時曾與英語非母語人士共處多年（被同事戲稱為「俄羅斯伯爵」[1]），很了解外國口音可代表不同的文化類型。《吉姆爺》各種人物的外國口音成為異文化的表徵。例如，第十九章馬羅引述船具行老闆的話："It's a great ting in dis goundry to be vree vrom tispep-shia."（「在者個果度若妹有小化補良的吻踢哪該有朵

1　Norman Sherry, *Conrad* (1972; New York: Thames and Hudson, 1988), p. 51

號」）。原文模仿講者的外國腔，暗指殖民地為瘴癘之地，不宜歐洲人久留。對馬羅與其聽眾而言，外國口音成為文化認同的參考點，能區分誰才是「自己人」。因此，本譯本盡可能透過譯文模仿原文外國腔調所欲達成的效果。

外語口音的轉譯涉及語言與身分認同的敏感議題。口音轉譯若帶有強烈的地方色彩，可能會令部分讀者誤以為受到言語「歧視」。本譯本盡可能挑選較不具地方色彩的文字進行口音轉譯。如《吉姆爺》闡示，掙脫語言牢籠是探究真相的第一步。當代讀者不宜單就一句話就認定故事角色「有意」歧視他族。馬羅為了拼湊吉姆軼事全貌，消息來源五花八門，上自模範船長、下自鄙陋匪徒都成為訪談對象，皆私下透露許多「不可說」之事。有別於馬羅與其他口述者，譯者並無「密室深談」的保護傘，只求透過譯文忠實傳達原著意涵。懇請讀者勿依單句譯文就認定譯者對特定族群具有言語「歧視」之意。

《吉姆爺》敘事手法除善用外語口音與句構，有些關鍵語句還借用《聖經》用語。例如，馬羅於第八章表示自己並無「捆綁與釋放的能耐」（"the power to bind and to loose"）。若無譯注說明，讀者可能較難察覺本句話中有話：馬羅暗示凡人在道德上不具備裁量權，特引用〈馬太福音〉表示立場。有關《吉姆爺》的《聖經》用語，本譯本採《和合本》譯文，並加譯注說明。

《吉姆爺》作者與敘事者皆為資深海員，慣於把行話掛在嘴上。使用海事術語不僅代表身為航員專業性，也顯示同行談話的默契。例如，第十二章，馬羅轉述法籍指揮官目睹帕德納號呈現「危險的艏重姿態」。「艏重」（by the head）並非口語的「頭重腳輕」，而是描述船舶吃水的海事用語。若從作家寫作層面觀之，海事術語不僅能強化故事寫實性，也能凸顯本身獨有的海事背景。

此外，馬羅與其友人閱歷豐富，言談間常提到會令後人感到陌生的舊時名稱。例如，故事剛開始提及的「巴達維亞」（Batavia）：此為當時荷蘭東印度首府，也就是現今雅加達。舊時名稱忠實反映《吉姆爺》的時代

性。因此，本譯本譯文沿用原著所提之舊時地名（如Celebes：現名蘇拉威西）、歷史人物（如Admiral Pierre：法國印度洋艦隊指揮官）、特殊稱謂（如Parsee Dubash：孟買袄教徒）等，再增添譯注說明。

三、標點符號

《吉姆爺》開啟現代主義小說序幕，在文本層面顯露突破語言表述的特質。除前文所提「執著」於形容詞之修飾語法，《吉姆爺》還大量運用四百餘個刪節號（ellipsis）試圖將「事實語言」推向「不可說」的想像層面。

英文標點符號的刪節號為沒有間隔的三小點：「...」。《吉姆爺》原典刪節號非常特殊，為前後與中間皆有空格的三小點：「 . . . 」。此特殊標點除了具有刪節號「省略原文」的標準功能，還以更醒目的方式標示「語句未完」，強調說話中斷，也就是所謂「頓絕」（aposiopesis）。《吉姆爺》原典的口述頓絕若出現於句末，就成為一個句號（前無空格）外加三小點（前後有空格）的特殊刪節號：「 . . . . 」。

考量當代讀者閱讀習慣，本譯本以繁體中文標點之標準刪節號（……）標示原典使用之特殊刪節號。

刪節號能促使聽者（或讀者）想像敘事者（或講者）未表達的情緒或心境。例如，第四章第六段馬羅描述吉姆於調查庭陳述證詞：「他心亂如麻，以致陳述時偶爾顯得躊躇不定。……」。此處刪節號透露馬羅的口述頓絕，不忍明講吉姆的窘態。

刪節號也是敘事者刻劃人物的手法。例如，第二十三章第四段（本書p.269），馬羅轉述吉姆的激動發言：

> 『我在等的就是這個。看著辦吧……我會……我已準備面對任何鳥事。……我連作夢都會夢到……哎！能夠脫身。哎啊！好運終於來到。……你等著看。我會……』

此外，《吉姆爺》的刪節號顯露康式獨特「隔層紗」的描寫特質。例如，第三十五章倒數第六段（p.354），馬羅敘述與吉姆最後一次離別：

> 啊！他真是浪漫，真是浪漫。我想起史坦曾說的話。……『往毀滅元素沒入！……逐夢，一再逐夢──就這樣──永遠──*usque ad finem*……』他很浪漫，卻依然真誠。誰知道他在西方餘暉裡看見了什麼形體、何種幻影、哪些臉龐、何等寬恕！……一艘小艇離開縱帆船，兩隻槳規律打水，徐徐朝沙洲駛來接我上船。

此段四處刪節號明顯呈現馬羅口述故事之語氣頓絕。最後一個刪節號除代表口述中斷後的時間延遲，還表示馬羅尚有其他話並未說出。因此，本譯本視刪節號為《吉姆爺》重要的表現手法，全數保留原典所用之刪節號。

附錄四：原典頁碼對照

　　為利於讀者中英對照閱讀，特附上本譯本與原典[1]關鍵情節頁碼對照如下：

本譯文	原典
後來，馬羅多次出現在許多遙遠的地方，很樂意能緬憶吉姆，詳實地回憶，一字一句把他說出。（p.98）	And later on, many times, in distant parts of the world, Marlow showed himself willing to remember Jim, to remember him at length, in detail and audibly. (p.33)
他出身得宜；他屬我族類。（p.108）	he came from the right place; he was one of us. (p.43)
我那時就這樣窺見了他……（p.179）	I had a glimpse of him then . . . (p.123)
人是生而膽怯的（*L'homme est né poltron.*）。（p.196）	Man is born a coward (*L'homme est né poltron*). (p.147)
似乎孤獨是生命存在不容質疑的絕對前提；（p.220）	It is as if loneliness were a hard and absolute condition of existence; (p.180)
彷彿人之初的巨岩上並非早已用無可磨滅的字句銘刻了我們的命運。（p.225）	As if the initial word of each our destiny were not graven in imperishable characters upon the face of a rock. (p.186)
竅門在於投身毀滅元素自甘屈服（p.249）	The way is to the destructive element submit yourself. (p.214)
巴度山以前曾被當成墓園以便埋藏某些罪過、踰矩，或厄運。（p.254）	once before Patusan had been used as a grave for some sin, transgression, or misfortune. (p.19)

1　如前文說明，本譯本採1923年英國丹特「統一版」（The Uniform Edition）。本版與美國道布戴爾1921年「美國二版」（日晷版）、1946年丹特「全集版」共用相同印版。讀者可參閱牛津大學1983年「世界經典系列」（World's Classics）之《吉姆爺》，該系列以1946年丹特「全集版」印版重印康拉德作品，正文版面和頁碼與「全集版」一致。

本譯文	原典
大地之靈統御偉大事業，對眾生是了無同情的。（p.258）	The spirit of the land, as becomes the ruler of great enterprises, is careless of innumerable lives. (p.223)
他所有征服——信任、聲望、友誼、愛——所有他虜獲的這些事物讓他成為主人，卻也把他變為俘虜。（p.279）	all his conquests, the trust, the fame, the friendships, the love–all these things that made him master had made him a captive too. (p.247)
他已成為賦有神力的傳說人物。（p.295）	Already the legend had gifted him with supernatural powers. (p.266)
羅曼史已選中吉姆並將他據為己有——這才是那段傳奇最為真實的部分；（p.309）	Romance had singled Jim for its own–and that was the true part of the story. (p.282)
真理戰勝一切——你們懂不懂。*Magna est veritas et*……沒錯，只要時機容許的話。（p.343）	Truth shall prevail–don't you know. *Magna est veritas et . . .* Yes, when it gets a chance. (p.320)
接著，忽然間，我失去他的蹤影。……（p.356）	And, suddenly, I lost him. . . . (p.336)
馬羅說完這些話，口述的故事也告一段落；（p.357）	With these words Marlow had ended his narrative. (p.337)
「這一切的開始，如我先前所說，要追溯至一個名叫布朗的傢伙，」馬羅記敘的故事開頭寫道。（p.371）	"It all begins, as I've told you, with the man called Brown," ran the opening sentence of Marlow's narrative. (p.352)
就算對最愛他的那位女子而言，他始終都是傷人的無解謎團。（p.405）	that remains even for her who loved him best a cruel and insoluble mystery. (p.393)

附錄五：推薦書單

以下參考書籍有助讀者進一步了解《吉姆爺》的歷史文化背景：

亞爾佛德・羅素・華萊士（Alfred Russel Wallace），《馬來群島自然考察記：紅毛猩猩與天堂鳥之地》（*The Malay Archipelago: The Land of the Orang-Utan and the Bird of Paradise*），金恆鑣、王益真譯，台北：馬可孛羅（2017年）。

康拉德「枕邊讀物」，提供作家許多有關馬來風土民情的寫作素材。華萊士與達爾文不約而同構思演化理論，是《吉姆爺》要角史坦的歷史原型。

瑪雅・加薩諾夫（Maya Jasanoff），《黎明的守望人》（*The Dawn Watch: Joseph Conrad in a Global World*），張毅瑄譯，台北：貓頭鷹（2020年）。

《紐約時報》年度好書，以全球化視野剖析康拉德人生與作品的時代意義。本書結合歷史研究與文學傳記，史料豐富，不容錯過。

許多作家都深受康拉德影響，除了〈導論〉提及的作家與作品，以下暢銷作品同樣值得一讀：

石黑一雄（Kazuo Ishiguro），《被埋葬的記憶》（*The Buried Giant*），楊惠君譯，台北：商周出版（2021年）。

石黑為諾貝爾文學獎得主，作品一貫主題為歷史與記憶，深受康拉德影響。本書以寓言故事處理歷史變局造成的心理創傷，將《吉姆爺》主題發揮淋漓盡致。

威廉・薩默塞特・毛姆（William Somerset Maugham），《面紗》（*The*

Painted Veil），宋瑛堂譯，台北：麥田（2017年）。

　　毛姆曾造訪當時歐洲人難以前往之偏鄉異域，並將所見所聞化為膾炙人口的故事，可謂通俗文學的康拉德。本書以女性觀點揭露殖民社會的醜態與禁忌。原著出版於1925年，有關揭露黑暗真相的主題，明顯受到《吉姆爺》的影響。

　　讀者讀完《吉姆爺》若意猶未盡，建議伸展閱讀以下康拉德名作：

《黑暗之心》（*Heart of Darkness*），鄧鴻樹譯注，國科會經典譯注計畫，台北：聯經出版（2006年）。

　　本書為《吉姆爺》同期作品，敘事者亦為馬羅。《黑暗之心》以殖民視野反思殖民主義，揭露道德圭臬背後的黑暗真相。若與《吉姆爺》交互閱讀，讀者將更能體認康拉德身為現代主義作家的時代意義。

《密探》（*The Secret Agent*），陳錦慧譯，台北：商周出版（2018年）。

　　這本1907年的政治小說是康拉德唯一一本以英國為背景的長篇小說。本書刻劃檯面下政治活動引發的私人悲劇，很類似《吉姆爺》後半部的政治角力。

附錄六：康拉德年表

◆ 1857–1873 **波蘭時期**

1857　出生於波蘭別爾奇夫（Berdichev，現烏克蘭西北），本名柯忍尼奧斯基（Józef Teodor Josef Konrad Korzeniowski）。

1862　隨雙親流放至莫斯科東北。

1865　母歿。

1869　隨父返回波蘭；首次接觸父親翻譯之莎劇；同年，父歿。

1872　立志成為海員。

◆ 1874–1893 **航海時期**

1874　赴馬賽。

1875　成為實習海員。

1878　返回馬賽，企圖自殺；於英籍輪船見習，首次踏上英國土地。

1879　任*Duke of Sutherland*船員，澳州航線。

1880　於倫敦停留；獲二副資格；謀職困難，出任*Loch Etive*號三副，首次擔任高級船員，澳洲航線。

1881　任*Palestine*號二副；前往曼谷，初窺東方。

1883　首次造訪新加坡。

1884　獲大副資格。

1886　入英國籍；獲船長資格。

1887　任*Highland Forest*號大副，爪哇航線；於新加坡療養職傷；任*Vidar*號大副，新加坡～爪哇地方航線。

1888　任*Otago*號船長，曼谷～澳洲、大洋洲航線，行遍模里西斯、澳洲東岸。

1889　辭職返英；嘗試以英文創作。

1890　隨*Roi de Belges*號前往比屬剛果。

1891　赴日內瓦療養；任*Torrens*號大副，再度前往澳洲。

1893　任法籍*Adowa*號二副，加拿大航線。

◆ **1894–1924 寫作時期**

1894　辭去船員職務，改行當職業作家；完成首部小說初稿。

1895　《奧邁耶的痴夢》出版。

1896　《島嶼逐客》出版。

1897　《納西斯號的黑鬼》出版，成為受注目的文壇新秀。

1898　嘗試完成〈吉姆：側寫〉。

1899　〈黑暗之心〉連載。

1900　〈吉姆：側寫〉連載，同年末《吉姆爺》英、美「初版」。

1902　《青春故事集》出版。

1903　《颱風故事集》出版。

1904　政治小說代表作《諾斯楚摩》出版。

1906　回憶錄《海之鏡》出版。

1907　《密探》出版。

1908　《六個故事》出版。

1911　政治小說又一力作《西方眼界下》出版。

1912　自傳《私記》；《海陸之間故事集》出版。

1914　《機運》出版。

1915　《潮汐之間故事集》；晚期代表作《勝利》出版。

1917　自傳小說《暗影邊界》；《吉姆爺》「英國二版」出版。

1919　《金箭》出版。

1920　延宕多年之《拯救》終於出版；《吉姆爺》「英國三版」（海曼版）出版。

1921　散文集《人生與文學筆記》；《吉姆爺》「美國二版」（日晷版）出版。

1923　以暢銷作家身分訪問美國；最後一部作品《流浪者》；《吉姆

爺》「統一版」出版。

1924　8月逝世，葬於英國坎特伯里墓園。

吉姆爺

一段軼事

Joseph Conrad
約瑟夫・康拉德　著

鄧鴻樹　譯

LORD JIM
A Tale

「我若深信不疑，他人必將毫不懷疑。」

——諾瓦利斯*

---

* Novalis：德國浪漫時期哲學家詩人Friedrich von Hardenberg（1772–1801）筆
 名。此卷首語透露康拉德創作理念。他於自傳重提此引言並指出，「小說不
 正是深信他人與我們同樣確切存在——深信不疑以致能讓我們透過想像的形
 式刻劃人生」。請見〈導論〉第五節。

獻給
霍普先生與夫人*

摯情永憶

---

* G. F. W. Hope：George Fountaine Weare Hope（1854–1930）爲康拉德早年加
入英國商船最早結識之英籍船員，與康拉德一家過從甚密。《吉姆爺》出版
期間，霍普的長子意外身亡，康拉德特獻上本書以表哀悼。

作者按語

　　自從這本小說以書本形式發行後[1]，就盛行一種說法：我的寫作過程暴衝。有些書評家宣稱，原先以短篇故事構思的這個作品，後來發展超出作者掌控。有一、兩位評論家在故事裡發現證據可佐證此說法，似乎令他們自得其樂。他們指出敘事形式有其限制。他們主張，無法期望有人講故事能持續那麼長的時間，也無法要求別人聽那麼久。這種故事，他們說，並不太可信。

　　歷經十六年反覆思索，如今我已沒把握他們說得通。很多人都知道，熱帶與溫帶地區都有人熬夜「尬故事」[2]。然而，本書講的只不過一則軼事，其中還有幾處停頓能讓人稍事休息[3]；至於有關聽者耐力的問題，我們必須先接受一個假設：故事本身**會是**引人入勝的。這個假設是必要的前提。倘若我並不相信這**會是**引人入勝的故事，當初根本不會動筆。另外，有關體力是否可行的問題，我們都知道有些國會演說可長達六小時，比原訂三小時還久得多；而且，我還想指出，小說裡馬羅的口述能在三小時內大聲朗誦完畢。[4]除此之外——雖然我在故事正文盡量不提這種無關緊要的細節——我們能假想，說故事當晚現場一定會有點心、礦泉水之類給口

1　《吉姆爺》最初於1899年10月至1900年11月分十四期連載於英國《布萊克伍德雜誌》（*Blackwood's Magazine*），並於1900年10月發行英國首版，1917年英國二版增添〈作者按語〉（"Author's Note"）。

2　"swapping yarns"：你來我往地說故事。

3　馬羅口述過程共有七次明顯停頓：第八章（兩次）、第十章（一次）、第二十一章（一次）、第三十四章（三次）。

4　此推估雖不無可能，恐過於樂觀。全書四十五章共約十三萬五千餘字，馬羅口述三十章（第五至三十五章），若以每分鐘三百字快速朗誦，需耗時約七小時半。由此估算，熬夜說完故事確實可行。然而，若放慢說話速度，所需時間恐會加倍。

述者助興的餐點。

　　但說真的，實情是我原本構思的故事確實是短篇，只打算寫到朝聖船情節[1]；僅此而已。這個構想還算合理。然而，某些因素使然，我寫了幾頁後覺得不滿意，就把故事擱在一旁好一陣子。[2]直到已故威廉·布萊克伍德先生建議我再寫點東西登在他雜誌上[3]，我才把抽屜裡的手稿拿出來。

　　那時候我才察覺，朝聖船情節很適合發展成一段隨興說出的曲折故事；我也同時意識到，那起事件能帶出一個單純敏感的角色來生動刻劃「存在感」[4]的全貌。可是，這些初步基調與心情悸動在當時仍混沌不明；經過這麼多年後，往事也不見得會更加明朗。

　　當初被擱在一邊的那幾頁手稿，就題材選擇而言，並非毫無分量。但手稿後來都被我仔細修改。我坐在桌前改寫時就知道這將會是長篇作品；然而，我並未預見這個故事後續將分十三期刊登在「布誌」。[5]

　　有時候我會被問到：本書是否為自己最喜愛的作品。無論於公於私，甚至涉及作者與作品之間的微妙關係，我都十分排斥偏愛。原則上，我不會偏愛某部作品；不過，聽到有些人特別喜愛我的吉姆爺[6]，我不會刻意感到傷心與厭煩。我甚至不會說我「搞不懂。……」不會的！可是，有一次我真的被搞迷糊，還著實感到詫異。

　　我有個朋友從義大利返國，在那裡曾與一位不喜歡本書的女士聊

1　連載第一期（前四章）以帕德納號事件收場，可看出短篇故事的架構。然而，第二期連載（第五章）近八千字，揭露船難對船員造成心理創傷，將故事發展提升至長篇小說的層次。

2　作者最初於1898年5月草擬〈吉姆：側寫〉（"Jim: A Sketch"）手稿，但遇上創作瓶頸而改寫其他作品。詳見〈附錄一〉。

3　William Blackwood（1836–1912）發行之雜誌於1899年2月連載〈黑暗之心〉（"Heart of Darkness,"）。

4　"sentiment of existence"：本書關鍵之哲學主題，第二十章將有精彩剖析。

5　"Maga"（「布誌」）為《布萊克伍德雜誌》暱稱。「十三期」的算法為第二期開始之後續連載期數。

6　my Lord Jim：「吉姆爺」無書名號；此細節透露作者對本書主角的偏愛。

天。我得知後當然感到遺憾；但令我詫異的是她不喜歡的理由。「你知道嗎，」她說，「從頭到尾悶得要死[1]。」

此說法足足讓我煩惱一小時。最後，我得到的結論是，雖然已考量本書主題與女性典型情感格格不入[2]，該女士應該不會是義大利人。我懷疑她究竟是不是歐洲人？無論如何，具有拉丁情操的人絕不會認為念念不忘失去的榮譽會是很悶的一件事。那種耿耿於心的意識可能是錯的，也可能是對的，或可能被認為是假惺惺而遭受譴責；再者，或許我的吉姆並非常見的普通類型。但我敢在讀者面前打包票，他不是冷漠扭曲的想法所生的產物。他也不是北方迷霧的人物。有個晴朗上午，在東方一個錨泊地的平凡場景，我看見他的身影經過——引人注目——耐人尋味——陷入愁雲慘霧[3]——全然靜默。本來就該那副模樣。我要做的，就是盡最大同情心尋求最貼切字眼來傳達他的意義。他「屬我族類」。[4]

J. C.

1917年6月

1　morbid：原文雖為「病態」，亦有「沉悶」（gloomy）之意。康拉德的用法顯然針對前文所提「引人入勝」與否的問題而言。

2　21世紀讀者恐無法認同作者所謂「女性典型情感」（"women's normal sensibilities"）。然而，單憑此句不宜斷言康拉德對女性的看法。本文發表前不久，他甫於暢銷作《機運》（Chance, 1913）探討女性意識覺醒的議題，顯示作者有意克服當時社會對「女性典型情感」的偏見。

3　under a cloud：馬羅敘事的關鍵詞。此片語雖有「失寵」、「受誤解」之意，馬羅所在意的是吉姆人生猶如一團迷霧，旁人難以窺見其真貌。請見第三十六章倒數第四段（本書pp.358-360）。

4　"one of us"：《吉姆爺》關鍵語，請見第五章第九段（本書p.107）。《聖經·創世紀》3:22：「那人已經與我們相似，能知道善惡。」（"The man has now become like one of us, knowing good and evil."）康拉德以引號標示，顯示所指並非字面上的意義（「自己人」），而是更為複雜的族群認同。

第一章

　　他差一吋，或許兩吋，就滿六呎高[1]；體格壯碩，迎面向你走來時，微曲雙肩、低著頭往上瞪眼的樣子讓人想到一頭衝撞的公牛。他的嗓音低沉響亮，舉止展現一種敢說敢做的態度，果決卻一點也不好鬥。他似乎非那樣不可，律己待人顯然都得如此。他的儀容整齊無瑕，從頭到腳潔白服飾；在東方各地港口擔任船具行水務員[2]，人緣極佳。

　　水務員雖不需通過考試成為百事通，卻要有能力兼顧理論與實務。職掌包括：在船帆、蒸汽、船槳中與其他水務員較勁，搶先登上即將進港的船；笑臉迎接船長，執意送上名片——船具行的名片[3]；以低調果決的態度引領首次上岸的船長前往一間寬敞店面（該處如洞穴深不見底，堆滿船上吃喝所需用品），裡頭有維持船隻試航與養護的各式用品，從纜索鏈鉤到船艉雕刻所需的金箔，無所不包；店長出面接待，如失散多年的親人般與船長稱兄道弟。有涼爽的會客室、休閒椅、美酒、香菸、文具、港務法規大全，還有能讓船員打從心底化解三個月航程苦悶的熱切歡迎。船隻入港期間，這種關係有賴水務員每日拜訪才得以維持。對船長而言，水務員忠誠如摯友、殷勤如愛子，如約伯有耐心[4]、如女子無私奉獻、如密友令人愉悅。事後，帳單很快就會寄上。這是一個既良善又美妙的行業。因此，好

1　under six feet：據學者調查指出，1900年英國男性平均身高約169.4公分，吉姆身高（約176–179公分）爲標準以上，超越當時「東方」（馬來半島）男性平均身高（約160公分）。故事開場以負向陳述吉姆身高，預告其爲人有所不足。

2　ship-chandler's water-clerk：ship-chandler爲船舶用具供應商；water-clerk爲負責上船推銷貨品的外務員。

3　吉姆有難言之隱，並未提供印有自己姓名的名片。

4　patience of Job：《聖經‧約伯記》記載，約伯默默忍受常人不能忍之苦，最後苦盡甘來。

的水務員不可多得。對雇主來說，水務員若能具備理論知識，同時又曾接受航海的養成，這項優勢會讓此人很有價值，值得稍加迎合他的癖好。吉姆總能討個好工資，也能像聽話的討厭鬼那樣獲得特殊待遇。不過，他會展現惱人的忘恩負義突然辭職出走。對雇主而言，他顯然交代不清。他一掉頭走人，他們就在背後罵他是個「討厭的傻子！」他們就是這樣批評他的敏銳感性。

　　對在經營堤岸生意的白人和港內船隻的船長而言，他只是吉姆——僅此而已。當然，他另有一個名字，但他希望沒人會說出他的本名。他的化名儘管漏洞百出，並非打算隱藏一個人，而是一件事。當化名無法隱瞞那件事，他就會離開當時所在的海港，前往另一處港口——通常是愈往東走。他離不開海港，因為他是被大海放逐的船員；而且，由於他滿腦子理論知識，除了水務員並不適合其他工作。他往太陽的方向全身而退，那件事也無可避免緊追在後。於是，他這些年來陸續現身於許多地方：孟買、加爾各答、檳城、巴達維亞[1]等地——在這些落腳處，他的身分只是水務員吉姆。後來，他敏銳察覺再也無處可躲，只好永遠離開海港與白人走入原始森林，選擇在叢林部落隱瞞自身可悲的才能，以致他的化名被當地馬來人多加了一個敬稱。他們稱他為「吉姆端安」：或謂——吉姆爺。[2]

　　他是牧師宅院出身。許多優良商船的船長都來自這些虔誠寧靜的住所。吉姆的父親能知不可知之事；此領悟造就了小屋出身的剛正不阿，有別於永不犯錯的天意賦予豪宅人士的無憂無慮。小教堂佇立在山丘上，遍佈青苔的灰白外貌如同透過參差林葉遠眺一顆岩石。教堂在那已屹立好幾百年，只有周邊林木可能還記得當初如何開工奠基。山丘下有草皮、花壇、冷杉，其間有牧師住所的紅屋前牆閃爍著溫暖色澤；屋後有果園，左

1　Batavia：荷屬東印度首府，現今雅加達。

2　「端安」（tuan）為馬來文男性的尊稱，有「大人」或「先生」之意。英語 lord 有「老爺」之意。吉姆如何成為異族眼中的「大人物」，成為故事發展的核心問題。

側有鋪石的馬廄廣場，還有玻璃溫室沿著磚牆延伸而下。家族生活方式世代相傳；不過，吉姆家共有五個兄弟。他有次度假讀到通俗文學而決定跑船[1]，於是就被送到「高級商船船員培訓船」受訓。

培訓期間，他學會粗淺的三角學，也學到如何橫越上桅帆的橫桁[2]。他人緣不錯；導航時負責三副職，並於船上一號艇擔任首席槳手。他頭腦冷靜、體格很棒，在帆索高處來去自如。他負責在前桅樓[3]守候，經常俯瞰下方景物，睥睨的樣子就像注定要在危險中大放異彩的那種人：俯視數不清的屋頂靜靜地被褐色水流一分為二，遠眺周邊平原外圍的工廠煙囪；骯髒的天空下煙囪散落矗立，如鉛筆般細長，如火山般吐煙。他可望見大船出航，寬體渡輪忙碌穿梭，腳下遠方有小船漂浮，遠處還有濛濛大海；他心願浮現，要在冒險世界追尋精彩人生。

在眾聲喧鬧的下甲板，他常心不在焉地預想通俗文學的航海生活是何等滋味。他預見自己在下沉的船上捨己救人、冒著暴雨鋸斷桅杆、身繫救援繩游過大浪；或想像自己是流落荒島的漂流客，衣衫襤褸地光腳走在退潮的礁岩撿拾貝類充飢。他會到熱帶海岸對付蠻人、在公海收服叛艦、在汪洋中的小船替絕望的船員鼓舞士氣——永遠會是盡忠職守的楷模，就像書本裡的英雄那般堅忍無畏。[4]

「出事了。快來。」

他連忙起身。學員們迅速攀上梯子。上方傳來混亂的腳步聲與喊叫聲；他爬出艙口後卻站著不動——好像全身愣住一樣。

那是一個冬天的傍晚。午後颳起強風，河口交通停擺；陣風強如颶

1　康拉德16歲時（1873年）與家庭教師前往瑞士度假，首次吐露跑船心願；隔年前往馬賽，成為法國商船實習生。

2　topgallant yards：topgallant為頂帆上方位置最高的帆；yards為支撐船帆的橫木。

3　fore-top：前桅上方固定側支索的平台（側支索為控制桅杆側傾用的拉索）。位於高處，視野極佳。

4　吉姆後來在異域實踐英雄主義，成為「反英雄」。

風，就像海面一陣陣火砲齊發。暴雨斜打在搖擺不定的帆索，吉姆瞥見巨浪翻滾的駭人畫面；小船在岸邊被大浪翻攪，洶湧霧氣掃過靜止不動的建築物，錨泊的寬體渡輪笨拙地不停顛簸，寬廣的棧橋佈滿浪花上下起伏。下一陣狂風似乎會把這一切全盤吹走。四周盡是滔天巨浪。狂風展現駭人意圖，風聲呼嘯，海天狂暴，顯露不折不扣的怒氣，好像全都衝他而來，令他心生敬畏、屏息以待。他站著不動。他覺得一陣天旋地轉。

他被人推來推去。「登艇就位！[1]」學員快步走過他身旁。一艘入港避風的沿海貨船撞上停泊的縱帆船，培訓船教官目睹這場意外。一群學員爬上舷欄，在小艇吊架[2]旁聚集。「碰撞事故。在正前方。西蒙斯先生看到的。」他被人推了一把，跌撞到後桅杆，趕忙抓緊繩索保持平衡。老舊的培訓船被纜繩固定在泊位，船身不斷搖晃、徐徐頂著風，稀疏的帆索發出低吟，唱出扣人心弦的青春航海之歌。「降小艇！[3]」他看見全員就位的小艇快速降到舷欄下方，急忙跑上前去。他聽見水花聲。「解纜；鬆吊索！[4]」他俯身往下看。船身周圍的河水[5]湍悍。暮色昏暗，受風浪擺佈的小船暫時穩住船體的彈跳，在培訓船側搖擺起伏。他隱約聽見船上傳來喊叫聲：「划穩一點，你們這群小兔崽子，究竟想不想要救人！划穩一點！」小船船首猛然抬起，以舉樂之姿越過大浪，掙脫風浪的擺佈。

吉姆感到有人緊抓他的肩膀。「晚了一步，小伙子。」船長眼看吉姆就要一躍而下，連忙伸手阻擋；吉姆抬起頭來，眼神痛苦，意識到自身的徒勞無用。船長露出同情的微笑。「好運要等下一次。這次會教你以後要機靈點。」

---

1 Man the cutter：海事用語。Man為「就位」；cutter為運送貨物或人員的小船。

2 davits：船側懸吊小艇用的起重裝置。

3 Lower away：海事用語，「降下」。

4 Let go; clear the falls：海事用語。Let go原為「下錨」，此為「解纜」；falls為吊索。

5 培訓船停泊於河口，並未出港。

刺耳的歡呼聲迎接小船歸來。費力前進的小船淹水一大半，艙底鋪板有兩名精疲力竭的男子在水中滾來滾去。吉姆看在眼裡，風浪的擾攘與威嚇令他不屑；他先前竟會對這種虛有其表的威嚇感到敬畏，他愈想愈後悔。他現在明白該如何面對。他覺得自己完全不在乎狂風。他能面對更驚險的危難。他做得到——能比其他人做得更好。他心中沒有絲毫恐懼。不過，那晚他獨自悶悶不樂；小船的首槳手[1]——一個長得像女生、有陰柔大眼的男孩——成為下甲板[2]的英雄。大家把他團團圍住，迫不及待提問。他敘述道：「我看見他的頭在水中浮上沉下，就趕緊把艇鉤[3]丟下水。鉤子勾到他的短褲，我差點掉到海裡；說時遲，那時快，老西蒙斯放開舵柄，一把抓住我的腿——小艇進水幾乎就要沉沒。老西蒙斯那個老頭很棒。我完全不在乎他對我們發脾氣。他抓住我的腿時一直罵個不停，那只是他的表達方式，要告訴我不能鬆開艇鉤。老西蒙斯脾氣真的很壞——對不對？別人可就不是這樣——那個斯文小子的同夥——蓄鬍的高個兒。他被我們拉上小艇時一直哀叫，『唉唷，我的腿！唉唷，我的腿！』邊叫還邊翻白眼。誰能料到一個高個大男生居然會像女生那樣昏過去。你們有誰被艇鉤戳到後會昏倒？——我才不會。他的腿才被鉤子戳進這麼一點點。」他特地拿出繫在腰間的艇鉤比劃，引起一陣騷動。「唉，真蠢！被勾住的不是他的腿——而是他的短褲。當然，還是流了一堆血。」

吉姆覺得這是虛榮心的展現，令人不齒。狂風所造就的英雄主義與其裝模作樣的可怖同樣虛假。他很氣天地無情的擾攘竟讓他措手不及，以不公平的方式奪走他準備驚險脫困的滿腔熱忱。除此之外，他很慶幸自己沒登上小艇，因為扭轉局面的是一種較為低俗的成就。他已擴充心智，遠勝過完成任務的那群人。因此——他確信——當所有人都畏縮不前，只有

1　bowman：在船艏負責划槳的槳手。

2　lower deck：下甲板為船員活動區，此有全體學員之意。

3　boat hook：頂端有鉤子之長柄工具，船員用以控制小船泊港或撈起落水物體。

他才知道要如何對付風浪虛假的威嚇。他知道要怎麼看待這一切。冷靜觀之,不屑一顧。他發覺自己沒有任何情緒;不過,這起驚人事件的最終效應在於:他不與周遭喧鬧的男孩為伍,受忽視的他更加確信自己渴望冒險、具備多方勇氣而內心雀躍不已。

第二章

　　完成兩年訓練後，他開始跑船，探訪腦海所熟知的地帶，卻發現不知怎的毫無冒險可言。他多次出航。他知道海天之間迷人的枯燥生活：要忍受旁人批評、大海的苛求、為求日用飲食[1]而做之艱辛乏味的例行差事──唯一的回報僅剩下對工作的熱愛。他卻得不到這項回報。然而，他無法回頭，因為沒有什麼能比海上生活更為誘人、令人幻滅、無從掙脫。此外，他的前途看好。他有教養、穩重、聽話，諳習本身職責。後來，他年紀輕輕就當上一艘好船的大副。那時，他尚未接受海上事件的考驗──這些事能在光天化日下展現一個人的自我價值、情緒的臨界點、本領有多強；還能顯露一個人耐力的特質與裝腔作勢所掩飾的祕密真相：不僅能讓別人看見也能讓自己看清這點。

　　那段期間，他只有一次曾再度窺見大海迫切的怒氣。大海的實情並非如想像那樣顯而易見。冒險犯難與驚濤駭浪的危險潛藏許多暗處，偶然間才能於事實的表象瞥見一股不祥的強橫意圖──某種強加於人心、無法形容的東西；意外事件的險阻或狂暴的原始力量朝他而來，懷抱著恨意、勢不可當，顯露不受控制的殘酷，打算要從他心中扯出希望和恐懼、勞累的痛楚與對休息的渴望：這股意圖想要擊碎、破壞、毀滅他所見過、遇過、愛過、嘗過、或恨過的所有事物；要奪走所有無價與必要的事物──陽光、回憶、未來──從他眼前徹底捲走珍貴的世界，以直接了當的駭人做法奪走他的性命。

　　某次航程剛開始沒多久，吉姆就被落下的橫梁擊傷[2]；他的蘇格蘭船

1　the daily task that gives bread：〈馬太福音〉6:11：「我們日用的飲食，今日賜給我們。」（"Give us this day our daily bread."）。

2　1887年，29歲的康拉德擔任高地森林號（the *Highland Forest*）大副，在三寶瓏卸貨時操作不當，被掉落的橫梁擊傷。

長事後說：「哇！那艘船居然挺得過去，真是奇一蹟[1]！」好多天吉姆都在床上躺平，茫然受創、感到絕望、飽受折磨，彷彿跌落焦慮的萬丈深淵。他不在乎下場會是如何，頭腦清醒時卻很在乎自己的冷漠態度。無法看清的危險正如殘缺不全的想法那般模糊難辨。恐懼隱隱作動；想像力——人類的大敵，恐懼之父——陷入精疲力竭的情緒，淪為麻木不仁的無感。吉姆眼中只見自己在風暴裡搖擺的艙房。他躺在一場小型的杯盤狼藉裡，在床上被板子固定著，暗自竊喜自己不需上甲板工作。不過，他有時會感到一陣無法克制的痛楚席捲上身，讓他在毛毯下喘不過氣，痛苦到全身痙攣；那時，他想到人生在世毫無道理、殘酷無情；易於陷入這種情緒的他就會充滿絕望而渴望逃避，不惜一切代價。[2]後來，天氣終於放晴，這件事他就不放在心上。

　　然而，他的跛傷並未痊癒；船隻駛抵一個東方港口後，只好到一家醫院療傷。他很慢才復原，以致被迫留下。

　　白人專屬病房只有另外兩名病人：一艘砲艇的事務長，失足落下艙口摔斷了腿；另一位則是鄰近省分鐵路承包商之類，染上某種熱帶怪病，視醫生為傻瓜；他藉由坦米爾[3]僕人殷勤夾帶的專利藥物暗自縱情恣欲。他們交換各自人生故事，打點小牌，或是打著哈欠、穿著睡衣躺在休閒椅上，不發一語慵懶度日。醫院蓋在山頭，窗戶總是敞開；徐風吹來，為空蕩的房間捎來天空的和煦、大地的慵懶、東方水域的迷人氣息。和風夾帶香氣，似有無邊無際的謐靜，賜予無窮無盡的幻夢。吉姆每天隔著花園樹叢望向城鎮屋頂的彼方，透過岸上棕櫚的狹長枝葉望向港口錨泊地：那是通往東方的大道——他遠眺四散的花環般小島，在歡樂陽光照耀下，船隻

1　meeracle：miracle（船長鄉音很重）。

2　憂鬱症典型症狀；本段描述頗具自傳性。康拉德構思《吉姆爺》前兩年曾對好友透露：「我的憂鬱症發作多次，持續很久，若在精神病院會被當作發瘋。」（〈致Edward Garnett信〉，1896年6月2日。）另見第七章最後一段（本書p.143）。

3　Tamil：來自印度南方與現今斯里蘭卡之民族。

狀若玩具，熙攘的港區如節慶遊行般熱鬧，全都籠罩在東方天空恆久的和風麗日，圍繞在東方海域一望無際的宜人寧靜裡。

　　他不需撐拐杖後就立刻下山，到城裡探聽返鄉機會。那時沒什麼職缺，他待業時很自然在港邊與同行往來。這些人可分為兩類。其中一類屬於少數，偶然才現身，過著神祕生活，有海盜脾氣、夢想家眼神，心懷無可抹滅的幹勁。他們似乎活在一連串瘋狂紛繁的計畫、期望、危險、事業之中，走在文明前線，深入大海黑暗之地；他們的死是這種荒誕人生唯一能確保的成就。另一類則為多數，這些人跟吉姆一樣，因某種意外而被丟在那邊，後來成為區間船[1]的高級船員。如今他們很怕上本國船服務，因工作條件較苦、職責要求較嚴、還要頂著怒濤冒險遠航。他們已適應東方海天恆久不變的寧靜。他們喜愛短程航線、舒適的甲板折椅、大編制的當地船員、身為白人的特殊身分。他們很怕苦差事，以致過著不穩定的安逸生活，總是快被解雇、總是將被聘雇，在中國佬[2]、阿拉伯人、混種人[3]旗下服務——倘若有個閒職的話，他們甚至甘願服侍魔鬼。他們整天談論著有誰時來運轉：某某人如何在中國沿岸當上船長——美缺一個；這人如何在日本某船找到好缺，那人如何在暹羅[4]海軍混得不錯；從這些言談裡——舉手投足、說話神情、待人處事——可察覺他們的弱點、頹廢之處、一種苟且偷安的意志。

　　對吉姆來說，說長道短的那夥人若以船員視之，起初看來還比許多幻影來得無足輕重。不過，假以時日，他反而迷上這群人的出現，也迷上他們能冒最少的險、做最少的事而一帆風順。最後，當初所感到的鄙視逐漸與另一種滋長的情感共存；後來，他突然決定不返鄉了，來到帕德納號[5]上

1　country ships：英國殖民地之區間航班，船東爲當地人，有別於英國東印度公司之遠洋「正規船」（regular ships）。

2　Chinamen：舊時稱呼華人的歧視語。

3　half-castes：舊時對殖民地混血兒的歧視語。

4　Siamese：泰國舊稱。

5　the *Patna*：船名爲印度東北古城。

擔任大副。

　　帕德納號是艘當地蒸汽輪船,與山丘一樣古老、獵犬般瘦長,鏽蝕狀況比爛水槽還糟。船東是個中國佬,租賃者為阿拉伯人,船長則是一個背棄家鄉之類的新州[1]德國人,很愛公然侮辱自己祖國;不過,他顯然仗著俾斯麥強而有力的施政,霸凌所有瞧不起的對象,逞一副「鐵血」[2]霸氣,輔以紫鼻紅鬚壯大聲勢。帕德納號粉刷船殼、用白料刷洗船艙後,就冒著蒸汽停靠在木碼頭;約八百名朝聖客[3]被送上船。

　　他們從三個舷梯魚貫登船,被信仰與天堂的期許鞭策,陸續湧入,光腳踏步絡繹不絕,一語不發、悶不吭聲、頭也不回;人潮越過欄杆後就在甲板各處散開,從船首湧到船尾,多出的人群從敞開的艙口傾瀉而下,擠滿船內各艙各室——如湧水注滿水箱、如流水導向裂隙、如上升水位悄悄溢滿。八百名男女心懷信仰與期許、懷抱情感與回憶,在船上集結;從南北各地、從東方邊陲而來,踏過叢林小徑、穿越溪流而下,沿淺灘乘小船來到海岸,在島嶼間划小舟渡海而來,歷盡艱辛、目睹異景、受莫名恐懼所擾,支撐他們的只有一種渴望。他們有人來自離群索居的荒野小屋,有人來自地廣人稠的聚落,也有人來自濱海村落。他們受到信念感召,離開家鄉林園、耕地、酋長的保護,拋下繁華與窮困,遠離從小生活的環境與先人墓園。這群人滿身塵土、全身汗泥汗水而來,各個衣衫襤褸——有健壯的家長帶領家族隊伍,有枯瘦的老人因無退路而拚命前行,有年輕的男孩鼓起勇氣好奇四處觀看,還有長髮蓬亂的靦腆小女孩;害羞的女人用髒頭巾把嬰兒裹在懷裡,熟睡的嬰兒不知不覺也成為嚴苛信仰的朝聖客。

　　「瞧者群[4]牲畜,」德國船長對新任的大副說。

1　New South Wales:新南威爾斯,位於澳洲東南方,19世紀為英國殖民地。

2　"blood-and-iron":俾斯麥(Otto von Bismarck, 1815–1898)擔任普魯士首相期間(1862–1873)推行激進政策,主張秉持「鐵與血」突破困境,號稱「鐵血宰相」。

3　pilgrims:前往麥加朝聖的信徒。

4　dese:「這」群;船長說英語帶有濃厚的德國腔。

　　最後登船的是一名阿拉伯人，那趟虔誠之旅的領隊。他徐徐走上船，身穿白袍、包著醒目頭巾，相貌堂堂，舉止莊重。成串僕人跟在後面，扛著大大小小的行李；帕德納號解纜開船，倒退駛離碼頭。

　　輪船航向設定駛往兩座小島之間，斜越小型帆船的錨泊區，在一座山頭的陰影下兜了半圈後，駛近一處浪花四濺的珊瑚礁。那位阿拉伯人在船艉起身，大聲吟誦海上旅人的禱文。他祈求真主保佑這段旅程，懇求祂賜福給勞苦之人，祝福眾人實現心願。薄暮下，客輪沉重劃過平靜無波的海峽[1]；朝聖船後方遠處可見異教徒在險灘蓋設的螺旋樁燈塔[2]；閃爍的火光似乎在使眼色，好像對朝聖之旅感到不屑。

　　穿過海峽後，輪船橫越海灣[3]，經由「北緯一度」航道[4]繼續前進。輪船直接航向紅海，頂著萬里無雲的炎熱天氣；碧空如洗，刺眼的陽光籠罩全船，讓人無法思考、胸口鬱悶、有氣無力。在天空那種不祥之輝的覆蓋下，深邃湛藍的大海靜謐無聲、紋絲不動、水波不興──黏稠、停滯、死寂。帕德納號嘶嘶作響，駛過那片光滑閃亮的水域，在天空展開一卷黑煙絲帶，在水面留下一條轉瞬即逝的白浪緞帶，猶如一艘幽靈輪船在死氣沉沉的海面留下鬼影航跡。

　　每天清晨，太陽彷彿隨著朝聖步調運行，在輪船後方相同位置[5]默默乍現光芒；每天正午，太陽追上前來，俯瞰虔誠人心，灑下烈焰般光芒；每天傍晚，西沉太陽劃過天空，在破浪而行的船首前方相同位置日復一日神祕落海。船上五名白人的生活區位於船舯[6]，與人類貨物隔開。白色天

1　the Strait：麻六甲海峽，帕德納號經由此航道前往印度洋。

2　screw-pile lighthouse：架設於木樁上的燈塔；螺旋狀樁頭能鑽入淺灘固定基座。

3　孟加拉灣。

4　"One-degree" passage：穿越馬爾地夫群島之航道（1°30' N）；英國海圖正式名稱爲「北緯一點五度航道」（One and Half Degree Channel）。

5　因輪船於赤道附近向西航行，太陽移動位置與船身成垂直向。

6　amidships：船體中段區域。

遮如屋頂從頭到尾覆蓋全船甲板，只有透過其中傳來的微弱呢喃與悲傷細語，才能察覺炎炎海上有這群人存在。日子就這麼度過，平靜、炎熱、沉重，一天又一天消失在過去，似乎掉入輪船尾流始終敞開的深淵；輪船在一縷烏煙下獨行，一心一意，在璀璨奪目的浩瀚無際裡悶燃著，黑黝黝，好像被從天而降的無情之火焦燒般。

夜幕如恩賜降臨船上。

第三章

　　天地瀰漫寂靜，令人讚嘆；滿天星斗，璀璨星光照耀世界，似乎保證萬物永遠免於苦難。彎彎的眉月在西方低空閃耀，好比從金條削出的纖細刨花；阿拉伯海有如沁涼光滑的冰層，完美的水平面延伸至地平線幽暗無瑕的正圓。輪船俥葉不停轉動，運行脈動似乎是太平世界格局的一部分；帕德納號兩側各有兩道波浪騰湧，在平滑水光中顯露揮之不去的陰沉；船側水流激起筆直浪頭，向外分流，浪濤間可見點點白沫，迸發低沉嘶聲。輪船激起陣陣小波，留下漣漪盪漾，頃刻間攪亂海面；水波緩緩回復平靜，最後回歸方圓的海天一色。行進間，船身成為滄海一粟的黑點，永遠離不開天地的圓心。

　　吉姆在艦橋裡懷抱十足信心，確信在靜謐的大自然窺見無窮無盡的平安與祥和，如同在母親慈柔臉龐瞧見毋庸置疑的關愛。天遮頂篷下，信奉嚴苛教條的朝聖客沉睡著，臣服於白人智慧與勇氣，倚賴白人異教與火船鐵殼。朝聖客臥在墊子上、躺在毯子上、或在甲板席地而坐；他們到處都是，遍佈每個昏暗角落，圍著染色布衣、裹著破衣爛衫，把頭靠在包袱上，或將臉埋入前臂抱膝而坐：男人、女人、小孩，無論老弱婦孺或是手輕腳健的年輕人皆是如此──沉睡之際，人人平等，彷彿面對死亡。[1]

　　輪船急駛，船首揚起的陣陣清風，從幽暗聳立舷牆[2]之間持續吹來，吹過成排俯臥身軀；有些盞球形燈低掛在幾處天遮杆上，燭火昏暗，隨著晃動船身不停搖擺，在甲板投射出模糊光圈，照亮翹起的下巴、緊閉的眼、黝黑戴著銀戒指的手、裹在破衣裡的瘦弱身軀、後仰的頭顱、裸露的腿、還有一個赤裸伸直的脖子，好像自願架在刀口上。有錢的朝聖客用沉重行李與佈滿灰塵的墊子為家人搭造休息區；沒錢的人就並肩睡在甲板

1　根據希臘神話，睡神（Hypnos）與死神（Thanatos）為孿生兄弟。
2　bulwarks：甲板上的圍籬。

上，用破布裹住僅有家當充當頭枕；孤身老人則在禮拜毯[1]上屈膝而坐，雙手遮耳，將臉埋入雙肘而睡；一名父親揹著孩子在甲板屈膝而睡，挺著身子將臉靠在膝上，滿面愁容地打盹；背上小男孩一頭亂髮，伸出直挺挺的手臂；一名婦女從頭到腳裹著白布如同一具屍體，懷中抱著沒穿衣服的幼兒；阿拉伯領隊的行李堆在船艉右後方，搖曳貨燈下，顯露山丘般參差不齊的輪廓與各種模糊難辨的形體：圓滾閃亮的銅壺、甲板椅的擱腳台、長矛的刀刃、靠在枕頭堆旁一把老劍的筆直劍鞘、錫製咖啡壺的壺嘴。[2] 朝聖之旅每往前一海里，船艉航程儀[3]就固定敲一響。沉睡人群裡有時會浮現一聲微弱長嘆，來自不安的夢魘；船艙深處忽然傳出急促的金屬敲擊聲、刺耳的刮鏟聲[4]、鍋爐關門的重響，猛然爆發的聲響似乎顯示有人在艙底滿懷怨恨操控著神祕物體；同時，輪船空蕩的桅桿平穩佇立，高䠯細長的船身平穩前行，在遙不可及的晴空萬里中持續劃開靜謐無聲的海面。

　　吉姆在艦橋左右來回踱步；夜闌人靜，他聽見自己的腳步聲在耳中迴盪，彷彿是來自不眠星辰的回音：他掃視海平線，似乎以一種熱切渴望的眼神注視著無可希冀的事物，卻看不出有跡象顯示將有大事發生。海面唯一預兆只有輪船煙囪吐出的濃濃黑煙所留的陰影；黑煙不斷噴發，消逝於夜空。兩名馬來人負責操舵，站在舵輪兩側幾乎寂然不動；羅盤座投射出橢圓光圈，斷斷續續照亮舵輪的銅製輪緣。光線可及之處有時浮現一隻手，黝黑指頭時而鬆開、時而緊握輪輻；笨重的舵鍊在輪槽裡捲動著輪筒[5]。吉姆有時會匆匆看羅盤一眼，或掃視四周遙不可及的海平線，以一種

1　prayer-carpet：穆斯林禱告用的地墊。

2　本段鉅細靡遺描寫船上人物與氣氛，不僅有如靜物畫寫實，更像印象派寫意。此寫實又寫意的風格深刻影響同期現代主義作家。如康拉德於《納西斯號的黑鬼》（*The Nigger of the "Narcissus,"* 1897）指出，小說描寫首重身歷其境：「要讓讀者親眼目睹」（"to make you see"）。

3　patent log：拖曳於船艉以測量航速與距離的儀器。

4　蒸汽輪船燃煤，需以人力將煤塊鏟入鍋爐。

5　舵手轉動舵輪（wheel）之輪輻（spokes）帶動輪筒（barrel）上之舵鍊（wheel-chains），透過機械式機制操控船舵。

溢滿的幸福感伸展肢體，悠哉扭動全身直到關節發出喀聲；仗著勢不可當的寧靜氣氛，他似乎變得更為膽大心雄，完全不在乎這輩子會遇上何事。他有時會慵懶瀏覽被四個圖釘固定在轉向齒輪箱後方三腳桌的海圖。一盞牛眼燈繫在支柱上；燈火下，標示水深的海圖圖面閃閃發亮，如同波光粼粼的海面那般光滑平靜。圖上放著平行尺，尺上有把兩腳規；一個黑色小十字符號標示輪船前一日中午的位置，鉛筆畫出一條直達丕林島[1]的筆直航線——生靈前往聖地之道、走向救贖之路、獲得永生之途——鉛筆靜靜擱在圖上，筆尖輕觸索馬利海岸，就像一根漂浮在船塢的禿梁。「這艘船駛得真穩。」吉姆感嘆道，彷彿海天闃寂激發感恩之情。這種時候他會滿腦子英雄事蹟：他愛作這種白日夢，自我陶醉於幻想中的功成名就。這些是人生最棒的事，有不為人知的真相、不可窺探的真實。這些事顯露輝煌的男子氣概，有捉摸不定的魅力，威風凜凜掠過眼前，帶走他的心扉，讓他感到無限自信，有如沉醉於天賜靈藥。無論什麼，他都能夠面對。這個想法令他十分滿意，他會心一笑，漫不經心望著前方；他偶然回頭，瞥見魚肚白浮現，一道晨曦隨船身延伸於海面，就像海圖那條黑線一樣筆直。

　　灰斗哐啷作響，鍋爐艙通風孔隨之震動，無關緊要的噪音提醒他值更即將結束。他心滿意足地嘆口氣，感到惋惜，捨不得離開眼前這片讓他天馬行空幻想冒險的靜謐。他有點昏昏欲睡，全身上下一股舒適倦意，彷彿體內的血已化作暖烘烘的牛奶。船長悄悄走上艦橋，穿著睡服，敞開睡袍。他滿面通紅一副還沒睡醒的模樣：瞇著左眼、睜著呆滯右眼，斗大的頭懸在海圖上方，睡眼惺忪地在胸口搔癢。他裸露的身體看起來有點淫穢。赤裸胸膛泛著油光，彷彿睡覺時隨汗冒出脂肪。他以死氣沉沉的口吻下達指令，粗糙聲音好比銼刀刨木那般刺耳；肥厚的雙下巴就像懸吊在顎關節的袋子。吉姆聽見船長指令嚇了一跳，卻仍畢恭畢敬回話；不過，剎那間他似乎有所頓悟，永遠記住腦海這幅畫面：船長令人作嘔的肉體體現了潛伏於我們關愛的世界裡所有卑劣低賤之物——潛藏在我們盼望能自

1　Perim：紅海入口小島，當時為英屬供煤站，朝聖客抵達港口前之中途點。

我救贖的內心、隱匿在我們周遭友人當中[1]、躲藏在我們眼前景象背後、銷聲於我們耳中聲響之間、匿跡於我們胸中吸入的那口氣裡。

　　眉月西沉，金色纖細刨花逐漸沒入漸暗海面，星光閃爍愈加燦爛，半透明穹頂籠罩圓盤般的深海；天色愈加陰沉，穹蒼似乎不再那麼遙不可及。輪船航行極其平穩，讓人感覺不出有在移動，就像擁擠的行星穿越暗黑太空[2]，躲過成群恆星，在平靜卻懾人的寂寥裡等待另一個創世紀的徵兆。「甲板下熱爆了。」有人說。

　　吉姆頭也不回笑了笑。船長斗大背影動也不動：此為狂傲之徒慣用伎倆，存心忽視他人存在；除非有意要跟人反目成仇，他會轉身露出猙獰面目，對人飆罵一連串惡毒髒話洩憤，口沫橫飛的嘴臉會像排水管噴湧汙水那樣。[3] 不過，他這次僅繃著臉，不開心嘟噥幾聲；二管輪公然站在橋艛梯口，邊發牢騷邊把毛巾捏在冒汗的手裡。船員在上頭過得很舒服，根本不知道這些人有何用處。甲板下的管輪還真可憐，無論如何都得讓船繼續航行，雖然他們大可有樣學樣偷懶休息；哎喲，他們——「閉嘴！」德國佬冷冷吼回去。「喔，好！閉嘴就閉嘴——不過，出問題的時候你們就會連滾帶爬來求我們，對吧？」另一方繼續說道。他覺得自己喝茫了；可是不管怎樣，這回他已豁出去，因為過去這三天他經歷一連串精彩試煉，好比在壞人死後會去的地方求生——天啊，他歷經這一切——此外，甲板下該死的噪音震耳欲聾，他還真的聾了。下面那些成堆的爛機器實在可惡，運轉時咕嘟作響，機件表面熱到凝水，跟老舊甲板絞車相比實在是有過之而無不及；面對天曉得是誰用拆船廠回收零件改裝的機器面前，到底為何

1　"in our own hearts we trust for our salvation, in the men that surround us"：本處根據英國初版於句中添加逗號。

2　康拉德好友威爾斯（H. G. Wells）於1898年發表科幻小說《世界大戰》（*The War of the Worlds*）。1899年10月至1900年2月康拉德寫作《吉姆爺》期間，與友人福特（Ford Madox Ford）協同創作科幻小說《繼承者》（*The Inheritors*, 1901）。康拉德的宇宙觀顯然受到友人影響。

3　康拉德早年擔任大副與二副時，與大多數共事的船長相處不睦。

得要日夜賣命，冒生命危險維持每分鐘五十七轉的轉速，**他**實在想不通。
應該是他天生魯莽，唉。他……「你喝的酒打哪來？」德國佬問道，口氣
很凶；不過，羅盤座的微光下他整個人仍紋絲不動，彷彿是用油脂塊刻出
的拙劣雕像。吉姆望著掠過的海平線，繼續面帶笑容；他滿腔熱血，自覺
高人一等而暗自竊喜。「酒！」二管輪打趣回嗆道：他雙手扶著欄杆，踉
蹌身影模糊難辨。「你沒給我酒，船長。你太小氣了，唉。你情願讓好人
死掉，也不會給他一滴酒喝。[1]這就是你們德國人所謂節約。省小錢，浪費
大錢。[2]」他有點感情用事。輪機長只准他十點前小酌一杯[3]——「只准一
小杯，饒了我吧！」——老輪機長，好好先生；不過，若想叫這位表裡不
一的老油條滾下床——用五噸的起重機都沒辦法。至少今晚不行。輪機長
像甜蜜入睡的小孩，枕頭下藏著一瓶上等白蘭地。帕德納號船長沙啞的喉
嚨傳出一陣低沉嘟噥聲，依稀可聽見*Schwein*[4]，抑揚頓挫有如微風裡一片
捉摸不定的羽毛。多年來，他與輪機長已成為密友——他們有共同老闆：
一名和藹可親卻詭計多端的年邁中國佬；老人家習慣戴著牛角框風鏡，德
高望重的灰白髮辮紮著紅絲緞。帕德納號母港岸邊人士普遍認為他們倆公
然盜用公款，「你能想到的所有勾當都一起幹過。」他們看起來很不搭：
一個是雙眼無神、心懷不軌、圓滾滾的胖子；另一人則骨瘦如柴，瘦削長
頭如老馬頭，臉頰凹陷、太陽穴凹陷、眼窩凹陷，散發漠不關心的目光。
輪機長很久以前就流落東方各處——廣東、上海，或許也曾留滯於橫濱；
他很可能無意記住確切地點，也不願想起為何會身敗名裂。他二十多年前
年輕氣盛，被低調撐下船；記憶裡這段遭遇原本會慘到不能再慘，若非日
後時來運轉。當時正逢蒸汽輪船在那些海域擴展航線[5]，有他那種技術的

1　shnaps：Schnapps，荷蘭琴酒；德語爲各式烈酒之統稱。

2　Penny wise, pound foolish：英式諺語，比喻錙銖必較，卻因小失大。

3　a four-finger nip：約四指寬的高度；nip形容酒極少分量。

4　德語「豬」。

5　康拉德服務於英國商船期間（1860–1890年），正逢蒸汽輪船興起，遠洋海
　　運逐漸淘汰帆船。

船員原本就不多,他後來還能稍微「闖出名堂」。他在陌生人面前酒言酒語時,渴望讓人知道自己「在那邊是老鳥」。他動起來好像衣服裡的骨架都快散掉般;他走起路來漫不經心,很喜歡這樣在輪機室天窗附近散步,死氣沉沉抽著菸,叼著柄長四呎的櫻桃木菸斗[1],把菸絲摻入銅製斗鉢,煞有其事的蠢樣彷彿是一位思想家,設法透過迷霧窺探真相[2]以發展一套哲學體系。輪機長平時不願分享那些私藏的酒;不過,那天晚上他打破自己的原則,出乎意料以烈酒犒賞手下,以致那位來自倫敦沃平區[3]、酒量很差的副手心情特別好、特別放肆、喋喋不休。新州德國佬火冒三丈;吉姆看到船長像排氣管那樣喘氣,覺得有點好玩,卻也等不及要趕快下班,到甲板下休息:值更最後十分鐘很難熬,就像遲遲未扣扳機的一把槍;這些人不屬於英勇的冒險世界;可是,他們其實不壞。連船長本人……他怒氣沖沖,全身那團肉隨之起伏,喉頭咯咯作響、碎碎念,一連串髒話如汙水從口中涓涓流出;不過,吉姆還蠻悠哉的,不會刻意嫌東嫌西。他不管這些人的好壞;他雖然跟他們廝混,沒人能比得過他;他跟這些人一起生活,但他與眾不同……船長會找輪機長麻煩嗎?……船員生活很好過,他對自己充滿信心——過於自滿以致……他站著胡思亂想,不禁偷偷打起盹來,虛幻與現實的界線比蜘蛛絲來得細微。

二管輪話鋒一轉,順道談及自身財務狀況與膽識。

「誰喝茫了?是在說我嗎?不對,不對,船長!話不能這樣說。如今你該很清楚輪機長有多小氣,給人喝的酒連麻雀都醉不倒,喲。我這輩子從沒被灌醉過;還沒有人能釀出什麼能讓**我**醉倒。就算把酒點火,我也能跟你乾杯,液火烖上你的威士忌,喲,我仍然會像小黃瓜一樣清涼。我如果覺得快要醉倒,就會馬上跳船——自我了斷,喲。我一定會!毫不猶

1 「教會執事菸斗」(Churchwarden pipe)。長柄之設計有利教會人員於教堂抽菸時,將菸斗伸出窗外;有些菸斗柄長可達10呎。
2 「真相」實不可求。此全書意旨承襲同期作《黑暗之心》。
3 Wapping:倫敦塔橋附近著名碼頭區。

豫！我絕不會離開艦橋。像今晚這種好天，要叫我上哪兒散步，哦？到甲板下跟那群可惡的東西擠在一起？有可能嗎——門都沒有！我不怕你會怎樣辦我。」

德國佬舉起厚重雙拳，不發一語朝天揮了幾拳。

「我不知道什麼是害怕，」二管輪接著說，熱情奔放，非常認真。「我不怕在這艘破船幹啥爛差事，嘓！世上還有像我們這種不怕死的人，你實在賺到了，不然的話，你現在人會在哪兒——你和這艘老骨董，船殼如牛皮紙——牛皮紙，饒了我吧？對你來說沒差——你能從這艘船榨出一筆錢財；那我呢——我有什麼？少的可憐的一百五十塊月薪，食宿還得自付。我想有禮貌請問——注意，很有禮貌——遇上這種爛缺，誰不想辭職？這工作不安全，救救我吧，根本不安全！只不過我是屬於那群少見的天不怕地不怕。……」

他鬆開握著欄杆的手，比手畫腳說話，好像要空手劃出勇氣的具體形態；海面上持續迴盪著他的清脆嗓音；為了加強語氣，他還踮腳來回踱步；忽然間，他猛然摔下，頭下腳上，好像被人從身後一棒擊中。他摔倒時脫口而出：「可惡！」一聲尖叫後，四周頓然闃寂無聲：吉姆與船長也同時往前踉蹌跌去，回穩後就愣在那裡，驚恐望著如鏡的海面。他們隨後不約而同抬頭看著天上的星星。

發生了什麼事？輪船引擎依舊呼呼作響運轉著。地球停止運行了嗎？他們一頭霧水；轉瞬間，平靜大海與無雲晴空看似安靜得更加危險，似乎懸在毀滅的血盆大口邊。二管輪又整個人垂直倒彈回來，重重摔在一團模糊不清的物體上。這團物體說：「什麼東西？」隔著面罩發出哀怨聲調。四周響起雷鳴般的微弱聲響，有如千里外的雷聲，卻又不像是聲音，僅算是一種震動聲；整艘船隨而顫動，好像轟隆聲是從深海傳上來。舵輪旁那兩名馬來人瞪大眼睛盯著白人，黝黑的手仍緊握輪輻。往前航行的細長船身似乎一陣起伏，船體好像變得柔軟，隨後又回復原本韌性，繼續劃過如鏡的海面。船體不再震動，微弱雷鳴頓然消失，彷彿輪船才剛穿越險峽的奔騰水道，遠離颯颯海風。

第四章

　　大約一個月後，吉姆回應尖銳提問，試圖據實說出這段經歷的實情；有關那艘船，他說：「不管撞到的是什麼東西，船一下就渡過了，就像蛇爬過樹枝那樣。」這個比喻很好：提問是針對事實，而官方調查是在一個東方海港的治安法院開庭。他高高站在證人席，在涼爽挑高的法庭裡滿面通紅：頭頂高處有斗大龐卡扇[1]輕柔拍動，下方有許多注視他的眼睛，臉龐有黑、有白、也有紅；臉色有聚精會神、也有看得出神；這些人井然有序坐在狹窄長凳上，如痴如醉聽他說話，彷彿全被他的聲音收服。他說話很大聲，耳中響起自己的洪亮嗓音，令他大感吃驚；那是世上最後可辨之音，因為那些逼他回答的問題咄咄逼人，似乎在他心頭化為折磨與痛苦——這些問題默默刺痛他，有如毫不留情質問一個人的良知。法庭外豔陽高照——庭內則有讓人打寒顫的大扇涼風、讓人面紅耳赤的羞恥、刀鋒般犀利的關注眼神。審判長刮過鬍的乾淨臉龐面無表情，一臉慘白看著吉姆；兩名紅臉海事陪審員[2]坐在審判長兩側。光線從天花板下緣的長窗照射進來，落在這三人上半身；法庭寬敞昏暗，旁聽群眾猶如睜大眼珠的黑影，令這三人顯得格外奪目。他們只要事實。事實！[3]他們要求他說出事實，好像事實能說明一切！

　　「你們與水中某種漂流物發生碰撞，撞到泡水殘骸之類，你們做此判斷後，船長命你到前方檢視船首是否受損。你覺得撞擊力道足以讓船體損壞嗎？」坐在審判長左側的海事陪審員詢問道。他蓄著馬蹄形細鬍，顴骨高突，兩臂攤在桌上，面前的粗獷雙手十指緊扣，藍色眼睛若有所思盯著吉姆。右側的陪審員身材碩壯，滿臉不屑，靠著椅背大剌剌伸直左臂，指

1　punkahs：布料或棕櫚葉所製之吊扇，人力作動。

2　nautical assessors：協助審理海事案件之鑑定人。

3　呼應狄更斯批判功利主義的《艱難時世》（*Hard Times*, 1854）開場白。

尖輕敲桌上的吸墨台；審判長坐在中間一張寬敞的扶手椅，正襟危坐、頭微歪，雙手交叉抱在胸前；墨水台旁有個玻璃花瓶，插了幾朵花。

「我覺得撞擊力不足以造成損壞，」吉姆說。「船長吩咐不要呼叫其他船員，叫我別大驚小怪，以免引起恐慌。我認為船長的預防措施很合理。我拿盞掛在天遮上的燈，走到船首。我打開艙尖艙蓋[1]，聽見艙裡傳出潑水聲。然後我把燈具的絞繩鬆到最底，看到艙內一半以上都已淹水。我當時就知道水線下一定有個大洞。」他停頓一下。

「對。」魁梧的陪審員說，望著吸墨台露出心不在焉的微笑；他的指頭在吸墨紙上不聲不響動個不停。

「那時我覺得情況並不危急。我可能有點被嚇到：事情毫無徵兆突然就那樣發生。我知道全船唯一的隔艙壁剛好就是艙尖艙與前貨艙之間的防碰艙壁[2]。我走回艦橋向船長報告。我在橋艫梯[3]口碰見剛從甲板爬起來的二管輪：他看來一臉茫然，跟我說他覺得左手臂骨折了；原來，當我要上艦橋時，他滑一跤摔下橋艫。他叫道，『天啊！那個爛隔艙壁隨時會垮掉，我們腳下這艘破船就會像一坨鉛塊沉到水裡。』他用右手把我推開，搶先一步跑上橋艫梯，他邊爬邊大聲喊叫。左臂就懸在身旁。我跟在他後面，正好看見船長衝向他，一拳把他打個四腳朝天。船長沒有繼續出拳：只站在他面前彎下腰對他說話，很生氣但壓低聲音。我猜船長問他在搞什麼鬼，為何不趕快去把引擎停俥，反而要在甲板大吼大叫。我聽船長說：『站起來！用跑的，跑快一點！』船長還罵了幾句髒話。二管輪連忙從右舷梯滑下去，繞過天窗往左舷引擎室機房飛奔過去。他邊跑邊埋怨。……」

他說話速度很慢；很快喚起回憶，每個畫面栩栩如生；這些人要求事實，為了讓他們掌握更多線索，他原本能像回音般重現二管輪埋怨的

話。他最初感到抗拒，不過後來終於想通了：面對事物駭人的假面，只有萬分精確的陳述才能說出隱藏在後真正可怕之處。這些人急於探究的事實皆清楚可辨，實實在在、五感所能體驗，具備確切的人事時地物；這些事實要能具體成形，需要一艘一千四百噸的輪船，計時二十七分鐘；這些事實拼湊的全貌五官分明，有不同臉色，也有眼睛所能記得的複雜外貌；此外，還有別的東西，某種匿影藏形之物，潛伏於深處左右一切的毀滅之靈，如同令人作嘔的軀體包覆的惡毒心魔。他急於把這點交代清楚。這起事件一點都不普通，每個細節都至關重要，幸好他全都記得。他想繼續陳述，為了實情，或許也為自己；雖然陳述時從容不迫，他其實心煩意亂，整個心思陷入事實的渦漩；他四周湧起排山倒海而來的事實，阻斷他與同類的連結：紊亂心思彷彿一頭被高椿困住的怪獸，在籠內撞頭碰壁、在夜裡輾轉反側，千方百計想找出柵欄弱點──何處有裂縫、何處可攀爬、何處有孔洞能硬擠進去逃之夭夭。他心亂如麻，以致陳述時偶爾顯得躊躇不定。……

「船長在艦橋走來走去；他似乎很鎮定，只不過絆倒好幾次；我曾站在他面前想要跟他說話，他居然一頭撞上我，好像完全瞎了眼。聽我報告後，船長沒有做出明確指示。他喃喃自語；我只聽懂幾個字，聽起來好像是『混帳蒸汽機！』、『該死的蒸汽機！』──有關蒸汽機之類的。我覺得……」

說到這裡他有點離題；一個切中要害的問題打斷他，就像一陣劇痛令他心灰意冷、身心俱疲。他正要說到那件事，他打算要說──事到如今，還沒說完就被毫不留情打斷話，他只好回答是與不是。他誠實但草草回答：「是的，我有」；他抬頭挺胸站在證人席，容貌俊秀，身材壯碩，眼神稚嫩憂鬱。他被問到另一個切中要點的問題，不過問也是白問，他再度欲言又止。他口乾舌燥，好像吃了幾口塵土再喝下海水解渴，感到滿嘴苦澀。他抹去額頭汗水，用舌頭潤唇，背脊一陣寒顫。魁梧的陪審員閉上眼，手指依然不聲不響敲動著，一副事不關己、悶悶不樂的模樣；在黝黑緊扣雙手襯托下，另一人眼神則顯得較為和善；審判長往前坐；蒼白臉龐

懸在花瓶上方，然後又將身體後傾靠在一側扶手，單手托住太陽穴。龐卡扇的清風迴旋飄蕩，吹過眾人頭頂，吹在本地人裹著厚頭巾的黑臉，也吹在成群的歐洲人身上，這些人穿著斜紋西裝[1]，汗流浹背，合身衣服黏在身體，手搭在膝上的蓪草圓帽[2]；法庭雜役順著內牆遊走，一身密不透風的白袍，輕快來回奔走，打赤腳、纏紅腰帶、裹紅頭巾，如幽魂般無聲無息，如獵犬般隨時留意周邊動靜。

　　吉姆趁回答問題的空檔環顧四周，注意到有位白人獨自坐在一旁：此人飽經風霜、滿面愁容，目光卻炯炯有神，默默關注前方。吉姆回答另一個問題，很想大喊：「問這有什麼用，無濟於事！」他輕蹬一下腳，咬緊嘴唇，無視眼前的萬頭攢動，朝另一邊看過去。他的目光與那位白人交會。緊盯他的眼神並非其他旁聽者的入迷模樣。那是一種意志力所為，聰明睿達。答話的空檔吉姆腦筋一片空白，卻突然靈光一閃。這傢伙——他心想——看我的樣子好像能看穿我，能看到我身旁有誰走過或發生何事。吉姆曾見過此人——可能在街頭。吉姆肯定不曾與他說過話。幾天以來，好長一段時間他都不跟人說話，僅悄然無聲、語無倫次不停自言自語，就像牢裡犯人或是走不出荒野的旅人。他目前要回答一些無關緊要的問題，雖然問題意有所指，他覺得自己這輩子應該不會再把想法全盤托出。他所做的陳述聽起來句句屬實，令他更加確信自己慎思後所做的結論：對他來說，言語已徒勞無益。坐在那裡的那個人似乎能意識到他的無助困境。吉姆望著他，心一橫把臉別開，猶如訣別。

　　後來，馬羅多次出現在許多遙遠的地方，很樂意能緬懷吉姆，詳實地回憶，一字一句把他說出。

　　或許是晚餐後，在一個密林遮蔭的露台，靜謐無風，花滿枝頭，蒼茫暮色裡閃爍雪茄點點紅光。每張高背藤椅都坐著沉默的傾聽者。有時小紅點會突然移動，變亮的紅火照亮手指，來自一隻慵懶的手；照亮一張沉

1　drill suits：歐洲紳士在熱帶地區所穿之代表服飾，布料耐磨。

2　pith hats：木髓製成之寬邊遮陽帽。

靜的臉，被夜色半掩；或返照於一雙沉思的雙眼，在泰然的額下閃現緋紅微光；馬羅癱在椅子裡，一開口就文風不動，彷彿心靈展翅高飛，重回逝水，透過他的雙唇從過去對我們說話。[1]

1　馬羅將一氣呵成說出吉姆的故事（第五章至第三十五章）。如康拉德指出，
　　此敘事手法仿照船員徹夜談天的習慣。《吉姆爺》出書前，作者曾建議出版
　　商改以羅馬數字取代「章」（chapter），以營造一口氣說完故事的情境。不
　　過，英國初版與日後通行的再版皆保留「章」的標示。本譯本亦同。

第五章

　　「喔，沒錯。我有參加那場調查庭，」他會這麼說，「到現在我仍想不通為何會去。我很樂意相信大家都有守護天使，如果你們這些傢伙能對我承認每個人也都有親密的魔鬼。我要你們認錯，因為我不要自以為有何特殊，我知道我也有——我指的是魔鬼。我當然沒見過，但我有間接證據。肯定在那裡，不懷好意，把我捲入那檔事。究竟是哪檔事，你們問？唉，調查庭的那檔事，孬種的那檔事[1]——你們還以為只憑一個癩皮土雜種[2]就能在法庭走廊糊弄人，還當真？——那檔事曲折離奇、出乎意料、慘無人道，讓我遇上有弱點的人、有硬點[3]的人、有隱瞞缺點的人，天啊！那檔事讓這些人一見我就打開話匣子，把該死的心事全都托出；好像我自己還真的沒啥心事，好像——天助我也！——我的私人祕密還不足以折磨自己的靈魂[4]，一路到死。我真想知道自己到底造了什麼孽才會如此受寵。我在此聲明：我跟其他人一樣都有自個兒的煩惱，也跟其他穿越山谷的普通朝聖客一樣，該記得的都會記得；所以，你們該明白我並非特別適合充當接收告解的容器。那為何還會如此？不清楚——除非是飯後打發時間。查理，親愛的老兄，晚餐很棒，所以大家想偷偷打盤牌[5]熱鬧一番。你的椅子太舒服，他們都坐上癮，還心想：『管他的，別再窮忙了。讓那個馬羅說幾句話吧。』」

1　the yellow-dog thing：yellow dog 俚語爲「懦夫」。

2　tyke：雜種狗、俚語「粗俗之輩」，與前句yellow dog 呼應。

3　hard spots：馬羅的玩笑話，比喻性格剛強，以爲自身毫無「弱點」（soft spots）。

4　harrow my own soul：harrow（耙）動詞有「折磨」之意。《哈姆雷特》第一幕第五景，幽靈透露給王子的故事將「折磨你的靈魂」（"harrow up thy soul"）。吉姆日後之自我折磨類似哈姆雷特生不如死的困境。

5　rubber：牌局。

　　「說幾句！就這麼辦。在此要談論吉姆少爺[1]是輕而易舉：飽餐一頓後坐在海拔兩百呎高的地方，手邊一盒上等雪茄，在一個有福同享的夜晚，清爽宜人，星光滿天；此時連我們當中的佼佼者都會忘記一件事：我們活在世上是老天勉強通融，得要在人生的交叉光線中摸索前進，每一刻都很珍貴，都得提心吊膽；每一步都得小心翼翼，都不可挽回，期望到最後都能死得其所——但終究沒人有把握——還奢望朝夕相處的弟兄能及時幫我們一個該死的小忙。當然，有人認為人生就像飯後抽雪茄的消遣，到處都有這種人；隨興、愉悅、沒有目標，或許打鬥的話題能讓他興致勃勃，但結局還沒聽完就忘得一乾二淨——結局還沒聽完——就算剛好會有什麼結局。[2]

　　「我首次迎視他的目光就在那場調查庭。你該知道，只要是跟海運沾上邊的人全都出席，因為自從亞丁[3]傳來那封詭異電報讓大家笑掉大牙，那件事好一陣都鬧得沸沸揚揚。我用詭異兩字，因為就某方面而言的確如此，雖然那封電報包含赤裸裸的事實，如同一件事實理應如此的赤裸醜陋。大家都在岸邊議論紛紛。每天上午我在船長室起床著裝時，馬上就會聽見隔艙傳來帕西翻譯員[4]喋喋不休跟管事談論帕德納號，管事特地容許他到配膳室喝茶。我只要上岸遇見點頭之交的路人，對方一開口總會問道：『你有聽過更扯的事嗎？』隨後，因人而異，對方會冷笑一番、或一臉傷悲、甚至會咒罵幾聲。陌生人會裝熟互相搭訕，只為讓彼此安心，不再煩惱這個話題：城裡每個遊手好閒的無賴都會上門騙吃騙喝，只為打聽這件事；到處都有人七嘴八舌：港務局、船舶經紀人辦事處、自家代理商營業所，無論白人、本地人、混種兒[5]，或是登船途中路過的每名打赤膊

1　Master Jim：對尚未成年男孩之敬稱。此細節透露馬羅對吉姆懷抱父執輩的關愛。

2　馬羅非常苦惱要如何說出吉姆的結局。

3　Aden：位於紅海入口要道，19世紀為英屬殖民地。

4　Parsee Dubash：定居孟買的祆教徒。

5　half-castes：歧視語，指歐亞通婚所生之混血兒。

蹲在石階的船夫——天啊！至於那些船員下場如何，跟你說，有人對他們感到憤恨不平，有人拿他們當玩笑，眾說紛紜。這種情況持續好幾週，有種看法逐漸占上風：這件事無論有何詭異之處，到頭來一定會很悲慘。後來有天上午，天氣很好，我在港務局樓梯旁站著乘涼，看見有四個人沿著碼頭走過來。這群人很怪，不曉得從哪冒出來，我想了一下；忽然，老實說，我居然對自己喊道：『就是他們！』

「他們就在那邊，如假包換，其中三人本尊現身，剩下的那人大腹便便，肥到不像活生生的人；他們搭一艘出航的戴爾郵輪[1]，日出後一小時抵港，上岸前才剛把一頓豐盛早餐吃下肚。我絕沒看錯；一眼就看見帕德納號那位豪爽的船長：我們老好地球那圈討厭的熱帶地區全區最胖的人。順帶一提，大約九個月前，我曾於三寶瓏[2]遇過他。那時他的船停在錨地[3]上貨，而他整天破口大罵德意志帝國暴政，好幾天整天都泡在潯勇[4]小店買醉；潯勇每瓶啤酒索價一銀元[5]的高價，收酒錢連眼都不眨，有天卻忍不住把我叫到一旁，乾扁的臉皺成一團，私底下對我說：『生意要做，可是，船長啊，此人可讓我倒足胃口。嗯！』

「我在陰涼處看著他。他加快腳步走在前面，陽光照在他身上，以令人驚奇的方式勾勒出他的身軀。他讓我想到一頭訓練有素用兩腿行走的幼象。他不修邊幅，放蕩不羈——髒兮兮的睡衣還穿在身上，全身亮綠深橙的直條紋，光腳穿破草鞋，頭戴撿來的小兩號蓪草髒帽，用粗繩線繫在大頭上。你要知道，他那種人若想跟人借衣服穿，門都沒有。就這樣。他走來十分倉促，目不斜視離我三呎走過我身旁，童心未泯飛奔上樓，跑進港

1　Dale Line：此虛構郵輪公司可能仿照英國Glen Line，19世紀中葉於遠東拓展航運。Dale可能源自John G. Dale（1830-1883），英國蘭開夏人，紐約船運公司代理商。

2　Samarang：三寶瓏（Semarang），爪哇中部最大港。

3　the Roads：適合下錨的岸邊水域。

4　De Jongh：荷蘭語「年輕」；此人經營船具行。

5　guilder：荷蘭盾。

務局提供證詞，或提交報告，看你怎麼說。

「看來他到局裡第一件事就是去找主任船務長報告。亞齊·盧斯維爾才剛上班，他的說法是，正要對主任辦事員訓話以展開艱鉅的一天。你們應該有人認識他——喜歡給人方便的葡萄牙混種小個子，脖子瘦得可憐，總是到處向船長討東西吃——醃豬肉、餅乾、幾粒馬鈴薯，諸如此類的。記得有次出航我還特地賞他一頭活生生的羊，航海備品的剩貨：並非要他幫我做什麼——他什麼都做不了，你知道嗎——而是因為他認為自己接受特殊待遇是不可侵犯的權利，這種幼稚想法令人同情。他的想法根深蒂固，近乎美妙。他的人種——確切來說，兩個人種——加上氣候[1]……話雖如此，別提了。我知道哪裡才會有一輩子的朋友。

「嗯，盧斯維爾說他正在斥責辦事員——我猜有關公務員的道德規範——同時，他聽見背後隱約傳來騷動聲，就轉頭一看，他是這樣說的：看見一個圓滾滾的東西，好大一個，就像重達一千六百磅裝糖的大桶、裹著條紋絨布、倒放在辦公室寬敞的地板中央。他聲稱這幕讓他嚇壞了，久久才看出東西是活的；至於那個物件為何會到他桌前、又是如何運來，他坐在那裡感到茫然不解。會客室拱廊擠滿各種人，有拉龐卡扇的侍者、清潔工、警察隨從、港區汽艇艇長與船員，全都伸長脖子、壓肩疊背。場面很亂。那傢伙費了番工夫才把帽子從頭上扯下，向盧斯維爾鞠個躬就走上前去；盧斯維爾跟我說，這幅畫面令他不知所措，他花時間洗耳恭聽，仍搞不懂此奇景出現有何目的。說話聲音沙啞，悲傷但膽粗氣壯，盧斯維爾聽著聽著，逐漸意識到原來他聽到的是帕德納號事件的始末。他說，當他終於明白站在面前的是誰，就感到很不舒服——亞齊心很軟，容易煩惱——不過，他仍振作起來並大聲說：『別說了！我不能聽你說。你該去找港務長[2]。我無權聽你說。你要找的是艾略特船長。跟我來，從這邊。』

1　當時西方人視氣候與人種差異造成「好逸惡勞的本地人」（the lazy native）。16世紀以來，此迷思鼓吹殖民主義強化在東南亞對本地人之控管。

2　Master-Attendant：即Harbour Master，統領港區業務。

他從座位跳起來，跑過長櫃檯，又推又拉：另一人起初感到訝異，仍順著讓他帶路，直抵一間個人辦公室門前，才因某種動物本能像頭受驚公牛畏縮不前，停在那裡噴鼻息。『喂，這邊！怎麼了？別拉我！這邊！』亞齊連門都不敲就直接開門進去。『報告，這位是帕德納號的船長，』他大聲說。『進來吧，船長。』他看見正在處理文件的老先生猛然抬頭，力道之大連夾在鼻樑的鏡片都掉到地上，滾到門邊又彈回擱放待批公文的辦公桌：老先生的說法是，他的辦公室裡頭吵成一團，令他心亂如麻，連自己名字都忘記怎麼寫。亞齊是整個南北半球最善解人意的船務長。他表示，他覺得自己好像把人推入虎口。辦公室傳來的爭吵確實很大聲。我在樓下都聽得見，我有充分理由相信聲音清楚傳遍整條海濱大道¹，遠達另一邊的樂隊演奏台。艾略特老爸用辭豐富，很能破口大罵——而且，完全不在乎罵的人是誰。他連印度總督都敢罵。他常跟我說：『我已盡力爬到高位；退休俸沒問題了。我有點積蓄，他們若不欣賞我履行職責的觀念，我很樂意馬上回老家。我老了，一向有話直說。如今只在乎有生之年能把女兒嫁掉。』就那點而言，他耿耿於懷。他那三個女兒其實人很好，雖然跟老爸同一副模樣；他早上起床若覺得女兒婚事沒著落，局裡的人見他眼神就能看出他心情不好，大家都會怕到發抖，因為他們說他必會挑個倒楣鬼當早餐。不過，那天上午他並沒有把那位叛將當飯吃，而是——容我沿用比喻——把他咬幾口，可說是小口咬——嘔！再吐出來。

　「於是，過沒多久我看見他那臃腫身軀匆忙下樓，在門口階梯站著不動。他就站在我身旁陷入苦思：紫面肥頰抽動不停。他邊想邊咬拇指，後來才注意到我，斜眼表露不悅。跟他下樓的其餘三人則聚集在不遠處等他。其中有個面黃肌瘦不討喜的小個子，手臂托在骨折吊帶裡；還有位身穿藍絨外套的高個兒，如薯條般乾癟、掃把般枯瘦，灰白垂髯，以一種得意洋洋的蠢相看著周遭。第三位則是一名英挺闊背的青年，手插口袋，背對交頭接耳的其餘兩位。他望著空蕩的海濱大道。路上開來一輛破爛

1　the Esplanade：從此街名可推論場景為孟買（Bombay，現名Mumbai）。

不堪的馬車，骯髒無比，車廂百葉窗緊閉，停在這群人對面；車夫右腳翹
在左膝上，摳腳趾摳得入迷。那個小伙子靜靜站在那裡，連頭都不動，只
顧盯著眼前的陽光。這就是我遇見吉姆的第一眼。他看起來有年輕人那
種漫不經心、高不可攀的樣子。他站在那邊，體態均衡、面目清秀、腳踏
實地，就像天底下男生應當那樣有出息；我看著他，知道他所知的一切、
知悉的事也略勝於他，我感到氣憤，彷彿已察覺他欲以欺瞞手段從我身上
獲取什麼。他無權看起來如此無憂無慮。我心想——嗯，若連這種人都能
像那樣出差錯……我感到無地自容，彷彿羞愧到能把帽子丟到地上、踩在
上面跳舞，就像我曾目睹一艘義大利三桅船船長所做的那種反應：他的蠢
大副試圖以雙錨泊法[1]在擠滿船隻的泊區下錨，結果弄得一塌糊塗。看到
吉姆站在那裡顯然一派輕鬆，我問自己——他是真的傻？還是麻木不仁？
他看起來隨時都能用口哨吹首曲子。你們要知道，我根本不在乎另外兩人
的行為。不知怎的，他們為人符合傳聞所說，而傳聞已成公眾話題，將受
官方調查。『樓上那個瘋老無賴罵我是瘋狗，』帕德納號船長說。我不清
楚他是否認出我——我寧可相信他認得我；無論如何，我們目光交會。他
眼睛一亮——我對他微笑；樓上敞開的窗戶傳來各種渾名，瘋狗一詞還算
最客氣的字眼。『他真的那樣罵？』我說道，不知為何忍不住開口。他點
點頭，又咬拇指，低聲咒罵幾句：然後抬起頭直視我，鬱悶激動，態度傲
慢——『呸！太平洋很大，我的朋友。你們這些該死的英國佬，有什麼賤
招儘管使出；我這種人容身之地可多了，我知道要上哪兒找：阿庇亞[2]、檀
香山，到處都有忍施[3]我的朋友……』他停頓一下，若有所思；至於他在那
些地方所『忍施』的人是什麼模樣，我很快就能想像得到。老實說，我自
己也曾『忍施』不少那些人。有時無論與誰為伍，日子還得繼續過下去，
似乎人生依然甜美不受影響。我熬過這種階段；而且，我如今不會再假裝

1　flying moor：船隻行進間先下一錨，待船體運行至定錨點再下第二錨。

2　Apia：南太平洋薩摩亞群島之烏波盧島（Upolu）主港。

3　aguaindt：acquainted；「認識」。船長的英語德國腔很重。

蔑視迫不得以那樣過活的苦衷：因為，那群損友之中有許多人雖然欠缺道
德——道德——該怎麼說？——道德氣勢，或缺乏其他同等深奧的行為準
則，但若跟你們這些傢伙大可不必招待的那群屢見不鮮、有頭有臉的奸商
相比，那些損友的啟發性還來得加倍、娛樂性還多出二十倍——你們跟奸
商為伍是出於惡習、懦弱、善意，或幾百種不可告人的心虛理由。

　　「『你們英國佬全都是無賴，』我那位來自夫連士堡或斯泰丁[1]、愛
國如家的澳洲友人繼續說道。波羅的海沿岸成為那隻珍鳥巢穴[2]，我實在
想不到會有哪個合宜小港因而被糟蹋。『有什麼好罵的？哦？你說啊？跟
其他民族相比，你們也好不到哪裡去，好到就像那個老無賴在跟我**大哮
聲**[3]。』他肥厚的軀體架在有如雙柱的腿上抖動著；從頭到腳抖個不停。
『你們英國佬總是如此，為了芝麻蒜皮小事在那邊發——發奢麼牢騷[4]，
只因我不是在你們那個該死的國家出生的。把我的執照吊銷。拿去啊。我
不屑什麼執照。我這種人才不稀罕你們那種*verfluchte*[5]執照。我淇[6]。』他
吐口痰。『我會申請成為美國公民，』他大聲說，又愁又惱氣到直跺腳，
彷彿想要掙脫箝在腳踝上讓他無從脫身的神祕無影手。他激動到滿面通
紅，怒火直衝大圓頭的頭頂，如同火山爆發。讓我離不開的原因卻一點也
不神祕：好奇心是最平淡無奇的情感，不讓我走，要我繼續觀察那名青年
會如何受到全盤實情的影響；他手插口袋、背對人行道，朝海濱大道草皮
對面的馬拉巴旅店黃色演奏台看過去，一副準備要散步、朋友一來馬上就
走的樣子。他就是這種模樣，看起來惹人厭。我等著看他落得像隻被釘住

1　Flensborg or Stettin：夫連士堡（Flensburg）爲漢堡北方港市；斯泰丁（什切
　　青，Szczecin）波蘭與德國邊境大港，當時屬普魯士。
2　暗指普魯士國徽「帝國之鷹」。
3　make Gottam fuss：「大小聲」。
4　make a tam' fuss：「發什麼牢騷」。
5　德語「討厭的」。
6　shpit：spit；「呸」。

的甲蟲[1]，不能動彈、不知所措，全身被緊緊釘住而不斷扭動——同時，這幅畫面也令我有點害怕——這樣說你們懂吧。眼睜睜看一個人被識破，不是因為此人犯了罪，而是由於罪孽深重的弱點：沒有比這個更糟糕的事了。要讓我們不致淪為法律所謂罪犯只需最普通的勇氣；可是，讓我們無法倖免於難的是未知弱點，或許早已料到的弱點，就像在世上有些地方你會懷疑每叢草都藏有毒蛇——這些弱點可能會匿影藏形，無論你有沒有隨時防備、祈禱不犯或逞強鄙視、大半輩子都設法壓抑或漠視，無人得以倖免。我們走入圈套做出惹人咒罵的事、犯下足以被絞首的事；然而，心中念頭仍有可能遺存下來——挺過譴責、熬過絞索，唉啊！此外，還有一些事——有時看似微不足道——能令我們當中有些人完完全全、徹徹底底完蛋。我看著那名青年。我欣賞他的外表；我了解他的外表；他出身得宜；他屬我族類。[2]他站在那裡，為同類世系立下楷模，代表一群男男女女，雖然毫不聰明有趣，立身處世卻秉持誠心正意與勇敢天性。我不是在說武人之勇，也不是文人之勇或其他特殊類別的勇氣。我指的只是勇於直接面對誘惑的那種天賦——一種嚴正以待的能耐，雖極為膚淺，卻絕非裝模作樣——一種抗拒的能力，你們知道嗎，可謂莽撞，倒也千金難求——以不假思索、與生俱來的堅忍面對外在與內在的恐懼，面對大自然威力與人心誘人的腐化——這種天賦要靠信念支持，事實再怎麼有力都無法擊垮、他人榜樣再怎麼好也不受感染、世人想法再怎麼強也不為所動。管他什麼想法！想法就是腦海裡的流浪漢或遊民，在你後腦勺外敲門；這些不速之客蠶食你的資產，一點一滴帶走你的信念，使你流失賴以生存的簡單概念，以致無法好好過活，也無法好好去死！

　　「這個說法與吉姆並無直接關聯；只不過他外表看起來完全就是典型的傻好人，我們都希望人生能有這種人伴隨左右一起打拚；這種類型不會

1　預告第二十章第一段開啟的轉折（本書p.241）。

2　對馬羅而言，吉姆代表理想化之英式英雄，其身家背景符合「自家人」典範。

受反覆無常的心思所苦，也不會受精神——這麼說好了——錯亂所擾。[1]
他那種人相貌出眾，能讓你願意託付船務——打個比方或就專業來說都
是如此。我說我會願意，其實我早該知道。我這一生訓練出來的年輕人難
道還不夠多，為了服事『那面破紅旗』[2]，引領他們投身航海這行，雖然簡
單一句話就能說出這行的祕訣，仍需每天將技藝灌輸給年輕腦海，日復一
日，直到成為日常生活不可分割的一部分——連作美夢都要夢到才能罷
休！大海對我很好，不過當我想起親手栽培的這群男孩，有些長大成人、
有些已溺水身亡，全都是適合航海的料，我想我在海上混得還不算差。明
天我若真的回國，我敢說過沒幾天就會在港口通道走過某位曬黑的年輕大
副，我頭頂隔著帽子就會傳來低沉宏亮的聲音問道：『教官，不認得我了
嗎？哎！我就是某某小子。曾在某艘船服務。那是我首次出航。』我就會
想起一個懵懂小傢伙，長得比這張椅子椅背還矮，他母親默默站在碼頭，
旁邊那位或許是他大姊，全都傷心到無法拿起手帕揮別緩緩漂過堤頭離港
的船；我可能也會想到某位體面的中年父親，特地提早來到碼頭為兒子送
行；他顯然對船上絞盤大感興趣，整個上午都待在那裡看得出神，樂而忘
返，開船前最後一刻才匆忙上岸向兒子道別。淺水領港[3]從艉艛[4]裝腔作勢
對我喊道：『報告大副，暫時把船對齊檢核線[5]。有位老先生要上岸。……
跳上去，先生。差點被載去塔爾卡瓦諾[6]，對吧？趁現在；慢慢來。……就
這樣。可以離港了，前面那邊不要再推。』拖船拉著船，直冒黑煙，就像
地獄熊熊烈焰，那條老河在拖船使勁攪動下捲起洶湧浪濤；老先生在岸上

1　歐洲人深恐在殖民異域居住會導致精神與道德退化。英國作家毛姆（W.
　　Somerset Maugham, 1874–1965）以大洋洲為背景之《月亮與六便士》（*The
　　Moon and Sixpence*, 1919）、〈雨〉（"Rain," 1921）等名作有深刻描寫。
2　the Red Rag：海事俚語，指英國商船紅底艉旗（the red ensign）。
3　mud pilot：於河口或淺水區負責船隻出入港的引水人。
4　poop：船尾後甲板有頂篷的艙室。
5　check line：碼頭上船隻定位的標線。
6　Talcahuano：智利中南部港市。

拍去滿腿塵土——身後有好心的管家幫他撐傘。一切都很得體。他已為大海獻上他的微薄祭品，可以返家假裝毫不在乎；而那個心甘情願的小受害者撐不過一天就會嚴重暈船。最後，當他終於學會航海技藝所有竅門與終極祕訣，就能適應聽天由命的海上生活；至於介入這場傻遊戲的那位老兄，他終究會發覺每次划拳都會輸給大海，因而會樂於被年輕有力的手從背後拍一把、被愉悅的小海豹聲問道：『教官，還記得我嗎？那個某某小子。』

「我告訴你，這種感覺很好；你會知道這輩子工作至少有一次在做對的事。我曾被如此拍肩，也曾被拍到皺眉；熱情洋溢的猛然一拍能使我整天容光煥發，晚上就寢時會較不孤單。我怎會不記得那些某某小子！跟你們說，我應該知道什麼是相貌堂堂。只憑一眼，我本來就會把船務託付給那位青年，但我會不敢閉眼睡覺——唉！根本不安全。我那種想法涉及深層恐懼。他看起來跟嶄新金幣一樣假不了；但是，他這塊料卻摻有某種劣質合金。摻多少呢？一丁點——一點點某種稀有可惡的東西；就那麼一丁點！他就能讓你——以他那種事不關己的德行站在那邊——懷疑他或許沒比黃銅珍貴多少。

「我無法相信他會是那樣。如我先前所說，我想要看到他為了技藝榮耀而不斷掙扎扭動。旁邊那兩個沒用傢伙看到他們船長就朝我們悠哉走來。他們散步聊天，但我已完全不在乎，彷彿他們早已隱形。他們彼此嬉皮笑臉——看樣子在開玩笑。我看見其中一位手臂骨折；另一位灰鬍高個就是輪機長，在很多方面都聲名狼藉。他們是無名小卒。這兩人走過來。他們船長打開雙腳站著，低頭看著地上，表情呆滯：身體彷彿不自然腫脹，好像罹患某種重症或遭受不知名毒藥的神祕藥效影響。他抬起頭，看見那兩人等在面前，於是就張開嘴，浮腫的臉一陣詭異抽動，猶如嘻笑——我猜是要對他們說話——然後，他似乎靈機一動。紫色肥唇闔上，不發一語轉身，大搖大擺拖著腳走到馬車旁，以一種無名怒氣不耐煩地扯拉門把，力道之猛我還以為會看到整輛破車連馬帶人翻車。馬夫原本盯著自己腳掌出神，突然回過神來，剎那間驚恐萬分，緊握雙拳從駕駛座轉過

頭來看那個打算強行登車的龐然大物。劇烈搖晃的小馬車、低頭露出的通紅後頸、碩大無比的緊繃肥臀、綠橙條紋相間的髒背強烈起伏、一大團庸俗邋遢的東西在那邊拚命想鑽入洞裡：這一幕看起來既可笑又可怖，令人不可思議，猶如高燒不退時瞥見的幻影，怪誕恐怖且歷歷在目，既嚇人卻又使人深深著迷。他就這樣消失了。我差點以為車篷會裂成兩截，甚至會看見裝輪子的小車廂如同成熟棉花果莢迸裂——不過，車廂僅因彈簧被壓扁而咯噹一響下沉，一面百葉簾應聲咯嚓落下。他的肩膀再度現形，卡在狹小窗口；他滿頭大汗、血脈賁張、唾沫四濺，脹得圓滾的大頭懸在窗外搖來搖去，猶如被繫住的氣球。他伸出肥紅如生肉的拳頭對馬夫揮拳恐嚇。他大肆咆哮，催馬夫快點動身，繼續趕路。上哪兒去？或許開入太平洋裡吧。馬夫揮鞭；小馬噴鼻息，前腿一蹬，馬不停蹄飛奔離去。開往何處？阿庇亞？檀香山？他眼前有綿延六千哩的熱帶可供吃喝玩樂，我沒聽他說出確切地址。噴著鼻息的小馬一轉眼就把他虜走帶往『Ewigkeit』[1]，我再也沒見到他；此外，自從他乘坐那輛破爛不堪的小馬車在漫天塵土中駛離我身旁，他已從我腦海消失，就我所知從此不會有人再碰見他，連匆匆一瞥都沒有。他就這樣遠離而去，無影無蹤、不知去向、畏罪潛逃；更荒唐的是，看起來他好像挾持了那輛馬車，因為我再也不會遇上有剪耳記號的栗色小馬與懶散腳疼的坦米爾馬夫。太平洋果然寬廣；無論這位船長是否能在大海找到發揮所長的容身之處，可確定的是他就像乘掃帚的巫師飛往浩瀚無垠的世界。手臂懸在吊帶的那位小個子追著馬車奔跑，哀怨喊道：『船長！聽我說，船長！聽—我—說啊！』不過，他跑一半就停下腳步，覺得丟臉，然後低頭不語走回來。聽見車輪刺耳的運轉聲，那位青年猛然轉過身來。他沒有其他動作，沒有手勢，面無表情，只將目光停留在馬車搖搖晃晃駛離的新方向。

　　「以上這一切在短時間內發生，卻得要費時傳達，因為我想為大家

1　德語「永恆」。

慢慢解說視覺印象的即時效果。[1]沒多久亞齊就派一名混種職員來到現場稍事關心帕德納號這群漂流上岸的可憐蟲。他很積極跑出來，連帽子都沒戴，東張西望想把事情辦好。對事件主角而言，他的任務注定失敗；但他卻不厭其煩，煞有介事去找其他兩人；他馬上就發現自己在跟那個手臂懸在吊帶的傢伙發生嚴重口角，而且對方碰巧存心找碴。他[2]不會任人使喚──『不是那種人，喲。』他才不怕胡言亂語、傲慢自大的混種小文書。他絕不會被『那種無足輕重的小人物』欺負，就算事件傳聞為真，『更不會！』他大吼大叫，表達想上床睡覺的心願、渴望、決心。『你若不是無可救藥的葡萄牙人，』我聽見他吼道，『你就會明白醫院才是我該去的地方。』他伸出健全的那隻手，在對方面前揮拳；看熱鬧的群眾開始聚集；混種職員慌了手腳，仍盡力保持風度，設法解釋前來的意圖。我沒等事件落幕就直接離開。

「不過，那時我剛好有位手下住院；調查庭開庭前一天，我到醫院探病，在白人專屬病房看見那個小個子躺在病床翻來覆去，手臂用夾板固定著，一副昏頭昏腦模樣。讓我大吃一驚的是，他那位蓄著灰白垂鬍的高個同夥也找到門路入院。我記得在吵架那幕曾看到他開溜，裝模作樣拖著腳離去，深怕旁人會識破他的膽怯。他似乎在港區混得很開，遇上麻煩時就直接跑到馬里安尼在市集開設的撞球店與烈酒專賣店。[3]馬里安尼是位神祕莫測的浪人，很久以前就認識白鬍高個，曾在其他幾個地方助長此人惡習；一見他在店裡出現，馬里安尼可說馬上五體投地，然後就把人帶到那個惡名昭彰的小屋樓上房間，給他取之不盡的酒，把他關在房裡。看來白鬍高個對自身安危有種說不出的焦慮，希望能躲起來。不過，很久以後，馬里安尼有次上船向我的管事催討雪茄錢，順道對我透露：他原本可為白

1　the instantaneous effect of visual impressions：康拉德印象派寫作的美學宣言。

2　指手臂骨折的二管輪。本句以下四句連續使用第三人稱代名詞（「他」），顯示現代小說間接內心獨白（indirect interior monologue）的雛型。

3　grog-shop：格羅格酒，混合各式烈酒的調酒。

鬍高個幫更多的忙，絕不多加過問，因為他想還清人情債──我猜他想報答不能明講的陳年恩惠。他挺起胸膛往胸口重捶兩拳，黑白分明的大眼一翻，熱淚盈眶：『安東尼奧永不忘懷──安東尼奧永不忘懷！』我無從得知白鬍高個到底幫了什麼傷風敗俗的大忙，只知他能享用各種設施得以閉門過活：桌椅一應俱全、角落有睡墊、地板有成堆剝落的灰泥，在一種荒謬的恐慌氣氛中以馬里安尼提供的飲料自我取樂。這種情況持續三天；最後一天傍晚，房裡傳出幾聲慘叫，一群蜈蚣追著他跑，逼他逃往安全地點。他撞開房門，為了保命從搖搖欲墜的窄梯縱身一躍，整個人摔到馬里安尼肚上；他一骨碌爬起來，像隻兔子奔竄上街。隔日清晨，警察從一處垃圾堆裡把他拉出來。他起初以為會被拖去接受絞刑，於是就像一名英雄人物那般力爭自由；不過，我那天在他病床旁邊坐下時，他已兩天都心平氣和。枕頭上，他蓄白鬍的古銅色瘦頭看起來俊秀泰然，乍看之下彷彿是老苦征戰仍保有赤子之心的戰士，要不是他眼神呆滯潛藏一絲詭異不安，猶如悄悄伏在玻璃窗外的無形鬼怪。他泰然自若的模樣令我沉醉於一種古怪想法，希望能聽他以自身觀點解釋那件眾所周知的事件。我說不出我為何渴望追根究柢，想要探求事件不光彩的細節；畢竟那件事跟我並無直接關聯，僅止於我不過是一個令人費解的團體其中一員；我們這個群體的維繫，是靠所有成員不光彩的埋頭苦幹與對某種行為準則的忠貞不渝。我的好奇心是有害的，你們若要這麼說也行；可是我心裡十分明白我想尋找某種東西。或許在潛意識裡，我希望能找到那個不知名的東西，某種深奧且能彌補一切的理由，某種寬宏大量的辯解，某種微不足道卻令人信服的藉口。如今我很清楚當初在妄想不可能的事──想要祛除凡人所能想出最頑強的心魔，想要解除忐忑不安的疑慮──如湧現的迷霧、如暗中惱人的惡蟲，比明知難逃一死更令人不寒而慄：想要質疑不變的行為準則所尊崇的至尊力量。[1]

　「這件事會讓人踢到最硬的鐵板；釀成驚恐焦慮，助長暗地小小的

1　馬羅敘事的關鍵旨意。第六章將進一步點出「行為準則」無可承受之重。

邪惡念頭；是劫難不折不扣的影分身。我難道會相信奇蹟嗎？不然，我為何會如此熱切盼望奇蹟出現？我想替那名青年尋找藉口的幻影；雖然我不認識他，卻知道他的弱點，而單靠他外表就讓我對他的看法多了點親身關注──把這件事視為恐怖的謎──像在暗示等待我們所有人的毀滅命運；當年我們曾與他一樣青春──我難道只是為了自己？恐怕這就是我為何刺探的祕密動機。沒錯，我當時想要尋找奇蹟。經過這麼多年，唯一令我感到不可思議的只有自身的愚昧。我竟想透過那個形跡可疑的受創病人驅除疑惑的心魔。我那時應無計可施，因為我跟他寒暄幾句、他如同一個像樣的病人慵懶回話，我隨即把『帕德納號』這個船名連同問題巧妙說出，就像用一絡絲緒隱藏東西。出於私心，我說話很有技巧；我不想嚇到他；我不關心他；不生他的氣，也不可憐他：對我來說，他的經歷無關緊要，他的救贖根本不干我的事。他犯點小惡，就這樣逐漸老去，已無法令人反感或同情。他反問：『帕德納號？』似乎努力回想一下，然後說：『沒錯。我在那邊是老鳥。[1]我看見那艘船沉沒。』聽他睜眼說瞎話，我原本想要發洩心中不滿；不過，他接著順口說：『滿船都是爬蟲類。[2]』

　　「聽他這麼一說，我就打住不說。他究竟是什麼意思呢？他空洞眼神隱藏的無形鬼怪原本蠢蠢欲動，現在似乎靜止下來愁眉苦臉直視我。『午夜更的時候他們把我趕下床鋪，叫我去看正在下沉的船，』他若有所思接著說。他說話聲音聽起來突然有點響亮，令人不安。我覺得自己做了傻事。病房這邊沒看見匆忙走動的護士；成排空無一人的鐵製床架裡，只見一位在錨地意外受傷的船員從床上起身，憔悴黝黑，額頭大刺刺包著白繃帶。我那位耐人尋味的病人猛然伸出觸手般的細手抓住我的肩。『只有我的好眼力才看得見。大家都知道我眼力很好。我想這就是他們把我叫去的緣故。他們眼力全都很差，無法看見船在下沉，不過他們看得出船已

1　從這句口頭禪可知此人為輪機長。請見第三章倒數第七段（見本書p.92）。

2　reptiles：輪機長是指字面上的意思。馬羅稍後才會了解為何對方說話會如此突兀。

無藥可救，於是齊聲大喊——就像這樣。』……一聲狼嚎讓我寒毛直豎。『哦！叫他別再說了，』那位意外受傷的船員大聲埋怨。『我想你不相信我說的，』另一人繼續說，口氣傲慢到無法形容。『我告訴你，波斯灣這頭沒人眼力比我行。看我床底下有什麼。』

「想當然我立刻彎下身。我倒要看看誰不會有同樣反應。『你看到什麼？』他問道。『什麼都沒有，』我說，覺得丟臉。他仔細盯著我的臉，一副狂妄瞧不起人的模樣。『確實如此，』他說，『可是如果看的人是我的話，就能看出個名堂——我跟你說，沒人眼力比我好。』他再度抓著我的肩，把我往下拉近他，急於把心事全盤托出。『幾百萬隻粉紅蟾蜍[1]。沒人眼力比我好。幾百萬隻粉紅蟾蜍。這一幕比眼睜睜看到輪船沉沒還糟。我可以整天抽著菸斗看船沉下去。他們為何不把菸斗還給我？我可以邊看這些蟾蜍邊吸幾口菸。那艘船整船全都是蟾蜍。要隨時注意，知道吧。』他油嘴滑舌對我使了個眼色。我的汗水從頭上滴下，滴到他身上；我滿身大汗，斜紋西裝黏到背上：午後陣風掃過整排床架，病床捲起的隔簾直挺挺擺動，在銅製欄杆上不停作響；空無一人的病床上，床單被風吹開，貼著光禿的地板隨風飄動：我感到毛骨悚然。那間空蕩病房吹來熱帶清風，竟如家鄉老穀倉所受的刺骨冬風那般淒涼。『先生，別再讓他在那邊鬼叫，』意外受傷的那位船員從遠處喊道，又急又氣的聲音迴盪在隔牆之間，猶如隧道另一頭傳來的回音。那隻伸出的手仍緊抓著我的肩不放；他心照不宣斜眼盯著我。『整船都是，你要知道，我們被迫偷偷摸摸[2]撤離，』他連珠炮似的喃喃說。『全都粉紅色。全都粉紅色——就像獒犬那麼大隻，眼睛長在頭頂，醜嘴外緣都是爪子。嗯！嗯！』他猛然抽搐，彷彿觸電般，平整的被單下隱約可見瘦腿抽搐；他鬆開按在我肩上的手，想要抓住飄在空中的東西；他全身劇烈顫抖，就像被撥彈的豎琴琴弦；我低頭看他，那隻無形鬼怪從他空洞眼神竄出。剎那間，他那老戰士般高貴沉

1　pink toads：19世紀末英語俚語以pink elephant形容發酒瘋。

2　on the strict Q. T.：口語「暗地裡」（Q. T.為quiet縮寫）。

穩的臉龐在我面前變色，因慣於狡猾的算計、可憎的怯弱、膽戰的生活而為之腐化。他按捺喊叫的衝動——『噓；他們在那邊幹嘛？』為避免惹人注目，他比手畫腳壓低聲音問道；我腦海閃過一個念頭，立刻領悟他的意思，這倒令我非常厭惡自身的機敏。『他們都睡著了，』我邊回答邊打量他。就是這樣。這就是他想聽的話；正是這句話能讓他鎮定下來。他深吸一口氣。『噓！安靜，不要動。我在那邊是老鳥。我知道要怎麼對付那些怪物。哪個敢亂動就朝頭用力敲下去。數量太多了，船載不動，不到十分鐘就會沉沒。』他再次氣喘吁吁。『快點，』他突然喊道，聲嘶力竭繼續說：『牠們都醒了——幾百萬隻。都踩在我身上！等我！喔，等等我！我要像打蒼蠅那樣把牠們整群打爛。等等我！救命！救一救一命啊！』一聲沒完沒了的長嚎令我尷尬到不行。我看見那位意外受傷的船員悲慘地舉起雙手摀住包著繃帶的頭；病房遠處可見一名敷傷員[1]，下巴以下全都罩著圍袍，人影小小的，好像把望遠鏡倒過來所看到的影像般。我承認我真的束手無策，只得馬上從落地窗一角落荒而逃，跑到戶外走廊。身後那聲長嚎猶如怨靈緊追著我。我逃到一處無人平台，四周霎時悄然無聲；我默默走下光潔樓梯，平復紛亂心思。在樓下中庭我遇見一位路過的住院醫生，他把我叫住。『船長，剛去探望你的手下？我想明天我們可能會讓他出院。不過，這些傻子完全不會照顧自己。跟你說，那艘朝聖船的輪機長也在這裡住院。一個奇特病例。最嚴重的D. T.[2]。他在那個希臘人還是義大利人開的烈酒店狂喝三天。還會有什麼結果？據說每天喝掉四瓶那種特調白蘭地。若果真如此，那就太猛了。我猜，整個肚子會像蒸汽熨斗那樣直冒煙。腦袋，啊！腦袋當然就這樣搞壞了；可是，有件事很有意思：他的胡言亂語帶有某種條理。我會想辦法釐清。非常特殊——他的譫妄所顯露的邏輯脈絡。按理說，他應該會看見蛇才對，不過他居然不是這樣。如

1　dresser：協助包紮傷口的護理人員。

2　D. T.'s：酒精中毒患者戒酒引發之震顫性譫妄（delirium tremens），亦作DTs。

今，美好傳統傳授的已不值錢了。嗯！他的——哦——幻覺都是兩棲類。[1]
哈！哈！說真的，我從來不曾對酒瘋[2]的病例這麼感興趣。』你知道嗎，
他歷經那種狂歡試驗，早該翹辮子了。喔！他這個怪人很能吃苦。挺過
二十四年熱帶生活。你真該好好看他一眼。相貌堂堂的老酒鬼。我遇過最
奇特的人——當然，就醫學上來說。要不要跟我去看他？』

　　「醫生說話時，我舉止有禮跟他客套；可是，聽他這麼一說，我就露
出遺憾表情，推託下次有空再來，連忙跟他握手道別。『喂，』他在我身
後叫道，『他無法參加那場調查庭。他的證詞重要嗎，你怎麼看？』

　　「『一點都不重要，[3]』我從門口大聲回答。」

1　當時認為酒精中毒引發之妄想會看見蛇、象等動物，輪機長卻目睹「粉紅蟾
　　蜍」。因此，住院醫生才會認為輪機長的案例十分罕見。

2　jim-jams：D. T.的俚語。

3　輪機長的譫妄涉及心理創傷。隨著馬羅逐步揭發帕德納號事件的真相，心理
　　因素著實事關重大。

第六章

「官方看法顯然也是如此。調查庭並未延期。為了符合法律規章，在既定日期如期開庭；旁聽的人很多，肯定是為了看熱鬧。有關呈堂事證，沒人感到懷疑——我指的是針對那項重要事實而言。帕德納號船體究竟如何受損，這點已成懸案；法庭並不期望能找到答案；旁聽群眾根本沒人在乎此事。然而，如我先前所說，港區所有船員都有出席，堤岸商行也都派員到場。無論他們是否明白，吸引他們出席的原因純粹是心理因素——期待法庭能有重大發現：揭露一個人的情感有多強烈、有何能耐、有多恐怖。想當然，這類事情根本無從揭露。只有一個人能夠也願意面對這種期待，但他所受的審訊卻徒勞無用；問題繞著那件眾所皆知的事實打轉，所有質問就像用鎚子敲擊鐵箱那般啟發人心——如果目的果真是要找出裡面有什麼東西。然而，官方調查只能如此。開庭目的並非找出引發這起事件的關鍵原因，而是膚淺的發生過程。

「那小子原本可全盤說出；雖然聽眾只在乎那件事，審訊問題無可避免讓他離題——例如，他原本可說出我認為唯一值得了解的實情。你不會指望合議庭會調查一個人的心理狀態——難道官方只在乎他的性格？他們的職責在於對事發後果做出懲處；老實說，一名漫不經心的法官和兩名海事陪審員根本不中用。我不是要暗指這些傢伙都是傻瓜。審判長很有耐心。其中一名海事陪審員是帆船船長，留著紅鬍，一本正經。另一人則是布萊利。布老大。你們當中應該有人聽說過布老大——藍星郵輪旗下一艘破船的船長。正是此人。

「他對被迫接受的榮銜似乎毫無興致。他這輩子從不曾犯錯、從不曾遇上事故、從不曾出事，步步高升從不曾受挫；猶如少有的幸運兒，不知何謂優柔寡斷，更不知何謂自我懷疑。他三十二歲就出任東方貿易圈最棒的船長職位——而且，他對自己所擁有的一切感到自豪。全世界沒人能跟

他比；你若直接了當問他，我猜他會坦白回答：他覺得世上沒有其他船長能比得上他。他們選對人了。只有他夠格指揮極速十六節的奧薩輪¹，其他人都是可憐蟲。他曾在海上救人、營救遇險船隻，他有一只保險商贈送的黃金懷錶²，還有一具外國政府致贈的望遠鏡，刻有銘記在心之類的題字。他十分在乎自身功績與所獲獎賞。我覺得他還不錯，雖然我知道有些人——溫順友善之類——無論如何都受不了他。我毫不懷疑他認為自己遠勝於我——老實說，就算你是統領天下的大君，在他面前仍無法忽視自身卑劣——不過，我感覺不出他有意冒犯我。他不會藐視我所做的事，也不會鄙視我的為人——你知道嗎？我根本微不足道，僅因我並非**那位**全世界最幸運的人，我不是指揮奧薩輪的蒙塔格・布萊利；沒有鐫刻題字的黃金懷錶與銀殼望遠鏡可見證自身卓越船藝與無敵膽識；但我不在乎個人功績與獎賞，只珍惜一隻黑獵犬的關愛與崇拜，最棒的犬種——因為，我這般人能受到這般忠犬如此敬愛，這是絕無僅有的。沒錯，受到那些不公平待遇會氣死人；可是，當我想到自己與其餘十二億世人同享命中注定的不利條件，我就能忍受他對我出於善意卻又帶輕蔑的同情，讓我得以看出他內心某種無法斷言的特質與某種誘人的優點。我無法解釋他為何對我會有這種吸引力，但我有時的確會羨慕他。他自負不凡，人生沒有什麼痛楚能傷得了他，就像大頭針無法刮傷岩石的光滑表面。這點非常令人羨慕。我看著他，旁邊坐著行事低調、臉色蒼白的審判長；對我和世人而言，他自鳴得意的表象就像花崗岩表面那般堅硬。調查庭結束後，沒過多久他就自殺了。

　　「難怪他會覺得吉姆的案子很無聊；我想到他對那位接受調查的青年感到非常不齒，一種近乎恐懼的感覺就會湧上心頭；他或許在默默自我

1　the *Ossa*：船名為希臘東南部高山，希臘神話裡流言與聲譽的化身。

2　chronometer：精密計時器，航海計算經度之重要工具，源自英人約翰・哈里森（John Harrison, 1693-1776）1759年發明之第四代改良型航海用懷錶（Harrison's sea watch, H4）。

審問。他對自己做出的裁定想必是百分之百有罪，而他最後那麼一跳[1]，隨之沉入海底的是自我定罪的祕密。我雖然不敢說很懂人性，他的祕密肯定事關重大，就像能引發想法的瑣事——這類小事會助長某種想法，一輩子擺脫不了，無法適應的人最後就活不下去。我知道他心底那件事不是錢財、不是貪酒、也不是女色。調查庭審訊終結後連一週都未滿，他就從船上跳入海裡，離他出航離港日還不到三天；汪洋中，他似乎在投水處突然看見通往另一個世界的大門為了迎接他而敞開。

「然而，他並非一時衝動。他的大副是一名滿頭白髮的老水手，技術一流，對陌生人很和善；但若以船長與屬下的關係而言，他是我所見過脾氣最壞的大副。這位老水手有次熱淚盈眶告訴我這段故事。事發的那天清晨，他上甲板執勤就看見布萊利早已在海圖室寫東西。『差十分鐘才四點，』他說，『因此，午夜更[2]還沒交接。船長聽見我在艦橋跟二副講話，就把我叫過去。老實說，馬羅船長，我實在不想去——說來慚愧，我受不了那個可悲的布萊利船長；要了解一個人為人真的很難。他踩在太多人的頭上一路晉升，不把我算在內的話；他喜歡耍賤招叫人感到卑微：單靠問「早」的口氣就能辦到。不瞞您說，若非職責所需，我從不與他交談，公務上說話時只好心裡盡可能有禮。』（有關這一點，老水手非常自豪。我想不透布萊利是如何忍受此人才能熬過半個航程而不發飆。）『我家有妻小，』他繼續說，『在公司服務十年了，總以為很快就能晉升——我真傻。[3]船長就這樣對我說：「進來找我，瓊斯先生，」用他那種臭屁口氣——「進來找我，瓊斯先生。」我就進去。「我們一起標定船隻位置，」他說，手裡拿著兩腳規俯看海圖。依現行規定，高級船員值更結束前應該就會完成標定。不過，我什麼話也沒說，在那裡靜靜看他以小十字

1　此呼應吉姆的跳船。

2　middle watch：子夜至清晨（00:00-04:00）的更勤。

3　康拉德航海生涯近20年（1874-1893年），僅短暫擔任船長一職（*Otago*號，1888-1889年）。當時正值帆船航運沒落，不僅謀職困難，還需擔任降級職務，以致他於1894年改行寫作。

記號標示船隻位置，並在記號旁寫下日期與時間。此時此刻我仍可看見他以工整筆跡標示：十七／八，上午四時。年分會以紅墨水寫在海圖卷首。他用的海圖絕不超過一年，布萊利船長就是這樣。我手邊還有他的海圖。他標示完成後就站在那邊，低頭看著剛寫下的標記，臉上露出微笑，然後抬頭看我。「繼續航行三十二海里，」他說，「航道就不會有阻礙，你就可以修正航行方位往南二十度。」

「『那趟航程我們正穿越赫克特沙洲[1]。我說，「了解，船長，」心中納悶他不曉得在操心什麼，因為我若要改變航向，本來就得事先向他報告。那時正好船鐘八響[2]：我們走出海圖室來到艦橋，結束更勤的二副離開前按慣例交代——「航程儀記錄船行距離七十一海里。」布萊利船長朝羅盤看了一下，然後打量四周。外頭一片漆黑，無雲天空都是星星，就像在高緯度霜夜那樣閃爍。他突然略微感慨說：「我到船艉幫你把航程儀歸零，讀數才不會有誤。維持目前航向，繼續往前三十二海里就安全了。讓我算一下——航程儀修正值加百分之六；這樣的話，根據儀表再開三十海里，你就馬上往右舷二十度。縮短距離是沒有用的——對吧？」我以前從未聽他一口氣講這麼多，尤其對我而言毫無意義的話。我沒多說什麼。他爬下梯子，那隻日夜總跟在他腳邊的狗一頭鑽入梯子追上去。我聽見他的靴子啪嗒啪嗒踏在後甲板，然候他停下腳步對狗說——「回去，浪人[3]。去艦橋，乖狗！上樓梯——快去。」隨後我聽見他從黑暗的另一邊對我喊道，「瓊斯先生，把那隻狗關進海圖室——好不好？」

「『馬羅船長，這就是我最後一次聽到他的聲音。跟您說，那句話是活人能聽見他所講的最後一句話。』說到這裡，老水手快說不下去。『他怕那隻可憐畜生會隨他跳海，知道嗎？』他聲音顫抖接著說。『沒錯，馬

1　Hector Bank：位於卡利馬塔海峽（爪哇海）之沙洲。

2　eight bells：船上值更每半小時船鐘一響，每更四小時共八響。船鐘八響代表更勤結束。

3　Rover：康拉德生前最後一部小說書名（*The Rover*, 1923）。

羅船長。他特地為我調整航程儀；他——信不信由你——他居然還替儀器添加潤滑油。他在附近留下一個給油器。清晨五點半，水手長副手拿水管到船艉清洗後甲板；沒多久就停下手邊工作跑上艦橋——「瓊斯先生，請來船艉，」他說。「有個怪東西。我不想碰。」那是布萊利船長的黃金懷錶，有人很細心把錶鍊掛在舷欄上。

　　「『我一看見那個東西就靈光一閃，跟您說，我馬上就知道了。我兩腿發軟。彷彿親眼見他跳下去；我甚至知道他落海的地方離船有多遠。船艉航程儀顯示十八又四分之三海里；主桅遺失四個止索鐵栓[1]。他應該是把鐵栓放進口袋才好沉下去；可是，老天有眼！對布萊利船長這種健將來說，根本不需要四個鐵栓。或許人生最後一刻他的自信心有點動搖。我認為那是他這輩子唯一一次露出慌了手腳的跡象；但我隨時可替他擔保，他跳下後完全不會想要游泳自救，就像平常那樣有種：就算他果真意外落海，他也有膽整天浮在海上。沒錯，我跟您說。他為人一級棒——就像我有次聽他自己這麼說。午夜更他寫了兩封信，一封給公司，另一封給我。信裡他對我仔細交代有關航程的事——他還在實習的時候我早已入行——而且，信中一再提醒我該如何應付上海那邊的同事，才能讓我順利接掌奧薩輪。他的口氣就像父親對最寵愛的兒子那樣；馬羅船長，我比他年長二十五歲，他穿開襠褲時我就在海上闖蕩了。他寫給船東的信沒封起來——開著讓我看——他在信裡表示，他總是在為公司盡應盡義務——直到寫信那一刻為止——儘管如此，他並沒有辜負公司對他的信任，因為他會把船交給身邊能力最好的船員——他指的是我，您知道嗎，指的是我啊！他告訴他們說，如果他人生所做最後一件事沒讓他信用破產，當他們打算填補他死後的職缺，請他們考量我的忠誠敬業與他的熱心推薦。您知道嗎，信裡一堆這種話。我看到都不敢相信。讓我渾身不舒服，』老水手繼續說，心煩意亂以大如刮刀的拇指抹拭眼角。『跟您說，那封信會讓人以為他跳海是為了給一個歹命人出演人生最後一場戲。他做事竟會

1　belaying-pins：固定繩索的配件。

這麼魯莽，令我大吃一驚，而我又想到自己因機運而穩操勝券，整整一個禮拜想都想瘋了。但我沒在怕。皮立翁號[1]船長被調來奧薩號——他在上海登船——一個紈絝小子，我跟您說，穿著灰格西裝，頭髮中分。「喔—我是—喔—你們新船長，瓊斯—先—先—生。」他全身被香水浸透——簡直熏死人，馬羅船長。我敢說是我的眼神讓他結巴。他含糊說了幾句，關於我理所當然會感到失望之類的——我早該知道他的大副獲得晉升而接管皮立翁號——當然，他與升遷的事無關——公司應該會全盤考量——很遺憾。……我就說，「船長，別在意老瓊斯；管他去死，這種事對他來說是家常便飯。」從他臉色就知道他覺得我的話很刺耳，後來我們中午第一次用餐時，他就故意不斷挑全船毛病。他的聲音簡直是《潘趣與茱蒂秀》[2]的真人版。我咬緊牙關，低頭緊盯著餐盤，努力不回嘴；可是，我終究得要說幾句：他聽完後氣到跳腳，吹鬍子瞪眼，像隻鬥雞。「你以後會發覺要應付的人跟已故布萊利船長很不同。」「我已發覺了，」我說，很鬱卒，假裝忙著吃牛排。「你這個老油條，瓊斯先—喔—生；我告訴你，大家都知道你是公司的老油條，」他扯開嗓子對我吼道。可憐的洗碗工站在旁邊，聽到下巴都要掉了。「我這個人或許很難搞，」我回話，「但我還沒有喝茫到能忍受看你坐在布萊利船長的位子。」說完話，我把刀叉放下。「你根本就是想坐上這個大位——戳到你痛處了吧，」他恥笑道。我離開餐廳，把破衣服打包，然後就站在碼頭，腳邊全是家當，等裝卸工分趟來搬。沒錯。遠漂——到陸上——服務十年後——六百哩外有可憐的妻子與四個小孩，他們每口飯都要靠我的半薪。沒錯，跟您說！我寧願辭職不幹，也不願聽別人亂講布萊利船長壞話。他把夜間用望遠鏡留給我——就是這個；他甚至要我幫他照顧那隻狗——就是這隻。哈囉，浪人，可憐

1　the *Pelion*：希臘東南部山名，與奧薩山齊名。根據希臘神話，巨人為了登天將皮立翁山堆在奧薩山上，故英語有句俗話「難上加難」（pile Pelion on Ossa）。

2　Punch and Judy show：英國傳統木偶笑謔劇。主角愛發牢騷並以家暴式言行挑妻子毛病。

蟲。浪人，船長在哪裡？』那隻狗抬起頭，一副可憐相，泛黃眼睛看著我們，淒涼叫了一聲後就縮回桌子底下。

「以上是事發兩年多以後，瓊斯在他掌管的那艘爛船火后號上告訴我的——他也是拜詭異意外所賜才當上船長——從麥特森那邊接手——大家都叫他瘋狂麥特——知道嗎，就是占領時期[1]以前常在海防鬼混的那個傢伙。老水手擤著鼻涕繼續說——

「『是的，跟您說，我們這裡會永遠懷念布萊利船長，就算全世界只剩這個地方。我有寫信給他父親，把事情全都交代清楚，但他一個字也沒回——沒說「謝謝」，連一句「去死吧！」也沒——完全沒有！或許他們根本不想知道。』

「老水手淚眼汪汪，用紅布手巾往禿頭猛擦汗；那隻狗不斷哀鳴，聽者同感悲傷；艙房髒亂無比，蒼蠅四處亂飛，這就是碩果僅存憶故人的聖地：這一幕掩飾了記憶裡的布萊利，虛實間他竟卑賤到難以言喻，令人無比同情——這應是他死後命運對他的復仇，懲罰他狂妄自大卻不知其實是在自欺欺人——幾乎騙倒自己，以為他的人生得以倖免於該有的恐怖。就差那麼一點！或許他已完全被自身想法蒙蔽。誰知道他是如何說服自己以何等了不起的心態來衡量本身的自殺？

「『他為何會一時想不開，馬羅船長——他怎會做那種事？』瓊斯問道，雙手緊握。『為什麼？我想不通！到底是為什麼？』他一巴掌打在自己滿是皺紋的寬額上。『倘若他是欠債的窮老頭——沒那麼愛現——或是瘋子就好了。可是，他不是那種會發瘋的人，不像他。相信我。船長所有的事大副都一清二楚，大副說的才算數。年輕、健康、有錢、無憂無慮……我有時會坐在這裡百思不解，想到昏頭昏腦。一定有某種原因。』

「『瓊斯船長，可以確信的是，』我說，『絕不會是我們彼此會煩惱的事，』我接著說；可憐的老瓊斯聽到後，彷彿靈光一閃、茅塞頓開，下

1　1883年法軍攻占順化，與阮朝簽訂《順化條約》，海防與越南北部淪為法國保護領地。

了一個驚人深奧的結語。他邊擤鼻涕邊哀愁地點頭：『對，正是如此！跟您說，我跟您從不會把自己看得那麼重。』

「當然，每當我想起我跟布萊利最後一次談話，我都會想到他的下場，因為我知道他跟我見面後過不久就死了。我最後一次跟他講話是調查庭尚未結案的時候。那天正逢首次休庭，他在街上把我叫住。我一眼就看出他在生悶氣；我覺得很奇怪，因為他平時若想放下架子跟人說話，就會擺出很酷的模樣，讓人察覺他因容忍對方而樂在其中——似乎覺得談話對象是活生生的笑話。『想不到他們會找我去開那個調查庭，你知道嗎，』他話匣子一開，不斷抱怨每天開庭引發的種種不便。『天曉得會拖多久。三天，我猜。』我默默聽他說完；當時我認為這與擺架子一樣有效。『開那種庭訊有什麼用？鬼才想得出那種蠢到極點的作秀，』他接著憤慨說。我表示官方別無選擇。他以一種壓抑的怒氣打斷我的話。『我從頭到尾都覺得自己是個傻子。』我抬頭看他。這樣講有點過分——對布萊利而言——尤其是當布萊利是在講他自己。他打住不說，把我的外套領子揪住，輕拉一下。『我們為什麼要折磨那小子？』他問道。這個問題不謀而合說出我心中醞釀已久的某種念頭，我眼前再度浮現那個畏罪潛逃的叛將，我隨即回話說：『我若知道就一頭撞牆，除非他情願任人擺佈。』他竟然同意——可這麼說——我這句話，我覺得很意外，因為那句話還算話中有話。他氣憤說，『哎喲，沒錯。難道他沒發現他那位爛船長早已開溜？他以為事情會有什麼轉機？什麼都救不了他。他完蛋了。』我們不發一語繼續走幾步。『為何甘願被人踩在腳底？』他大聲說，語氣帶有東方的活力——東經五十度以東僅存的活力。[1]我原本完全無法理解他的思緒，但那時我斷定他所說的話正如其人：可憐的布萊利腦子裡一定是在想他自己。我對他指出，帕德納號船長中飽私囊的作風已眾所皆知，無論身在何處都有辦法逍遙法外。吉姆的處境則完全不同：他目前被官方安

1　英國海員能否於殖民地以「東方活力」（oriental energy）走出屈辱，馬羅到最後將有驚人揭發。

置在水手之家，很可能窮到連一毛錢也沒有。逃跑很費錢。『是嗎？不一定吧，』他說，憤恨地苦笑；我又表示一些看法，他於是回話說：『好，那就叫他爬進二十呎深的地洞永遠別出來！老天有眼！**我**就會這樣做。』我不曉得他的語氣為何會激怒我，我於是說：『要像他那樣出來面對是需要勇氣的，因為他知道如果遠走高飛，沒有人會有閒工夫去把他追回。』『該死的勇氣！』布萊利吼道。『那種勇氣根本無從造就正派的人，我一點都不會在乎這種勇氣。就算你現在跟我說那是一種怯懦——某種軟弱。我跟你說，你若肯出一百盧比，我就拿出兩百盧比，我們一起想辦法讓那個可憐蟲明天一早就偷偷溜走。那傢伙若不適合讓人動他，他就是一名紳士——他以後會想通的。他一定要想通！這件事引發的惡意關注實在可怕：他坐在調查庭受審，很多討厭的本地人、薩汗[1]、拉斯卡[2]、航信士[3]出庭作證，所提供的證詞足以讓人無地自容，羞愧到引火自焚。這真的很糟糕。唉，馬羅，你怎會沒看出、沒察覺這件事非常糟糕；你來到這裡——現身——難道不是以海員自居？他若一走了之，這一切就會馬上結束。』布萊利說著說著不禁眉飛色舞，作勢要伸手掏出腰包。我叫他別衝動，然後冷冷對他說，對我而言，那四人展現的怯懦並沒有他所想的那樣至關重要。『我猜你還有臉自認是海員，』他氣憤地回嘴。我說我就是那樣稱呼自己，並希望能名實相符。聽我說完，他手一揮，彷彿要剝奪我的特質，把我一把推入群眾。『最糟糕的是，』他說，『你們這些傢伙毫無自尊可言；你們根本無心成為應當成為的人。[4]』

　　「我們邊走邊聊，講到這裡剛好在港務局對面停下腳步，帕德納號那個胖碩船長開溜的地方清楚可見，他就像被颶風捲走的小羽毛，在那裡消失得無影無蹤。我露出微笑。布萊利繼續說：『這件事很丟臉。我們當

1　serangs：印度地區亞裔水手長通稱；波斯與烏爾都語「首領」。
2　lascars：泛指印度地區亞裔船員。
3　quartermasters：負責操舵與信號之士官。
4　歐洲人在殖民地該如何謹守家鄉的道德規範，此為本書與同期作《黑暗之心》的共通議題。

中各種人都有──其中還有不少有頭有臉的無賴；可是，管他的，我們在專業上應當要有規矩[1]，不然我們就會像一群到處流浪的劣等工人。我們深獲信任。你懂嗎？──深獲信任！坦白講，我毫不在乎來自亞洲的朝聖客；不過，有規矩的人不會那樣對待滿艙滿室受難的窮人。我們並非有組織的一群，能凝聚我們的只有一件事：以遵守那種規矩之名。這個事件粉碎了我們所受的信任。一名船員整個生涯可能都沒必要展現剛強的一面。不過，若有必要……啊哈！……如果是我……』

「他話沒說完，然後以不同語氣接著說，『馬羅，我現在就給你二百盧比，你去跟那個傢伙談一談。他笨死了！但願他當初出社會沒有來這裡。其實，我知道有幾個手下認識他親友。他老爸是牧師，我有印象曾跟他見過面，去年我回國住在艾色克斯郡[2]表兄家的時候。如果我沒記錯的話，那老頭還蠻寵他的水手兒子。真悲哀。我沒辦法親自去找他兒子談──你卻……』

「因此，拜吉姆所賜，我有機會窺見布萊利真實的一面，幾天後他就把真實的自我連同虛假的自我[3]一起送進大海懷抱。想當然，我婉拒干涉他人私事。最後那句『你卻』的口吻（可憐的老布按捺不住），似乎暗示我跟小蟲一樣不起眼，我因而對他的提議感到憤恨不平；或許是老布那句話的挑釁，還是出於其他理由，我愈加確信調查庭對吉姆來說是苛刻懲罰；他能出來面對──幾乎可說是自願──我也深信此為這個糟糕的案例能彌補一切的特點。[4]我當時對此想法比先前更有把握。布萊利氣呼呼而

1　preserve professional decency：此為馬羅所謂對「行為準則」（standard of conduct）的「忠貞不渝」（第五章倒數第六段，見本書p.113）。至於英式「規矩」是否代表普世價值，馬羅對此深感困惑。

2　Essex：英國東南部濱海的郡。

3　his reality and his sham：殖民異域迫使歐洲人自困於雙面假象。馬羅延續他於《黑暗之心》對歐洲人名實不符的批判。馬羅很好奇吉姆是否能突破他人走不出的困境。

4　redeeming feature：如馬羅於第五章倒數第六段（本書p.113）指出，要找出「能彌補一切的理由」。

去。那時他的心理狀態令我百思不解，事後回想我才恍然大悟。

「隔日開庭我晚到，於是就獨自坐在一旁。當然，我忘不了與布萊利的談話，而他們兩人同時出現我眼前。其中一人舉止看來沮喪無禮，另一人則顯露輕蔑的厭煩；然而，兩者態度同等做作，我很清楚誰是虛假的一方。布萊利並非無聊──他氣到身心俱疲；若果真如此，吉姆可能就不是無禮。我的看法是吉姆並非無禮。我推測他應該是感到絕望。後來就到了我們目光交會的那一刻。[1]我們眼神交會，我倘若有那麼一點意願想跟他說話，他看我的眼神打消了我的念頭。無論基於哪種推論──無禮或絕望──我覺得自己都幫不上忙。那天是庭訊第二天。我們目光交會後過沒多久，調查庭就再度休庭直到隔日再審。白人很快就成群離開。吉姆先前依指示走下證人席，因而走在隊伍前面。門口逆光下，我看見他的寬肩與頭部剪影；我邊走邊聊慢慢走出法庭──與陌生人寒暄──我從法庭看到他把雙肘搭在走廊欄杆，背對緩緩走下階梯的人潮。周遭傳來竊竊私語的人聲與靴子踩在地板的腳步聲。

「法庭下一個案子看來是有關放高利貸所致的傷害告訴；被告──蓄白長鬍的鄉下老頭──坐在門旁地墊，他兒子、女兒、女婿、妻妾，還有應該是半個村的人全都或站或蹲圍在他身旁。一個苗條黝黑的女人──袒露半背與一邊黑肩，戴著細薄黃金鼻環──突然以潑婦般的尖銳聲調說起話來。跟我講話的男子直覺抬起頭看她。我們那時剛好走出門口，趕上吉姆魁梧的背影。

「我不清楚那隻黃毛狗[2]是否是這群村民帶來的。反正那裡有隻狗，搖著尾巴穿梭於眾人腳邊，像土狗那般鬼鬼祟祟，我身邊男子一不小心被牠絆倒。那隻狗悄悄一跳就溜走了；那位男子苦笑著，提高嗓音說，『看那可憐的雜種狗[3]，』隨後我們就因人潮推擠而分開。我暫時停下腳步靠

1　請見第四章倒數第三段，見本書p.98。
2　yellow dog：剛好也是英語俚語「懦夫」。
3　cur：劣等混種犬；恰巧也是俚語「懦弱可鄙之人」。

在牆邊，那名陌生男子設法隨人群走下階梯，很快就不見蹤影。我看見吉姆猛然轉身。他朝我走上前來，擋住我的去路。我們周圍沒有別人；他狠狠瞪我，一副剛毅不屈的頑強模樣。我發覺自己好像被人打劫，就像在森林遇上搶匪那樣。那時走廊已空無一人，法庭喧囂與人來人往已回復平靜：整棟大樓安靜無聲，法庭裡遠遠傳出東方口音的可憐泣訴。那隻狗想要鑽進法庭，連忙趴在門口抓蚤搔癢。

　　「『你是在跟我說話嗎？』吉姆低聲問道，彎下身子；與其說他俯身面向我，倒不如說是朝我壓來，如果你們聽懂我的意思。我馬上回答『沒有』。他的聲音低調，我警覺話中有話，不得不提防他。我盯著他。好像與搶匪在林中打照面，只不過他更不確定會如何收場，因為他不可能問我要錢或要命──要我昧著良心平白送上或抵死不從的東西。『你說你沒對我說話，』他口氣沉重說。『可是我有聽到。[1]』『你誤會了[2]，』我反駁說，茫然不解直盯著他。他的臉看起來猶如雷電交加前逐漸陰沉的天空，一團陰影悄然聚積，昏暗神祕愈形黯淡無光，寧靜裡毀滅力量醞釀，蓄勢待發。

　　「『據我所知，你受審時我一句話也沒說，』我坦誠斷言。同時我也有點動怒，總覺這次邂逅很荒唐。如今回想我才突然發覺，我這輩子就屬那次差點挨揍──確實如此；被人用拳頭痛打一頓。我雖然不太確定，但仍有預感那種結局就快成真。並非他張揚作勢威脅我。正好相反，他有股莫名的消極感──聽懂嗎？可是，他整個人撲了過來，雖然他長得並非特別高大，看起來全身仍壯碩到足以打破一道牆。我注意到他露出一種拿不定主意、猶豫不決的模樣，此跡象令我放心不少，心想應該是他從我的談吐看出我為人顯然坦率。我們就面對面站在那裡。法庭裡，傷害罪的案子仍審理中。我聽見說話聲傳來：『嗯──水牛──棍子──我十分恐

1　吉姆走出法庭時有人喊道：「看那可憐的雜種狗」（"Look at that wretched cur."），以為有人罵他「孬種」（cur）。

2　馬羅知道陌生男子並無譏諷之意。

懼。……』

「『你整個上午都盯著我是什麼意思？』吉姆終於開口。他抬起頭，再低頭看我。『你以為我們會顧及你的多愁善感而全都低頭坐著不敢抬起眼？』我刻薄地回嘴。我不會乖乖遷就他的胡鬧。他再度抬起頭，這次率性直視我。『不會的。沒關係，』他口氣好像在反覆推敲這句話是否屬實——『沒關係。我撐過庭訊了。只不過』——說到這裡他語氣有點急——『我受不了有人在庭外罵我。先前有個傢伙跟你走在一起。你跟他講話——喔，錯不了——我知道；沒事的。只是你跟他講話其實是要講給我聽。……』

「我對他打包票說，他在胡思亂想。我不明白他為何會有這種想法。『你以為我會不敢說出心中不滿，』他說，語氣略帶依稀可辨的怨恨。我雖然有心察覺表情的細微變化，卻仍感到茫然不解；然而，不曉得是否因為他欲言又止，或是他那句話的語調，我突然有個念頭想盡可能體諒他。我覺得這個出乎意料的尷尬局面不再惱人。有誤會是他的錯；他閃爍其詞，我直覺認定言詞閃爍是出於齷齪可悲的性質。為了以禮待人，我急於結束這場會面，就像急於擺脫平白無端、令人討厭的傾訴。有趣的是，當我以高尚情操思索下一步時，我同時意識到心中的忐忑不安，深怕這次遭遇可能——不對，應該說是極有可能——會以不光彩的鬥毆收場，不僅會令人百思不解，也會讓我落人笑柄。我一點都不盼望竄紅三天，成為被帕德納號大副打了個鼻青眼腫或諸如此類的倒楣鬼。他很可能會不顧後果，不管怎樣都會認定自己有理。他舉止雖然低調甚至無精打采，不需巫師就能當場看出他對某件事感到出奇憤怒。我不否認非常渴望能不顧一切安撫他，我若知道該如何做的話。我完全不知如何著手，你們想的沒錯。我茫然不知，彷彿黯然陷入一團漆黑。我們面面相覷，不發一語。他猶豫十五秒，然後往前靠近一步，我準備要防他一拳打來——雖然我覺得自己僵直不動。『你如果有兩個人那麼高，而且有六個人那麼壯，』他輕聲說，『我就會直言對你的看法。你……』『住口！』我喊道。我暫時打斷他的話。『在你直言對我的看法之前，』我很快接著說，『麻煩請跟我說，我

是哪裡說錯或做錯？』聽我講完後，他憤恨不平地打量我，我則絞盡腦汁在想為何會得罪他；我的思緒被法庭內操東方口音的說話聲打斷，有人被控說謊而慷慨激昂地辯解。然後，我們幾乎同時開口。『我很快就會證明我不是，』他說，口氣聽起來像是面臨生死關頭。『鄭重告訴你，我不懂你在說什麼，』同時間我嚴正表態。他不屑地瞄我一眼，想要用眼神羞辱我。『現在明白我什麼都不怕，你就想做狗爬蒙混過關，』他說，『如今誰才是孬種啊[1]——哦？』這一刻，我終於恍然大悟。

「他打量我的臉，彷彿在找哪個部位好下手。『我絕不容許有人，』……他含糊說，語帶威脅。這場誤會確實是可怕錯誤；他完全自曝其短。我無法對各位形容當時我有多震驚。我猜，他從我的表情窺見我的心情，因他神情略微有異。『老天啊！』我吞吞吐吐，『難道你以為我……』『可是我的確有聽見，』他堅持己見；自從這場令人遺憾的誤會發生，他首次大聲說話。然後，他臉上閃過一絲輕蔑，接著說，『這樣的話，那句話不是你說的？好吧；我再去揪出說話的人。』『別傻了，』我喊道，氣到不知如何是好；『根本不是你所想的那樣。』『我有聽到，』他重複說，語氣帶有一種既堅定又憂傷的執著。

「可能會有些人想恥笑他的頑固。我不會笑他。喔，不會的！從來沒有人像他那樣因本性衝動而毫不留情地自曝其短。單單一詞就讓他醜態畢露而不再謹言慎行——區區一詞就讓他失去判斷力，以致內心喪失行為規範，比身體失去衣服還來得有失端莊。『別傻了，』我再說一次。『可是另一人明明有說出那句話，你不否認吧？』他清楚表示，毫不畏縮瞪著我。『沒錯，我不否認，』我說，回瞪他。最後，他終於隨著我指的方向低頭看去。起初他似乎反應不及，仍一頭霧水；最後，他看到那條狗彷彿見到怪獸般，又驚又恐好像從沒見過狗。『根本沒有人妄想要汙辱你，』我說。

1　cur：「雜種狗」與「懦夫」的雙關語，吉姆很在意後者罵人之意。就敘事層面而言，吉姆「屬我族類」，是名符其實的「純種」。

「他端詳那隻如雕像一動也不動的呆狗：豎直耳朵坐著，尖嘴朝著門口，突然化為捕蟲器那般一口咬向飛過的蒼蠅。

「我看著他。他曬紅的白皙臉龐隔層絨毛忽然更加通紅，紅紅血色橫掃額頭，一路延伸至頭頂，滿頭卷髮仍蓋不住臉紅筋暴。他耳朵徹底紅透，連那雙明亮藍眼都因直沖腦門的熱血而一陣黑一陣白。他嘴微噏、雙唇顫抖，猶如瀕臨失聲大哭。我察覺他深受羞辱而激動得說不出話。可能也是由於心灰意冷吧——誰知道？或許他原本很期待尚未出手的那一拳——是為了重振雄風，還是為了自我安慰？誰知道他期盼從這場差點變成打架的意外獲得什麼解脫？他心中有所期待，真是太天真了；他在這場誤會白白自曝其短，什麼也沒得到。他坦然面對自己——除了坦白對我——妄想以這種方式求得某種有力反駁；他從沒料到老天居然毫不庇佑他。他發出一聲含在嘴裡的喉音，如同被人一拳打在頭上尚未昏倒過去。實在可憐。

「我走出門口後才再度趕上他。最後幾步還得小跑步；氣喘吁吁追到他身旁時忍不住責備他為何要逃避；他說，『絕不是！』同時被迫轉過身來面對我。我解釋，絕沒有說他在逃避**我**的意思。『絕不逃避任何人——逃避世上任何一個人，』他一臉頑固表明。我克制自己不說出一個顯而易見的例外，連最勇敢的人也無法倖免[1]；我想他自己很快就會發現。當我正在想要說什麼好，他耐心看著我；可是我當下無話可說，他於是轉身就走。我緊跟在後，想到很快就會跟他分開，心一慌就急忙告訴他：我不能這樣離開，不然他會誤以為我的——我的——我結巴說不下去。話說一半我就覺得自己的話實在蠢得可怕；不過，那句話的意思與句構的道理並不影響語句影響力。我的胡言亂語似乎討好他。他有禮地打斷我的話，從他心平氣和的模樣可看出，他若不是具有強大自制力就是令人驚嘆地喜怒無常——他說『全都是我的錯。』他這句話讓我感到非常驚訝：他好像在說

1　暗指沒有人能逃避自我，請見第七章第六段（見本書pp.136-137）。布萊利的悲劇應驗此看法。

芝麻蒜皮小事。他懂不懂這句話可悲的言外之意？『請多包涵，』他接著說，再以略微憂鬱的口吻說，『法庭裡那些看熱鬧的人似乎都是傻子──說不定我原本想的沒錯。』

「這句話突然展現他全新的一面，此人真不可思議。我好奇打量他：他眼神毫無顧忌，令人費解。『我受不了這種事，』他直言，『我也不想忍受。法庭裡是另一回事；我非得忍受不可──我也吞得下這口氣。』

「我不會假裝能了解他。他容許我窺見的面向就像隔著濃霧游移的空隙所瞥見的影像──許多零星片段的細節，鮮活耀眼卻稍縱即逝，無法組成連貫意象以呈現一個國度的概貌。這些細節令人心生好奇卻不滿足好奇心；無助於在陌生國度熟習環境。大體上他不讓人搞懂他。這就是那天傍晚他離開後我心中對他的評價。那幾天我住在馬拉巴旅店，在我的堅持下，他接受邀請前來共進晚餐。」

第七章

「那天下午，港口來了一艘去程航線的郵輪，旅店寬敞餐廳過半座位都被船客占去，每人口袋都有價值百鎊的環球船票。在場有許多夫妻檔，看來都因同遊的緣故不與外人往來卻又彼此感到無聊；在場團體有大有小，也有獨自旅行的散客，有人正襟危坐地用餐、有人歡暢地大吃大喝；無論想著事情、聊天說笑、或互看不順眼，這些人都把旅店當成自己家；他們認識新環境的感受力就像樓上行李那般聰明。此後，他們路過一地又一地，只有通關標籤顯示曾到此一遊，正如他們行李那樣。他們很珍惜這點與眾不同的特質，會保留黏貼於行李箱的地名標籤作為書面證據——他們提升自我的大業所留下唯一不褪的痕跡。黑臉侍者悄悄走在寬廣的拋光地板；有時傳來女孩笑聲，聲音如少女心那般純真空虛；有時用餐聲會忽然安靜下來，傳來幾句拿腔拿調的說話聲，為博得滿桌歡笑而加油添醋說出船上最後一件八卦趣事。餐廳裡還可見兩名雲遊四海的老姑娘，穿得花枝招展，只顧氣沖沖核對帳單金額，嘟著青春不再的嘴交頭接耳，一臉木然怪異，彷彿是兩具衣著奢華的稻草人。幾杯酒就讓吉姆暢所欲言，無話不談。他胃口很好，我有注意到。他似乎把我們初次見面的小插曲掩藏起來。那段插曲好像是在這個世界不能過問的事。用餐期間，我眼前浮現他那雙帶著孩子氣直視著我的藍眼、臉龐稚嫩、肩膀強健、金卷髮下的古銅高額有道白額頭紋，這幅畫面令我心生同情：他神情竟如此坦率，笑容竟如此天真，一本正經的模樣竟如此青春。他是符合期望的那種類型；他屬我族類。[1]他說起話來不苟言笑，侃侃而談帶有一種沉穩；這種低調舉止可能源自男子漢的自制、驕傲自大、冷酷無情、徹底無意識之舉、或是欺矇的滔天大罪。沒人知道！聽我們說話口氣會讓人以為我們在談論別人、

---

[1] 請見第五章第九段（本書p.108）。

球賽、去年天氣。我因胡思亂想而亂了方寸，直到話題改變時才順道以不得罪他的方式指出：整體而言，他應該會覺得這場調查庭十分難熬。他的手猛然伸出，越過桌巾上的餐盤一把捉住我的手，他睜大眼睛狠狠盯著我。我**真的**嚇了一大跳。『一定很難受。』我吞吞吐吐；他的動作好像有話要說卻又說不出來，令我困惑不解。『那是——生不如死。』他突然以壓抑語氣說。

「他的動作與所說的話很唐突，鄰桌兩位衣冠楚楚的環球旅行男士同時放下手邊的冰布丁，驚恐抬起頭。我於是起身；我們走到前廊座位喝咖啡、抽雪茄。

「八角桌上玻璃球燈燭火搖曳：多盆硬枝植栽隔出獨立的藤椅區；樓廊有對柱子，微紅柱體反射出整排長窗的光澤；夜色昏暗，星光閃爍，猶如懸掛在雙柱間的華麗簾幕。輪船的錨泊燈[1]像西沉星星在遠處明滅，錨地對面山丘有如一團團散不去的烏雲。

「『我沒辦法遠走高飛，』吉姆開口。『船長做得到——對他來說是好事。我辦不到，也不願那麼做。他們都以不同方式逃避，但不適用於我。』

「我坐在椅子不敢動，聚精會神聽他說；我想了解——到現在我仍不了解，只好用猜的。他陳述時一下子很有把握、一下子又意志消沉，彷彿深信自己天生毫無過錯，以致欲言又止，實情被悶在心中不斷翻騰。他首先表示——以一個人會承認無法從二十呎高牆跳下的那種口氣——事到如今，他已無緣返鄉；他的表態讓我想起布萊利曾說的話：『艾色克斯郡的那位老牧師還蠻寵他的水手兒子。』

「我不敢說吉姆是否知道他特別『受寵』；不過他提及『我老爸』時，刻意以一種口吻讓人以為那位鄉下老好牧師大概是全世界最棒的人，有史以來從沒人像他那樣為大家庭生計操心。雖然沒有明講，他卻語帶焦慮暗示這是無庸置疑；說真的，這樣子雖然沒錯而且很可愛，卻讓故

1　riding lights：下錨船隻標示位置的燈火。

事多了點家鄉父老的悲情成分。『如今，他應該在國內報紙看到這則新聞，』吉姆說。『我永遠無法面對可憐的老爸。』聽他這麼說，我不敢抬頭看他，直到他接著說，『我永遠沒辦法解釋。他絕不會了解。』他話一說完，我就抬起頭。他若有所思抽著菸，過一會兒才回過神來繼續說。他當場表明心意，希望我別把他跟他的同事相提並論——就所犯的罪過而言，這麼說吧。他不是他們同夥；他完全是另一種人。我並未表示反對。我不願只為了赤裸真相而剝奪他的可取之處——無論有多微不足道。我不清楚他自認有多可取。我不知道他要迎合什麼——若他真要迎合什麼的話——我猜他自己也不知道；我的看法是，為了不願面對自知之明的殘酷陰影，沒有人能深切體認自己會以多機靈的方式逃避。『那個蠢調查庭結束後』，他不知道該怎麼辦才好；我不發一語看著他苦思。

　「他的觀點顯然跟布萊利一樣，很不屑那些依法舉行的審訊。但他不懂還能去哪裡尋求協助，他坦白說；他顯然在自言自語而非真的對我講話。證照沒了，職業生涯毀了，沒錢遠走高飛，放眼望去連找個工作也都無望。若人在家鄉或許還能找到某種差事；可是那樣的話，他就得拜託親友，而這正是他所不願的。除了上船當普通水手，看不出還能做什麼——說不定能在某某輪船找到舵手職位。可以接受舵手一職。……『你覺得你會接受？』我不留情面直問。他突然站起來，走到石欄杆旁朝黑夜望去。過一會兒他走回來，直挺挺站在我椅子前面俯視我，他青春洋溢的臉再度因壓抑情感而痛苦不堪。他完全了解我並非質疑他操控輪船的能力。他以稍微顫抖的聲音問我為何會說那種話。[1] 我原本對他『不得了的好』。我並未嘲笑他，即使——說到這裡他開始有點含糊——『犯了那種錯，你知道的——讓我丟臉丟到家。』我打斷他的話並以有點親切的口吻表示，對我而言，那種過錯不能拿來當作笑柄。他坐下，刻意喝點咖啡，把小杯喝得一滴不剩。『可是那不代表我會承認別人對我所扣的帽子，』他明確

1　he asked me, Why did I say that?：本句為間接引語（reported speech）。本譯本刪除原典於Why誤植之上引號。

表示。『不會承認？』我問。『不會的，』他答，語氣低調果決。『如果是**你**的話，會知道自己原本該怎麼做？你會知道嗎？難道你不會覺得自己是』……他哽噎……『難道你不會覺得自己是—是—是個孽種[1]？』

「他說完話——沒騙你們！——就好奇打量我。他問了一個問題，似乎是這樣沒錯——一個*bonâ-fide*[2]的問題！然而，他並未等我回答。我還沒回過神來他就繼續說，雙眼直視前方，好像要讀出寫在一大片夜色的某種訊息。『關鍵就在是否做好準備。我還沒準備好；沒有——當時還沒。我不想替自己找藉口；但我想解釋——我希望有人能理解——有人——至少一人！就是你！你不是也行嗎？』

「一個人內心掙扎時總是這樣，既嚴肅又有點可笑——當一個人自認應具備的道德認同將毀於一旦，為挽救應守規矩的可貴觀念而飽受煎熬：此觀念雖是人生許多遊戲規則之一，沒什麼大不了，卻強而有力——能導致某些人自以為擁有無限能耐足以戰勝天性，亦能導致這些人最終失敗，付出慘痛代價。他很低調說出他的故事。他們四人乘小艇在海上漂浮，某日夕陽餘暉中，戴爾郵輪[3]把他們接上船；從那天起，他們被人投以懷疑眼光。胖船長說了些推託之詞，其他三人則一句話也沒說，旁人起初都接受船長說法。沒人會質問自己僥倖救起的漂流客；這些可憐蟲若非因而死裡逃生，至少還能擺脫苦難。後來，大家越想越怪，亞芬達號[4]的高級船員可能突然靈光一閃，覺得這起事件說不定『有人搞鬼』；不過，他們當然不會說出心中疑惑。帕德納號輪船沉沒後，他們能救起船長、大副、兩名管輪，這樣就夠了。我並未多問吉姆在戴爾號那十天心情如何。根據他敘述那段經歷的模樣，我能推測他或多或少被自己的發現嚇到了——他的自我發現——而且，那段期間想必他整天絞盡腦汁，試圖將這個發現解釋給唯

1　cur：這就是第六章結尾吉姆憤恨不平的緣故（本書p.134）。
2　拉丁語「真誠的」。
3　請見第五章第四段（本書p.103）。
4　the *Avondale*：船名可能源自新南威爾斯州一處地名。

一能理解他的那個人：只有此人才能體認他的發現事關重大。[1]你們要知道，不管他自我發現了什麼，他無意要貶低其重要性。有關這點我非常確定；正因如此，他與眾不同。[2]至於他上岸後心情如何起伏、得知自己曾扮演可悲一角的那段故事如何意外結局後又做何感想：他全都隻字未提，我也無從想像。我不曉得他是否覺得百口莫辯？是否果真如此？無論如何，他很快就設法重新站起來。他上岸後在水手之家待了整整兩週；那裡還有其他六、七名房客，我因而聽說一些有關他的事。他們茶餘飯後的說法似乎是：他除了缺點很多，還是悶悶不樂的麻煩人物。那幾天他都在陽台消磨時間，窩在躺椅，只有用餐或半夜才會如行屍走肉般現身，獨自在碼頭散步，對周遭視而不見，神情恍惚、一語不發，猶如失去鬼屋的孤魂。『那段期間，我從頭到尾跟人說的話不會超過三個字，』他說，令我覺得他很可憐；他接著說，『他們其中一人原本要脫口說出我下定決心不再忍受的那些話，但我不想把衝突鬧大。我不想！那時還不想。我那時太一太……我沒心情搞那些。』『聽說那個隔艙壁[3]最後有撐住，』我一派輕鬆表示。『是的，』他低聲說，『有撐住。但我發誓我覺得隔艙壁摸起來愈鼓愈大。』『沒想到破銅爛鐵有時居然能承受那麼強的張力，』我說。他癱在椅子裡，伸直雙腿，把手臂懸在椅側，微微點頭好幾次。你們無法想像有什麼能比這幅畫面更為悲慘。他突然抬頭；站起來；往自己大腿猛力一拍。『啊！錯失良機！天啊！錯失良機！』他激動得不能自已，最後那個『錯失』的餘音好比痛徹心腑的慘叫。

「他再度陷入沉默，眼神恍然若失，渴望追尋那失落的榮耀；他鼓起鼻子猛吸一口氣，好像嗅到坐失的機會原本的醉人氣息。你們若以為我只感到震驚或訝異，何止是錯怪我而已！唉，他是一個充滿想像力的可憐蟲！他甘願露出破綻；他情願給人捉把柄。從他遠眺夜色的眼神裡，我可

1　獨一無二的那人正是吉姆本身。

2　因為連模範船長布萊利都無法面對自我發現的真相。

3　請見第四章第五段（本書p.96）。

看出他內心隨之奔騰，勇往直前投身於逞英雄的虛幻國度。他無暇懊惱有所失；他天生只在乎有所不可得。我在離他三呎之處看著他，他卻離我非常遙遠。每分每秒，他朝功成名就的浪漫世界愈陷愈深。最後，他終於進入那世界的中心！他滿臉至福的奇特表情；隔著桌上燭光，他的眼睛閃閃發光；他竟露出微笑！他已深入核心──深入核心[1]。那笑容是種狂喜，絕不會出現在你們──或我──臉上，各位弟兄。我開口把他拉回現實：『你的意思是，當初若堅持留在船上就好了！』

「他轉頭看我，轉瞬間他的眼神流露驚愕與痛苦，整張臉困惑不已、驚恐萬分的受苦模樣，好像剛從一顆星墜落下來。你們跟我一樣，以後絕不會在另一人身上看見這種臉色。他猛打寒顫，似乎才被一個冰冷指尖碰觸心扉。他最後嘆口氣。

「我當時無心寬容他人。他的魯莽言行前後矛盾，令我鐵了心。『可惜你事先無法預知！』我不懷好意說；不過，我那句背信忘義的毒語如同一支無害的箭──後繼無力落在他腳邊，他沒想到要拾起。或許他根本沒看到。過一會兒，他又慵懶癱在椅子裡接著說：『可惡！我就說隔艙壁有鼓起來。我拿著燈沿著下甲板的角鐵[2]巡視，一塊跟手掌一樣大的鐵鏽從壁板掉下來，根本沒人碰就自行剝落。』他用手摀住額頭。『隔艙壁在我眼前不停震動起伏，好像有生命一樣。』『那一幕應該會讓你覺得慘了，』我隨口說出看法。『你覺得，』他說，『我只想到自己？我會不管後頭一百六十條人命？光是在前甲板隔艙呼呼大睡的就有那麼多人──船艉有更多；還有更多人在甲板上──全都睡著──完全不曉得大事不妙──人數比小艇可容納的數量還多出三倍；就算有時間疏散，我會不管他們？我站在那裡，預期鐵板隨時都會裂開，會看見一道海水沖向他們，正當所有人躺著休息。……我還能怎樣──你說啊？』

1　penetrated to the very heart：吉姆的美夢象徵男性英雄主義，流露典型的陽剛特質。

2　angle-iron：結合隔板的直角形金屬條。

「他的處境可想而知，我能想像他被困在洞穴般的船體，周遭看似無人卻能感受到黑暗裡擠滿人潮；球燈的微弱燈火照亮一小部分隔艙壁，就靠那面隔板擋住外頭海水的壓力；他依稀聽見熟睡旅客渾然忘我的鼾聲。我能看見他睜大眼盯著那面鐵板，剝落的鐵鏽令他大吃一驚，死到臨頭的預感讓他不堪負荷。我後來得知，這是他第二次受船長之命到船艙巡視；我猜應該是因為船長不要他待在艦橋。他告訴我，當時他有股衝動要放聲大叫，要立刻把那些乘客從睡夢中嚇醒過來；可是，他感到難以招架的全然無助，以致發不出聲音。我想，這就是所謂舌頭貼住上膛。[1]『口乾舌燥』：他以精簡語句描寫這種狀況。然後，他一聲不響從一號艙口爬上甲板。艙門安裝的風斗[2]意外回彈，他記得斗面僅輕觸他的臉就差點把他撞下艙梯。

「他站在前甲板望著另一群熟睡乘客，他承認他看到腳軟。當時引擎已停俥，蒸汽正被泄出。隆隆低鳴持續整晚，黑夜如同低音琴弦般迴盪餘音。輪船也隨之擺盪。

「到處可見從睡墊抬起的頭、起身而坐的模糊身影，皆睡眼惺忪傾聽突如其來的聲響，然後再度倒頭大睡，沒入成堆箱子、蒸汽絞盤、通風筒的雜亂背景。他知道這些人不具專業知識，無法理解那陣怪響究竟為何。對那一大群無知虔誠的乘客來說，那艘鐵殼船、臉龐白皙的船員、船上見聞與所有事物都很怪異；因永遠無從理解，他們認為船很可靠。他突然想到幸好事實是如此。但這個想法簡直糟透了。

「你們要記得，他跟所有處境相同的人一樣，都相信船隨時會沉沒；鼓起的生鏽隔板雖能暫時擋住海水，必將發生致命崩裂，然後就會如同水壩潰決，突然湧出排山倒海的洪流。他站著不動，望著那群躺臥的軀體：

1　the tongue cleaving to the roof of the mouth：《聖經‧以西結書》3:26「我必使你的舌頭貼住上膛……」（"And I will make thy tongue cleave to the roof of thy mouth..."）。另見《聖經‧詩篇》137:6。

2　wind-sail：帆布製導風設備，可將新鮮空氣注入船艙。

一個意識到在劫難逃的人檢視四周悄然作伴的死者。他們**早已**死去！什麼都救不了！或許小艇足以讓一半乘客逃生，卻沒有時間疏散。沒時間！沒時間！張口吶喊或揮手跳腳似乎都徒勞無益。說不到三個字或不出三步，他就會連同其他人一起落入海裡掙扎求生，在海面濺起一層可怕白沫，被一片悲慘呼救的喧嚷聲所掩沒。這艘船已回天乏術。他能準確預想事件會如何發展。他從頭到尾經歷一遍，拿著燈站在艙門口，一動也不動——他在腦海裡經歷一遍，連最折磨人的細節也不放過。我想，當他對我透露在法庭無法說出的這些事時，他又再度經歷一遍。

「『就像我現在能清楚看見你，我觀察當時情況就很清楚已無能為力。我似乎愈看愈覺得無法動彈。我認為最好原地不動，站著觀望。我認為所剩時間不到幾秒……』就在那時，輪船忽然停止排放蒸汽。他表示，原先噪音雖然惱人，突如其來的寂靜卻令人窒息，難以忍受。

「『我以為溺水前會先在船上吸不到氣。』他說。

「他堅稱從未想到要先自救。他腦中反覆出現、再三權衡的念頭離不開一件事：八百人與七艘小艇；八百人與七艘小艇。

「『有人在我腦海裡大聲說話，』他有點誇張說。『八百人與七艘小艇——而且沒有時間！你想我該怎麼辦？』他從小桌另一端靠過來，我設法避開他的目光。『你覺得我會怕死嗎？』他壓低聲音狠狠問道。他啪的一聲往桌面一拍，咖啡杯被震得七零八落。『我可發誓我不怕——我並不怕。……天啊——不會！』他在椅子上坐直，兩臂交叉；下巴落在胸口。

「上方採光窗隱約傳來餐具清脆的碰撞聲。一陣喧譁聲中，幾名男子有說有笑離開餐廳往前廊走來。他們在回味有關開羅驢子的趣事。有位蒼白焦慮的瘦高青年躡手躡腳走著，身旁有個面色紅潤、趾高氣揚的環球旅行者取笑他在市集買的東西。『說真的——你覺得有人會那樣坑我？』青年煞有其事問道。這群人走進前廊後就各自挑張椅子坐下；點燃的火柴瞬間照亮一群面無表情的臉，白色衣襟隨著火光閃爍平淡光澤；到處傳來大吃大喝後熱鬧聊天的熙攘聲，在我耳中聽起來格外荒唐、完全與現實脫節。

「『有些船員睡在一號艙口旁，我就站在他們旁邊，』吉姆繼續說。

「你們要知道那艘船採行卡拉錫值更[1]，大多數船員都一覺到天亮，只有當班舵手與瞭望員會被叫起來輪值。他有股衝動，想伸手搖醒身旁那名拉斯卡[2]，但他卻沒那麼做。他的雙臂被某種東西拉住，只好垂在身體兩側。他不怕——喔，沒在怕！他只不過無法動彈——如此而已。或許他也不怕死，可是我告訴你們，他很怕危急存亡的那一刻。他的想像力在搞鬼，替他喚起駭人畫面：可怕的驚慌失措、倉皇逃命的踐踏、此起彼落的慘叫、超載下沉的小艇——他所聽過的船難所有恐怖情節全都歷歷在目。他原本可能甘願就此死去，但我猜他更想死得乾脆，不想要有額外恐懼，只想默默進入某種安祥的昏睡狀態。有些人隨時準備付出性命——這種人並非少之又少；真正少見的是那種具有鋼鐵意志的人，明知奮戰必將失敗，卻如銅牆鐵壁般不為所動，仍願力戰到最後一口氣——直到希望蕩然無存，對平靜的渴求愈加強烈，終究克服求生的渴望。我們之中有誰沒見識過這種下場？或許還有人或多或少曾親身經歷過——那種心力交瘁、徒勞無益、想放下一切的感覺。只有曾經奮力掙扎的人才能深切體認[3]：船難倖存的小艇漂流客、迷失於沙漠的旅者，無論是與大自然狂暴力量搏鬥，或是力抗愚昧民意的暴行。」

1　Kalashee watch：由馬來裔船員負責輪替的更勤（Kalashee 為「馬來水手」）。執勤的差別待遇顯露歐洲人職業道德可議之處。

2　請見第六章第十四段（本書p.127）。

3　康拉德創作掙扎之真實寫照。作者寫作本書期間飽受憂鬱症所苦，1898年5月僅完成28頁初稿便暫時停筆，同年8月於對友人透露自殺念頭。

第八章

「他站在艙口全身僵住，預料隨時會感覺輪船在腳底下沉，一股強勁水流會從身後將他捲起，再如撒碎片般把他甩下：他究竟想了多久，我說不準。應該沒有很久──或許兩分鐘。他看見幾個模糊人影蠢蠢欲動，懶洋洋地交頭接耳；此外，他能聽見來回走動的腳步聲，只是不曉得從哪傳來。這些微弱聲響被災難爆發前的可怕靜謐籠罩著，事故發生前一刻的那種如坐針氈的寂靜；然後他忽然想到，或許還有時間趕緊去把固定小艇的扣索割斷，輪船沉沒時小艇才能漂浮起來。

「帕德納號艦橋修長，所有小艇全都吊掛在那邊：四艘掛在一側、三艘在另一側──尺寸最小的那艘掛在左舷，位置幾乎與舵機並排。他顯然擔心我不會相信，於是再三保證他平時都費心維護小艇以備不時之需。他很盡責。就這點而言，我敢說他是一位相當不錯的大副。『我總認為要做最壞的打算，』他表示，焦慮不安地直視我。我點頭同意這項健全的處世原則，卻同時窺見此人隱晦的不健全[1]而把目光移開。

「他拔腿就跑，一路跌跌撞撞。踩在許多隻腳上，避免被人頭絆倒。突然有人從他腳下伸手捉住他的大衣，身邊傳來痛苦的聲音。他右手所拿的燈照亮一張仰望的黑臉，乞求眼神與說話聲同等懇切。他略懂這些人的方言，聽出對方反覆提到『水』這個字[2]，苦苦哀求的語氣如同祈禱，近乎絕望。他將對方一把推開，感覺有人抱住他的腿。

「『那個可憐蟲緊抓著我不放，好像快溺死一樣，』他說，記憶猶

---

1 unsoundness：此亦為同期作《黑暗之心》評價歐洲殖民者道德有所缺陷的關鍵詞。

2 同期短篇故事〈艾咪‧福斯特〉（"Amy Foster," 1901）英國妻子的外國丈夫為船難倖存者，有次在病榻用外語向妻子要「水」喝，不料妻子聽見陌生語言竟驚嚇過度，攜子奪門而逃。康拉德身為船員移民，對異國語言所觸發之恐外情結（xenophobia）有深切體認。

新。『要水，水！他指的是那種水？他哪知道？[1]我盡可能故作鎮靜並命令他鬆手。他把我耽擱了，時間緊迫，其他人開始騷動；我要爭取時間——需要時間割斷扣索以利小艇自行漂浮。那個人當時已抓住我的手，我認為他會放聲大叫。我忽然想到這樣足以引發全船恐慌，於是將另一隻手往後一拉，再使勁將燈具砸向他的臉。玻璃燈具噹啷作響，燭火熄滅，那一擊迫使他鬆手，我隨即飛奔而去——趕著要去小艇；趕去處理小艇。那個人從我身後跳過來。我轉身面對他。他不願安靜下來；他想要大叫；我幾乎快把他掐死才搞懂他要什麼。他要的是水——飲用水；他們喝水受到嚴格配給，你們也知道；我先前曾注意到有位小男孩與他同行。他小孩病了——很渴。他見我路過，於是就向我討點水。如此而已。我們在艦橋下方，一片漆黑。他一直想抓住我的手；我擺脫不了。我趕忙跑去艙室匆匆拿起我的水壺，再把水壺塞進他手裡。他馬上不見蹤影。那時我才恍然大悟，我本身也急需喝點東西。』他以手肘撐著身體斜坐在椅子裡，手搗著眼睛。

「我感到背脊發涼；這件事聽起來有點詭異。他的手遮住眉毛，手指輕微抽動。他打斷短暫的沉默。

「『這種事一輩子只會遇上一次，而且……唉！算了！我終於登上艦橋後，那些傢伙正把小艇從艇架降下。一艘小艇而已！我爬上梯子，被人一拳打在肩上，差點打到頭。那拳阻擋不了我；我看見輪機長——他們那時已把他從床鋪挖起來——正把小艇蹬腳板[2]豎起。不知怎的，我當時沒有心情感到任何驚嚇。看起來一切正常——同時也很糟糕——很糟糕。我躲過那個可憐瘋子的攻擊，將他如小孩般從甲板舉起，他在我兩手間不斷低聲說：「不要這樣！不要這樣！我以為你是那群黑鬼[3]的一員。」我把

1　此人不知船艙進水。吉姆暗指此人的要求觸霉頭。

2　boat-stretcher：小艇座位間橫向腳靠，以利槳手腳部施力。

3　niggers：歧視語。如第二章第十段（本書p.84）所示，視朝聖客被視為「牲畜」。

他甩開，他沿著艦橋一路滑下去，撞到那小個的腳——二管輪。船長忙著整備小艇，探頭看發生何事，看到我在下面就像野獸狠狠咆哮。我不動聲色，就像個石頭。我就像這樣硬邦邦站在那邊，』他用指關節輕敲座位旁的牆壁。『彷彿我已聽過、見過、經歷過二十遍了。我不怕他們。我收回拳頭，船長罵一半就改口輕聲說——

「『「啊！原來是你。快來幫忙。」

「『他正是那樣說。快點！好像大家還有時間再快一點。「你難道不想想辦法？」我問道。「沒錯。撤離，」他轉頭喊道。

「『我想我當時沒聽懂他真正的意思。其他兩人[1]那時已相互攙扶一起往小艇趕來。他們沿途跌跌撞撞、又推又擠、氣喘吁吁，不停咒罵小艇、輪船，還彼此辱罵——連我也罵。全都壓低聲音。我一動也不動，一句話也沒說。我看著輪船斜斜的船體。輪船靜止不動，如同停放在乾塢龍骨墩[2]——只不過船像這樣。』他伸出手，掌心朝上，指尖蜷曲。[3]『就像這樣，』他重複說。『海平線在我眼前清楚可見，清清楚楚，就在船柱[4]上方；我看見遠方海平面在漆黑裡閃爍波光，海平如鏡——猶如池塘那般平靜，死水那般靜止不動，有史以來最平靜的海面——平靜到不忍目睹。你有沒有看過翻覆的船在海上漂浮——單靠一片爛到無法補強[5]的鐵板而沉不下去？有見過嗎？喔，沒錯，補強？我有想過——凡人所能想到的我都想過；可是，你有辦法於五分鐘之內將隔艙壁補強——或是能於五十分鐘以內完成？我到哪兒去找幫手會願意跟我跑下甲板前往底部艙室？至於補強用的木柱——木柱！你若曾親眼看過那面隔艙壁，哪會有勇氣拿起大木槌敲下第一擊？別說你敢做：你沒看過那面艙壁；沒人敢做。真該死——若要那麼做，先要相信還有挽救機會，至少萬分之一的機會，一丁點機

1　跌倒的輪機長與二管輪。
2　blocks in a dry dock：船隻維修時用以支撐船體的底座。
3　此手勢可能為當時船員表示「失去動力」或「死去」的手勢。
4　stem-head：船艏最前端之部位，可安裝防撞側板。
5　shored up：以撐柱或支架補強受損船體。

會；然而，你根本不會相信。沒人會相信。只因我呆站在那裡，你就認為我是孬種[1]；但換作是你，你會怎麼做？說什麼！你不會知道——不會有人知道。要有時間才能扭轉局面。你要我如何是好？至於我無法憑一己之力解救的那些人——已回天乏術的那群人，若把他們陷入驚恐失措的處境就會比較仁慈嗎？聽好！就像我在你面前坐在椅子上一樣真實……」

「他每說幾個字就急促吸口氣並匆匆瞄我幾眼，彷彿想觀察他的痛楚會引發何等效果。他並非對我說話，而是在我面前說話，自行跟一個藏鏡人爭論：此人是他生存夥伴，既是敵對關係卻又形影不離——他心靈的另一個掌控者。他們爭辯的議題是法院調查庭無力解決的：人生確切的本質到底為何；他的針鋒相對十分微妙，事關重大，卻不需法官介入。他需要的是盟友、幫手，或一名幫凶。在這場勝負難定的爭執裡，我覺得自己承擔了某種風險，可能會被智取、欺瞞、誘騙、或許還會受到要脅，去扮演一個立場明確的角色，以公平對待一個人擁有的所有分身[2]——既要讓他有權擁有聲譽，又要容他急難時可犧牲聲譽。你們沒見過他，只能輾轉得知他所說過的話[3]；因此，我無法將我五味雜陳的心情解釋給你們聽。我覺得有人要我理解無從想像之事[4]——我想不出有什麼能與我心中的忐忑不安相比。我被迫審視潛伏於真相背後的慣用伎倆，也被迫檢視虛假所必備的真誠。他同時觸動了所有面向：我們永遠攤在陽光下的那一面，還

1　a cur：請見第七章第七段最末（本書p.138）。

2　馬羅試圖解讀吉姆心中的「分身」（all the phantoms in possession）與暗地掌控他的「藏鏡人」（an invisible personality）。此做法具有心理分析的雛型，顯示現代主義小說對潛意識的關注。佛洛伊德《夢的解析》發表於1899年，為《吉姆爺》同期作品。

3　此框架敘事手法（frame narrative）可溯及英國經典小說《咆哮山莊》（1847）。康拉德凸顯敘事不確定性，對現代小說發展影響深遠。

4　to comprehend the Inconceivable：此宣言極具現代主義風格。同期作家吳爾芙於著名的〈現代小說〉（"Modern Fiction," 1919）一文指出，現代作家應設法看穿物質表象，深入心理層面，以新手法寫出如原子般細微的心情點滴。吳爾芙的看法顯然深受《吉姆爺》影響。

有另一面——像月球背面隱匿於永無止境的黑暗中，輪廓偶現駭人的慘白光暈。他左右了我。我承認，我特此招認。那個場合鮮為人知、無關緊要——隨你們怎麼說：一位迷失的青年，萬中選一——可是，話說回來，他屬我族類[1]；整件事就像螞蟻窩淹水那般微不足道，可是他神祕難解的態度卻令我不能自拔，好像他是同類的先鋒，彷彿所涉及的真相隱晦難懂卻茲事體大，足以影響人類看待自我的概念。……」

馬羅停頓一下，重新為雪茄點火，似乎完全把故事拋在腦後，隨後又突兀開口。

「當然，這都是我的錯。說實在，沒人有權關注他人。那是我的弱點。他的弱點則另當別論。我的弱點在於無法辨識次要的事——身外之物——無論是拾荒者的破衣或是下一個人的高級衣穿著，在我看來都沒差別。下一個人——沒錯。我遇過很多人[2]，」馬羅接著說，片刻間語帶感傷——「也為這些人帶來某種——某種——影響，這樣說好了；就像這個傢伙，舉例來說——不同的人有不同案例，但我每次只在乎我所面對的只是一個凡人。拚命維持一視同仁的觀點或許勝過全然盲目；可是，那樣做我而言沒什麼好處——跟你們保證。很多講究穿著的人都會期望別人以衣取人。但我對這類事從來都沒什麼興致。喔！這是一個弱點；一個弱點；但話又說回來，恰巧在一個舒爽的午後；大夥都懶得打牌；講個故事。……」

他再次停頓，或許等著看有誰會鼓掌叫好，可是卻沒人開口；只有餐宴主人似乎不情願履行說話義務而嘀咕著——

「你把事情看得太過仔細了，馬羅。」

「指的是誰？我嗎？」馬羅低聲說。「喔，不對！**他**才是；雖然我盡

1　此為馬羅論斷吉姆功過的關鍵。

2　馬羅曾於不同場合敘述自己如何「關注他人」：《青春》（"Youth," 1898）、《黑暗之心》（"Heart of Darkness," 1899）、《機會》（*Chance*, 1913）。

力要把這段曲折離奇的故事說得精彩，卻說不清故事無數的層次——有些細節不是平淡乏味的文字所能傳達。況且，他為人很單純，整件事因而更加複雜——單純至極的可憐蟲！……天啊！他令人驚奇。他就坐在那裡跟我說：我初次見到他的那一刻[1]，他就覺得自己什麼都不怕——並且由衷相信這點。我告訴你們，他那樣說真是有夠單純，同時也有夠惡劣，很惡劣[2]我暗中觀察他，好像在懷疑他有意激怒我。老實說——『老實說，聽好！』——他有把握能面對一切。自從他曾『登高』[3]——『年紀輕輕時』，他就準備好要面對在海上與陸地會遭遇的所有困難。他很自豪能坦白吐露這種先見之明。他這輩子都在精心策劃危難的解救之道，做最壞的打算、做最萬全的準備。他應該覺得自己過著聲名遠播的生活。你能想像嗎？人生就是一連串冒險，有數不盡的榮耀、永無止境的勝利！他的內在人生每日高峰就是體察自我的深思熟慮；他忘乎所以[4]；雙眼炯炯有神；他每說出一字，我的內心彷彿就咀嚼一遍他的荒謬，我的心情因而愈加沉重。我無心強顏歡笑；我故作無動於衷，以免不經意笑出來。他露出厭煩的表情。

　　「『天有不測風雲[5]，』我試著安撫他說。我的愚魯惹他很不屑『呸！』的一聲。我猜他認為『不測風雲』動不了他；簡直只有『無從想像』這個概念本身才能突破他完美心防。他沒料到竟會被反將一軍——他暗自喃喃詛咒那片大海、那隅穹蒼、那艘輪船、那群人。全都背叛了他！他落入一種圈套，情操高尚卻又想聽天由命，以致連區區一根小指都無法動彈；身旁那些人反而洞察先機，在那邊連滾帶爬、汗流浹背，採取實際必要手段拚命想把小艇弄好。不過，完事前最後一刻出了某種問題。看來

1　請見第四章倒數第三段（本書p.98）。

2　enormous：俚語「邪惡」。

3　請見第一章第五段（本書p.77）。

4　forgot himself：馬羅於《黑暗之心》對故事主角也做出相同評語。

5　It is always the unexpected that happens：源自19世紀末諺語"The unexpected always happens."

他們慌亂之中竟有人偷偷把艇架最前端的插銷卡死，眾人絞盡腦汁都無法解決這個帶有致命後果的意外。這一幕應該很壯觀：一艘失去動力的輪船靜靜漂浮在沉睡世界的寂靜裡，船上竟有幾個可憐蟲在埋頭苦幹，分秒必爭想降下小艇，全都趴在甲板無法搞定，只能絕望站著，彼此推擠、互相謾罵，隨時準備殺人或當場痛哭；這群人差點大打出手，若不是因為他們太怕死了──死神猶如鐵面無情的監工默默站在他們身後冷眼旁觀。喔，沒錯！這幕看起來一定很壯觀。他全都看在眼裡，他有辦法以不屑和怨恨的口氣談論所見所聞；據我推斷，他倚賴第六感才能如此明察秋毫，因為他曾對我發誓他全程都站在遠處，根本不會去看他們與小艇──連一眼都沒有。我相信他的話。我認為他分身乏術，因為他的注意力想必集中在險惡的傾斜船體；他發現那是一種威脅，在完美安謐裡蓄勢待發──他太有想像力了，目不轉睛盯著上方，好像看到有把刀以一根頭髮懸掛在半空。[1]

「整個世界在他眼前停止不動，他能替自己輕易描繪一幅畫面：突然騰空湧起的暗黑海平線、驟然側傾的廣闊海面、快速無聲的水位上升、被殘酷地捲起、被深淵緊緊抓住、絕望掙扎、星光如墓穴拱頂籠罩於身──他青春人生所厭惡的一切──下場一片漆黑。他能在心中勾勒這幅畫面！天啊！有誰辦不到？你們要記得，正是那種奇特作風讓他成為技藝高超的藝術家：他這個傢伙雖然可憐卻很有天分，具有靈敏的先見之明。他預見的畫面把自己化為一顆冷漠的石頭，從頭到腳不能動彈；不過，紊亂思緒在他腦袋裡狂舞，軟弱、盲目、啞然心思群飛亂舞──如同一群嚴重殘疾的瘸子亂成一團。難道我講得還不夠清楚：他之所以在我面前吐露心

1　the sword hanging by a hair：所謂「達摩克里斯之劍」（sword of Damocles），比喻災禍隨時可能降臨。根據羅馬傳說，西元前4世紀西西里島敘拉古（Syracuse）領主狄奧尼修斯（Dionysius）為彰顯王權，宴客時以一根鬃毛將劍懸掛在弄臣達摩克里斯頭上。

事，是因為他當我具有捆綁與釋放的能耐[1]。他見不得人似的把自己深藏起來，盼最終能獲得我的赦免，殊不知他這樣做對自己毫無助益。這就跟其他類似案例一樣，連莊嚴肅穆的騙局都無法掩飾罪行[2]，沒有人能救得了；看來連他的造物主都遺棄了罪人，要讓他自生自滅。

「他站在艦橋右側，盡可能遠離爭奪小艇的擾攘；那群人的躁動陷入一種瘋狂，流露密謀造反的那種鬼鬼祟祟。與此同時，艦橋那兩名馬來舵手仍穩握舵輪。你們自個兒想像那群演員會是什麼模樣——演一齣獨特的（天啊，幸好僅此一場！）海上驚魂記：有四人想暗地蠻幹，已精疲力竭；其中三人呆站著觀望天遮下幾百名全然無知的人；這三人全被一隻無形之手一把捉住，在瀕臨滅絕前夕動彈不得，心中困頓、夢想、希望皆戛然而止。他們一定會是那個樣子，我絕不懷疑：考量輪船狀況，這是一個可能會發生的意外事故最精確的預期描述。這些可憐傢伙在小艇旁不知失措，其實是合乎常理的。老實說，若我人在那艘船上，要賭賭看每一秒結束後船體仍浮在水面機率會有多高，我連一毛假錢[3]都不會出。不過，那艘船仍浮得好好！那群沉睡朝聖客注定要在怨恨中達成朝聖之旅的其他目標。他們所稱慈悲全能之主似乎要他們在人間多花點時間虔誠見證[4]；他們的主早已在天上俯視子民，往海面下達『汝等不可！』的神諭。他們若

1　the power to bind and to loose：〈馬太福音〉18:18「凡你們在地上所捆綁的，在天上也要捆綁；凡你們在地上所釋放的，在天上也要釋放。」（"Whatsoever ye shall bind on earth shall be bound in heaven: and whatsoever ye shall loose on earth shall be loosed in heaven."）。馬羅覺得吉姆要他闡釋什麼不可做（「捆綁」）、什麼可做（「釋放」）。馬羅主張凡人在道德上不具備裁量權，因此認為吉姆無理取鬧。

2　馬羅顯然不認同教會赦罪。如他先前指出，癥結點為罪人疑惑無從開脫：「質疑不變的行為準則所尊崇的至尊力量」（請見第五章倒數第五段，本書pp.112-113）。

3　farthing：英國舊制銅幣，相當於四分之一便士。19世紀中葉以後之版本刻有象徵英國海權之不列顛女神（Britannia）像。

4　馬羅的聽眾與帕德納號的歐洲船員皆以異樣眼光看待穆斯林。

能逃生，將會令我困惑不已，不知該如何看待這種百思不得其解的事件；我難道不知道破鐵殼有多強——有時會像我們偶遇的某些人抱持的強悍意志：雖早已精疲力竭，卻仍拚命頂住人生之重。依我看來，與這二十分鐘同等訝異的事就是那兩名舵手的表現。他們在亞丁¹受命與一批當地各類人士前去調查庭作證。其中一名舵手很年輕，非常靦腆，顯得手足無措，他黃褐臉龐露出清秀愉悅的表情，讓他看起來更加稚嫩。我清楚記得布萊利透過口譯員詢問事故發生時有何想法；口譯員與舵手簡短談話後，轉身對法庭鄭重說道——

「『他說他什麼都沒想。』

「另一名舵手則沉穩眨著眼，幾撮灰髮別緻綁著洗到褪色的藍布手巾；他的臉憔悴凹陷，皺紋遍佈，古銅臉龐因而更加黝黑。他解釋說，他得知有某種邪惡之物降臨於船，但一直都未接獲指令；他不記得有何指令；既然如此，他為何要棄舵輪於不顧？在法庭追問下，他聳聳削瘦肩膀並表示說，當時他完全沒料到白人會因為怕死而準備棄船。他到現在都還不敢相信。他老態龍鍾搖搖下巴，似乎有所會意。啊哈！應該有祕而不宣的理由。他經驗老道，要那位白端安²了解——他把目光移向低著頭的布萊利——他大半輩子在海上為白人效勞，得以學到很多事情；說到這裡，他突然以顫抖聲音激動說出一連串發音古怪的名字，其中包括早已作古的船長、被人遺忘的區間船³，這些名字聽起來既熟悉又彆扭，好像啞然無語的時光長年搞鬼所致。最後，法庭終於阻止他繼續說下去。庭內頓時陷入一片寂靜——持續至少一分鐘都沒人打破的寂靜，然後才慢慢傳出交頭接耳的聲音。這段插曲是第二天開庭那個勁爆話題——所有旁聽群眾心情都大受影響，在場沒有一個人不受影響，除了吉姆以外；他鬱悶地坐在第一

1　請見第五章第三段（本書p.102）。

2　white Tuan：「白爺」，日後吉姆亦被冠上此稱謂。請見第一章第三段（本書p.26）。

3　請見第二章第六段（本書p.83）。

排最後一個位子，沒有抬頭面對那位提供不利證詞的奇異證人——證詞反倒提出某種能替他辯解的神祕理論。[1]

「於是，這兩名拉斯卡[2]繼續握著舵輪，在一艘已失去舵效航速[3]的船上；他們若注定要死，就該死得其所。白人船員根本不理會他們，可能早已忘記他們存在。吉姆肯定也不記得這兩人還留在艦橋。他只記得自己無計可施；什麼都做不了，只能靠自己。唯一能做的只有隨船沉沒。大聲疾呼將會白費力氣。果真如此？他猶豫片刻，在原地悄悄站著，想要做出某種英勇舉止的念頭令他四肢僵硬。這時，輪機長鬼鬼祟祟從艦橋另一頭趕來，急拉他的袖子。

「『快來幫忙！拜託，快來幫忙！』

「他躡手躡腳跑去小艇那邊，又焦急回到吉姆身旁，苦苦哀求的同時還不斷罵人。

「『我還以為他要對我行吻手禮，』吉姆冷冷說，『下一刻，他竟當我的面罵我罵到口水亂噴：「我若有閒工夫，我會幫你把你的頭殼敲破。」我把他推開。他突然掐住我脖子。可惡！我賞他一拳。我連看都沒看就亂打一頓。「你難道不會想要救自己一命——你這個討厭的懦夫，」他啜泣說。懦夫！竟敢罵我是討人厭的懦夫！[4]哈！哈！哈！哈！他竟敢罵我——哈！哈！哈！……』

「他整個人斜躺在椅子裡，笑到全身抖動不已。我這輩子從沒聽過有什麼聲音能充滿那麼多怨恨。在眾人笑談驢子、金字塔、市集等等話題的場合，那種笑聲把整個歡樂氣氛破壞殆盡。昏暗前廊一整排座位頓時安靜下來，許多蒼白臉龐不約而同轉過來看我們；整個餐廳變得鴉雀無聲，安靜到連一根茶匙掉在露台格紋石地板的聲響都變得格外清脆，如同微弱尖

1　先說所謂白人「祕而不宣」的棄船理由。

2　請見第六章第十四段（本書p.127）。

3　steerage-way：能以船舵操控船隻之最低航速。

4　這段經歷解釋吉姆為何後來在法庭外會按捺不住怒氣。請見第六章倒數第七段（本書p.132）。

叫聲。

　　「『別那樣笑，周圍都是那些人，』我向他抱怨。『他們不會覺得好玩，你知道的。』

　　「他起初好像沒聽到我的話；可是過一會兒後，他漫不經心低聲說：『喔！他們會以為我喝醉了。』他說這句話時對我視若無睹，好像看見眼前浮現一幅可怕畫面而欲窺探其中真正恐怖之處。

　　「聽他這麼一說，他的表情會讓人以為從此他將永不吭聲。可是——沒這回事！他當時不會停止訴說，就像當初原本可以自我了斷一樣——兩者都僅是個人意志的體現。[1]」

1　堅持訴說的意志力能與命運抗衡。此信念開創現代主義小說的輝煌年代。

第九章

「『我那時在自言自語，「沉下去——該死的船！沉下去！」』他再度開口後以這句話作為開場白。他要整起事件趕快落幕。他感到孤立無助，只能在腦海構思這句語帶怨恨的話來詛咒那艘船；同時，他有幸能親眼目睹——就我看來——一齣活生生的低俗鬧劇。那夥人還在設法解決插銷問題。船長下令說：『鑽進底部，抬抬看；』其他幾人自然能躲則躲。你們要知道，輪船若突然下沉，最佳位置並非被壓在小艇龍骨底下動彈不得。『你自己為何不去——你不是最壯？』矮個的管輪發牢騷說。『去死吧！我太胖了。』船長氣急敗壞回嘴，一副無計可施的模樣。這個場面一定很有趣，連天使看到都會想哭。他們就呆站在那裡，過一會兒後，輪機長連忙又跑去找吉姆。

「『過來幫忙，老兄！不把握唯一機會，你瘋了？過來幫忙，老兄！老兄！看那邊——快看！』

「吉姆終於順著那人瘋狂指著的方向往船尾看去。他看見烏雲密佈的颮[1]已悄悄吞噬三分之一天空。你們知道每年那時那邊常會有許多颮。起初你會注意到海平線變得愈來愈暗——僅此而已；接著，上升雲朵匯集成混濁雲牆。西南方會捲起一道邊緣泛著慘白光芒的水汽，逐漸吞沒星座裡滿滿的星；水汽黑影掠過海面，把海天一線翻攪成模糊難辨的深淵。此時，四周一片寂靜。無風無雨，沒有雷鳴，萬籟無聲；絲毫不見閃電劃過天空。然後，暗黑穹蒼會突然出現一道鐵青圓弧[2]；弧雲陣陣起伏，猶如黑暗的自體波動；突然間風雨交加，狂風驟雨彷彿掙脫禁錮，以特有猛烈之姿席捲而來。正是這種烏雲趁大夥不注意時在天空成形。他們見到暴雲變

1　squall：海事用語；突發的局部性劇烈天氣。
2　「颮線」（squall line），雷暴組成之劇烈對流雲系。馬羅以海事與氣象用語描寫致命之特殊天氣現象，暗示吉姆等人面臨的死亡威脅並不浮誇。

化後，有十足理由作出以下推測：風平浪靜的情況下，輪船或許有機會延長漂浮時間；可是，海面若有絲毫波動，輪船馬上就完了。船體可能頂得住颶爆發前的首道湧浪，卻撐不過隨後而來的狂濤：船體會被猛力捲起，再俯衝而下，會像跌入無底洞般直直落下，沉入萬丈深淵之底。因此，那夥人實在嚇壞了，想搞出新名堂自救；從他們蠢話蠢行可看出各個避之唯恐不及的就是死。

「『一片漆黑，漆黑，』吉姆繼續以鬱悶口氣說。『我們被偷襲。可惡的東西！我想，起初我心底仍有一線希望。不曉得。無論如何，已無濟於事了。居然會陷入那種處境，想到就氣。實在很氣，好像落入圈套。我**真的**落入圈套。當晚很熱，我還記得。沒半點風。』

「他記得有夠清楚，氣呼呼坐在椅子裡滿頭大汗、不能呼吸，彷彿在我面前回到當晚。[1]毫無疑問，即將來臨的颶讓他氣瘋了；他再次被擊倒在地——可這麼說[2]——可是，他卻想起原先促使他跑到艦橋卻又忘得一乾二淨的要事。他本來要去割斷扣索，以免小艇隨船沉沒。[3]他掏出小刀，不顧一切將所有扣索割斷，似乎已視而不見、聽而不聞、六親不認。大夥都覺得他是執迷不悟的瘋子，已無藥可救；不過，為了避免驚動他人，他們只能默許他浪費時間。吉姆完事後，回到當初登上艦橋的位置。輪機長已站在那裡等他，將他一把揪住並低聲斥責，好像要一口咬下他耳朵般——

「『你這個蠢蛋！竟然要把那些畜牲放到海裡，你到底想看什麼好戲？哎，一旦他們在小艇上看見你的頭浮在水面，就會把你亂棒打死。』

「輪機長發覺沒人甩他，只好撐著雙手在吉姆身旁乾著急。船長則在原地焦急地踱步，口中念念有詞，『鐵鎚！鐵鎚！*Mein Gott*！[4]快去拿鐵鎚。』

1　請見第七章倒數第七段（本書p.142）。
2　吉姆慌忙爬出一號艙口時曾被風斗擊倒；請見第七章倒數第十一段（本書p.141）。
3　請見第八章第一段（本書p.145）。
4　德語「我的天」。

「矮個的管輪像小孩嚶嚶啜泣；不過，儘管手臂骨折加上其他狀況[1]，到頭來他似乎是那幫人最不怯懦的一員：他竟鼓足勇氣接下前往輪機室的差事。講句公道話，那可不是一件小事。吉姆跟我說，二管輪彷彿走投無路，臉上閃過絕望表情，輕輕哀號一聲後才飛奔離去。轉眼間他再度現身，手裡拿著鐵鎚爬回艦橋，立即就定位處理卡死的插銷。其他人則丟下吉姆，連忙上前幫忙。吉姆聽見鐵鎚噹噹的敲聲，然後又聽見艇架鬆脫的聲音。小艇終於成功分離。直到那時，吉姆才轉過頭來觀望——直到那時。然而，他與他們保持距離——保持距離。他要我明白，他有跟他們保持距離；他要我知道他與那夥人——有鐵鎚可用的那群——沒有任何交集。完全沒有。他極可能認為自己與他們之間隔著不可穿越的空間、無從橫跨的障礙、無底的萬丈深淵。他盡可能離他們遠遠的——隔著一艘船的寬度。

「他就呆站在那個遙遠地方，眼睜睜望著那夥人模糊難辨的形影——一群人彎著身子、東倒西歪，同受恐懼感的折磨。帕德納號中段區域並未設置海圖室，唯一光源來自艦橋小桌上方一根支柱所繫的提燈；微光落在甲板拚命幹活的身軀與上下起伏的弓背。他們齊力推動艇艄；奮力推向黑夜；就這樣推啊推，完全沒回頭看吉姆一眼。他們棄他於不顧，似乎他果真離得太遠並已回天乏術，連對他說個字、看一眼、或比個手勢都是枉然。他們沒空回頭欣賞他的被動英雄主義[2]，也沒心情感受他放棄求生的痛楚。小艇滿載；他們拚命推著艇艄，沒空喘口氣互相加油：恐懼讓他們失去自制力，散亂模樣好比風中穀糠，以致他們的搏命淪為逗趣蠢行；老實說，根本就像鬧劇裡打打鬧鬧的小丑。他們用手推動艇艄、用頭頂住艇身，為了自己寶貴性命使勁利用身體重量推動小艇，用盡心力拚命推——直到順利將艇艄從艇架推出才同時停止動作，然後再爭先恐後瘋狂登艇。如此一來，受到反作用力的小艇硬是不聽使喚而愈漂愈遠，眾人

1　如第三章所述，二管輪當晚爛醉如泥（本書p.91）。
2　吉姆舉止悖離「英雄」應有的行為。請見第一章第六段（本書p.77）。

只好無助地持續互相推擠。他們會突然不知所措，過一會兒後才又回過神來，壓低聲音以所能想到所有不堪入耳的字眼互罵，然後再度爭先恐後登艇。這種情形總共發生三次。吉姆默默回想並抑鬱地描述給我聽。那件糗事他從頭到尾記得清清楚楚。『我討厭他們。恨死他們了。我居然得觀望這一切，』他淡淡說，沮喪地盯著我。『有誰跟我一樣受到如此可恥的試煉！』

「他一時把頭埋入手中，心神不寧的模樣如同恐怖暴行的目擊者。這些是他無法對法庭解釋清楚的事——連對我也說不清；然而，要不是我有時能理解他的欲言又止，我不會成為他吐露心事的最佳對象。面臨突如其來對膽識的考驗，他察覺一股嘲弄意圖，好像受到卑鄙惡毒的復仇；他所受的煎熬帶有滑稽劇[1]成分——死亡或羞辱來襲之際，遭受扮鬼臉的嘲弄。

「我沒有忘記他所說的事；可是，時間過了這麼久，我已不記得他的確切用詞。我只記得他講得很好：他對事件發展的描述並未加油添醋，卻很傳神將自身憂心與怨恨傳達出來。他告訴我，整整兩次他闔上雙眼以為死期已到；整整兩次，他又得把眼睛張開。每次他都注意到四周死寂變得更加沉重。雲朵黑影已悄然從天而降籠罩全船，船上原本熙攘似乎因而戛然而止，沒有一絲聲音。他已聽不見天遮下有說話聲。他跟我說，每次闔眼他腦海都會閃過一幅畫面：成群軀體攤在那裡等死——他看得一清二楚。當他再度張開雙眼，只依稀看見有四人在那裡拚死拚活地推擠，發瘋似的爭著登上那艘頑固小艇。『好幾次他們全都在小艇前面吵成一團，站著互罵；然後又忽然一窩蜂擠上前去。……足以讓人笑死，』他垂頭喪氣表示；然後，他抬起頭看我，苦笑一下，『天啊！見識過那種情境，我的人生應該會很快樂才對，因為我死前一定還有機會好好欣賞那個有趣畫面。』他再度把目光垂下。『邊看邊聽。……邊看邊聽，』他重複兩次，兩句話之間停頓許久，僅以空洞眼神填補靜默。

1　burlesque：模仿並取笑他人的鬧劇。

「他打起精神。

「『我下定決心要把眼睛閉著，』他說，『我卻辦不到。就是辦不到；我不在乎有人知道。在他們開口前，先讓他們體驗那種事。讓他們體驗一番——看看是否會有更好表現——僅此而已。我第二次睜開眼睛的同時也張大嘴巴。我感到船體在動。船艙稍微下沉——又輕輕浮起——慢慢地！慢動作一樣；就那麼一點。這麼多天航行以來，船艙很少像那樣起伏。雲系已越過輪船上空往前發展，首波湧浪似乎越過如鉛的海面悄然而來。那陣擾動了無生機；可是卻像當頭棒喝。換作是你，會怎麼做？你很有自信——對吧？如果你現在——此刻——感到整間房屋在動，在椅子下微微移動：該怎麼辦？跳起來！哎呀！你會從座位跳起來，遠遠跳到那邊的樹叢。』

「他手臂一伸指向石欄杆外的黑夜。我悶不吭聲。他瞪起眼睛，狠狠盯我。這回錯不了：他在嚇唬我；我最好不動聲色，以免稍有動作或一開口就會被迫做出一發不可收拾的自白而影響此案解讀。[1] 我不打算冒這種險。別忘記他就在我面前，他實在太像我們了，要讓人不怕也難。你們如果想知道的話，我不介意告訴你們：我果真很快朝他所指的方向掃視一遍，估算露台前方草皮中央翁鬱黑影的距離。他說得太誇張了。我若真的跳過去，還差幾呎才能跳到——只有這件事我還蠻確信的。

「他以為死期已到，只好站著不動。他心思雖然紊亂，雙腳仍黏在甲板動彈不得。就在那時，他看見小艇周圍其中一人突然後退、伸手往空中一抓、跟蹌暈倒在地。嚴格說來那人並非摔跤；他只是緩緩滑成坐姿，垂頭弓背，肩膀靠在輪機室天窗一角。『那人是輪機工[2]。很邋遢，蒼白的臉留著參差不齊的小鬍。代理三管輪，』吉姆解釋說。

「『死掉了，』我說。大家在調查庭有聽說大致始末。

「『那是他們的說法，』他淡淡表示，看得出仍很抑鬱。『我當然永

1　馬羅不願承認自己會跟吉姆一樣無法戰勝內心恐懼。

2　donkey-man：負責操作輔機（donkey engine）將水注入鍋爐。

遠不會知道真相。心臟無力。他先前曾抱怨身體有點不舒服。興奮過度、精疲力竭。鬼才知道。哈！哈！哈！顯而易見的是：他也不想死。離奇搞笑，對吧？他若不是因為被騙才會把自己搞死，乾脆把我槍斃算了！被騙──簡單來說。被騙才會落得如此下場，天啊！正當我……唉！當初他如果能不亂動就好了；當他們急忙把他從床鋪搖醒並通知他船正在下沉，倘若他能叫他們統統去死就好了！但願他只顧手插口袋、邊看好戲邊罵人！』

「他站起來，朝空中揮了幾拳，瞪我一眼後才坐下。

「『錯失良機[1]，哦？』我低聲說。

「『你為何不笑？』他說。『地獄醞釀的笑話。心臟無力！……我有時倒希望自己心臟無力。』

「這句話把我惹毛了。『你當真？』我以固執諷刺的口吻大聲說。『是的！**你**為何不能了解？』他喊道。『我不清楚你還能再奢望什麼，』我氣憤說。他以一種完全無法理解的眼神看我。我這次對他的毒語[2]並未命中要害，他那種人不會在意別人無的放矢。我跟你們說，他根本毫無戒心；他不是待宰羔羊。我的毒語就像射偏的廢箭，他只管撿起來丟到一旁；這點反而令我鬆口氣──原來他根本沒聽到有人在放矢。

「當然，那時他無從得知輪機工死在那裡。下一刻──他在船上最後一刻──一連串事情接連發生，他有如海中礁岩不斷承受紊亂的感官衝擊。我是仔細斟酌才做出以上比喻；因為，根據他所描述，我不得不相信他始終保有一種奇怪幻覺，以為自己是被動的；他似乎以為本身毫無作為是因為要默默受苦，任由來自地獄的力量擺佈，淪為被厄運捉弄的受害者。他首先注意到小艇吊架作動時愈來愈刺耳的摩擦聲──噪音彷彿

1　吉姆很懊惱自己無法當機立斷。請見第一章倒數第三段（本書p.78）、第七章第九段（本書pp.138-139）。
2　馬羅先前指出，他的毒語如同無害的箭，請見第七章第十二段（本書p.140）。

從甲板穿過他腳底侵入體內，沿著脊椎直沖頭頂。然後，他看見即將來臨的颶，察覺靜止船身再度被一道更強的湧浪抬起；船體這次明顯起伏，他嚇到不能呼吸；同時，驚慌失措的尖叫聲像鋒利匕首令他心如刀割。『解纜！看在老天分上，解纜！解纜！快開船。』這句話一說完，小艇落海的震動沿著吊索一路傳到船上，天遮下許多人驚愕不已，開始議論紛紛。『這些可憐蟲若真的全衝出來，他們慘叫足以喚醒死人，』他說。小艇硬生生落在海面的濺水聲驚動全船；接下來，船上各處傳來許多踩踏與跌倒的悶響與不知所措的喊叫：『鬆艇索！鬆艇索！推啊！鬆艇索！想活命就快推！颶要吹過來了。……』吉姆聽見微弱風聲從高空傳來；輪船就像被攪亂的蜂窩，陷入一擁而上的擾動。他低聲描述這一切——盡可能不露聲色；接著，他竟出奇不意說：『他的腿絆倒我了。』

「這是我首次聽他提及自己有所行動。我感到很意外，忍不住哼一聲。某種東西終於促使他展開行動；可是，究竟是從哪刻開始、又是什麼緣故才使他脫離無法動彈的處境，他所知有限，就像被風連根拔起的樹只知道有風吹過那樣。一切都朝他席捲而來：各種聲音、各式畫面、死人的腿——天啊！他好像被地獄開了一個惡毒玩笑，喉頭哽住哭笑不得；不過——各位聽好——他才不會承認喉頭曾有絲毫吞嚥動作。他竟能使出幻術讓人相信他的錯覺，實在很厲害。我聽他講話好像在聽有人用黑魔法對屍體施法的故事。

「『輪機工慢慢斜倒下去，這是我所記得在船上見到的最後一幕，』他繼續說。『我不管他。他看起來好像想站起來：當然，我以為他想站起來——我原先料想他會衝過我身旁，跟著大夥越過舷欄跳進小艇。我聽見那夥人在下面推擠；同時，有個聲音好像從井底遠遠喊道：「喬治」。然後，有三人齊聲大喊。我能清楚分辨他們的聲音：一個滿腹牢騷、另一個放聲尖叫、再一個用吼的。[1]喔！』

「他身體一陣哆嗦；我看見他緩緩起身，彷彿上方有隻手穩穩拉著

1　小艇上三人依序為二管輪、輪機長、船長。請見第五章。

他頭髮把他從座位拉起。他的身體從坐姿慢慢變成立姿──直到完全站直；雙膝挺直後，他的手沒有扶好，上身因而略微搖擺。他說，『他們用喊的』：他說這句話的臉色、動作、聲調皆冷靜得可怕，我不由自主豎起耳朵，試圖在靜寂的錯覺裡傾聽是否有那聲喊叫的餘音。『有八百人在船上，』他說，茫然眼神把我釘在椅背不能動彈。『有八百個活生生的人，他們居然在對一個死人大吼，催他趕快跳船逃命。「快跳，喬治！跳啊！喂，快跳！」我扶著小艇吊架站在旁觀望。我默默站著。四周一片漆黑。完全看不見天空或海面。我聽見小艇在船側發出兩次碰撞聲，艇上暫時安靜下來；不過，我聽見甲板下喧譁不斷。突然，船長吼道：「Mein Gott！颮來了！颮來了！快推船離開！」此時，大雨開始淅瀝而下、強風颼颼颳起，他們就齊聲尖叫：「跳啊，喬治！我們會接住你！快跳啊！」船艙再度緩慢下沉；暴雨傾瀉而來，猶如奔騰大海打在船上；我戴的小帽一下就被吹走；鼻子呼出的氣立刻就被灌入喉嚨。我好像站在高塔頂端聽見下方傳來一陣瘋狂尖叫聲：「喬─喬─喬─治！喂，快跳啊！」同時，船體在我腳下一直下沉，往下俯衝，船艙朝下。……』

「他戰戰兢兢舉起雙手把臉蓋住，手指不停扒弄，彷彿想要揮走惱人的蜘蛛網；然後，他朝空無一物的掌心瞄了一眼，隨即脫口而出──

「『我跳下去了……』他打住，把目光移開。……『似乎如此，』他補一句。

「他明亮的藍眼可憐兮兮望著我；我見他在我面前痛苦到說不出話，不禁悲從中來：我這個豁達的老頭想聽天由命卻又感慨萬千──就像看見小孩不懂事鑄下大錯，覺得好玩之餘也由衷感到同情。

「『好像是那樣，』我喃喃說。

「『直到我往上看才搞懂是怎麼回事，』他連忙解釋。很有可能。你要聽他說完，就像傾聽一個犯錯的小男孩說個明白。他不知道。事情不知怎的就那樣發生了。下次絕不會再犯。他往小艇跳下，差點壓到某人身

上，整個身體落在小艇坐板[1]。他覺得左側肋骨應該全都骨折；他翻身後就依稀看見自己所棄之船聳立在眼前，紅舷燈[2]在雨中紅通通閃耀，有如隔著濃霧瞧見山頂有把火。『輪船看起來比一堵高牆還高；高聳船身在小艇旁就像懸崖般咄咄逼人。……我當時好想死，』他大聲說。『毫無退路。好像跳入井裡──跳進深不見底的無底洞。……』」

1　thwart：給槳手坐的橫板。

2　red side-light：識別船隻行進方向；紅色燈號位於左舷。

第十章

「他緊緊扣住雙手，然後又猛然鬆手。那句話切中要害：他果真已跳進深不見底的無底洞。他再也無法爬回墜落前的高處。小艇那時已漂過輪船船艉。小艇上伸手不見五指；暴雨影響視線，大夥泡在水裡半死不活。他跟我說那種感覺好像在山洞裡被洪水沖走。他們背對來襲的颮；看來船長設法把槳置於船艉以維持小艇頂風姿態；整整兩三分鐘，暴雨如末日洪水從一片漆黑傾瀉而下。大海嘶嘶作響，『有如兩萬個茶壺滾水齊發』。那個比喻是他想出來的，不是我。我猜最初陣風颮過後，風勢其實不會太大；他自己也在調查庭承認，事發當晚海面並未湧起什麼大浪。他只見輪船桅頂燈[1]在高處發出昏黃光芒，在雨中忽明忽暗，好比即將消逝的最後一顆星。『看到桅頂燈還在那裡亮著，我都快嚇死了，』他說。那是他的說法。真正恐怖的是當他想到輪船裡乘客尚未溺死。他肯定希望那件駭事盡快落幕。小艇上沒人發出聲音。黑夜裡小艇似乎飛快移動；不過，小艇當然還沒行駛多遠。後來，驟雨一路往他們前方掃過，令人驚慌失措的刺耳嘶聲隨之而去，逐漸消逝於遠方。那時除了艇身的海浪拍打聲，四周沒有其他聲響。某人牙齒直打顫。有人碰他的背。微弱聲音問道：『你在這裡？』另一個顫抖聲音喊道：『船沉了！』他們全都起身往小艇後方看過去。海面完全不見船燈。漆黑一片。冰冷小雨打在他們臉上。小艇微晃。某人牙齒更加快速打顫，格格作響後又戛然停止；如此反覆兩次，那人終於抑制自身哆嗦並開口說：『剛—剛—好趕—趕—上。……咯咯。』他聽見輪機長狠狠說：『我看到船沉下去了。我剛好轉頭時看見的。』那時四周幾乎已全然無風。

「黑暗裡，他們側著頭朝迎風方向望去，好像預期會聽見尖叫聲。起

1　mast-head light：安裝於船隻中線最高點的航行燈，以利他船辨識船隻的航行方向。

初他感到非常慶幸，因為暗夜在他眼前掩飾了現場；然而，明知事故已經發生卻看不見、聽不到有何結局，他反而覺得這是悲慘厄運的極點。『很奇怪，對不對？』他低聲說，打斷自己支吾其詞的敘述。[1]

　　「我倒覺得沒那麼奇怪。他潛意識裡應該有種無可動搖的看法：現實生活應遠不及自己假想的恐懼那麼糟——現實絕不會如他胡想的那樣折磨人、駭人耳目、報應分明。我相信事發當下他應能體會乘客的苦難而感到百般煎熬，他內心一定了解八百條人命累積出來的集體恐懼，也明白這些人暗夜遇上橫禍慘死前經歷的所有恐怖、所有絕望是什麼滋味；不然的話，他為何會表示：『我覺得自己應該從那艘該死的小艇跳下來，游回去看——游半海里——或更遠——無論多遠——游回當初跳船的地點……』？為何會有這股衝動？你們懂不懂他話中有話？為何要返回事發地點？為何不乾脆跟眾人一起溺死——如果他有意投海自盡——為何要回到事發地點、回去觀看？——彷彿以死解脫之前，他想要撫慰他的想像力，想要眼見為憑：要確定一切都完了。我倒要看看你們是否能提出其他解釋。這就像隔著濃霧瞥見的怪奇影像。[2]他的自我揭露著實令人驚奇。他順其自然吐露出來。他把那股衝動[3]壓抑下來後才意識到四周的寂靜。他特別對我提及這點。海天一線的寂靜，無邊無際的寂靜，如無聲無息的死亡環伺小艇苟活悸動的生靈。『安靜到連大頭針掉在小艇都聽得見，』他說；嘴唇一陣古怪抽搐，有如一個人要努力克制情緒才能說出極其感人的事實。安靜無聲！只有老天才知道吉姆心底是怎麼看待寂靜——畢竟他所作所為是受老天驅使。『我沒料到世上竟有如此安靜的地點，』他說。『分辨不出哪裡是海、哪裡是天；什麼都看不見，什麼也聽不到。連一絲微光、一個形體、一點聲響都沒有。你還以為每寸陸地都已沉入海底；

1　敘述形式與內容相互糾結，聽眾（與讀者）需自行理出頭緒。此框架敘事手法強調敘事不確定性，極具現代主義風格。

2　請見第六章最後一段。

3　意即投海尋短。

誤以為世上所有人都已溺死，只剩我和這些可憐蟲在小艇裡。』他俯身向前，指關節撐在堆滿咖啡杯、酒杯、菸蒂的餐桌。『我似乎相信自己所見。[1]一切都消失得無影無蹤——一切都完了……』他長嘆口氣……『對我來說。』」

馬羅驟然起身，把雪茄大力一丟。彈走的雪茄如同穿越重重藤蔓的玩具火箭，留下一道火紅軌跡。沒人敢動。

「喂，你們怎麼看？」他忽然以興奮語氣大聲問道。「他是不是忠於自我，對嗎？他苟活的人生徹底完蛋，只因雙腳想踩在地上、眼睛想看見景象、耳朵想聽到聲音。滅絕殆盡——嘿！從頭到尾只有烏雲密佈的天空、波平如鏡的大海、絲毫無風的半空。只有夜晚；只有寂靜。

「寂靜持續一陣子，然後他們突然不約而同開始議論能僥倖逃生。『我一開始就知道船一定會沉下去。』『差點逃不出來。』『真是僥倖，哎喲！』他什麼話也沒說；這時，稍早停歇的陣風再度吹起，風勢慢慢增強，大海隨風發出低吟，加入令人目瞪口呆的危機所引發的竊竊私議。船沉了！船沉了！毫無疑問。沒有人能救得了那艘船。他們反覆同樣說詞，好像不得不那樣說。絕不懷疑船必然會沉。船上燈火消失不見。絕不會錯。船上燈火消失不見。想不到其他結局。船一定要沉下去。[2]……從這些人的言談他注意到他們好像以為所棄之船是艘空船。他們斷定輪船啟航後必然撐不了多久。這點似乎令他們感到某種欣慰。他們互相安慰，保證船一定撐不了多久——『就像熨斗說壞就壞。』輪機長宣稱輪船沉沒那一刻桅頂燈倒下去的樣子『好比你丟出尚未熄滅的火柴。』聽到這句話二管輪瘋狂大笑。『我好開—開—開心，我好開心—心—心。』他的牙齒『如同電動響板』不停哆嗦，吉姆說，『然後，他忽然放聲大哭。就像小孩那樣

1　吉姆可悲之處在於犯下「驗證性偏誤」（confirmation bias）：只看見自己想看見的事物。馬羅與吉姆一同追憶往事，是否也難逃同樣偏誤，有待故事結尾留給聽眾（或讀者）評斷。

2　棄船而逃的這群人同樣顯露驗證性偏誤的可悲。

哽咽，哭到喘不過氣，嗚咽說：「喔，天啊！喔，天啊！喔，天啊！」哭完後他會暫時安靜下來，然後又突然開始：「喔，我手好痛！喔，我的手—手—手—好痛！」我覺得當場可賞他一拳。有人坐在艇艉板[1]。我看不清楚是誰。不斷傳來各種聲音，嘟嘟噥噥。這一切似乎讓我難以忍受。我也凍得受不了。什麼也做不了。我以為我如果要動的話，應該得要往艇側翻下去，然後就……』

「他不知不覺伸出手作勢摸索，碰到酒杯後又猛然縮手，好像觸到赤熱煤炭。我把酒瓶稍微往前推。『要不要再喝一點？』我問。他氣憤看著我。『你是否以為我能把該說的都說出來仍不會崩潰？』他問道。那群環球旅行者已上床入睡。餐廳只剩我們倆；一個模糊白影站在暗處，被我們看見後逢迎地想上前接待，猶豫一下後又默默離開。時候不早，但我還不想送客。

「正當他感到孤苦伶仃時，他聽見同夥開始罵人。『為何不趕快跳，你這個蠢蛋？』傳來責備聲。這時可聽見輪機長離開艇艉板往前爬，似乎不懷好意想對『全世界最笨的人』動手。船長坐著操槳，拉起嗓門粗暴地以各種不堪入耳的字眼辱罵。吉姆抬頭觀望騷動，聽見『喬治』這個名字；這時，黑暗中一個拳頭打在他胸口。『還有什麼藉口，你這個笨蛋？』某人以自命清高的口吻飆罵問道。『他們找我麻煩，』他說。『他們對我破口大罵——對我破口大罵……以喬治之名。』

「說到這裡他暫時打住，看我一眼後勉強擠出笑容，再把頭轉開繼續說。『那位小個的二管把他的臉貼在我鼻下，「哎呦，居然是那個討厭的大副！」「什麼！」船長從小艇另一端吼道。「騙人！」輪機長尖叫。他也彎下腰把我的臉看個仔細。』

「忽然間風停了。雨再度降下，黑夜裡傳來雨滴打在海面的柔音，持續不斷，聽起來有些神祕。『他們起初驚訝到說不出話來，』吉姆持續陳述，『我還能對他們說什麼？』他停頓一下，想辦法把話說完。『他們用

1　stern-sheets：艉段凹下的木板。

很難聽的字眼罵我。』他把聲音壓低，悄然的說話聲有時會突然上揚，又因內心憤恨不平而哽咽難言，有如在私底下談論見不得人的憎惡之物[1]。『別管他們怎麼罵我，』他冷冷說。『我聽得出仇恨。這倒也是好事。他們無法原諒我出現在小艇上。他們恨死了。全都氣瘋了。……』他笑了幾聲。……『不過，我因而沒有——你看！我就這樣把手臂交叉坐在小艇舷緣！……』他靈活地往桌緣一坐，把雙手交叉於胸前。……『就像這樣——懂嗎？只要稍微往後一傾，我就走了——隨其他人而去。稍微往後一傾——一點點——一點點就夠了。』他皺著眉，用中指拍打額頭，『一直都揮之不去，』他說這句話的模樣令人印象深刻。『自始至終——那個念頭。而雨——冰冷刺骨、傾盆大雨、冰如融雪——甚至更冷——浸濕了我的薄棉衣——我這輩子絕不會再感到那麼冷，我十分明白。天空也都是黑的——漆黑一團。四下連一顆星、一道燈光全都沒有。那艘該死小艇外頭什麼都沒有，只有艇上那對寶有如一對雜種狗朝樹上小偷狂吠。汪！汪！你幹嘛來這裡？你優人一等！自以為是紳士就不屑湊一腳。從白日夢醒過來了，是嗎？偷偷上來的？是不是啊？汪！汪！那兩人互相較勁看誰吠得比較大聲。其中一人——看不見是誰——看不清楚——會從艇艉隔著大雨嚎叫一連串粗俗髒話。汪！汪！咆哮一吼一吼一吼！汪！汪！聽他們罵人還蠻不錯的；讓我活得下去——我告訴你。他們的飆罵反而救我一命。他們就這樣不停罵我，彷彿想要用罵人的聲音把我逼出小艇！……我想你根本沒膽跳船。這裡沒人要你。早知是你的話，我就會把你推到海裡——你這個臭小子。你對另外那人做了什麼好事？你怎麼有膽跳下來——你這個儒夫[2]？有什麼能阻止我們三人把你扔出小艇？……他們罵到喘不過氣來；陣雨掃過海面。然後一片寂靜。小艇周圍什麼都沒有，

1　secret abominations：《聖經・箴言》6:16-19指出七樣「憎惡」（abomination）：「高傲的眼」、「撒謊的舌」、「流無辜人血的手」、「圖謀惡計的心」、「飛跑行惡的腳」、「吐謊言的假見證」、「弟兄中佈散紛爭的人」。成長於牧師家庭的吉姆於事故當晚首次目睹「憎惡」之物，令他感慨萬千。

2　此詞戳到吉姆痛處。

連一點聲音都聽不見。他們要看我落海，真的嗎？唉啊！他們若能閉嘴的話，就能如願以償了。要把我扔出小艇！他們敢嗎？「你敢的話，」我說。「賭兩便士，我敢。」「你才不值那個錢，」他們齊聲大叫。夜色實在太暗，只有趁人移動的時候才能分辨對方是誰。唉！我倒希望他們試試看。』

「我忍不住喊道：『好個奇遇記！』

「『還不賴——哦？』他說，我的反應似乎令他有點訝異。『他們以為我基於某種理由把那位鍋爐工幹掉了。我為何要那麼做？又不是神通廣大，哪知道他會死在甲板？我難道不是莫名其妙登上小艇？掉到艇裡——我……』話沒說完，他嘴邊肌肉就不停抽搐，有副鬼臉不由自主從他平時言談的假面掙脫出來——某種凶狠之物短暫現形，發人深省：如同閃電乍現，曲折光芒轉瞬間讓人窺見雲朵暗自奔騰。『我登上小艇。顯然跟他們一起乘坐小艇——不是嗎？一個人被迫做出這種事——還得承擔後果——是不是很慘？我怎會知道他們拚命呼喚的喬治弟兄到底出了什麼事？我記得看見他蜷在甲板。「殺人的懦夫！」輪機長不斷罵我。好像除了這句話，他頭腦一片空白。我不在乎；只不過他罵人聲音很煩。「住嘴，」我說。聽我說完，他停頓一下整理思緒，然後又開始飆罵。「你把他殺了。你把他殺了。」「才沒有，」我吼道，「不過我現在就要直接把你殺掉。」我跳起來，他往後一退，砰一聲重重摔在坐板。我不曉得為何會這樣。太暗。想要後退，我猜。我面向艇艉默默站著，可憐的二管開始哀嚎：「你不會打一個手臂骨折的傢伙——你還自以為是紳士。」我聽見沉重腳步聲——一聲——兩聲——還有呼嚕的喘氣聲。另一頭野獸要對我下手，從艇艉拿著槳乒乓作響撲來。我看到他移動的身影，斗大一團、圓滾滾——就像看見霧裡的人、夢裡的人。「別這樣，」我叫道。我原本可像丟垃圾那樣把他摔倒。他停下來，喃喃自語後轉頭回到原來位置。或許他聽見起風的聲音。我沒聽到。那是我們遇上的最後一道強陣風。他回到槳邊。我很後悔。我本來打算要——要……』

「他把拳頭鬆開，又屈指緊緊握上；他亢奮的雙手抽動不停，讓人不

忍看下去。『別激動，別激動，』我低聲說。

「『哦？什麼？我一點都不激動，』他反駁說，感到很受傷；這時，他手肘突然抽搐幾下，白蘭地酒瓶應聲倒下。我連忙上前擦拭桌椅。他從座位跳起，好像有地雷在身後爆炸；他側身離開位子，隨後蹲倒在地，讓我瞧見他雙眼驚恐、面容慘白。他隨即顯露氣急敗壞的模樣。『實在抱歉。我真是笨手笨腳！』他喃喃說，不知如何是好；烈酒灑了滿桌，四周頓時充滿刺鼻酒味，將清新舒爽的夜晚帶來粗俗的拚酒氣氛。餐廳大廳已經熄燈；長廊只剩我們桌燈孤單閃爍，樑柱從楣飾到柱頭[1]都化為漆黑一道。繁星點點的夜幕裡，港務局高聳屋角隔著海濱大道[2]看起來特別顯眼，彷彿那棟幽暗建築物悄悄滑動過來想看我們在說什麼。

「他擺出一副無關緊要的表情。

「『我敢說我現在還沒當時冷靜。那時我已做好準備能面對任何事。剛才所說的都是小事……』

「『你在那艘小艇過得很精彩。』我表示。

「『我已做好準備，』他重複說。『輪船燈火全都消失後，無論在那艘小艇會發生什麼事——無論世上發生何事——而外界仍不知情。我覺得這樣，我很滿意。況且，夜色剛好暗到什麼都看不見。我們就像活生生[3]被關進寬敞墓室。與這世界已了無牽掛。沒人會評斷我們。什麼都不重要了。』我們談到這裡，他第三度狠狠大笑；不過，這回四周沒有其他人懷疑他不只酒醉而已。『沒有恐懼、沒有法律、沒有聲音、沒有眼睛[4]——我們的眼睛也都沒用，直到——直到終於日出。』

「他這番話讓我意識到所暗示的道理。汪洋大海上的一艘小艇其實

1　楣（pediment）為歐式建築正面橫樑上方之三角形裝飾；柱頭（capital）為柱子之最頂端。

2　請見第五章第七段（本書pp.104-105）。

3　quick：舊時用語，「活的」。

4　意即連老天都沒有眼。

還蠻特殊的。生靈誕生於死亡的陰影[1]下，也似乎籠罩於發狂的陰影裡。當你的船辜負你，彷彿全世界也辜負了你——打造你、約束你、照顧你的那個世界。一旦漂浮於深淵之上、體驗何謂一望無垠，人心好像就因而解放出來，以為能恣意充當英雄、做盡傻事、縱情成為憎惡之物[2]。當然，世上有許多不同信仰、想法、情愛、仇恨、信念，連萬物都有不同相貌；世上的人有多少，船難就有多少。不過，這起事故含有某種卑賤成分，讓孤單小艇徹底與世隔絕：艇上這些人身陷不義，致使他們與人類的連結完全斷絕——其他人的道德理念都不曾像他們那樣受到考驗，被邪惡的恐怖玩笑擺了一道。他們怨他落跑時一點都不乾脆；他對他們的恨意則針對整起事故：他們居然留給他如此可憎的機會，他一定要好好報一箭之仇。你們要相信公海上的小船必定會凸顯船員的非理性——潛藏於每個想法、情感、知覺、情緒底層的荒謬無理。小艇上的人並沒有打起來：這點倒又顯露那件災難的荒唐可鄙。真正敢做的只有彼此威脅、得逞的虛晃一招、從頭到尾都是裝模作樣；其實這是黑暗勢力極度不屑而精心策劃的結果：真正恐怖的是此勢力總是即將得計，總是要有人堅持信念才得以臨危破解。我等了一會兒看他不開口，於是問道：『唉，到底發生了什麼？』無濟於事的問題。我已懂得太多，不會奢望高舉一把火炬的恩典，不會寄望對方能點到為止——不要把瘋狂明講出來，也不要把恐懼講得露骨。『什麼都沒發生，』他說。『我想盡忠職守，他們只想盡情叫罵。什麼也沒發生。』

「日出的陽光露臉，他仍坐在艇艄，當初跳上小艇的同樣位置。好一個嚴陣以待！他手中握著舵柄[3]，整晚不放。他們不小心把艇舵弄丟到海裡；我猜是因為他們設法將卡住的小艇從船側降下時，七手八腳亂搞一

1　the shadow of death：《聖經‧詩篇》23:4「死蔭的幽谷」（"the valley of the shadow of death"）。

2　請見本章第十段（本書p.171）。

3　tiller：控制船舵的水平連桿。

通，不知怎的把舵柄踢到艇舯。那支實心木柄又長又重，吉姆顯然把它緊緊握住長達六小時之久。這不正是所謂準備充分！誰想得到他能默默站著熬過大半個夜晚，頂著風雨、盯著模糊形體，隨時留意有何動靜，豎起耳朵監聽來自艇舯板的竊竊私語！勇氣十足抑或畏懼使然？你們怎麼看？況且，他的耐力是無可否認的。整整六小時嚴陣以待；六小時紋絲不動的高度警戒；同時，小艇受制於多變海風，時而徐緩漂行、時而停滯不動；同時，風浪平息，大海終於沉穩入睡；同時，雲朵從他頭上飄過；同時，天空從一望無際黯淡無光的漆黑逐漸轉為帶有光澤的陰沉圓弧，色澤愈加炫目，褪去東方的昏黑，換上直達穹頂的魚肚白；同時，遮住小艇後方低垂星光的那些黑影逐漸顯露外貌與輪廓，化成肩膀、頭、臉、各種容貌──全都以沮喪眼神面對他；各個蓬頭垢面、衣衫襤褸、睜著充滿血絲的眼觀看日出。『他們看起來好像在臭水溝買醉廝混了一周，』他生動描述；然後又喃喃說了幾句，大意是說那種日出是風平浪靜的徵兆。你們也知道，水手言談間總是習慣扯上天氣。聽他在我身旁含糊說出隻字片語，我就能清楚看見旭日圓弧下緣脫離海平線的那一刻：四散的漣漪傳遍一望無際的海面，彷彿海面悸動；籠罩世界的光球隨之誕生，最後一道清風掠過空中，好像鬆了口氣。

　　「『他們並肩坐在艇舯，船長夾在中間，正如三隻骯髒的貓頭鷹，全都盯著我看，』我聽他滿懷恨意說；他這句家常話稀釋了他的惡意，正如一滴猛烈毒藥滴入一杯清水；不過，我念念不忘他所提的日出。我能想像這四人在空蕩清澈的天空下被大海的孤獨所監禁；孤伶伶的太陽無視於點點微小生命，獨自沿著皎潔圓弧登上穹頂，似乎盼望能攀高以欣賞自身輝煌反射於如鏡海面。『他們從艇舯一直叫我，』吉姆說，『好像我們仍是哥兒們。我有聽見。他們求我不要衝動，趕快放下「那根該死木頭。」我為何非得那樣握著？他們沒害我──不是嗎？從頭到尾沒人受傷。……沒人受傷！』

　　「他滿面通紅，好像有空氣卡在胸口吐不出來。

　　「『沒人受傷！』他吼道。『我讓你來評理。你能理解。對不對？你

懂的——是不是？沒人受傷！天知道！他們還能如何傷人？喔，沒錯，我完全明白——我跳下去了。毫無疑問。我跳下去了！我告訴你我跳下去了；可是，他們太過分，沒人受得了。明明就是他們搞的鬼，好比拿船鉤把我勾過去。你是否了解？你一定要明白。別這樣。你說啊——有話直說。』

「他心神不寧的雙眼緊盯著我，質問、哀求、挑釁、懇求著。為了保命，我不得不低聲說：『你受考驗了。』『有點太超過，』他很快接著說。『我根本毫無機會表現——跟那幫人在一起。事到如今，他們反而很友善——喔，好得要命！夥伴，同船弟兄。同在一條船上。一起盡力而為。他們只是隨口說說。其實他們一點都不在乎喬治。他們決定棄船的最後一刻，喬治剛好回艙房拿東西，就被叫去幫忙。他看起來分明就是個傻子。很悲哀，當然。……他們全都盯著我看；嘴巴在動；他們在小艇另一邊搖頭示意——三個一起；他們招手——叫我過去。有何奇怪？我不是也跳下去了嗎？我什麼也沒說。沒有言語能表達我想要說的那些事。那時我如果開口，絕對會像動物那般吼叫。我問自己何時會清醒過來。他們大聲催我到艇艄，去乖乖聽船長如何交代。黃昏前我們一定會被經過的船隻救起——我們恰好位於通往蘇伊士運河的航道；那時西北方已見輪船的排煙了。』

「『看見遠方那道低垂的棕色霧氣，模模糊糊半遮著海平線，我感到十分焦慮。我對他們喊道，從我的位置就能把他們的話聽得一清二楚。船長破口大罵，沙啞聲音好比烏鴉亂叫。他才不會為**我**方便而拉長嗓子說話。『你怕岸上有人會聽見你說的？』我問。他狠狠瞄我一眼，好像要把我扯成碎片。輪機長建議他別跟我計較。他說我頭腦還沒恢復正常。船長則從艇艄站起來，好比一根粗大的人肉柱子——說個不停——說個不停。……』

「吉姆陷入沉思。『後來呢？』我說。『我哪管他們會串通什麼說詞？』他莽撞地大聲說。『隨他們高興要怎麼說。那是他們的事。我知道事發真相。無論他們如何叫其他人相信那套說詞，我所知的真相不會改

變。我任由他大吹大擂、辯駁解釋——不停地說，不停地辯解。他就一直這樣。突然間，我感到雙腳已撐不下去。我既虛弱又疲憊——快累死了。我於是鬆開手中舵柄，轉身背對他們，到最前排的坐板坐下。我受夠了。他們大聲問我是否聽懂他們說詞——難道不是確實無誤、每個字都沒騙人？那套說詞句句屬實，天啊！單就他們作風而言。我連頭都沒轉。我聽見他們七嘴八舌交談。「那個呆瓜不會亂講。」「喔，他一定懂的。」「別管他；他會想通的。」「不然他要怎樣？」不然我要怎樣！我們不是同在一條船上？我裝聾作啞。遠方排煙已逐漸往北消失不見。風平浪靜。他們從小水桶舀水喝，我也喝了。然後他們大費周章把小艇的帆橫鋪在舷緣。我能值更嗎？他們鑽進帆底，消失無影，感謝老天！我感到很累，精疲力竭，好像從出生以來連一小時都沒睡飽。海面看不見陽光閃爍。有時他們其中一員會鑽出來，起身往周遭看一圈後再鑽回去。我能聽見帆布下傳來陣陣鼾聲。有人能睡著。至少一人。我根本睡不著！四周很亮，很亮，小艇彷彿朝光線墜落。我有時會很訝異發現自己居然會在坐板上坐著。……』

「他一步一步在我座位面前來回踱步，一隻手插在褲子口袋，若有所思低著頭；半晌後，他舉起右手比了個手勢，好像要趕走看不見的不速之客。

「『我猜你一定覺得我快瘋了，』他說，口氣完全變了。『你猜得好，你該記得我的小帽掉了。[1]太陽從東到西一路照在我沒戴帽子的頭上；不過，我猜那天我不會受什麼傷害。我不會被太陽逼瘋。……』他的右手作勢打消發瘋的想法。……『發瘋不會要我的命。……』他的手再度作勢祛退一個幻影。……『**那件事**要看我自己。[2]』

「『是嗎？』我說，對他這次全新轉變感到十分驚訝而無法多說；他轉過身來；我看著他，我心中感覺可想而知，好比看到他換上一張全新的

1　請見第九章倒數第六段（本書pp.163-164）。
2　意即是否要自我了斷。

臉。

「『我沒染上腦炎，也沒倒地而死，』他接著說。『我不理會頭頂太陽。我就像一個坐在陰涼處乘涼的人在那裡冷靜思考。船長那隻肥獸從帆布下探出禿頭，睜著可疑的眼猛盯我。「*Donnerwetter*[1]！你死定了，」他吼道，隨即像一隻烏龜把頭縮回去。我有看見他。我有聽到他。他不敢干預我，而我當時也正在想不能就那樣死去。』

「吉姆說完話順道慎重瞄我一眼，似乎要用眼神試探我的想法。『你的意思是，你在猶豫是否要自我了斷？』我刻意以讓人難以捉摸的口吻問道。他點頭，沒有停下腳步。『沒錯，我獨自坐在那裡忽然有那個念頭，』他說。他往前走了幾步，好像走到想像裡步巡的盡頭，再猛一轉身走回來，雙手深插在口袋。他走到我座位前面，停下腳步低頭看我。『你是否不相信我的話？』他以殷切口吻好奇問道。他這句話促使我鄭重表示：我準備毫無保留相信他所要透露給我的任何事。[2]」

1　德語「雷雨」；意即「天打雷劈」。
2　此框架敘事手法不僅令聽者（或讀者）思索故事內容，亦讓人質疑敘事者動機。馬羅隨後逐漸聚焦於要如何傳達實情以論斷吉姆。

第十一章

「他歪著頭聽我把話說完，我又像隔著濃霧游移的空隙再次窺見影像[1]：他捉摸不定與變化莫測的存在。玻璃圓燈燭火搖曳，那是讓我得以看見他的唯一光源；他身後可見漆黑夜空，點點繁星，閃爍星光延伸到視野以外的遠方，讓人不禁望向一望無際的黑暗深處；那時我忽然靈光一閃，好像有道神祕光芒照亮他稚嫩的頭，他的青春彷彿就在那一刻綻放火光又隨即消逝。『你能這樣聽我說，真的很夠意思，』他說。『對我有益。你不會知道那件事對我的影響。你不會的』……言語似乎無法表達他的心情。他就是你身旁樂見的那種年輕人；你恨不得當年成為的那種青年；他那種人的外貌能讓你感到一股同袍情誼，讓你想起自己與他共享的幻想：你以為熱情不再、燃燒殆盡、冷卻淡漠的幻想，彷彿遇上另一把火而被重新點燃，在內心深層再次燃起熊熊火焰，在心底某處搖曳……散發熾熱光芒……正是如此；我那時就這樣窺見了他……那並非我最後一次看到他那副模樣。……『居然會有人相信像我這種處境的人，你不會知道是什麼感覺——對老前輩全盤托出。要讓人理解很難——對對方而言很冒昧——要了解他人更是難。』

「濃霧間隙再次闔上。我不曉得我在他面前看起來有多老——有多明智？我那時應該沒自己所想的那麼老；我自覺的小聰明也徒勞無益。誠然，只有在航海這行曾憑一己之力賭上性命的前輩，才會如此同情面臨人生緊要關頭的青年——才會知道以明亮眼神望著遼闊的粼粼大海時，在如鏡海面所見到的只不過是自己熱切眼神的倒影。我們每人都有所求才投身大海，我們所懷的壯志是何等含糊不清、追尋的光榮是何等曖昧不明、對冒險的渴求——歷險竟是唯一回報——是何等美妙貪婪！我們所得到

1　請見第六章最後一段（本書p.119）。

的——嗯，這就不提了；然而，我們之中有誰能忍住不笑？[1]沒有其他人生能像航海人生那樣與現實遠遠脫節——人生起點**全都**是幻想——夢想轉瞬成空——卻又無怨無悔。我們入行時不都懷抱相同渴望、退休時不都感到同樣覺悟、念念不忘讓我們熬過那段悲慘齷齪日子的共同迷戀？當我們肩膀被人重重一拍而由衷感到彼此的深切羈絆，這會令人多麼詫異；我們會發覺除了同行情誼，還有一種強烈的寬宏情感——讓前輩與晚輩情同父子。他就在我面前，深信歲月與智慧有辦法治癒真相帶來的痛苦，給我機會一窺他是如何成為陷入窘境的青年；最麻煩的窘境——那種窘境讓老頭子嚴肅搖頭之餘，會忍不住暗自竊笑。他居然拿不定主意是否要尋死——好傻！他會思索**那件事**是因為他以為救了自己一命，而此可喜可賀的大事卻在那晚隨船而逝。他的想法有夠合情合理！憑良心講，他的困境既悲哀又可笑，急需他人同情：我與其他同行相比會有多清高而不去可憐他？正當我望著他的時候，濃霧又移入間隙，我聽到他的聲音——

　　「『我完全迷失了，你知道嗎。不會有人希望遇上那種事。不像打架，舉例來說。』

　　「『沒錯，』我承認。他的臉色又變了，好像頓時成熟不少。

　　「『沒人能說得準，』他低聲說。

　　「『啊！你不確定，』我說；我們之間隱約傳來一聲微弱嘆息，有如飛鳥拍翅掠過夜空，讓我消氣不少。

　　「『嗯，我不確定，』他鼓起勇氣說。『我所知道的很像他們編出的那個爛故事。並非謊言——儘管如此，也並非實情。是某種說法。……不折不扣的謊言很容易就能識破。這件事的對與錯僅一線之隔。』

　　「『對與錯到底要分多開你才會滿意？』我問；不過，我想我的聲音太小，他根本沒聽到我的話。他申論他的人生大道理，彷彿人生之路條條分明，每條路之間隔著鴻溝。聽起來還蠻有道理。

　　「『假如我沒——我的意思是，假如我守在船上？嗯。守久一點？比

如說，一分鐘——半分鐘。好吧。三十秒後，如事發當時那樣，我就會落海；你難道以為我就不會想法抓住什麼——槳、救生圈、格柵——手邊有什麼就抓什麼？你就不會嗎？』

「『想辦法自救，』我打岔說。

「『我原本也想保命，』他回嘴。『但我想做更多，當我』……他全身發抖，好像將要一口喝下苦口之藥……『跳下去時，』他設法克制抽搐才說出這句話，他全身緊繃，所受壓力似乎隔空傳到我身上，令我不禁坐立難安。他垂下目光，盯著我看。『你難道不相信我？』他喊道。『我發誓！……真該死！我叫我來這裡說給你聽，而……你一定要相信！……你自己說你會相信。』『我當然會，』我抗議說，就事論事的口吻讓他冷靜下來。『抱歉，』他說。『我之所以會跟你說這些，是因為你是紳士。我早該知道……我也是——我也是——紳士[1]……』『是的，是的，』我草草說。他不客氣直視我，再慢慢移開目光。『你現在知道我後來為何沒有……沒有那樣了結一切。我不會因為自己所做的事而感到害怕。無論如何，我若守在船上也會盡力自救。聽說有人在海上漂流好幾小時——在茫茫大海——被救起來時也沒多慘。如果是我的話，應該能撐更久一些。**我的心臟好得很。**[2]』他把右手伸出口袋，往胸口用力一捶，發出的悶響在夜裡聽起來有如模糊不清的爆炸聲。

「『沒錯，』我說。他想了一下，微微打開雙腳站著，倒縮著下巴。『就差那麼一點，』他喃喃說。『這與那之間僅一線之隔。而當時……』

「『那條線在半夜是看不清楚的，』我插嘴說，恐怕有點惡毒。你們懂不懂我所謂的同行一條心[3]？我對他感到忿忿不平，好像被擺一道——

1　gentleman：英國傳統紳士並無職業，為不需工作之地主。嚴格說，吉姆與馬羅皆非紳士；吉姆以紳士自居是要與馬羅搏感情。《傲慢與偏見》女主角也有類似表態，自認為淑女（gentlewoman）。

2　嘲諷因「心臟無力」猝死的輪機工。

3　the solidarity of the craft：如馬羅於第五章（本書p.109）所說，英國船員齊心協力只為服事「那面破紅旗」。

竟敢耍我！──讓我失去一個大好機會以維持當初入行的幻想，彷彿被他奪走我們共同生活方式的最後一道魅力火花。『所以，你就開溜──當場。』

「『跳下去，』他果斷糾正我。『跳下去──聽好！』他重複說，這句話顯然話中有話，我想不透目的何在。『嗯，沒錯！或許當時我看不清楚。可是我在那艘小艇上有的是時間，光線綽綽有餘。我也能慢慢想。當然，沒人知道事情會如何發展，但這不代表我就會較為好過。你也一定要相信這點。我不想跟你說這麼多……不是的……是的……不騙你……我想要跟你說：我只想做這件事──在那邊的時候。[1]你以為你或無論是誰就能隨便讓我開口，若不是我……我──我不怕說出來。我也不怕去想。我直接面對那件事。我沒打算逃避。起初──在夜裡，若不是那幫人的緣故，我可能早就會……才不會！我發誓！我才不會讓他們輕易得逞。他們該做的都做了。他們編出一套說詞，就我所知，他們本身深信不疑。不過，我很清楚實情，我會默默承受──獨自一人，就我自己。我不會對這種很不公道的事讓步。那件事到頭來能證明什麼？我痛苦死了。不想活──老實說；可是，若要用那種──那種──方式逃避，又有什麼用？那不是解決之道。我認為──我認為當初若選擇那種方式──到最後應該會──無濟於事。』

「他說話時一直來回走動；不過，他說完最後那句話後突然轉頭看我。

「『換作是**你**的話會怎麼想？』他非常激動地問道。我無言以對；我頓時感到一股深刻絕望的無力感，彷彿他的聲音讓我從夢裡驚醒過來：好像我已在夢裡虛無浩瀚的空間徘徊已久而飽受折磨，心力交瘁。

「『……應該會無濟於事，』停頓片刻後他低聲說，低頭看我，口氣頑強。『不能那樣！正確的做法是力撐到底──獨自面對──等待翻身機會──搞清楚……』」

第十二章

「周圍安靜到完全聽不到其他聲音。他的情緒如同游移在我們之間的一團迷霧，似乎被他的掙扎所攪亂，無形面紗因而露出裂隙，讓我得以窺見他清楚的形體與所散發的莫名吸引力：正如圖畫裡的象徵人物。夜晚冰冷空氣彷彿大理石板重重壓在我身上。

「『原來如此，』我低聲說，沒有其他理由，只為自我證明能脫離自身麻木狀態。

「『亞芬達號¹剛好在日落前把我們救起，』他沉重表示。『冒著煙直直往我們駛來。我們只需坐著等船。』

「他停頓好一陣子，然後說：『他們就告訴對方那套說詞。』令人窒息的靜默再度降臨。『那時我才明白自己究竟決定要幹嘛，』他接著說。

「『你什麼都沒說，』我悄悄說。

「『我還能說什麼？』他問，同樣把聲音壓低。……『輕微震動。緊急停俥。查明損害。設法降下小艇，避免恐慌。第一艘小艇吊掛入海後，突如其來的颮把輪船打沉。像鉛塊那樣沉下去……夠清楚』……他羞愧地把頭低下……『也夠悲慘了吧？』他直視我的雙眼，嘴唇顫抖不停。『我有跳下去──對不對？』他懊惱地問。『這才是我該承受的。那套說詞無關緊要。』……他雙手緊緊交握，隨即環顧眼前幽暗：『好像拿死人來作幌子，』他結巴說。

「『乘客都沒死，』我說。

「聽我這麼一說，他便從我身旁離開。我只能這樣描述。我很快就看見他背影出現在欄杆旁。他在那邊佇立許久，好像在欣賞寧靜無瑕的夜色。濕冷空氣傳來花園植栽開花的濃郁香氣。他轉身朝我匆匆走來。

1　請見第七章第九段（本書p.138）。

「『那根本無關緊要，』他說，仍不改倔強態度。

「『或許如此，』我承認。我逐漸覺得他快讓人受不了。畢竟，我又知道些什麼？

「『是生是死，我無法確認，』他說。『我得要求生；不是嗎？』

「『對，沒錯——你若要那樣看待事情的話，』我喃喃說。

「『我當然很高興，』他毫不在乎地脫口而出，看起來心有旁騖。『實情曝光那刻，』他慢慢說，同時抬起頭來。『當我得知那個消息時，你知道我第一個反應是什麼？鬆一口氣。我後來得知那些呼喊聲竟然……我鬆了一口氣——我有沒有提到曾聽見呼喊聲的事？沒說過？喔，我有聽見聲音。呼救的喊叫聲……跟毛毛雨一起從遠方不斷傳來。幻想出來的，我猜。可是我無法……真傻。……其他人都沒聽到。我事後有問他們。他們全答「沒有」。沒聽見？甚至就在他們回話的當下我仍聽見有呼救聲！我早該知道——但我沒想清楚——我只用聽的。非常微弱的尖叫聲——日復一日。後來，那個混種小個子[1]有天過來找我，並跟我說：「帕德納號……法國砲艇……成功被拖救到亞丁……調查……海事局……水手之家……已替你備妥食宿！」我跟他一起走過去，我很享受沿途的安靜。原來根本沒有呼救聲。全是幻想。[2]我只好相信他。從此我再也沒聽見什麼了。那時我在想自己不曉得還能撐多久。情況愈來愈糟……我的意思是——愈來愈大聲。』

「他陷入深思。

「『當時我居然什麼都沒聽到！嗯——那就算了。可是，還有燈火！燈火真的有消失！我們沒看見燈光。海面什麼都沒有。若有的話，當初我一定會游回去——我一定會回到船上並一起呼救——我甚至會哀求他們

1　港務局文書。請見第五章第六段（本書p.104）。

2　吉姆反覆經歷先前所受之創傷事件，談話時持續顯現情緒壓抑、強烈痛苦、自殺念頭；此為典型之創傷後壓力症候群（PTSD）。吉姆的案例讓人想起輪機長「最嚴重的D.T.」（請見第五章結尾，本書p.117）。輪機長藉酒精麻痺自我，吉姆後來以不同方式尋求解脫。

讓我登船。……我一定會把握我的機會。[1]……你對我有疑慮？……你哪會知道我的心情？你有什麼資格質疑我？[2]當時我差點就做對了——你懂嗎？』他說話愈來愈小聲。『一道燈光都沒有——一點都沒有，』他忿忿不平說，愁容滿面。『若有燈火的話，你就不會在這裡看見我了：你難道不知道嗎？你現在看著我——居然還質疑我。』

「我搖頭表示反對。有關船燈消失不見的問題各界議論紛紛：當時小艇與輪船距離應不超過四分之一哩。吉姆自始至終堅持說，首波陣雨過後海面上什麼都看不見；其他人也對亞芬達號高級船員確認這點。當然，眾人只能搖頭苦笑。法庭裡，坐在我身旁的一位老船長把臉湊過來——滿臉白鬍把我的耳朵搔得很癢——低聲說：『想當然，他們一定會撒謊。』其實，沒人說謊；連輪機長描述桅頂燈倒下去狀若丟出的火柴時[3]，他也沒說謊。至少並非刻意。就算一個人處於事發當下那種情緒狀態，逃命時朝身後匆匆偷瞄一眼，應該也能以餘光看見海上浮動閃光。輪船燈火顯然位於可視範圍，他們居然看不見任何燈光跡象；他們只能以一種結論來解釋這種現象：輪船已沉沒入海。此事顯而易見，讓人寬慰。這件預期中的事竟發生得如此措手不及，他們倉促棄船應為合情合理。難怪他們沒有思考其他可能解釋。[4]然而，正解其實非常簡單；布萊利一提出後，法庭馬上就不再追問這個問題。你們應該還記得，輪船已停俥不動，那時船艏方向會朝當晚行駛方位；前艙進水後，船艏吃水加劇，船艉則會上傾。正當輪船處於這種異常姿態，艉舷[5]只要稍微受到颮的吹擊，整艘船就會有如錨定般急劇轉為頂風。因輪船姿態改變，位於背風面的小艇過沒多久就會因視線受阻而無法看見船燈。倘若這些燈火果真被人看見，很有可能會營造出一

1　吉姆受創主因在於失去實踐榮譽的機會，此認知促使他到最後做出反轉人生之重大決定。

2　其實，馬羅認為英國水手有資格論斷同行功過。

3　請見第十章第六段（本書p.169）。

4　小艇人員犯下驗證性偏誤，請見第十章（本書p.165）。

5　on the quarter：船尾側面。

種無言乞求的效果——烏雲密佈的黑暗裡船燈消失不見的剎那間，最後一道光芒應該會如同凡人目光那樣具有神祕力量，能勾起他人悔恨與憐憫。光芒消失前應該會說：『我在這裡——還沒走』……孤苦零丁的苦命人雙眼流露的目光還能多說什麼？然而，輪船轉身背對他們，彷彿看不起他們的命運：這艘船就那樣突然轉向，滿載而浮，頑強面對浩瀚大海的未知險境而不為所動；輪船以不可思議的方式度過難關，得以在拆船廠終老，似乎順應天命要在無數鐵鎚敲擊下卑微死去。至於那些朝聖客的命運會帶領他們走向哪些結局，我無從斷言；不過，那群人未來的曙光——事故次日大約上午九點——為他們帶來一艘從留尼旺[1]返國的法國砲艇。砲艇指揮官報告已公告在案。他看見有艘輪船在薄霧裡以危險的艏重[2]姿態漂浮於風平浪靜的海上，於是特地偏離航道以確認到底發生何事。輪船主桅斜桁[3]可見一面倒掛的船籍旗[4]（薩汗[5]很明智能在白天懸掛遇險信號）；不過，前甲板仍有廚工一如往常用煮鍋準備食物。甲板好比羊圈，到處擠滿人：舷欄可及之處都有人倚著休息，還有一大堆人擠在艦橋；幾百雙眼緊盯駛近船側的砲艇，輪船頓時安靜無聲，好像幾百張嘴全都中了魔咒而被封口。

「法籍指揮官呼叫輪船，卻聽不懂對方回答；他用雙筒鏡確認甲板群眾看來不像染疫後，決定派出小艇。兩名軍官登上輪船，聽了薩汗報告，也設法找阿拉伯領隊談話，依然無法搞懂情況；可是，整艘船顯然陷入急難狀態。他們很訝異發現有個白人蜷縮在艦橋，已死亡多時，遺容安詳。

1　Réunion：印度洋法屬小島，位於馬達加斯加東方。
2　by the head：海事用語，指船艏吃水比船艉深。
3　main gaff：主桅後方橫杆。
4　船隻國籍旗倒掛表示求救信號。
5　serang：印度裔水手長通稱。帕德納號亞裔船員的職業操守顯然勝過歐洲船員。

『*Fort intrigués par ce cadavre*』[1]：這是事發多年後一位法國老上尉[2]告訴我的。機緣巧合下，有天下午我在雪梨某間咖啡館遇見此人；他對整起事件記憶猶新。如我先前可能提及，這起事有股奇異力量，儘管知道的人記憶力有限，日久月深，還能讓人念念不忘：此事似乎以一種詭異活力縈繞於眾人心頭，令人想談卻又欲言又止。就算這已是多年前往事，我每每在事發地點幾千哩外的遠方遇見毫不相干的人跟我提及此事，以最模稜兩可的方式影射。今晚，此事不正是意外出現於我們閒聊裡？我們這桌只有我是船員。我們當中也只有我能以回憶看待此事。儘管如此，還是脫口而出了！假設有兩個互不相識的人分別聽說過這起事件，若在世上任何一角巧遇彼此，他們分道揚鑣前必會談及此事，如同命運般不可避免。我從來沒見過那位法國佬，但一小時後我們已成莫逆之交：他跟我很像，看起來並非特別健談；這個傢伙很魁梧，一身皺巴巴制服，靜靜坐著打盹；酒杯半滿，裡頭有某種深色液體。他的肩章略微褪色，雙頰刮得乾淨，有張蠟黃大臉；看起來就像常聞鼻煙的那種人。[3]我們之所以會相識，是因為他從大理石桌對面遞給我一期《內政時報》，但我無心讀報。我就說『*Merci*』[4]。我們寒暄幾句，閒話家常；突然間，在我還未會意過來之前，我們已聊到那起事件：他向我描述他們『對那具屍體有多好奇』。原來他就是當初登船檢查的軍官之一。

「我們所在的那間小館為往來海軍軍官提供各式外國飲品。他喝一口看起來像藥水的東西，可能只不過是*cassis à l'eau*[5]；他瞇著一隻眼往

1　法語「對那具屍體深感好奇」。馬羅以法語原文引述法國上尉的話，忠實呈現多元文化的不同觀點。馬羅引述法語後，會於下文以英語巧妙重述原文意思。

2　French lieutenant：此軍階在海軍屬上尉。

3　18世紀以來，歐洲上流人士喜用鼻煙。馬羅暗示法國上尉並非泛泛之輩。

4　法語「謝謝」。

5　黑醋栗甜酒。

酒杯裡看，微微搖頭。『*Impossible de comprendre—vous concevez*』[1]，他說，口氣令人好奇，毫不在乎卻又耿耿於懷。我很容易就能想像他們為何會完全無法理解。砲艇人員沒有人的英語好到能聽懂薩汗陳述。而且，兩名軍官周圍盡是吵雜人聲。『群眾把我們團團圍住。大家都在圍觀那名死者（*autour de ce mort*）』，他描述道。『當時必須先處理更迫切的問題。那群人開始躁動——*Parbleu!*[2] 這麼一大群暴民——你是否明白？』他指出，對本身泰然自若感到沾沾自滿。至於進水的隔艙，看起來情況很糟，但他向指揮官建議：最穩當的做法就是置之不理。他們動作迅速（*en toute hâte*），很快就將兩條纜繩固定在船上，將帕德納號拖回去——船艉在前。考量輪船當時狀況，這種倒拉方式一點都不傻：因為，船舵有一大段無法吃水而失去控制方向的功能；況且，此做法能減輕隔艙所受壓力——他以公事公辦的態度冷冷闡述，隔艙的狀況需特別謹慎應對（*exigeait les plus grands ménagements*）。我不禁在想，當時採取的許多救援措施一定是我這位新朋友所提：他看起來就是一名可靠軍官，雖已不再活躍於前線；就某方面來說，他擁有水手氣質，只不過看他坐在那邊，把交握的厚重雙手輕輕架在肚上，會讓人想起滿身鼻煙味、沉默寡言的鄉村牧師[3]——耳中不斷湧入每代村民吐露的罪過、所受的苦、走不出的悔恨；臉上那副溫文樸質的神情好比一層面紗，遮蔽了痛苦與劫難之謎。他應該身穿破舊黑色法衣，整排扣子端端正正扣到發福的下巴，而非身著這套別有肩章與銅釦的軍禮服。他寬廣胸口規律起伏，娓娓道來那趟任務是他遇過最難搞的；他並表示，毫無疑問（*sans doute*），因我具備海員特質（*en votre qualité de marin*），我一定想像得出會有多難。說完後，他稍稍湊上前來，噘起刮得乾淨的嘴，輕噓一聲。『幸好，』他接著說，『當時海面就跟這張桌子一樣平穩，也沒什麼風，就像這裡。』……聽他這麼

1　「無從理解——如你所想」。

2　「天啊」。

3　吉姆的父親為牧師。

一說，我才發覺室內悶得難受，又很熱；我面紅耳赤，彷彿回到很容易感到尷尬而臉紅的年紀。他繼續說，他們設定航向駛往最近的英國港口，『naturellement』[1]，抵達後他們就能卸下重擔，『Dieu merci。』[2]……他微微鼓起凹下的臉頰。……『因為，請注意（notez bien），拖曳期間，我們派出兩名航信士[3]拿著斧頭站在纜繩旁，隨時準備將拖繩砍斷，萬一輪船……』他闔上沉重的眼皮，話沒說完但意思夠清楚了。……『還能怎麼做！做自己能做的（on fait ce qu'on peut）[4]，』片刻間，他說話時慢條斯理的鎮靜流露聽天由命的無奈。『兩名航海士——三十小時——隨時待命。兩個人！』他重複說，把右手略微抬起，伸出兩根指頭。這肯定是我初次看到他比手勢。我藉機從他的『指示』注意到他掌背有個星形疤痕——顯然是槍傷所留下；這個發現似乎讓我的觀察力更加敏銳，我察覺他還有一道縫過的舊傷，從太陽穴下緣往頭部後側延伸，消失在灰白短鬢下——長矛擦傷[5]或軍刀割傷。他再度將交握的雙手架在肚子上。『我持續待在那艘，那艘——我的記憶力消失了（s'en va）[6]。Ah! Patt-nà. C'est bien ça. Patt-nà. Merci.[7] 忘東忘西真可笑。我在那艘船待了三十小時。……』

　　「『你沒離開！』我吃驚地大聲說。他仍低頭望著自己的手，嘴稍微噘起，只不過這次並沒有發出噓聲。『經過評估，』他說，眉毛揚起但表情冷靜，『最好要派一名軍官留守監視（pour ouvrir l'œil）』……他懶洋洋嘆口氣……『並以信號與負責拖曳的砲艇保持聯絡——你了解嗎——諸如此類的事。其餘安排也是依我的意思進行。備妥我方小艇以便隨時

1　「當然」。

2　「感謝老天」。

3　調查庭傳喚之證人包括航信士，請見第六章第十四段（本書p.126）。

4　One does what one can：法式英語，意即「盡己所能」。

5　老上尉年輕時可能曾參與法國於非洲殖民地的征戰。馬羅於《黑暗之心》搭乘法籍輪船前往西非途中，曾目睹法國戰艦與岸邊部落的戰事。

6　is going：馬羅以法式英語傳達老上尉的語意。

7　「啊！巴得—吶。完全正確。巴得—吶。謝謝。」老上尉發音帶有濃厚法國腔。

前去載人——我在船上也採取必要措施。……*Enfin!*[1] 我們已盡力而為。崗位很棘手。三十小時。他們有替我準備吃的。至於配餐酒——原本以為隨叫隨到——連一滴都沒有。』他不露聲色的模樣絲毫沒有變化，神情依然祥和；不過奇怪的是，他居然能傳達非常厭惡的感受。『我啊——你知道嗎——吃飯時若沒有酒——什麼也做不了。』

「我很怕他會細數他所受的委屈，因為他雖然沒有肢體動作，仍令人察覺他很厭惡那段回憶。不過，他似乎很快就忘記有這回事。他們後來就把那個重擔交付給『港務單位，』如他表示。對方竟從容不迫接收下來，令他印象十分深刻。『人家還以為他們每天都會接收別人發現的怪東西（*drôle de trouvaille*）。你們真是與眾不同——你和其他人[2]，』他表示，把背靠在牆上，依然不改本色，好比無法表達情感的一袋麥粉。當時港口剛好有艘英國軍艦與印度海軍[3]的輪船，都派出所屬小艇協助疏散帕德納號旅客，作業效率之高令他忍不住流露欽佩之意。的確，他那副慵懶舉止掩飾不了什麼：他的舉手投足具有種近乎不可思議的神祕力量，不知不覺營造出驚人效果——這種絕無僅有的本領就屬他的最為高明。『二十五分鐘——手裡有錶——二十五，恰恰好。』……他維持雙手架在肚上的姿勢，把交握的雙手鬆開又再度握緊：與其讚嘆到忍不住舉手仰天歡呼，他這種肢體語言有效得多。……『那一大堆人（*tout ce monde*）上岸——組成小團體慶祝——船上只剩一隊駐守水兵（*marins de l'État*）與那具耐人尋味的屍體（*cet intéressant cadavre*）。二十五分鐘。』……他眼睛往下看，頭稍微歪向一邊，似乎在嘴裡反覆回味精明辦事的好滋味。他不需再進一步展示就能令人信服：他的讚賞特別值得博取。他又恢復始終不露聲色的那副模樣，接著說：他們接獲命令必須盡快趕往土倫[4]，不到兩小時就

1　「終於」。
2　指馬羅與其他英國船員。
3　Indian Marine：印度當時為英國殖民地，印度海軍在英國皇家海軍麾下運作。
4　Toulon：法國南岸港市兼海軍基地。

離港了，『以致（*de sorte que*）在我人生遇上的這段插曲（*dans cet episode de ma vie*），有很多事至今仍令人費解。』」

第十三章

「說完話後，老上尉仍舊沒有改變他的姿態，可謂甘願讓自己陷入沉默無語的狀態。我默默坐著陪他；突然間，但並非出乎意料，似乎到了他預定的發言時間，他以溫和沙啞的聲音打破靜默說：『Mon Dieu![1] 時間過得真快！』這是再普通不過的一句話；不過，聽到這句話讓我忽然有所洞見。我們一輩子都視而不見、聽而不聞、昏頭昏腦過活。或許這是好事：也許正是因為人生乏善可陳才讓芸芸眾生得以繼續活下去、樂於活下去。儘管如此，我們當中一定有少數幾個有機會洞察事跡、有聞必錄、明白事理，卻錯過難能可貴的覺醒時刻——就那麼一剎那間——以致繼續倒頭舒服大睡。他開口時我抬起眼睛，好像從沒見過他一樣。我看見他垂在胸口的下巴、邋遢的外套、交握的雙手、紋絲不動的姿勢：這副古怪模樣讓人以為他受到冷落。時光果然過得很快：走過他，離他而去。他無助地被甩在後頭，只剩時光丟下的幾件劣質紀念物：鐵灰頭髮、睏倦黝黑的臉、兩道疤痕、一對褪色肩章。時光把他納入穩重可靠的那群人裡，成為打造盛名的原料；也會把他放入沒有鼓聲號角的無數戰士塚裡，埋沒在勝利紀念碑的基座下。『我現在是三等上尉[2]，在Victorieuse號[3]服役』（當時法國太平洋艦隊旗艦），他說，同時把肩膀稍微離開牆壁幾吋以利自我介紹。我隔著桌子點頭示意，跟他說我是商船船長，船目前停泊於拉什卡特斯灣[4]。他說曾『留意[5]』我的船——小而美的一艘船。他雖然面無表情，卻非常客氣。我甚至以為他還設法歪著頭點頭表示稱許；他一邊重重呼吸，一邊

1　「我的天」。
2　third lieutenant：資深尉官。
3　「勝利號」：1881年間法國中國艦隊旗艦。
4　Rushcutters' Bay：雪梨東郊港灣。
5　remarked：直譯法語「remarguer」。英語「留意」的特殊字義源自法語。

重複說道：『啊，對。一艘漆成黑色的小船——很漂亮——很漂亮（*très coquet*）。』過一會兒後，他緩緩扭轉身體，面朝我們右側的玻璃門。天氣很棒；但是，外頭逐漸颳起南勃斯特風[1]，我們看見路人無論男女全都頂著風蹣跚走在人行道，也看見對街一排向光屋舍在塵捲風中變得模糊難辨。『我到岸上來，』他說，『活動一下筋骨，但是……』他話沒說完，就再度陷入先前那副慵懶沉思的模樣。『拜託——告訴我，』他以沉悶語氣問道，『這起事件究竟是如何引發——確切來說（*au juste*）？此事很不尋常。例如，那個死人——諸如此類的。』

「『還有其他活人，』我說，『才更不尋常。』

「『沒錯，沒錯，』他表示同意，聲音幾乎聽不見；然後，好像經過深思熟慮，他低聲說，『顯然如此。』談到這起事件，要向他傳達我真正關心的是什麼，其實一點都不難。他似乎有權了解：難道他沒在帕德納號留守三十小時——難道他沒有接任崗位、接下傳承、『盡己所能』？他聽我說，愈聽愈像一個牧師，看起來——可能是因為他的低垂眼神——帶有虔誠專注。有一兩次他揚起眉毛（依然沒抬起目光），好像表示『見鬼了！』有次他鎮定壓低嗓音驚嘆道：『哎喲！』我說完後，他刻意噘起嘴，發出略帶悲傷的哨音。

「這個舉止若在其他人身上顯然代表厭煩，會是漠不關心的表徵；然而，他奧妙地將自身不動聲色轉化成心思敏捷的模樣，令人覺得他似乎有很多寶貴想法，好比一顆蛋那般深藏不露。但他最後說出口的卻只不過是『蠻有趣』；他很客氣，聲音微弱如耳語。我對他的回應感到失望；當我仍想不透他的回答時，他好像在自言自語般補充說：『就是那樣。**正是那樣。**』他垂在胸口的下巴似乎垂得更低，整個身體在座位裡顯得更加沉重。正當我想問他是什麼意思，他全身上下顯露顫抖的徵兆，如同一灘死水於起風前顯現細微波紋。『所以那名可憐青年跟其他人一起逃走了，』

1　southerly buster：澳洲東南部特有之惡劣天候，好發於夏季好天，會突然造成颮般的風變與雲牆。

他說，心平氣和但態度嚴肅。

「我不知道是什麼讓我發笑：就我記憶所及，只有那次談及吉姆事件時，我發自內心笑了出來。不知怎的，用法語簡單點出問題所在，聽起來很好玩。……『*S'est enfui avec les autres*』[1]，如老上尉所說。忽然間，我開始欣賞此人的洞察力。他當下就捉到重點：說出我唯一在乎的一件事。我覺得自己好像在徵詢有關這起案例的專業意見。老上尉沉著冷靜的熟慮正如掌握事實的專家那樣，能輕易解決他人困惑。『啊！年輕人，年輕人，』他態度寬容地說。『到頭來，一個人不會因為那樣而死。』『因為怎樣而死？』我馬上問道。『因害怕。』他闡明意思，喝一小口酒。

「我看到他有舊傷的那隻手最後三指很僵硬，無法各自活動，他只好不雅地一把抓起酒杯。『每個人總會害怕。我們或許能夠閒聊，可是……』他笨拙地放下酒杯。……『恐懼，恐懼——我告訴你——總是在那邊。』……他輕碰一下銅釦旁的胸口，那正是吉姆捶胸抱怨自己心臟絕無問題的部位。[2]我應該有露出不同意的表情，因為他堅持說：『是的！是的！可以談，可以談；無傷大雅；可是當人生最後要算總帳的時候，沒有人會比下一位聰明——也不會更勇敢。勇敢！永遠沒人說得準。我已在各地打滾（*roulé ma bosse*）多年，』他用俚語冷靜嚴肅表示，『在世界各種地方；我認識許多勇士——都是名將！*Allez!*[3]』……他一派輕鬆喝口酒。……『若要服役的話——你了解嗎——就要勇敢——非得如此——這一行必備條件（*le métier veut ça*）。不是嗎？』他理所當然想博得我的認同。『*Eh bien!*[4] 他們每人——我是說每一個人，而且如果誠實的話——*bien entendu*[5]——應該都會承認：我們都會遇上轉捩點——轉捩點——連我們當中最優秀的人也不例外——人生某階段會出現轉捩點，讓你放下一

1　「他跟其他人一起逃跑」。

2　請見第十一章倒數第七段（本書p.181）。

3　「不談了」。法語原文「走開」、「夠了」之意。

4　「嗯，好的」。

5　「當然」。

切（*vous lâchez tout*）。而你必須要學會接受這個事實——明白嗎？陰錯
陽差之下，恐懼是必然的。可憎的畏畏縮縮（*un trac épouvantable*）。就
算我們當中有人不願相信這個實情，恐懼仍在——會怕自己。絕對如此。
相信我。是的。是的。……像我這種年紀的人知道自己在說什麼——*que
diable!*[1]』……他直言不諱地說出這一長串話，執著模樣有如抽象智慧的代
言人；但說到這裡，他的拇指徐徐互搓，讓他的超然態度更加顯著。『事
實擺在眼前——*parbleu!*[2]』他接著說：『因為，無論你如何下定決心，就
算輕微頭痛或腸胃不適（*un dérangement d'estomac*）就足以……就拿我來
說——我已親身證明。*Eh bien!*我啊，在你面前說話的這個人，曾經……』

「他一口喝完杯裡的酒，繼續互搓著拇指。『不會。不會；一個人不
會因為那樣而死，』過一會兒後他終於表示；當我察覺他無意繼續說出他
的人生軼事，我感到非常失望；尤其是——你們也知道——那種故事並
非催他講他就會講。我默默坐著，他也一樣，似乎這樣子最令他滿意。甚
至連他拇指也靜止下來。突然，他的嘴動了一下。『就是那樣，』他心平
氣和繼續說。『人是生而膽怯的（*L'homme est né poltron.*）。這就是天生
難題——*parbleu!*不然就太舒服了。可是，老毛病——老毛病——必要之
惡——你明白嗎？——別人的眼光——*voilà*[3]。一般人學著容忍天性。於
是，一看見沒比你多好的人立下榜樣、大肆吹噓。……』

「他打住不說。

「『那位青年——你會看得出——沒有這些誘因——至少目前為
止，』我表示。

「他揚起眉毛，露出寬以待人的表情：『我沒說他；我沒說他。該位
青年或許品行最佳——品行最佳，』他重複說，呼吸略微急促。

「『很高興知道你能寬宏大量，』我說。『當事人的心情——

1　「管他去死」。

2　「天啊」。

3　「就是這樣」。

唉！──還算樂觀，而……』

「他的腳在桌下來回移動的聲音打斷了我的話。他把沉重的眼皮撐起。聽好，撐起──只有這個措辭足以描述他那種從容鎮定的舉止──他的雙眼終於徹底顯露出來。盯著我的是兩個灰色細環，有如套在深邃暗黑瞳孔上的兩只鋼製指環。他那源自魁梧身軀的犀利目光給人不怒自威的感覺，就像戰斧的斧口如剃刀般鋒利。『原諒我，』他拘謹地說。他舉起右手，俯身靠過來。『請容我……我的主張是：就算一個人明知道勇氣不是自發的（ne vient pas tout seul），依然夠能闖出名堂。這點沒什麼值得大驚小怪。人生多了一個實情不會讓人活不下。……可是，一個人的名譽──名譽，先生啊！……名譽……才是真的──就是這樣！人生還有什麼價值，倘若』……他激動地費力起身，好像一頭受驚的公牛從草地爬起……『名譽盡失的話──ah ça! par exemple[1]──我無法表示意見。我無法表示意見──因為──先生──我完全不知道會怎樣。』

「那時我也站了起來；我們都極力維持彬彬有禮的態度，以致面對面默默站著，好比壁爐台上的兩隻瓷犬。該死的傢伙！他戳破了幻影。我們都在等對方開口，不僅枉費心力，連談話也會被糟蹋成空談。『好吧，』我於是說，露出茫然微笑；『難道不能隱瞞起來，不讓人發現失去名譽這件事？』他看起來好像準備要反駁我，但他說話時已改變心意。『先生，這個題材對我來說太高尚了──不是我所能理解──我連想都不會去想。』他用有舊傷的那隻手捻起小帽的帽簷，把帽子拿在胸前對我深深一鞠躬。我們互相鞠躬：甚至多禮地蹬腳致意；有位髒兮兮的侍者以挑剔目光在旁觀看，似乎花錢在看表演。『任您差遣，』法國佬說。兩腳互蹬。『先生』……『先生』……他魁梧背影消失在關上的玻璃門後。我看見他被南勃斯特風逮個正著，一路被吹往下風；他手扶著頭、肩膀緊繃，大衣下襬受強風吹拂不斷拍打他的腿。

「我再次坐下，這次獨自一人，心灰意冷──對吉姆的案子感到沮

1　「啊那樣！舉例來說」。此為評斷吉姆功過的關鍵。

喪。你們或許在想那時事發已三年多，為何我覺得歷歷在目；其實，我遇見老上尉不久之前才見過吉姆。當時我路過三寶瓏，為我的船裝貨準備前往雪梨[1]：了無趣味的瑣事——在座的查理會說那是我的例行公事——我就在三寶瓏看見吉姆某一面。他那時替潯勇[2]工作，是我推薦他去的。水務員。[3]『我的海上代理人，』潯勇如此稱呼他。沒有其他生活方式能更加缺乏慰藉、更不具魅力，連一丁點都沒——除非是從事推銷保險的業務員。巴布・史坦頓那小子——在座的查理跟他很熟——經歷過那種生活。就是思弗蘭號[4]船難為解救一名貼身侍女而淹死的那位。在西班牙近海一個起霧早晨所發生的碰撞事故——你們應該記得。船上所有乘客都井然有序擠上小艇撤離；巴布突然把小艇掉頭靠到船側，爬上甲板回去接那名女孩。我不清楚她為何會落單；不管怎樣，她完全像瘋子一樣——不願下船——緊抓舷欄不放，如同陰魂不散的死神。他們如拔河賽的拉扯從小艇就清楚可見；巴布正好是商船船隊裡最矮的大副，而那位女孩穿著鞋子足足有五呎十吋高[5]，聽說還體健如馬。兩人就一來一往拉扯，在甲板僵持不下，而那名可憐女孩則不停尖叫；船上不時傳來巴布的喊叫聲，警告小艇盡快離開。其中一名船員告訴我當時狀況，他想到就忍不住發笑：『船長，那幅畫面看起來根本就像一個淘氣小孩在跟母親打架。』這位老兄還跟我說：『最後，我們看見史坦頓先生沒辦法把那位姑娘拖下船，只好作罷，站在甲板盯著她，一副提高警覺的樣子。事後，我們認為他當時應該在盤算一件事：沉沒時湧上甲板的海浪或許會把她從舷欄沖走，他就能秀一場英雄救美。我們為了活命才不敢將小艇停在船側；過沒多久，那艘老船突然往右舷傾倒就那麼沉了下去——撲通一聲。引發的渦流實在恐怖。我們都沒看到有東西冒上來，不管死的還是活的。』可憐的巴布曾在岸上

1　馬羅在雪梨咖啡館遇見法國上尉。

2　船具行老闆。請見第五章第四段（本書p.103）。

3　此為第一章所描述吉姆從事的工作。

4　the *Sephora*：船名可能源自希伯來語「鳥」或希臘語「美」。

5　幾乎與吉姆一樣高。

待一陣子，應該是他風流韻事造成的麻煩所致。他天真地以為再也不用出海，就想盡辦法把握陸地上的幸福，但到頭來仍受不了別人遊說。他有位住在利物浦的表兄慫恿他跑船。巴布以前常跟我們分享他那行的經驗談。他有辦法讓我們笑到哭出來；他對這種效果感到非常滿意，就會在我們面前踮起腳尖——身材矮小的他留著及腰長鬚，看起來就像地精——跟我們說：『你們這些傢伙要笑儘管笑；但要知道，做我那種工作不出一週，過人的精力就會萎縮成如顆枯豆般微不足道。』我不知道吉姆如何調配精力以適應他的人生新環境——我忙著找事給他做，讓他維持生計——可是，我確信他的冒險夢飽受飢渴的煎熬。他的新職業根本無法滿足他的渴求。看到他改做那行令人十分痛心；不過，他仍毫無怨言把事做好，這種不服輸的態度很值得讚賞。我以一種心態來關注他卑微的埋頭苦幹：這是他愛做冒險夢所受的懲罰——為了彌補他渴望獲得超出能力所及的魔幻。他熱愛一切，以為自己是匹出色的賽馬；如今，他被迫辛勞工作，毫無光彩可言，有如菜販的毛驢。就算如此，他仍做得不錯。他封閉自我，低調過活，從不抱怨。很好；確實很好——要不是他有時會情緒爆發，又急又猛，當無從隱瞞的帕德納號事件在某些糟糕場合又被重提。很不幸，那件東方海域的醜聞無法平息。這就是我對吉姆始終覺得尚未了結的緣故。

「法國上尉離開後，我坐在咖啡館惦記著吉姆；並非因為聯想到涼爽昏暗的潯勇小店，我們不久前才在店裡匆匆握手，而是因為更早之前在馬拉巴旅店[1]長廊，我們在最後一道燭光中互道晚安：那時周圍只剩我們兩人，他身後有沁涼黑夜。他祖國可敬的律法劍已出鞘，但刀下留人。隔日——或當天？（我們道別時已過午夜）——大理石臉的審判長對傷害告訴案[2]做出罰鍰與服刑的裁決後，即將拿起那把可怕武器，作勢對吉姆低頭伸出的脖子狠狠砍下。那晚我們兩人談心異乎尋常，好比與死囚的最後守夜。而且，他是有罪的。他是有罪的——我不斷告訴自己，有罪

1　請見第六章最後一段（本書p.134）。
2　請見第六章倒數十三段（本書p.129）。

而且完了；然而，我想讓他逃過接受公開行刑的苦差事。我不會假裝想要解釋是什麼理由讓我有此心願——我覺得無法解釋；你們到現在若還沒什麼概念，應該是我故事沒說清楚，或者是你們都太睏了，沒抓住我說話的含義。我不會為我的道德辯護。我一時衝動，毫無任何道德感，就將布萊利的迴避計畫[1]——可這麼說——透露給吉姆，包含所有粗糙簡陋的細節。盧比已備妥——塞滿我口袋，隨時給他用。喔！借貸；當然，是借給他——如果把他介紹給某人（就在仰光），順道給他一些事做……唉！何樂不為。我在一樓房間[2]裡有紙有筆也有墨水。我跟吉姆談話時已迫不及待準備寫信：某年某月某日，清晨兩點三十分……看老交情分上，請替詹姆士[3]某某先生安排一些工作；此人品行……等等，等等。……我甚至準備要以那種調調引介他。他若沒有刻意博取我的同情，光靠他的表現就足矣——他觸及那種情感的源頭，也碰觸到自負的我不為人知的敏感神經。我對你們毫無隱瞞，若我打算要掩瞞什麼的話，我所採取的行動就會令人費解，就跟其他人有權做自己想做的事那樣——而且，明天你們就會把我的誠意連同過去教訓都忘得一乾二淨。就這場交易而言——這樣講很俗但很貼切——我無可厚非；不過，我逾越道德的微妙企圖竟輸給一個罪犯單純的道德感。毫無疑問，他也同樣自私；但他私心的源頭更加崇高，目標更為高尚。我後來發現——該說的都說了——他渴望親身經歷處決儀式；我並沒有多說，因為我覺得他的年輕力盛大大地讓我處於劣勢：他相信我已不再質疑的事。他的狂傲不羈帶有某種優秀情操，雖然他並未表明尚未成形的希望。『遠走高飛！想都沒想，』他搖頭說。『我打算給你一筆錢，不會要求或期待任何回報，』我說；『等你方便時再還我，而且……』『你真是好人，』他低頭喃喃說。我打量他：他一定很怕面對不確定的未來；但他沒有退縮，看來他心臟的確好得很。我感到

1　請見第六章第十四段（本書p.126）。

2　馬拉巴旅店。

3　James So-and-so：「吉姆」為「詹姆士」的暱稱。

氣憤——那晚並非首次生氣。『這筆爛帳夠折磨人了，我猜，尤其對你這種人而言……』『沒錯，沒錯，』他輕聲重複說，盯著地板。他的模樣令人痛心。他身軀聳立於桌燈上方，臉頰絨毛清楚可見，柔嫩的臉微微泛紅。信不信由你，那副模樣令人痛心到極點。我橫下心，變得毫不留情。『好的，』我說；『容我直說：我根本想不透你這樣收拾殘局對你有何好處。』『好處！』他打破沉默低聲說。『我想得出來才怪，』我說，氣炸了。『我一直都在想辦法跟你說我到底要收拾什麼，』他慢慢把話說完，好像在思索某種無法回答的問題。『可是，畢竟是我**自找**的麻煩。』我正想開口反駁，忽然發現失去自信；他看起來似乎也對我不再有任何期望，因他只顧自言自語，好像要喃喃說出想法。『逃走……住院。……他們沒有一個人願意出來面對。……那幫人！……』他稍稍比個手勢表達不屑。『但我一定要走出這檔事，絕不能從中逃避，不然……我不會逃避的。[1]』他陷入沉默。他的眼神好像見鬼似的。他呆滯的臉反映轉瞬即逝的輕蔑、絕望、決心——依序反映了這些神情，有如一面照妖鏡能讓掠過的鬼怪現出原形。他在騙人的幽魂環伺下過活，在嚴厲的陰魂窺視中生存。[2]『喔！別胡說，小老弟，』我接著說。他做出不耐煩的舉動。『你似乎還沒搞懂，』他果斷指出；然後，目不轉睛地看著我說：『我或許有跳下去，但並非逃跑。』『我無意要惹你生氣，』我說；並很傻地補一句：『很多比你優秀的人有時都知道走為上策。』他滿面通紅，而我則不知所措，舌頭打結快喘不過氣來。『或許如此吧，』他最後說；『我不夠好；沒辦法一走了之。我注定要平息這檔事——我**此刻**就在奮戰。』我離開座位，覺得全身緊繃。我們都悶不吭聲，局面尷尬；我決定打破沉默，但想不出其他方式，只好表示：『沒想到這麼晚了，』口氣故作輕鬆。……『我敢說你應該受夠了，』他唐突說：『老實講』——他邊說邊找他的帽子——『我也受夠了。』

1　輕生的念頭仍困擾著吉姆。
2　暗指吉姆所效法的先烈與先人。

「唉！他居然拒絕一件難得的提議。我要助他一臂之力，他竟將我一把推開；他準備離開餐廳，夜晚似乎在欄杆外靜靜等他，好像他已被選為黑夜的囊中物。我聽到他的聲音。『啊！原來在這裡。』他找到帽子。我們一時都不知如何是好。『以後——辦完……以後，你有什麼打算，』我低聲問。『很可能就這樣潦倒一生，』他粗魯地嘀咕。我那時已稍微鎮定下來，覺得最好別再跟他計較。『請別忘了，』我說，『你臨行前我很想再見你一面。』『我不曉得這有什麼難。那檔該死的事不會讓我找不到，』他語帶怨恨說——『才沒那麼幸運。』後來，道別的那一刻他在我面前變得吞吞吐吐、手足無措，一副想說又說不出、想走又走不了的慌亂模樣，真是糟透了。願老天原諒他——原諒我吧！他居然天真地以為我寧可不要跟他握手。這實在令人傷心到說不出話。我相信那時我突然在他背後大聲喊他，就像看到一個人快要走到懸崖外而失聲大吼那樣；我記得聽見雙方揚起的嗓音、他臉上浮現的苦笑、我的手被緊緊握住、尷尬地笑了出來。桌燈燭火咻的一聲熄滅，我們的會面終於結束，黑暗裡傳來一聲嗚咽。他不知怎的已離我而去。夜晚吞噬了他的身影。他是個糟糕的傻瓜蛋。糟糕得可以。我聽到他的靴子踩在碎石路的啪嗒聲。他用跑的。肯定在跑，只是無處可去。當時他還未滿二十四歲。」

第十四章

「我幾乎沒什麼睡，匆匆把早餐吃完並稍微猶豫一下後，決定不回我的船進行晨巡。這樣子其實有欠考慮，因為我的大副雖然在各方面表現優異，他常被自身的壞念頭所害：如果在預期日期沒有收到妻子來信，他就會怒火中燒且嫉妒不已，整天魂不守舍無法專心做事；他甚至會與船員起衝突，然後關在艙房裡暗自啜泣，或是勃然大怒一發不可收拾，逼得全體船員要鬧叛變。我總覺莫名其妙：他們結婚已十三年，我與她有一面之緣；老實說，我無法想像為何會有人自甘墮落，要與那種毫無魅力的人結上孽緣。我避免在可憐的薩爾文面前表達我的看法，倒令我懷疑是否因而害了他：此人讓自己生不如死，而我卻連帶遭殃；肯定是我顧及某種虛情假意才開不了口。船員的婚姻關係會是很有意思的談話題材，我有許多例子可供大家分享。……不過，今天這種場合與時機都不適宜，因我們想多聽點吉姆的事——他沒結婚。若是基於他所編織的良知或自尊，或是由於他從小就與誇大不實的幽魂和嚴厲的陰魂為伍而受蠱惑，致使他不願逃離斷頭台：我無意成為奉承他的鬼知己，因而忍不住非得要去刑場親眼看他人頭落地。我慢條斯理走向法庭。我原本就不期望那裡會令人刮目相看、使人受到教化，或是讓人看得津津有味，甚至心生恐懼——雖然只要能活下去，偶爾膽戰心驚未嘗不是有益人生的修鍊。可是，我完全沒料到自己竟會如此抑鬱。他在冷漠刻薄的氣氛裡接受懲罰，實在令人忿忿不平。一項罪名成案關鍵在於罪行是否違背對社群的信賴：就此而言，吉姆這位叛徒絕非泛泛之輩；可是，他的行刑卻是暗地裡的勾當。沒搭行刑台、沒蓋紅布（塔丘[1]不是備有紅布嗎？應該會有）、也沒有驚恐萬分的群眾——不會有人面對他的恐怖罪行，也不會有人為他的命運而落淚——更沒有接

1　Tower Hill：位於倫敦東區，倫敦塔所在，自古為暗中處決貴族之地。

受報應的肅靜。取而代之的是沿途伴隨我的燦爛陽光，大地光輝熱情到讓人受不了，街上滿滿都是目不暇給的顏色，有如龜裂的萬花筒：黃、綠、藍、亮白，還有棕色的裸露肩膀、紅頂牛車；一身黃褐色的當地黑頭軍人穿著髒靴行軍；還有一位當地警察，身穿剪裁寒酸的深色制服、繫著漆皮皮帶，以東方人那種可憐樣抬頭看我，似乎他的心識因為出乎意料的——怎麼說去了？——化身——輪迴而受苦。法院中庭有棵樹，有群與傷害告訴案有關的村民坐在樹蔭下，圖畫般畫面如同東方遊記裡營地的彩色平板畫[1]。只可惜這幅畫面前景缺少該有的一縷黑煙與吃草馱畜。樹後有道黃色禿牆，高聳牆面反光刺目。法庭裡陰沉一片，看起來更加寬敞。龐卡扇[2]高掛在昏暗的天花板，扇葉有時會突然作動，來回拍動。庭內隨處可見裹著長袍的身影，在禿牆邊顯得格外渺小；這些人靜靜坐在空蕩的長凳上，彷彿沉浸於虔誠冥想。被打傷的原告文風不動坐著，一副得理不饒人的模樣；他是個巧克力色的光頭胖子，肥胸裸露一半，鼻樑上有道亮黃色種姓標記[3]：幽暗中依稀可見他睜著閃亮眼珠東張西望、鼻孔隨著急促呼吸不斷開合。布萊利整個人癱在椅子裡，看起來累垮了，好像前一晚才在煤渣跑道徹夜衝刺。相貌虔誠的那位帆船船長則興奮異常，肢體不由自主亂動，似乎按捺不住一股衝動想站起來高聲規勸在場人士別忘禱告與懺悔。審判長一臉慘白，梳理整齊的那顆頭顯得很虛弱，如同一個得了不治之症的病人盥洗打扮後起身靠在床頭。他移開花瓶——長梗上有幾朵紫花與粉色小花——以雙手拿起一大張藍色文書，瀏覽一遍，把手臂靠在桌緣，再以單調冷漠的語氣逐字大聲宣讀判決。

　　「天啊！儘管我先前傻到以斷頭台與人頭落地打比方——我跟你們保證，當時慘況遠比砍頭來得悲慘至極。法庭籠罩在一股終成定局的沉重

1　chromolithograph：源自平板印刷的彩色印刷術，盛行於十九世紀末與二十世紀初。

2　請見第四章第一段（本書p.95）。

3　caste-mark：應指印度教徒畫於前額的Tilaka標記，因教派、地位、地區而有不同顏色與圖案。

氣氛，原本想藉一刀砍下而求得解脫與心安的期望完全落空。這些司法程序含有宣判死刑的冷峻復仇與下達放逐令的殘酷無情。我就是這樣看待那天上午的判決──我對那件平凡小事所持的觀點雖然誇張，至今似乎仍可從中看出無可抹滅的一絲道理。你們應能想像當時我對那個判決有何等看法。或許這就是我無法強迫自己接受定局的緣故。我對那件事一直無法釋懷，我總是急於表達不同意見，好像實際上那件事仍懸而未決：個人觀點──國際觀點──天啊！舉例來說，那位法國佬的看法。他好像機器，以冷漠精確的措辭轉述他祖國的斷言，有如傳聲筒般。判決書半遮著審判長的臉，雙眉好像雪花石膏[1]。

「有幾項疑點有待法庭釐清。首先，該艘船啟程前在各方面是否已妥善維護而且適航。根據調查發現，答案是否定的。再來，我記得的是，航行期間船員是否秉持應有的職業操守謹慎操控船隻，直到事故前一刻。他們認為：是的；天知道他們為何會那樣說；他們甚至還表示，沒有證據能釐清事故確切原因。可能是漂流船之類的。我記得有艘載運松木的挪威籍帆船，出航後就在事故期間被宣告失蹤，恰巧是遭受颱襲易於翻覆的那種船：甚至能船底朝上漂流好幾個月──淪為海上食屍怪，專門在夜裡出沒獵食船隻。這種遊蕩棄屍在北大西洋很常見，連同海上陰魂不散的各種恐怖之物──迷霧、冰山、四處作怪的遺棄船，還有像吸血鬼席捲上身的可怕狂風，能榨乾一個人全身精力，奪走希望，最後只剩一具空殼。然而，這些事件──在特定海域發生──畢竟是偶發特例，不像是上蒼惡毒的刻意安排；而所謂天意，除非注定要取輪機工性命，且要讓吉姆生不如死，其實看來跟鬼怪無的放矢之伎倆沒什麼兩樣。這個念頭令我分心了。好一會兒只覺得審判長的聲音是耳邊風；不過，這些聲音很快又化成清楚可辨的字句……『他們徹底怠忽職守，』聲音說道。不知怎的我沒聽清楚下一句，然後……『遭逢危難之際，對所託付之生命與財產棄之不顧』……聲音語氣單調繼續說，然後打住。判決書上方可見一對眼睛，在慘白額頭

1　alabaster：白色礦物。易於雕塑，常用於西方雕像。

下露出陰森目光。我連忙看吉姆一眼，好像以為他隨時會消失不見。他一動也不動——仍沒有離開。他面紅耳赤，坦蕩坐著，一副聚精會神的模樣。『綜上所述，……』聲音再次以斷然語氣說。吉姆盯著前方，嘴巴微張，仔細聆聽長桌後面那人在說什麼。這些話打破寂靜，隨著龐卡扇清風在室內迴盪；而我因過於注意吉姆的反應，只斷斷續續聽到幾句官方用詞。……『本庭……船長古斯塔夫某某……德國籍，……詹姆士某某……大副……吊銷執照。』庭內陷入靜默。審判長放下判決書，斜靠在座椅把手，一派輕鬆與布萊利聊天。在場人士準備離席；下一場訴訟的相關人員開始湧入，我連忙走向門口。我靜靜站在門邊，看見吉姆正往法庭正門走去，我一把拉住他手臂把他挽留下來。他的眼神令我十分惶恐，因他好像把我當成罪魁禍首：他看我的樣子有如看見邪惡化身。『一切都完了，』我結巴說不出話來。『是的，』他沙啞說。『從今以後有誰……』他把手臂一甩，從我手中掙脫出來。他離開後，我望著他的背影。筆直街道上，我看著他愈走愈遠。他走得很慢，略微跨著腳走路，似乎很難直走。他在我視線裡消失前，我好像看見他差點跌倒。

「『有人落海了，』我身後有人低聲說道。我轉頭一看，有個遇過幾次的熟面孔，一位西澳人；名叫查斯特。原來他也想找吉姆。此人有渾圓胸膛，刮得乾淨的臉粗獷紅潤，嘴角留了兩撮粗糙的鐵灰小鬍。他做過的事可多了：採珍珠、打撈沉船、各種買賣，我猜還曾捕過鯨；套句他的話——一個人在海上能做的，無論什麼他全都做過，除了沒當過海盜。整片太平洋從南到北都是他的尋寶獵場；不過，這回他逛得有點遠，想物色一艘廉價汽船。他最近發現——據他所說——某處有座小島富有鳥糞[1]，但入口水道很危險，可供停泊的錨地不盡理想，一點也不安全，至少可這麼說。『就跟金礦一樣棒，』他會如此讚嘆。『剛好位於沃波爾環礁[2]正中

1　guano island：19世紀時期，海鳥排遺為天然肥料的重要來源。
2　Walpole Reefs：位於澳洲東北方，法屬新喀里多尼亞（New Caledonia）群島之一。

央；周圍如果真的找不到水深低於四十噚[1]的宜錨地，那又怎樣？那個地方還會有颶風[2]。但那座島一級棒。就跟金礦一樣棒——甚至更讚！可是，他們那群傻子沒人會親眼見證。我找不到有船長或船東能帶我到那附近。我於是決定自己來運那批寶。』……這就是他想找汽船的原因，我聽說他那時曾到一間帕西人經營的公司，興致勃勃想議價買下一艘九十匹馬力、有桅杆的海上古董。我遇過他好幾次，也聊了幾次。他望著吉姆背影，露出心知肚明的表情。『想不開？』他以輕蔑口吻問道。『根本想不開，』我說。『那樣的話，他這個人真沒用，』他表示。『有什麼好大驚小怪的？只不過是一張羊皮紙[3]。男子漢絕不需靠那張紙。我們看事情一定要看清事實——否則，乾脆馬上放棄不幹算了。這樣子成不了大事。你看我。我已學會待人處事千萬不能想不開。』『沒錯，』我說，『你看事情看清了事實。』『我倒希望能看見我合夥人出現在眼前，這就是我想見到的，』他說。『認識我的合夥人嗎？老羅賓森。對；就是**那位**羅賓森。**你**怎麼會不認識？臭名昭著的羅賓森。他風光時所走私的鴉片與獵捕的海豹比世上所有阿貓阿狗都還多。有人說他以前曾駕駛獵海豹的帆船在霧中行駛阿拉斯加北面航道，海霧濃到什麼都看不見，只有上主——祂本身——才有辦法分辨船員的臉。嚇死人的救世主羅賓森。正是此人。他跟我一起想做那門鳥糞生意。他所遇過最難得的機運。』他湊過來咬耳朵。『食人族？——嗯，那是他古早以前的綽號。還記得傳聞的那回事嗎？發生在司徒華島[4]西岸的船難；就是那件事；七位船員游上岸，看來他們處得很糟。他們當中還有些人脾氣壞到什麼都做不了——居然不曉得壞工作也會有好缺——看事情沒看清事實——**明明白白**的事實，我的小老弟！於是會有什麼後果？那還用說！會出問題，會出問題；很可能都被敲破頭；他們活

1　fathom：長度單位，一噚約等於六呎（約1.8米）。
2　hurricanes：嚴格說來，西南太平洋的熱帶風暴為「颱風」（typhoon）。
3　印有船員執照的官方文件。
4　Stewart Island：紐西蘭南島南方近海小島。

該。那種人死掉還比較有用。聽說皇家海軍戰狼號發現他的時候,他獨自跪在一堆海藻上,像新生兒般光溜溜,哼著聖歌之類的旋律;當時還下著小雪。等到小艇差一步就靠岸時,他突然站起來轉身就跑。整整一小時,他們在巨石堆裡跑上跑下追著他,直到有位陸戰隊員撿起石頭來個神來一擊,剛好砸中他後腦勺才把他弄昏。只剩他一人?想當然。不過,這件事就跟獵海豹的故事一樣;只有上主才知道真假對錯。小艇並沒有持續搜尋。他們用一件披風把他裹起來,盡快把他送走;當時天色已晚,天氣就要變壞,母船每五分鐘發出撤離的槍響。三個星期後,他又活蹦亂跳。完全不受岸上瑣事煩惱;他緊緊閉上嘴,任由別人叫罵。失去一艘船已夠慘了,加上他已一文不值,同時還得假裝沒聽到大家罵他的各種難聽字眼。那位就是我要找的男子漢。』他舉手朝街上某人示意。『他有一點錢,所以我要讓他加入我那門生意。一定要的!若不好好珍惜這個怪傑將會是天大罪過,反正我自己沒什麼錢。說到這點就碰到我的痛處,不過我能就事論事:如果我**非得要**——我是這麼想——跟別人分享的話,那就給我羅賓森吧!我在旅館吃完早餐後就先不管他,自己跑來法庭,因為我有個點子。……啊!早安,羅賓森船長。……這位是我的朋友,這位是羅賓森船長。』

「出現在我面前的是一位臉色憔悴的元老級人物:身穿白色斜紋西裝,戴著綠簷遮陽帽[1],衰老的頭不停抖動;他從對街快步走來加入我們後,就把雙手搭在傘把上,撐直身體站著。他有琥珀色細紋白鬍,及腰長鬍蓬鬆垂在胸前。他瞇著皺巴巴眼睛困惑地看著我。『你好嗎?你好嗎?』他拉著嗓子說,口氣和藹,身體晃了一下。『耳朵有點聾,』查斯特偷偷跟我說。『你從六千哩遠的地方把他拖來,就為了買艘便宜汽船?』我問。『我一看見他,要我馬上帶他環遊世界兩圈我都願意,』查斯特精力充沛說。『那艘汽船將會造就我們,我的小老弟。澳洲那個鬼地方的船長與船東居然各個都是大蠢蛋,這難道是我的錯嗎?我有次還

1　solah topi:以豆科植物(sola)木髓製成之帽子,印度地區之歐洲人士慣用。

到奧克蘭整整花了三小時跟一個人交涉。「派艘船，」我說，「派艘船。首批貨一半都分你，完全免費，一毛都不收——只求好的開始。」他竟說：「就算全世界沒有其他地方可派船，我也不要。」十足的傻瓜，沒救了。礁岩、洋流、沒有錨地、只有峭壁邊可停泊、沒有保險公司會冒險承保、三年內根本不會賺錢。傻瓜！我差點下跪求他。「但要看清事實，」我說。「管他去死什麼礁岩和颶風。要看清事實。那個地方有鳥糞，昆士蘭蔗農[1]一定會爭先搶奪——會在碼頭搶成一團，我告訴你。」……遇到白痴還能怎樣？……「這個提案又是你的玩笑話，查斯特，」他說。……玩笑話！我聽到都快哭出來。問這位羅賓森船長就知道。……另外還有位船東——來自威靈頓的一個胖子，常穿白色西裝背心；他好像認為我在打什麼歪主意想騙錢。「我不曉得你要找的是那種笨蛋，」他說，「不過，我現在沒空。早安，再見。」我實在很想舉起雙手把他拎起來，再把他砸出他自己辦公室窗外。但我沒那樣做。我跟牧師助理一樣溫和。「考慮一下，」我說。「**務必**好好考慮。我明天再來。」他嘟嚷說什麼他「整天不在」。我下樓時覺得自己氣到就要一頭撞牆。這位羅賓森船長會告訴你。那堆好東西就這樣曬在太陽底下都沒人要，想到就很嘔——那堆東西能讓甘蔗苗一飛沖天。打造昆士蘭！打造昆士蘭！我上次到布里斯本賭上最後一次機會，他們居然把我冠上瘋子的稱號。一群白痴！我在那裡只遇見一個頭腦清楚的人：載我到處跑的車夫。我猜他原本應是有頭有臉的人，後來窮途潦倒。嘿！羅賓森船長？還記得我跟你提過我在布里斯本的車夫——記不記得？那傢伙很有眼光。一眼就能看出名堂。跟他聊天真開心。有次我跟幾位船東耗了一天，撐到傍晚後心情很糟，我就說：「一定要喝個大醉。一起來；一定要喝個大醉，不然會抓狂。」「任您差

1　19世紀中葉受廢除奴隸制度影響，英國糖業由加勒比海殖民地逐漸轉移至澳洲。1862年昆士蘭州布里斯本成立商用蔗田，隔年引入大量廉價勞工發展糖業，盛況近半世紀。鳥糞為天然肥料，可促進蔗田產量，查斯特因而想投入這門無本生意。

遣，」他說；「走吧。」我若沒遇見此人，真不知如何是好。嘿！羅賓森船長。』

「他朝夥人肋骨戳了一下。『呵！呵！呵！』耆老笑了出來，一臉茫然往街道盡頭望去，然後困惑地瞄我一眼，眼神哀傷黯淡。……『呵！呵！呵！』……他更吃力地將身體重心搭在傘把，再緩緩垂頭看著地上。不用我說你們也會知道，有好幾次我都想趕快走人，可是查斯特每次都緊抓我大衣不放，讓我走不了。『再等一下。我有個想法。』『你還有什麼鬼點子？』我終於受不了而發火。『你若以為我會加入你……』『不是，不是，我的小老弟。你晚了一步，你若真的想要的話。我們找到汽船了。』『你找到的只有船影而已，』我說。『足以起頭──我們是以最務實的態度看待此事。對不對，羅賓森船長？』『沒錯！沒錯！沒錯！』老先生連頭都不抬就以沙啞口氣說，年邁頭顱不停抖動，似乎隨著他的堅強意志而抖到不能自已。『我知道你認識那位小伙子，』查斯特說，朝著吉姆已於街上消失的方向點頭示意。『他昨晚跟你在馬拉巴吃飯──我是這樣聽說的。』

「我告訴他那個消息正確；他則表示，他也想舒舒服服風光過活，只不過他目前得要先存點錢，連一毛錢都要省──『這點錢對那門生意來說根本不多！是不是這樣，羅賓森船長？』──他挺起胸膛，摸摸嘴上小粗鬍；臭名昭著的羅賓森則在一旁咳嗽，全心全意把身體倚在傘把，彷彿隨時都會失去意識，退化成一堆枯骨。『你知道嗎，我需要的錢全都在老傢伙身上，』查斯特壓低聲音偷偷告訴我。『我搞來搞去想談妥那筆討厭生意，搞到後來錢都花光了。不過，不急，不急。好日子很快就來臨。』……我露出不耐煩的表情，頓時令他非常詫異。『喔，天啊！』他叫道；『我在跟你說有史以來最棒的事，你竟然……』『我另外有約，』我委婉編個藉口。『什麼事啊？』他問，真心感到訝異；『等一下再走。』『我現在正是如此，』我表示；『你最好趕快說你到底想要什麼？』『我想買下二十棟像那樣的旅店，』他自言自語吼道；『也要買下住在裡面的每個傻子。』他抬起頭，目光精明。『我要的是那個小伙子』

『我聽不懂，』我說。『他沒用了，對吧？』查斯特直接了當說。『這點我倒一無所知，』我反駁。『哎呀，是你自己跟我說他很想不開，』查斯特辯駁說。『嗯，依我來看，一個傢伙若是……不管那麼多了，他沒什麼用了；話說回來，你也知道我在尋找合適人選，剛好有個差事很適合他。我想給他一個我島上的工作。』他若有所思點著頭。『我會把四十個苦力[1]丟到那邊——就算用偷的也要湊足人數。需要有人來運那堆東西。喔！我提供的待遇很公道：有小木屋，屋頂還會是鐵皮波浪板——我在荷巴特[2]有認識的人，能讓我分六期買建材。保證說到做到。我還會搞定供水。我會到處打聽看有誰信得過我，先借我幾個二手鐵水槽。收集雨水，嘿嘿？讓他掌管一切。把他變成苦力隊裡至高無上的主子。好主意，對不對？你覺得如何？』『沃波爾經常好幾年連一滴雨都不會下，』我說，吃驚到笑不出來。他咬咬嘴唇，看來十分介意我的話。『喔，嗯，我會幫他們搞定一切——要把補給品運上岸也行。不管那麼多了！根本不是問題。』

「我沒回話。我腦海很快閃過一幅畫面：吉姆蹲在烈日曝曬的礁岩，鳥糞及膝，鳥鳴聒噪刺耳，頭頂高掛一顆熾熱火球；海天閃爍，空無一物，目光所及之處全都在炎熱中悶燒。『連我最恨的仇人我都不會慫恿他去……』我開口說。『你到底有什麼問題？』查斯特大聲說；『我只是想讓他賺大錢——如此而已，當然要等上軌道之後。看別人蹲著就有錢賺，再簡單不過了。他根本無事可做；腰帶繫好兩把左輪手槍。……四十個苦力還能怎樣，他絕對不用怕——手拿兩把左輪，而且是全島唯一武裝人員！看起來不怎麼樣，實際上好太多了。我要你幫我跟他商量一下。』『我才不要！』我吼道。老羅賓森抬起淚油油的眼睛，沮喪地看我一眼，查斯特則非常不屑盯著我。『你的意思是你不願勸他？』他不慌不忙說。『當然不願意，』我以忿忿不平的口氣回答，好像他要我幫他殺人；『再說，我確信他也不會答應。他現在心情很糟，不過據我所知，還不至於

1　collies：歧視語，專指來自印度、中國等東南亞地區之廉價勞工。
2　Hobart：澳洲塔斯馬尼亞大城。

瘋到做傻事的地步。』『他現在什麼都做不了，』查斯特大聲說出他的想法。『他倒不如幫我做事。你如果能看清事實，就會明白那正是他想要的。此外……哎呀！那是一個穩賺的大好機會……』他突然惱羞成怒。『我一定要找到人。到那邊！……』他跺腳苦笑。『無論如何，我能保證他腳底那座島不會沉下去──我相信他會很在意這一點。』『祝你今天順利，』我唐突說。他看著我，好像當我是不可理喻的傻子。……『該走了，羅賓森船長，』他忽然朝老先生耳朵大喊。『那些帕西什麼隆咚的傢伙在等我們去撿便宜。』他一把摳住合夥人腋下，把他轉過去，然後出其不意回頭瞄我。『我只不過一片好意想幫他，』他強調，說話神情與口氣令我怒火中燒。『那就不謝了──以他的名義，』我回嘴。『喔！你這個鬼靈精，』他譏笑；『你就跟他們那些人一樣。全都活在另一個世界。我倒想看看你會跟他怎麼辦。』『我不清楚我會想跟他怎麼辦。』『是這樣嗎？』他嘆道；他氣到吹鬍子瞪眼，身旁那位臭名昭著的羅賓森依然用傘撐著身體，背對著我默默站著，毫無怨言，猶如一匹精疲力竭的老馬。『我還沒發現富有鳥糞的小島，』我說。『我認為就算有人用手把你牽過去，你也不會知道自己登上出產鳥糞的小島，』他立即反駁；『在現實世界你必須先會識貨，才能加以利用。而且，看貨時一定要仔仔細細，不多也不少。』『那就叫其他人陪你去看吧，』我意有所指，朝他身旁那個駝背身影瞥一眼。『他眼力好得很──你不用操心。他又不是小兔崽子。』『天啊，竟敢說這種話！』我說。『快來，羅賓森船長，』他喊道，依偎在老先生帽簷下，對他畢恭畢敬，卻又仗勢欺人；嚇死人的救世主溫馴地蹬一下腳。汽船的鬼影在等他們，命運之神也等在幻麗小島！他們是一對古怪的尋寶弟兄。[1]查斯特悠閒走著，重拾老神在在的模樣：雄壯威武，睥睨天下；另一個瘦長身影則駝著背，有氣無力勾著弟兄胳臂，拖著乾瘦的腿上氣不接下氣趕路。』

1　a curious pair of Argonauts：根據希臘神話，Argonauts為追隨傑森尋找金羊毛的五十勇士。在此比喻在東方投機取巧的冒險客。

第十五章

「我並未馬上去找吉姆;沒有特殊理由,只是我那時真的跟人有約,無法推辭。後來更湊巧的是,我在代理商辦公室被另外一人耽擱;那傢伙剛從馬達加斯加過來,打算洽談一筆很不錯的生意。聽起來有關運送牛隻與彈藥的提案[1],還提到一位名叫雷弗納洛的某某王子[2];不過,這件事成功的關鍵在於要利用某位海軍元帥的愚昧——我記得是位名叫皮耶的上將[3]。一切都取決於這點,而那個傢伙很有把握能成事,講得天花亂墜。他有一對圓圓的突眼,好像魚眼在臉上閃閃發亮;前額有些不明腫塊,長髮往後梳得服貼並無中分。他有句口頭禪,意氣風發地不斷重複:『冒最小的險,求最大的利益——我的座右銘。厲害吧?』聽他講話我頭就痛,毀了午餐氣氛,但他還叫我請他一頓;我最後終於擺脫此人後,就直接前往海邊。我看見吉姆倚在碼頭矮牆。他身旁有三名當地船夫,為了五毛錢[4]吵翻天。他沒聽見我走過來的聲音;我輕拍他的肩,他整個人猛然轉身,好像突然被拉開的門。『我在看另一邊,』他結巴說。我忘記說什麼了,反正沒講太多,不過他很自然就跟著我走回旅店。

「他像一個溫順小孩跟著我,很聽話的樣子,毫無怨言,好像他原本就在那裡等著我去接他。看到他竟如此容易應付,其實沒什麼好奇怪的。在這個渾圓地球——有人覺得廣大無邊,有人矯情認為小如芥籽——他找不到有地方能讓他——怎麼說才好?——能讓他隱遁。沒錯!隱遁——獨自與孤獨為伴。他心平氣和走在我身旁,不時東張西望,還轉過頭去看

---

1 這筆走私生意的背景為法國入侵馬達加斯加(1883–1885年)。
2 可能是指馬達加斯加首相Rainilairivony:1883年與女皇Ranavalona 三世(1883–1897年間在位)成婚。
3 Admiral Pierre:法國海軍印度洋艦隊指揮官,1883年奉命率軍攻擊馬達加斯加。
4 annas:印度盧比面額最低之錢幣。

路上一名西地[1]鍋爐工——身穿圓角大衣、泛黃褲子，臉龐黝黑油亮猶如
一塊無煙煤。可是，我懷疑他其實視而不見，甚至也沒意識到我的陪伴：
因為，我若沒有適時把他往左推一下、往右拉一把，他應該會直直往前
走，直到撞牆或被絆倒才會停下腳步。我領著他前往我下榻的客房；一進
門後，我很快就找位子坐下開始寫信。全世界應該只剩下這個地方（除非
是沃波爾環礁，或許吧——只不過到那裡較不方便）能讓他跟自己把事
談開，完全不用擔心外在世界干擾。那件該死的事——如他表示——並未
讓他變成隱形人[2]；不過，我當他好像真的消失一樣。我在寫字檯前一坐
好就馬上埋頭疾書，就像中世紀的抄寫員，除了振筆的那隻手，整個人屏
息凝氣、焦慮萬分。我不敢說感到害怕；但我確實盡可能一動不動，好像
房裡有危險怪物，若敗露行跡，就會激怒怪物而被撲倒在地。房裡其實沒
什麼東西——你們也知道普通客房會是怎樣——床架有四根帷杆，頂上
吊有蚊帳，兩三張椅子，寫字檯，光禿禿的地板。有道玻璃門通往樓上陽
台，吉姆就站在這道門邊往外看，想必因為空間隱密令他相當難受。天色
漸暗；我盡可能躡手躡腳點上蠟燭，彷彿進行非法勾當那般小心翼翼。他
肯定很難受；我也一樣，我承認我難受到差點希望他去死，或至少滾去沃
波爾。有個想法在我腦海浮現幾次：要找人幫忙處理吉姆遇上的不幸，到
頭來查斯特可能是唯一人選。這位理想主義者特立獨行，立刻就看出不幸
之幸的妙用——可謂切中要害。光是這點就足以讓人推斷此人或許真能看
清事實真貌——想像力較差的人眼中神祕難解的事。我埋頭寫信，不停地
寫；積欠的回信全部一次償還，然後再寫給多年未曾聯絡的人閒話家常，
儘管對方完全沒料到會收到無厘頭的信。我有時會偷瞄吉姆幾眼。他硬生
生站著不動，但他的背脊陣陣抽搐；肩膀還會忽然劇烈起伏。他在奮戰，

1　Sidiboy：Sidi為居住於印度西部非裔穆斯林，大多從事船運相關之勞力工
　　作。

2　科幻作家威爾斯（H. G. Wells）的《隱形人》（*The Invisible Man*, 1897年）與
　　《吉姆爺》為同期作品。威爾斯很欣賞康拉德早期小說，很早就看出作家出
　　道時展現的潛力。

他在奮戰[1]——看起來主要像在奮力喘氣。燭光直射所留下的龐然黑影似乎有了意識而顯得抑鬱難耐；文風不動的家具在我的餘光裡彷彿聚精會神看著我。我奮筆疾書，卻又胡思亂想；我暫時把筆放下，房內頓時陷入靜默無聲，令我的心思更加紊亂、忐忑不安——這種情況通常只有極具威脅的劇烈擾動才會造成，例如海上風暴。你們應該會有人聽懂我的意思——焦慮、苦惱、煩躁交集之下，不知不覺席捲而來的怯弱感——沒有人會樂於承認，但卻能從中看出一個人頑強不屈的特質。不過，我默默忍受吉姆的情緒壓力並非想要邀功；我只要繼續寫信就能迴避；若有需要的話，連寫給陌生人也行。當我拿起一張空白信紙時，我突然聽見一聲悶響——這是我們關在房裡後，首次有聲音打破靜默傳到我耳中。我低著頭，維持原有姿勢，暫時停筆。曾在病榻旁守夜的人會聽過同樣聲音：值夜的寂靜裡傳來掙扎之聲，來自受苦的身體，發自疲憊不堪的苦命人。他用力推開玻璃門，開門力道把窗格震得咯咯作響：他走到室外，我屏息以待，把耳朵豎直，不曉得隨後會聽見什麼。他實在過於在乎空洞形式；如查斯特犀利點出，對能看清事實的人而言，那些例行公事根本不值一顧。空洞形式；不過是一張羊皮紙。嗯，嗯。至於遙不可及的鳥糞堆，那完全是另一回事。聰明人想都想瘋了。樓下餐廳隱約傳來間斷的談話聲，伴隨著銀製餐具與玻璃酒杯的清脆敲擊聲；寫字檯燭光照到玻璃門，最外緣光暈依稀落在吉姆背上；再過去就是漆黑一片；他站在世界邊緣面對廣闊晦暗，如同海灘上一個孤形單影的人獨自面對陰沉絕望的大海。滄海有沃波爾環礁——肯定存在——暗黑虛無的斑點，溺水之人的一根麥稈[2]。我對他的同情心逐漸化為具體想法：不能讓他親友看到他當下那副模樣。我發覺連我自己都快受不了。從他背影可看出他已不再因情緒激動而全身顫抖；他像一隻箭直挺挺立著，模糊不清、靜止不動；他紋絲不動所代表的意義直

1　請見第十三章倒數第二段末尾（本書p.201）。

2　a straw for the drowning man：英語諺語（"A drowning man will clutch at a straw."），比喻垂死掙扎。

落我心底，就像鉛塊沉沒水底，沉重到令我喘不過氣，片刻間我由衷盼望我能採取的唯一手段就是負擔他出殯的費用。甚至連法律都不想跟他有任何瓜葛。把他埋入土裡將會是輕而易舉的善事一樁！這樣做將全然遵循人生智慧所示：想盡辦法蒙蔽自我，把學到的教訓全都隱藏起來，不去面對自身愚昧、軟弱、與難逃一死的宿命；把無助於輕鬆過活的東西全都埋藏起來——有關失敗的回憶、能暗示恐懼無所不在的事物、摯友的屍體。或許他真的太想不開了。果真如此的話——只剩查斯特的提議。⋯⋯想到這裡我又拿起空白信紙，毅然決然開始寫信。擋在他與暗黑大海之間的只剩下我而已，其他什麼都沒有。我意識到一股責任感。我若開口，那名默默受苦的青年是否會往晦暗一躍而下——去抓那根麥稈？我發覺想要出聲有時會是一件難事。口語的力量神奇古怪。天曉得為何如此？我一邊不斷思索這個問題，一邊繼續寫信。突然間，筆尖下紙面浮現兩個身影，查斯特與年邁合夥人的形體從頭到腳清晰可辨，唯妙唯肖，似乎透過某種光學玩具[1]重現兩人舉止。我想觀看一下這幅畫面。不行！這兩人太過虛幻、過於浮誇，絕不能讓他們跟別人命運扯上關係。一句話能一語成讖——成讖——透過時間產生破壞力，如同凌空而飛的子彈。我悶不作聲；而他則在那裡背光站著，猶如被人類所有無形敵人五花大綁、堵住嘴巴，一語不發，一動也不動。」

1　optical toy：19世紀照相術誕生，引發各種與影像有關之發明。馬羅可能是指「立體鏡」（stereoscope）：可藉兩張照片產生錯覺而獲得立體影像。

第十六章

「他的時代將會降臨：我會見證他受人愛戴、信賴、景仰，英勇無畏的傳奇聲望將會與他的名字結合為一，彷彿他果真是當英雄的料。這是千真萬確的——我保證；正如我坐在這裡徒勞無益談論他一樣真實。[1]他有個長處：能從細微跡象看清自身慾望的相貌與夢想的形態——就是因為有人擁有此項優勢，世上才會有戀人，才會有冒險家存在。在叢林裡，他捕獲許多榮耀和桃花源般[2]的幸福（至於有無保持純潔[3]，就不多說了）；對他而言這是好事，就如普通人在外打拚，想討個與世無爭的體面生活一樣好。幸福，幸福——該怎麼說呢？——是要從打遍天下的金杯一飲而盡才會有的感覺：只有自己才能品嘗個中滋味——獨自一人，隨心所慾如痴如醉也罷。他正是喜歡豪飲的那種人，你們從先前發生的事就能猜出。嚴格說來，他沒有陶醉得不能自拔；我發覺至少他嘴邊有源源不絕的青春不老之藥。他沒有很快就到手。你們也知道，他歷經一段適應期，應付過一些很討厭的船具行老闆；那段期間他受了點苦，而我有點擔心我對他的——對他的——信任——可這麼說。我目睹他大放異彩，但如今我仍不知道能否完全放下心來。那是我對他的最後一瞥——炫目光線中，一支獨秀，卻又全然融入環境——與叢林和林中生活融為一體。這令我印象深刻，我承認；不過，我心底明白這個印象並非持久不變。他受到離群索居的庇護，遠離優越的同類，密切接觸大自然——愛好自然的人會受到大自然信任與眷顧。我看到他安穩過活，但這幅畫面卻無法持久。我對他的回憶永遠會是從客房打開的那扇門所看到的模樣：他或許真的太過在乎區區失敗的後

1　言語無法傳遞事物真實相貌；想說卻又無法全盤說清：此為馬羅說故事的困境，也是全書核心議題。

2　Arcadian：根據希臘神話，Arcadia為牧神住所，比喻世外桃源。

3　吉姆後來在叢林部落遇見愛人。

果。當然，我很高興見到我所做的努力能有些好結果——甚至還有些光彩耀眼的事；然而，我有時會覺得，當初若沒有阻撓他接受查斯特慷慨的蠢提案，我應該會更問心無愧才對。我很好奇他豪情奔放的想像力會如何看待沃波爾小島——滄海上被世人遺棄、最為無望的一小塊乾地。我不太可能有辦法得知後續發展；因為，老實告訴你們，查斯特把那艘有桅杆的海上古董開到澳洲某港整修後，就載著二十二名船員火速航向太平洋：沒人知道他們下落，唯一能解開謎團的線索只有一則颶風的消息——他們出航後大約一個月，應該有個颶風登陸沃波爾礁岸。尋寶客全都消失得無影無蹤；荒蕪裡杳無音信。了局！充滿危險的怒海中，太平洋最顧及情面：冰冷的南極同樣也能守密，只不過採用墳墓的方式。[1]

　　「這種顧及情面的了結一切令人感到很有福氣：這也是我們或多或少都樂於由衷承認的——不然的話，還有什麼能讓一死了之的念頭站得住腳？完結！了局！這些詞彙法力無邊，能將陰魂不散的命運之蔭從生命之屋祛除出來。這正是——儘管我曾親眼見證、他曾對我再三保證[2]——當我回顧吉姆成就時所掛念的。誠然，活著才會有希望；但也會有恐懼。我的意思不是說我後悔採取行動，也不會假惺惺說我的作為讓自己無法入眠；儘管如此，我一直有個突兀想法：他真的有夠在乎本身所受的恥辱，竟渾然不知只有罪惡感才是關鍵所在。對我而言，他其實是——容我這麼說——不清不楚。他這個人不清不楚。我懷疑連他也覺得自己不清不楚。他的感受力細膩，情感纖細，心中的渴求細緻到不落俗套——某種昇華的理想化私念。他非常——容我直說——別緻；非常別緻——同時也非常不幸。性格若粗俗一點的話，就會無法承受壓力；這種人只好接受本身個性——嘆口氣、哼一聲、甚至放聲大笑；性格若更為粗鄙，就能全身而退，成為一輩子無知無趣的人。

1　1899年10月，挪威科學家Nicolai Hanson於南極探險途中身亡，成為世上首位葬於南極之人。

2　事故發生後，吉姆飽受尋死念頭所苦。請見第十章末尾（本書p.178）。

　　「然而，他這個人太有意思了，也可說太不幸了，不能讓他自生自滅，連丟給查斯特都不行。當我在客房裡埋頭寫信，瞥見他暗自掙扎到喘不過氣來，我清楚意識到這點；當他衝到陽台好像就要一躍而下——好在沒有，我也清楚意識到這點；他待在室外那段期間，背影在夜幕襯托下格外朦朧，猶如站在海灘面對陰沉絕望的大海：我愈加確信這一點。

　　「突如其來一聲轟隆巨響，我抬起頭。響聲聽起來一路往遠方迴盪；突然間，刺眼強光劃過原本什麼都看不見的夜空。光芒炫目，餘光遲遲不退，似乎誇張地維持好一段時間。雷鳴咆哮，持續增強；我望著吉姆，他身影暗黑但清晰可辨，穩穩佇立在光之海的岸邊。一道終極耀眼光芒掠過夜空，霹靂一聲，黑色殘影朝我騰空飛來；我頭昏目眩，眼前一陣黑，他在我面前徹底消失不見，似乎已粉身碎骨。狂風暴雨緊接而來；似乎有人盛怒之下在拉扯樹叢、猛搖樓下林園樹梢、狠狠甩門、把旅店前廊玻璃窗全都敲破。他走進來，把門關上，看到我在寫字檯低頭寫信；他究竟想跟我說什麼——我突然感到非常焦慮，好像嚇到不能動彈。『能抽根菸嗎？』他問道。我頭都沒抬就把桌上盒子推給他。『我想要——想要——菸草，』他低聲說。我心情頓時快活得不得了。『等一下，』我愉悅地嘟噥。他在房裡各處踱步。『結束了，』我聽他說。遠遠從海邊傳來一聲雷鳴，有如遇難求救的槍響。『今年雨季提早結束，』他在我身後表示，似乎想聊天。我寫完最後一封信，趁機轉身面向他。他站在房間中央大口抽菸，雖然有聽見我轉身所發出的聲音，仍持續背對著我。

　　「『好了啦——我應付得還蠻不錯，』他說，突然轉過身來。『某些事值得做——但僅此而已。不曉得以後會怎樣。』他面無表情，但可看出臉色有點沉重，雙頰微臌，好像憋氣般。隨後他露出笑容，但可說是強顏歡笑；我默默看著他，他接著說……『謝謝你，儘管——你的客房——還蠻方便的——對我這種傢伙來說——心情很糟的人。』……大雨唏哩花啦落在花園；窗外剛好有條水管（應該有破洞）傳來陣陣嗚嗚聲；聲音忽大忽小，不時被斷斷續續的靜默打斷，聽起來很有趣，好像在模仿悲傷的啜泣聲。……『借躲一下，』他喃喃自語，然後又陷入沉默。

「遠方一道閃電微光透過漆黑窗格照入室內，又悄然褪去。我正煩惱該如何跟他談（我不想再讓他拂袖而去），他突然笑了出來。『如今沒比流浪漢好多少』……菸屁股在他指間悶燒……『找不到一個——一個，』他慢吞吞說；『儘管如此』，他打住；雨勢加劇，猛烈打在外頭。『總有一天，一定會遇上翻身機會。一定要！』他一字一句喃喃說，低頭瞪著我的靴子。

「我根本不知道他這般殷切希望重拾的是什麼，也不清楚他如此念念不忘的到底是什麼。或許他失去太多、想要太多，以致無從說起。不過只是一張羊皮紙，查斯特如是說。……他抬起頭，好奇打量我。『或許吧。如果人生夠長的話，』我咬牙切齒說，覺得自己不近人情、心懷怨恨。『對人生別寄望太高。』

「『唉啊！我覺得再也不會有什麼能傷得了我，』他說，口氣憂鬱但十分篤定。『如果這檔事無法將我擊倒，就不用擔心有限的光陰會不足以再讓我——爬起來，而且……』他抬頭望天。

「我突然想到：浪人與遊子的大軍正是招募他這種人而組成的——這支大軍行遍天下，栽進世上所有陰溝裡。他一旦離開我的客房——他眼中『借躲一下』的地方——他就得歸隊就定位，啟程前往深不見底的萬丈深淵。至少我對人生不抱有幻想；然而，我先前雖然很信賴言語力量，當時居然很怕開口，就像一個人不敢動，很怕沒抓牢就會手一滑跌倒。只有當我們想掌握他人的私密需求，我們才會察覺：原來與我們共享星空與暖陽的這群人竟如此費解、游移不定、模糊難辨。似乎孤獨是生命存在不容質疑的絕對前提；眼前的血肉之軀在我們伸出呼喚之手的當下就會溶化不見，只剩看不見也摸不著的魂魄——反覆無常、無可慰藉、捉摸不定。我深怕失去他，於是沒有回話；因為，我突然有股莫名強烈的念頭：若任由他悄然離去於黑暗中消失，我絕不會原諒自己。

「『嗯。謝謝——再次感謝。這段期間你很——很——異於常人——實在一言難盡……異於常人！我不清楚緣由，這點我知道。若非這檔事冷不防發生在我身上，恐怕我就不會像現在這麼感恩。因為，基本上……

你，你本身⋯⋯』他結巴說不下去。

「『或許吧，』我插嘴。他皺眉。

「『儘管如此，一個人要有責任感。』他像老鷹一樣盯著我。

「『這點也沒錯，』我說。

「『我自始至終都默默承受，我不想再白白——忍氣吞聲——受人責備。』他緊握雙拳。

「『包括你自己，』我笑著說——感到非常傷心，天曉得我為何如此——他狠狠看著我。『那是我的事，』他說。剎那間，他露出不服輸的頑強神情，但轉瞬即逝，猶如空洞無用的影子飄過。下一刻，他看起來就像遇上麻煩的乖小孩，跟先前一樣惹人憐。他把香菸一扔。『再見，』他說，突然擺出急於離開的樣子，好像耽擱太久，想趕著處理待辦要事；但他隨即又默默待在原地。傾盆大雨持續下著，雨勢又急又猛，如同傾瀉而來的洪水，轟轟聲挾帶一股勢不可當的怒氣，令人想起斷橋、倒樹、走山等災難畫面。沒有人能頂得住迎面而來的滾滾怒水；我們只能退到晦暗的靜默裡暫時保命，好像困在沙洲命在旦夕，任憑湍急的洪水沖擊剝蝕。窗外那條有破洞的水管不時發出咯咯水聲，彷彿在卑劣地嘲弄泳者求生所發出的哽咽、嗆水、吐沫、與拍濺聲。『外頭在下雨，』我勸他，『而我⋯⋯』『無論晴雨，』他魯莽地作勢離開，但設法克制自己，走到窗邊。『完美的洪水，』過一會兒後，他喃喃說；他把額頭靠在窗上。『天也黑了。』

「『是的，天色非常暗，』我說。

「他以腳跟為軸向後轉過身來[1]，走到房間對面；當他打開房門正要往長廊走去時，我連忙從椅子裡跳起來。『等一下，』我叫道，『麻煩⋯⋯』『今晚我無法再跟你共進晚餐，』他頭也不回就丟下一句，一隻腳已踏出房門。『我完全沒有要請你吃飯的意思，』我喊道。聽我這麼一

1　此單兵轉身動作呼應上文所謂「浪人與遊子的大軍」。

說，他把腳縮回來，半信半疑站在門口。我連忙懇求他別做傻事；叫他進來把門關上。」

第十七章

「他終於回到房裡；我認為應該是下大雨使然；暴雨凶猛，持續下著，但隨著我們繼續談話雨勢逐漸緩和下來。他態度非常冷靜，看來已鐵了心；他的舉止就像一個生性木訥的人煩惱著心事。我以物質考量將他的處境說給他聽；主要目的在於避免他淪落成舉目無親、無家可歸的人，以免於接踵而來的沉淪、身敗名裂、絕望之苦；我懇求他接受我的協助；我講得頭頭是道：可是，每當我抬頭看見他心事重重的俊秀臉龐竟如此凝重、洋溢青春，我不禁感到惶恐，覺得自己非但幫不上忙，反而成為一種阻礙，妨礙心情受挫的他力求某種神祕無解的無形之物。

「『我猜你打算找個能供吃住的地方躲起來，維持普通生活，』我記得對他說氣話。『你又說那些應得工資你連碰都不想碰。』……他對我露出他那種人會做的厭惡表情。（帕德納號欠他三星期又五天的大副薪資。）『好吧，反正已無關緊要了；不過，明天你該如何？能上哪兒去？還得過活……』『那不是問題，』他低聲將看法脫口而出。我假裝沒聽見，繼續對付我認為有所顧忌且心思格外細膩的人。『無論基於何種理由，』我果斷指出，『你一定要讓我幫你。』『你幫不上忙，』他淡淡地說，語氣平和，但可聽出他依然堅持心底想法；我能察覺他悸動的心思就像黑暗中的粼粼池水，因無法靠近度量而令人感到絕望。我打量他均衡的身材。『無論如何，』我說，『就我從你身上所看出的，我能幫得上忙。我自有分寸。』他猛搖頭，低頭顯露懷疑神情。我變得很激動。『但我有辦法，』我堅決告訴他。『我甚至能做更多。我**現在**就想做多一點。我信任你……』『那筆錢……』他接口說。『老實講，若有人叫你去死，是你活該，』我吼道，按捺不住心中忿忿不平。他嚇一跳，笑了出來，我只好直擊他的痛處。『根本不是錢的問題。你太膚淺了，』我說（暗地裡我同時想到：哎呀，他又使出這招！到頭來或許他真的很膚淺）。『看看我要

你帶走的那封介紹信。我從未拜託過那位收信人，如今我要告訴他有關你的事，所用語氣只有提及摯友才會用的。我全心全意想照顧你。現在正是如此。說真的，你若能稍微體認其中意義……』

「他把頭抬起來。雨終於停了；只剩水管在窗外不斷滴水，傳來荒謬的啜泣聲。房裡安靜無聲，筆直蠟燭狀如匕首，所投射的團團陰影似乎因而蜷伏於角落；片刻後，他的臉龐似乎蒙上一層倒映微光，猶如曙光乍現。

「『天啊！』」他氣喘吁吁說。『你人真好！』

「就算他突然扮鬼臉嘲弄，我也不會如此強烈感到當場受人羞辱。我心想：被偷偷擺了一道，我自找的。……他目光炯炯有神，直視著我；不過，我察覺他明亮眼神並無嘲諷之意。忽然間，他整個人變得焦躁不安，不停亂動，就像線控木偶般。他舉起手臂，又把手往下一拍。他完全變了一個人。『我居然沒看出，』他叫道；然後，他突然咬嘴唇、皺眉頭。『我實在是沒用的傻蛋一個，』他以驚嘆的口氣低聲說。……『你是大好人，』他哽咽說。他一把捉住我的手，好像從沒見過我，但又突然把手鬆開。『啊！這正是我——你——我……』他結結巴巴；然後，他重拾先前那副漠然——可謂牛脾氣般——態度，以沉重口吻說：『如今我會是個爛人，倘若我……』他聽起來快說不下去。『沒關係，』我說。他真情流露，洋溢一股莫名興奮，令我有點惶恐。看來我意外觸動他的心弦；但我仍無法完全理解這具人偶如何運作。『得先走一步，』他說。『天啊！你**已經**幫了不少忙。這下子我靜不下來了。我要的……』他崇拜地望著我，一臉迷惑。『我要的……』

「想當然我給他的正是他所要的。我敢賭我讓他免於挨餓受凍——總是酗酒所致的那種窮苦潦倒。那樣就夠了。就這點而言，我毫無其他奢望；不過，我看著他的同時心中不禁納悶：過去這三分鐘他表露的是何種奢望——他顯然有所執著。我硬要他接受資助以穩定體面過活，符合一般吃住所需，讓他受傷心靈能找到棲身之處，如跳入洞裡的折翼之鳥，得以悄悄心衰而死。這正是我硬要他接受的：根本就是一樁小事；可

是——看吧！——在燭火微光中，他的反應讓這件事看起來像是一團斗大模糊——甚至危險的——陰森黑影。『我沒說什麼客套話，請別介意，』他脫口說。『無從說起。單單昨晚你就幫了天大的忙。能聽我說——你也知道。說真的，我常想自己應該人頭不保……』他坐立難安——顯然坐立難安——完全不知所措，把手伸進口袋，又猛力把手伸出，不停扯頭上小帽。我沒料到他舉止竟如此隨興突兀。我想到困在旋風裡的一片枯葉；我感到一股詭異憂慮、莫名疑惑的包袱，令我在座位裡覺得沉重難耐。他站在我面前一動也不動，好像有重大發現而停止動作。『你給我的是信任，』他認真斷然表示。『喔！看在老天分上，我的小老弟——別這麼說！』我懇求說，好像他的話很傷人。『好吧。我從此就閉口不提。但還是無法阻止我去想。……沒關係！……我會證明……』他很快走到門邊，低頭停頓片刻，再轉身從容走回來。『我總以為若能重新做人……而你如今……有點……是的……重新做人。』我揮揮手，他頭也不回就奪門而出；門外，他的腳步聲逐漸消失——一個人走在光天化日下果決的腳步聲。

「至於我，獨自與孤形單影的蠟燭為伴，我感到說不出的迷惘。我已不再年輕，無法看出我們迂迴於善惡之中徒勞的腳步每個轉折有何光彩。想到這點就令我會心一笑：我們一老一少，到頭來只有他得以豁然開朗。我不禁悲從中來。重新做人，他如是說？彷彿人之初的巨岩上並非早已用無可磨滅的字句銘刻了我們的命運。[1]」

1　康拉德曾對哲學家朋友羅素說：「我在任何書或人的話裡都找不到一點值得信服的事物，能暫時動搖我篤信的宿命論。」〈致羅素信〉，1922年10月23日。

第十八章

「六個月後，我接到友人來信（他是已過中年的光棍，為人憤世嫉俗，作風是出了名的特異獨行，經營一所碾米廠[1]）；信上說，由我那封滿腔熱情的推薦函推斷，我會想了解一些近況，尤其是吉姆的完美表現。顯然有關吉姆的默默付出。『我向來都勉強自己與同類為伍；活到這把年紀，只好過著一個人的生活；我的房子很寬敞，雖是酷熱氣候的宜居，但對獨居者而言仍嫌大了些。過去這段期間，我叫吉姆搬來跟我住。看來這個決定並沒有錯。』讀信時，我發覺這位友人並非勉強與吉姆為伍——而是打從心底感到一拍即合。想當然，友人以典型風格述明理由。首先，在那種氣候下生活，吉姆始終保持清新爽朗。吉姆若是女兒身——友人寫道——可謂盛開的花朵——素雅清麗——就像一株紫羅蘭，而非那些花枝招展的熱帶植物。吉姆在主屋已住了六星期，從沒想過要與友人裝熟：不會拍肩、稱人『老哥』、或讓人覺得自己是不中用的老頑固。吉姆沒有年輕人常犯的嘮叨毛病。這位青年個性很好，不善自我推銷，就各方面來看並不精明，幸好如此——友人寫道。不過，吉姆似乎有點小聰明，能默默欣賞友人才情；反過來說，友人覺得吉姆的天真爛漫很有意思。『他尚未覓得甘露；儘管如此，我在主屋安排一個房間給他，並吩咐他跟我一起用餐：這個好主意就像甘露滋心，讓我不再感到那麼蒼老。前幾天他突然從房裡另一頭走來，心血來潮想替我開門；這些年來我總算感到跟人類[2]有深入接觸。荒唐可笑，是不是？當然，我猜他一定有發生過什麼事——某種可怕的小瘡疤——你該全都知情——可是，儘管我確信那是一件罪不可赦的事，我想應該能設法原諒。至於我，老實告訴你：我完全無法想像他能犯下比洗劫果園還糟的罪行。**那件事**真有那麼糟？或許當初你早該跟我

1　馬羅先前所提的仰光朋友，請見第十三章倒數第二段（本書p.200）。
2　在歐洲人眼中，當地人顯然不被當人看。

說；但我們倆改當聖人前的生活已是上半輩子的事，你可能忘了我們年輕時也曾有罪過？有一天我可能得要問你，到時我希望你能據實以告。我不想自個兒質問他直到我對那件事有點概念為止。再者，時機尚未成熟。讓他再替我多開幾次門。……』友人於信中寫道。我感到三重滿意——吉姆適應極佳、信裡的肯定語氣、我的好腦筋。我顯然知道自己在做什麼。我有慧眼識人，等等。如果我的安排能導致意想不到的美好結局，後續又會如何發展？那天傍晚，我在舭艫天遮下的甲板椅躺著休息（船停靠在香港碼頭），我替吉姆人生美夢的虛幻城堡立下第一塊基石。[1]

「後來我到北部跑航線，歸港後得知有封友人回信有待簽收。那是我那趟航程所拆封的首封信件。『就我所知，湯匙並沒有短少，』友人劈頭寫道；『我無意調查是否有東西不見。他離開了，只在餐桌留張小字條向我正式道歉——這樣做要不是很傻，就是無情無義。可能兩者皆是——對我來說都一樣。容我直說，免得你還有其他候補的神祕青年，我已把店收起來，確定再也不做了。這會是我所犯下最後一個怪毛病。切勿以為我會在意；但網球場球聚時大家都很遺憾他沒到場，而我為了面子只好在俱樂部撒個善意謊言。……』我把信丟到一旁，連忙檢閱桌上成堆信件，最後終於認出吉姆筆跡。你們能相信嗎？百分之一的機率！但中獎的總會是最後第一百個！帕德納號那位小個二管輪幾乎走投無路之際，居然誤打誤撞來到碾米廠，找到一份照顧機具的臨時工作。『我受不了那個小畜生跟我裝熟搏感情，』吉姆從一處海港寫信過來——那裡離他原本應舒服過活的地方往南七百哩遠。[2]『我目前在艾格斯壯＆布萊克公司，船具行，擔任——嗯——跑外務的：這份工作的正確稱謂。我用你的名字當推薦人，他們應該聽過你的大名，你若能幫我美言幾句，這份工作就會是正職了。』我打造的虛幻城堡頓時變成廢墟，把我壓在斷垣殘壁下；但我理所當然接受吉姆之託，寫了封推薦函。那年歲末，我承接新的包船業務，航

1　the first stone of a castle in Spain：比喻不切實際的空想。
2　第一章第三段所描述的背景（本書p.76）。

線剛好經過吉姆那邊，我於是藉機探望他。

「他仍在艾格斯壯＆布萊克服務，我們在他們店門外設置的所謂『自家客廳』會面。那時他剛拜訪一艘船回來，低頭面對我的樣子好像準備要大吵一架。『你能為自己說些什麼理由？』我們一握完手，我隨即問他。『如我上次信中所提——僅此而已，』他倔強回答。『那個大嘴巴是否有扯你後腿——還是怎樣？』我問。他抬頭看我，露出困惑笑容。『喔，不是那樣！他沒有。他把那檔事當成我們之間的機密。每次我到米廠，他就會故作神祕，很可惡；他會畢恭畢敬對我眨眼——好像表示只有你知我知。有夠討厭，不停巴結，又跟我裝熟——諸如此類的舉止。』他癱在椅子裡，垂頭看著自己的腳。『有天碰巧我們旁邊沒有其他人，那傢伙居然有臉對我說：「哎，詹姆士先生」——我好像被當成廠長兒子才被稱作詹姆士先生——「這個地方讓我們又在一起了。這裡比那艘老船還棒——對不？」……可不可惡，哦？我看他一眼，他露出心照不宣的表情。「千萬別覺得難為情，先生，」他說。「我若遇見紳士，馬上就能一眼認出；我了解紳士的心情。可是，我希望你能幫我保住這個飯碗。我也受了很多苦，一起被捲入老帕德納號那起爛騙局。」天啊！糟糕透頂。我不知道該說什麼或要做什麼，幸好那時我剛好聽見丹佛先生從走廊叫我。午餐時間到了，我們一起走到廣場另一邊，穿過花園到小屋就位。老先生以他慣有的和藹方式逗我開心……我相信他是疼愛我的……』

「吉姆沉默好一會兒。

「『我知道他疼我。所以才會如此難以收拾。這麼棒的人！……那天上午他很自然挽著我的手臂。……他也是刻意跟我裝熟。』他突然輕聲笑了出來，把下巴垂在胸口。『呸！每當我想到那個惡劣小畜生跟我講話的口氣……我想你該知道我的意思……』我點點頭。……『比較像是一位父親，』他失聲說道；然後，他說話聲音愈來愈小。『我原本非得告訴他不可。不能一直拖延下去——不是嗎？』『你覺得呢？』我等了一下等不到他回答，於是小聲問道。『我覺得離開比較好，』他慢吞吞說；『這檔事絕對要好好隱藏起來。』

「我們聽見店裡傳來布萊克在斥責艾格斯壯的聲音，罵人聲調緊繃，粗魯難聽。他們已合夥多年，每天只要店門一開，直到打烊，大家就會聽見布萊克——此人短小精幹，一頭油亮黑髮，有雙悶悶不樂的小眼——不停飆罵合夥人，口氣哀怨刻薄。罵個不停的聲音就像其他固定設施，已成為店裡一部分；連陌生訪客也很快就能完全不把罵聲當一回事，或許頂多嘀咕『真討厭』，或是突然起身去把『客廳』門關上。艾格斯壯是斯堪地那維亞人，瘦骨嶙峋但長相粗獷，一大撮金色小鬍惹人注目，總是一副忙不完的模樣；他只顧吩咐屬下做事、檢視包裹、開立發票、或站在店裡的立桌前寫信；在那片喧嚷聲中，艾格斯壯的行徑完全就像耳朵全都聾了。他偶爾會不耐煩發出『噓』一聲，聽起來很敷衍——他知道這樣做一點用也沒有，也不期望會有什麼用。『在這裡他們對我很不錯，』吉姆說。『布萊克是個小無賴，但艾格斯壯還好。』他很快站起來，踏著穩重步伐走到窗前，把三腳架上的望遠鏡對準錨地進行觀測。『那艘船整個上午因靜風被迫在港外停泊，現在起風了，很快就會進港，』他耐心說明；『我得動身上船。』我們默默握手，他轉身就走。『吉姆！』我叫他。他回頭，手仍放在門把上。『你啊——你錯失良機就如丟掉一大筆財富。』他特地從門口走回我面前。『老先生實在是好人，』他說。『我怎能那樣對他？怎能那樣對他？』他嘴唇抽搐。『**這裡**，那檔事無關緊要。』『喔！你——你——』我接口說，我找不到恰適用詞正傷腦筋，他已消失不見；那時我才恍然大悟：根本沒有恰當字眼足以表達。我聽見外頭艾格斯壯以低沉溫和的語氣愉悅說：『吉姆，那艘是莎拉Ｗ・格蘭傑號。你一定要想辦法搶先登船；』話沒說完，布萊克就直接插嘴，以抓狂的鸚鵡聲叫道：『告訴船長他有些信件在我們這裡。這樣就能把他拐來。聽懂沒，你這個某某先生？』吉姆以略微稚氣未脫的口氣回答艾格斯壯。『沒問題。我會跟別人分個勝負。』他那份可悲工作能給他帶來慰藉的，似乎只有乘船出海這個部分。

「那趟航程我沒再跟他碰面；不過，我跑下趟航程時（我負責六個月包船）有順道上岸。店門十碼外我就遠遠聽見布萊克罵人的聲音；我

走進店裡，他對我投以苦不堪言的眼神；艾格斯壯則滿臉笑容，很快朝我走來，伸出消瘦大手。『很高興見到你，船長。……噓。……我才在想您再度光臨的時候到了。您剛說什麼，船長？……噓。……喔！他啊！他已離開我們了。請進來客廳坐。』……房門關上後，布萊克緊繃的聲音變得小聲許多，好像荒郊野外微微傳來有人在拚命咒罵。……『令我們非常困擾。占我們便宜——不得不說……』『他跑去哪裡了呢？你知道嗎？』我問。『不清楚。問也沒用，』艾格斯壯說，他身穿皺巴巴的藍色嗶嘰背心，露出一大圈銀懷錶的錶鏈；他嘴上有翹鬍子，兩手笨拙垂在身體兩側，給人服務親切的感覺。『他那種人不會前往什麼特別地方。』那個消息令人心思紊亂，我也就無心追問言下之意，讓艾格斯壯繼續說下去。『他是哪天離開的——讓我想一下——他離開那天剛好有艘輪船從紅海載朝聖客返鄉，進港維修兩片受損螺槳。三星期前的事了。』『是否有人提起帕德納號事件？』我問，擔心發生最糟糕的事。他嚇一跳，彷彿把我當成巫師般瞪著我。『哇，沒錯！你怎麼知道？我們店裡有客人曾聊到那件事。在場有一兩位船長、馮羅維修廠港口的分行經理、其餘兩三位顧客，還有我。吉姆也在場，拿杯啤酒配三明治；每當我們忙起來——船長，你知道的——中午都會沒時間好好用餐。吉姆就站在這張桌子旁吃三明治，我們其他人則圍在望遠鏡輪流眺望船隻進港；聊著聊著，馮羅的經理就提到帕德納號輪機長；他曾經幫忙輪機長維修，談到這段經歷，經理順道透露那艘老船有多破爛、能讓人發橫財等等。經理後來說到帕德納號最後一趟航程，大夥一聽到就七嘴八舌發言。有人這樣說，有人那樣說——沒多說什麼——就是你或其他人會說的場面話；大家邊說邊開玩笑。莎拉W‧格蘭傑號的船長就坐在這張扶手椅聽我們聊天——大嗓門、手拿拐杖的胖老頭——突然間，他拿起拐杖猛敲地板，並咆哮罵道：「一群敗類！」……我們嚇到都跳起來。馮羅的經理對我們眨眼示意，轉頭問他：「怎麼回事啊，歐布萊恩船長？」「就這件事！這件事！」老頭大吼道；

「你們這群洋蕃[1]在笑什麼？那件事不是開玩笑的。那件事讓人性蒙受恥辱——這才是實情。若我被人看見與那艘船的船員共處一室，我連自己都會感到不屑。就是這樣，諸位！」他好像注意到我盯著他，我只好說幾句客套話。「一群敗類！」我說，「說得好，歐布萊恩船長，我自己也不會想讓他們進來這裡，因此您在這兒大可放心，歐布萊恩船長。喝點涼的消消氣。」「喝你那什麼鬼東西，艾格斯壯，」他說，眼神犀利；「我若想要喝一杯，我會叫人送來。我先告辭。如今這裡臭死了。」大夥聽到後全笑了出來，一股腦兒跟在老頭後面想勸他回來。就在那時候，船長，那該死的吉姆忽然放下手中三明治，從桌子那邊朝我走來；桌上那杯啤酒還是滿的。「先走一步，」他說——就丟下這句話。「還沒到一點半，」我說；「還有時間抽根菸。」我以為他指的是上工時間到了。當我弄清楚他在打什麼主意，我手都軟了——哎啊，沒騙你！不是每天都能雇到像他那種人，你知道的，船長；他操起船來有夠猛，隨傳隨到；無論天氣如何，隨時都能駕船到好幾哩遠的外海去迎接顧客輪船。好幾次都有船長來我們這裡講得天花亂墜，通常都會劈頭說道：「你那位水務員好猛，簡直瘋了，艾格斯壯。有次大白天我在短蓬下扶著舷欄跌跌撞撞，我前腳還沒踏穩就突然有艘小艇從霧裡蹦出來，開到我腳下的海面，半個艇身都被海浪淹沒，浪花都打到桅頂；小艇坐板上有兩名驚恐萬分的黑鬼[2]，掌舵的傢伙瘋狂吼叫。嘿！嘿！前方輪船啊！喂！船長！嘿！嘿！艾格斯壯＆布萊克的水務員搶先跟您報到！嘿！嘿！艾格斯壯＆布萊克！哈囉！嘿！喂！他踹黑鬼幾腳——把縮帆[3]降下——當時正颳著颱——只顧往我的方向拚命大喊，叫我依他信號展帆——根本是在玩命，不是一般人幹得出來。我這輩子從沒見過有人那樣子開船。他不會是酒駕吧——喝茫了？竟然還是一

1　Injuns：歧視語，指美國原住民（舊時對「印地安人」的稱謂）。

2　niggers：歧視語。

3　reefs：強風航行時為減少受風面積，會將帆面底部捲起。吉姆降下縮帆以提高航速，惡劣天候採行此做法有違常理。

位輕聲寡言的青年——登船後居然跟女生一樣害臊。……」跟你說，馬羅船長，每當有陌生船隻來訪，只要吉姆一出海，同業若要攬客根本毫無勝算。其他船具行只能顧好老客戶，而……』

「艾格斯壯似乎激動得快說不下。

「『唉，船長——他好像完全不介意開艘老船到百哩遠的外海替公司搶客戶。就算他自己開店想擴展業務，也不會這麼認真。如今……一夕之間……居然說走就走！我心想：「哦！給他加薪——問題所在——對嗎？」「好吧，」我就說，「別亂來了，吉米。開個價碼。只要合理都行。」他看著我，好像喉頭有東西卡住吞不下。「要加薪是你的事。」「你在跟我說什麼笑話？」我問。他搖搖頭，我從他眼神可看出去意已決，船長。我就當面把他臭罵一頓，但怎麼罵也沒用。「你到底在逃避什麼？」我問。「是誰在為難你？有人恐嚇你嗎？連老鼠都比你懂事；牠們不會無緣無故離開一艘好船。你還能上哪兒去找更好職位？——你一下要這個，一下要那個。」我把他罵到快哭出來，老實說。「這件事我跟你沒完沒了，不會像沉船[1]那樣消失不見，」我說。他身體一陣抽搐。「再見，」他說，有如一位爵爺點頭示意；「你絕不是壞人，艾格斯壯。我敢說，你若知道我的理由，一定不會想把我留住。」「這是你這輩子所能說出最扯的瞎話，」我說；「我很清楚自己所做的決定。」他讓我氣死了，我只能放聲大笑。「你難道不能稍留片刻來把這杯啤酒喝完，你這個好玩的可憐蟲，來嘛？」我不曉得他突然有什麼情緒上來；他好像不知道門在哪裡；很滑稽的畫面，老實說，船長。我就自個兒去喝那杯啤酒。「嗯，你若這麼趕的話，我只好舉起你的酒杯祝你好運，」我說；「只不過，記住我這句話：往後你若繼續玩這種把戲，很快就會發現世界還沒大到能容你到處亂跑——就這樣。」他狠狠看我一眼後就奪門而出，那張臉能嚇壞

1　This business ain't going to sink：這句話戳到吉姆痛處。

小孩。[1]』

　　「艾格斯壯忿恨哼一聲，用骨節分明的手梳捻紅褐小鬍。『事發至今，根本找不到像樣的人遞補。對生意人來說，只能不斷操心、操心、操心。您以前是否曾在哪裡遇過他，船長，方便請問一下嗎？』

　　「『他是帕德納號那趟航程的大副，』我說，覺得欠店家一個交代。好一會兒，艾格斯壯默默無語，一隻手伸進鬢髮托著頭，然後突然爆發。『去他的，誰在乎啊？』『我敢說沒人在乎，』我接口說……『他到底是哪根筋不對——管他的——居然想一直這樣下去？』他忽然把左邊嘴角的小鬍塞入嘴裡，滿臉驚訝站在那裡。『哇！』他叫道，『我居然跟他說：世界再大也無處可躲。』」

1　史蒂文森《化身博士》（*The Strange Case of Dr. Jekyll and Mr. Hyde,* 1886）開頭描寫有位長相可怕的怪叔叔嚇唬小女孩。該書主旨爲人性雙面性——善與惡的依存關係。康拉德顯然受到影響：吉姆看似天眞，卻隱瞞可怕的一面。

第十九章

「我把吉姆這兩段經歷[1]細說給你們聽，是為了讓你們了解他面對人生嶄新條件時是如何自處。類似事件不勝枚舉，十根手指頭數也數不完。

「這些事情都有個共通點：本意高尚卻荒謬無理，徒勞無益的行為因而更加枉然，令人同情。忍痛拋棄手裡維生日糧[2]，僅為了把手騰出來，好與過去陰影搏鬥：這可能是平庸的英雄主義所致之行為。很多人也曾做過同樣的事（然而，我們這些真正活過的人非常清楚，一個人會淪為浪人，並不是由於靈魂心事重重，而是因為肉體飢腸轆轆）；但大多數人吃飯是為了活下去，每天都想吃飯過活，以致看到那種愚蠢行為只能感到肅然起敬，鼓掌叫好。吉姆的人生肯定是不幸的，因為他的魯莽行事不足以讓他擺脫過去陰影。旁人總會對他的勇氣感到懷疑。過去發生的事若留下陰影，要袪除過去根本絕無可能。只能面對，或是逃避——我只遇過少數幾人能對自己如影隨形的醜事睜一隻眼，閉一隻眼。吉姆顯然不是那種能假裝視而不見的人；但我對他無法妄下斷語：他的所作所為到底是等同於逃避過去的陰影，抑或是勇於面對陰魂不散的往事。

「我竭力想看清腦海裡的心像[3]，到頭來只有一個發現：正如我們所有行為的相貌都有兩面，吉姆的作為蘊含的差異點細微到無從分辨。或許是逃避，也或許是力抗的一種方式。在普通人眼裡，吉姆有個遠近馳名的稱謂：滾石浪人[4]；這點最為有趣：在他浪跡天涯的那個圈子裡（這麼說好了，方圓三千哩），到頭來他竟打響了名號，甚至聲名狼藉，好比鄉下地

1　吉姆離開碾米廠與船具行等突兀行為。這兩件工作皆有賴馬羅引介。

2　daily bread：請見第二章第一段（本書p.81）。

3　mental eyesight：透過記憶在意識面建構之視覺經驗。佛洛伊德《夢的解析》為《吉姆爺》同期作品；請見第八章第十段（本書p.149）。

4　a rolling stone：指居無定所之人，源自英語諺語「滾石不生苔」（"A rolling stone gathers no moss."）。

方出了個特異獨行的怪人，眾所皆知。例如，他在曼谷的時候，在從事包船與茶葉買賣的育克兄弟旗下服務；他心中藏著祕密在陽光下到處招攬生意，殊不知整區連內地划木筏的人都對他的祕密早有所聞：看到他那麼賣力著實令人悲哀。那段期間他投宿於一家旅店，店長名叫荀伯，是個體毛濃密的阿爾薩斯人[1]，個性粗獷豪邁，有張誰也管不住的嘴，很愛說長道短，不僅包辦該區住宿，也包下地方所有勁爆流言。若有客人品嘗售價高昂的烈酒之餘，還想順道一嘗小道消息的滋味，荀伯就會將手肘架在桌上，加油添醋把故事全盤托出。『最後，請別忘記，他還是你所能遇過最好的傢伙』：這句話常被拿來當作寬大為懷的結語；『上等的好人』。荀伯旅店讓吉姆在曼谷設法撐過整整六個月；至於出入旅店的是哪些閒雜人等，從那句結語就能窺得端倪。我注意到那些人彼此素昧平生，卻對吉姆產生共通好感，就像共同喜歡上一位可愛小孩。吉姆為人拘謹，但無論走到哪裡，似乎都能靠他外貌、頭髮、眼睛、笑容交到朋友。當然，他絕非傻瓜。吉姆的商行其中一位老闆是齊格蒙・育克（瑞士人）；這傢伙待人溫和，飽受嚴重消化不良所苦，腿也快不行了，每走一步他的頭就會晃個四分之一圈。我曾聽他語帶讚賞表示，吉姆年紀輕輕，卻『嗯力過人』[2]，彷彿一個人能力只不過是容量多寡的問題。『為何不派他到內地？』我憂心忡忡提出建議。（育克兄弟在內地擁有大片租界與柚木林地。）『如您所言，他很有才能，一定很快就能勝任那邊的職務。他體能很棒。身體總是非常健康。』『唉喔！在者個果度若妹有小化補良的吻踢哪該有朵

1　Alsatian：英語另有「德國狼犬」之意。阿爾薩斯（Alsace）位於法德邊界，故事發生當時 普魯士屬地。

2　"of great gabasidy"：這名瑞士人說英語口音很重；「嗯力」（gabasidy）爲「能力」（capacity）。

號，』[1]可憐的育克羨慕地嘆口氣，偷偷瞄一眼他吃壞的凹肚。我離開他時，他在辦公桌若有所思喃喃念著：『*Es ist ein' Idee. Es ist ein' Idee.*』[2]。很遺憾，當晚有一件很不愉快的事在旅店發生。

「我不曉得自己是否想多加苛責吉姆，但那起事件實在令人非常遺憾。那是屬於酒吧鬥毆之類的糊塗事；對方是一位有鬥雞眼的丹麥人，就是名片印有可鄙頭銜的那類人士：暹羅皇家海軍中尉。[3]想當然，這位老兄很不會打撞球，依我看來既遜又輸不起。他連輸六局後已喝得差不多，就當吉姆的面說一些羞辱的話。在場人士大都沒聽到他說什麼；有聽到的人則嚇到忘記確切字眼，只記得他話一說完隨即引發可怕後果。幸好那位丹麥人水性好，因為撞球室蓋在遊廊，寬廣暗黑的湄南河就在下方奔流不息。一艘載滿中國佬的小船很可能適逢行竊之旅，順道把暹羅王麾下軍官從河裡撈起；當晚約午夜時分，吉姆沒戴帽子跑到船上找我。『屋裡所有人似乎都知道，』他說，呼吸急促，可說尚未從那天打鬥平靜下來。他原則上對所發生的事感到愧疚，但就這起事而言，如他所說，他『別無選擇』。而且，最令他沮喪的是大家全都知道他內心背負什麼重擔，好像那段期間他跑外務時都大刺刺把重擔扛在肩上。吉姆毫不留情面的暴力行為廣受眾人譴責，若考量他的微妙處境，那種行為顯得更加不得體；有人宣稱事發當時吉姆已醉得不像話；還有人指責他不夠圓滑。連荀伯都十分惱怒。『他是一位很好的青年，』他跟我爭論時說道，『可是，中尉

1　"It's a great ting in dis goundry to be vree vrom tispep-shia."（It's a great thing in this country to be free from dyspepsia.）馬羅嘲弄這名體弱多病德裔瑞士人口音，暗示吉姆象徵強健的英國價值。康拉德本身說英語帶有濃厚東歐腔（被戲稱為「俄國公爵」），跑船時曾與英語非母語人士共處多年，擅長利用外國口音表達不同的文化類型。

2　德語：「一種想法。一種想法。」齊格蒙盼望自己能免於消化不良的問題。

3　泰國舊名暹羅，17世紀以來與丹麥往來密切。1875年，丹麥海軍軍官Andreas du Plessis de Richelieu（1852–1932）加入暹羅皇家海軍，1902年晉升海軍司令。1893年間，有丹麥軍官加入暹羅海軍協防對抗法軍入侵。馬羅很欣賞法國上尉（如第十二與十三章所示），以致對丹麥海軍軍官並無好感。

也是一等一的好漢。他每晚都來我店裡吃套餐，你知道嗎。如今有撞球桿斷了。我不能容許這種事。今天上午我第一件事就是去找中尉賠不是，我想這樣做讓自己寬心不少；不過，船長啊，想想以後若再有人來店裡搞這種名堂！哇，有人淹死怎麼辦！在這種地方要買新球桿，不是跑到下條街就會有。我得寫信到歐洲訂購。不行，不行！不能讓那種個性的人進來！』……每次聊到這起事件，荀伯都快氣死。

「這是吉姆那段——那段歸隱期所發生最糟糕的插曲。沒有人能比我還痛心。若有人聽見吉姆這個名字就會說：『喔，對！我知道。他在那邊成天悠閒過活，』但他不知怎的還能從中全身而退。然而，最後這起事件令我打從心底感到不安，因為如果他的敏銳情感最後竟讓他涉入酒館鬧架，很快就會失去原有無傷大雅、煩人傻瓜的名聲，在眾人眼裡變成遊手好閒的普通遊民。儘管我對他滿懷信任，我不禁想到在那種情況下，名義與實質僅區區一步之差。我想你們應該能夠理解，如今事情發展到這種地步，我無法撒手不管。我用我的船把他載離曼谷，共享一段漫長旅程。看他縮回自我世界，令人心酸。一名船員就算以乘客身分搭船，一定會對船感到興趣，會以鑑賞眼光欣賞周遭的船上生活，好比——舉例來說——一位畫家觀賞同行作品。就字面意義而言，他已『登船就位』；可是，我的吉姆大部分時間都窩在甲板下，好像把自己當成偷渡客。他這樣做令我很不舒服，我工作時只好避免跟他有專業上往來，如同兩位處不來的水手一起跑航程時自然會那麼做。好幾天我們整天連一句話都沒說；我很不情願當他的面指揮船員。如果甲板或艙房只剩我們倆，我們總會尷尬到不曉得眼睛要往哪裡擺。

「我把他安置在潯勇那裡，如你們所知[1]；雖然我很樂意能用這種方式擺脫他，我已確信他的處境會愈來愈難受。他失去了某些彈性，每次行事太超過時無法像以往那樣脫身回到他那無可妥協的定位。有天我上岸時看見他站在碼頭；錨地的海面與外海匯集成渾圓的海平面寧靜起伏；遠

1　請見第十三章倒數第三段（本書pp.198-199）。

遠望去，位置最遠的船隻好像靜靜懸空停泊。他在等他的小船；碼頭下，有人正將一捆捆雜貨包搬上小船，以便提供船隻出航所需。我們寒暄幾句後就默默無語——並肩站著。『天啊！』他忽然說，『這種工作會整死人。』

「他對我露出笑容；我必須指出，他很懂得微笑。我沒答話。我很明白他意有所指的並非他的職務；他在得勇店裡工作其實很輕鬆。儘管如此，他一開口後我心中已毫無疑問：我非常篤定那份工作會整死他。我根本不需察言觀色。『你想不想，』我說，『徹底遠離世上這個區域；到加州或美國西岸試試看？我再幫你安排……』他略微不屑打斷我。『換個地方會有差嗎？』……我馬上意識到自己確信他所說的完全正確。換環境根本不會有任何差別；他想要的不是解脫；我似乎依稀察覺他想要的，也可說一直在等待的，是某種不易定義的事物——本質如同機遇的某種東西。我先前已提供他多次機會，但這些只不過是求個溫飽的機會。可是有誰還能為他再做更多？我突然想到他的處境已無藥可救，而可憐的布萊利所說的話在我耳邊響起：『叫他爬進二十呎深的地洞永遠別出來。』[1]我想這樣也好，還勝過活在地表空等不可能發生的事。不過，誰也無法篤定這樣一定會更好。在他小船駛離碼頭未滿三隻槳距離時，我已斷然決定當晚要去找史坦商量。

「這個史坦是一位很有錢的商人，廣獲敬重。他的『公司[2]』（因為那是有掛牌的房子——史坦公司——還有合夥人之類的在『看管摩鹿加群島[3]』）經營大規模島際生意，在許多偏鄉地區都設有貿易站負責收購農產品。我急於找他諮商，並非看上他的財富與聲望。我想對他吐露我的難處，主要是因為他是我所認識最值得信賴的人。他臉龐光潔修長，散發孜孜不倦的樸實容光，可說反映充滿睿智的好心腸。臉上有幾道深皺摺，

1　請見第六章第十四段（本書p.126）。

2　house：英語「房屋」也有「公司、機構」之意。

3　Moluccas：位於印尼與新幾內亞間群島，盛產丁香、豆蔻等香料。

面色蒼白彷彿是過慣久坐生活的人——但實情絕非如此。他頭髮稀疏，從圓潤寬額往後梳得服貼。我猜他二十歲時應該長得跟現在年已六旬的他相差不多。那是一張學者的臉；只不過如今雙眉已白，又粗又濃壓在炯炯有神的眼上，可說與他那副飽學之士的容貌不搭調。他身材高大，動作靈活；略微駝背，笑起來純真無邪，讓人覺得和藹可親，隨時都能聽人傾訴；他臂膀很長，有雙蒼白大手，說話時會以獨特手勢比手畫腳。我花點時間描述他，是因為他的外貌與寬容正直的天性一脈相通：此人性格剛勇，體強膽大，原本會被視為莽漢[1]，若不是由於他天性流露如身體官能自然運作——好比脾胃強健，打個比方——是與生俱來的本能。我們說一個人有時會出生入死。這種說法不足以形容史坦；他早年在東方闖蕩時簡直是在玩命。這些雖已是陳年往事，他的人生故事與致富始末仍令我印象深刻。他還是一位蠻有聲譽的自然學家[2]——或許應該說是博學多聞的蒐藏家。他專門研究昆蟲。讓他名滿天下的是所收藏的 *Buprestidæ* 與 *Logicorns* 標本[3]——都是甲蟲——嚇人的迷你怪物，一動也不動的死狀看起來陰險惡毒；還有整櫃蝴蝶標本，了無生機的翅膀彷彿在玻璃盒蓋下翩翩起舞。這些不計其數的昆蟲標本讓這位身兼冒險家與馬來蘇丹（他口口聲聲所謂『我那可憐的默罕默德・彭梭』）顧問的商人威名遠播，許多歐洲學者都聽說過他；可是，這些人都不了解也沒興趣認識他的人生與為人。這兩點我都十分清楚，我因此認為他是最為適合的人選，能聽我盡情吐露吉姆的困境與我自身的難處。」

1　言下之意，馬羅認為史坦年輕時很像吉姆，卻沒有吉姆的缺點。

2　英國知名自然學者華萊士（Alfred Russel Wallace, 1823–1913）在馬來地區歷經多年探險，蒐集數萬種標本，著有《馬來群島》（*The Malay Archipelago*, 1869），詳述該區自然生態。據康拉德友人透露，本書為作家「枕邊讀物」，提供許多寫作素材。

3　分別為吉丁科與天牛科。華萊士於《馬來群島》多次提及這兩類甲蟲。

第二十章

「那天深夜我走入他的書房,途中穿越一間雄偉但空蕩昏暗的餐廳。整棟房屋悄然無聲。帶路的是一位年邁的爪哇僕人,神情嚴肅,身穿類似制服的白外套與黃紗籠[1];僕人把書房的門打開,低聲呼喚『喔,主人!』就退到一旁神祕地消失不見,彷彿原本是個幽靈,特地要為主人服務而短暫現形。史坦坐在椅子轉過身來,同時把眼鏡推到額頭。他輕聲歡迎我,邊說邊笑。書房很大一間,但只有一角照明充足:那裡有張書桌,擺放著裝有燈罩的桌燈;書桌上的強光寬敞房間其餘部分陷入幽暗,有如洞穴般模糊難辨。四面隔牆都有窄櫃,裡頭黑壓壓都是同一式樣與色澤的盒子;不過,這些櫃子並非從地板延伸到天花板,而是以四呎寬度固定在牆上形成陰沉的帶狀展示。甲蟲的地下墓室。許多木製名牌參差不齊懸掛在牆上。微光投射到其中一面名牌,*Coleoptera*[2]金色字母在一大片朦朧裡閃爍神祕光芒。書房還有許多收藏蝴蝶標本的玻璃盒,擺滿三大排長腳小桌。其中一個標本盒被拿到書桌;桌上可見許多長方形小紙片,密密麻麻都是手寫墨水字。

「『讓你看見我的模樣了——這副模樣,』他說。他的手隔著標本盒指著裡頭一隻蝴蝶:孤芳自賞展開深棕色雙翅,至少有七吋寬的壯麗大翅,佈滿細緻白邊,翅緣還有華麗黃點。『只有一隻這種樣本存在**你的**倫敦,然後——就沒了。給我的故鄉小鎮這個我的收藏品我會遺贈。[3]一點我的東西。最好的。』

1　sarong:馬來半島、爪哇等地傳統服飾。

2　鞘翅目。華萊士於《馬來群島》前言指出,他所蒐集的甲蟲與蝴蝶標本共約兩萬餘件,其中有約兩千種鞘翅目為已知品種,其餘皆為新發現。

3　To my small native town this my collection I shall bequeath:史坦的英語句構有點彆扭,可謂德語版「洋涇浜英語」。

「他在椅子裡俯身往前，全神貫注凝視標本，連下巴都靠到盒緣。我站在他身後。『太棒了，』他悄聲說，好像忘了我的存在。他的經歷很有意思。他是巴伐利亞[1]人，年僅二十二歲就投身1848年革命運動[2]。後來遭遇嚴重挫敗，他順利脫身逃往的里雅斯特[3]，暫時躲在一個共和派窮錶匠的家。從那裡他輾轉抵達的黎波里，沿途兜售廉價手錶維生──老實說，這種起步毫無光彩，但卻成為一種機運，因為他就在那裡遇上一位荷蘭旅者──我相信是個名人，但我不記得他名字。就是這位自然學家給他類似助手的工作，一路帶他來到東方。他們在馬來群島四處遊歷，結伴而行或獨自冒險都有，至少整整四年到處蒐集昆蟲與鳥類。後來，那位自然學家衣錦還鄉；史坦無家可歸，只好留下來跟隨他在西里伯斯[4]內地──若那裡有內地可言[5]──闖蕩時所遇見的一位老商人。這位老蘇格蘭人不僅是唯一獲准於當地定居的白人，也是瓦久王國[6]首席統治者──是名女性──密友，享有特殊待遇。我常聽史坦聊到那位老翁如何把他引介給當地宮廷；事成沒過多久，略微半身不遂的老翁又再度中風，就這樣走了。老翁長得很胖，有如族長般滿臉白鬍、身材高大、氣宇不凡。他那次入廷時，宮內有許多奉召諮議的拉惹[7]、班格蘭[8]、酋長；滿臉皺紋的胖女皇（口無遮攔，史坦說的）則斜靠在篷下高椅。老翁一拐一拐走上前，手杖敲在地上鏗鏘有聲，抓著史坦手臂把他帶到高椅跟前。『瞧，女皇，還有你們諸位拉惹，這是我兒子，』老翁以宏亮聲音宣布。[9]『我跟你們父親已交易多年，而我死後，他會跟你們與你們兒子繼續交易。』

1　Bavaria：位於德國南部，1806–1918年為獨立王國。

2　1848年3月當地爆發抗爭，要求王室推行改革措施。

3　Trieste：義大利東北角港城，當時受奧匈帝國統治。

4　Celebes：印尼東部大島，現名蘇拉威西（Sulawesi）。

5　對歐洲人而言，該地全區皆為未開發之窮鄉僻壤。

6　Wajo States：西里伯斯歷史悠久的王朝，母系社會。

7　rajahs：泛稱東南亞當地君王。

8　pangerans：印尼與馬來西亞地區的王爵。

9　老翁用詞毫無敬語，可見歐洲商人在殖民異域以「藩王」自居。

「經由這道簡單公事，史坦繼承了那位蘇格蘭人享特權的身分與所有做生意的伎倆，外加一棟堡壘般的房舍，就蓋在當地唯一可通航河道的岸邊。好景不常，口無遮攔的老女皇不久後也死了，整個區域爆發許多覬覦王位的動亂。史坦加入女皇幼子陣營，就是三十年後他口口聲聲所謂『我那可憐的默罕默德‧彭梭』。他們兩位都成為無數英雄事蹟的傳奇人物；他們從多趟非凡的探險歷劫歸來，還曾死守蘇格蘭老翁房舍整整一個月，只有二十幾名侍從就擋下整支大軍。我相信這場戰事至今仍為當地土著[1]津津樂道。跟隨少主出征的同時，史坦似乎也不忘了為私益將沿途所有蝴蝶與甲蟲一一占為己有[2]。歷經八年戰爭、談判、偽休戰、突襲、和解、叛變等亂事，最終有望和平永駐之際，他『可憐的默罕默德‧彭梭』在宮殿門口慘遭暗殺──結束滿載而歸的獵鹿之旅，正要興高采烈下馬的那刻。這起事變令史坦處境變得岌岌可危，但他原先可能會想繼續留下，要不是因為不久之後他失去了默罕默德的姊姊（『我親愛的公主妻子』，他以前提起她都神情蕭穆）；他們育有一女──母女倆皆染上不明傳染病高燒不退，三天內相繼過世。他決定遠離那個地區，無法承受痛失親人的無情打擊。他前半段冒險人生就此終結。接下來，他過著截然不同的生活，若非因為他的哀傷無從抹滅，他過往的奇遇人生必將如夢似幻。起初他手邊沒什麼錢；他於是重新出發，不出幾年就獲得一大筆財富。起初他在島嶼間四處奔波，但如今年華垂暮，最近幾乎足不出戶，整天待在那棟離鎮上三哩遠的豪宅：裡頭有座大型花園，周圍有馬廄、辦公室，還有多棟竹屋供給為數可觀的僕人與眷屬居住。每天上午，他都會駕著小馬車前往鎮上辦公；他雇用的職員有白人也有華人。他坐擁一支小型船隊，包含雙桅帆船與當地土製小船，大規模買賣諸島農產品。辦公之餘他喜愛獨處，但並非孤僻厭世，而是徜徉於自身藏書與收藏品：分類樣本、佈置標本、與歐洲

1　the natives：歧視語。

2　買賣標本雖為經濟活動，卻反映了歐洲殖民主義以科學之名「併吞」（annex）異域的行動。

昆蟲學家通信、為他的珍藏編纂附帶說明的目錄。以上就是我要找的那位仁兄的人生經歷，我想找他諮詢吉姆的難題，但我不抱任何期望。只要能聽他說幾句話，應該就會令我感到寬慰。我儘管心急，卻不敢打斷他觀察蝴蝶標本：他全神貫注近乎痴迷，彷彿在那對柔弱翅翼的古銅光澤、白色紋路、絢麗斑紋之外，他還看到其他東西——瞥見某種難逃一死卻又不畏滅絕之物，正如眼前那片脆弱的蝴蝶組織，雖然了無生機，依舊展現不受死亡玷汙的璀璨。

「『太棒了！』他再次讚嘆，同時抬頭看我。『你看！美吧——但這不算什麼——要看的是其中的精巧、和諧。這麼脆弱！這麼強韌！無比精緻！這就是大自然——維持天地萬物的均衡。每顆星是如此——每片草葉也是如此——浩瀚宇宙就在完美平衡狀態裡孕育出——這個。這個奇蹟；這是大自然的傑作——偉大的藝術家。』

「『從沒聽過昆蟲學家這樣說，』我打趣發表感言。『傑作！人也算嗎？』

「『人很奇妙，但不是傑作，』他說，仍然盯著玻璃盒。『或許那位藝術家有點瘋狂。哦？你怎麼想？我有時覺得人都出現在不該出現的地方，總是來到沒有容身之處的地方；若非如此，為何一個人無論哪裡都會想去[1]？為何會東奔西走、自怨自艾、談論星象，連草葉都不放過？……』

「『還會抓蝴蝶，』我插嘴說。

「他露出笑容，往後靠在椅子裡，伸展雙腿。『坐吧，』他說。『這個罕見品種是我在一個好天的早晨親自抓到的。當時我心情很激動。一個收藏家捕獲這麼罕見的珍品，你不會知道那種感覺。你無法知道。』

「我坐在搖椅裡輕鬆微笑。他望著牆，視線好像投射到牆外更遠的地方；然後，他開口敘述那天經過。有天晚上，他那『可憐的默罕默德』派人捎來口信，要他趕去『御梭』[2]——如他所稱——離他約九哩或十哩遠，

1　all the place：雙關語；place除「地方」，也有「地位」、「職位」之意。

2　"residenz"：「御所」（residence）。

需經由馬道穿越一片遼闊耕地，周圍夾雜幾塊零散林地。隔天一大早，他從所住堡壘動身，不忘擁抱他的小艾瑪，並將指揮權移交給他的『公主』妻子。他描述說，妻子陪他走到大門口，還將手搭在馬脖；她身穿白外套，頭上有金髮叉，左肩斜掛棕皮槍袋，裡頭有把左輪槍。『她講的話就跟女生會說的一樣，』他說，『提醒我凡事小心，設法天黑前回家；說我很壞，不帶她就隻身前往。當時我們有戰事，整個地區都不安全；我的部下忙著替房屋裝設防彈遮板、保養槍械，她懇求我不要擔心她的安危。她會守住屋舍，不讓外人入侵，直到我返家為止。我很滿意，開心笑了幾聲。我很喜歡看她這麼勇敢、年輕、堅強的模樣。那時我也很年輕。在大門邊，她拉我的手，捏了一下，便鬆手退到後面。我騎著馬靜靜在門外停留，聽見後面傳來大門橫板固定妥當的聲音才離去。我有個宿敵，本身是很有勢力的貴族——也是作惡多端的惡棍——他與狐群狗黨就在附近徘徊。我策馬趕了四五哩路；那晚有下雨，薄霧飄在空中，高高的朦朧一片——地面因而分外潔淨；大地彷彿對我微笑，清新無邪——就像嬰孩般。忽然間，槍聲四起——聽來至少二十發。我聽見子彈劃過耳邊，我的帽子頓時被打落。小人的詭計，你明白嗎。他們逼我那可憐的默罕默德傳口信，然後在路上埋伏。不出一分鐘我便恍然大悟，然後就動腦思考——需要一點時間應變。我的小馬不停嘶鳴蹦跳，還以後腳站立，我緩緩將頭壓在馬鬃上。馬兒鎮定下來後就往前徐行，我壓低身體靠在馬背，瞇著一隻眼看見有團白煙飄在左方竹林上方。我心想——啊哈！我的朋友，開槍前為何不好好瞄準？這件事還沒*gelungen*[1]呢。喔，還沒結束呢！我伸出右手拿出左輪槍——悄悄——悄悄。不用急，畢竟那群壞蛋只來七人。他們從草叢裡起身，把紗籠挽起朝我衝過來；他們揮舞長矛，互喊提高警覺快去抓那隻馬——誤以為我中槍死在馬背上。我靜靜讓他們跑來身邊，等他們跟這扇門一樣靠近後，就砰、砰、砰，每發都瞄準好才開槍。我朝一個人背後補一槍，但沒打到。距離太遠。然後，我獨自騎在馬上，品嘗清新

1　德語「事成」。

大地的愉悅氣氛，看到地面躺著三具屍體。一個如狗般蜷縮；另一個則躺平，手臂像遮陽般擋住眼睛；第三個則緩慢將一隻腿弓起，再把腿一蹬打直。我騎在馬上仔細觀察此人，他不再動了——*bleibt ganz ruhig*[1]——完全不動，就這樣。我盯著他的臉想確認是否還有生命跡象，只注意到有某種模糊影子掠過他額頭。就是這隻蝴蝶的影子。你看那對翅翼的形狀。這種蝴蝶飛起來又高又帶勁。我抬起頭，看到蝴蝶翩翩離去。我想——有可能嗎？下一刻蝴蝶就失去蹤影。我連忙下馬，慢慢往前走，一手牽著馬、另一手拿著左輪槍四處搜尋，上下左右看遍各處！後來，我終於看到那隻蝴蝶停在十呎遠的小土堆上。我的心臟立刻怦怦亂跳。我放開韁繩，一隻手仍拿著左輪槍，另一隻手將軟呢帽從頭上緩緩取下。走一步。停一下。再走一步。往前一拍！捉到了！我從地上站起來時興奮到渾身發抖；我打開這對美麗翅翼，確定捕獲了如此罕見的完美珍品，感到一陣天旋地轉，激動到腳軟只好癱坐在地上。我以前替那位教授蒐集標本時，就盼望自己能擁有那個品種的標本。我在各地長途跋涉，經歷飢寒交迫的險境；每夜都夢到這種蝴蝶：突然間，我手裡就捏著夢寐以求的蝴蝶——屬於自己的蝴蝶！詩人有云』（史坦念成『時人』[2]）——

『「So halt' ich's endlich denn in meinen Händen,

Und nenn' es in gewissem Sinne mein.」[3]』

他朗誦到最後一字突然降低聲調以特別強調，再將目光從我身上慢慢移開。他不發一語，忙著替長柄菸斗添加菸草；然後，他把拇指放在斗鉢上，停頓一下後再次把頭抬起，以意味深長的眼神看我。

1　「保持完全靜止」。

2　"boet"：poet；馬羅雖然尊敬史坦，仍不忘調侃他的德國腔。

3　引自歌德劇作《塔索》(*Torquato Tasso*, 1790)：「然後，我終於將它握在手裡／就此宣告它是屬於我的。」

「『沒錯，我的好朋友。我那天已夫復何求；我大肆惹惱宿敵；年輕力壯；有朋友；還有愛，』（他念作『埃』[1]）『愛我的妻子，也有小孩，我如願以償——連夢寐以求的東西都得手了！』

「他點燃火柴；火焰從他指間冒出。他若有所思，沉靜臉龐抽動一下。

「『朋友、妻子、小孩，』他緩緩說，盯著那道小火焰——『噗！』火柴被吹熄。他嘆口氣，再次轉頭看玻璃盒標本。美麗脆弱的翅翼隱約抖動，彷彿他的氣息轉瞬間讓夢裡的奇珍異物重獲新生。

「『手邊這件工作，』他突然開口說，指著滿桌小紙片，溫和愉悅的口氣一如往常，『進展得非常順利。我正在這個罕見樣本描述。[2]……好吧！你有什麼好消息呢？』

「『老實講，史坦，』我刻意說話的樣子連自己都感到訝異，『我來這裡是要描述一個樣本。……』

「『蝴蝶？』他興致勃勃問道，露出不敢相信的滑稽表情。

「『沒那麼完美，』我回答，頓時滿腹疑惑而感到氣餒。『是人！』

「『Ach so![3]』他喃喃自語，他那張面對我的笑臉變得嚴肅。他看著我，一會兒後才慢慢開口說：『嗯——我也是人。[4]』

「這就是典型的史坦；他知道要如何寬容待人、正面回應，連一個謹言慎行的人都會忍不住對他全盤傾訴；我若有所猶豫，也忍不了多久。

「他聽我把事情說完，雙腿交叉坐著。有時，他的頭會完全消失於一大團吐出的濃煙中，只聽見煙霧裡傳來同情的低聲感嘆。我說完後，他把

1　"lof"：love。史坦擁有的正是吉姆所欠缺的。

2　I have been this rare specimen describing：德語動詞位置多元（可在句尾），馬克吐溫特曾以〈糟糕的德語〉（"The Awful German Language," 1880）為題大開德語文法玩笑。馬羅應有同感。

3　「哦，原來如此」。

4　史坦以自然學家角度替標本分類，尋求特殊品種的共同特徵，此「標本哲學」呼應馬羅「屬我族類」的理念。

腿打開，放下菸斗，把手肘靠在椅子扶手，握著拳頭熱切地把身體往前靠向我。

「『我完全明白。他很浪漫。』

「他為我診斷出癥結所在；問題竟此單純，起初我還有點吃驚；我們的會談的確像極了醫師會診——史坦以博學之姿坐在書桌前的扶手椅；我則焦慮地坐在他面前一張斜放椅子上——我順理成章問道——

「『要怎樣才會好？』

「他舉起修長的食指。

「『解方只有一種！只有一個方法能讓我們不至於做自己治癒！[1]話一說完，他帥氣地把指頭往桌面一拍。他先前的診斷已將問題變得十分單純；這句話又盡可能讓問題更為簡化——也變得完全無藥可救[2]。一下子都沒人說話。『對，』我接著說，『嚴格說來，問題所在並非要如何求解，而是要如何求生。』

「他點頭表示同意，看起來略微傷悲。『*Ja! Ja!*[3]總體而言，套一句你們偉大詩人的話：那正是問題所在。[4]……』他繼續同情地點著頭。……『該如何活下去[5]！*Ach!*該如何活下去。』

「他站起來，手指仍放在桌面。

「『我們想用各種不同方式過活，』他繼續說。『這隻華麗的蝴蝶找到一個小土堆後就靜靜棲息於上；換作是人，絕不會在自己的土堆上保持不動。他會想保持不動，屢屢想要這樣。』……史坦把手舉起，又

1　One thing alone can us from being ourselves cure：史坦的德式英語；「只有一個方法能治癒我們不至於做自己。」言下之意，只有死才能自我解脫。

2　馬羅不願讓吉姆走上絕路，因此認為吉姆「做自己」的困境無可救藥。

3　「是的，是的」。

4　莎士比亞《哈姆雷特》名句：「要活或不要活，正是問題所在。」（"To be or not to be, that is the question."）。

5　How to be：史坦依循莎翁的大哉問，思索求死不成、又不知如何過活的困境。

放下。……『有人想成為聖人，也有人想成為惡魔——不過，每次閉上眼都會看見自己是非常優秀的好人——永遠達不到的優秀。……在夢裡。……』

「他蓋上玻璃盒蓋，標本盒鏘的一聲自動鎖上；他用兩手捧起盒子，莊嚴地要把盒子歸位：他離開桌燈投射的光圈，走向外緣黯淡光環——最後消失於無形昏暗裡。這幅畫面效果奇特——似乎走這幾步路就把他帶離這個茫然的現實世界。他修長身影似乎被掏空，或俯或動皆無聲無息，好像漂浮在看不見的物體上；遠遠可見他在神祕地忙於處理無形事物：他說話聲隔著距離傳來，聽起來不再尖銳刻薄，反而更加洪亮嚴肅——被距離柔化。

「『因為你無法總是睜一眼，閉一眼，真正的麻煩就躲不掉——心痛——活著更痛[1]。告訴你，我的朋友，你若發覺本身夢想無法實現，這對自己是沒好處的，理由在於：你堅強不夠[2]，或聰明不夠。*Ja!*……自始自終你仍以優秀好人自居！*Wie? Was? Gott im Himmel!*[3] 哪有這種事？哈！哈！哈！』

「出沒於蝴蝶之墓的那個影子瘋狂大笑。

「『沒錯！實在好笑，人這個糟糕東西。人一旦生而在世就掉入夢境，如同落海之人。如果像經驗不足的人那樣拚命掙扎想浮出水面，就會溺死——*nicht wahr?*[4]……不能那樣！我告訴你！竅門在於投身毀滅元素自甘屈服[5]，在水中奮力手腳並用，讓深海支撐著你浮上水面。所以，你問

1　the heart pain—the world pain：「心痛」應作heartache；「厭世」應作world-weariness。史坦彆扭的德式英語帶有異國奇幻色彩，營造出古老箴言的警世效果。

2　you not strong enough are：德式英語句構（be動詞置於句尾）。

3　「怎麼會？什麼？老天啊！」。

4　「不對嗎？」

5　The way is to the destructive element submit yourself：「竅門在於要自甘屈服於毀滅元素。」《吉姆爺》名言。

我怎麼辦——該如何活下去？』

「他說話的聲音聽起來特別激昂，彷彿在暗處受到某種睿智絮語的啟發。『我來告訴你！那個問題也只有一種解決之道。』

「一陣急促啪嗒聲中，他穿著拖鞋逐漸從朦朧光環現身，轉眼就出現在桌燈投射的光圈裡。他伸出手朝我胸口指過來，如舉槍瞄準般；他凹陷雙眼目光銳利，好像能看穿我，但他抽動的嘴唇並未吐露話語；他在昏暗裡因悟道而流露樸實得意的態度已消失不見。他放下指著我胸口的那隻手，沒多久就走到我身旁，再將手輕輕搭在我肩上。他語帶傷悲說，有些事或許永遠不能明講，要不是因為他已慣於長年獨居的生活，以致有時會忘了這點——他忘了。他在遠處暗影獲得啟示所致的自信已被光明摧毀殆盡。他坐下，雙肘架在桌上搔著頭。『可是，那句話沒錯——是對的。往毀滅元素沒入。[1]』……他以壓抑的口氣接著說，低著頭沒看我，兩手托著臉頰。『那就是解決之道。逐夢，一再逐夢——就這樣——*ewig*[2]——*usque ad finem*。[3]……』他悄聲道出的信念彷彿在我面前敞開一大片變化莫測的廣袤無垠，如同日出時平原上朦朧的地平線——抑或夜幕降臨時所見？沒人有勇氣決定；不過，那道光既迷人又令人迷惘，黯淡裡有股無形詩意，籠罩著隱患——覆蓋著墓地。他犧牲奉獻走出自己人生，熱切尋索寬宏理念；遠渡重洋，行遍天下，在異地跋山涉水，無論想追尋什麼總毫不猶豫；因此，他的人生沒有遺憾，也沒有悔恨。就此觀之，他說的沒錯。那就是解決之道，毫無疑問。儘管如此，讓世人徘徊在墳墓與隱患之間的那片廣漠平原依舊十分荒涼，頂著有無形詩意的朦朧之光，方圓盡是

1　In the destructive element immerse：史坦不尋常的溺水求生論可謂積極的宿命論。

2　「永遠」。

3　拉丁文「堅持到底」，引自《聖經》武加大譯本〈希伯來書〉3:14。此關鍵詞表露史坦悲劇性的人生視野：明知其不可，仍堅持爲之。康拉德非常欣賞羅素〈一個自由人的崇拜〉（"A Free Man's Worship," 1903），特於信中引述此關鍵詞以表達敬佩之意（〈致羅素信〉，1913年12月22日）。

明亮一片，圓心黯然失色有如被充滿烈焰的深淵團團圍住。我最終打破沉默向他表示：世上最浪漫之人莫過於他。

「他緩緩搖頭，然後從容地以納悶眼神看我。很可惜，他說。我們倆像小男生一樣坐在這裡談天，而非一起絞盡腦汁想出某種務實方案——具體可行的解方——以治癒人生之惡——最邪惡的勢力——他打趣重複說，露出寬宏笑容。我們雖然徹夜深談，話題全都不切實際。我們避免說出吉姆名字，好像不想讓我們的討論涉及血肉之軀；彷彿吉姆只不過是一個會犯錯的幽靈、受苦的無名魂魄。『這樣不對！』史坦起身說道。『今晚你就在我這裡過夜，明早再一起籌劃務實之計——具體可行的。……』他點燃雙燭燭台帶路。我們穿過空蕩暗室，只有史坦手中燭台微光為伴。燭光飄移於打過蠟的地板、越過房裡潔淨桌面、跳躍在家具零星片斷的弧線上，或反射於角落鏡子裡上下搖擺；兩道燭光搖曳不定的片刻間，兩個人形躡手躡腳走過清楚可辨的虛無深處。史坦在我前面慢慢走著，彎著腰彬彬有禮；他的表情給人一種深切安詳的感覺，可說是慣於留神傾聽的容貌；泛黃長髮夾雜絲絲白髮，稀疏蓋在他低著頭的後頸。

「『他很浪漫——浪漫，』他重複說。『那樣子非常糟糕——非常糟糕。……也非常棒，』他接著說。『但他**果真**如此？』我提出疑問。

「『*Gewiss*[1]，』他說，拿著燭台一動也不動站著，仍低著頭沒看我。『顯而易見！不然的話，還有什麼能使他內心痛苦到能了解自我？對你與我而言，還有什麼能讓他——存在？』

「那一刻，要相信吉姆存在其實很難——牧師宅院出身，在眾人圍觀下有如捲入茫茫黃沙般模糊難辨，歷經物質世界生死衝突而變得啞口無言——但他的存在是不可磨滅的，我能感受一股確確實實、無可抗拒的生存力量！我與史坦走過靜謐高房的同時，我似乎更加清楚看見吉姆的存在：我與史坦在若隱若現的微光裡成為兩個乍現人形，拿著搖曳燭火躡手躡腳遊走於清澈卻又深不可測的深處；同時，我們倆彷彿愈來愈接近絕對

1　「肯定是的」。

真理——如同美那般游移不定的真理，難以捉摸、令人費解，若隱若現隱沒於寧靜無聲的神祕之海。『或許他真的如此，』我承認，笑了幾聲；突如其來的笑聲引發宏亮回聲，我連忙壓低說話聲音：『但我確信你是那樣沒錯。』史坦把頭垂在胸口，舉起燭台繼續往前走。『嗯——我也是存在的，』他說。

「史坦走在我前面。我緊跟著他的步伐；不過，我眼前所見並非公司老闆、午宴受歡迎的賓客、學會特派員，也不是款待流浪自然學家的主人；我看到的只是他成真的命運：他已發現要以堅定不移的腳步跟隨命運，也明瞭卑微環境能開創人生，帶來無盡熱忱與源源不絕的友誼、愛情、戰爭——具有浪漫傳奇[1]所有崇高要素。走到我的房門口，他轉頭看我。『沒錯，』我說，好像想繼續爭論，『你有很多美夢，甚至笨到連作夢都忘不了某種蝴蝶；可是，在一個美好早晨遇上美夢降臨，你並未讓大好機會白白溜走。對不對？然而，他……』史坦舉起手。『你知不知道我平白失去了多少機會？有多少夢想尚未實現就已破碎？』他懊悔搖頭。『我覺得有些夢想應該會很美好——如果我能讓這些美夢成真的話。你知道有多少嗎？或許我本身也不清楚。』『無論他的夢想是否美好，』我說，『他只記得自己肯定無法把握的那個。』『每個人心中都有一兩個那種美夢，』史坦說；『那正是麻煩所在——非常麻煩。……』

「他在玄關跟我握手，伸手時探頭往我房裡看。『好好睡吧。明天我們一定要籌劃務實之計——具體可行的。……』

「他房間雖然就在另一頭，我看見他折返原先方向。他要回去找他的蝴蝶。」

1　romance：「羅曼史」，與「浪漫」（romantic）一詞同源（法語）。此句呼應馬羅先前指出史坦追尋浪漫人生。

第二十一章

　　「我猜在座各位應該不會有人聽說過巴度山[1]？」馬羅一絲不苟點燃菸斗，沉默一陣子後繼續說道。「沒關係；夜空聚集許多天體供人類仰望，有一大堆都沒人聽過；這些不知名天體來自人類活動範圍以外的世界，對地球的凡人毫無意義可言，除了天文學家：他們的收入來自能博學地談論這些天體組成、質量、軌道——運行的不規則，發光的異常——像在發表科學八卦話題[2]。這個比方很適合巴度山。在巴達維亞政府[3]核心成員面前提及這個地名，大家都會心照不宣，尤其有關此地不合常規的活動與異常情事[4]；至於貿易界，只有少數幾人——寥寥無幾——才聽說過這個地名。然而，從來沒有人去過那裡；我想，也不會有人想親身造訪。我覺得這個道理就跟天文學家一樣：他們一定會強烈反對把自己傳送到遙遠天體，去到一個無法領到地球薪餉的異世界，在陌生星空下茫然不知所措。不過，無論是天體或是天文學家都與巴度山毫無關聯。去到那裡的是吉姆。我的意思只是要讓你們了解：在史坦安排下，吉姆若被送到一顆光度五等的星球，所遭遇的變動也不會那麼大。他拋下他在我們這個世界才有的弱點，也把他那種名聲拋在腦後，到巴度山獲得嶄新生活條件，好讓

1　Patusan：虛構地名，康拉德閱讀19世紀英軍於婆羅洲、蘇門答臘一帶追剿海盜的文獻融合而成。

2　scientific scandal-mongering：美國天文學家羅威爾（Percival Lowell, 1855–1916）畢生致力天文觀測，於《火星》（*Mars*, 1895）提出火星有高等生物存在的「證據」，各界褒貶不一。康拉德好友威爾斯的《世界大戰》（1898）反映當時西方社會對外星文明的焦慮。馬羅刻意強調天文學家謀生的物質利益（下文所謂「地球薪餉」），透露康拉德對當時天文學家的負面觀感。

3　荷屬東印度殖民政府。

4　irregularities and aberrations：雙關語，原指天體運行之「不規則」與發光「異常」。

他想像力發揮效應。煥然一新，令人刮目相看。他還以令人嘖嘖稱奇的方式掌控新環境。

「最熟知巴度山的人莫過於史坦。我猜他所知道的還比政府核心成員掌握的資訊還多。我確信他去過那裡，可能是在蒐集蝴蝶的那段日子，或是後來他改行經商的那段時期——當時他的商業版圖如同菜色豐盛的廚房，他試圖以那種無藥可救的方式為佳餚添加浪漫風味。馬來群島大大小小島嶼他幾乎全都去過，也親身目睹這些地方草創之初的混沌樣貌；在光明（甚至電燈[1]）傳入之前，為了教化當地居民以提升道德與——與——嗯——增加獲利[2]。我們討論吉姆的隔日上午吃早餐時，史坦首次提到那個地名——就在我對他轉述可憐的布萊利所說之後：『叫他爬進二十呎深的地洞永遠別出來。[3]』聽我這麼一說，史坦抬起頭好奇地審視我，好像當我是罕見昆蟲。『要這樣做也行，』他表示，邊說邊小口喝著咖啡。『某種程度來說是要把他藏起來，』我解釋說。『當然，沒人想這麼做，但這會是最佳方案，特別是看到他落得這步田地。』『沒錯；他很年輕，』史坦若有所思說。『現存最年輕的人類，』我表示同意。『*Schön*[4]，有個地方叫巴度山，』他接著說，不改先前口氣。……『如今，那名女子已經過世了，』他補充說，讓人一時摸不著頭腦。

「當然，我不清楚內情；我只能猜想，巴度山以前曾被當成墓園以便埋藏某些罪過、踰矩[5]，或厄運。不過，絕無理由懷疑史坦會有二心。[6]對他來說，生命裡唯一存在的女子就是那位馬來姑娘——他所謂『我的公主妻子』，或偶爾吐露心事時所稱『我小艾瑪的母親』。他提到那名與巴

1　1879年燈泡發明，1894年傳入英屬馬來亞，主要用於礦場等農工開採設施。

2　馬羅欲言又止，卻又點到為止；此細節顯示他很清楚殖民主義的矛盾——假文明之名，以行剝削之實。

3　請見第十九章第六段（本書pp.238-239）。

4　「美極了」。

5　transgression：觸犯道德戒律；亦為《咆哮山莊》關鍵詞。

6　馬羅這句話有欲蓋彌彰之嫌。

度山有關的女子到底是誰，我無法確切說明；可是，從他談話間我能揣摩出一個概況：這名女子受過教育，是荷蘭與馬來混血美女；人生際遇很不幸，或許只是令人同情，而最痛苦的經歷無疑是嫁給一個來自麻六甲的葡萄牙人——受雇於荷屬殖民地[1]某間貿易行的職員。我從史坦那裡得知，此人在很多方面皆表現欠佳，整體而言為人模稜兩可，甚至傲慢無禮。史坦純粹是看在此人妻子分上，才指派他出任史坦商行巴度山貿易站經理一職；然而，從經商角度來看，這個安排並不成功，至少對公司而言；如今，那名女子早已過世，史坦打算換個新代理人到那邊試試。那位葡萄牙人名叫柯內琉斯，自認懷才不遇，簡直是大材小用。這就是吉姆要去替換的人。『但我認為他應該不會離開那個地方，』史坦表示。『與我無關。我只是為了那名女子才會……不過，我考量她有留下一個女兒，如果他不想走，我會讓他繼續待在那間老屋。』

「巴度山是當地自治王國的一個偏遠行政區，主要聚落與行政區同名。那個地方位於離海四十哩一處河岸，遠遠望去可見森林裡有幾間屋舍，樹冠上方聳立兩座比肩的陡峭山峰，看起來好像被山谷一分為二，被某種驚人力量一劈而成的切痕所隔斷。其實，那個山谷只不過是狹小峽谷；從聚落望去的景象如同看見崎嶇不平的錐狀山丘裂為兩半，各成拱抱之姿。滿月後第三日如果來到吉姆家中庭（他的住所非常雅緻，以當地風格打造而成；我拜訪時曾入內參觀），就能看見月亮恰好在兩峰之間升起：起初，朦朧月光會逐漸將兩山化成漆黑浮雕；然後，隨著紅潤月色，近乎正圓的月盤會從深谷慢慢上升，再從兩峰之間飄然登高，彷彿從墳墓裂縫歡躍逃逸。『絕佳的美景，』吉姆在我身旁說。『很值得欣賞。是不是？』

「他提問口吻有股傲氣，我不禁露出笑容：他好像覺得那場獨一無二的美景是因為他的管控所致。他在巴度山管控的事可多了！這些事對他來

1　16世紀初葡萄牙於麻六甲建立殖民地；17世紀荷蘭殖民勢力取而代之，統治麻六甲直到19世紀初。

說，原本會像月亮星辰運行那般遠超出他可控的範圍。

「真是匪夷所思。這正是史坦與我無意間讓吉姆陷入的處境所具特質；我們想法很單純，純粹想讓他別礙事：讓他不會妨礙自己，各位要了解。那是我們主要意圖；可是，我承認我還有另一個動機，或多或少影響我的作為。當時我正計畫返鄉一段時間；或許連我自己都沒意識到，我其實很想把他處理掉——擺脫他，你們明白嗎——趁我啟程之前。我打算返鄉時竟遇上從家鄉飄洋過海而來的他：被慘事纏身，所提要求卻如此籠統，如同迷霧裡不堪負荷而氣喘吁吁的人。我無法斷言我曾看清他——直到如今我仍無法看清，自從我最後一次見到他後已過了這麼多年；然而，我覺得我愈不了解他，我的迷惘倒也讓我對他愈加難分難捨——畢竟，疑惑不解是豁然貫通不可分割的一部分。我對自己的了解也沒多深入。我在此強調，當時我正打算返鄉——回到遙遠家鄉，遠到所有壁爐爐石似乎都融合為一，連我們當中最卑微的人都有權坐在爐旁取暖。我們與成千上萬個同夥遊歷天下，有的名聞四海、有的沒沒無聞，皆遠渡重洋贏得我們的聲譽、財富，或只是混口飯吃；無論如何，我覺得對我們來說，返鄉必然會像結清帳務。我們回去面對上司、家屬、友人——我們效力的人、我們所愛的人；可是，就算不受我們敬重與愛戴的那些人——自由自在、獨來獨往、推諉塞責、無牽無掛——對故鄉已不再感到親切與珍愛——連這群人都得面對徘徊不散的大地之靈：遊走於故土之上、穹蒼之下、藏身於空中、山谷，無論高山、平原、汪洋、或是森林都有其蹤影——默默無語的盟友、論斷功過的判官、也是激勵人心的志士。不管該怎麼說才能迎合大地之靈的喜好，才能在祂面前感到寬心、才能面對祂的報應，一個人必須要問心無愧才能返鄉。[1]你們可能會覺得這些話很多愁善感；誠然，我們當中鮮有人具備足夠意志或能耐，以致無法刻意檢視普通情感表象的另一面。我們有所愛的人、景仰的人，有柔情、友誼、機運、樂事！可

---

1 馬羅認為無人能與家鄉切割，也無人能擺脫家鄉道德的包袱。換言之，無論吉姆如何東山再起，他自始至終都問心有愧，以致無顏見江東父老。

是仍無法否定一個事實：你所求的回報一定要光明磊落；不然，你掙來的就會在手中化為枯葉與荊棘。我認為只有孤形單影、沒有壁爐與所愛的那群歸人——並非返回故居，而是重回故土，回去面對虛無飄渺、永恆不變的大地之靈——只有這群人才最明瞭祂有多嚴苛、救贖力量有多強、祂在俗世顯露的恩典是如何博得我們的忠誠與服從。[1]沒錯！我們當中沒有幾個人能體認這點，但我們全體卻都能感受得到；所謂**全體**意思就是毫無例外：因為，無法感受得到的人就不算數。連小草葉片都有來自大地的根源以便汲取活力與養分；人也是一樣的：必須要有土地才能落地生根，才能汲取信念得以過活。我不清楚吉姆到底了解多少；不過，我知道他感受得到，他縱然有點困惑，仍強烈感受到一種渴求，欲求得某種類似的真理或假象——我不管你們要如何稱呼，根本沒差，無關緊要。要緊的是：看在他所感受到的情感分上，他值得關注。如今他永遠不會返鄉。絕對不會。永遠不會。倘若他能具體描繪他的感觸，所勾勒出來的想法一定會令自己不寒而慄，你們也一定會膽戰心驚。可是，他不是那種人，雖然他能以獨有方式表達自我。若有人在他面前提及返鄉這個主意，吉姆就會一臉絕望，全身僵硬無法動彈、垂頭喪氣嘟著嘴、眉頭深鎖，明亮藍眼逐漸黯淡無光——彷彿遇上某種無法承受之重，彷彿碰見某種令人作嘔之物。他那顆頭顱硬生生塞入可觀的想像力，再以濃密頭髮如帽子般自我遮蓋。至於我，可說是毫無想像力（若有的話，我今天就能更加確定對他的看法）；我並非有意暗示自己曾幻想大地之靈從多佛的白色海岸[2]升起：你若問我——這把老骨頭竟能毫髮無損返鄉，姑且這麼說——我是如何處置我那位年輕弟兄。我才不會犯這種錯誤。我很清楚他那種人不能多加過問；我見過許多比他更優秀的人出海打拚，然後杳無音信，消失得無影無

1　這段話揭露康拉德身為移民作家背負的包袱。詳見〈導論〉第六節討論（本書pp.26-29）。

2　Dover：英國東南角港市，其白堊岸崖為英國南岸地標。

蹤，完全不會有人想知道他們下落，連問一聲或嘆口氣都沒。大地之靈[1]統御偉大事業，對眾生是了無同情的。落隊的人真是不幸啊！我們要齊心齊力才得以存活。就某方面而言，他略微掉隊；沒跟上隊伍；但他很清楚這點，看到他能深切體認不禁令人同情，就像一個人轟轟烈烈過活而死就會比樹木枯死更令人同情。我剛好就在他身邊，也恰巧被他感動。就這麼一回事。我在乎的是他會以何種方式了結人生。例如，他若酗酒的話，我一定會很痛心。世界很小，我怕哪天會被一個流浪漢攔下：睡眼惺忪、臉龐浮腫、又臭又髒的遊民，穿著沒鞋底的帆布鞋，破爛衣袖隨風擺動，要我看在老交情分上借他五塊錢。你們也知道從往日美好時光突然現身的人會是什麼模樣：衣衫襤褸出現在你面前，一副討厭的嬉皮笑臉，以吊兒郎當的尖嗓攀交情，死皮賴臉又不敢正眼瞧你——對相信團隊精神的我們這群來說，這種場合會比牧師面對臨終還不知悔悟的人來得難熬。不瞞大家，以上就是我所能預期他與我都不樂見的壞事；不過，我同時也懷疑自己是否果真缺乏想像力。事情演變到最後，結局可能會更糟糕，在某方面甚至會超乎我的想像而無從預期。他不想讓我忘記他是想像力豐富的人，而愛幻想的人喜歡四處闖蕩，似乎以為有了想像力就像多了條長纜，能在起伏不定的人生找到錨定。他們這種人皆是如此。其中也有人淪為酒鬼。或許我的擔憂讓自己太瞧不起他。我怎能說得準？連史坦也只能說他很浪漫。我只知道他屬我族類[2]。至於浪漫於否，干他何事？我跟你們說了這麼多由衷而發的感觸與困惑想法，原因在於他已沒什麼好說的了。他只為我存在；到頭來，也只有透過我，他才為各位存在。[3]我牽著手把他帶出來；把他帶到你們面前展示。我的顧慮是否只是偏頗的老生常談？我不會妄下斷

1　the spirit of the land：馬羅本段慷慨陳詞之關鍵語。

2　請見第五章第九段（本書p.107-108）。

3　馬羅認為主觀言說（narrative）構築客觀事實，凸顯現代主義式的敘事風格。

語——今日亦然。你們可能會說得比我還準，誠如俗諺有云：旁觀者清[1]。
不管怎樣，旁觀者是多餘的。他的人生並未了結，完全沒有；恰好相反，
他人生進展出色，架勢十足筆直前衝，顯示他既能蟄伏也能一飛沖天。
我應該感到得意，因為他的勝利我有盡一份心力；不過，我並未如我所
預期的那樣感到滿意。我問自己：他的莽撞行事[2]是否確實讓他得以擺脫
迷霧——他曾於霧裡隱身，只顯露飄移不定的輪廓[3]，雖不明朗卻耐人尋
味——而不再是一位苦苦哀求歸隊以盡微薄之力的落隊者。此外，他的結
局仍無從斷言——或許永遠不可斷言。人生唯一不變的目標當然就是要一
吐為快，再怎麼苦短，還是要支吾其詞說出個所以然，不是嗎？[4]但我已不
再期望會有什麼斷語——倘若能說得出口，這些抑揚頓挫的話語將會震天
駭地。我們永遠不會有足夠時間好好下個結語——總結我們的愛、慾望、
信念、悔恨、屈服、反動。天地是不容撼動的，我想——至少不能由我們
這群知道這麼多天地真相的人來做。[5]我對吉姆所下的結語不會多。我斷
定他已達到偉大境界；不過，無論用講的或是用聽的，這件事都會黯然失
色。坦白說，我不信任的並非自己所說的話，而是你們的想法。我原可侃
侃而談，要不是我知道你們這些傢伙恐怕寧可多吃而不願多想。我無意冒
犯諸位；不抱任何幻想是值得尊敬的——那樣會很穩當——大有益處——
索然無味。然而，你們年輕時一定也曾感受到人生濃烈——各種瑣事所激
發的迷人之光，如同冰冷打火石擦出火花那般不可思議——那般稍縱即
逝，唉！」

1　the onlookers see most of the game：源自16世紀諺語"Lookers-on see most of the game."（當局者迷，旁觀者清）。
2　此為吉姆下半人生故事的重點。
3　請見第六章最後一段（本書p.134）。
4　康拉德美學宣言，表露現代主義小說想說卻又說不出的矛盾。
5　「屬我族類」的同夥須齊心掩飾真相：此主題延續同期作《黑暗之心》。

第二十二章

「征服愛情、榮譽、外人的信任——所致之驕傲，所得之力量：這些都是英雄故事的適切題材；只不過吸引我們的只是這類成就的表象，而吉姆的成就並無表象可言。綿延三十哩的密林把他的成就阻絕於內，不讓冷漠外界窺探；沿岸還有滾滾白浪，浪濤聲遠大於口耳相傳的聲望。巴度山北方一百哩有塊地岬，文明大河似乎因而從東與東南分流而過，以致該地平原、山谷、老樹、古老居民皆與世隔絕、被世人遺忘——彷彿是座微不足道的小島，遭受兩條大江吞噬而岌岌可危。這個地名常見於許多古老的遊記選集。十七世紀商人遠赴該地尋找胡椒，詹姆士一世以降胡椒熱興起，好像在許多荷蘭與英國冒險家心中點燃不滅的痴情狂愛。[1]為了得到胡椒，他們還有什麼地方不會去！只為一小袋胡椒，他們會毫不猶豫互相割喉拚個死活，連原本不願出賣靈魂的人都不再堅持：那種狂熱引發的怪異執著讓他們面對千百種死法都不為所動，無視未知海域、不顧噁心怪病；哪怕受傷、被俘、挨餓、瘴癘、絕望。這股執著讓他們得以偉大！天啊！讓他們成為英豪；但他們渴望發財的同時也很可悲，因為他們不分老少皆躲不開前去索命的頑強死神。似乎很難相信僅僅貪婪就足以讓人如此一心一意、如此盲目犧牲奉獻。的確，那些人豁出一切，賭上自身性命與人生，所得報酬卻微不足道。他們客死異鄉，任憑白骨枯爛於遙遠他鄉，只為換得回流財富以供家鄉在世的人享用。對我們這群有欠磨練的後繼者而言，他們看來好像登峰造極——並非因為他們是貿易代理人，而是由於他們已成天命的工具：投身未知世界只為遵從內心聲音、聽命血脈悸動、臣服於未竟夢想。他們令人讚嘆；坦白說，他們隨時準備面對嘆為觀止的

1　歐洲人自古視黑胡椒為黑金，在歐洲成為異常珍貴的商品。詹姆士一世統治英格蘭時（1603–1625年），葡萄牙人已於亞洲買賣胡椒多年。馬來亞與印尼諸島盛產黑胡椒，為英國與荷蘭東印度公司重要獲利來源。

事物。他們得意記錄了驚奇之旅：藉由他們的苦難、大海的詭譎多變、陌生國度的習俗、尊貴統治者的光榮事蹟。

「在巴度山，他們發現不計其數的胡椒，也對當地蘇丹的氣魄與智慧留下深刻印象；可是不知怎的，歷經一個世紀成敗參半的交流，那個國度好像逐漸消淡出貿易。或許胡椒早已罄盡。就算主因可能如此，如今已沒人在乎；榮景已不復在，繼任者是一位年輕蘇丹，為人昏庸，左手多了根拇指；全靠壓榨淒慘的人民才有不穩定又少得可憐的稅收，叔伯輩又趁機中飽私囊。

「以上資訊我當然是從史坦那裡聽來的。他跟我說他們的名字，也大略描述這些人的生平與為人。他知道許多有關當地領地的消息，就跟官方公報一樣詳盡，只是更為引人入勝。他得要知道。他在這麼多地方交易，在有些地區——就像在巴度山，舉例來說——只有他的商行能獲得荷蘭官方特許設立代辦處。當局信任他能謹慎行事，互有默契讓他自負風險。他雇用的職員也十分了解這點，他顯然有辦法讓他們覺得很值得鋌而走險。那天上午吃早餐時，史坦對我毫無保留。據他所知（最後一則消息已是十三個月前的舊聞，他確切表示），那裡的正常情況就是生命財產全無保障。有幾個敵對勢力在巴度山出沒，其中一派由艾琅拉惹為首，此人是現任蘇丹叔伯輩裡心腸最壞的，擔任河道總督，勒索偷竊無所不用其極，將世代居住在當地的馬來人欺壓到瀕臨滅亡；這些馬來人手無寸鐵，任人宰割，無力移居外地——『因為，老實說，』如史坦指出，『他們還能上哪兒去，要如何遠走他鄉？』毫無疑問，他們其實完全不想離開。這個世界（被無可穿越的高山圍繞）掌握在貴族手中，傳給這位他們所知的拉惹：畢竟他是來自他們服侍的皇室。我後來有幸與這位先生[1]會面。他是一位蓬頭垢面的矮老頭：目光邪惡，嘴總是張開的，全身有氣無力的樣子；他每兩小時就服用一顆鴉片丸，故意不戴帽子，服裝儀容皆有違禮儀，任

1　the gentleman：吉姆亦以「紳士」自居，請見第十一章倒數第七段（本書 p.181）。馬羅刻意將當地政治領袖視為與吉姆同等地位。

憑雜亂髮絲垂在滿臉皺紋的髒臉上。接見賓客時，他會前往一間像是舊穀倉的大廳，爬到搭建在殘破不全竹地板上一座窄檯就座；從地板破洞往下看，可看見挑高十二或十五呎的地板下方堆滿各種垃圾，房子就蓋在垃圾堆上。那就是他接待我們的場所與形式——在吉姆陪同下，我特地到那裡謁見他。在場約有四十人，或許還有為數三倍的其餘人士在後方中庭廣場觀禮。人群在我們身後又推又擠，熙來攘往。有些年輕人站在遠處，絲製服飾光澤亮麗；大多數圍觀群眾為奴僕與其地位卑賤的親屬，全都半裸身軀，所穿紗籠都破爛不堪，佈滿煤灰與泥巴汙痕。那天我首次看見吉姆竟能如此鄭重其事、如此從容不迫，一副不露神色、令人敬畏的模樣。昏暗大廳裡，陽光從遮陽板裂縫流瀉而下；在這群臉孔黝黑的群眾圍觀下，光線似乎全都照在吉姆一襲白衣的健壯身影與一頭耀眼金髮上，在毛墊隔牆與茅草屋頂之間令他格外引人注目。他看起來彷彿是另一種人，不僅完全不同種，連本質也截然不同。要不是他們看到他乘獨木舟而來，可能會以為他是乘雲從天而降。不過，他確實是搭乘一艘簡陋獨木舟而來，坐在（雙膝併攏不敢亂動，唯恐翻船）——坐在一個錫箱上——我借給他的——膝上小心翼翼放著一把有海軍圖飾的左輪手槍——我上回辭行時送給他的——不曉得是由於天意干涉，或是出於他典型的一時糊塗，還是純粹由於本性明智使然，這把配槍他決定不裝子彈。他就是這樣在巴度山溯流而上。沒有什麼能更為平凡、更不安全、更誇張隨興、更加孤獨。說也奇怪，他那種宿命：讓本身所有作為染上逃離之風，所有舉止都是一時衝動、不假思索的離棄——一頭栽進未知世界。

　　「正是吉姆那種隨興作風讓我印象深刻。當我與史坦把他捉起來，毫不客氣丟到圍牆外——打個比方——我們倆並不十分清楚可能會有什麼等在另一頭。當時，我只希望那樣做能讓他消失得無影無蹤；史坦則一如既往，他的盤算可謂感情用事。他想要償還（以實物，我猜）念念不忘的舊債。的確如此，他一輩子都對來自不列顛諸島的人特別友善。他那位已故恩人據信是蘇格蘭人——甚至大費周章稱呼他為亞力山大‧麥

尼爾[1]──吉姆來自特韋德河[2]以南的遙遠地方;隔著六千或七千哩遠的距離,大不列顛雖不會消失,仍會按比例縮小──小到連祖國子孫都會忽略細節的重要。[3]我不忍苛責史坦,想到他所暗示的意圖竟如此寬厚,我很認真懇求他暫時保密。我覺得吉姆不應受到任何私心影響;完全不應冒險讓他被旁人私心左右。吉姆要的是藏身之處,就算以危險為代價換得的藏身之處也行──僅此而已。

　　「至於其他可預期的問題,我都十分坦白逐項告知吉姆,我甚至(我相信當時自己是這麼想)對他即將接任工作所具之危險誇大其詞。其實,我還講得不夠明確;他在巴度山首日差點成了他的末日──原本會是他末日,要不是他竟能如此魯莽、或如此苛求自我,以致不願勉為其難將那把手槍裝上子彈。我記得很清楚,當我對他披露我們好不容易替他想出的隱居規劃時,他原本百般無奈,執拗卻又身心俱疲;後來,取而代之的是他對此安排逐漸感到驚喜、讚嘆、稚氣未脫的興致勃勃。他自始至終都在夢想能有這種機會。他想不出自己有何成就能值得我……他死也搞不懂自己應歸因於什麼……主要是史坦,商人史坦,多虧他……不過,我才是他得要……我打斷他的話。他拙於言辭,卻設法表露由衷感激之意,令我感到莫名痛苦。我跟他說,如果是多虧某某特定人士他才能有此機會,那要歸功於一位他從未聽說過的蘇格蘭老翁──此人逝世多年,生平早已被人淡忘,世人只依稀記得他豪邁嗓音與有點粗獷的坦蕩胸襟。老實說,沒有人能出面接受他的謝意。史坦只是將自己年輕時所獲幫助傳給另一位青年,而我所做的僅是提到史坦的名字。聽我這麼一說,吉姆的臉不禁紅了起來,不停捏著手裡的紙屑;然後,他差怯表示:我總是很信任他。

　　「我承認就是這麼一回事;沉默一陣後,我接著說,希望他能把我當

1　M'Neil:McNeil,蘇格蘭常見姓氏。

2　the Tweed:蘇格蘭與英格蘭界河。

3　如第六章透露,吉姆來自英格蘭南部艾色克斯郡。在史坦這位外國人的報恩地圖上,確切地理位置並不重要。

成榜樣。『你以為我不想？』他焦急反問，再喃喃表示，一個人總得要先找個機會；然後，他頓時開朗起來，以宏亮口氣聲明，他絕對不會辜負我對他的信賴，而且──而且……

「『別誤會，』我插嘴說。『你無從令我後悔什麼。』不會有什麼憾事；就算有，那也是我自己的事：另一方面，我希望他能清楚明白：這個安排，這個──這個──嘗試，是他自找的；他要自行承擔，而非歸咎他人。『你竟這麼想？哎呀！』他結巴說，『這點正是我』……我求他別傻了，他的表情更為困惑。他很可能會把自己人生搞得痛苦難耐。……『你覺得是這樣嗎？』他惶恐問道；可是過一會兒後，他接著自信滿滿說：『儘管如此，我仍堅持下去。不是嗎？』根本沒辦法生他的氣：我忍不住露出笑容對他說，古時候若有人執意要過這種生活，都是想成為荒野隱士。『管他什麼隱士！』他脫口而出的快言快語還蠻有趣的。想當然，他不會在乎來點荒野。……『很高興聽你這麼說，』我說。那正是他所要前往的地方。不過，他會發覺那邊非常多采多姿，我甚至大膽做出保證。『是的，是的，』他興致勃勃說。他的渴望表露無疑，我態度堅決繼續往外走，把他身後大門關上。[1]……『我真的會成為隱士？』他插嘴說；同時，一股詭異抑鬱讓他勃然變色，彷彿從頭到腳把他籠罩在一團陰霾，有如被飄過的雲影遮蔽。畢竟，他很能以令人讚嘆的方式表達情感。著實令人讚嘆不已！『我真的會成為隱士？』他苦悶地重複問道。『別說我抱怨不停。我也能堅持下去──只要──管他的！──你能為我找出那道門。』……『很好。進去吧，』我突然說。我可對他鄭重保證，那道門會在他身後砰然關上。他的命運，無論結局如何，是不會有人理會的：因為，那個國度正值墮落腐敗的局勢，外界認為時機未到，不宜干預。他一旦踏入那個世界，對外面世界來說，他這個人會變成好像從未存在。他將會失去一切，只剩腳下的鞋底支撐著他，而他首要之務就是要找到能發揮

1　類似西方經典《神曲》描寫下地獄的過程：關上人間之門，走入另一世界，永遠無法回頭。

所長的立足點。『從未存在──正是如此，天呀，』他自言自語。他盯著我的嘴唇，目光炯炯有神。我最後對他說，倘若他已通盤了解即將要面對的生活條件，最好搭上眼前第一輛馬車趕去史坦家，看史坦還有什麼要交代。我話都還沒說完，他就匆匆離去。」

第二十三章

「他直到隔日上午才回來。有人招待他晚餐，又把他留下過夜。從沒遇過像史坦先生那樣棒的人。他口袋有封信要轉交給柯內琉斯（『要被解雇的那個傢伙，』他解釋，原本興高采烈的口氣暫時沒那麼興奮）；隨後，他很得意拿出一只銀戒指，看來是當地人慣用的那種，做工細緻，隱約可見雕鏤。

「這是為了要去見一位名叫多拉敏的老翁——當地耆老——大咖的[1]——史坦以前在那個國度闖蕩時所認識的朋友。史坦先生所謂『戰友』。能有戰友真好。不是嗎？誰會料到史坦先生說一口很溜的英語？聽說是在西里伯斯學的——竟然在那種地方！笑死人了。是不是？史坦說話時口音很重——操著鼻音——我是否也有察覺？戒指是那位名叫多拉敏的老兄送給史坦的。他們最後一次會面時臨別前有互贈禮物。有點像許諾友誼永駐。史坦覺得戒指精美——我怎會不同意？他們得從那個國度匆匆逃命，當那個默罕默德——默罕默德——那個名叫什麼去的[2]被刺殺後。我很清楚這件事的始末，想當然。看起來真倒楣，糟糕透頂，對不對？……[3]

「他就這樣講個不停，光拿著刀叉連飯都忘了吃（他找我時剛好是午餐時間），臉色有點紅通通的，眼珠轉來轉去，表露他那種興奮神情。那只戒指是個信物——（『就像書裡才有的情節。』他滿懷感激補充說）——多拉敏一定會盡力幫他。史坦先生曾多次出手解救那個傢伙性命；陰錯陽差之下，史坦先生表示，但他——吉姆——可不這麼認為。遇上那種意外找史坦先生準沒錯。不要緊。無論意外或是麻煩事，他也能派

1　a big pot：有「大腹便便」之意。
2　默罕默德‧彭梭。請見第二十章（本書p.243）。
3　本段敘事觀點融合第一人稱與第三人稱，顯露現代主義小說打破人稱限制的敘事風格。

上用場。希望那位好老頭捲入的麻煩仍有待解決。史坦先生不清楚現況。已失聯一年多了；他們在那裡只顧內鬨，吵個沒完沒了，而且還關閉河道。有夠棘手，搞到這樣；不過，沒什麼好怕的；他會想辦法鑽進去。

「他那種喋喋不休、欣喜若狂的模樣令我刮目相看，甚至有點嚇人。他就像要放長假前夕的少年，嘰哩呱啦談論打算要做的傻事；一位成人在他那種處境下竟有這種心態，可謂非比尋常，有點瘋狂、危險、不保險。正當我想拜託他態度應更加認真，他突然放下刀叉（他已開始用餐，或者說已開始吞下食物——有點像無意識動作），翻弄著餐盤找東西。戒指呢！戒指呢！究竟掉到哪兒去了……啊！找到了……他一邊用大手緊緊握住戒指，一邊摸著身上口袋看要怎麼放才好。哎！怎麼放都會搞丟。他盯著拳頭認真思考。想到了沒？可以把那個鬼東西掛在脖子上！他話一說完就立刻著手進行，拿出一條細繩（看起來好像是棉製鞋帶），把戒指做成掛飾。弄好了！巧不巧妙！這麼一來若還會搞丟，就糗大了……他似乎首次正眼瞧見我的表情，就把情緒稍微和緩下來。他以略微天真的嚴肅口氣對我說，我可能沒料到他有多重視那個信物。那個東西意味著盟約；能有朋友是件好事。他對這點有所了解。他語重心長點著頭；不過，看到我做出不同意的手勢，他用手托著頭，坐在椅子裡好一會兒都沒吭聲，若有所思把玩桌巾上的麵包屑……『把門甩上——說得好，』他大聲說，突然站起來在房間走來走去；看到他雙肩起伏、轉過頭來欲言又止、跌跌撞撞的魯莽模樣，我不禁想起那天晚上[1]——當時他也同樣坐立難安、對我吐露、想解釋一切——隨你們怎麼看——然而，到頭來他想活下去——在我面前頂著他自身那一小團愁雲想活下去，靠著本身潛意識那股敏銳感受力，從悲傷源頭尋求慰藉。同樣心情——相同卻又不同，好比一個反覆無常的同伴：今日帶你步上正途，明日卻以同樣眼神、步伐、衝動把你帶入歧途，讓你絕望無助失去方向。他的步伐充滿自信，但漂移的抑鬱眼神似乎有所求。他大小不一的腳步聲——可能是一邊靴子有問題——給人一種奇怪想

1　請見第十七章（本書p.223）。

法，覺得他無形中走走停停。他把一隻手深深塞進褲子口袋；突然間，他將另一隻手高舉過頭。『把門甩上！』他吼道。『我在等的就是這個。看著辦吧……我會……我已準備面對任何鳥事。……我連作夢都會夢到……哎！能夠脫身。哎啊！好運終於來到。……你等著看。我會……』

「他大搖大擺揚著頭；坦白說，在我認識他的那段日子，這是我第一次也是最後一次認為自己居然會受夠了他。為何要那樣吹噓？他在房裡氣急敗壞晃來晃去，很誇張地比手畫腳，偶爾還不忘摸摸掛在衣服裡的戒指。對一個被指派擔任交易員一職的人來說，即將遠赴一個不能做生意的地區——這有什麼可喜可賀的呢？為何要仰天長嘯與全世界作對？無論想著手進行什麼工作，這絕非應有心態；這種心態不僅對他而言有欠妥當，依我看來，對任何人來說亦是如此。他站在我面前俯視我。我是否有同感？他問道，心情尚未平復，但擠出一絲笑容；忽然間，我從他的笑意好像能察覺一股傲慢。但話又說回來，我比他年長二十歲。年輕**就是**傲慢；那是年輕的本錢——天性使然；年輕就是要讓人知道誰也擋不住青春，而生在這個充滿迷惘的世界，只有蔑視一切、傲慢無禮，才能讓人正視你的存在。他走到房間另一角，再朝我走過來：打個比方，要把我碎屍萬段。我敢這麼說是因為我——儘管我始終對他很好——連我都還記得——仍記憶猶新——有他的把柄——記得究竟——究竟發生何事。至於其他人——外人——外界——全世界又該怎麼辦？世人的疑惑，他想要逃避、抽身、劃清界線的那些質疑——天啊！我居然還在談論心態是否有欠妥當！

「『還記得的不是我，也不是全世界，』我喊道。『記得的是你——是你。』

「他毫不退縮，繼續發火，『所有事物，所有人，所有人都可以不管。』……他幾乎說不下去。……『至於你，』他接著說。

「『沒錯——也可以不管我——如果這樣做能讓你好過些，』我說，同樣也快說不下去。然後，好一陣子我們倆都不發一語、垂頭喪氣，好像都已精疲力竭。後來，他打起精神繼續把話講完；他告訴我，史坦先生吩

咐他先做一兩個月，看是否能在那裡待下去，再決定是否要搭建自己的住所，以避免『無謂開銷』。他的措辭很有趣——史坦的用詞。『無謂開銷』一詞用得好。……待下去？還用問！理所當然。他會設法撐下去。只要能讓他進到那裡去——他要的不多；他自有答案：他會待下去。絕不會臨陣脫逃。要待下去是輕而易舉。

「『別傻了，』我說，被他咄咄逼人的口氣弄得有點焦慮。『你若在那裡活得夠久，一定會想回來。』

「『重回什麼？』他心不在焉地說，緊盯著牆上時鐘的鐘面。

「我一時說不出話來。『那麼，就永遠不會回來了嗎？』我問。『永遠不會，』他沒看我，只恍惚複誦。然後，他突然回過神來變得坐立難安。『哎啊！兩點鐘了，我的船四點出航？』

「沒錯。那天下午史坦有艘西行的雙桅船，吩咐吉姆順道搭乘便船，只不過史坦並未指示延後起航時間。我猜史坦疏忽了。吉姆趕著打包，我則回到自己船上；他答應我待會他前往外港錨地時會順道找我辭行。沒過多久他就倉促現身，拎著一個小皮箱。這根本行不通，我連忙拿出一個老舊錫製行李箱，應該就能防水，至少足以防潮。他更換行李箱的方式簡單俐落：把皮箱裡的東西一股腦兒倒出，就像把整包麥粒倒光一樣。東西掉出的混亂間，我看見三本書；兩本小書，深色封面，第三本則是燙金綠封的厚厚一冊——售價半克朗[1]的《莎士比亞全集》。『你讀這個？[2]』我問。『是的。振奮心情最佳良方。』他匆匆回答。他的閱讀品味令我十分訝異，但當時沒空閒聊莎翁作品。艙房茶几擺了一把大口徑左輪手槍與兩小盒子彈。『請務必收下，』我說。『要待下去的話能派上用場。』此話一

1　half-crown：英國舊制銀幣，幣值等於兩先令六便士。1890年代，英國勞工每日工資才約六先令。吉姆收入不多，竟不惜購入精裝版文學作品，難怪能令馬羅驚訝不已。

2　康拉德早年跑船期間常抽空埋首於《莎士比亞全集》，令船上同事嘖嘖稱奇。

說出口，我馬上意識到恐怖的弦外之音。[1]『要到那裡的話能派上用場。』我懊惱解釋。不過，他完全不在乎有何言下之意；他萬分熱切跟我道謝，咻一聲轉身就走，邊跑還邊轉過頭來高呼再見。我聽見船側傳來他的聲音催促槳手快點用力划[2]；透過舷窗，我看見他的船從懸伸艉[3]下方繞過去。他坐在船上俯身向前，以口令與手勢激勵船員；他把左輪手槍拿在手裡，比手勢時槍口看起來好像正對船員腦袋；我永遠忘不了那幅畫面：四名爪哇槳手各個臉色驚恐萬分、拚死拚活划著槳，在我眼前被瘋狂擺動的船槳掩沒。我從舷窗轉過身來，馬上就看見茶几上仍放著兩盒子彈。他居然忘了帶走。

　　「我立刻下令備妥小艇出航；可是，吉姆的槳手以為身旁有狂人讓他們命懸一線，致使那艘小船飛速前進，我在半途就遠遠看見吉姆爬上雙桅船舷欄，他的行李也被搬上船。我登上雙桅船甲板時，全船的帆都已降下，主帆已張帆，絞盤啟動中。迎面而來的是面帶冷笑的船長：一位年約四十歲、短小精幹的混種[4]傢伙，身穿藍法蘭絨西裝，目光機靈，圓臉臉色如同檸檬皮，兩道小黑鬚垂在黝黑厚唇旁。我後來發現，儘管此人看起來一副自鳴得意的樣子，他性情其實還蠻憂心忡忡的。聽我說明來意後（當時吉姆人在船艙），這位船長就說：『喔，沒錯。巴度山。』他要載那位先生到那邊河口，但『絕不會登上』[5]。他那口流利英語好像源自瘋子編纂的辭典。[6]倘若史坦先生期望他能『登上』，他就會『虔誠地』——（我想他原本想說恭敬地——管他去的）——『虔誠地述明反對意見以保障

1　「待下去」（to remain）也有「存活下去」之意。吉姆單槍匹馬前往局勢混亂的殖民內地，馬羅擔心吉姆性命不保。

2　give way：海事術語，「用力划槳」。

3　the counter：海事術語，延伸至水線以上的船艉。

4　half-caste：歧視語，「混血」。

5　"never ascend"：ascend除「溯流而上」，亦有「登高」、「登基」之意。言下之意，吉姆接下的是爛缺，就算有機會「登高」，知情者才不會陪同前往。

6　對啃書自學英語的康拉德而言，本句頗有自嘲之意。

財產安全』。若意見不獲採納，他就會當場拿出『辭職的辭呈』[1]。他最一次到那裡已是十二個月以前的事了。儘管柯內琉斯先生『進貢很多奉獻禮金』給拉惹艾琅先生與其『社會中堅分子』，所訂條款『雖有誘人甜頭卻又讓人啞巴吃黃連』[2]，他的船於該區河道沿途都會遭受來自森林裡『不感分子』[3]的火力攻擊；因此，他的船員『因肢體暴露被迫找掩護並全程無聲潛盾』，有一次雙桅船還駛上沙洲幾乎擱淺，『以凡人之力差點難逃殞落之命』。談起這段往事讓他又嘔又氣，但他豎起耳朵聽到自己的流利英語又感到相當自豪，他那張平凡圓臉於是就轉悲為喜，喜怒無常。他在我面前一下子眉頭深鎖、一下子眉開眼笑，很滿意見證了自己措辭不可否認的效果。一陣暗黑水波掠過平靜海面，雙桅船前桅中帆已於桅杆升起，但主帆桁仍維持置中[4]，帆船似乎陷入貓爪風而不知所措。[5]船長咬牙切齒繼續說，那位拉惹是『荒唐可笑的鬣狗』（我想不透他如何能理解鬣狗的含義[6]）；而某某人還比『鱷魚的武泣』[7]來得更為虛偽無義。他朝著船艉方向看過去，監視船員是否各盡其責；同時，他忍不住滔滔不絕——對那個地區做出以下比方：『一群怪獸被關在籠裡，慣於不知悔改而貪婪無厭』。我猜他的意思應該是指那裡的人慣於不受懲罰[8]。他大聲表示，他

1　"resignation to quit"：同義反覆（tautology），重言句（遞辭呈就是要辭職）。

2　"a snare and ashes in the mouth"：snare為「圈套」；ashes in the mouth 比喻「毫無價值」之物。

3　"irresponsive parties"：原本應為「不負責任」（irresponsible）的「不法」分子。

4　主帆桁置中（main-boom amidships）代表主帆尚未受風。

5　貓爪風（cat's-paws）為能激起漣漪的微風。帆船航行需倚賴主帆與風向維持一定角度。主帆桁置中時，船體只會受風吹拂而搖晃，無法前進。

6　鬣狗（hyaena）亦有「陰險小人」之意。

7　"weapons of a crocodile"：「鱷魚的武器」，意即「鱷魚的眼淚」（假慈悲）。法文「武器」（l'armes）與「眼淚」（larmes）僅一個標點符號之差。船長逞口舌之快，講錯英語。

8　船長搞混impunity（不受懲罰）與impenitence（不知悔改）。

無意要『被人有意把他與偷搶拐騙掛鉤而出盡洋相』。雙桅船的船員迫於在極短時間拉錨，原本不絕於耳的抱怨聲終於止歇，船長隨之壓低嗓音。『巴度山聊得夠多了。』他最後精神抖擻做出結語。

　　「我後來聽說他有次言行不知收斂，以致被人以藤製套索勒住脖子綁在一根柱子上，立在拉惹居所前的泥坑裡示眾。在那種有礙健康的處境下整整一天一夜受盡煎熬；可是，種種跡象顯示，這只是由於當地人想對他開某種玩笑所致。我猜，那段恐怖回憶讓他陷入沉思；過一會兒後，他看見一個船員走向船艉舵輪，又開始破口大罵。他罵完後轉過身來，改以打官腔的口氣對我說話，態度冷漠。他會帶那位先生前往峇都克林[1]河口（巴度山小鎮『要再深入內地』，他表示，『上溯三十哩』）。但依他看來，他接著說——一改先前侃侃而談的口氣，轉用一種厭煩的擔憂口吻做出斷言——那位先生已『類似屍體』。『什麼？你說什麼？』我問道。他擺出嚇人的狠樣，唯妙唯肖傳達何謂從背後捅一刀。『已經如同被放逐之人的死屍那樣。』他解釋說，一副狂妄自大的模樣，就像他那種人耍小聰明時常會有的表情。我看見吉姆悄悄站在他後方，對我露出微笑；我差點失聲大叫之際，吉姆連忙舉手示意要我別作聲。

　　「後來，那個混種傢伙按捺不住自命不凡的盛氣，對船員又吼又叫發號施令：帆桁咯咯擺至定位，沉重的下桁從我們頭頂掠過；主帆背風面的位置剛好只剩吉姆與我在那站著，我們趁機匆匆握手道別。我先前關注他命運時總是隱約感到憤恨不平；那天我內心已無那種感覺。相較於史坦的謹言，那個混種傢伙的荒唐閒言令吉姆人生道路難熬的險阻更加確切可信。我與吉姆始終慣以拘謹口氣交談；那天我們說話已不再正式：我記得稱他『親愛的小老弟』，他只顧喊我『老頭』，滿懷感激到連話都無法好好說完，彷彿他所冒的風險抵銷了年齡差距，讓我們在人生歷練與情感上變得不相上下。有那麼一刻我們感到真誠深切的親密無間——突

1　Batu Kring：虛構地名。根據第三十八章的線索可推測應位於蘇門答臘西岸。

如其來、稍縱即逝——就像驚鴻一瞥間窺見了永恆不變的救贖真理[1]。他想盡辦法安撫我，好像我們兩者之間他才是較為成熟的一員。『沒事的，沒關係，』他急忙說，一片摯情。『我答應一定會好好照顧自己。沒錯；我不會草草冒險。管他什麼險，我一個都不會去冒。當然不會。我打算撐下去。別擔心；哎！我覺得好像什麼都動不了我。跟你說！樂天的人無論走到哪裡都會無憂無慮。[2]我哪會搞砸這個天大的好機會！』……天大的好機會！嗯，事後看來，還**果真**天大；但好機會仍要好好把握才能得手，當時我怎能預知未來。如他自己先前所言，連我——連我都還記得——與他——與他作對的厄運。事實就是如此。他最好還是一走了之吧。

「我的小艇在雙桅船尾流裡載浮載沉，我看見吉姆站在船艉；太陽西沉，夕照襯托出他的身影：遠遠看去只見他高高舉起小帽。我聽見微弱的喊話聲：『你——一定會——聽到——我——出名的——消息。』出名，或初函[3]，我不確定。我想他應該是說「出名」。他站的位置下方海面波光閃爍，我感到一陣目眩，無法看清楚他的模樣；我注定永遠無法把他看個清楚；但我可以跟各位保證，沒有人看起來能比他更『類似屍體』——套句那個混種傢伙不吉利的牢騷話。我能看見那個小壞蛋從吉姆手肘下面探出頭來，臉色如同熟透的南瓜臉[4]。他跟吉姆一樣，都高舉著雙臂好像準備要向下打水[5]。*Absit omen!*[6]」

1　saving truth：同袍情誼超越一切。遺憾的是，吉姆必須自我放逐才能換得「救贖」。

2　this is luck from the word Go：源自英語happy-go-lucky（「快樂無憂」）。

3　英語「聽說」（hear of）與「接獲信函」（hear from）僅介系詞一字之差。

4　根據萬聖節習俗，南瓜頭能驅走鬼怪。馬羅希望有人能幫吉姆化解厄運，即使是搗蛋鬼也行。

5　呼應史坦的溺水求生論，請見第二十章倒數第十段（本書pp.249-250）。

6　拉丁語「避凶趨吉」。

第二十四章

「巴度山海岸（兩年之後我首次親眼見到）筆直陰沉，面對著濛濛大海。山崖低處遍佈樹叢與藤蔓，深綠植被裡可見蜿蜒的紅色小徑，有如富含鐵質的瀑布傾瀉而下。河口沖積出一大片濕地，後方有一望無際的森林，更遠處有綿延起伏的藍色山峰。海平面遠處有一連串島嶼，薄霧裡陽光終日不退，群島崩塌的剪影格外醒目，狀如被海水沖垮的斷牆。

「峇都克林支流出海口有座漁村。如今那條河道已封閉多年；不過，我去的時候仍可通行，史坦的小縱帆船只利用三次漲潮就載我們一路溯流而上，完全沒受到『不感分子』[1]火力攻擊。那種戰亂據說是陳年歷史，如果我相信漁村那位老頭目所說的話——他來我們船上充當領航員。他對我（他有生以來遇見的第二位白人）吐露很多事，主要在談論他所見過的第一位白人。老頭目所謂『吉姆端安』[2]：他提及此人時口氣十分獨特，既親切又敬畏，聽起來令人詫異。他們這群漁村居民受到那位大爺特別保護；由此可知吉姆與當地人民並無嫌隙。當初吉姆若曾預告他日後會聽到他出名的消息[3]，他所言屬實。我沿途聽說很多有關他的事。有個故事已廣為流傳：據說吉姆能順利上溯是因為蒙獲天助——潮汐特別為他提早兩小時漲潮。我面前這位侃侃而談的老翁親自替那艘獨木舟掌舵，親眼見證了當時異象。他與整個家族共享這份榮耀。他的兒子與女婿皆為槳手；但他們仍少不更事，起初都沒注意到獨木舟航速有異，直到他指出潮水不可思議的變化才嘖嘖稱奇。

「吉姆的到來對那座漁村原本應是一樁幸事；可是，對那群人而言——我們很多人也會有同感——恐懼乃賜福的使者。上回何時有白人

1　請見第二十三章倒數第四段（本書p.270）。
2　請見第一章第三段（本書p.76）。
3　請見第二十三章最後一段（本書p.274）。

出現已不可考，加上世代更迭，與白人應對的常規已失傳承。生人突然造訪漁村，頑強要求有人帶他前往巴度山，鬧得全村人心惶惶：他的堅決要求令人驚慌；他的慷慨行為更加啟人疑竇。那種索求前所未聞。根本就史無前例。拉惹不曉得會作何感想？若不從的話，那位生人會對他們做出何事？村民徹夜商議；但大家都同意：觸怒那位可疑生人的風險極高，危險已迫在眉睫。最後，一艘粗製濫造的獨木舟終於備妥。在眾女人悲嚎聲中，小舟緩緩離岸。一位無畏的老女巫詛咒那位陌生人。

　　「他就坐在獨木舟裡，如我先前所說[1]，在一個錫箱上，膝上小心翼翼擺著一把沒裝子彈的左輪手槍。他戰戰兢兢在舟裡坐著──沒什麼能更為累人──就這樣進入那片大地，注定在那裡遠播他的德行，上至內陸藍色山峰、下至沿海白色碎浪都將洋溢他的聲名。過了第一截曲流他就看不見大海與終日潮來潮去、波瀾起伏、辛勤拍打的浪濤──失去的畫面正是人類勞苦掙扎的意象；隨後面對他的是巋然不動的森林，在土裡深根固柢、陽光中拔地參天、無形中受到世代相傳的庇蔭而永垂不朽──這幅畫面就像人生。他的人生機會有如東方新娘，戴著面紗坐在他身旁，有待主人伸手揭起蓋頭。[2]他也是一個無形中蒙受偉大傳統庇蔭的繼承人。不過，他後來告訴我，他這輩子就屬坐在獨木舟那次感到最為沮喪疲憊。他連動都不敢動，只敢伸出手──可說偷偷摸摸──把漂浮在兩腳間的剖半椰子殼拾起，放慢動作把水舀出舟外。他發現純錫塊打造的箱蓋坐起來硬邦邦。他身強如鐵漢；但那次旅途暈眩反覆發作，令他昏頭昏腦，只好胡想著背部會被烈日曬出多大水泡。為了苦中作樂，他設法伸長脖子遠眺前方，猜想岸邊滿是濕泥的物體究竟是流木或是鱷魚。只是過沒多就他就放

1　請見第二十二章倒數第五段（本書p.263）。

2　浪漫詩人雪萊詩作〈勿掀粉彩面紗〉（"Life Not the Painted Veil," 1818）以面紗比喻幻麗的人生假面：凡掀起面紗者必將心碎失望。馬羅的比喻顯然是伏筆。毛姆中期作《面紗》（The Painted Veil, 1925）深刻描寫英國人在東方追求幸福的幻滅，很可能受到《吉姆爺》的影響。

棄不猜。根本不好玩。看來看去盡是鱷魚。[1]有次一隻鱷魚突然跳入河裡，差點把獨木舟弄翻。但驚險刺激很快就落幕。後來，面對眼前綿延不絕的空蕩河道，他很感激有猴群來到岸邊，能對路過的他發出鬼吼嘲弄一番。這就是他趨於偉大的過程，跟其他偉人興起的過程同等真誠實在。他絕大部分時間都在盼望日落；同時，小舟上那三位槳手在盤算要如何好好執行計畫——把他交出去給拉惹處置。

「『我想我應該是累到頭腦遲鈍，還是有一大段時間可能都在打瞌睡，』他說。他首先察覺的是獨木舟靠岸。他瞬間意識到後方森林已不復見，取而代之的是眼前高處出現幾座屋舍，左方有藩籬；忽然間，小舟上的槳手全都往外一跳，落到一處淺灘後拔腿就跑。出於本能反應，他也跳出去緊追在後。起初，他以為自己被人丟下不管，想不透對方是出於什麼理由；可是，他聽見亢奮的吶喊聲，藩籬大門啪的一聲打開，衝出一大群人，全都朝他而來。就在那時，河上出現一艘滿載戰士的船，往他那艘空蕩無人的小舟側面靠過來，截斷他的退路。

「『我嚇死了，根本無法保持冷靜——你懂嗎？如果那把左輪手槍有裝子彈的話[2]，我就會朝那群人開槍——可能會有兩三具屍體，那樣的話我就完了。但那把槍沒裝子彈。……』『為何不裝呢？』我問。『嗯，我不可能單打獨鬥對抗全體居民；況且，我會去見那些人並非因為怕死。』他說，瞄我一眼，眼神隱約透露他那種悶悶不樂、不服輸的心情。我原本想向他指出，不會有人知道手槍彈倉其實是空的。就讓他以自己的方式滿足自我吧。……『無論如何，那把槍沒裝子彈，』他重複，一派輕鬆，『所以，我就站著不動，問他們出了什麼事。被我這麼一問，所有人一下子全都啞口無言。我看見有人手腳不乾淨，擅自拿走我的行李箱。這時，

1　馬來鱷（*Tomistoma schlegelii*）常見於馬來半島、蘇門答臘一帶。華萊士的《馬來群島》多次提及鱷魚，曾記敘峇里島附近之龍目島（Lombok）當地流傳把人丟入河裡餵鱷魚的死刑。

2　請見第二十二章倒數第三段（本書p.264）、第五段（本書p.263）。

那個長腿老壞蛋卡希姆（我明天會帶他來見你）跑過來，嘰哩呱啦跟我說拉惹想見我。我就回答「沒問題」；我也想見拉惹一面，而我所做的只不過是從藩籬大門走到裡面，然後——然後——我就變成這樣了。』他開口大笑，隨後突然又煞有其事補上一句：『你知道最棒的是什麼嗎？』他問。『我告訴你。他們其實心知肚明：若把我除掉的話，最大的輸家將會是這個地方。』

　　「以上是他跟我說的，就在我先前所提的那天晚上[1]，在他的住所前面——當晚稍早我們一起賞月：月亮從兩峰間的深谷飄然登高，如同從墳墓升天的魂魄；灑落的月光冰冷慘白，正如黯淡無光的太陽鬼影。月光給人一種陰魂不散的感覺；徹底流露無主幽魂的那種淒涼，皆保有某種不可知的神祕。那裡的月光與我們的陽光相比——無論怎麼說，陽光是我們賴以維生的——就像回聲相較於聲音：令人困惑混淆，無法分辨究竟是在嘲弄或是傷悲。月光下，所有物質形體——物質世界終究是我們的生存領域——被奪走實質本體，只剩詭譎如實的幻影。四周幻影真假難辨，但我身旁的吉姆看起來十分英勇，好像什麼都無法奪走他在我心裡的真實存在——甚至連月光奧祕的神力也奪不走。或許真如他所說，什麼都動不了他[2]，因他已挺過黑暗勢力的襲擊。萬籟俱寂，四周毫無動靜；連河面月光都好像沉入池底般進入夢鄉。正是滿潮時分，當大地紋絲不動之際，才令這塊失落之隅顯得格外與世隔絕。朦朧中，寬廣大河靜如止水，水波不再閃爍；沿岸擠滿房舍，團團屋影落在岸邊，依稀可見一排排銀灰色模糊形體擠在河岸，有如整群魑魅般的無形之物在那裡爭先恐後想走近了無生命的冥河邊喝水。竹籬內紅光隨處閃爍，暖烘烘如同不滅火花，富含人性溫情，帶來庇護與安歇。

　　「他坦白告訴我，他常看著那些溫暖的小光點逐一熄滅，他還承認樂見人們在他注視下入睡——他們篤信隔日又是安居樂業的一天。『這裡很

寧靜，哦？』他問道。他拙於言辭，但隨後說出的話意義深刻。『你看這些房舍；裡頭不會有人不信任我。哎呦！就跟你說我會撐下去。隨便去問男女老少……』他停頓一下。『嗯，不管怎樣，我過得不錯。』

「我隨即跟他說我的看法：他終於弄清楚這點。我從頭到尾都很確定會有這個結果，我接著說。他搖搖頭。『真的嗎？』他輕捏我的上臂。『嗯，那麼——你想的沒錯。』

「他既得意又自豪，幾乎是以敬畏口氣低聲說出感言。『哎！』他輕聲喊道，『想想你的看法對我有多重要。』他又捏一下我胳臂。『你之前還問我是否考慮離開。我的天啊！我！會想離開！尤其是如今你已告知我史坦先生的……離開！哎啊！那才是我所怕的。那樣子就會——就會比自我了斷還難辦。沒錯——唉呀。別笑。我一定要感覺到——每一天，每次睜開眼睛時——自己是受人信任的——沒有人有權能叫我——知道吧？叫我離開！叫我上哪兒去？為何要離開？要去做什麼？』

「我來的時候已轉告他（其實，這才是我拜訪的主要目的）：史坦有意盡快將那棟房屋與貿易站存貨全都移交給他，只需簡單條款就能使這場交易成為完全有效的例行公事。吉姆聽完後，起初對這個提議嗤之以鼻，隨後又氣到跳腳。『去你的多愁善感！』我吼道。『根本不是為了史坦著想。這是你為自己贏來的。無論你想說什麼，說給麥尼爾[1]聽吧——等你在另一個世界遇見他時。我希望你見到他的時間不會提前。……』他拗不過我勸說；因為，他所有征服——信任、聲望、友誼、愛——所有他虜獲的這些事物讓他成為主人，卻也把他變為俘虜。他以擁有者的眼神注視著寧靜祥和的夜晚、那條大河、房舍、森林天長地久的生命、古老民族世代相傳的生活、大地蘊藏的祕密、他心中的自傲；可是，這些事物才是擁有他的主人，把他深深虜獲給最私密的心思、隱隱作動的情感、他嚥下的最後一口氣。

「這實在是值得驕傲的一件事。連我也很自豪——替他感到驕傲，

1　史坦的恩人。請見第二十二章倒數第四段（本書p.263）。

我或許還十分篤定那場協議[1]物超所值。有夠棒。我想的並不是他無畏無懼。說也奇怪，我不會看重無所畏懼：彷彿這個特質平凡到不能成為問題核心。我想的並非這點。真正令我印象深刻的是他展現其他天賦。他已證明他能面對陌生處境並加以理解，並在那方面已體現敏銳思維。而且，他蓄勢待發！有夠神奇。他的稟賦油然而生，就像一隻訓練有素的獵犬聞到強烈氣味那般自然。他拙於言辭，但那種天生寡言卻帶有一種莊重，讓他的結巴更加高尚嚴肅。他仍不改滿面通紅耍脾氣的毛病。不過，他有時會脫口說出一個字、一句話，顯示他非常珍惜且鄭重看待那份能確保他東山再起的工作。這就是為什麼他好像愛上那塊土地與人民的緣故——懷抱有點狂傲的自負[2]，心存藐視一切的溫情。」

1　在史坦安排下成為「荒野隱士」，請見二十二章最後一段（本書p.270）。

2　egoism：在此為「狂傲自大」（並非倫理學「利己主義」）。馬羅承認自己個性也是如此，請見第十三章倒數第二段（本書p.205）。

第二十五章

「『這裡就是把我當成犯人關三天的地方，』他壓低嗓音跟我說（那天我們前去拜會拉惹），我們慢慢穿越艾琅彤庫[1]庭院的人潮，周圍全是心懷敬畏來看熱鬧的隨從。『爛地方，是不是？更糟的是，我連吃的都沒有，要大吵大鬧後才會有一小盤米飯外加一尾煎魚——比刺魚還小條——管他們去的！哎喲！在這個臭圍欄裡，餓著肚子爬在地上找吃的**是我**，這些無賴[2]就在我眼前大吃大喝。他們一見到我就立刻要求繳械，我只好交出你那把惡名昭彰[3]的左輪手槍。很樂意能擺脫那個鬼東西。我手裡拿著那把空無子彈的傢伙簡直就像傻子出巡。』我們來到御前的那一刻，吉姆馬上嚴肅起來，擺出臨危不亂的樣子，對曾經俘虜他的人說幾句恭維的客套話。喔！太厲害了！我每次想起這幕都會想笑。但我也十分佩服。那位艾琅彤庫年歲已高，聲名狼藉，按捺不住內心恐懼（他根本就是狗熊，儘管常把年輕時的熱血故事掛在嘴邊）；同時，面對先前俘虜，彤庫表露一種近乎眷戀的信賴態度。聽好！就算身處受人痛恨之地，他依然深獲信任。[4]吉姆——從他們談話我能聽懂的部分推測——打算發表訓話，讓這場會面進入更高層次。有群可憐村民被攔路打劫，他們原本想前往多拉敏住的地方用幾塊橡膠或蜂蠟[5]換取白米。『偷東西的一定是多拉敏，』拉惹破口罵道。老態龍鍾的他似乎氣到無法停止顫抖。他坐在地墊扭動身體，動作怪誕，比手畫腳表達說不出的怒氣，還不斷甩動滿頭糾結的亂髮——暴怒的無能化身。周圍人士全都看得目瞪口呆。吉姆開口說話。他以冷靜

1　Tunku：馬來語對皇室的尊稱，相當於「拉惹」。
2　vagabonds：舊時用語，有「流氓」之意。
3　famous：舊時用語，「臭名昭著」。
4　吉姆後半人生深獲異族信賴，有別於不受自家人信任的前半人生。這點令馬羅感慨萬分。
5　gum or beeswax：此類天然產品促成馬來半島與周邊地區殖民經濟之興起。

果決的口氣闡釋經文[1]教誨：不應阻擋任何人正正當當替自己與小孩獲取食物。拉惹靜靜坐著聆聽，如同工作台前的裁縫師，手掌分別置於膝上，低著頭，雙眼隔著臉上垂掛的灰髮緊盯著吉姆。過一會兒後吉姆說完話，現場霎時變得闃寂無聲。在場人士似乎全都屏住呼吸；沒人敢發出聲音，最後終於聽見老拉惹輕聲嘆口氣，抬起頭，把亂髮一甩，丟下一句話：『你們都聽到了，我的子民！別再耍那種把戲。』諭令說完，現場頓時悄然無聲。一名有點臃腫的男子，顯然是拉惹親信──眼神精明、寬臉黝黑瘦削，一派油頭滑臉的官僚作風（我後來得知此人曾任劊子手）──從下人手裡接過一個銅盤，上頭擺了兩杯咖啡[2]要招待我們。『你沒必要喝，』吉姆很快在我耳邊低語。起初我聽不懂這句話的意思，只顧不解地看著他。他喝一大口，鎮定自若坐著，左手端著咖啡碟。過一會兒後，我感到極度不悅。『搞什麼鬼，』我悄悄說，故意露出輕鬆自在的微笑，『你居然把我暴露在這種愚蠢的危險中？』我也喝了咖啡；想當然，根本沒事；然後，雖然他並未對我示意，我們倆隨即同時起身告退。我們從中庭順著下坡走回小船，那位精明愉悅的劊子手一路隨行；途中吉姆跟我說，他覺得很抱歉。當然，是有那麼微乎極微的風險。他自己不會把下毒這件事放在心上。風險微乎其微。至於他──敢打包票──絕對是被認為要活著才能發揮最大功用，而不會是要被除掉的禍患；因此……『可是，拉惹怕你怕死了。誰都看得出來，』我反駁；我承認口氣有點差，同時焦急得不斷留意自己是否突然出現腸絞痛的可怕症狀。吉姆很討厭我那樣說。『如果我在此地要有所貢獻並確保地位，』他說，登船後在我身旁坐下，『我就得要承擔風險：我每個月都要冒一次險，只少一次。很多人都認為我肯定會願意那麼做──為了他們。很怕我。就是要這樣。他會怕我，很可能就是因為我不怕他的咖啡。』然後，吉姆要我注意看北側藩籬，有好幾根

1　the text：指當地居民（穆斯林）信仰的經文。

2　拉惹非常了解咖啡對歐洲人的價值，才會以此珍品招待外賓。請見〈導論〉第五節（本書p.20）。

木樁尖頭都斷了；『我在巴度山第三天就是從那邊跳到外面。他們還沒換上新木樁。跳得好，哦？』一會兒後，我們船經過一個混濁溪口。『我在這裡再度一跳。¹我先前跑了一段路，後來決定從這邊逃走，可惜跳得不夠遠。還以為自己嚇到心臟跳了出來。²我掙扎時連鞋子都掉了。當我卡在泥巴裡時，腦海一直想像那時若有人拿根該死的長矛戳過來，不知會有多慘。我還記得在爛泥裡掙扎令我感到非常噁心。我的意思是噁心到極點——就好像咬到一口腐爛東西那樣。』

「那就是當時情況——機會唾手可得、越過鴻溝來到他身旁，卻落到一團泥裡動彈不得……仍然隔層紗。他的到來實在太出乎意料，你們要知道，只有這個理由才讓他免於被波刃匕首³當場捅死再被扔到河裡的下場。他們活捉他，竟好像捉到一個顯靈、孤魂、凶兆。這究竟代表什麼意思？要如何處置？如今若懇求他息怒會太遲嗎？當務之急是否最好盡快把他殺了？但會有何後果？可憐的老艾琅憂心如焚，拿不定主意，焦急到快瘋了。諮議會多次提前休會，多位參謀中途匆匆離席，奪門而出逃到長廊。其中一人——聽說——甚至跳到下方廣場——從離地十五呎的高度，據我估算——還摔斷了腿。巴度山皇家總督有許多怪癖，其中一項就是每當討論陷入膠著，他就會慷慨陳詞、口出狂言；當他情緒激動到某種程度，就會中斷發言，手執波刃匕首從寶座衝出。不過，他的參謀設法避免此類憾事發生，夜以繼日商討該如何決定吉姆命運。

「與此同時，吉姆在中庭閒蕩，有人避開他，有人瞪著他，但眾人注目焦點都在他身上；他其實只能任人擺佈，連手拿剁刀路過的髒小孩都比他強。他後來找到一個破棚子棲身；周圍汙物與腐爛東西臭氣熏天，令

1 如馬羅指出（第二十二章第三段，本書pp.262-263），「逃離」乃吉姆的宿命。諷刺的是，有別於他在帕德納號的棄船，吉姆在巴度山逃命一躍創造自身的神話。

2 I would leave my skin there：英語口語"to jump out of one's skin" 形容大吃一驚。

3 krises：爪哇與馬來地區短刀，刀刃為波浪狀。

他非常難受；可是，他似乎並未失去食慾，因為——據他所說——那段倒楣期間他一直很餓。有時，『某某嘮叨的蠢蛋』會受託從諮議廳跑出來找他，用諂媚口氣施展犀利質詢。『荷蘭人打算要來占領這個地區嗎？請問白人您是否想要順流返回？來到我們這個窮鄉僻壤有何目的？拉惹想知道白人您是否會修錶？』他們果真拿給他一個新英格蘭製的鍍鎳時鐘，而他純粹出於無聊難耐才會埋首修理那個鬧鐘。他顯然是在棚裡忙著找事做時才恍然大悟：自己的處境其實危險至極。他丟下那個東西——他說——『就像丟下燙手山芋』，急忙走出棚子，一點都不知道他該——嚴格說，他又能——怎麼辦。他只知道當時處境難以忍受。他漫無目的走來走去，經過一間破穀倉之類的高腳小屋，馬上注意到有幾根破損的藩籬木樁；然後——他說——剎那間，可說完全不經思考、完全不帶情緒，他著手執行逃脫計畫，彷彿歷經一個月周全謀劃。他起初故作若無其事的樣子，然後拔腿就跑；藩籬破損位置剛好有位顯貴站在那裡，兩名隨從看見吉姆跑過來，便手執長矛準備上前盤查。吉姆『就在那名顯貴眼前』溜之大吉，『如同一隻鳥』越過藩籬，重重摔到欄外，骨頭好像都被震碎，頭殼彷彿就快裂開。他隨即忍痛爬起來。當時他腦袋一片空白；他只記得——他說——一聲驚呼；巴度山前村房舍就在他前方四百碼；他看見那條小溪，於是就像機器那樣自動加快腳步往前衝。地表在他腳下好像往後飛快運行。他從最後一塊乾地一躍而起，感覺自己飛越空中，然後平穩直直落在十分軟黏的泥灘。他想把腿抬起，卻發現無法動彈；如他所說，直到那一刻他才『恢復知覺』。他想到那些『該死的長矛』。其實，若考量藩籬內人員必須衝出大門、跑到下方碼頭、登上小舟、還得划過河口一隅：他的逃脫計畫進展得遠比想像中順利。況且，當時正值低潮，那條小溪幾乎沒什麼水——雖還未成為旱溪——短時間內他其實得以免於任何危險，除非或許有人能把長矛遠遠扔來。陸地就在他前方六呎高地。『我以為就算逃到那裡也是死路一條，』他說。他拚命掙扎，伸直兩臂亂抓一通，只成功扒來一坨坨冰冷潤澤的爛泥堆積在胸前——直逼下巴。他覺得好像在活埋自己，這個念頭又讓他發狂似的胡亂揮拳，打得爛泥四濺。泥巴落在他

頭上、臉上，蓋住他的眼，堵住他的嘴。他跟我說，那時他突然想起藩籬中庭，好比憶起多年前曾經有過幸福的地方。他很渴望——如他所說——能回到藩籬裡面，繼續修理時鐘。修理時鐘——這個主意好。他使出吃奶力氣，嚎啕大哭、氣喘吁吁拚命用力，力道之強令他眼前發黑，眼珠好像都快從眼窩擠爆出來；眼前一片黑，他使上開天闢地的力氣終於掙脫土地束縛——隨後他發覺自己虛弱地爬上河岸。然後，他忽然有個天真想法：能好好睡一覺。他的說法是，他**真的**睡著了；他認為有睡著——或許睡了一分鐘，或許二十秒，也可能只有一秒鐘；不過，他清楚記得驚醒那一刻身體猛然抽動。他暫時靜靜躺在地上，然後爬起來，從頭到腳都是泥巴，就這樣站在那裡，心想自己竟如此孤獨，方圓幾百哩全無同類，孤形單影，根本不用想會有人幫助他、同情他、憐憫他：就像一隻遭人獵殺的動物。最近的房舍離他不到二十碼；在尖叫聲中他回過神來：有位受驚女子匆忙把小孩抱走。他穿著襪子拔腿就跑，全身裹上一層爛泥，完全失去了人形。他至少跑過半個部落。手腳俐落的女人看見他就左閃右躲，反應較慢的男人則拿不穩手裡東西，瞠目結舌呆站著。他成了飛躍的鬼怪。他說他注意到許多孩童看見他就趕緊逃命，有的跌個嘴啃泥，有的摔個倒栽蔥。他沿著山坡往上跑，在兩棟房屋之間突然拐個彎，迎面而來的是由一堆砍下的樹木做成的路障（那段時期巴度山幾乎每週都有戰事）；情急之下，他奮力爬上路障，衝過柵欄，來到一處玉米田；有個小男孩被他嚇得不知所措，就拿根樹枝朝他一丟後轉身就逃，跌跌撞撞沿著小徑跑回大人懷裡，各個全都驚恐萬分。吉姆那時已精疲力竭，只氣喘吁吁叫道：『多拉敏！多拉敏！』他記得那些人或扛或推把他送到坡頂，穿過重重棕櫚與果樹進入一間大宅院；群情空前激憤，譁然聲中他被帶去見一位坐在椅子裡的男子；此人身材碩大，坐姿威武。吉姆笨手笨腳從沾滿爛泥的衣服裡拿出那枚戒指；然後，他發覺自己摔個四腳朝天，想不透是誰把他打到在地。其實，他們只是不再扶著他——你們懂嗎？——而他根本站不穩。山坡下傳來零星槍響，聚落傳出此起彼落的驚嚇聲。但他安全無虞。多拉敏手下設置路障防守大門；同時，有人把水倒入吉姆口中。多拉敏的老妻盡

職盡責，富有惻隱之心，拉著嗓音差遣女僕。『那位老婦人，』吉姆溫柔地說，『為了我把大家搞得雞飛狗跳，好像把我當成她兒子一樣。他們把我抬到一張大的不得了的床——她自己的寢宮——而她則含淚來回奔走照顧我、安慰我。我那時一定是個可憐蟲。就像木頭人躺在那裡不曉得有多久。』

　　「他似乎對多拉敏的老妻很有好感。她則如同慈母般關懷吉姆。她有張溫柔的核桃色圓臉，佈滿細小皺紋，厚唇油紅（檳榔不離嘴），總是緊張兮兮不停眨眼，但眼神非常慈祥。她閒不下來，老是忙著斥責女僕，不停使喚她們：服侍她的這群年輕女子各個臉龐清秀，一本正經睜著大眼，成員包括她的眾女兒、女僕、與專屬奴婢。你們也知道宅院那種生活：根本分不清楚誰是誰。她又瘦又高，就算以鑲寶石的扣環把衣物裹在身上，她的穿著仍令人感到有點暴露。她那對黝黑腳丫子套著中國製的黃色草鞋。我曾見過她健步如飛穿梭各處，濃密的灰白長髮飄逸肩上。她能言快語，常把耳熟能詳的諺語掛在嘴邊；雖然出身高貴，行事作風特立獨行。每到下午，她都會坐在一張寬敞的扶手椅，正對著她丈夫，透過牆上一處寬口眺望聚落與河水景緻。

　　「她總是盤腿坐在椅子裡，多拉敏則正襟危坐，有如屹立平原的一座山。他雖然只是*nakhoda*[1]，也就是商人階級，但他所獲得的敬重與展現的尊嚴皆非比尋常。他統領巴度山第二大勢力。多年以前，來自西里伯斯的移民（共約六十戶人家，若加上隨從能召集約兩百名壯丁，『各個配戴波刃匕首』）推派他為頭目。他們那族男子有頭腦、敢打拚、能記仇，與其他馬來人相比，更為彎勇，不會默默忍受異族欺壓。他們是拉惹敵對勢力。想當然，是因為做生意而結下嫌隙。此為當地派系爭執主因，引發許多突發戰亂，讓聚落烽火連天，處處傳來廝殺逃命的尖叫。村莊被放火燒毀，壯丁被拖到拉惹藩籬等著被處死或接受嚴刑拷打，只因違反只能與他本人交易的律令。就在吉姆抵達巴度山前一兩天，那座漁村——就是後來

1　泛指印度與馬來地區當地商船船長。

受到吉姆特別保護的村落——剛好就有好幾戶家族的族長被拉惹人馬拿著長矛逼下懸崖，只因拉惹懷疑他們替一名西里伯斯商人搜集燕窩[1]。艾琅拉惹自以為是該區唯一商人，誰若違反他的專賣權就會受到唯一死刑的懲罰；但他所謂交易其實與一般打劫沒什麼兩樣。他極其殘暴貪婪，正如他極其怯懦，以致很怕那幫西里伯斯人集結的勢力，只不過他尚未怕到忍氣吞聲——直到吉姆出現。艾琅操弄臣民攻擊對手，自認是值得同情的有理一方。讓亂局雪上加霜的是一位四處漂泊的陌生人：他是混血的阿拉伯人，在我看來純粹是出於宗教因素才會煽動內地部落（蠻族朋友[2]，如吉姆所稱）揭竿而起，並於兩山其中一峰建蓋堡壘獨霸一方。他就像盤旋於養雞場的老鷹，覬覦巴度山，蹂躪郊野。居民棄村而逃，清澈小溪的河岸只見高腳屋日漸腐朽，糊牆乾草、屋頂蕉葉全都慢慢剝落掉入溪裡，給人一種自然敗壞的奇特感覺，彷彿這些屋舍是染上疫病從根爛起的植被。巴度山兩大陣營不確定這位打游擊的外人究竟最想洗劫哪方。懦弱的拉惹跟他勾結。有一派布吉斯[3]移民厭倦終日提心吊膽的生活，有點冀望能邀此人入村。年輕一輩的移民蠢蠢欲動，鼓譟要『召來阿里謝里夫[4]與他狂野的手下，一起把艾琅拉惹趕出這個地區。』多拉敏遏止這群人衝動行事，但快管不住。他年紀愈來愈大，雖尚未失去影響力，情勢已快超出他所能控制的範圍。就在這種局勢之下，吉姆逃出拉惹藩籬，出現在布吉斯頭目面前，拿出那枚戒指，受到由衷歡迎，也可說受到聚落核心成員的欣然接納。」

1　edible bird's nests：自17世紀以來，燕窩為爪哇、婆羅洲等地高經濟價值之天然產物。歷經當地華人多代經營，於19世紀發展成極具規模之跨國產業。

2　the bush-folk：bush有「野蠻」、「未開化」之意。

3　Bugis：西里伯斯（蘇拉威西）原住民，航海技術高超，在東南亞海域被歐洲人視為「海盜」。

4　Sherif：對穆斯林首領的尊稱。

第二十六章

「多拉敏是我所認識他那族人裡最了不起的一員。就馬來人來說，他身材異常魁梧，但看起來並非僅是虛胖；他外貌給人一種雄偉宏壯的感覺。他那巍然不動的身體穿著富麗堂皇的服飾，有染色絲綢、也有金色刺繡；他的大頭包著紅金相間的雙色頭巾；他那張寬大圓臉佈滿深淺不一的皺紋，半圓褶皺垂在狂野的寬鼻兩側，圍繞著厚唇大嘴；喉頭健壯如牛；濃濃彎眉大剌剌懸在威武有神的眼睛上——所呈現的整體畫面你若親眼目睹，將沒世不忘。他文風不動的儀態（他一旦就坐就不會有任何動作）好像是威嚴的體現。從沒人曾聽他提高嗓音說氣話。他聲音沙啞，低沉有力，有如隔段距離所聽的悶響。他走路時會有兩名短小精幹的小伙子隨侍在側，扶著他的胳膊；這兩名隨從打赤膊，下半身穿白紗籠，頭頂後方帶著黑色的無邊便帽。他們會扶他坐下，然後靜靜站在椅子後方；他要起身時，他們會緩緩左右轉動他的頭，好像快轉不動般，然後扶著他腋下協助他站起來。儘管如此，他完全不是行動不便；恰恰相反，他遲緩的動作展現慎思熟慮的強大力量。有關公眾事務，據信他會徵詢妻子意見；不過，從沒有人聽過他們交談，連一個字也沒。他們在圍牆寬口前坐著聽政，總是不發一語。在漸暗光線中，他們會看見下方有一大片遼闊無邊的蓊鬱林地，遠方有暗綠大海黯淡無光的波動，一路延伸至紫青山脈；一條大河蜿蜒其中，如同斗大Ｓ形銀箔粼粼流動；河岸兩側散佈屋舍，點點棕色隨著彎曲河道綿延而下，消失在眼前樹梢上方高聳的兩峰間。他們倆互為鮮明對比：她體態輕盈、柔弱瘦削、健步如飛，有點像巫婆，又像母親般嘮叨；他則坐在對面，巍然魁梧，有如粗石打造的雕像，不動聲色，寬宏中帶有某種無情銳氣。這對老夫婦有個氣宇非凡的兒子。

「他們老年得子。或許他們兒子並非真的如同看起來那般年輕。對一個十八歲就成家的人來說，二十四、五歲不算太年輕。當他走入雙親聽政

的大廳——精美地墊擺設地上，白布搭建挑高天花板——他會走過一群畢恭畢敬的侍從，直接走到多拉敏跟前，親吻父親的手——多拉敏會伸出手讓兒子致意，威風凜凜；然後，他會走到對面站在母親椅邊。我想可以這麼說：他們很寵他；可是，我沒見過他們曾對他使眼色。誠然，這些都是公務集會。大廳通常擠滿圍觀人群。行禮與辭行等莊嚴禮節，手勢、表情、低語所傳達的深切敬畏：這一切簡直難以形容。『很值得一看，』回程渡河時吉姆對我保證。『他們就像書本裡的人物，對不對？』他很得意地說。[1]『丹瓦歷斯——他們兒子——是我最要好的朋友（除了你之外）。就是史坦先生所謂很棒的「戰友」。我運氣好。哎呦！我在他們面前倒下差點死掉的最後一刻，好運終於降臨。』他低頭深思，然後回過神來接著說——

「『當然，我沒多想，但是……』他再次停頓。『好運好像自己送上門來，』他低聲說。『我一下子就明白必須要做什麼……』

「好運肯定是自己送上門來；很自然藉由戰事送上門來：因為，他突然意識到自己擁有某種力量——維持和平的力量。唯有由此觀之，力量通常才**會是**正義。你們別以為他立刻就看出生機。他出現的時機恰逢布吉斯居民面臨存亡的緊要關頭。『他們都很害怕，』他告訴我：『每人只顧救自己；他們若不願接二連三淪為走投無路，我非常清楚他們得要立刻展開行動，好好對付拉惹與那名流浪謝里夫的計謀。』可是，光有這個想法是沒用的。他想出點子後，還必須說服固執己見的那群人，讓他們卸下恐懼與自私的保護傘。最後，他終於讓這些人聽懂他的意思。就算這樣仍是沒用。他還得想出實際執行的手段。他精心策劃——一個大膽計畫；但工作才完成一半。他必須以肺腑之言鼓舞人民，讓他們不再私下因荒唐理由而躊躇不前；他必須安撫愚昧的妒忌，還得逐一駁斥各種無理質疑。若不是因為多拉敏極具分量的威信，再加上他兒子的情義相挺，吉姆原本應會失

1　吉姆從小嚮往冒險故事刻劃的精彩人生。請見第一章第六段（本書p.75）、第二十三章第三段（本書pp.267-268）。

敗。丹瓦歷斯這位了不起的青年是相信吉姆的第一人；他們倆之間存有棕白兩族罕見的友誼，一股莫名深刻的情誼，因惺惺相惜的某種神祕元素使然，讓兩個人因種族差異而更加親近。至於丹瓦歷斯，他的人民很驕傲地表示：他知道要如何跟白人一樣打戰。完全正確；他有那股勇氣——表露無遺的勇氣，可這麼說——而且，他有一個歐化的心。有時會看見他們真的是意氣相投，你會很訝異突然發覺他們倆思維跟我們很類似，皆眼界開闊、意志堅定、作風無私。丹瓦歷斯個頭雖小，卻擁有令人讚嘆的勻稱身材；他的儀態有股傲氣，卻又風度翩翩、溫文儒雅，性情恰如一把明亮火炬。他有張黝黑臉龐、黑油油大眼，工作時表情豐富，休息時若有所思。他的個性沉默寡言；不過，他的堅決目光、冷笑、從容有禮的舉止似乎暗示他蘊藏可觀的智慧與力量。這類人物令慣於在乎表象的西方眼界開啟了全新視野，揭開種族與土地不為人知的潛能，讓西方人一窺古文明亡佚的奧祕。[1]他不僅信任吉姆，也很了解吉姆，我十分確信。我之所以提及丹瓦歷斯，是因為他令我為之著迷。他那種——容我這麼說——那種帶有刻薄的沉穩，同時對吉姆的抱負所表露的理解與關懷，令我深感興趣。我彷彿目睹一段友情的誕生。如果吉姆是帶頭的，另一人則虜獲了頭領的心。其實，無論怎麼看，吉姆這位頭領才是被虜獲的人。那片土地、那群人民、那段友誼、他獲得的愛，就像善妒的守護者戒護他的身體。每過一天，他所享受的奇特自由又被加上一節枷鎖。這點我深信不疑，尤其每過一天，我又更加了解那回事。

「那回事！我怎會沒聽說過那回事？無論跋涉或是紮營（為了尋找無影無蹤的獵物，他叫我跟他搜遍整個地區），我都聽他談起；我在雙峰其中一峰聽完故事大半部，最後約一百呎山路還是用爬的。當時，我們的嚮導（每個村莊都會有人志願陪同）在陡峭山腰一處平地紮營；夜晚寂靜悶熱，一縷煙從下方營火飄來，摻雜高級熏香的撲鼻芳香。下方也傳來談

1　馬羅屏棄西方本位主義，以開闊胸襟面對異族文化，流露後殖民觀點的雛形。

話聲，清晰可辨卻又了無形體，妙不可言。地上有棵倒下的樹，吉姆坐在樹幹上，拿出菸斗吸菸。周圍冒出許多抽新芽的野草與灌木；在一大片帶刺樹枝下可見土壘工事的痕跡。『這裡就是事件發生的起點，』他沉思半晌，久久無語之後終於開口說。另一頭丘頂，就在昏暗懸崖對面兩百碼，我看見一排木樁矗立的黑影，到處都有毀損跡象──阿里謝里夫堅不可摧的堡壘所剩的廢墟。

　　「再怎麼堅固還是會被攻破。那正是吉姆的想法。他將多拉敏的古砲架設在這一頭山頂：兩門生鏽的鐵製大砲，可發射七磅砲彈，還有多門小型銅砲──通貨加農砲[1]。這些銅砲雖然代表財富，若不顧一切把砲管填滿彈藥，仍可在短距離發出致命一擊。麻煩的是要如何將這些火砲搬上山頭。他指給我看安裝拉索的位置，解釋如何臨時將一節空心木頭插在樁上製成簡陋絞盤，還用菸斗的斗缽指出土壘輪廓。最後一百碼的爬坡最為艱苦。他要自己獨攬成敗的重責大任。他鞭策參戰團隊徹夜賣力工作。斷斷續續的火炬照亮整片山坡，『可是在山頂這邊，』他解釋說，『負責起重的那幫人得要摸黑忙東忙西。』他站在山頭，看見山腳下有群人來來去去，就像辛勤工作的螞蟻。當晚他自己則好比一隻松鼠，不停上下奔走、發號施令、鼓勵人心，並隨隊關照進度。老多拉敏坐在扶手椅裡，連人帶椅被扛上山。他們把他運到山腰一處平地，在營火照耀下坐著──『令人驚奇的老頭──實實在在的老酋長，』吉姆說，『咄咄逼人的小眼，膝上放一對大型燧發手槍[2]。精緻無比的製品：烏木槍把，鑲銀槍身，槍機與槍管做工精緻，就像從前的雷銃[3]。史坦送的禮物，看樣子──是跟那枚戒指換來的，你知道嗎。前任槍主就是那位好老麥[4]。天知道**他**又是如何弄到手。他就坐在那裡，手腳一動也不動，身後有乾柴的熊熊烈火，周圍盡

1　currency cannon：青銅製成的迷你型火砲，在印尼、婆羅洲等地可當貨幣使用。除了裝飾用途，也具有殺傷力。

2　flintlock pistols：以燧石擊發火藥之手槍。

3　blunderbuss：古時大口徑霰彈槍。

4　史坦的恩人麥尼爾。

是忙碌奔走、喧囂推擠的人流——你所能想像最嚴肅、最有威嚴的老翁。連**他**也會沒搞頭，如果阿里謝里夫讓那群該死的人馬傾巢而出，把我手下嚇得四處逃竄。欸？無論如何，老翁上山準備赴死，倘若有什麼差錯的話。毫無差錯！哎呦！看到他坐在那裡——堅如磐石——令我非常激動。可是，那個謝里夫想必以為我們全都瘋了，想省麻煩於是就不來觀察我們進展。沒人相信能辦得到。哎！我認為連那些又推又拉、埋頭苦幹的傢伙也不相信能做得到！老實說，我真的覺得他們不相信。……』

「他昂首挺胸站著，手裡握著冒煙的石楠木菸斗，嘴角一絲微笑，稚氣未脫的眼亮晶晶。我坐在他腳邊樹幹，大地在我們下方連綿起伏，森林廣闊無邊，陽光照射下顯得格外陰沉，如大海般翻湧，粼粼河流蜿蜒其中，夾雜灰白村莊，開墾過的空地遍佈，有如點點光之島，在樹海暗黑波動裡若隱若現。一股陰沉慘澹氣氛籠罩著這片廣漠單調的風景；光線灑下好像落入萬丈深淵。大地吞噬了陽光；不過，遠方可見空蕩大海沿著海岸起伏，薄霧裡海平面好像被鋼牆圍堵而溢滿上升，直奔天際。

「我跟他一起在那邊，頂著陽光在他開創歷史的那座峰頂上。他俯瞰那片森林、俗世陰霾、古老人類。他就如同安置在檯座的雕像，以永駐青春代表了從陰霾裡現身之不老民族的力量與其——或許吧——美德[1]。我不清楚他對我而言為何總是具有象徵性。或許正因如此，我才會對他的命運大感興趣。我想起那件給他人生新方向的事件[2]，我不確定對他是否真的公平；不過，當時我突然覺得那件事歷歷在目：就像看見光線裡有道陰影。」

1　virtues：當時歐洲人普遍認為「蠻族」並不具備道德觀念。馬羅暗示吉姆的故事動搖此偏見。華萊士曾於《馬來群島》表達類似觀點：他所觀察的「蠻族」體現「文明人」的特質。
2　帕德納號事件。

第二十七章

「他已成為賦有神力的傳說人物。沒錯，傳言是這麼說的：有人看見現場很神奇地架設許多繩索，很多人費力轉動某種奇怪機關，每門火砲都在樹叢裡勢如破竹往山頭逐漸推進，好比野豬在林地一路拱土覓食，可是……自認聰明的那群人猛搖頭。這一切暗藏玄機，毫無疑問；因為，繩索與凡人胳臂哪來那麼大的力氣？每個東西都藏有妖怪等著作亂，需要強大法器與咒語才能鎮伏。老蘇拉——巴度山一位廣受敬重的屋主——有天晚上跟我私下談話時如此表示。然而，蘇拉的本行就是巫師，跑遍方圓幾十哩所有播種與割稻活動，只為降伏在各種東西裡蟄伏的頑強妖魔。他視自身工作為世上最艱鉅的任務，或許是由於東西的靈性比人心還來得桀驁難馴。至於偏鄉的那些單純村民全都不疑有他，口口聲聲說（覺得理所當然），是吉姆自個兒揹著火砲上山——每趟兩門砲。

「聽到有人這樣說，吉姆會惱怒跺腳並苦笑說：『還能拿這些蠢蛋怎麼辦？他們會熬夜鬼扯一通，愈是瞎掰的假話他們好像愈喜歡。』從他的煩躁可觀察出環境對他潛移默化的影響。那是他所受的虜獲不可分割的一部分。他煞有介事駁斥傳聞的模樣很有趣，我終於忍不住說：『老兄，你應該不會認為**我**會相信那些。』他很訝異地看著我。『喔，才不會！我認為你不會信，』他說，然後噗嗤一笑，笑聲如雷。『哈哈，無論如何，火砲都搬上去了，日出時百砲齊發。哎喲！你應該親眼看看砲彈碎片飛濺的樣子，』他大聲說。丹瓦歷斯當時就在他身旁，面帶笑容聽著砲彈聲，有時還低著頭變換姿勢。原來，吉姆一行人成功完成架砲任務，士氣大振，他鼓起勇氣將砲陣交給兩位布吉斯老兵負責，獨自下山加入埋伏在溪谷的丹瓦歷斯攻堅小隊。他們趁凌晨時分摸黑爬向敵方陣地，在山坡三分之二處躲入沾滿露水的草叢裡等待曙光——約定的攻擊信號。吉姆跟我說他懷抱著何等焦急難耐的情緒望著曙光乍現、歷經揮汗如雨的艱苦攀爬後覺

得露水有多冰冷刺骨、又是多麼害怕等著拂曉出擊，如同一片葉子不由自主顫抖著。『那是我人生過得最慢的半小時，』他表示。天際逐漸顯現藩籬剪影。他的人馬在山坡散開，埋伏在陰暗石堆與濕草裡。丹瓦歷斯就趴在他旁邊。『我們互看對方，』吉姆說，他還拍拍友人的肩。『他有夠快活地露出微笑，我卻根本不敢說話，唯恐一開口就會失聲驚叫。哎啊，沒騙你！找掩護時我渾身大汗——可想而知……』他還表示——我相信他的話——他完全不怕會有何後果。他只是很擔心是否能克制渾身顫抖。根本不在乎後果如何。他勢必要到那個山頂並待在那裡，無論會發生何事。他毫無退路。這些人對他深信不疑。單單他一人！只聽他的話。……

　　「我記得他說到這裡就停住不說，雙眼緊盯著我。然後他接著說[1]，就他所知，那些人從未碰到什麼事能讓他們後悔相信他。從來沒有。他由衷希望他們永遠不會改變心意。同時——還真倒楣！——他們已習慣把他的話當成一切。想不透理由！怎麼會這樣？幾天前剛好有個素昧平生的蠢老頭，特地從別村走了好幾哩路來問他是否該休妻。事實。正經的話。諸如此類的事。……連他自己都不會相信。誰會相信？坐在走廊吃檳榔，一個多小時只顧自怨自艾，檳榔汁吐得到處都是，把自己搞得有如殯葬業者那樣般陰森，最後才想出那道該死的謎題。[2]整天處理這類瑣事並非像表面看起來這麼有趣。要他[3]怎麼說才好？——好妻子？——是的。好妻子——雖然有點老；居然還先扯一大段有關銅鉢的蠢事。一起生活已十五年——二十年——搞不清楚了。反正很久很久。好妻子。有時會打她——

1　以下敘述隱含三層敘事觀點：馬羅的敘述、馬羅以吉姆第一人稱的轉述、吉姆轉述老翁的陳述。本段敘事手法打破敘事人稱分野，體現「自由間接引述」（free indirect speech）風格。多重敘事觀點造成標點混淆的問題，連載版與日後再版皆誤植雙引號：「『就他所知……後悔相信他。』『從來沒有……」。本譯本刪除誤植的雙引號與「從來沒有」的上雙引號，以呈現馬羅自由間接引述。

2　本句話爲馬羅轉述吉姆形容那位老翁。

3　指老翁。

不多——偶爾，當她年輕時。非得如此——為了他的榮譽。她年歲漸長，突然有天自作主張把三個銅缽借給甥媳婦，還每天大聲罵他。仇家都在笑他；實在是丟臉丟到家。銅缽根本討不回來。氣都氣死了。[1]猜都透怎麼會有這種事；只好叫那個老頭先回家，答應他會盡快登門拜訪解決一切。聽起來很好笑，但這些事會讓人煩都煩死！要穿越森林走一整天的路，再花一天跟一群傻村民好言好語才能弄清是非對錯。這件事醞釀了流血衝突。每個該死的傻子都會選邊站，兩個家族各有支持人馬，半村人馬準備與另一半人馬拚個死活，所有隨手可拿的東西都能充當武器。沒騙你！不是開玩笑的！……連該死的農務都放下不管。當然，最後仍想出辦法叫人歸還那些可惡的銅缽——而且還安撫了所有人。輕而易舉。想也知道。他只需小指一彎就能解決那個地區最為血淋淋的糾紛。麻煩在於要搞清楚實情。至今他仍無法確定自己是否公平對待各方。他很擔心。沒完沒了的談話！哎喲！他們好像完全搞不清楚狀況。寧可去攻破二十呎高的舊藩籬，哪一天都行。好太多了！跟調解工作相比根本小事一樁。攻堅還比較省時。唉，沒錯；陳情的說詞很有趣，整體而言——那位愚翁老到可當他祖父。但從另一方面來看，這不是鬧著玩的。他的話決定一切——自從擊垮阿里謝里夫以後。『要擔的責任很重，』[2]他重複說。『唉，話說回來——說真的，就算引發爭執的不是三個銅缽而是三條人命，結果仍舊會是一樣。……』

「他告訴我這段經歷是為了闡明他打勝仗的道德效益。誠然，效益十分驚人。他因此得以從衝突邁向和平，經由死亡融入人民最私密的生活；可是，陽光下那片大地仍保有一股陰沉之氣，始終維持深不可測、終年靜默的相貌。他那年輕清新的說話聲（他並未顯露歲月痕跡，著實令人訝異）輕盈飄蕩，越過不老森林消逝於遠方，好比露濕微寒的那天清晨迴盪的砲聲——那時他心無旁騖只顧克制身體顫抖。一道曙光斜劃過靜止不動的樹冠，山峰頓時蒙上一團硝煙，砲聲激烈、白煙瀰漫；另一頭則傳來

1　以上為吉姆轉述老翁陳情的話。
2　本譯本補正此句話之上雙引號。

震耳欲聾的喊叫與衝鋒吶喊，憤怒、驚愕、驚慌聲此起彼落。吉姆與丹瓦歷斯首先攻入藩籬。盛傳的說法是：吉姆指頭一彈，藩籬大門應聲倒下。他當然急於撇清自身成就。整座藩籬——他會堅持對你解釋——做工簡陋（阿里謝里夫對於天險優勢很有信心）；況且，他攻堅之前藩籬早已被轟得支離破碎，尚未徹底崩塌只能說是奇蹟。他弓起肩鑽入藩籬，像個傻子連滾帶爬進到裡面。哎喲！幸好丹瓦歷斯即時出手解救，一個紋身的麻臉瘋子差點就用長矛把他戳在木樁上——就像史坦的甲蟲那樣。第三位攻進藩籬的人應該是塔姆伊丹，吉姆的侍從。此人是來自北方的馬來人，舉目無親流浪到巴度山，被艾琅拉惹強虜充當御用船的槳手。有天他趁機脫逃，躲到布吉斯移民村裡尋求庇護，但朝不保夕（靠人施捨才有得吃），後來自願成為吉姆隨從。他膚色非常黝黑，臉扁扁的，凸眼因黃疸而泛黃。他對這位『白爺』[1]甚是忠心耿耿，幾乎已達痴狂的程度。他跟吉姆行影不離，就像擺脫不了的影子。每當出席官方場合，他會緊跟在主人身後，一隻手握著波刃匕首刀柄，狠狠怒視周遭，以防老百姓過於靠近。他被吉姆任命為住所頭目，在巴度山因而成為要人，廣獲敬重與奉承。攻占藩籬那天，他驍勇善戰立下奇功，表現格外突出。攻堅小隊的奇襲——吉姆說——儘管讓駐軍慌成一團，藩籬內仍發生『五分鐘的激烈肉搏戰，直到不曉得那個蠢蛋在茅草屋頂放火，眾人才被迫撤離保命。』

「看起來敵人徹底潰敗。山丘上，多拉敏一動也不動坐在椅子裡等待戰果，火砲硝煙緩緩飄過他斗大的頭，聽完捷報後他深深哼一聲。他得知兒子安全脫身並領軍追捕敵人，仍不發一語，然後吃力地起身；侍從連忙上前扶他，在眾人恭敬的攙扶下，他威風凜凜拖著腳步走到陰涼處躺下，全身裹上白色被單小憩一番。巴度山陷入一片激昂紛亂。吉姆告訴我，他站在山頂——背後盡是藩籬餘燼、黑灰、與半焦屍體——遠遠可見河岸兩側屋舍空地湧現絡繹不絕的人潮，來得快也去得快。他依稀聽見山下鑼鼓喧騰；群眾狂野的吼叫斷斷續續傳來，如陣陣微弱的轟隆聲。旗海隨風飄

1　"white lord"：馬羅以引號標示，顯示此稱謂是從族語翻譯而來。

揚，有白、有紅、也有黃，像是跳躍在棕色屋脊上五顏六色的鳥兒。『你一定很享受那一刻。』我低聲說，感到一股隱隱作動的憐惜。

「『實在是⋯⋯超棒的！超棒的！』他攘臂一呼。他突兀舉止嚇我一跳，好像被我看見他托出心底祕密，遍告給陽光、陰沉森林、冷峻大海。我們下方有個小鎮座落在曲岸上，蜿蜒大河靜如止水。『超棒的！』他第三次重複說，只不過這回喃喃自語。

「超棒的！肯定超棒：他的話掛上必勝的保證、腳底踩著征服的土地、人民的盲從、火中奪來[1]的自信，他的成就竟如此孤獨。這一切——如我先前一再告誡諸位——用講的就會相形見絀。單靠言語我無法傳達他給人的那種徹底孤立至極的感覺。我當然明白，就各方面而言他孤身隻影沒有同胞；但他的潛能讓他得以融入環境，以致他的全然孤立似乎只是獲得權力的一種後果。他的孤寂令他更有聲望。放眼所見，沒有什麼能跟他相比，彷彿他已成為那些超凡入聖的人物，只能以自身威名衡量自我。而他的威名，諸位要記得，是方圓好幾天路程裡最偉大的東西。你得要划船、撐篙、或在叢林裡跋涉千里，才能抵達他威名不可及的地方。他的威名並非我們所知那位不名譽女神[2]吹捧的事——並非公然炒作——亦非厚顏醜行。他的聲名所具氣度源自那片沒有過去且陰沉靜謐的大地——日復一日，他的話成為那片土地唯一真理。他的威名也具有某種寂靜本質：那種寂靜伴隨你投身無人探勘的深處，是在你身邊不斷響起的寂靜，刺耳、遠播的寂靜——悄然中被竊語私議的人們增添些許驚奇與神祕。」

1　snatched from the fire：《聖經・猶大書》1:23：「有些人你們要從火中搶出來，搭救他們。」（"And others save with fear, pulling them out of the fire."）。

2　the disreputable goddess：羅馬神話裡謠言的化身Fama。英語「聲望」（fame）源自拉丁語*fama*。

第二十八章

　　「吃敗仗的阿里謝里夫並未反攻就逃之夭夭，那些飽受欺壓的可憐村民得知消息後，紛紛從躲藏的叢林現身，魚貫返回殘破家園；指派村莊頭目的人正是吉姆——與丹瓦歷斯磋商後所做的決定。因此，吉姆成為那個地區的實質統治者。至於老彤庫艾琅，起初嚇都嚇死了。據說他一接獲山丘被攻陷的消息就馬上就撲倒在地，趴在接見大廳竹地板上，一天一夜動都不動，只顧不斷發出快窒息的喘氣聲，聽起來十分恐怖；沒人敢接近他俯臥的軀體，只敢隔著一根長矛的距離圍觀。他已預見自己極不光彩被逐出巴度山，無家可歸、慘遭遺棄、被剝奪一空：失去鴉片、女人、人民，淪為一個被爭相獵殺的絕佳獵物。他很快就會步上阿里謝里夫的後塵，畢竟有誰能抵擋那位惡魔般狠角色的帶頭襲擊？我走訪巴度山那段期間，艾琅仍保住性命和既有權力，其實全拜吉姆講求公道所賜。布吉斯人恨不得立刻算清舊帳，老多拉敏雖不露聲色，卻暗自盼望有朝一日能看見自己兒子成為巴度山統治者。我有次跟他會面時，他刻意讓我窺見暗藏的野心。他的慎言帶著一股尊嚴：沒有什麼能比他那種表達方式更加巧妙。他年輕時——他開宗明義指出——也曾憑一己之力打下江山，但如今他已白髮蒼蒼，精疲力竭。……他體態魁梧，孤傲小眼極具智慧，炯炯有神左顧右盼，令人不禁想起一頭狡猾大象；他的寬胸緩緩起伏，規律帶勁，正如平靜大海上下波動。他堅決表示自己跟其他人一樣，都對吉姆端安的睿智懷抱無窮信心。但願他能獲得一個承諾！一個字也行！……沉默中他呼吸聲與隆隆說話餘音讓人想到暴風雨平息前最後一陣雷雨。

　　「我試著撇開話題。很棘手，因為吉姆顯然已大權在握；在他的新天地，所有施或受似乎沒有什麼不是屬於他的。然而，我再說一次，這點根本算不了什麼；真正驚人的是當我假裝傾聽時所閃過的念頭：看起來吉姆總算幾乎得以主宰自身命運。多拉敏對於那個國度的未來感到憂心，於是

話鋒一轉，令我錯愕。這塊大地自天地初開就屹立不搖；可是，白人——他說——來我們這裡過沒多久就走了。離我們而去。被丟下的這群人不知道他們何日再來。那些白人回到自己的土地，去找自己的族人；所以，這位白人也不會例外，他也會。……在這個節骨眼不曉得是什麼促使我插嘴極力否認：『不會，不會。』倉皇之際我顯然說錯了話：多拉敏把臉轉過來直視我，粗獷臉龐在厚厚皺摺下依舊面無表情，好比一張斗大棕色面具：他若有所思說，這真是好消息；然後，他想知道為何如此。

「他那位身材嬌小的妻子——慈母般醜老太婆——就坐在我身旁另一邊，戴著頭巾、盤著腿，透過牆面採光寬孔眺望戶外。我只看見她露出一小撮灰髮、突出的顴骨、尖下巴微微嚼動。遼闊森林延伸至遠方山丘，她凝視這片景緻，並以充滿憐惜的口吻問我：為什麼他年紀輕輕就離鄉漂泊、來到這麼遙遠的地方、歷經重重危險？難道他在家鄉沒有家人、沒有親屬？難道他沒有老母——永遠會記得他面孔的慈母？……

「我完全沒料到會被這樣問。我只好支吾其詞，茫然搖頭。後來，我清楚意識到我為了找下台階而把自己搞得狼狽不堪。然而，從那刻起，老 nakhoda 變得默默無語。他恐怕不太高興，我的回答顯然令他更加煩惱。奇怪的是，那天晚上（我在巴度山最後一晚）我再度被問及同樣問題——被質問吉姆命運無從回答的為什麼。說到這裡，我想談談吉姆的愛情故事。

「我猜你們會以為那種故事想也知道會是如何。這類故事聽太多了，絕大部分的人都認為根本與愛情無關。我們通常會以機緣故事視之：頂多只是激情韻事，或者可能只是有關青春與誘惑，最終注定被忘得一乾二淨，就算能讓聽者感到心軟與惋惜。一般來說，此看法是正確的，或許也適用於這件個案。……不過，我不知道。要說出這段故事絕非原本所想

那麼簡單——就算普通觀點足以應付。[1]表面上這個故事跟其他的沒什麼兩樣；可是，對我來說，故事背景清楚可見一個女子的憂鬱身影——那座孤墳所埋藏的殘酷睿智之影——觸景傷情、全然無助、雙唇緊閉。至於那座墓，如我有天清晨散步時意外發現，看起來只是毫無造型的褐色土墩，底座堆了一圈白珊瑚裝飾，圍在嫩枝編成的環形柵欄裡，圍籬樹皮尚未剝落。籬笆細枝頂端綁著各式花葉花環——全是鮮花。

　　「因此，無論那個影子是否出於我的想像，我不管怎樣都能點出一個意義深遠的事實：一座無法被人遺忘的墓。此外，我若告知諸位那道簡樸圍籬是吉姆親手打造的，你們就能立即看出差異所在——本段故事的獨特層面。他轉而珍惜屬於別人的回憶與情感，從這點大概就可看出他那種鄭重其事的典型作風。他有良心，而且是浪漫的良心。那個壞到極點的柯內琉斯有個妻子，一輩子與女兒相依為命，互為知己與同伴。那位苦命女到底為何會改嫁給那個又矮又差勁的麻六甲葡萄牙人——與女兒父親離異後——再者，究竟是什麼導致她離婚，是因為有人死去——有時這會是萬幸——或是由於被無情習俗所逼：整起事對我來說是一團謎。[2]史坦有時會對我說漏嘴（他知道的故事可多了），他透露的片言隻語令我深信她絕非普通女子。她父親是白人；是位高官；就是那種天資聰穎的好命人，因不夠古板以致無法求得功名，到頭來事業往往會陷入愁雲慘霧。我想她一定同樣缺乏有補償作用的古板特質——她的生涯就在巴度山終結。我們的共同命運……因為，有哪個男子——我指的是真正有感情的男人——不會依稀記得曾被人拋棄——就在全然擁有人生之際，被比人生更珍貴的某人或某物拋棄？……我們的共同命運以一種獨到的殘酷方式加諸於女性身上。命運不像主人那般會動粗，而是持續不斷施以折磨，彷彿為了要

1　were the ordinary standpoint adequate：此假設語態暗示，若要理解吉姆愛情故事需改以異於常人觀點才能加以理解。因此，馬羅糾結的敘述方式反映出本身觀點的束縛與突破。

2　馬羅的暗示充滿想像的空間。這名女子極可能是史坦年輕時在巴度山的情婦；請見第二十一章第三段（本書pp.254-255）。

滿足暗地裡無從滿足的惡意。我們會覺得共同命運被賦予統治人間的角色，所要尋仇的對象是差點掙脫人間規戒束縛的那群人；因為，只有女性有時才得以替她們的愛添加一種成分，只需一丁點就足以把人嚇跑——如同來自外星的碰觸。我納悶地問自己：她們不曉得是如何看這個世界——她們眼中世界是否有**我們**所知的外貌與物質，所呼吸的空氣是否也跟**我們的**一樣！我有時會臆想：女性世界應該會是一個絕頂壯麗之地，瀰漫著她們愛冒險的激情，照耀在犯難與苦行的榮光之下。可是，我推測那個世界的女性人口應該非常稀少，儘管我當然明白芸芸眾生何其多，也很清楚兩性人口數量應相差不多——確切而言。但我深信那位母親跟她女兒一樣，似乎都是十足女性。我不禁想像她們倆的人生畫面：起初是年輕女子與幼兒，後來變成老婦與少女；一成不變的日子飛逝、森林阻絕、相依為命的母女面對孤寂與荒亂、她們交談的字字句句充溢悲情。她們一定會談心，我猜所聊的並非針對什麼事，而是吐露心底最私密的情感——悔恨——恐懼——還有勸戒，肯定的：等到長者過世後，那名少女才能完全理解那些告誡的話語——然後，吉姆就出現了。我確信她後來懂得很多——並非一切事物——似乎主要是有關恐懼。吉姆稱呼她的那個名字意思是珍貴，就是珍寶之意——珠寶。很美，對不對？但他無所不能。他能應付他的好運，就如同他——到頭來——必然也能應付他的厄運。珠兒[1]是他喚她之名；他脫口說出這個名字就好像他原本可能會說『珍』，你們知道嗎，營造一種婚姻、家居、安閒的效果。我首次聽到這個名字是踏進他家中庭十分鐘後：他握手時差點把我手臂扯斷，然後衝上樓梯，有如興高采烈的小男生，對著厚重屋簷下的房門嚷叫。『珠兒！喂！珠兒。快來！朋友到了，』……然後，他突然從昏暗走廊盯著我，一臉認真嘟噥道：『你知道嗎——有件事——絕沒開什麼玩笑——我對她無比感激，我說也說不清——所以——你也知道的——我——完全就像……』他急切低語被掠過屋內的白色身影打斷：微弱的驚叫聲，充滿朝氣、五官細緻的稚嫩小

1　Jewel：英語「寶石」。

臉，昏暗深處顯露深切專注眼神——就像從隱蔽巢穴飛出的一隻鳥。當然，那個名字令我印象深刻；不過，我後來才聯想到旅途所聽到一個匪夷所思的傳聞——在巴度山河口以南二百三十哩的濱海小村。我搭乘史坦的縱帆船，隨船前往該地裝載一批農產品；我藉機上岸走走，很訝異發現那個鬼地方居然號稱有要員駐守：主官是一名三等副助理總督[1]——肥頭大耳、油頭滑臉的混種討厭鬼，有張油亮凸嘴。我遇見他時，他整個人癱坐在藤椅，連衣服扣子都沒扣好，一副行為乖張的模樣；他滿頭大汗，頭頂攔著一片不知名的寬葉，手裡則拿著另一片葉充當扇子懶散地搧風。……要到巴度山？喔，是的。史坦商行。他聽過這家公司。有貿易許可。與他無關。他漫不經心表示，如今那裡沒有像以前那麼糟，然後，他拖腔拖調說：『有個白人流浪到那裡，聽說的。……哦？你說啥？你的朋友？原來如此！……這樣的話，那裡果真有一位那種*verdomde*[2]的人——他到那裡是要幹啥呢？找到進去的管道，那個無賴。哦？我先前還不敢確信。巴度山——他們在那邊是殺人不眨眼的——與我們無關。』講到這裡，他忍不住發牢騷。『噗！老天啊！有夠熱！有夠熱！嗯，這麼說來，那個傳聞背後可能還有什麼的，而且……』他目光呆滯，瞇著一眼（眼皮跳個不停），斜著另一眼狠狠看我。『聽好，』他語帶神祕說，『假如——你懂嗎？——假如他真的找到某種很讚的東西——不是你們的那種綠玻璃——懂嗎？——我是政府官員——你去告訴那個無賴……哦？什麼？是你朋友？』……他仍一臉冷靜，恣意攤在藤椅裡……『你說了算；那樣也行；我很樂意提供一點小道消息。我猜你應該也想分一杯羹？別打岔。你去告訴他，我已聽說過那件事，但我尚未呈報。還沒有。懂吧？為何要稟報上級呢？哦？叫他來找我，如果他們讓他從那個地區活著出來的話。他最好小心為上。哦？我保證不會過問。私底下——懂嗎？你也會有好處——我

1　third-class deputy-assistant resident：總督為荷蘭東印度公司派駐殖民地的行政首長。此三等職稱為虛構位階。

2　荷蘭語「該死」。

會分一點給你。一點抽成，補償你的不便。別打岔。我是政府官員，沒有呈報。那才是正事。懂吧？我認識一些很正派的人，只要是值得擁有的東西他們全都會買，他們出價會比那個無賴一輩子所能看到的錢還多。我很清楚他那種人。』他睜大雙眼目不轉睛盯著我，我站著俯視他，感到驚訝不已，心想此人究竟是瘋了或是醉了。他滿身大汗、有氣無力發著牢騷，還旁若無人東摳西摳，很惹人厭；我實在看不下去，無法多做停留確定他的狀況。隔天，我到當地居民聚集的小廣場閒聊，發現確實有個傳聞沿著海岸輾轉流傳而下：巴度山有位神祕白人找到一個稀世珍寶──確切來說，一顆無比大顆的綠寶石，名符其實的無價之寶。與其他寶石相比，綠寶石在東方似乎更加引人遐想。當地人告訴我，那位白人從一個遙遠國度的統治者手中奪走那顆綠寶石，一方面是因為他行使神奇力量、一方面是因為他精於算計所致；事成之後，他立刻遠走高飛，很狼狽地在巴度山落腳，但很快就以凶猛狠毒的氣勢令當地居民聞風喪膽，似乎完全勢不可當。告訴我小道消息的那些人大都認為那顆寶石很可能是不吉利的──就像古時蘇卡達納[1]蘇丹那顆舉世聞名的寶石，曾為那個國度招致無數戰事與災難。或許是同一顆寶石──沒人說得準。沒錯，有關那顆奇大無比綠寶石的傳聞與馬來半島初次登陸的白人一樣古老；傳聞言之鑿鑿，將近四十年前荷蘭官方還曾展開調查以查明真偽。如此珍貴的珠寶──那位老頭解釋說（有關吉姆的驚異傳說我幾乎都是從他那兒聽來的）──此人曾任當地一位可憐小拉惹的文書──如此珍貴的珠寶，他說，昂起頭用半盲的眼看著我（他很恭敬地坐在船艙地板），最佳保存之道就是藏在女人身上。不過，並非任何一位女人都能適任。她一定要很年輕──他深深嘆口氣──而且，對愛情的誘惑要能無動於衷。他懷疑地搖著頭。但是，這種女子確實存在。聽說有位身材高䠷的女孩，深受那位白人無微不至的關懷，絕不會隻身走出家門。據說無論那一天都能看見那位白人與她

1　Succadana：現Sukadana，位於婆羅洲西加里曼丹西南部，盛產鑽石，17世紀以來飽受歐洲列強覬覦。

在一起；他們並肩走在一起，很大方，他挽著她手臂──把她緊靠在他身旁──就像這樣──以完全異乎尋常的方式。[1]這個傳聞可能是騙人的，他承認說，因為沒有人會做出那種怪異舉止：但話說回來，毫無疑問，她肯定把那位白人的珠寶藏在她的胸口。」

1　當地民風保守，吉姆親密的肢體動作引人側目。

第二十九章

「這個推論其實解釋了吉姆婚後傍晚的散步。我不止一次成為其中第三者，每次都意識到無所不在的柯內琉斯而感到厭煩：他覺得身為父親的合法身分受到侵犯而怨恨不已，經常躲在附近監視，擺著他那種歪著嘴的奇特模樣，好像隨時都氣得咬牙切齒。但諸位是否有察覺一件事：離電報電纜與郵輪航線盡頭三百哩遠之地，我們文明講求功利的謊言衰敗不振而日漸絕跡，取而代之的竟是想像力的正宗運用──所蘊含的徒勞無益、常現的魅力、偶見的隱藏真理居然皆與藝術作品雷同？羅曼史已選中吉姆並將他據為己有──這才是那段傳奇最為真實的部分；若非如此，故事裡一切都將會是錯的。他並未把珠寶藏起來。其實，他十分自豪能有此珍寶。

「說到這裡我忽然想到，整體來說，我見到她的次數很少。我記得最清楚的只有她那帶著均勻橄欖綠的蒼白臉色，與她那頭綻放烏藍光澤的黑髮──她頭型勻稱，頭頂後方小紅帽露出濃密長髮。她的舉止悠閒自在，充滿自信，臉紅起來有抹暗紅。吉姆與我談話時，她會在附近來回走動，匆匆瞄我們幾眼，經過我們身旁時留下優雅韻味，同時也清楚表露她的關注。她的言行很奇妙地融合靦腆與膽大。每抹優美笑容退去後，隨即轉而代之的是默默壓抑的焦慮神情，似乎想到無從擺脫的危險而不能自已。她有時會跟我們坐在一起，握拳托腮聽我們交談，小拳頭在嫩頰留下酒窩般的凹痕；她的清澈大眼自始至終盯著我們的唇，彷彿所聽到的每句話都具有可見形體。她母親教她讀書識字；她從吉姆身上學會不少英語：她說起英語非常有趣，帶有吉姆那種稚氣未脫、伶牙俐齒的語調。她以柔情羽翼守護吉姆，就像不停振翅的鳥兒。她與他朝夕相處，心有靈犀，以致染上他獨有的某種舉止：她的舉手投足有某種動作令人不禁想起他──伸手方式、轉頭模樣、看人眼神。她呵護他的情感強烈到旁人幾乎能以感官感受得到；她的情感好像真的化成周遭空間的物質，如同獨特芳香把他籠

罩於內，在陽光裡縈繞不去，有如充滿熱情的音符哼哼唧唧、餘音繚繞。我猜你們會認為我也很浪漫，但這是誤解。我在敘述一段青春激發的冷靜感想，我在訴說自己遇上一段曲折離奇的浪漫故事。我津津有味觀看他的──嗯──好運所帶來的成果。他獲得的愛是獨斷的；但她為何會嫉妒、嫉妒什麼，我無從得知。那塊大地、那些居民、那片密林都是她的同謀，齊心協力提高警覺看守他，在遁世離群的氛圍之下，以一種神祕難解的方式獨占他，誰也奪不走。他可說是求助無門；他被囚禁於自身權力所帶來的自由裡[1]；至於她，雖然甘願把自身頭顱充當他的腳凳[2]，執拗戒護著她的俘獲──好像很難好好看管他。就算是塔姆伊丹──我們外出時他緊跟在他白爺身後，昂首闊步、全副武裝，配戴波刃匕首、砍刀、長矛（外加吉姆的手槍），一副驍勇善戰的模樣，有如蘇丹禁衛軍[3]成員──就算塔姆伊丹也擺出毫不妥協的守護架勢，就像一名霸道盡職的獄卒，隨時都能為了看守俘虜而不顧自身安危。每當我們徹夜談話時，他模糊的身影就會在走廊悄悄來回移動，踩著無聲無息的腳步；或是當我突然抬頭，就會隱約辨識出他挺立不動的身影躲在暗處。一般來說，他過一陣子就會消失不見，悄然無聲；不過，當我們起身時，他就會在我們身旁現身，彷彿從地底冒出般，準備聽取吉姆可能會下達的指示。那名女孩也是一樣的，我相信她要等我們夜談結束後才會就寢。不止一次，我從房間窗口看到她與吉姆默默站在外頭，倚在粗糙欄杆旁──兩個白色身影互相依偎，他摟著她的腰，她的頭靠著他的肩。他們的輕柔低語傳到我耳中，在寂靜黑夜裡格外清脆柔情，帶有一種無言的悲傷餘音，好像有人以兩種聲調在與自己侃侃密談。後來當我躺在蚊帳下翻來覆去，我確信聽見輕微咯吱聲、微弱呼吸聲、有人小心翼翼清喉嚨的聲音──我就知道塔姆伊丹仍然在外梭

1　吉姆求得的自由淪為人生枷鎖，請見第二十六章第四段（本書p.291）。

2　to make a footstool of her head for his feet：《聖經·詩篇》110:1：「等我使你仇敵作你的腳凳。」（"until I make thine enemies thy footstool"）。

3　janissary：14至18世紀土耳其皇室護衛。

巡。他在宅院裡擁有（白爺所賜）一棟屋舍，早已『取妻』[1]，最近還喜添新丁；儘管如此，我相信每晚他仍在走廊過夜，至少我停留的那段期間每晚皆如此。要讓這位忠心耿耿、不苟言笑的家僕張嘴說話是件難事。連吉姆本人獲得的應答也僅是短短幾句快言快語，口氣還有點不高興。講話這檔事，塔姆伊丹似乎在暗示，並非他分內工作。我所聽到他自願說出最長的一句話，是有天上午他突然朝庭院伸手一揮，指著柯內琉斯說：『拿撒勒人[2]來了。』我想他應該不是在說我，雖然我就站在他身旁；他所指的對象似乎真能令全人類忿忿不平而隨時提防。隨後有人念念有詞，影射聞到烤肉香味的狗，使我覺得格外貼切。庭院方正寬敞，被烈陽烤得熱烘烘；柯內琉斯頂著刺眼陽光，躡手躡腳走進中庭，眾目睽睽下營造出一種偷偷摸摸的效果，好比暗中進行陰險的潛行，著實難以言喻。他讓人想起世上所有令人作嘔之物。他蹣跚吃力徐行，就像一隻爬行的噁心甲蟲：上半身平穩移動，下半身可怕地拚命作動。我猜他打算直直走向所要前往的地方，但他側著肩膀走路，彷彿在迂迴前進。經常有人看見他在棚舍附近徘徊，有如循著味道打轉；他時常從長廊前方走過，抬頭往樓上偷瞄；也常被人看見從容不迫消失在某間小屋轉角。柯內琉斯在該地來去自如，這點顯示吉姆要不是很荒唐、過於粗心大意，就是對他感到極為不齒：因為，柯內琉斯曾在某起事件扮演曖昧角色（至少可這麼說），對吉姆差點造成致命結局。其實，這件事反而讓吉姆的榮耀更為顯赫。話說回來，所有事物都能提升他的榮耀；這就是他的好運頗為諷刺的緣故——當初他時來運轉還戰戰兢兢，如今他似乎冥冥中獲得神佑。

「你們要知道，他在多拉敏宅院待沒多久很快就離開了——老實講，這對他的人身安全來說是嫌早了些；當然，若以戰爭爆發前所剩的日子衡量，他停留的時間顯得很長。他會那樣做是出於責任感；他說，得要顧好

1　"taken wife"：「娶妻」（英語舊時片語to take a wife）。馬羅幽默呈現非母語人士說英語的小錯誤（正確用法應加冠詞："taken a wife"）。

2　Nazarene：穆斯林對基督徒的稱呼。

史坦的生意。難道沒有嗎？為了達成使命，他完全不顧自身安危，直接渡河前往柯內琉斯住所落腳。至於後者到底是如何熬過戰亂，我無從斷言。身為史坦代理人，柯內琉斯想必或多或少蒙受多拉敏保護；他有辦法從致命的明爭暗鬥裡脫身，但無論被迫採取何種路線，我確信他行為流露一股卑劣——就像他為人的標記。那就是他的特質；他這個人基本上從裡到外卑劣至極，如同有些人外表顯然可見他們為人寬厚、高尚、或德高望重。他所有舉止、激情、情緒瀰漫的正是他的天性：他卑劣地發怒、卑劣地微笑，連傷心時也一臉卑劣；他的謙恭與憤慨皆同樣卑劣。我確信他的愛應該會是最卑劣的情感——有誰能想像一隻噁心昆蟲大談戀愛？他那種噁心模樣帶有卑劣氣質，以致若有一個噁心透頂的人站在他身旁反而會顯得高貴不少。在這段故事裡，不管前景或背景都沒他的位子；他僅是若隱若現潛伏於故事周緣，神鬼莫測、藏汙納垢，玷汙這段故事純真的青春氣息。

　　「無論如何，柯內琉斯的處境除了悲慘難耐應該不會有其他狀況，只不過他很可能從中發掘到一些好處。吉姆告訴我，他初見此人時對方很卑劣地展現極為友善的態度。『那個傢伙顯然無法按捺心中喜悅，』吉姆心懷厭惡說。『他每天上午都不請自來，要跟我握手——去他的！我連當天是否會有早餐可吃都搞不清楚。如果我兩天內能有三頓飯可吃，就覺得有夠幸運，他居然還叫我簽下每週十元的帳單。他說，他確信史坦先生本意並非要他白白照顧我。嗯——他照顧我時盡可能什麼都不給。他歸罪於本地動盪局勢，還裝出頭皮都快抓破的模樣，每天對我道歉二十次，到最後我只好叫他別介意。令人反胃。他房子屋頂一半都塌陷了，整個地方看起來破舊不堪，到處可見一根根裸露乾草，每片隔間用的墊子都殘缺不全，隨風擺動。他盡可能裝模作樣，讓人以為史坦先生過去這三年做生意欠他很多錢；不過，他帳簿都損毀了，有些還找不到。他試圖暗示這全都是亡妻的錯。有夠討厭的無賴！逼得我到最後非得要叫他在我面前絕不能再提及他已故妻子。搞到珠兒都哭了。我查不出庫存貨物的下落；倉庫裡什麼都沒有，只剩一群老鼠，在成堆包裝紙與麻布袋裡快活亂竄。附近所

有人都告訴我，想必他已把一大筆錢偷偷埋在某處；當然，沒人能從他那套出話來。我在那間破屋度過這輩子最慘的生活。我想辦法履行史坦交辦的職責，但我還有其他事要煩惱。我逃到多拉敏住所時，老彤庫艾琅驚恐萬分，把我帶的東西全都歸還。他處理的手法很婉轉，非常神祕，透過一位在當地開店的中國佬；然而，我一離開布吉斯聚落去跟柯內琉斯同住後，很快就有謠言傳開，大家都說拉惹已決定要盡快取我性命。很荒唐，對不對？我搞不懂有什麼能阻止他下手，如果他果真**已經**鐵了心。最糟糕的是，我不禁覺得自己對史坦毫無用處，對我本身也毫無助益。喔！有夠慘——整整六星期。』」

第三十章

「他還跟我說，他不清楚是什麼讓他撐下去[1]——但我們當然猜得到。他深深同情那名孤苦無依的女孩——飽受那個『卑鄙懦弱的無賴』霸凌。看樣子柯內琉斯讓她活得很痛苦，對待她的方式差一步就算虐待，但他沒膽那麼做，我是這樣想的。他堅持要她叫爸爸——『放尊重點——尊重一點，』他會大吼，在她面前揮舞著泛黃小拳。『我是有頭有臉的人，你算什麼東西？你說——你算什麼？你以為我會養別人生的小孩而不求尊重？你應該很高興我給你機會表示尊重。過來——說：是的，爸爸。……不說？……你先別走。』隨後他會開始飆罵那名死去的女人[2]，罵到女孩雙手搗住耳朵奪門而出才把嘴閉上。他會緊追在後，追著她在屋裡跑進跑出，連棚舍都不放過；接著，他會把她逼到一角，看著她搗著耳朵跪倒在地；然後，他會隔著一段距離[3]站在她後頭把她痛罵一頓，每次整整半小時，什麼髒話都罵得出口。『你媽是母夜叉，很會騙人的母夜叉——你也是母夜叉，』他最後的爆發會吼到破嗓，再從地上抓起一把乾土或泥巴（房子周圍盡是爛泥）朝她頭髮扔過去。然而，她有時會一臉不屑地抗拒，默默與他對峙，蒼白的臉不停抽搐；只不過她偶爾會說出一兩個字回嘴，戳到他痛處，他就會氣到跳腳、激動到全身扭曲。吉姆告訴我場面很嚇人。在荒郊野外遇上這種事的確很怪。這種情況比表面所見更為殘酷，一旦發生就沒完沒了，真是恐怖——你們想就知道。尊敬的柯內琉斯（叫他『印吉內琉厄斯』[4]的馬來人臉上會露出奇怪表情，一切盡在不言中）很

1　請見第二十四章倒數第五段（本書p.279）。
2　請見第二十一章第二段末尾（本書p.254）。
3　怯懦的柯內琉斯顯然擔心養女會出手反擊。
4　Inchi 'Nelyus：Inchi為馬來語對男性的尊稱，相當於英語的esquire（「先生」、「君」）。

不得志。我不知道他期望婚姻能替他帶來什麼好處；但是，顯然多年以來他肆意妄為偷竊、盜用、侵占公物公款，史坦商行貨物（只要能找到船長願意送貨到那裡，史坦盡可能維持充足庫存）對他來說似乎仍不足以補償他在家族名望上所做的犧牲。吉姆原本會非常樂意把柯內琉斯毒打到只剩一口氣；另一方面來說，那些場面令人痛苦至極，慘不忍睹，他當下只有一個念頭：跑到聽不見爭吵的地方，替那名女孩留個情面。事發過後，她都會焦慮地說不出話，有時還會捶胸頓足，一臉茫然絕望；看到她這個樣子，吉姆會靠過身來，鬱悶說：『好了——別這樣——真是的——這樣有什麼用呢——你一定要吃點東西，』或是說說類似的話安慰她。柯內琉斯則會一如既往在門口鬼鬼祟祟，到走廊來回徘徊，有如無聲無息溜達的一條魚，流露惡毒、多疑、陰險的眼神。『我能阻止他繼續玩這種把戲，』吉姆曾告訴她。『只等你開口。』你們知道她怎麼回答嗎？她說——吉姆的轉述令我印象深刻——若不是她確信柯內琉斯本身活得十分痛苦，她就會有勇氣親自用手掐死他。『誰想得到！那女孩真是個可憐蟲，簡直就跟小孩一樣，居然被逼得說出那種話來，』他大聲說，表情驚恐。看樣子要把她從那個卑劣惡棍手中解救出來是不可能的，連她自己也無藥可救！問題所在並非因為他過於同情她，他聲稱；不是只有同情而已；竟有人在過那種生活，他彷彿覺得良心上要有所行動。一走了之似乎會是卑劣的遺棄行為。他最後終於了解：繼續待下去將於事無補，不會有客戶也不會有收入，連一個像樣的實情也查不出；可是，他仍繼續待下去，把柯內琉斯逼到極限——我不會說是瀕臨瘋狂——幾乎都快抓狂。同時，他發覺身邊有種種危險暗中聚集。多拉敏兩度派出親信鄭重通報，除非吉姆再次渡河回到布吉斯聚落居住——就像當初那樣——他將無法確保吉姆人身安全。許多不同身分背景的人士會來找吉姆，往往趁夜深人靜時，將暗殺的陰謀透露給他。有人要毒死他；有人要在澡堂刺殺他；還有人已安排好從河上小舟射殺他。每位告密者都聲稱自己要當吉姆最好朋友。真是受夠了——他告訴我——足以讓人永不得安寧。類似詭計極有可能——不僅如此，很可能成真——但大多數密告內容都是捏造的；儘管如此，他仍體認到致命

陰謀虎視眈眈，從四方匯集而來想要暗中算計他。不過，無論如何精於算計也無法動搖最為沉著之人。結果有天晚上，柯內琉斯滿臉驚恐、偷偷摸摸親自前去找他，以語帶嚴肅的花言巧語披露一個簡易計畫：只要一百塊錢——八十元也行；就算八十——他柯內琉斯願意引介一名可靠人士把吉姆偷運到對岸，保證平安。如今已別無選擇了——吉姆若仍在乎自身安危的話。八十塊錢算什麼？小錢。微不足道。至於他本人——柯內琉斯——被迫留守，只能對史坦這位年輕友人獻計以表忠誠，繼續玩弄死神於股掌之上。柯內琉斯那副卑劣嘴臉——吉姆跟我說——實在令人看不下去：他猛抓頭髮、以拳捶胸、搗著肚子前仰後合，竟然還假裝擠出幾滴眼淚。『你若丟了性命就得自行負責，』他最後尖聲說，氣得奪門而出。柯內琉斯演那種戲究竟有幾分真誠：此問題耐人尋味。吉姆坦白跟我說，那個傢伙離開後，他整晚無法闔眼。他躺在竹地板的薄墊，盯著天花板裸露的屋椽，傾聽破茅屋頂的沙沙聲。屋頂破洞突然灑落一道閃亮星光。他整個人昏頭昏腦；然而就在那晚，他擬訂打敗阿里謝里夫的全盤計畫。先前，他徒勞無功地調查史坦公司業務，行有餘力才有空為其他事務操心；如今，他突然從那些零星片段的想法理出一個頭緒：那個點子——他說——就在那晚突然在他腦海閃現。他可說當場就能預見那些火砲架設於山頂。他躺在地板興奮得渾身冒汗；跟過去幾天相比，如今他更不可能入睡了。他從地板跳起來，光著腳跑到走廊。他悄悄走著，意外撞見那名女孩一動不動靠在牆上，好像在守更般。在他當時那種心境下，女孩尚未就寢並未讓他感到意外；當他聽見女孩焦急地悄聲詢問柯內琉斯的去向，他也沒有感到訝異。他僅回答不知道。她哀怨地嘆口氣，朝遠處*campong*[1]看過去。四周悄然無聲。他滿腦子都是剛才想出的新點子，興奮過頭的結果讓他忍不住在女孩面前托出一切。她仔細傾聽，雙手輕輕交握，低聲表示佩服，但顯然始終難掩心中忐忑。過去這段期間，他似乎已習慣把她當成傾訴對象——她能夠也果真提供許多有關巴度山情勢的有利情報，這是毫無疑

1　馬來地區的村落。

問的。他不止一次對我保證說，他從未因為採納女孩的建議而搞砸。無論如何，那天晚上他當場把計畫解釋給女孩聽；然後，她捏一下他胳臂後就從他身旁消失不見。後來，柯內琉斯不曉得從哪裡突然冒出來，看見吉姆就猛然側身躲避，好像中槍般，然後就在暗處站著不動。最後，他終於鼓起勇氣往前走，有如一隻疑神疑鬼的貓。『那一頭有漁夫──魚很多，』他以顫抖聲音說。『在賣魚──你也知道的。』……那時應該是半夜兩點鐘──真是擺攤賣魚的好時機！

「然而，吉姆裝作沒聽到，完全不想理會。他還有更重要的事需要操心；再說，他沒看見也沒聽見什麼。他只冷冷丟下一聲：『喔！』從走廊水缸舀口水，喝完轉身就走，留下柯內琉斯陷入惱人的莫名情緒──他在走廊抱著蛀爛的欄杆，好像腳都軟了──接著，吉姆回到房裡躺在墊子想靜下來思考。過沒多久，他聽見鬼鬼祟祟的腳步聲。聲音消失。牆外傳來緊張語氣悄聲問道：『你睡了嗎？』『還沒有！什麼事？』吉姆不耐煩回問；外頭又傳來笨手笨腳的走動聲，隨後一片靜默，彷彿有人被嚇到不敢作聲。吉姆感到非常厭煩，心一橫就衝出房間，柯內琉斯壓低嗓音叫了一聲，逃到走廊另一端階梯，緊抓著斷裂的欄杆。吉姆覺得很疑惑，於是就朝走廊遠處大吼，想知道究竟在搞什麼鬼。『你有沒有考慮我先前所提的那件事？』柯內琉斯問道，說話時很吃力，有如發燒打冷顫。『沒有！』吉姆氣憤地吼道。『我沒考慮，也不打算考慮。我會在這裡住下來，在巴度山。』『你將會死─死─死在這─這─這裡，』柯內琉斯答道，聲音依然抖得厲害，有點喘不過氣來。柯內琉斯的行逕既誇張又惹人厭，吉姆搞不懂自己應該覺得有趣或氣憤。『我會先看到你的屍體被人抬走，走著瞧，』吉姆大聲說，氣到反而快笑出來。他繼續半開玩笑吼道（他當時被自身想法搞得心神不寧，你們也知道）：『什麼都傷不了我！你有什麼伎倆儘管使出。』不知怎的，遠處柯內琉斯的身影似乎成為吉姆人生道路所有阻礙與困難的化身。吉姆終於把情緒全都發洩出來──那幾天他神經已緊繃過頭──以致用各種美名飆罵──罵對方詐欺、撒謊、可鄙的無賴：而且，他甚至還失常地繼續痛罵一頓。他承認自己太過分，同時也失去理

智——撂狠話叫巴度山儘管放馬過來——宣稱他會讓所有人服服貼貼，諸如此類的話，甚至還語帶威脅，口出狂言。誇張荒謬至極，他自己說的。一想起這段往事仍讓他耳根發熱。想必他以某種方式氣昏了頭。……女孩就坐在我們旁邊，嬌小的頭朝我猛點頭，她微微皺著眉說，『我有聽到他的話，』一副稚氣未脫的認真模樣。他笑了出來，滿面通紅。他說，最後讓他說不下去的，是遠處那個人靜默的身影，完全就像死去般的沉默，彷彿全身癱瘓以怪異姿態靠在欄杆。吉姆恢復理智，突然打住不說，對自己感到驚訝不解。好一會兒，他靜觀其變。沒有動靜，毫無聲響。『就像那個傢伙在我發火的同時當場掛了，』他說。他感到很慚愧，二話不說就匆匆回房，再度往後一倒躺在睡墊上。不過，這場爭吵好像有益於他，因為事後他像嬰兒般入睡。好幾週都沒睡得那麼好。『但我沒有睡，』女孩插嘴說，一隻手肘撐在桌上托著腮。『我守夜。』她的大眼炯炯發光，白眼珠略微翻了一下，然後屏氣凝神望著我的臉。」

第三十一章

「你們能想像我是以何等興致聆聽。聽完了就會知道這些細節攸關二十四小時後的發展。隔日上午,柯內琉斯並未提及前晚發生的事。『我想你會再度光臨寒舍,』他傲慢地嘟噥說,不曉得從哪裡又冒出來,那時吉姆正要登上獨木舟前往多拉敏的*campong*。吉姆僅點頭示意,沒有正眼看他。『你在我家過得不錯,肯定是的。』柯內琉斯以尖酸口吻低聲說。吉姆抵達對岸後整天都跟老*nakhoda*在一起,現場還有受召前來商談要事的布吉斯聚落頭目,吉姆對他們鼓吹斷然行動的必要性。吉姆想到自己當時慷慨陳詞有多激昂、又是如何以理服人,他感到非常滿意。『我當場設法讓他們骨子全都硬起來,確確實實地。』他說。阿里謝里夫最近一次突擊橫掃聚落邊緣地區,還把鎮裡女人捉去藩籬。前一天就有人看到阿里謝里夫的探子在市場出沒,身穿白色斗篷大剌剌炫耀,還誇口說他們主子跟拉惹關係很好。其中一人站在樹蔭,倚著來福槍長槍管,告誡眾人要禱告懺悔,勸他們要殺死混在人群裡的陌生人,包括異教徒——那人說——還有更壞的——偽裝成穆斯林的惡魔之子。據說,聽眾有些拉惹人馬聽完此番話後紛紛拍手叫好。老百姓皆恐懼萬分。另一方面,吉姆很滿意當天他所完成的事,日落前再次渡河返回對岸。

「他已成功讓布吉斯人豁出去準備行動,也已將成敗之責攬在自己身上:沾沾自喜的他一派輕鬆,遇見柯內琉斯時還想辦法對他客氣一點。但柯內琉斯聽完後故作狂喜;吉姆說,聽到對方尖聲假笑,在他面前擠眉弄眼、又突然抱頭躲到桌下一臉茫然,他幾乎快忍無可忍。女孩並未現身,吉姆打算早點回房休息。當他起身道晚安時,柯內琉斯從座位跳起、撞倒椅子、壓低身體想當場開溜,好像要撿起掉在地上的東西那樣。桌下傳來他互道晚安的沙啞聲。吉姆很訝異看見對方嚇到嘴都闔不攏、眼神呆滯。柯內琉斯緊抓著桌緣。『怎麼了?身體不舒服?』吉姆問道。『是

的，是的，是的。胃絞痛。』對方回答；吉姆認為他沒騙人。如果確實如此的話，考量柯內琉斯的矯情行徑，他卑劣模樣顯示其冷酷無情尚有所缺憾——這點倒也值得嘉許。

「儘管吉姆睡得很熟，他被一個飄渺清夢所擾，有如聽見銅管樂器發出震耳欲聾的聲音對他大喊：『醒來！醒來！』雖然他拚命想要賴床，聲音仍非常大聲，以致他頓然驚醒。他張開眼睛，看見赤紅半空火光燭天，大火劈啪作響。黑壓壓的濃煙四竄，捲在一個幻影的頭：某種超自然形體，全身白衣、一臉驚恐嚴肅。霎時，他認出女孩的臉。她高舉手中的丹瑪[1]火把，口中以單調急切的語氣不斷反覆說：『起床！起床！起床！』

「他猝然跳起站在地上；她立刻將一把左輪槍塞進他手裡，就是他自己那把左輪手槍，原本掛在鉤子上，只不過這次已裝彈上膛。他默默握緊槍把，滿臉疑惑，在火光中眯著眼。他想知道要如何為她效勞。

「她低聲匆匆問道：『你能用這個對抗四人嗎？』吉姆說到這一段，想到當時自己彬彬有禮地欣然答應，不禁笑了出來。看樣子他擺出煞有介事的模樣。『沒問題——當然可以——沒問題——儘管下令。』他並未真正睡醒，只覺得面臨那種非常處境要注意言行，要展現自己毫不猶豫、全心全意的蓄勢待發。[2]她走出房間，他緊跟在後；他們在走道驚動一位幫忙煮飯的老太婆；老婦實在太衰老了，聽不懂別人問話。婦人起床後蹣跚跟在他們後頭，沒有牙齒的嘴念念有詞。走廊外可見柯內琉斯的帆布吊床，吉姆伸手一碰，吊床輕輕搖晃。裡頭空無一人。

「巴度山營業所就跟史坦商行其他貿易站一樣，原本皆由四棟屋舍組成。其中兩棟只剩成堆殘樁、破竹、爛茅草屋頂組成的廢墟，東倒西歪的木樑圍著這片斷垣殘壁：不過，主庫房仍屹立不搖，對面有代理商宿舍。這是一間長方形小屋，泥巴糊成的茅屋：一邊有厚板製成的寬門，鉸鏈尚

1　dammar：採自當地喬木的可燃樹脂。

2　吉姆不想重蹈覆轍。如第一章倒數第三段（本書p.78）所示，他性格最大缺點為猶豫不決。吉姆後來將採取斷然手段以克服此「哈姆雷特式」弱點。

未脫落；另一邊牆上則有個方形開口，窗戶之類的，嵌有三條木製欄杆。女孩走出宿舍才沒幾步就急忙回過頭說：『你睡覺時有人想偷襲你。』吉姆跟我說，他當場感到一股被騙的感覺。這已不是什麼新鮮事。有這麼多人想取他的命，他感到十分厭煩。他已受夠這些示警。討厭死了。他對我保證說，他很氣那名女孩欺騙他。他之所以跟她走出來，是因為他以為需要幫忙的是她，而他那時很想轉身就走，滿腹怨恨回到房裡。『你知道嗎，』他若有所思表示，『我寧可相信那段期間有好幾週我都處於失常狀態。』『喔，沒錯。不過，你確實失常，』我忍不住糾正他。

「吉姆儘管很想掉頭而去，女孩加快腳步繼續前進，他只好跟著她來到中庭。庭院圍籬早已坍塌；鄰家水牛有時會進來溜達，喘著低沉鼻息慢條斯理橫越寬敞廣場；附近叢林已大舉入侵。吉姆與女孩在蔓草裡停下腳步。一道光灑落在他們所站位置，周遭黑暗因而顯得更加漆黑，頭頂閃爍星光看起來更為綺麗。他告訴我，那是一個美好夜晚——涼爽宜人，河上吹來陣陣清風。當下他彷彿意識到那片美景溫順可親。你們要記得我講的是一個愛情故事。夜色美好，晚風吹拂，好像輕撫著他們。火把的火焰不時劈啪作響，如同一面燃燒旗幟，有段時間成為唯一一聲響。『他們在倉庫等候，』女孩悄悄說；『他們在等待信號。』『信號是誰要發的？』他問。她搖搖火炬，火花隨之散落，火焰燒得更旺。『只不過你睡得很不好，』她繼續低聲說道。『你睡覺時我也在旁邊顧著。』『你！』他叫道，同時伸直脖子張望四周。『你居然以為我只有守夜而已！』她失望說，口氣有點憤慨。

「他說，這句話好像一拳打在他胸口。他倒抽口氣。不知怎的，他原本以為自己是個糟糕的粗人；如今，他覺得懊悔、感動、幸福、興高采烈。這段故事，容我再提醒諸位，是一個愛情故事。你們從他們愚昧行為就可看出，那並非惹人厭的蠢行，而是高興過頭的愚昧——火炬下那個位置：好像他們故意到那裡露臉好讓躲藏的殺手得以現身教訓他們。假如阿里謝里夫的探子能擁有——如吉姆表示——一丁點膽量的話，當時就是匆匆下手的好時機。他心臟砰砰地跳——並非感到恐懼——而是由於他好像

聽見草叢裡有動靜，他迅速走出亮處。某個黑暗形體，模糊難辨，倏然消失不見。他大聲喊道：『柯內琉斯！柯內琉斯！』隨後，周圍萬籟無聲：他聲音似乎傳不過二十呎外的距離。女孩再度來到他身旁。『快逃！』她說。老婦隨後趕來；她蹣跚來到光亮處邊緣，又拐又跳地徘徊；他們聽到她碎碎念，伴隨輕聲哀嘆。『快逃！』女孩激動重複說。『他們現在嚇到了——看到這把火——聽見我們說話聲。他們知道你起來了——他們知道你很高大、強壯、什麼都不怕……』『如果我真有那麼強，』他接著說，但女孩打斷他。『沒錯——今晚！不過，明晚要怎麼辦？隔天晚上呢？再過一天的晚上——一天又一天的晚上？我怎能永遠守護你？』女孩泣不成聲，言語之外有股力量深深打動他。

「他告訴我，他從未感到如此渺小無助——至於勇氣，當時他覺得根本派不上用場。他感到格外無能為力，連逃跑似乎都毫無助益；儘管她不停低聲催促，『去找多拉敏，去找多拉敏。』語氣熱切執著，他發覺對他而言孤獨是無從逃避的——令他所面臨的危險千百倍難熬的孤獨感——除非他能找到慰藉：就在她身上。『我心想，』他跟我說，『我一旦離開她，不知怎的一切都會完了。』只不過他們不能永遠逗留在中庭那個位置，他下定決心動身前往倉庫察看。他任由她緊隨在後，沒想到要阻止她，好像他們倆已密不可分。『我什麼都不怕——真的嗎？』他咬著牙嘟囔說。她拉他胳臂叫他等一下。『聽到我叫你才過來。』她說，拿著火炬很快跑到轉角另一邊。黑暗裡他獨自一人，面對倉庫大門：另一端毫無聲音，全無人聲。醜老太太在他身後某處發出沮喪呻吟。此時，他聽見女孩尖聲說話，幾乎是在尖叫。『現在！推！』他猛力一推；大門咯吱作響啪地打開，迎面而來的情景讓他極為驚訝：室內彷彿地牢般被搖曳火焰照亮，火光刺目。黑煙捲過地板中央空木箱，一堆破布與稻草似乎想隨渦流而上，在濃煙裡蠢蠢欲動。她透過窗戶欄杆高舉火把。他看見她直挺挺伸出裸露的豐腴胳臂，如鐵製燭台般四平八穩。遠方角落只見成堆捲起的破地墊，堆到天花板高，其他什麼也沒有。

「他對我解釋說，這一幕令他失望透頂。他的膽識已歷經許多警告的

試煉；幾週來，許多危險跡象把他壓得喘不過氣來，他恨不得落入某種成真的處境、遇上某種實在的事物以尋求解脫。『至少那樣能抒發怨氣，哪怕只有幾小時，如果你懂我意思的話，』他告訴我。『哎喲！那陣子有好幾天我挺著心上的石頭過活。』如今，當他總算以為真能捉到什麼，居然會──空無一物！毫無動靜，也沒有任何跡象。打開大門時，他同時舉起武器；如今，他的手臂無力地垂下。『開槍！保衛自己。』女孩在窗外以苦惱語氣喊道。她位於暗處，側身將手臂伸入窗口，以致無從掌握屋內狀況，不敢將火把抽回轉身而逃。『這裡沒人！』吉姆不屑地喊道；不過，正當他惱怒到想憤而大笑，卻頓時啞然失聲：就在他轉身離開之際，他察覺地墊堆裡有雙眼睛與他目光交會。他看見白影移動又倏然消失。『出來！』他勃然大怒吼道；地墊堆裡出現一張黑臉，有點畏頭畏尾，全身蓋滿偽裝垃圾，好像只剩一顆頭顱皺著眉盯著他。隨後，堆高的地墊一陣擾動，人影輕哼一聲矯捷現蹤，一躍而起朝吉姆衝了過來。此人身後地墊彷彿同時與他飛彈而起：他高舉彎臂，波刃匕首懸在額前乍現暗光。他腰間緊纏的白布在古銅膚色襯托下顯得分外刺目；他赤裸的上身油亮，好像浸濕般。

「這一切吉姆都看在眼裡。他跟我說，他感到一股說不出的寬慰，夾帶復仇心態的喜悅感油然而生。他延遲擊發，他說是刻意的。延遲十分之一秒，讓敵人得以跑三步──有違常理的拖延。他故意延遲以享受一種樂趣──告訴自己：『此人必死無疑！』他覺得萬無一失、胸有成竹。他讓敵人逼近是因為已無關緊要。無論如何，對方死定了。他察覺擴張的鼻孔、睜大的眼睛、專注沉穩的臉龐：接著，他扣下扳機。

「彈藥的擊發在密閉空間非常震撼。他往後倒退一步。他看見敵人頭顱猛力後仰、雙臂往前一拋、鬆開手裡的波刃匕首。事後，他確認擊中那人嘴部，子彈由下往上貫穿頭顱從後腦勺穿出。當時，對方因慣性仍直衝而來，頓時整張臉瞠目結舌、扭曲變形，整個人有如失明般兩手往前一抓，砰的一聲頭下腳上重重撲倒在地，差點壓到吉姆腳尖。吉姆說，連最微不足道的細節他都看得清清楚楚。當時他覺得自己很冷靜，感到寬慰，

沒有怨恨、沒有不安，好像那人的死已彌補一切。庫房充滿火把燃燒的黑煙，通紅火焰動也不動，毫不閃動地悶燒。他斷然往前走，跨過屍體，拿著手槍對準從另一角現身的模糊人影。正當他打算扣下扳機時，對方用力丟棄手中的粗短矛，隨即改採蹲姿以示投降：背靠著牆、雙手握拳互扣置於兩腿之間。『想活命嗎？』吉姆問道。對方默不作聲。『你還有多少同夥？』吉姆追問。『還有兩個，端安。』對方小聲說，大眼好奇盯著左輪手槍的槍口。然後，有兩個人從地墊堆裡爬出，大剌剌高舉空無一物的雙手。」

第三十二章

「吉姆改採有利位置把那幫人魚貫趕出門口：那段期間，火把始終挺立在緊握的小手裡，毫無晃動。那三人服從他指示，一語不發，自動往前走。他叫他們站成一排。『手肘互勾！』他下令。他們聽命而行。『誰敢鬆手或轉頭就死定了，』他說。『齊步走！』那幫人同時邁開步伐，動作僵硬；他跟在後頭，女孩隨行在側，手執火炬，白袍飄逸，黑髮散落及腰。她走路時筆挺姿態略微搖擺，好像離開地表飄然而行；靜謐中只聽見絲袍劃過長草的窸窣聲。『停！』吉姆叫道。

「河岸陡峭，清風竄升，光線落在河邊，只見暗河吐沫，波瀾並無起伏；兩岸房舍成排，屋頂剪影清楚可辨。『替我向阿里謝里夫問好——到時我會親自拜訪。』吉姆說。三顆頭顱都不敢亂動。『跳下去！』吉姆吼道。那幫人一個接一個撲通跳入河中，水花四濺，黑頭在河面載浮載沉、抽動不停，隨即消失不見；可是，河面仍傳來響亮的划水聲；水花聲不絕於耳，卻愈來愈微弱：那夥人各個拚命游泳，唯恐吉姆離開前補上致命一槍。吉姆轉身面對女孩，事發至今她始終默默旁觀。突然間，他怦動的心怦然作動，似乎從胸口蹦出卡在喉頭令他說不出話。他很可能許久無法言語，僅凝望著女孩；她對望吉姆一眼後，就把火炬朝河奮力一丟。炙熱火焰閃灼，在夜空劃出一道紅光狠狠沒入水中；柔和星光傾落而下，悄然照耀著他們倆。

「好一會兒後他終於恢復說話能力，但他並未告訴我到底說了什麼。我想，他的話應該不多。大地寂靜，晚風徐徐吹來：正是那種守護柔情的天賜良夜，舉手投足間能讓心靈擺脫暗黑表層，蒙上情意綿綿的光輝，一切盡在不言中。至於那名女孩，他告訴我：『情緒有點崩潰。太激動了——你懂嗎。反應過度。她應該是累壞了——遇上那些事情。而且——而且——管他的——她喜歡我，你知不知道。……我也喜歡她……先前還

不知道，想當然……完全沒料到。……』

「講到這裡，他起身略微煩躁地來回走動。『我——深深愛上她。遠勝於我所能理解。當然，這種事很難理解。你會以不同觀點衡量自身行為，當你頓然有所體認，當你每天被迫體認自身存在是必要的——懂嗎，絕對必要——對另一個人來說。我被迫體認到這點。很棒。但試想她熬過怎樣的人生。實在糟糕得不得了！是不是？而我竟在這裡遇見成了這副模樣的她——就像你外出散步時突然發現有人在一個孤獨昏暗的角落溺水。哎喲！不容耽擱。嗯，這也是一種信賴……我相信我值得信賴。……[1]』

「我應該跟諸位說，那名女孩已先行離席，有段時間只剩我與吉姆。他拍拍胸口。『沒錯！我感受得到，但我相信我值得遇上所有好運！』他有種天賦，能在遇上的所有事情裡找到特殊意義。他就是以這種觀點面對自身風流韻事；那段情事如詩如畫，有點認真，也很真誠，因為他的想法具有年輕人才有的一本正經，誰也改變不了。後來，我再度拜訪他，他對我說：『我在這裡只待了兩年；如今，說真的，我無法想像能在別的地方過活。光是想到外面世界就足以把我嚇得半死；因為，你懂不懂，』他接著說，低頭盯著靴子不停踩踏一小灘快乾掉的爛泥（當時我們在河岸散步）——『因為，我還沒忘記自己為何會來到此地。還沒有！』

「我不想正面看他，但我覺得聽到一聲短嘆；我們默默走著，拐了幾個彎。『我摸著心以良心發誓，』他繼續說，『如果那種事能被忘掉，我就有資格把那件事從我腦海揮去。隨便問一位當地人』……他的口氣改變了。『奇不奇怪，』他接著以一種近乎渴求的溫和語氣說道，『這群人——為了我什麼事都願意做的這群人——根本無法讓他們理解？永遠沒辦法！你不信沒關係，但我無法強求他們能夠理解。不知怎的，這件事很難搞。我很蠢，對不對？我還能奢望什麼？倘若你問他們誰最勇敢——誰最真誠——誰最公正——誰是他們最信任的、能託付性命的？——他們

1　吉姆先前辜負帕德納號乘客的信任；如今，他在巴度山試圖洗刷污名。

會說，吉姆端安[1]。不過，他們永遠無法得知真正、真正的真相……[2]』

「那些話是我最後一天跟他在一起時他對我說的。我不敢吭聲：我覺得他想多說一些，很快就會點到問題根源。森林後頭可見太陽西沉，燦爛炫目的夕光把地球化為躁動的塵埃；天空如蛋白石般散射光澤，替下方無光無影的塵世蒙上一層沉靜憂思的幻影。不知怎的，我聽他說話的同時，格外注意到河流與四周逐漸黯淡；悄然中，夜晚以無可抵擋之姿冉冉而來，落在所有有形物體上，抹去輪廓，將萬物形體愈埋愈深，如同黑色的無形塵埃持續灑落。

「『哎喲！』他突然開口，『有時一個呆瓜會笨到一事無成；只不過我能告訴你我的喜好。我誇口說自己已了結那檔事——心頭放不下的那件蠢事。……要忘掉。……我若知該怎麼做就不得好死！我能默默思考要如何忘卻那件事。畢竟，那件事證明了什麼？什麼都沒有。我猜你不認同。……』

「我喃喃表示並非如此。

「『沒關係，』他說。『我很滿意……幾乎是。我只要看看每天遇到的第一張臉，我就能重拾自信。沒辦法逼他們理解我心事。那又有什麼關係？別這樣！我過的沒那麼差。』

「『沒那麼差，』我說。

「『但無論如何，你不會想找我上你自己的船——嘿？』

「『去你的！』我吼道。『別說這種話。』

「『啊哈！懂了吧，』他說，可說在我面前擺出得意洋洋、心滿意足的模樣。『只是，』他接著說，『你試試看，在這裡隨便從他們當中找個人把事說清楚。他們會認為你是傻子、撒謊的人、或更惡劣的人。因此，我能忍受這種生活。我為他們做了幾件好事，而這就是他們回報的方

---

1 馬羅曲折的敘述解釋了第一章第三段（本書p.76）末尾不為人知的背景。

2 真相無從揭露、不可揭露；追憶吉姆後半段人生故事的同時，馬羅亦有所頓悟。

式。』

「『我親愛的老兄，』我大聲說，『對他們來說，你永遠會是解不開的一團謎。』然後，我們都默默無語。

「『一團謎，』他低著頭重複說，再抬起頭。『嗯，這樣的話，就讓我永遠待在這裡吧。』

「日落後，黑暗似乎朝我們席捲而來，隨著每道微風愈逼愈近。我看見塔姆伊丹側身的剪影出現在樹籬小徑中央：文風不動、枕戈待旦、身形瘦削；我注意到在昏暗的另一邊有白影在廊柱後方來回移動。吉姆在塔姆伊丹陪同下準備夜巡，他一出門後我便獨自走回屋舍，很意外地被女孩攔下；顯而易見，她早就在那裡等候這個時機。

「很難跟你們說清楚她到底想從我身上逼問出什麼。顯然是某種非常簡單的東西；舉例來說，好比要確切描述雲朵形狀。她要的是一個保證、說明、承諾、解釋——我不知道該如何稱呼：那個東西沒有名稱。屋簷下昏暗無光，只見她長袍飄蕩的線條、蒼白細緻的瓜子臉、隱隱若現的皓齒；她面對我時睜著一雙陰沉大眼——似乎隱隱作動，就像探頭查看一口深井時會以為察覺井底有所動靜。那邊有什麼東西在動？你問自己。是盲眼怪物，或只是宇宙失落的星光？我忽然想到——不要笑——萬物雖各不相同，天真無邪的她還比以幼稚謎語考倒旅人的斯芬克斯[1]更加神祕莫測。她在襁褓時就被抱到巴度山。她在那裡成長；沒見過世面，不諳事務，什麼都不懂。我問自己：她是否確信外面真有不同世界。她對外界可能勾勒了哪些概念，我完全無法想像：她只認識其中兩位住民——一名遭受背叛的女性，與一名邪惡的糟老頭。她的愛人也是來自外界，帶有與生俱來抗拒不了的誘惑；倘若他果真返回那些無從想像的地域——那些地方似乎總能把子民召回——她該怎麼辦呢？她母親曾含淚告誡她這個問題，死前還念念不忘。……

「她緊抓住我的手臂，我停下腳步後她便匆匆鬆手。她既膽大又畏

1　Sphinx：希臘傳説之人面獅身女怪。

怯。她什麼都不怕，但一股深切不安與極度陌生的感覺令她打住——看見一位在黑暗裡摸索前進的勇夫。我屬於未知世界的一員，我的世界隨時可能把吉姆據為己有。在那個未知世界神祕莫測的盤算下——咄咄逼人的惡兆——我好像成了幫凶，甚至可能具有同樣神祕的力量！我相信她認為我只需念出一個字便能把吉姆從她懷裡輕輕揮走；憑心而論，我確信我跟吉姆長談時她歷經憂心忡忡的煎熬：她確實痛苦難耐，可以想見或許被逼到會想暗中謀殺我的地步——如果她的膽識與其觸發的局面同樣驚人的話。這是我的感觸，也是我對諸位唯一能說的：我逐漸明白事情始末；我看得愈來愈清楚，同時也慢慢覺得不可置信，驚訝到不能自已。她讓我相信她；不過，千言萬語也說不清打動我的是她熱切激動的低語、既溫柔又熱情的語氣、欲言又止的屏息停頓、白皙胳臂輕快舞動的誘人舉止。她放下雙臂；她幽影搖擺，好比風中細枝；蒼白瓜子臉低垂；根本看不清楚她的表情，暗黑大眼深不可測；黑暗裡只見白色寬袖如展翅般升起，她就那樣站著，默默無語，雙手抱頭。」

第三十三章

「我備受感動：她的青春、懵懂、清秀容貌皆蘊藏純淨魅力與細緻韌性——正如一朵野花；她惹人憐的懇求與茫然無助幾乎與她油然而生的莫名恐懼同樣強烈，皆深深打動了我。就跟我們大家一樣，她對未知世界感到害怕，而她的懵懂無知讓未知世界更加浩瀚無邊。我不僅代表那個世界，也代表我自己、諸位夥伴——毫不關心也毫不需要吉姆的全世界。我們這個熙攘世界竟如此冷漠無情，我原本準備好要對此負責；可是，我又想到吉姆也來自她所畏懼的這個神祕未知的世界，無論我代表什麼，我不代表吉姆。這點令我猶豫。一聲痛苦難耐的絕望嘆息脫口而出。我開宗明義辯駁說，至少就我而言，雖然來找吉姆，但無意要把他帶走。

「既然如此，那為什麼要來呢？她稍微動了一下，然後如同夜裡大理石雕像紋絲不動。我設法簡略解釋：友誼、生意；倘若我對這件事有所期望，反而樂見他繼續待下去。……『他們總是離我們而去，』她低聲說。墓園的悲情睿智似乎化為一聲輕嘆，穿過她虔誠擺放的花環消逝而去。……什麼都無法把吉姆從她身邊拆散，我說。

「這是我至今仍深信不疑的想法；也是我當時的信念；從事件事實面所得唯一可信的結論。這點我無法更加確信，縱然她喃喃自語說：『他對我立下同樣誓言。』『是你要求他的嗎？』我說。

「她往前靠一步。『沒有。我才不會！』她僅僅要求他離開。就在那晚河岸邊[1]，吉姆把倉庫壞人殺死後——在她把火炬扔到河裡後，只因他竟如此深情望著她。當時火炬照明太亮了，危機已經解除——暫時——暫時解除。他說不會拋下她獨自面對柯內琉斯。但她很堅持。要他離開。他說做不到——不可能離開。他顫抖說出這句話。她能感覺他在顫抖。……

1　請見第三十二章第二段（本書p.327）。

想像力不需很豐富就能讓人目睹這一幕，幾乎能聽見他們的悄悄話。她替他感到害怕。我相信當時她在吉姆身上只看見一位注定遇難的受害者——她比他還更加了解這些危險。他雖然沒多做什麼，只需出現在她身旁便能擄獲芳心、令她滿腦子都是他、所有情意都給了他；可是，她卻低估他成功的機會。那段期間，顯然所有人皆傾向低估他的機運。嚴格說來，他似乎毫無機會可言。我知道這正是柯內琉斯的看法。此人全都招了，那時他原本想對我辯解他為何參與阿里謝里夫的詭計，扮演不可告人的角色以除掉異教徒。連阿里謝里夫本人——如今似乎無庸置疑——也對那位白人感到非常不屑。主要是基於宗教理由他們才會想謀殺吉姆，我是這麼認為。輕而易舉的一件事，只為展現內心虔誠（就此觀之，他們覺得非常值得嘉許）；除此之外，毫無重要性可言。上述最後一個觀點連柯內琉斯都深表贊同。『尊敬的先生，』我們唯一一次獨處時他卑賤地辯稱——『尊敬的先生，我哪會知道？他到底何許人？他會幹出什麼好事迫使人民相信他？史坦先生派那種男孩來老僕面前說大話，究竟是什麼意思？只需八十塊錢，我準備救他一命。只需八十塊錢。那個傻子為何不離開呢？難道要我自己去替陌生人挨一刀？』他在我面前故作卑躬屈膝的模樣，曖昧地彎著腰，雙手在我膝前舞動，好像隨時都要上前擁抱我的腿。『八十塊算什麼？微不足道的小錢，施捨給孤苦無依的老人——被死去的母夜叉毀掉一生的老人。』說到這裡，他哭了幾聲。但我早就料到。那晚我巧遇柯內琉斯之前，我已跟女孩把話說開。

　　「當她力勸吉姆離開她、甚至遠離那個國度，她是全然無私的。她最在乎的是他人身安全——就算她也想救自己一命——或許她沒意識到：但她想到先前所獲的告誡，那個近期殞落的人生時時刻刻給她的教誨[1]——她所有回憶的核心所在。她跪倒在他跟前——她跟我說的——就在河岸邊：星光沉寂，周圍只見團團靜謐黑影、模糊難辨的空地；寬廣河面隱約閃爍，猶如遼闊大海。吉姆把她一把抱起。一把抱起，然後她再也不用掙

1　想必珠兒母親曾再三告誡不可與異族通婚。

扎了。想當然。結實的胳膊、溫熟的嗓音、壯碩的肩——能給柔弱的寂寞
芳心依偎。那是一種渴求——沒有限度的渴求——為了撫慰悲痛欲絕的
心、迷惘徬徨的情——受到青春的驅策——非得把握那一刻。若非如此，
還能要求什麼？誰都了解——除非全然不懂世事。因此，她甘心被人一把
抱起——抱在懷裡。『你知道嗎——哎喲！不是開玩笑的——來真的！』
吉姆在住所玄關匆匆低聲對我說，神情憂慮。我雖然不是很懂什麼是玩
假的，卻能看出他們戀情絕非兒戲：他們相遇在人生苦難的陰影下，就像
騎士與少女在孤魂野鬼出沒的廢墟私訂終身。對那種故事而言，星光綽綽
有餘：光芒極其微弱遙遠，無法讓陰影裡的形體現形，也無法照亮河川對
岸。那晚，我並未在相同位置遠眺那條河；河水靜靜流動，如冥河[1]那般晦
暗無光：隔日我便動身離去，但我不可能會忘記當她求他趁早離去時，她
想要解救的究竟是什麼。她有告訴我，很冷靜地說出口——當時她已滿腔
熱情，激動到似乎沒有情緒——以一種悄然低語的口氣，如同她若隱若現
的白色身影朦朧難辨。她告訴我：『我不要一輩子流著眼淚而死。』我以
為聽錯了。

　　「『你不要一輩子流著眼淚而死？』我重複她的話。『像我母親那
樣，』她接口說。她白色的輪廓動也不動。『我母親死前哭得很慘。』她
解釋說。一股難以置信的寧靜似乎從我們周遭地面冉冉升起，無聲無息，
如同夜裡悄悄升起的洪水，將情感熟悉的標記沖刷殆盡。我突然感到一陣
恐懼，好像在水中站不住腳般——懼怕未知深淵。她接著解釋，母親臨終
前夕，房裡只剩她們倆；隨侍在側的她得要離開睡椅走到門邊，用背抵住
房門不讓柯內琉斯進來。他很想進到房裡，不斷揮拳敲打房門，還不時打
住並以沙啞嗓音大吼：『讓我進來！讓我進來！讓我進來！[2]』房間角落躺
在墊子上的那個女人已無力說話、手也抬不起，僅轉頭略微以手示意，好
像在吩咐說：『不要開門！不要開門！』聽話的女兒奮力以肩擋門，遠遠

1　Styx：希臘神話裡死者前往冥界必經之河。
2　Let me in：《咆哮山莊》不得其門而入的幽魂也說出同樣的話。

望著母親。『淚水不斷從她雙眼湧出——然後，她就死了。』女孩以單調語氣冷冷說出結語；那句話勝於一切——勝過她雕像般的僵直不動、勝過只靠言語所能傳達的——令人深感不安，我完全能夠體會當時場面有多駭人：眼睜睜看著事情發生卻又無能為力的恐懼感。那種感覺足以逼我捨棄對生存所具的概念——從既有概念的庇護裡被硬逼出來，以致無法如同以往在遇險的緊要關頭以思想逃避現實，如烏龜縮回殼裡那樣躲入概念的庇護。片刻間，我彷彿看見眼前世界顯露一望無際的憂鬱混亂；然而，老實講，有賴眾人孜孜不倦的努力，這個世界依然是晴朗舒適的小天地——就像人們在腦海勾勒的景象那般晴朗。可是，儘管如此——我的頓悟只是曇花一現：我立刻縮回自己的殼裡。**非得**如此——你們懂不懂？——儘管我滿腦紊亂陰鬱的想法，剎那間閃過踰矩念頭而說不出話來。[1]這些話很快又會浮上心頭，因為言語也是光明與秩序的概念之一，能發揮遮蔽效果以供世人庇護。我有現成話語隨時能派上用場，早在她輕聲低語對我說：『他發誓永遠不會離開我，當時只有我們倆站在那裡！他曾對我發誓！』……『是否有可能連你——你！——都不相信他？』我問，帶著誠心責備的語氣，由衷感到震驚。她為什麼會無法相信呢？為何會渴望疑惑、執著於恐懼，好像她的愛要靠疑惑與恐懼守護。實在太惡劣了。她應該利用她的真情打造一個堅不可摧的太平之界以庇護自我。她不知如何是好——或許不得其法。夜幕很快降臨；我們所站之處陷入漆黑；因此，她連動都不動就在我面前消失，如同惆悵的幽靈，無影無蹤難以捉摸。突然，我又聽見她壓低聲音喃喃說：『其他男子也曾立下同樣誓言。』這句話好像是冥想中的斷語，評斷某種充滿悲傷與敬畏的想法。她接著說，嗓音更加微弱：『我父親也曾如此。[2]』她悄然無息吸口氣，時光彷彿暫時

1　意即人生痛苦難耐，令人想違反教義一死了之。吉姆也曾思索同樣問題，請見第七章最後一段（本書p.143）、第十二章第十三段（本書p.184）。

2　如第二十一章（本書p.）暗示，珠兒很可能是史坦的私生女。

停止。『她的父親也是一樣。[1]』……她所知的竟全是這種事！我馬上說：『啊！但他不是那種人。』關於這點，她似乎無意爭論；但過一會兒後，周遭再度響起奇特低語，恍惚之間傳入我耳中。『他為何會不一樣？他比較優秀？他是否……』『我鄭重對你保證，』我插嘴說，『我認為他是與眾不同的。』我們壓低聲音說話，以致語調詭祕。吉姆的工人（大多是從謝里夫藩籬解放出來的奴隸）住在附近小屋，裡頭有人吊著嗓子高歌。對岸營火旺盛（我想是多拉敏家的），一團火球在夜幕裡格外突兀。『他比別人更真心？』她喃喃問道。『是的，』我說。[2]『比其他人更真心。』她拖腔重複說。『這裡的人，』我說，『連作夢也不會想要質疑他的話——沒人敢——除了你。』

「我認為這句話讓她動了一下。『更勇敢，』她接著話，語氣變了。『恐懼永遠無法迫使他離你而去，』我略微緊張說。小屋的高歌嘎的一聲突然停止，遠處傳來幾個人的談話聲。其中也有吉姆的聲音。我突然發覺她一語不發。『他是怎麼跟你說的？他有跟你說什麼嗎？』我問。沒有回答。『他究竟對你說了什麼？』我追問。

「『你以為我能告訴你？我怎會知道？我哪能了解？』她終於哭著說。一陣騷動。我認為她激動到猛擰著手。『有某件事他永遠忘不了。』

「『你不知道比較好。』我憂鬱地說。

「『到底是什麼事？什麼事？』她以異乎尋常的殷切語氣苦苦懇求。『他說他曾經害怕過。要我如何相信他？難道我會是相信這種鬼話的瘋女人？你們都有忘不了的事！你們都放不下。到底是什麼？告訴我！那件事究竟是什麼？是活的？——還是死的？我恨它。它很殘忍。它有沒有容貌、有沒有聲音——這件禍事？他還看得到——還聽得到嗎？或許當他在夢裡看不見我時——他醒來後就會離開。唉！我絕不會原諒他。我母親

1　珠兒母親是荷蘭與馬來混血兒，請見第二十一章第三段（本書p.255）。珠兒自幼被灌輸異族通婚不可行。

2　本譯本遵循統一版並未於此斷句後重新分段。

曾原諒過——至於我，絕不原諒！那件事是否會是一個徵兆——一聲呼喚？』

　　「那是一段奇特經驗。她連他的夢境都不相信——似乎還以為我能告訴她理由！因此，可憐的凡人若受到迷人幻影誘使，可能會設法逼迫另一個幽影吐露天大祕密：強迫這個流離失所的生靈說出到底有何把柄落入另一個世界手中，以致要在這個熱戀小天地流連忘返也插翅難逃。我站在那裡，覺得土地好像在腳下融化。那件事其實非常單純；我們都是淒慘的魔法師，以恐懼與不安所招喚的幽靈若非得在我們面前擔保彼此忠貞，我——我們活人裡只有我一人——只要想到這件苦差事就會絕望地猛打冷顫。一個徵兆，一聲呼喚！這句話竟如此清楚表達她的懵懂無知。幾個字就夠了！至於她怎麼會知道這些用詞、怎會說得出口，我真的無法想像。有時我們男人覺得緊要關頭不過是糟糕透頂、荒謬可笑、徒勞無益的事；可是，女人卻能從中獲得靈感。她能為自己發聲：這項發現足以令人由衷讚嘆。相較之下，被人一腳踢開的石頭若突然痛到失聲大叫，也不會是更厲害、更可憐的奇蹟。黑夜裡迴盪她那句話的餘音，無知話語聽來格外悲慘。要讓她理解根本不可能。我一語不發，對自身無能為力生悶氣。吉姆也不例外——可憐蟲！誰會需要他？誰會記得他？他已獲得他所要的。如今，他的存在很可能已被忘得一乾二淨。他們倆克服了命運。他們是悲劇人物。

　　「她話沒說完就愣在那裡，顯然是我意料中的反應；我的弟兄從善忘的遊魂之域[1]而來，我能做的只能代表他說幾句話。想到自己的責任與她的悲痛，我就感慨萬千。我願不計一切代價換來撫慰的力量，撫平她脆弱的心——她以執拗的無知折磨自我，如同一隻受困小鳥拚命撞擊殘酷的牢籠。『不要怕！』這句話再簡單不過了；卻也最難說出口。一個人究竟該

1　the realm of forgetful shades：白人世界冷酷無情，連祖靈都會忘卻慘遭流放的一員。

如何袪除恐懼，我想不通？[1]怎樣才能一槍射穿鬼魅心臟、砍下魅影頭顱、掐住魅影喉頭逼魔就範？這是你作夢時才敢倉皇挑戰的難事：你最後會很慶幸能滿頭冷汗、渾身發抖逃出夢境。子彈並未擊發，大刀尚未鍛鑄，英雄仍未誕生；甚至連原本能扶搖上天的真理之語也會如鉛塊般墜落腳邊。為了要在這種危急衝突中致勝，需要的是一個蘸過謊言的魔法毒箭——不容於這個世界的巧妙謊言。這是夢境才能實現的不可能任務，諸位大人懂嗎？

「我抱著沉重心情開始驅魔，同時也感到一股悶氣。庭院外突然傳來吉姆厲聲說話的聲音；他在河邊斥責一個不小心犯錯的倒楣鬼。沒有什麼——我以清晰的低語明說——那裡——她以為渴望奪走她幸福的那個未知世界——沒有什麼——無論活的或死的，不會有某張臉、某聲呼喚、某種力量——會把吉姆從她身邊搶走。我歇口氣，她輕聲低喃：『他也對我說過同樣的話。』『他說的是實話。』我說。『沒有什麼，』她感嘆說道；然後，她突然轉身面對我，以幾乎聽不見的殷切語氣低聲問道：『你為何要從那麼遠的地方來找我們？他太常提到你了。你讓我很怕。你是否——你要他嗎？[2]』火藥味不知不覺滲透我們的悄聲交談。『我永遠不會再來了，』我語帶怨恨說。『而且，我不要他。沒人要他。』『沒人要。』她重複說，口氣疑惑。『沒人要，』我確認說，感到某種莫名激動的情緒而站不穩。『你認為他很強壯、聰明、勇敢、偉大——何不相信他也是真心的？我明天就會離開——到此為止。你再也不會被那裡傳來的聲音打擾。你所不知道的那個世界大到根本不會想念他。你懂嗎？世界太大。你虜獲他的心。你一定感受得到他的心。你一定了解他的心。』『是的，我知道。』她冷冷吐出一句，默然不動有如悄然開口的雕像。

1　憂鬱症典型的焦慮感：請見第七章最後一段（本書p.143）。作者極具自傳性的表露。

2　do you want him：珠兒曖昧的語氣顯示她可能懷疑馬羅與吉姆的情誼另有內幕。毛姆小說《面紗》主角妻子面對丈夫好友亦有類似質疑。

「我覺得自己什麼事也沒辦好。我原本打算做什麼？如今已說不準。當時，我滿腔莫名熱忱，心情非常激動，彷彿面臨非做不可的大業——片刻間我的心理與情緒狀態都深受影響。我們人生都會遇上這種時刻、這種影響，來自外界的擾動，可說無可抗拒、無法理解——好像是神祕的行星會合[1]所引發的。她虜獲——如我對她所說——他的心。她不僅持有他的心，也持有其他所有一切——要是她能相信這點就好了。我非要告訴她，全世界沒有一個人會需要他的心、他的情、他伸出的援手。這是人類共通命運；可是，這樣說一個人未免也太壞了。她一語不發聽我說，她的緘默好像成了根深蒂固的疑慮。她何必需要在乎森林以外的世界？試問。活在那片浩瀚無邊未知世界裡的芸芸眾生——我對她保證——在他有生之年，絕不會捎給他一聲呼喚或一個徵兆。永遠不會。我愈講愈過分。永遠不會！永遠不會！想到當時我擺出執拗的凶悍模樣，連自己都會感到驚訝不解。當時我錯以為總算掐住魅影的喉頭。老實說，整件事雖然發生在現實世界，卻留下夢境才有的那種歷歷在目的驚愕感。她有什麼好怕的？她知道他是強壯、真誠、聰明、無畏的勇士。這些特質他全都有。毫無疑問。還有更多。他很偉大——天下無敵——全世界卻沒人要他，已忘掉他，再也不會有人聽說過他。[2]

「我打住不說；深刻的寂靜籠罩著巴度山，河水中央某處傳來划槳聲，木槳在獨木舟側面的拍打聲單調模糊，讓寂靜更加無窮無盡。『為什麼？』她喃喃問。我感到一陣暴怒，好像陷入相持不下的打鬥。鬼魅想從我手中掙脫。『為什麼？』她更大聲重複問道；『告訴我！』看我依然啞口無言，她氣憤地跺腳，如同被寵壞的小孩。『為什麼？你說啊。』『你想知道？』我怒問。『是的！』她大聲說。『因為他不夠好。』我說，毫不留情。我們彼此無話可說的片刻間，我注意到對岸營火突然冒出烈焰，火

1　1899年12月《吉姆爺》連載期間發生太陽系五大行星會合的星象，民間流傳天有異象說。

2　馬羅說故事的動機就是要讓世人不忘吉姆。

舌光球猛然擴張，猶如驚訝瞪目的眼神，剎那間又縮成一小紅點。直到我感覺到她指頭掐著我手臂，我才意識到她離我有多近。她並未大聲說話，僅以無限憤慨的語氣表達內心不屑、痛苦、絕望。

「『這正是他對我說的。……你騙人！』

「她對我吼的最後那三個字是用族語[1]說的。『聽我說完！』我懇求她；她顫抖得喘不過氣來，一把揮開我手臂。『沒有人，沒有人夠好。』我以最誠摯的語氣接著說。我聽見她時而啜泣、時而哽咽，喘息聲急促嚇人。我只能垂著頭。還能怎樣？腳步聲離我們愈來愈近；我一語不發便匆匆離去……」

1　the native dialect：有別於先前描述之外國人物（如德裔船長、法國上尉等），馬羅在此關鍵情節並未引用外語，可能是由於英語「騙人」（lie）具有強烈的譴責語氣，有利聽眾（或讀者）體認吉姆所受的誤解。

第三十四章

馬羅兩腿一伸，猛然起身，有點站不穩，好像才剛騰空而起然後落地般。他靠在欄杆上，面向好幾排參差擺放的高背藤椅。[1] 許多癱坐藤椅的身體原本賴著不動，似乎都受到馬羅突兀舉止的驚擾。幾個身影彷彿嚇到坐起來；到處可見雪茄點燃的光點；馬羅望著這一切，他的眼神如同夢醒之人，從遙不可及的夢境重返人間。有人清喉嚨；一個穩重聲音淡淡鼓動：「後來呢？」

「什麼也沒發生，」馬羅略微一愣，然後說。「他有告訴她——如此而已。她不相信他——沒什麼好說的。至於我自己，我不知道該感到歡喜或難過才會是正當、合宜、得體的態度。對我而言，我說不出自己相信什麼——老實講，我至今仍不知道，很可能以後永遠也不會知道。但要問的是：那個可憐蟲本身相信什麼？真理戰勝一切——你們懂不懂。[2] *Magna est veritas et*[3]……沒錯，只要時機容許的話。人間存有不變法則，毫無疑問——同樣地，你擲骰子時也有法則控管你的機運。服事眾人的並非公平正義；人生要靠機緣、賭運、命運——頑強時光的盟友——才能小心翼翼維持平衡。我們倆都說了同樣的話。我們兩人是否都說出真話——或只有其中一人——抑或以上皆非？……」

馬羅停頓一下，兩手交叉於胸前，再以全然不同的語氣接著說——

「她說我們騙人。可憐的東西。嗯——這件事只好交給機運——時光的盟友，無從催促；與其為敵的是死神，無可拖延。我退怯了——有點被

1　場景重回說故事的「現實世界」，請見第四章最後一段（本書pp.98-99）。

2　Truth shall prevail─don't you know：根據前後句意，本譯本遵循英國初版插入句號標示斷句。

3　拉丁箴言 "Magna est veritas et praevalet"（「真理強大，必戰勝一切」），出自《聖經・外典》〈厄斯德拉〉（Apocrypha）上卷第四章（I Esdras 4:41）。

嚇到,我該承認。我試著跟恐懼較勁,反被撂倒在地——可想而知。我順利完成的只有讓悲慟欲絕的她更加痛苦:她以為我暗示有某種詭祕勾結、某種莫名難懂的陰謀要把她永遠蒙在鼓裡。讓他們自然而然、無可避免落入圈套的竟是他的作為,加上她本身的參預!好像有人對我示範冷酷無情的命運在暗中操弄,讓我看清我們都是命運的受害者——也是命運的傀儡。[1]那名女孩被我丟下後孤伶伶僵立在那裡,我想到就覺得很糟糕;吉姆踏著厚靴走路的腳步聲好像命中注定般步步逼近;他還沒看到我。『怎麼會這樣?連燈都沒帶!』他訝異地大聲說。『躲在暗處做什麼啊——你們倆?』他走過來後很快就看見她,我猜。『哈囉,姑娘!』他快活地喊道。『哈囉,小伙子!』她馬上回答,語氣帶勁,令人驚奇。

「這是他們平常互打招呼的方式,她聲音尖細卻甜美,說起話來神氣活現,聽起來古怪有趣、天真可愛。吉姆常被逗得十分開心。這是我最後一次聽見他們以那種親切方式問候彼此,我當場寒毛直豎。聲音依然尖細甜美、可愛逗人、神氣活現;可是,似乎給人一種無疾而終的感覺,逗趣的呼喚聽起來有如哀嚎。實在糟糕透頂。『你把馬羅怎麼了?』我聽見吉姆問道;然後,又聽到他說:『走下去了——是嗎?奇怪,我沒遇到他。……你在那裡嗎,馬羅?』

「我沒回話。我並未現身面對他們——無論如何還沒準備好。真的做不到。他叫我的時候我正偷偷從一扇小門逃往一塊新整好的地。不行;還無法面對他們倆。我低頭順著小徑匆匆走著。步道緩緩上坡,地上有好幾棵砍倒的大樹,灌木叢修剪整齊,雜草有火燒痕跡。他打算在那裡開墾咖啡園。月升時,皎潔的鵝黃月光籠罩整片丘陵地,漆黑雙峰聳立於後,似乎朝試植空地投射黑影。他總是在進行許多嘗試;我很佩服他的精力、事業心、精明能幹。當時,全世界沒有任何東西能比他的計畫、幹勁、熱忱來得真實;我抬起頭,看見閃耀月亮半遮半掩從雙峰谷底樹叢後方升

---

[1]　馬羅深感宿命難逃;請見第十七章最後一段(本書p.225)。

起。[1]片刻間，我似乎看見圓滑月盤從天空原有位置掉入人間，滾落峭壁谷底：緩緩月升好像是月盤悠閒回彈、徐徐擺脫樹枝糾纏；山坡上禿樹扭曲的樹幹彷彿在盤面劃下一道黑色裂痕。散射月光好像從洞穴往外照射般；光暈淒涼，有如月蝕：砍伐的樹幹黑壓壓倒在我眼前，好幾團斗大黑影從四方而來落在我腳邊，我自己的影子緊隨在後；小徑另一邊可見那座孤墳黑影，墳上永遠擺著新鮮花環。在逐漸黯淡的月光中，編織過的花朵顯露詭異輪廓，有別於記憶裡的模樣；色澤難以辨識，彷彿花環的奇花異草並非出於凡人之手，也非來自這個世界，而是注定專屬死者。花環的濃郁香氣在暖風裡久久不散，如同濃烈撲鼻的薰香。黑色墳塚周圍堆著一圈白珊瑚，像是由褪色頭骨製成的花冠，在夜裡閃爍暗光；大地闃寂，我停下腳步；周遭頓然無聲無息，彷彿整個世界同時戛然而止。

「那是死寂一片，彷彿大地是一座大墓[2]；我站在那裡好一會兒，滿腦子都想到在世的人——有群人潛藏於遙遠未知異域，依然注定要分擔塵世既悲慘又怪誕的苦難，也得分擔立意崇高的奮鬥——誰知道？人心宏大，足以容下整個世界；英勇無畏，足以承擔俗世包袱。然而，誰有勇氣放得下？[3]

「我想當時我應該有點多愁善感；確定的是，我在那裡站得夠久，被一種全然孤寂的心情懾服，以致那段期間所見所聞——甚至連人類語言——好像全都消失得無影無蹤，只在記憶裡稍作停留便煙消雲散，彷彿

1　請見第二十一章第四段（本書p.255）。
2　印證馬羅先前從史坦身上領悟的道理：人生道路只能從「墳墓與隱患」擇一。請見第二十章倒數第八段（本書p.250）。
3　馬羅點出英雄主義的悲劇：殖民者「立意崇高」（noble struggles），卻不知自制，注定淪落道德墳場。

我是人類最後一員[1]。這個古怪錯覺令人憂鬱，就像人生其他錯覺那樣在半夢半醒間逐步成形：我懷疑這個模糊幻影只不過是可望而不可及的真理。我所在之處確實是失落之地、遺忘之境、未知之國；我已掀開晦澀表象一窺究竟；我覺得隔日當我永遠離開後，那個地方也會隨之消失，只會永存於我的記憶裡，直到我被世人忘卻。我現在又有同樣感受；或許就是這種感覺激發我對諸位說故事，設法對你們傳達好像一段故事確實發生、真實存在──錯覺發生轉瞬間所揭露的真理。[2]

「柯內琉斯打亂我的冥想。他有如一隻害蟲，從窪地長草叢中竄出。我想他住的破屋就在附近，雖然我沒見過，因先前我在那頭走得不夠遠。他從小徑跑過來；他的破白鞋隨著步伐在漆黑地面閃動；他戴著一頂又高又大的禮帽，一停下腳步就對我發牢騷、拍馬屁。他的黑絨西裝好像吞噬了乾扁瘦小的身軀，彷彿只見衣不見人。那是他的節慶服裝，讓我想起當天是我在巴度山所過的第四個星期日。我停留期間始終隱約察覺他有意對我吐露心事，他期盼能有機會跟我獨處。他站在我前面，刻薄小黃臉擺出殷切渴望的表情；他的膽怯讓他不敢靠近，好比我遇見他那種噁心動物會不由自主離得遠遠的。儘管如此，他原本應能得逞，若不是他每每被人正眼一瞄便會當場開溜。吉姆只要狠狠一瞪，他就會馬上溜走；我只要冷眼看他，他也會溜掉；他當然不敢塔姆伊丹乖戾傲慢的眼神。柯內琉斯總在躲人；他每次出現都躲躲藏藏，還遮遮掩掩撇著頭，口中念念有詞，要麼一副疑神疑鬼的模樣，要麼愁眉苦臉、慘兮兮默不作聲；不過，無論他如何裝模作樣，仍無法掩飾自身無藥可救的卑劣天性，就像他無論怎麼穿著

1　the last of mankind：尼采於《查拉圖斯特拉如是說》（*Also sprach Zarathustra*, 1885）提出「末人」（*Letzter Mensch* [the last man]）的概念：無力反思人生意義而苟且偷生之人。1899年7月，康拉德構思《吉姆爺》初期，曾對友人表示，尼采思想體系可謂建立於「瘋狂的個人主義」（"mad individualism"；〈致H. Sanderson信〉，1899年7月22日）。

2　馬羅邊說故事邊思索存在的意義，顯然不甘淪為「末人」。

都無法隱藏他身體有某種可怕畸形[1]。

「不曉得是否因為不到一小時前我才被恐懼之靈徹底擊垮而灰心喪志，我任憑他把我攔下。我注定要接收他人心事，也注定要面對無從回答的質問。很難熬；可是，此人外貌引發的鄙視，荒誕的鄙視，令這檔事不再那麼難熬。他絕不可能會是舉足輕重的人物。什麼都無關緊要了，因為我已有定見：我只關心吉姆一人，而他至少已掌控了自身命運。他有跟我說他心滿意足……幾乎是。我們當初根本不敢奢望能做到這麼多。我──我有資格自認夠好──連想都不敢想。你們當中也應該不會有人敢奢望，我猜？……」

馬羅稍作停頓，像在等待回應。沒人開口。

「沒錯，」馬羅繼續說。「不要跟別人說；因為，只有殘酷可怕的小劫難才能逼我們吐出真相。可是，他屬我族類，他能說自己心滿意足……幾乎是。誰想得到！幾乎心滿意足。令人差點都要羨慕他在劫難逃。幾乎心滿意足。說完這句話，其他就無關痛癢。所有問題都無關緊要了：有誰懷疑他、有誰信任他、有誰愛他、有誰恨他──特別是最恨他的莫過柯內琉斯。

「可是，畢竟這點也是某種肯定。要衡量一個人，不僅要看他有那些朋友，也要看有那些敵人；而吉姆這位敵人有別於他者：只要能與這種人保持距離，正派的人不會羞於與其為伍。這正是吉姆的看法，我也深表贊同；但吉姆漠視柯內琉斯的理由較為普通。『我親愛的馬羅，』他說，『我覺得只要我能痛改前非，什麼都傷不了我。我真的這麼想。現在你已在這裡停留夠久，已好好了解狀況──老實講，難道你不認為我很安全？全都操之在我；而且，哎喲！我對自己非常有信心。他能幹出最糟

1　deformity：義大利犯罪學家龍布羅梭（Cesare Lombroso, 1835–1909）認為生理缺陷與犯罪傾向密不可分，其學說於19世紀末極具影響力。「畸形」亦為史蒂文森名作《化身博士》關鍵詞。康拉德深受影響，日後於《密探》（*The Secret Agent*, 1907）利用「畸形」刻劃反派角色。

糕的事只會是取我的命，我猜。我根本不認為他敢做。他下不了手，你也知道──就算我親自交給他一把上膛的來福槍叫他下手，再轉身背對他，他也辦不到。他就是那種人。況且，假使他真想殺我──假使他辦得到？嗯──那又怎樣？我來此地不是跑來逃命的──對不對？我來這裡是因為我已毫無退路，而我打算在這裡繼續待下去……』

「『直到你徹底心滿意足。』我插嘴說。

「當時我們在他船上，坐在船艉天遮下；二十把槳動作整齊劃一，兩側各有十名槳手，齊聲齊力滑著槳；塔姆伊丹在我們後面默默掌舵，盯著航道忽左忽右調整船舵，小心翼翼維持長獨木舟在強勁水流的航向。吉姆把頭垂下，我們最後一次談話似乎就這樣不了了之。他來送行，要一路送到河口。前一天，縱帆船已先行啟航，趁退潮時開到河口外，我則多待一晚。如今，他特地前來送行。

「吉姆有點氣我提起柯內琉斯。老實說，我並未多說什麼。那個人根本微不足道，一點也不危險，儘管他積怨已久。他每兩句話就稱我『尊敬的先生』，甚至還緊跟著我，從他『已故妻子』墳墓一路哭哭啼啼跟我走到吉姆居所大門。他表示自己是世上最不幸福之人，同時也是受害者，有如一隻蟲被人蹂躪；他懇求我正眼看他。我無意轉頭照辦；不過，我從眼角餘光看見他諂媚身影緊隨在後，右手邊高掛一輪明月，似乎幸災樂禍地注視這幅畫面。他設法對我解釋──如我先前告訴諸位[1]──他在事發那個難忘之夜所扮演的角色。只不過是權宜之計。他哪知道誰會占上風？『我原本能救他一命，尊敬的先生！只要八十塊錢，我原本能救他，』他以矯情語氣抗議說，在我後面隔著一步距離。『他已救自己一命了，』我說，『而且，他已原諒你了。』我好像聽見竊笑聲，於是就轉身面對他；他馬上作勢準備當場開溜。『有什麼好笑的？』我問，站著不動。『不要被騙了，尊敬的先生！』他尖聲說道，似乎情緒全然失控。『**他**救他自己！他什麼都不懂，尊敬的先生──完全不懂。他算哪根蔥？他來這裡幹

1　請見第三十三章第四段（本書pp.334-335）。

什麼——想當賊王？他來這裡幹什麼？他糊弄了這裡每個人；他也糊弄了你，尊敬的先生；但他糊弄不了我。他是大傻蛋，尊敬的先生。』我不屑地笑了幾聲，轉身繼續往前走。他跑過來我身旁，硬湊到我耳邊低聲說：『他在這裡只不過是一個小弟——就像小弟——小弟一樣。』想當然，我完全不理會他；我們那時快要走到昏暗空地，周圍竹籬閃爍月光，他情急之下就切入重點。他一開始又擺出那副哭哭啼啼的可鄙模樣。他說自身歹運影響了他的頭腦。他希望我大人不計小人過，他煩惱太多才會找我訴苦。他跟我說那些話其實沒別的意思；只是尊敬的先生不明白傾家蕩產、老了不中用、遭人踐踏是什麼感覺。開場白說完後，他接著想以肺腑之言吐露心事，卻語無倫次、長吁短嘆、畏首畏尾，好一會兒我都搞不懂他究竟是什麼意思。原來他要我幫他向吉姆求情。好像有關金錢問題。我聽到這句話反覆出現：『適度的給付——合適的贈禮。』他好像想要為某事索賠，甚至不遺餘力激動表示，如果一個人被奪走一切，就不值得活下去了。我當然不吭一聲，繼續豎直耳朵。我逐漸了解問題所在：他認為自己有資格獲得一筆錢來交換那名女孩。他撫養她長大。別人家的小孩。歷經許多麻煩與痛苦——如今只剩他一個老頭——只要合適的贈禮。倘若尊敬的先生能開一開金口。……我默默站著，滿懷好奇打量他；我猜，他很怕我會覺得被他勒索，於是匆匆決定讓步。考量『合適的贈禮』若能立即交付，他願意——他表示——自行承擔那名女孩的要價，『完全不需額外給付——直到那位先生屆時返鄉。』他的黃色小臉好像被擠壓般皺成一團，露出我所見過最飢渴貪婪的表情。我聽見他花言巧語的嘀咕聲：『一勞永逸——法定監護人——一筆錢。……』

「我站在那裡，嘖嘖稱奇。對他而言，搞那種事顯然是種天職。我突然發覺他的卑躬屈膝其實是某種勝算在握，好像他一輩子都慣於處理意料中的事。他一定以為我能就事論事並好好考慮他的提議，因為他開始甜言蜜語。『每逢返鄉時機來臨時，每位紳士都會提出一筆給付。』他意有

所指說。¹我把小門一甩。『這樣的話，柯內琉斯先生，』我說，『那個時機永遠不會來臨。』他花了好幾秒才聽懂這句話的意思。『什麼！』他失聲尖叫。『哎，』我隔著小門接著說，『你難道沒聽他自己說的嗎？他永遠不會返鄉。』『哦！太過分了，』他叫道。他再也不願稱呼我為『尊敬的先生』。他久久愣在原地，然後突然一改先前的謙卑態度，壓低聲音繼續說。『永不離開——哼！他—他—他不曉得從什麼鬼地方跑來這裡——跑來這裡——鬼才知道什麼原因——要把我踐踏到死——啊——踐踏』（他兩腳輕踩），『像這樣踐踏——沒人知道原因——要把我整死才甘休。……』他的聲音愈來愈弱；他邊說邊咳；他從小門外湊上來，以可憐的私密口吻表示，他**不會**受人踐踏。『忍著——忍著。』他喃喃說，不斷搥胸。我不想再繼續嘲笑他，但沒想到他竟特地要讓我笑破肚皮。『哈！哈！哈！走著瞧！走著瞧！搞什麼？想揩我的油？想把我榨乾？我所有的一切！我所有的一切！』他斜垂著頭，半握拳伸出雙手。旁人還以為他對那名女孩疼愛得不得了，如今她被殘忍地奪走，令他心灰意冷、悲痛欲絕。他突然抬起頭，摺一句髒話。『很像她母親——跟她母親一樣很會騙。完全一個模子。看她的臉就知道。寫在臉上。母夜叉！』他把額頭靠在籬笆上，然後保持這個姿勢以葡萄牙語飆罵不堪入耳的恐嚇與褻瀆穢語，聲音時而有氣無力、時而摻雜淒慘的悲嘆與哀鳴，他的雙肩還不停起伏，彷彿惡疾當場發作幾乎要了他的命。他那幅模樣既怪誕又無恥，根本無法形容，我趕快掉頭就走。他連忙在我身後大喊幾句話。詆毀吉姆之類的話，聽起來是如此——不過，他罵的聲音並沒多響亮，因為我們當時離吉姆房子很近。我只清楚聽見：『只不過是一個小弟——小弟一樣。』」

1　暗指歐洲人在殖民地「納妾」的陋習。

第三十五章

「然而，隔日上午隨著第一道曲流將巴度山屋舍景緻阻隔於後，這一切從我眼前活生生消失；當地色彩、花紋、與所代表的意義也隨之而去：就像在畫布塗滿遐想之景，打量畫作許久後，最終勢必放下畫筆轉身離去。那一切只留存於回憶，停格不動、永不淡出，生活百態凝然靜立，在恆久不變的光景裡封存。那裡有許多抱負、恐懼、憎恨、希望，這些將長存我心，正如我所目睹那樣——熱情洋溢，好像永遠停留在深切表露的那一刻。我已轉身離開這幅畫面，即將返回原本世界，有所動靜的世界——人物變化莫測、光景詭譎多變、生活井然有序——無論在爛泥裡或在石板路上，人們各司其職。我不會一股腦兒投身其中；我本身想做的事夠多，足以讓我不至於被他人拖下水。但至於我遺留身後的，我無法想像會有任何變化。魁梧寬宏的多拉敏，與他那散發母愛的嬌小老妻，眺望著那片土地，共同盤算要如何實現身為族長該有的夢想；滿面愁容的艾琅形庫，骨瘦形銷、一臉茫然；聰穎勇敢的丹瓦歷斯，對吉姆忠貞不渝，橫眉怒目卻又出乎意外謙恭有禮；心生愛慕的那名女孩，陷入憂慮與懷疑的焦灼；狂傲不羈的塔姆伊丹，忠心耿耿；月光下把頭垂在籬笆上的柯內琉斯——我有把握看清楚這些人。他們的存在彷彿出於巫師舞動的魔杖。可是，有位人物是這群人生活的中心——那個人繼續過活，而我卻沒把握看清他。沒有一個魔法師能用魔杖將他凍結在我眼前。他屬我族類。[1]

「如我先前所述[2]，吉姆陪同我走上重返世界的第一段路——我要回到他所放棄的那個世界；這段路有時好像穿越原封不動的荒野中心。豔

1　馬羅表露舊時歐洲人典型的西方視野：無法看清殖民異域潛藏豐富多元的在地人生。諷刺的是，故事結尾，馬羅眼中的刻板人物將有驚人之舉，反轉吉姆的命運。

2　請見第三十四章倒數第三段（本書p.348）。

陽高掛，空蕩河域波光粼粼；河道兩旁有高牆般的植被，炙熱空氣傾瀉而下，河水昏沉；獨木舟奮力航行，在巨木樹蔭下劃過濕熱空氣，勇往直前。

　　「逼近的離別時刻已在我倆之間築起可觀阻隔，我們交談變得有點勉強，彷彿得要將低語刻意傳到遙不可及且愈來愈遠的彼方。獨木舟可謂飛越水面；天氣悶熱，暑氣難耐，我們全都熱到發昏；撲鼻而來的爛泥味、沼氣——豐饒之地的遠古氣味——好像刺痛了我們的臉；直到通過一處區流才驟然豁然開朗，似乎遠方有隻大手掀開沉重簾幕，開啟了寬廣門戶。四周光線似乎隱隱作動，頭頂天空逐漸開闊，遠處潺潺低吟傳來耳中，清新氣息籠罩我們，滲入我們胸口，激活我們思緒、血氣、悔恨——然後，正前方遠遠可見蔓延森林隱沒於起伏的深藍海面。

　　「我深吸幾口氣，沉醉於一望無際的海平面，陶醉於截然不同的氣氛：這片景象似乎因胼手胝足之勞而波動不已，其精力源自完美無瑕的世界。這片天空與大海皆對我敞開大門。那名女孩說得沒錯——那個世界有個徵兆、有聲呼喚——有某種東西能引發我身上每個細胞的迴響。我環視這片遼闊海域，雀躍得不能自已，有如掙脫束縛想伸展筋骨、手舞足蹈慶幸重獲自由。『這實在太棒了！』我大聲說；接著，我轉頭望向身旁的罪人。他把頭垂在胸口，僅坐著回答：『是的，』連眼睛都沒抬起，好像很怕看見遠方海面上的晴空寫著斗大訴狀，譴責他的浪漫良知。

　　「我清楚記得那天下午每個細節。我們在一處白沙灘上岸。岸邊後方有座低崖，崖頂林木翁鬱，藤蔓沿著崖壁蔓延至崖底。我們腳下有片湛藍海面，微微往上延伸至與視線等高之海平線。粼粼碧波掠過遍佈深色斑點的外海，浪花如同微風捲起的羽毛輕盈飄蕩。出海口正對一排參差不齊的島鏈，高聳的剪影反映在蒼白光滑的河面，水中倒影忠實保留河岸輪廓。烈陽下，有隻孤鳥的黑影在高空現蹤，忽上忽下，微微振翅於定點盤旋。河口附近有群破舊高腳茅屋，各個被煤煙燻得烏黑，以成排烏黑木樁撐在水上，或高或低，猶如立於自身倒影。兩個人影從茅屋群中駛出獨木舟，遠遠看去只見黑色小點在蒼白河面奮力划行：獨木舟似乎在如鏡水面蹣跚

而行。這個沒落的高腳屋聚落就是號稱受到白爺特別保護的漁村[1]，而乘舟而來的那兩人就是老頭目與其女婿。他們靠岸後就登上白沙灘朝我們走來，身體深棕枯瘦，彷彿被煙燻過；赤裸肩膀與胸膛有多塊白斑。他們纏著頭巾，布料骯髒卻細心穿戴；老頭劈頭就放聲投訴，還伸出瘦長手臂、瞇著老花眼自負地看著吉姆。拉惹人馬不願放過他們；漁村的人到小島採集一批龜卵，被找麻煩——他一手撐著槳，另一隻乾癟棕手往海的方向指去。吉姆聽他說完，並未抬頭；過一會兒後終於開口，溫和地叫他先等一下。稍後再議。那兩人於是乖乖退到一旁，跪坐在地上，把槳置於膝前沙灘；他們炯炯有神的目光耐心留意我們的舉動；同時，浩瀚無邊的大海、靜謐無聲的海岸一路延伸，遠達我視線可及之外，縱向融成一個龐然巨靈，俯視我們這四個渺小侏儒，在一塊閃閃發光沙灘上與世隔絕。

「『麻煩的是，』吉姆愁悶地說，『那座村子的窮漁民好幾代都被當作拉惹私人奴隸——而那個老廢物無法接受……』

「他打住不說。『接受你已改變一切的事實。』我說。

「『是的。我改變了這裡的一切。』他以憂鬱口氣喃喃說。

「『你有把握機會。』我接著說。

「『有嗎？』他說。『嗯，也對。我猜也是。是的。我重拾了自信——一個好名聲——儘管如此，我有時會希望……不行！我一定要好好把握我所掙來的。不能再有任何奢望。』他伸出手臂往大海猛力一揮。『無論如何，不能奢望那裡會有什麼。』他在沙上跺腳。『這是我的極限，因為不得不盡全力。』

「我們繼續在沙灘漫步。『沒錯，我改變了這裡的一切，』他接著說，斜眼看著那兩個坐在地上耐心等候的漁夫；『不過，設想我若真的離開此地，不曉得會有什麼後果。哎喲！你難道不懂嗎？天下大亂。不行！明天我仍會一如往常去見艾琅彤庫，去喝那個蠢老頭的咖啡；而且，我還要跟他抱怨那個爛龜卵的事，非得講個沒完沒了不可。對。我不得不

1　請見第二十四章第二段（本書p.275）。

說——永遠說不完。絕不住嘴。我必須堅持到底，貫徹始終，實踐我的諾言，以確保什麼都傷不了我[1]。我一定要忠於他們對我的信念才能安心，才能夠——能夠……』他絞盡腦汁尋求合適字眼，似乎找到海上去了……『與……保持聯繫……』他聲音突然一沉，變成低語……『與那些我或許永遠無法相見的人保持聯繫。與——與——你，舉例來說。』

「他這番話令我深深感到擔不起。『看在老天分上，』我說，『別捧我了，親愛的老兄；好好為自己想想吧。』我心中一股感激之情油然而生，他真是有情有義：這位落隊者看中我，認為我在與他無關的群體裡有無可取代的地位。這點實在微不足道，畢竟沒什麼好吹噓的！我把滿面通紅的臉撇向另一邊；夕陽低垂，燦爛陽光逐漸黯淡轉為緋紅，有如從火堆夾出的餘燼；夕照下，大海遼闊無邊，以無盡沉靜迎接火球降臨。他兩度想開口，卻兩度欲言又止：最後，他似乎想到一句客套話——

「『我將永遠忠誠，』他低聲說。『我將永遠忠誠。』他重複說，沒有看我，但首次抬起眼睛掃視這片海域——湛藍的海已隨夕照轉為憂鬱的深紫。啊！他真是浪漫，真是浪漫。我想起史坦曾說的話。……『往毀滅元素沒入！……逐夢，一再逐夢——就這樣——永遠——*usque ad finem*……』[2]他很浪漫，卻依然真誠。誰知道他在西方餘暉裡看見了什麼形體、何種幻影、哪些臉龐、何等寬恕！……一艘小艇離開縱帆船，兩隻槳規律打水，徐徐朝沙洲駛來接我上船。『此外，還要想到珠兒，』他突然開口；我沉浸在海陸空的全然寂靜裡，他突兀的聲音驚動我的思緒。『還要想到珠兒。』『沒錯，』我悄悄應答。『我不用告訴你她對我有多重要，』他接著說。『你也親眼見到了。她終將設法理解的……』『希望如此。』我插嘴。『她也信任我，』他若有所思回話；然後，他的口氣變得不一樣。『我在想，下回我們何時相見呢？』他說。

「『永遠不會了——除非你出來。』我答，避開他的目光。看樣子他

1　請見第三十四章倒數第五段（本書p.347）。

2　請見第二十章倒數第八段（本書pp.250-251）。

一點也不意外；好一會兒他都默不作聲。

「『既然如此，那就再會了，』他停頓一下後說。『或許這樣也好。』

「我們握手道別，然後我走向小艇——艇艄擱在沙灘等我登船。縱帆船主帆已降下，艄三角帆的帆索已調整至迎風面，整艘船在紫色海面搖擺起伏；帆緣被夕照暈染成玫瑰紅。『近期有打算返鄉嗎？』吉姆問道，當時我正好一腿跨上舷緣。『再等一年左右吧，若我這條老命還在的話。』我說。小艇以艄踵¹在沙灘拖行後順利浮動，濕答答的槳閃爍水光在水裡滑一下、再一下。吉姆站在海灘前緣，隔著浪提高嗓音說：『跟他們說……』他喊道。我對槳手示意暫停划槳，不解地等吉姆說完。要跟誰說？半沒入海的夕陽正對著他；他默默無語凝望著我，雙眼清楚可見返照的夕光。……『算了——沒事。』他說，輕輕揮手，指示小艇出航。我直到從小艇攀上縱帆船後才回頭往岸邊看去。

「那時太陽早已西沉。東方蒙上暮色，海岸已黯然無光，昏暗懸崖一望無際延伸，有如守護夜晚的堡壘；西方海平線則緋紅金光一片，只有一朵暗黑孤雲靜靜飄蕩，在海面投射岩灰色倒影。我看到吉姆站在海灘：他望著遠方縱帆船逐漸駛離。

「我離開後，那兩位打赤膊漁夫隨即起身；他們肯定纏著白爺對他哭訴他們卑微可憐、受人欺壓的人生苦事；而那位白爺肯定用心傾聽，把他們的苦當成自個兒的事：難道這些苦事不正是他的機運所涵蓋的一小部分——『樂天的人無論走到哪裡都會無憂無慮。』²——不正是他對我保證他全然值得遇上的機運？³我想，那兩位漁夫也逮到機會，而我確信他們的執拗讓他們值得遇上機運。他們黝黑身軀很快就隱沒於漆黑背景裡，過一會兒後我才看不見他們的保護者。他從頭到腳都是白色，身影持續清

1　forefoot：船隻龍骨最前端。

2　請見第二十三章倒數第二段（本書p.267）。

3　請見第三十二章第五段（本書p.328）。

晰可辨：身後有黑夜的堡壘、腳下踩著海水、機運就在身旁——仍然蒙層紗[1]。各位意下如何？他的機運是否仍隔層紗？我不知道。對我來說，那個白色人影身陷靜謐無語的大海與海岸，似乎就站在廣袤無垠的謎團中心。暮色很快就從他頭頂天空褪去，他腳下沙灘已陷入潮水，遠遠看去他的身影如同小孩般短小——然後，只剩一小點，一個微小白斑，彷彿映照了暗黑世界所有殘光。……接著，忽然間，我失去他的蹤影。……」

---

1   請見第二十四章第四段（本書p.276）。

第三十六章

馬羅說完這些話，口述的故事也告一段落[1]；在他若有所思的茫然眼神下，聽眾隨即解散。眾人一刻也沒耽擱就往走廊移動，有的結伴而行、有的獨自漫步，全都閉口不談，好像那段未完結故事——結尾意象、未完結的本質、口述者獨特的語氣——已讓討論無濟於事，令人無從置評。每位離場聽眾似乎都把自身感想帶走，就像帶走祕密般；不過，這群聽眾當中曾有一人得以聽完故事結語。那是兩年多以後的事了，當時此人早已返鄉，在家裡所接獲的：厚厚一包郵件，包裹上寫有馬羅工整遒勁的字跡。

這名有幸人士[2]拆開包裹，往裡頭一看，然後就把包裹放下，走到窗邊。他房間位於一棟雄偉大樓頂層，他透過明澈的玻璃窗望向遠方，好像從燈塔燈室往外眺望。成排斜屋頂閃閃發亮，暗黑屋脊參差蔓延，如同毫無浪峰的陰沉海浪起伏不定；他腳下城鎮深處傳來川流不息的喧囂。為數眾多的教堂尖塔散落各處，有如高聳燈標矗立在錯綜複雜、航道不及的淺水區；大雨隨著冬天傍晚夜幕傾落而下；鐘塔大鐘轟隆報時，樸實響亮的鐘聲響徹天際，留下刺耳迴盪的餘音。他把厚重窗簾拉上。

他的桌燈在燈罩下有如遮蔽池水，閃現昏沉暗光；他的腳步悄然無聲踩在地毯上；他浪跡天涯的人生已經落幕。再也不用面對如希望般無窮無盡的天際，再也不用見到如神殿般肅穆的森林暮光，再也不用為了爭先恐後尋找從未發現的國度而跋山涉水、遠渡重洋。鐘響了！再也不用！再也不用！——可是，桌燈下拆開的包裹捎來屬於過去的聲音、景象、風味——一群群消逝臉龐、一陣陣低吟話語，在遠洋異地熱情儡人的陽光下

1　場景重回第四章末尾（本書pp.98-99）。

2　The privileged man：此人獲得祕聞（privileged information），不僅「有幸」，亦與馬羅同享「特權」（privilege）掌控真相。如第三十四章第二段（本書p.343）暗示，「時機容許」才得一窺真相。

逐漸淡去。他嘆口氣，坐下來讀信。

　　他首先看到包裹內有三份分裝附件。[1]一疊以別針夾妥的文件，全是密密麻麻墨水字；散裝的淺灰色方頁，上頭有他從未見過的陌生筆跡；還有馬羅的說明信。從最後一個附件掉出來另一封信——陳年泛黃、摺痕皺舊。他把這封舊信撿起來擱在一旁，然後先打開馬羅的信：他很快瀏覽開頭幾句，接著稍作停頓，克制情緒後再戰戰兢兢細讀下去，彷彿小心翼翼、提高警覺上前窺探從未發現的國度。

　　「……我認為你應該沒忘記，」信裡寫道。「他的故事說完後，只有你仍對他感興趣，儘管我清楚記得你不願承認他已掌控自身命運。你曾預言他會在劫難逃：意志消沉之災、厭惡重拾榮耀所致之災；厭惡自擔苦差事、青春與憐憫所致情愛等等之災。你曾表示，你很清楚『那種事，』那種虛幻的滿足感、那種無可避免的欺瞞。你也曾說——我想起來——『把人生白白交給他們，』（**他們**指的是膚色為棕、黃、或黑的所有那群）『就像把靈魂出賣給畜生。』你宣稱若要容忍與維持『那種事，』必須要基於一個堅決信念：相信種族上屬於我們的觀念蘊含真理，並以其之名建立體制，讓進步合乎倫理的道德規範。『我們需要信念的力量在背後支持，』你曾說。『我們要信賴信念的必要與其正義，才能讓我們甘願犧牲生命，並犧牲得有價值。若無信念，犧牲僅會輕如鴻毛，奉獻生命只不過會是走上毀滅之途。』換句話說，你主張我們必須在團隊裡奮鬥，否則我們的命就不會算數。或許吧！你應該很清楚——我沒有惡意——你曾遠赴一兩個地方獨自闖蕩，然後精明抽身且全身而退。然而，此為重點所在：全人類裡吉姆只跟自己打交道；問題是，他到最後是否承認皈依的信念遠勝於體制與進步的法則。

　　「我無法妄下斷語。或許你能斷定——讀完附件後再說。常人有云：

1　此「信中信」拼湊真相的書信體（epistolary）顯露偵探小說風格，類似史蒂文森《化身博士》最後揭露真相的敘事手法。

『陷入愁雲慘霧。』[1]——這句俗話畢竟言之有理。浮雲蔽日，根本不可能認清他——尤其我們是透過他人目光才得以看他最後一眼。有關他人生最後一幕——他所謂『落在身上』的那件事——我則毫無猶豫打算把我所知的全都透露給你。我們不禁懷疑那件事或許確實是他人生終極機運——我老是懷疑那是他所等待令他滿意的最終試煉，通過後他才能把音訊捎給那個完美無瑕的世界。你記得當我最後一次與他道別時，他問我是否近期打算返鄉，並突然在我身後喊道：『跟他們說！』[2]……我當時曾等他把話說完——我承認心生好奇，希望他能多說一些——只不過最後我只聽他喊道：『算了。沒事。』當時就這樣不了了之——以後也不會有什麼；不會有任何音訊，除非我們每人都能自行詮釋事實語言[3]——無論多麼精於咬文嚼字，事實語言更加撲朔迷離。誠然，他曾再度嘗試自我解脫；可是，最終仍失敗收場；你若讀完所附那疊淺灰大頁紙可能就能理解。他曾嘗試寫日記；你是否注意到那些平庸字跡？題為『要塞：巴度山。』我猜他想把心願付諸實現，將他住所改成防守要塞。絕佳計畫：深壕溝，土牆裝有尖欄，火砲以各種角度架在台上，射角覆蓋廣場每一邊。多拉敏同意將火砲提供給他；因此，他人馬的每位成員都知道有處安全地點，若逢突發危急時刻，每個忠誠分子都能前往該處集結。這一切在在顯示他的明智與深謀遠慮，以及對未來懷抱的信心。他所謂『我自己的人民』——從謝里夫解放的俘虜——將構成巴度山獨特聚落，在堡壘圍牆下各塊空地蓋茅屋而居。在這個聚落裡，他將是所向披靡的主人。『要塞：巴度山。』沒有日期，如你所見。對日復一日的其中一天而言，某年某月有何意義？再者，

1　under a cloud：如馬羅指出，吉姆之所以受人誤解主因在於沒人能看清他的真貌。

2　請見第三十五章倒數第三段（本書p.355）。馬羅先前引述此話並未添加驚嘆號，可能由於記憶誤差所致。

3　the language of facts：如第四章第一段（本書p.95）與第六段（本書pp.96-97）所示，「事實」不足以解釋吉姆的行為。馬羅設法以故事語言抗衡失焦的事實語言。

他提筆時心裡究竟想到誰，也是不得而知：史坦——我——全世界——或僅是受命運逼迫的孤獨人在無的放矢地吶喊？『一件糟糕的事發生了，[1]』他首次提筆寫下這句後隨即便把筆放下；看著這些字句下方如同箭鏃的墨水漬。過一會兒後他再度嘗試，使勁草草寫一行，彷彿握筆的手有如鉛塊。『我一定要立刻……』筆尖墨水四濺，那時他終於放棄。沒什麼好寫的；他看見一道鴻溝，無論如何遠眺或吶喊都無法跨越。我很了解這種處境。他被莫名事物所懾服；懾服他的正是他的本性——他盡力掌控的命運所賜之天賦。

「我附上一封舊信——陳年舊信。精心保存在他文具盒裡，被找到時信件狀況良好。那是他父親寫給他的，如日期所示，應該是在他加入帕德納號前幾天所收到。因此，那封信想必是他此生最後一封家書。這些年來他珍藏那封信。老好牧師很寵他的水手兒子。[2]我逐句檢視信件內容。無論怎麼看，只見關愛之情溢於言表。他告訴他『親愛的詹姆士』，上次寄來的長信甚是『坦率有趣』。他希望他別『苛責他人或草草武斷』。那封信共有四頁，叮嚀道德常規，交代家族近況。湯姆已『宣誓入教』。嘉莉的丈夫『賠了一筆錢』。老先生穩健寫著，把人生託付給天佑與人世既定體制，同時也意識到世上充滿微不足道的險阻與慈悲。老先生幾乎就在眼前：白髮蒼蒼、容光煥發坐在無可褻瀆的書房，在堆滿圖書的簡樸書房舒適的庇護下，四十年來孜孜不倦反覆推敲卑微思想：有關信仰與德行、做人道理、正正當當老死唯一之途；他在書房寫下不計其數的布道文，也常坐在那裡跟遠在世界另一端的兒子對話。儘管兩地相隔，距離何干？世上德行如一，信仰唯一，可信的處事原則只有一種，老死方式也只有一種。他期盼他『親愛的詹姆士』永不忘記以下的話：『一旦屈服於誘惑，將同時賭上自身命運，必將徹底墮落，萬劫不復。因此，意志須堅定不移，無

1　An awful thing has happened：吉姆日記這句話令人想起《咆哮山莊》第三章女主角日記開頭：「糟糕的星期日！」（"An awful Sunday!"）。

2　請見第七章第五至六段（本書p.136-137）。

論動機為何，絕不能做出明知不對的事。」信裡還提到家人特別喜愛的那隻狗；還說到有匹小馬，『你們這些男孩以前常騎的』，已成老馬並早已失明，不得不安樂死。老先生祈求上天賜福；母親與返家姊妹都送上滿滿的愛。……沒錯，那封縐舊泛黃的家書沒提到什麼要事，多年來僅被他珍惜地握在手裡而顫動不已。那封信並未換來任何回音；不過，誰知道他有多少千言萬語想告訴這些被時光凝止的褪色人影、有多少事想告知在世界另一角落安穩生活的男男女女——他們的世界猶如墳墓免於危險與衝突，得以知命享受與世無爭的樸直氛圍。他竟來自這個世界，著實令人訝異，尤其是他這輩子有很多事『落在身上』。不會有什麼事落在這些親友身上；他們不會遇上令人措手不及的事，也絕不會被迫與命運搏鬥。父親的閒話家常讓他們全都在信裡現身：這些兄弟姊妹都是他骨中的骨、肉中的肉[1]，目光清澈卻無知無覺；但我似乎看到他終於歸鄉，已非先前那個位於浩瀚謎團中心的渺小白斑，而是成為雄踞崇高聲望的中心點，在那群無憂無慮形體之列出類拔萃：外表嚴峻、風度浪漫，卻始終默然無聲、神祕難解——陷入愁雲慘霧。

「至於最後那些事件的始末，你讀完附件後就會明白。你將會承認，結局浪漫到遠超出他從小所能奢望的[2]；儘管如此，在我看來，整件事帶有某種深奧駭人的道理，好像憑一己想像力果真就能將命運勢不可當的力量釋放出來且不為所動。魯莽行事必將自食惡果；凡玩刀的必死在刀下[3]。這是一段令人震驚的冒險——其中最令人驚訝的是確有其事——結局是無法避免的後果。類似事件必然發生。你一定會喃喃重複這句話；這種事居

---

1 bone of his bone and flesh of his flesh：《聖經·創世紀》2:23：「這是我骨中的骨，肉中的肉。」（"This is now bone of my bones, and flesh of my flesh."）。

2 請見第一章第六段（本書p.77）。

3 who toys with the sword shall perish by the sword：《聖經·馬太福音》26:52：「凡動刀的，必死在刀下。」（"for all they that take the sword shall perish with the sword."）。

然得以發生在兩年前的當代，你也一定會感到不可置信。可是，該發生確實已經發生——其中道理無可辯駁。

「附件內容是我把自己當作好像在場旁觀而為你所寫的。我得知的消息零散片斷，但我設法拼湊全貌，最後成品足以串連出一個明晰事態。我在想他自己不曉得會如何敘述。他對我已吐露這麼多心事，我敘述時彷彿有時會看見他現身，用他自己的話說出自己的故事：用他那種隨興卻帶感情的語氣，以他那種不拘小節的風格，有點困惑、有點苦惱、有點受挫；然而，偶現的隻字片語雖能讓人瞥見他的真貌，卻又無助窺探他的全貌。很難相信他再也不會出現。我再也不會聽到他的聲音，再也不會看見他那張曬得通紅的俊秀臉龐——高額有道白紋；再也無法看見他洋溢青春的雙眼——興致勃勃，卻也深不可測泛著陰沉的藍。」

第三十七章

「這一切開始要追溯至有位名叫布朗的傢伙膽大妄為的豪舉：他不費吹灰之力就從三寶顏[1]附近一處小海灣偷走西班牙人的縱帆船。我得知這號人物時所掌握的消息有限，但我竟沒料到後來居然會親自遇見此人——剛好就在他含恨嚥下最後一口氣前幾個小時。趁他氣喘還沒發作、尚未咳到窒息的間隔，幸好他還願意也能跟人談話；他一想到吉姆，痛苦不堪的身子就會因幸災樂禍而扭動不停。讓他喜不自禁的是想到『最後終於報復了那個臭屁小子』。他很得意自身所作所為。為了得知後來發生何事，我得忍耐他那對帶有魚尾紋的頹敗雙眼與犀利目光；因此，我勉為其難面對他的眼神並不禁納悶：邪惡之物究竟與喪心病狂有多類似、是如何源自狂傲自大、如何遭受抵制而變本加厲、如何摧殘一個人內在、如何讓肉體保有虛有其表的精力。這件事也顯露惡劣的柯內琉斯出人意料的刁獪程度，其為人之卑劣與所懷之深仇大恨讓他想到詭祕妙計，看出萬無一失復仇之法。

「『我一看見他就當場知道他是哪種傻子，』垂死的布朗喘氣說道。『他算什麼男子漢！去死吧！他只是一個空洞的冒牌貨[2]。他好像沒種直接說出心裡的話，「別碰我的贓物！」去他的！他原本可像條漢子把話講開！自以為高人一等，滿嘴胡說八道！他在那裡雖然把我治住——卻沒膽把我解決掉。根本沒種！像他那種東西居然會放我一馬，好像我一文不值！……』布朗拚命掙扎想喘口氣。……『有夠會騙。……放我一

1　Zamboanga：位於菲律賓南部民答那峨島西南角。

2　hollow sham：同期作《黑暗之心》亦討論相同議題——奉行祖國價值觀的西方英雄是否為悖離正道的虛假英雄。現代主義詩人艾略特（T. S. Eliot, 1888–1965）深受康拉德影響，以詩作〈空人〉（"The Hollow Men," 1925）警寓現代人的沉淪。

馬。……到頭來我還是把他解決了。……』他再次氣到說不出話。……『我預料這個毛病會要我的命，但如今我會死得很舒服。你……你聽好……我不知道你名字——我會給你五英鎊一張，如果——如果我有錢的話——交換小道消息——我說話算數，否則就不叫布朗。……』他露出駭人冷笑。……『布朗紳士。[1]』

「他上氣不接下氣說出這些話，傷痕累累的長臉有雙泛黃眼睛緊盯著我；他的左臂抽搐；糾結的花白虯髯幾乎及膝；腿上蓋著一條破舊髒毯。我在曼谷得知此號人物，透過那位愛管閒事的荀伯[2]——這位旅店主人偷偷指點我要到哪裡找人。看樣子有位到處閒蕩、喝茫的懶漢——一個跟當地人一起生活的白人，有位同居的暹羅女人——感到非常榮幸能收留大名鼎鼎的布朗紳士，讓他度過人生最後幾天。布朗在那間破茅舍跟我談話時可說每分鐘都在掙扎求生；同時，那位暹羅女人會盤著赤裸粗腿、拖著粗糙愚昧的臉龐，坐在陰暗角落冷冷嚼著檳榔。她有時會站起來，只為把雞趕出門外。她走路時整棟茅舍都會隨之晃動。有個黃臉醜小孩，光著身體、肚子圓滾滾的，好像異教神像，就站在睡椅底端：吸著指頭，若有所思地靜靜望著眼前垂死之人。

「他讒言讕語；但有時話說一半，好像被一隻無影手扼住脖子，會茫然望著我，露出迷惘與痛苦不堪的表情。他似乎很怕我會聽得不耐煩而掉頭離去，丟下他與未說完的故事，令他無法充分表述自身得意。據我所知，當天晚上他就死了，而那時我已沒有其他什麼需要知道的事。

「有關布朗，暫時先講到這裡。

「遇見布朗八個月前，我路過三寶瓏，照例順道拜訪史坦。一名馬來僕人在屋子庭院長廊覥腆迎接我；我記得曾在巴度山見過此人，就在吉姆家；當時在場還有其他布吉斯人，傍晚他們常到吉姆家聚會，喋喋不休聊

1　Gentleman Brown：吉姆亦以紳士自居，請見第十一章倒數第七段（本書p.181）。布朗的綽號象徵另一類「反英雄」。

2　請見第十九章第二段（本書p.235）。

著昔日戰事與國族大事。有次吉姆曾特地在我面前點出此人,並說他是一名正派小販,擁有一艘土製海船,並以行動證明自己是『攻占藩籬表現最傑出者』。我看到他時並不十分訝異,因為巴度山商人若遠赴三寶瓏做生意,通常都會有辦法到史坦家借宿。我回禮後便繼續往前走。我在史坦房門口遇見另一位馬來人,馬上就認出是塔姆伊丹。

　　「我隨即問他有何要事;我忽然想到吉姆可能來找史坦。我承認這個想法令自己興高采烈。塔姆伊丹看起來好像不知道要如何回答。『吉姆端安在屋裡嗎?』我不耐煩問道。『沒有,』他嘟噥說,把頭垂下;一會兒後,突然激動開口說:『他不想戰。他不想戰。』他重複說道。我看他好像說不下去,只好把他推開,走進房裡。

　　「史坦高大微駝的孤影就在房間中央,兩旁有成排蝴蝶標本盒。『Ach!是你嗎,我的朋友?』他以哀傷口氣問道,戴著眼鏡瞇眼看我。他身穿一件及膝的黃褐羊駝毛短外套;頭戴巴拿馬帽,蒼白雙頰佈滿深皺紋。『發生什麼事了?』我焦急詢問。『塔姆伊丹居然會在外頭。……』『先來見見那名女孩。先來見見那名女孩。她在這裡,』他說;從舉止可看出他心神不寧。我原先想叫住他,但他剛柔並濟要我跟上,無視於我的急切提問。『她在這裡,她在這裡,』他重複說,語氣焦慮不安。『他們兩天之前來我這裡。我這個老頭,與他們素昧平生——*sehen Sie*[1]——無法多做什麼。……這邊走。……年輕人的心是善記恨的。……』我看得出他傷心到極點。……『他們的生命力強,無情的生命力。……』他喃喃說,帶我轉到屋子另一邊;我跟在後頭,又急又氣乾著急,茫然不知所措。我們來到客廳門口,他擋在我前面。『他是愛她的[2],』他以追問的語氣說;我只能點點頭,同時感到無比失望難耐,因為我沒把握開得了口。『很可怕,』他喃喃說。『她聽不懂我說的。我只是一個陌生老頭。或許你……她認識你。跟她談談。這件事不能就這樣擱著不管。叫她要原諒他。真是

1　德語「你知道嗎」。

2　loved her:這句話以過去式表述,馬羅聽到時應會料到最壞結局。

可怕。』『毫無疑問，』我說，因被蒙在鼓裡而覺得受夠了；『可是，**你是否已原諒他**？』他一臉怪異看著我。『你聽了就知道，』他說，把門打開，根本就是將我一把推進去。

「史坦大宅有兩間寬敞客廳，無人出入、不宜人居、一塵不染、滿屋寂寥，彷彿盡是沒人見過的光潔亮麗之物，你們知道嗎？無論外頭有多熱，屋內終年涼爽，進到房裡就像是走入刷得乾乾淨淨的地底洞穴。我經過其中一間；就在另一間，我看見那個女孩坐在一張桃花心木大桌一角，趴在桌上，臉埋在胳臂裡。打蠟地板有如結冰水面，隱約可見她的倒影。藤製帷幕已降下，室外林木蓊鬱，昏暗室內因而籠罩於詭譎綠光；陣陣強風掃過，長窗簾與門簾隨風搖擺。她蒼白的身影看似雪雕般；天花板有盞大吊燈，水晶吊飾在她頭頂有如冰柱格格作響。她抬起頭，看著我走向她。我猛打寒戰，彷彿走入的寬敞房間是絕望之人的冰冷居所。

「她立刻就認出我；我低頭看著她。我移開視線的同時，她脫口而出：『他已離開我了，』她悄聲說；『你們總是離我們而去──只為你們自己打算。』她整張臉僵住不動。人生所有熱忱好像都縮回她胸口無可觸及的深處。『若能跟他一起死就省事多了，』她接著說，比出略顯厭煩的手勢，似乎受夠了神祕費解的事。『他不讓我一起死！就像瞎了眼──可是，跟他講清楚的是我；站在他眼前的是我；他終日凝望的也是我！啊！你們這些人都很狠心、背信忘義、了無同情。你們心腸為何會如此惡毒？或者是你們全都瘋了？』

「我牽她的手；那隻手卻毫無反應，我鬆手後便垂落在她身旁。那種冷漠無語遠比淚水、哭泣、責備更加悲戚，好像拒絕被時光沖淡，抗拒任何慰藉。你會覺得無論怎麼勸，都無法碰觸那隱隱作動、令人無感的痛楚所在。

「如史坦先前所說：『聽了就知道。』我的確把話聽完。從頭到尾聽得清清楚楚，聽得又驚又奇，聽她以單調困倦的口氣說完。她渾然不知吐露之事隱含真諦；她的怨恨令我心生同情──也同情他。她說完後，我有如腳底生根當場愣住。她以胳臂撐著身體，眼神茫然冷漠；陣風颼過屋

內，吊燈水晶墜飾在泛綠昏暗裡持續格格作響。她接著喃喃自語：『儘管如此，他有看著我！他有看見我的臉、聽見我的聲音、聽得到我的傷悲！我以前常會坐在他跟前，把臉頰倚在他膝上，他會輕撫我的頭：那時，他其實早已中了狠心與瘋狂的詛咒，只待報應的日子來臨。這天終於來到！……太陽都還沒落下，他就再也無法看見我了——他把自己變成盲目失聰、了無同情，就像你們全都那樣。他別想得到我的淚水。絕對不會，絕對不會。連一滴也不會。我一滴眼淚也不會流！他離我而去，好像把我看成比死還糟。他就這樣逃走，好像被夢裡聽到或看到的某種可憎之物緊追不捨。……』

「凝望的她似乎竭力睜開雙眼以追尋那個男人的身影——從她懷裡被夢一把搶走的那人。我默默鞠躬告退，她則毫無表示。我很樂意能盡快走人。

「當天下午，我再度遇見她。我之前離開客廳後就去找史坦，但在屋裡遍尋不著；我邊找邊往室外走，心情鬱悶之下閒逛到庭園：史坦出名的花園，裡頭可找到熱帶低地所有植物與樹種。我沿著運河般的小溪走著，在造景池塘旁樹蔭下找到一張長椅坐著獨處一段時間；幾隻剪了翅的水禽游水穿梭，聒噪發出濺水聲。我身後有幾棵木麻黃[1]，枝條隨風輕輕搖曳，持續不停，令我想起家鄉颯颯作響的杉木。

「林木惆悵的搖曳聲不絕於耳，是我冥想的良伴。根據她的說法，他受到夢的驅使才會棄她而去——她的質問沒人能答——而且，這種罪過似乎無可原諒。然而，人類本身不就如此？不都是盲目前進，受到夢想驅策，奢望能成就大事、追求權力，以致屈膝盲從地踏上狠心無情的黑暗之路？再者，何謂追求真理——究竟為了什麼？

1　casuarina-trees：木麻黃原產地為馬來西亞與大洋洲一帶。葉片細枝形，狀若針葉。本段木麻黃與鄉愁的聯想可能影響毛姆寫下短篇小說集《木麻黃》（*The Casuarina Tree*, 1926），以此樹種象徵英國人在馬來半島與婆羅洲的離散命運。

「我起身回房時，在林葉間隙窺見史坦的黃褐外套；我在小徑轉個彎，很快就遇見他與那名女孩一同走著。她的小手攔在他前臂；巴拿馬帽寬扁帽緣下可見他俯身扶著她：白髮蒼蒼的史坦猶如慈父，舉止莊重，流露俠骨柔腸。我側身讓路，但他們在我面前停下腳步。他低頭注視地上，身旁女孩嬌小玉立，陰沉地朝我身後望去，黑眼珠清澈木然。『Schrecklich¹，』他喃喃說。『太糟了！太糟了！要怎麼辦才好？』他看起來令我心疼不已；可是，女孩的青春年華與所要面對的未竟歲月令我更加心疼；正當我意識到無言以對，突然發覺自己為她著想竟替他求情。『你一定要原諒他，』我斷定說，但覺得自己悶聲悶氣，話語被無動於衷、無始無終的一片無語吞沒。『我們都想被人原諒。』一會兒後我接著說。

「『我究竟做了什麼？』她喃喃問道，幾乎沒張口。

「『你總是不信任他。』我說。

「『他跟其他人一樣。』她慢條斯理表示。

「『跟其他人很不一樣。』我抗議說，但她以同樣平和的口氣繼續說，不帶感情——

「『他那個人虛假不忠。』忽然間，史坦插嘴。『不！不！不對！我可憐的孩子！……』他輕撫她默然攔在他袖口的手。『不！不！不是虛假不忠！而是真誠有信！真誠有信！真誠有信！』他設法窺探她那副木人石心的臉。『你不懂。Ach!你為何不能理解呢？……太糟了，』他轉頭對我說。『有一天，她**終究**會理解的。』

「『那**你**要解釋嗎？』我問，認真地直視他。他們倆繼續往前走。

「我看著他們。她的長袍拖在小徑上，一頭烏黑散落的秀髮。她直挺挺、步伐輕盈走在高大男子身旁；那名年長男子肩膀微馱，套著寬鬆的長外套，背後有幾道垂直摺痕，徐徐走著。他們繞過小林園就消失不見；你們或許記得，那座林園混植了十六種不同竹子，專家一看便能分出差異。

1　德語「糟糕」。

對我而言，那叢波浪狀的林園精巧優美，令我深深著迷：凹凸有致的尖葉與羽狀樹梢，輕柔搖曳、充滿活力、風情萬種，猶如齊聲歌頌花園裡生機勃勃的樸實生活。我記得在那裡久久不忍離去，獨自浸淫於良辰美景，就像一個人想徘徊於撫慰人心的喁喁細語可及之處。天空灰如珍珠。那是熱帶地區難得的陰天；往事湧現，令人想起遙遠的地方、遙遠的臉。

「當天下午我駕馬車回到鎮上，同行的有塔姆伊丹與另一位馬來人；事發後，他們搭乘自己的海舟順利逃亡，各個驚恐萬分、不知所措，籠罩在災難的愁雲裡。那起事件帶給他們沉重打擊，好像改變了他們的性情。她的熱情被化成鐵石心腸；寡言驕橫的塔姆伊丹幾乎變得很健談。此人原本粗野作風也被平伏下來，彷彿曾眼睜睜看著強大符咒於千鈞一髮之際猝然失效。那名布吉斯商人個性靦腆、吞吞吐吐，反倒清楚表露自己無話可說。顯然他們倆都深受一種無以名狀的驚奇而不能自已，都經歷一場難以理解的神祕事件而無法釋懷。」

馬羅署名，說明信到此為止。有幸人士調整桌燈，獨自在城鎮如浪的屋頂上方居高臨下，如同燈塔看守員俯視大海：他轉身打開記錄那段故事的附件。

第三十八章

「這一切的開始，如我先前所說，要追溯至一個名叫布朗的傢伙，」馬羅記敘的故事開頭寫道。「你在西太平洋闖蕩多年，一定曾聽說過此人。他這個惡棍在澳洲沿岸很招搖——並非因為常於該處出沒，而是因為來自家鄉的訪客時常聽見在地人吹噓無法無天的生活，說來說去總會提到他；從約克角一路至伊甸灣[1]都有許多有關他的傳聞，其中最保守的版本若在適當場所公然談論，就足以把人處以吊刑。而且，他們絕對會讓你明白此人據說是一名準男爵[2]之子。話雖如此，他肯定是在淘金熱[3]早期從一艘本國籍輪擅離職守，不出幾年就成了眾人議論、令人喪膽的惡棍，在玻里尼西亞[4]群島四處竄遊。他不僅會綁架土著[5]，還會把落單白種商人衣服扒光只剩內衣褲，再把那個可憐蟲洗劫一空；然後，他很可能會請求受害者跟他在海灘用獵槍決鬥——以當時情況來看還頗為合理——如果到時對方還沒被他嚇個半死的話。布朗屬於晚近的海盜，蠻可悲的，就像比他知名的原型人物；不過，他有別於同輩惡棍——例如，惡霸黑茲或油嘴皮

---

1 Cape York to Eden Bay：約克角位於爲澳洲昆士蘭州東北角，爲澳洲大陸極北點。伊甸灣瀕臨澳洲新南威爾斯州最南端港城。

2 baronet：英國世襲頭銜最低階者，身分可爲平民，地位低於具貴族身分的男爵（baron）。準男爵稱謂爲Sir、男爵爲Lord。若從此社會象徵面觀之，布朗「位階」低於吉姆。

3 1851年新南威爾斯爆發淘金熱潮，持續發展至19世紀末。

4 Polynesia：太平洋中南部群島。

5 kidnap natives：歧視用語，所謂blackbirding：強虜島民至歐洲殖民地爲奴。

斯船長¹，或是那個全身香水味、留著長絡腮鬍²、名叫髒迪克³的小白臉無
賴——主要差異在於布朗的惡行帶有一股傲氣，對全人類嗤之以鼻，尤其
鄙視他的受害者。其他人只不過是粗俗貪婪的痞子，但他似乎受到某種情
結鞭策。他會針對某人下手，似乎只為了證明他瞧不起那個傢伙；他遇見
好聲好氣、毫無嫌隙的陌生人，有時會把對方一槍斃命，甚至打到殘廢，
當場爆發的那種執著的凶殘恨意連最囂張的亡命之徒都會心驚膽寒。在
他最風光的全盛期，他擁有一艘武裝三桅帆船，編制船員包括卡納卡人⁴
與棄職流亡捕鯨人組成的烏合之眾，而且他還誇口說——不曉得有幾分真
實——是由椰乾⁵商成立的一家極負盛名的公司暗中贊助。後來——有此
一說——他跟一名傳教士妻子私奔。該女子非常年輕，老家在克拉彭⁶附
近，一時衝動嫁給那個笨手笨腳的好好先生，然後措手不及就移居到美拉
尼西亞⁷，人生方向不知怎的就此迷失。這是一段黑暗故事。她在抱病情況
下被他帶走，死在他船上。據說——此為故事最精彩部分——他哭倒在她
的遺體上，悲痛欲絕、萬念俱灰。過沒多久，他的好運也離他而去。他的
船在馬萊塔島⁸附近觸礁沉沒，接著他也消失一段時間，好像隨船沒入海

1　黑茲（William Henry Hayes, 1829–1877）與皮斯（Ben Pease, 1834–1870）為
　　聲名狼藉之美國海盜檔，1860年代橫行於大洋洲一帶。除搶劫商船、販賣黑
　　奴，據說曾涉及中國沿岸鴉片買賣。

2　Dundreary-whiskered：此絡腮鬍鬢鬍蓬鬆且長，下巴無鬍。此浮誇風格源自
　　英國劇作家泰勒（Tom Taylor, 1817–1880）賣座喜劇《我們的美國表兄》
　　（Our American Cousin, 1858）之鄧德里爵爺（Lord Dundreary），成為1860
　　年代時尚流行。

3　Dirty Dick：此號人物應為虛構。

4　Kanakas：歧視語，原義為夏威夷語「人」；指自願或被迫至大洋洲殖民地擔
　　任苦役之島民。

5　copra：椰子核，可提煉椰子油。

6　Clapham：位於倫敦南區，瀕臨泰晤士河右岸。

7　Melanesia：鄰近澳洲的群島，包括索羅門群島。

8　Malaita：索羅門群島之一。

底。後來，聽說他在努卡希瓦島[1]現身，並在當地買了艘除役的法籍雙桅老船。他購買那艘船究竟打算從事何種正派事業，我不敢說；可是，顯然由於高級專員[2]、領事、戰艦、國際管轄等等因素，南洋變得過於熱絡，不適合像他那種性情的紳士久留。顯然他應該已把活動場域更往西邊轉移，因為一年之後他參與了馬尼拉灣一件假正經的要事，膽大包天卻報酬有限，牽連要角包括貪汙的總督與畏罪潛逃的財政部長。此後，他好像就駕著那艘破船於菲律賓一帶出沒，持續與厄運搏鬥，直到最後終於沿著既定航道航入吉姆事蹟，成為盲從黑暗勢力的幫凶。

「聽說當西班牙巡邏艦逮捕他時，他只是想幫叛亂分子[3]走私槍械。若是這樣的話，那我就想不通他到民答那峨島南部近海想幹什麼。不過，我是這麼想的：他到處勒索沿岸地區的當地村落。首先要知道的是，巡邏艦派出一名守衛到他船上，要他編隊航行前往三寶顏。途中，不知何故，兩艘船必須要到西班牙新成立的某殖民地停靠；那個地方雖然最後不了了之，當時不僅有派一名文官駐守，還有艘短小精幹的巡防縱帆船錨泊於小海灣；這艘船無論怎麼看都比自己的好太多，布朗於是決定偷船。

「他那陣子歹運連連——他親口告訴我的。他花二十年懷抱凶悍挑釁的鄙視態度霸凌這個世界，竟完全沒留下任何物質利益，只有一小袋銀幣：藏在他艙房，以致『連魔鬼本人都聞不出臭錢味』。僅僅如此而已——完完全全就這麼回事。他厭倦自己人生，而且還不怕死。不過，此人雖然能苦中作樂、逞一時之快堵上性命，卻有個致命傷：很怕監禁。只要想到若有絲毫機會被打入大牢，他就會失去理智冷汗直冒、全身顫抖、熱血頓時變成冰水般恐懼萬分——就像迷信的人一想到會被魑魅摟在懷裡那般心膽俱寒。於是，那名文官登上布朗的船初步調查逮捕原委，整整

1　Nuka-Hiva：馬克薩斯群島之一，位於法屬玻里尼西亞群島。

2　High Commissioners：大英國協所屬政府互設之高級專員公署（地位等同使館）最高官員。

3　十六世紀以來，西班牙殖民統治菲律賓；1890年代爆發反西班牙運動。《吉姆爺》寫作與出版期間正逢菲律賓獨立戰爭（1899–1902年）。

花了一天費心查證，所得成果只是天黑後偷偷上岸，把自己裹在斗篷裡，小心翼翼確保布朗的小錢不會在袋子裡叮噹作響。隨後，身為言而有信之人，那名文官設法（我認為應該是隔天傍晚）讓中央派遣的巡邏艦盡快啟航以執行某項緊急特殊任務。不過，巡邏艦指揮官不放心得手的戰利品，動身前確保完成預防措施：移除布朗船上所有船帆，連一片破布也不放過，還將船上兩艘小船拖到幾哩外的岸上。

「沒想到布朗有位船員是索羅門島民[1]，年輕時被虜走、長大後服事布朗，成為那幫人的佼佼者。那傢伙獨自泅水前往巡邏艦——距離約五百碼——帶著一條曳索[2]：他們特地從現有傳動機具拆下繩索臨時湊合而成。海面無浪，海灣很暗，『就像母牛肚一樣黑[3]。』布朗如是描述。索羅門島民嘴咬曳索一端，奮力爬上舷牆，巡邏艦船員——全為塔嘉祿人[4]——當時都上岸到當地村落狂歡。艦上留守的兩名守員突然驚醒，看見水鬼就在眼前。那個東西有閃閃發亮的眼睛，如閃電般在甲板活蹦亂跳。他們當場跪倒嚇到不能動彈，只能在胸口猛畫十字、口中念念有詞。索羅門島民手執在甲板廚房[5]找到的一把長刀，在沒有打斷對方祈禱的情形下，一刀刺死其中一人，再補一刀解決另一人；然後，他用同一把刀開始耐心切割固定船身的椰棕繩[6]，直到纜繩在刀下啪的一聲斷裂落水。接著，對著寂靜無聲的海灣，他謹慎地喊一聲；布朗一幫人當時正密切注意情勢，各個豎直耳朵盼望佳音，聽到信號後就小心地齊力把曳索拉回。不出五分鐘，兩艘縱帆船就靠在一起，只發出輕微碰撞聲與橫樑咯吱聲。

1　Solomon Islander：歧視語，索羅門群島原住民。

2　warp：海事用語，拖曳船隻用纜。

3　like the inside of a cow：此特殊說法可能源自馬克吐溫遊記《苦行記》（*Roughing It*, 1872）第四章；回憶錄《密西西比河上的生活》（*Life on the Mississippi*, 1883)第十章。

4　Tagals：菲律賓呂宋島主要族群。

5　caboose：海事用語；搭建於甲板的簡易廚房。

6　coir cable：椰子纖維所製纜繩。

　　「布朗一夥分秒必爭地立刻移轉陣地，攜帶槍械與可觀彈藥往巡邏艦移動。他們共有十六人：兩個逃亡水手、一個洋基[1]戰艦的瘦子逃兵、幾個樸實的金髮斯堪地那維亞人、一個有多族血統的混血兒[2]、一個負責做飯的中國佬──其餘皆為南洋地區泛泛的兔崽子。他們什麼都不管；布朗要他們順著他意思；而布朗雖不在意斷頭台，卻想擺脫西班牙監牢的恐怖陰影。他不給他們足夠時間搬運補給品上新船；當時風平浪靜，夜晚結露，他們丟棄纜繩，乘著離岸微風揚帆而去，潮濕帆面並未飄擺；他們的舊船似乎溫順甘願脫離那艘偷來的船，安靜無聲地漂離，帶走海岸的一團黑，隱沒於夜。

　　「他們逃得無影無蹤。布朗一五一十告訴我，他們往南橫渡望加錫海峽[3]的旅程。那是一段悲慘絕望的故事。他們短缺食物與飲水；雖然有遇到當地船隻，登船所獲有限。駕著贓船，布朗不敢任意靠港，可想而知。他沒錢買東西，沒文件可出示，更沒說得通的謊言可蒙混過關。有天晚上意外出現一艘阿拉伯三桅帆船，懸掛荷蘭船旗，錨泊在勞特島[4]外海，他們只得手一些髒米、幾串香蕉、一桶水；隨後，從東北方吹來整整三天狂風，縱帆船在迷霧裡橫越爪哇海。泥黃大浪將那群飢餓惡棍打得渾身濕透。他們遠眺行駛於固定航線的郵輪；途經配備完善、船殼鏽蝕的本國輪錨泊於淺海等待天氣好轉或漲潮時刻；某天還看見一艘英國砲船，潔白俐落，兩根細長主桅從他們船艉遠方通過；有次還遇上一艘荷蘭巡防艦，船身漆黑、配置多條橫梁，隱約出現於船艉後方，濃霧裡冒著蒸汽微速前進。他們就這樣神不知鬼不覺溜走，沒人注意或根本沒人理會，成為一群沒有血色、面黃肌瘦、如假包換的逐客：餓到滿腔怨恨，怕到無處可躲。布朗原本想朝馬達加斯加航行，打算──理由並非全然不切實際──到塔

1　Yankee：歧視語，泛指來自美國或北美。
2　mulatto：歧視語，指黑白兩族通婚所生。
3　the Straits of Macassar：介於婆羅洲與蘇拉威西間，連接西里伯斯海（北）與爪哇海（南）。
4　Poulo Laut：現Laut Island，位於南加里曼丹東南外海。

馬塔夫[1]把船賣掉，那裡不會有人亂問問題，或者也許可替那艘船取得算是偽造的文件。可是，在他面臨橫越印度洋的遠程航行[2]之前，得需補足食物——還有飲水。

「或許他以前曾聽說過巴度山——或者他也許只是碰巧在海圖上看到那個字體微小的地名——他可能以為那裡是當地領地某河域上游一座頗具規模的村落，毫無防禦能力、遠離大海的窮鄉僻壤，遠超出海底電報線可達之處。那種事他幹多了——那是他的行業；但這次卻是絕對必要，也是攸關生死的問題——抑或攸關自由。攸關自由！他肯定能獲得補給品——小牛——米——甘薯。那群可憐人想到都口水直流。或許能搶一批農產貨物上船——嗯，搞不好——還能搜刮一筆貨真價實、鏗鏗鏘鏘的錢財！至於那些酋長或村莊頭目，他會放走一些。他告訴我，若此計受阻，他寧可火烤他們的腳逼他們走。我相信他。他的人也相信他。他們——那群蠢蛋——雖然並未大聲歡呼，仍貪婪地摩拳擦掌。

「就天候來說，命運助他一臂之力。若無風之日再持續幾天，縱帆船上想必會發生不堪說出口的恐怖之事[3]；不過，他們利用沿岸附近海風，不出一週就穿越巽他海峽[4]，來到峇都克林河口[5]，下錨位置緊鄰那座漁村，就在手槍射程內。

「他們其中十四員擠上隨船配置的長船（一艘大船，專門運貨用），準備溯游而上；其餘兩員留守，有充足糧食能免於飢餓十天。在潮水與風的眷顧下，某日午後那艘白色大船揚著破帆、頂著海風橫衝直撞來到巴度山流域，船上有十四名各式各樣灰頭土臉的餓虎，各個把弄著劣質來福槍

1　Tamatave：又名圖亞馬西納（Toamasina），馬達加斯加東北部港市。
2　帆船不比能直航的蒸汽輪；布朗當時位於爪哇海，所需航程保守估計近萬公里。
3　自相殘殺甚至食人。
4　Sunda Straits：位於蘇門答臘與爪哇間。
5　請見第二十三章倒數第三段（本書p.273）。根據布朗寫實的航程描述推測，巴度山可能位於蘇門答臘西岸。

的槍閂[1]。布朗指望意外現身能令當地人嚇破膽。他們趁最後一道潮水駛入；拉惹藩籬毫無動靜；瀕臨河口兩岸的屋舍看起來空無一人。遠處可見幾艘獨木舟全速逃往上游河域。布朗非常訝異發現那個地方竟如此寬廣。四周籠罩於一片死寂。他們通過房舍後來到背風處；就搬出兩隻槳，繼續往上游航行，趕往村鎮中心建立據點，以免居民有時間考慮抵抗。

「然而，看樣子峇都克林漁村頭目設法即時發出警示。長船駛過河岸旁的清真寺（多拉敏蓋的：山牆式建物，屋脊有珊瑚雕飾），寺前廣場擠滿人。有人一聲令下，整條河響起敲鑼打鼓聲，上方陣地有兩門可發射六磅彈的小銅砲應聲齊發，砲彈劃過天空落在空蕩河面，陽光下頓時閃爍四濺的水花。在清真寺前叫囂的那群人各自開火，子彈斜射過湍急河水；兩岸亂槍齊放，全朝那艘長船射去，布朗那幫人立刻瘋狂掃射回擊。那時，兩隻槳已收回船內。

「那條河滿潮後潮水變化又快又急，長船位於河水中央，沒入槍砲煙霧，船身陷入退潮並開始倒退飄流。兩側河岸瀰漫的煙霧也愈來愈濃，厚厚一層繚繞於房舍屋頂下方，如同將高山坡頂一分為二的層雲。喧嚷的戰吼、鏗鏘震耳的鑼聲、陣陣低沉的鼓聲、盛怒的咆哮、槍砲的巨響：面對這片混亂喧囂，布朗感到一陣茫然，卻仍穩穩抓著舵柄，想到眼前這群人竟敢群起反抗，就愈想愈氣、忿恨難耐。他不僅有兩名手下負傷，還看見有船從艾琅彤庫藩籬裡駛出，前來阻斷往村鎮下游的退路。共有六艘船，滿載人員。正當布朗遭受包圍之際，他注意到有條狹窄小溪，溪口就在附近（正是吉姆曾於退潮時一躍而下的同樣地點）。那時溪口正值滿水位。於是，他掌舵將那艘長船駛入溪口，然後順利登陸；長話短說，他們在離藩籬九百碼的小山丘建立據點，如此一來，反而奪得居高臨下的有利位置。小丘斜坡荒涼，但丘頂有幾棵樹。他們砍樹並進行修築短牆的防禦工事，天黑前就差不多完成掩體；同時，拉惹船隻仍在河上徘徊，保持中立的態勢耐人尋味。日落後，河岸前緣可見許多熊熊燃燒的營火，耀眼光芒

1　breech-blocks：射擊前關閉後膛用，以利火藥擊發。

照在岸邊雙排房屋的巷道，把屋頂、修長棕櫚樹林、粗壯果樹叢都化為黑色浮雕。布朗下令在陣地周圍放火燒草；丘頂黑煙冉冉上升，其下細火圈很快就沿著斜坡蜿蜒而下；隨處可見乾燥灌木叢被竄升猛火呼嘯吞噬。大火不僅替來福槍小隊燒出一塊射角開闊的淨區，還沿著森林邊緣與小溪泥岸悶燃。小丘與拉惹藩籬間有塊凹陷濕地長滿密林，竹子被烈火燒得劈啪響、枝幹爆裂，阻擋火勢繼續往藩籬方向蔓延。夜空黯黑，瀰漫鵝絨般柔光，漫天繁星。焦黑土地悄然冒煙，餘燼在地表蔓延，直到被一陣清風拂走。布朗預期敵人很快會再度發起攻擊：那些圍堵他的武裝小舟會趁下次漲潮駛入小溪。無論如何，他確信對方會設法搬走他的長船——當時停放在山腳一處隱蔽土堆，就在一塊油亮濕泥空地上。但是，河上那些船毫無動靜。布朗望著下方藩籬與拉惹房舍，看見水面船燈倒影。那些船似乎在河另一邊下錨。河面上有燈火遊走，往返於兩岸之間。河域兩岸屋舍成排，點點燈火原地閃爍，一排燈光往上游曲流延伸，遠處隱約可辨更多燈火，內陸還有零星燈光。大火竄升火舌照亮視線所及之建築物、屋頂、黑瓦。那個地方一望無際。十四個入侵的亡命之徒俯臥在砍倒的樹幹間，隔著掩體抬頭眺望那座村鎮騷動——似乎往上游蔓延好幾哩，擠滿千百位蠢蠢欲動的憤怒人民。那幫人沒人敢開口。有時他們會突然聽見一聲響亮吶喊，或是一顆子彈從遠方某處擊發後呼嘯而過的聲響。不過，他們的據點周圍沒有任何動靜，昏暗無聲。他們似乎被人遺忘，好像全村人民躁動不安之因與他們無關，好像他們早已被當成死人。」

第三十九章

「那晚發生事全都極為重要，因為所造成的局面維持一段時間，直到吉姆返回才有所變化。吉姆遠赴內地已超過一週未歸，指揮首波反擊的是丹瓦歷斯。那名英勇聰明的青年（『知道如何以白人方式戰鬥』）希望能率性解決問題，但卻管不動他的人馬。他缺乏吉姆的種族威望[1]，也沒有神奇的無敵力量。他並非具體可見的化身，能代表始終如一的真理與歷久不衰的勝利。儘管他廣受愛戴、受人信賴，仍舊跟他們一樣同屬**他**族，而吉姆則是屬**我**族類。而且，那位白人身為中流砥柱，是刀槍不入的，而丹瓦歷斯是可被殺死的肉身。這些未明講的想法左右了村鎮要員的看法；他們選擇在吉姆堡壘集合商議要如何應付緊急情況，好像想要趁白人不在場到他居所尋找智慧與勇氣。目前為止，布朗那幫惡棍射擊技術還不錯，或只是運氣好，因為他們造成守衛隊多名傷亡。傷員躺在走廊接受女性同胞照護。警戒發出第一時間，村鎮下游地區的女人與小孩就被送進堡壘。那裡負責指揮的是珠兒，有效率、有精神，吉姆『自己的人民』都遵從她指示；那些人放棄在藩籬邊的小型居留地，結隊前來組成衛戍隊。她身邊擠滿難民[2]；事發期間，乃至災難性結局，她始終展現驍勇善戰的熱忱。她是丹瓦歷斯接獲警示情資後立刻前去商量的人，因為你們要知道，全巴度山只有吉姆擁有火藥庫存。他與史坦一直透過信件保持密切聯絡；史坦獲得荷蘭政府特許授權，出口五百桶火藥到巴度山。火藥庫是一間用粗糙原木搭建、塗滿泥土的小屋，吉姆不在時只有那名女孩有鑰匙。那天晚上十一時他們在吉姆餐廳開會研商，她支持丹瓦歷斯的提議，認為應該盡全力

1　racial prestige：對馬羅於其友人而言，此特質為吉姆故事值得流傳之先決要件。

2　refugees：巴度山兩度遭受外力入侵，皆造成社會動盪。馬羅暗示吉姆代表善的勢力，並未造成難民。

盡速行動。聽說她站在長桌一端吉姆的主位，在空椅旁慷慨陳詞，鼓吹宣戰，博得在場頭目贊同並紛紛低聲叫好。老多拉敏已一年多沒有踏出自家大門，眾人費了一番工夫才把他抬來與會。想當然，他以族長身分出席。會談氣氛咄咄逼人，但只要長老一句話就能擺平；不過，我的看法是，老翁很清楚兒子的火爆脾氣，因此不敢輕易開口。支持拖延策略的一方逐漸占上風。某位名叫薩曼的哈吉[1]侃侃而論：『無論如何，那群蠻橫暴戾的惡人自尋死路。他們會固守那座山頭然後餓死；或者試圖奪回他們的船，然後被埋伏在小溪對岸的兵力射死；或是棄職潰守逃入森林，一個接一個死在那裡。』他主張只要計謀得宜，就能不戰而勝殲滅這群陌生人；他的發言很有分量，尤其受到巴度山本地人士支持。令村鎮居民感到不安的，就是拉惹所屬船隻並未當機立斷進攻，以致錯失良機。出席會談的拉惹代表為卡希姆[2]。他沒什麼發言，滿面笑容傾聽，很友善但沒人能摸透他心思。商討期間，幾乎每隔幾分鐘就會有傳令前來報告入侵者最新動態。誇張離奇的謠言滿天飛：有艘大船停在河口，船上有多門大砲、更多兵力——有白人、有的膚色很黑，面目猙獰。他們將帶領更多船隻前來趕盡殺絕。老百姓全都籠罩於大難臨頭的莫名恐懼。有次，在中庭集結的女人陷入集體恐慌；尖叫、亂衝、孩童哭成一團——薩曼哈吉特地離席到中庭安撫人心。那時，恰好有個堡壘衛兵看到河面有動靜就當場開火，差點誤殺一個攜家帶眷前來避難的村民——他與妻女乘獨木舟，滿船寶貝家當，還有多隻家禽。此意外事故又引發更多騷動。同時間，冗長討論在吉姆屋內當著那名女孩的面繼續進行。多拉敏坐在那裡，板著臉、心情沉重，看著每位要員逐一發言，就像一頭公牛緩緩喘著鼻息。他是最後發言的人；前一位是卡希姆，他表示應即刻召回拉惹所屬船隻，因急需人力防衛主公藩籬。丹瓦歷斯在父親面前不表意見，雖然那名女孩懇求他看在吉姆分上提出建言。她迫不及待想盡快驅逐入侵者，以致答應提供吉姆人馬。丹瓦歷斯看

1　Haji：穆斯林稱謂，指完成朝聖之旅的回教徒。
2　請見第二十四章倒數第七段（本書pp.277-278）。

父親幾眼，僅搖頭示意。散會前，總算達成決議要加強駐守緊臨小溪的那排屋舍，以便能獲得敵人船隻的瞰制權。不得公然騷擾那艘船，才能引誘山丘那群搶匪下山登船；到時，埋伏火力再把他們一舉殲滅，肯定不會有差錯。為了截斷僥倖生還者退路並阻止更多敵人來襲，丹瓦歷斯奉多拉敏之命，率領布吉斯武裝小隊前往巴度山下游十哩某處建立陣地，再以獨木舟封鎖河道。我根本不相信多拉敏會擔心將有新一波前來支援的武力。我的看法是，他行事只有一個原則：希望自己兒子安全無虞。為了避免人流湧入村鎮中心，隔日將動工興建藩籬，地點設於左岸街尾。老*nakhoda*表明將前往該處親自坐鎮。在那名女孩監督下，展開火藥、子彈、擊發火帽[1]等分配工作。多名傳令員受命前往不同方向尋找吉姆——沒人知道他確切所在。這些人員預計拂曉出發；不過在那之前，卡希姆已設法與受圍的布朗展開對話。

　　「這名拉惹親信熟稔外交手段，離開堡壘要去找主人回報時，在中庭遇見柯內琉斯混在人群裡鬼鬼祟祟，便順道把他帶上船。卡希姆自個兒盤算一個小計，剛好要人充當通譯員。後來，天快亮時，布朗正煩惱脫困無望，聽到蔓草叢生的濕凹地傳來友善、顫抖、緊繃的呼喚聲——以英語說的——請求能上前靠近，並要求保障人身安全，因有要事相商。布朗聽到頓時樂得不得了。倘若有人想跟他對話，他就不再是被圍剿的野蠻人。這些友善說話聲傳到他耳中，整天提心吊膽導致的龐大壓力——如同盲人擔心致命一擊不知會從哪來——頓時一掃而空。他故作矜持，勉予同意。說話聲表明自己是『白人。人生全毀的可憐老頭，在此地已生活多年。』濕冷薄霧籠罩山坡，他們互喊幾聲後，布朗叫道：『好吧，過來，單獨一人，切記！』其實——他邊告訴我邊想起當時的無助，氣到身體不斷扭動——他的話毫無實質意義。視線不佳，連幾碼前的東西都看不見，就算有人要出賣他，他們處境也不會更糟。一步步，柯內琉斯模糊身影逐漸浮現——身穿平日那套破爛髒衣褲、打赤腳、頭戴帽簷缺角的蓪草帽——蹣

1　percussion-caps：舊時前膛槍擊發火藥之可拋式裝置。

手躡腳走到陣地防禦工事，畏縮不前，作勢偷聽周遭動靜。『過來！很安全。』布朗喊道，他手下全都瞪大了眼。突然間，他們那幫人的希望全都寄託在那個破爛不堪的卑賤人物身上：那人一語不發，笨拙吃力地爬上砍倒的樹幹；爬下來後渾身發抖，板起疑心重重的臭臉，望著周圍一群蓬頭垢面、焦躁不安、夜不成寐的亡命之徒。

「與柯內琉斯密談半小時後，巴度山內政事務令布朗大開眼界。他立刻繃緊神經。這裡有前途，前途無量；不過，在他答應商談柯內琉斯提議之前，他要求對方先送上吃的以證明誠信。柯內琉斯於是告退，躡手躡腳緩緩爬下山，往拉惹皇宮的方向走去；耽擱好一陣子後，出現幾位艾琅彤庫的手下，送來幾口米飯、辣豆醬、魚乾。遠比什麼都沒有好。後來，柯內琉斯陪同一位人士返回陣地，此人正是卡希姆：以一副全然親切、開誠佈公的態度走過來，穿涼鞋、從頭到腳裹著暗藍罩袍。他慎重其事與布朗握手，隨後此三人就退到一旁密會。布朗手下信心大增，互相拍肩道賀，心照不宣瞄他們船長幾眼，同時忙著準備餐點。

「卡希姆不喜歡多拉敏與布吉斯一族，尤其討厭當地新局勢。他靈機一動，這些白人若與拉惹人馬聯手，就能在吉姆回來前對布吉斯人發動攻擊，並瓦解他們的新勢力。然後，據他估算，此舉必引發村鎮居民全面變節，勢必終結保護賤民的白人統治。事成之後，再好好處理這些新盟友。到時，他們將落得眾叛親離。卡希姆善於識人，見過夠多白人，一眼就看出這些新來的僅是逐客，無國無家。至於布朗，密談期間始終保持嚴肅，舉止深不可測。他最初聽見柯內琉斯呼叫要求會面時，心中只想到有望鑽個漏洞趁機潛逃。不出半小時，他腦海出現其他想法，令他心煩意亂。原本迫於危急關頭求生所需，他來到此地只為偷取食物，或許還能順道搜刮一大堆橡膠或樹膠，可能還能入手一點錢財；但是，他發覺自己竟陷入致命危險而無從脫身。如今，聽完卡希姆毛遂自薦的提議，布朗開始考慮要竊取整個地區。顯然某個惹人厭的傢伙曾經實現類似大業──只靠一己之

力。[1]但單獨闖蕩畢竟成果有限。或許他能與此人一起打拚——將此地一切榨個精光再暗中離開。與卡希姆磋商期間，布朗發覺對方以為他擁有一艘大船，還有與許多在外海待命支援的人馬。卡希姆懇求他盡速將這艘配有多門火砲的大船與兵員調來上游為拉惹效命。布朗佯稱自己樂見其成；就在此基礎上，雙方抱持互相猜忌的態度繼續協商。當天上午，謙恭有禮的卡希姆手腳勤快下山請示拉惹，再匆匆大步上山，一共往返三趟。討價還價的同時，心懷鬼胎的布朗暗自竊喜：他那艘滿載廢物的破船居然被當成武裝戰艦；留守的那個中國佬和一個曾在萊武卡[2]海濱拾荒維生的瘸子居然代表他厚實的兵力。當天下午，布朗獲得更多食物救濟，對方允諾一定程度金錢補助，還答應提供地墊讓他手下搭建臨時遮棚。那夥人在棚下躲過炎熱陽光，各個躺下後便倒頭呼呼大睡；只有布朗一人頂著烈日獨自坐在倒下的樹幹，飽覽山腳村鎮與大河風光。能搶的可多了。柯內琉斯把營地當成自己家，在布朗身邊盡情講著，比手畫腳指出各場所位置，出餿主意，以自身說法描繪吉姆為人，用自身觀點評論近三年發生的事件。布朗看起來顯然漠不關心，還把頭撇開，但他其實都仔細聆聽每個字；儘管如此，他仍搞不清楚這個名叫吉姆的傢伙到底是何許人。『他叫什麼名字？吉姆！吉姆！這不足以當一個人的全名。』『在這個地方，他們稱他為，』柯內琉斯很不屑地說，『吉姆端安。好比你們所謂吉姆爺。[3]』『他是做哪一行的？是哪裡人？』布朗問道。『他為人如何？是英國人嗎？』『對，對，他是英國人。我也是英國人。我是麻六甲來的。[4]他是蠢蛋一

1　暗指吉姆。布朗這位反英雄成為衡量吉姆功過的對照組。

2　Levuka：斐濟東方歐伐勞島（Ovalau）東部港市，歐洲人於當地最早建立之據點。

3　請見第一章第三段（本書p.76）。

4　如第二十一章第三段（本書p.255）所示，柯內琉斯其實是「麻六甲葡萄牙人」。麻六甲歷經葡、荷等國殖民統治，1826年英國與荷蘭簽訂條約後，改由英國東印度公司殖民管轄。柯內琉斯言過其實的國族認同反映了馬來半島滄桑的殖民史。對英國本國人而言，殖民地居民有別於「英國人」；巴度山的衝突顯示，就算同為「英國人」也有「真假」之分。

個。你需要做的只是把他幹掉,然後就能在此地稱王。所有東西都是屬於他的。』柯內琉斯解釋說。『聽你這麼一說,我覺得不用多久他就會學乖,會知道要如何與他人分享。』布朗冷冷表示。『不,不是那樣。最佳之道就是一有機會便要把他幹掉;事成之後,要怎麼做隨你,』柯內琉斯很執著。『我在此地生活多年,給你一個良心忠告。』

　「這種對話與巴度山令人垂涎的景緻讓布朗消磨了整個下午,他打定主意把此地當成自己的獵物;同時,他的手下還在休息。當天,丹瓦歷斯率領一隊獨木舟,從離小溪最遠的河岸偷偷駛入下游,截斷布朗退路。布朗並未察覺此事;卡希姆日落前一小時又上山去找布朗,很細心地讓他繼續蒙在鼓裡。卡希姆想要讓這名白人的船進入河口來到上游,擔心這個消息會阻撓布朗行動。他再三催逼,要布朗趕快『下令』;同時還提供一位可靠傳令,為確保祕密行動(卡希姆解釋)會走陸路前往河口,再親自登船傳達『命令』。布朗考慮一會兒後,想到一個權宜之計:他從筆記本隨手撕下一頁,草草寫了一行──『進展順利。很有搞頭。扣留此人。』卡希姆欽點的那名呆板青年忠貞完成任務,換來的獎賞竟是被那名前任海濱拾荒客與中國佬一把推入──頭下腳上──縱帆船的空貨艙,艙口隨即關閉不讓他出來。此人最後下場如何,布朗沒說。」

第四十章

　　「布朗打的主意是要愚弄善於交際手腕的卡希姆以爭取時間。為了要真正大撈一票，他不禁認為那個白人才是合作對象。他無法想像那種傢伙（此人畢竟聰明絕頂才能把那群土人[1]騙得團團轉）會拒絕他協助；有了他，那傢伙就不再需要每天謹言慎行、小心翼翼冒著危險行騙——這是獨自闖蕩的人非得接受的唯一行為準則。至於布朗本身，他會提供達成目標所需能力。沒有人會猶豫。所有安排都會彼此心照不宣。想當然，他們會分享一切。那裡竟然會有座堡壘——等著他手下就位——真正的堡壘，還配置火砲（他從柯內琉斯那邊得知的）：他想到就雀躍不已。他只要抓住一次機會進到那裡面，然後⋯⋯他開出的條件不會太好。話雖如此，也不能少得可憐。那個傢伙想必不是笨蛋，看樣子是如此。他們倆會像兄弟般攜手工作，直到⋯⋯直到爭吵的時機到來，到時只需補上一槍就能算清總帳。他面露凶光，迫不及待想立刻打劫，盼望當場就能跟那人搭上話。那片土地似乎已屬於他，任他摧殘、蹂躪、用完即丟。這段期間，仍要繼續糊弄卡希姆，主要為了食物——再來是為了備案。但目前當務之急就是要確保每天有東西吃。此外，他並不反對以那位拉惹之名開戰，教訓用槍砲迎接他的那群人。他滿腦子嗜戰貪念。

　　「很抱歉我無法告訴你這部分內情；畢竟我主要是從布朗口中得知始末，只能用布朗所說的話轉述。他斷斷續續激動說出那些話——被死神掐脖子時對我吐露的心思——含有一種毫不掩飾的殘忍意圖，對自己過往抱持一種古怪的復仇心態；還有一種盲目信念，堅信自己與全人類為敵的意志是正大光明：以上情感某種成分誘使一個賊首率領一群殺人不眨眼

1　the natives：歧視語，指當地住民。

的匪徒四處流浪，並膽敢自稱替天行道[1]。不可否認，這號人物以無謂的殘暴為本，會因失敗、歹運、近期困頓、深陷絕境而變本加厲；然而，最值得注意的是：當他心懷鬼胎策劃結盟時，已打定主意決定了那位白人的命運；此外，當他以傲慢率性的態度與卡希姆勾結時，可看出他所期望達成的，與其說是為自己，其實是想要大肆破壞叢林裡的那座村鎮，想要親眼看見忤逆他的那個地方屍橫遍野、陷入火海。聽他氣喘吁吁、了無同情坦露心事，我能想像他在丘頂俯望那座村鎮時，眼前所見應該是一幕殺人放火、大肆擄掠的景象。最靠近小溪的河岸看似空無一人；不過，該處每間房屋其實都埋伏幾名武裝人員隨時警戒。突然間，荒地另一邊——上頭有散落的矮密灌木叢、土坑、垃圾堆，還有通行小徑穿越其間——出現人影，單獨一人，看起來小小一點，走到空蕩街口，後頭兩側有成排昏暗房舍，各個門窗緊閉、毫無動靜。此人可能是原先逃到河岸另一邊的某位居民，趕回來收拾家用品。顯然他自認安全無虞，因他站在於小溪對岸，離山丘有段距離。街角有座臨時拼湊的簡易藩籬，友人都在那裡等候。他悠哉走著。布朗看見此人，立刻傳喚那位洋基逃兵，同時也是他副手。這個身材瘦高、體格單薄的傢伙一臉木然走來，慵懶拖著一把來福槍。當他了解上級交付的任務，馬上自負地露出嗜殺成性的微笑，面黃皮粗的臉頰擠出兩道深皺摺。他以身為神槍手感到自豪。他一腳跪在地上，隔著倒下樹幹未被砍除的枝葉屏息瞄準，開槍射擊，隨即起身觀看戰果。遠遠可見那人聽到槍響轉過頭來，往前走一步，似乎略微猶豫，然後突然往前一撲，趴倒在地。來福槍發出刺耳射擊聲後，四周陷入寂靜，那名神槍手盯著他的獵物，冷冷說：『我猜，那邊那個死黑鬼[2]的健康再也不用麻煩他朋友操心了。』趴倒的那人四肢快速抽動，好像想要用爬的逃走。空曠街口傳出此起彼落的驚叫聲。那人趴著癱軟在地，再也不動。『這樣一來，那些人

1　the Scourge of God：此比喻源自所謂「上帝之鞭」——第五世紀橫掃歐洲的匈奴王阿提拉（Attila）。

2　coon：歧視語，源自19世紀美國俚語鄙視黑人的稱呼。

就知道我們的能耐，』布朗告訴我。『要讓他們突然發覺難逃一死而萬分恐懼。這正是我們所要的。他們對上我們是兩百比一，這會給他們一個教訓，讓他們晚上好好想想。他們沒有一人曾見識過遠距射擊。代表拉惹的那個蠢貨馬上飛奔下山，眼珠都快掉出來了。』

「布朗一邊對我說，一邊用顫抖的手想要抹去發紫嘴唇上薄薄一層唾沫。『兩百比一。兩百比一……要恫嚇……嚇，恫嚇，我告訴你。……』他講到連自己眼珠都快從眼窩滾出來。他躺下，用乾瘦手指對空猛抓，然後起身，弓著背、滿頭亂髮，斜著眼狠狠瞪我，如同民間傳說裡的獸人，慘兮兮張著嘴，痛苦難耐；這陣發作過後，他才有辦法說話。有些景象會令人一輩子也忘不了。

「此外，為了引誘敵人開火以找出可能位於溪邊草叢的埋伏點，布朗命令那名索羅門島民下山到船上把槳取回，就像叫獵犬入水撿樹枝回來那樣。此計沒得逞，那個島民安然返回，四面八方一槍未發。『根本沒人。』有人發表意見。這實在『有點緩常[1]』。美國佬表示。那時，卡希姆已離去，對這幫人留下深刻印象，除了非常滿意自身作為，卻也憂心忡忡。為執行他的迂迴戰術，他派人捎信給丹瓦歷斯，警告他要注意白人船艦，因有消息指出該船即將溯流而上。卡希姆刻意低估敵船戰力，並慫恿丹瓦歷斯加以攔截。卡希姆玩弄兩面手法是為了達成本身企圖：分裂布吉斯軍力，再藉戰事削弱其勢力。另一方面，當天他也派人傳話給在村鎮集會的布吉斯頭目，要他們放心，因為他會設法誘使入侵者撤退；他還派人到堡壘傳話，懇求分配火藥給拉惹手下。上回艾狼彤庫有火藥已是許多年前的事了，這些年來他那二十幾把毛瑟槍只能擱在會客廳武器架上生鏽。山丘與皇宮公然互動讓所有人惶恐不安。時機已到，要選邊站：眾人紛紛如是表示。很快就會血流成河，許多人會捲入後續動盪。那天晚上，巴度山安居樂業、井然有序的社會結構——每個人都能安穩度日，也就是吉姆親手打造的體系——似乎很快就要在一片血腥味裡四分五裂、徹底瓦解。

1　onnatural：「反常」（unnatural）；此人鄉音很重。

當地貧民已開始朝蠻荒內地撤離，或循水路倉皇逃往上游地區。許多上流社會成員判定必須盡快晉見拉惹以討好他。拉惹的年輕手下粗魯地把這些人推進會客廳。老艾琅彤庫當時已嚇得魂不附體、躊躇不定，要麼繃著臉默默看著他們，要麼突然破口大罵，責怪他們竟敢空手而來：這群人都被嚇得趕緊告退。只有老多拉敏能凝聚他的人民，堅定不移把持自身策略。他在臨時搭建的藩籬裡很有威嚴坐在一張大椅上，以低沉悶音喃喃下達指令，如同一位聾人，流言四起仍不為所動。

　　「夜幕降臨，暮色首先遮蔽地上那具死屍——四肢展開、趴倒在地，好像被釘在地上就地棄置；接著，旋轉的夜幕輕柔罩住巴度山，然後靜止不動，朝地表灑落無數天外世界的閃爍光芒。村鎮廣場再度燃起熊熊營火，沿著主街蔓延而下，斷斷續續的火光照亮參差不齊的屋頂稜線，枝條圍籬雜亂無章的剪影夾雜其間；營火也照亮隨處可見的高腳屋——整棟房屋在黑壓壓的木樁上若隱若現。這排綿延房舍就在搖曳火光下逐塊顯露，似乎往上游蜿蜒閃動，深入大地中心的昏暗。火舌從成排營火悄然竄出，深沉靜謐延伸至山腳暗處；此時，河流對岸雖一片漆黑，堡壘前的岸邊有堆單獨燃燒的營火；那裡傳來一陣陣愈來愈大聲的騷動聲，可能是千百隻腳的踏步聲、或是許多人念念有詞的低吟、還是遠方雄偉瀑布傾瀉的水聲。布朗坦白告訴我，正當他背對手下坐著遠望這一幕，他忽然覺得——儘管他蔑視一切並鐵下心相信自己——他終究撞了一鼻子灰。假使當時他的船仍停泊在河上，他確信自己會偷偷駕船逃走，冒著被順流追捕的危險，連可能在海上漂流餓死也甘願。至於他是否真能成功脫逃，沒人說得準。然而，他並未嘗試。有一刻他甚至有股衝動，想對村鎮發動衝鋒攻擊；不過，他很清楚倘若這麼做的話，到最後會被逼至街頭亮處，與同夥如狗般全被屋舍埋伏火力趕盡殺絕。對方是兩百比一，他心想；同時間，他手下擠在一起圍著兩坨悶燒火堆，啃食最後幾根香蕉、燒烤幾塊芋頭——這些東西還是有賴卡希姆動用關係才能弄來。柯內琉斯坐在其中，悶悶不樂打著盹。

　　「後來，其中一名白人想到他們把菸草留在船上；他受到索羅門島

民先前毫髮無傷的先例鼓舞，自告奮勇前往拿取。其他人聽他這麼一說，全都精神大振。布朗拗不過他們，便不屑說：『去吧，去死算了。』那傢伙認為摸黑循溪而下不會有危險。他跨步越過樹幹就消失不見。過一會兒後，有人聽到他爬上船的聲音，然後又聽見他爬下來。『找到了。』他大聲說。話一說完，山腳就霎時一閃，傳來槍響。『我中彈了，』那人慘叫。『來人啊，來人啊──我中彈了。』呼救的同時，所有來福槍全面開火。丘頂霎時火光大冒、槍響大作，有如小火山爆發般撼動整個夜空。在布朗與美國佬的飆罵與拳打腳踢之下，集體恐慌所致的瘋狂射擊總算停止；之後，只剩迴盪於小溪旁的淒慘呻吟；接下來，又傳出苦苦求援的哀嚎，聽者莫不肝腸寸斷，彷彿中了蠱般心全都涼了。後來，他們聽見小溪另一邊某處傳來宏亮聲音，咬字清楚，但他們無法聽懂那些話。『不准開槍，』布朗吼道。『什麼意思？』……『丘頂的人聽到了嗎？聽到嗎？聽到嗎？』聲音重複喊三次。柯內琉斯代為翻譯，要他們回話。『說吧，』布朗喊道，『我們會聽。』隨後，那個聲音以報信者渾厚浮誇的嗓音──聲音縈繞於模糊難辨的荒地周緣──發出聲明：在巴度山生活的布吉斯一國人民與山丘上白人和其同夥，兩者之間將不存有任何信任、惻隱、對話、和平。樹叢窸窣作響；又有人胡亂開槍。『有夠蠢。』美國佬喃喃說，懊惱地把槍托抵在地上。柯內琉斯代為翻譯。山腳下那名負傷人員又叫了兩聲，『帶我上山！帶我上山』，接著就邊哀號邊抱怨。他先前躲在土坡焦黑區，後來悄悄爬入船內，原本安全無虞。看來他成功找到菸草後興奮過頭，居然渾然忘我，在船的另一側跳來跳去，就那個樣子。土堆上白色船體位置明顯，暴露了他的行蹤；該處小溪寬度不超過七碼，當時碰巧有人躲在對岸草叢。

「那名埋伏人員是來自通達諾[1]的布吉斯人，最近才來到巴度山，與下午被射殺的死者有親屬關係。那發遠距射擊很出名，確實令目擊者膽戰心驚。在全然安全情形下，那人當著親友的面被當場射死，連笑話都還沒

1　Tondano：位於蘇拉威希（西里伯斯）東北端。

說完：白人暴行在眾人心裡激起怨恨難消的怒氣。死者的那位親屬名叫希拉帕，白人回船取菸草時正好與多拉敏在幾呎外藩籬裡。你也知道那些傢伙的德行；你必須承認，那人展現難能可貴的勇氣，居然自告奮勇單獨摸黑傳遞口信。他躡手躡腳爬過空地，繞往左方，來到那艘船對面。布朗那名手下失聲大叫時，他嚇了一大跳。他隨即採坐姿，把槍抵在肩上；當對方跳起來暴露位置，他就扳機一扣，把三顆鋸齒狀的彈丸近距離射進那個可憐蟲的肚子裡。然後，槍林彈雨中他趴在地上裝死，鉛彈呼嘯而過，把緊鄰他右手邊的草叢打得稀爛。後來，他扯著嗓子傳達口信，同時還得彎著腰、四處閃躲找掩護。喊完最後一句話時，他側身一跳，就地躲避一段時間。最後，他毫髮無傷返回屋舍，一夜成名，留給子孫勢必代代相傳的佳話。

「山丘上可憐兮兮的那幫人全都垂著頭，任由眼前兩小堆悶燒的餘燼燃燒殆盡。他們垂頭喪氣坐在地上，抿著嘴、垂著眼，聽著山腳下同夥的哀嚎。他很強壯，到最後仍在硬撐：哀聲時大時小，後來痛到只剩詭異的私密呻吟。有時會聽到他尖叫一聲，沉寂一段時間後，又會聽他神智不清地胡言亂語，沒人聽懂他在抱怨什麼。他就這樣又叫又鬧，反覆不停。

「『這樣做又有什麼用？』布朗冷冷說，看見美國佬在身旁低聲咒罵，同時準備下山。『你說的沒錯，』那名逃兵表示同意，不情願地打消念頭。『我們這裡沒人關懷傷員。老大，只是話說回來，他故意亂叫，會讓其他人開始煩惱死後的事。』『拿水來！』傷員大喊，聲音異常清晰有力，隨後又有氣無力繼續呻吟。『哎，水。有水就行了，』另一人無奈地自言自語。『不久後就會有很多水。漲潮了。』

「河水終於滿潮，哀叫與訴苦聲頓時安靜下來；黎明即將到來，布朗用手托著下巴坐在丘頂眺望巴度山，有如眼巴巴望著一座山顯現無從攀爬的山坡；就在這時，他聽見村鎮某處遠遠傳來短暫響亮的低鳴——那是銅砲發射六磅砲彈的砲聲。『怎麼回事？』他轉頭問身旁的柯內琉斯。柯內琉斯豎起耳朵。一陣陣模糊的吶喊順著河流傳到下游村鎮；大鼓咚咚作響，回應鼓聲此起彼落，隆隆迴盪。原本一半暗黑無人的村鎮開始出

現四散的小光點；被營火照亮的區塊則傳來持續不斷的喃喃低語。『他回來了。』柯內琉斯說。『什麼？這麼快？你確定嗎？』布朗問道。『沒錯！沒錯！肯定的。聽那吵鬧聲就知。』『他們有什麼好鬧的？』布朗追問。『普天同慶，』柯內琉斯哼的一聲說；『他是大人物；但沒差，他跟小孩一樣懂得不多，他們才會大肆鼓譟想討好他，因為他們也一樣懂得不多。』『喂，我問你，』布朗說，『要怎樣才能收買他？』『他自己會來找你。』柯內琉斯表示。『這話什麼意思？就像從上游悠哉逛過來？』柯內琉斯在昏暗裡猛點頭。『是的。他會直接過來這邊，再找你談。他基本上跟笨蛋沒什麼兩樣。你很快會明白他究竟有多笨。』這番話令布朗難以置信。『你很快就會明白；很快就會明白，』柯內琉斯重複說道。『他不會怕──什麼都不怕。他會過來，並命令你不要去煩他的人民。所有人都不得煩他的人民。他就像小孩一樣。他會直接來找你。』哎呀！此人很了解吉姆──那位『卑鄙無恥的鼠輩。』如布朗在我面前如此稱呼。『對，絕對錯不了，』柯內琉斯興致勃勃接著說，『到時，船長啊，你就叫那個拿槍的高個兒一槍把他斃了。只要能把他殺掉，所有人都會被你嚇倒，以後你想對他們怎樣就怎樣──想拿什麼就拿什麼──想離開就離開。哈！哈！哈！讚喔。……』他想到就迫不及待，幾乎手舞足蹈；布朗轉過身來看著他；同時，刺目的曙光讓布朗清楚看見手下模樣：他們滿身露水坐在冷掉的灰燼與營地垃圾堆間，各個狼狽不堪、灰頭土臉、衣衫襤褸。」

第四十一章

「直到最後一刻，在曙光怦然揭開一天序幕之前，河岸西側營火仍旺盛燒著，火光沖天；那時，河岸前緣屋舍出現一群有色人種身影，布朗看見其中有個人身穿歐式服裝，頭戴蓮草圓帽，整身白色服飾。『就是他；那邊！那邊！』柯內琉斯興奮說。布朗手下全都跳起來擠到他身後，眼神呆滯望過去。服飾鮮豔、臉色黝黑的人群圍繞那白色身影，全都朝著山丘方向觀察。布朗看到許多裸露手臂抬起來遮光，還有一些棕色手指指點點。該怎麼辦才好？他環顧四周，高牆般的森林把他團團圍住：好比進到一塊格鬥場，將進行一場不對等的競賽。他再看自己手下幾眼。一股鄙夷、厭倦、求生、孤注一擲——要找別的墳場——複雜的情緒在他內心糾結。他從身影動作的輪廓可看出，那個白人在大地所有力量擁護之下，正透過雙筒鏡勘查位於山丘的據點。布朗連忙跳上砍倒的樹幹，高舉雙臂，掌心朝前[1]。服飾鮮豔的那群人圍住那名白人；人群往後推擠兩次，白人好不容易走出重圍，獨自往前走。布朗原地不動站著，看著吉姆在剌木叢中忽隱忽現走到小溪邊；然後，布朗一跳，下山走到丘底溪岸，去見站在對岸的吉姆。

「至於他們會面的地方，我認為應該離那個地點不遠，甚至可能是相同位置：就是吉姆曾二度搏命一躍之處[2]——他在那裡一躍而下跳入巴度山的生活，讓他受到當地人民信任、關愛，進入他們心坎裡。他們隔著小溪面對面站著，互相盯著，試圖在開口前打量對方。雙方眼神應該當場就表露他們之間的敵意；我知道布朗一見到吉姆就痛恨此人。無論先前布朗有何奢望，當場化為泡影。眼前這位不是他原先期盼見到的人。這點令布朗中懷怨恨——此外，看到此人身穿格紋法蘭絨衫、七分袖、蓄灰鬍、憔

---

1 投降手勢。
2 請見第二十五章（本書pp.281-287）。

悴的臉被曬得黝黑——他打從心底詛咒對方的青春與自信、清澈雙眼、坦蕩風度。那個傢伙來得比他早太多了！此人看起來完全不像是會願意付出什麼以換取協助的那種人。所有優勢都在他那一方——他擁有的事物、蒙受的庇護、所具的權力；他所屬一方勢不可當！他既不飢渴也不絕望，看起來根本不怕。而且，吉姆整潔的衣著——上至白帽、下至帆布綁腿與塗滿白陶土的鞋子——在布朗陰沉怒視下，似乎令他聯想到本身成長期所鄙視與藐視的東西。

「『你是誰？』吉姆終於開口，以平時說話語氣問道。『我叫布朗，』對方大聲說，『布朗船長。你叫什麼名字呢？』吉姆稍微停頓一下，好像沒聽見般，繼續低聲說：『你為何前來此地？』『想知道就告訴你，』布朗忿恨說道。『一看就知道。飢餓。那你怎麼也來了呢？』

「『這麼一問，那傢伙嚇了一跳，』布朗說；他敘述他們如何開始進行奇特的對話：分隔他們的雖然只有小溪泥床，但他們倆的人生觀——全人類適用的概念——位於截然相反的兩極。『那傢伙被這麼一問，著實嚇了一跳，滿面通紅。大人物大到不能質問，我猜。我跟他說，如果以為我死定了就想糊弄我，其實他本身處境絲毫沒好到那裡去。我已在丘頂安派人手，隨時把準星對準在他身上，只待我發出信號。這點沒什麼好驚訝的。他自願單獨前來山腳會面。「讓我們有個共識，」我說，「我們都死定了，以這點為基礎展開對談，平起平坐。死神之前，人人平等，」我說。我承認自己在那邊有如落入陷阱的老鼠，但我們是被迫的；被陷阱夾到的老鼠依舊很能咬。過一會兒他才開口。「老鼠死後才靠近陷阱，就不會被咬了。」我跟他說，這種把戲很適合他那群土著朋友[1]去玩，但我覺得他是道地的白人，不會那樣對待老鼠。沒錯，我原先就想跟他對話。不是去求他放我一條生路，不是那樣。我的手下——嗯——以從事的工作來說——其實跟他是同一類的人，不管怎麼說。我們只要他不管用什麼鬼名義來加入我們，把話講開，一起解決問題。「天殺的，」我就說，看到他

---

1   native friends：歧視語。

像根木樁愣在那裡，「你不會想要每天拿望遠鏡來這裡清點我們還剩幾個站得起來。要麼帶領你那群該死的人馬加入我們，要麼就讓我們離開此地到大海餓死，看在老天分上！你也曾是不折不扣的白人，雖然你口口聲聲說他們是你的人民、你與他們成為一體。果真如此？你他媽的能有什麼好處；你在此地究竟發現了什麼竟寶貴得要死？哦？你可能不想讓我們千里迢迢來到這個地方──對不對？你們跟我們是兩百比一。但你不會想讓我們衝下山來到空地。哼！我跟你保證我們一定會好好跟你玩玩，再把你解決掉。你說我很膽小，居然會對平白無辜的百姓下手。我沒犯什麼錯就快被餓死：他們有什麼好平白無辜的？但我絕不是懦夫。你也不要那麼沒種。[1]帶他們過來加入我們；不然的話，我發毒誓：我們一定會想辦法把你那座平白無辜的村鎮一半的人都送上西天，在黑煙裡與我們同歸於盡！」』

「他實在糟透了──告訴我這段經歷時──此人骨瘦如柴，被病痛折磨到只剩軀殼；痛到曲腿抱膝、把臉垂在胸前，躺在那間爛茅屋的破床上；然後，他抬起頭看我，表情猙獰，得意洋洋。

「『我就是那樣對他說──我知道要說什麼，』他接著說，起初有氣無力，但隨即振奮起來，剎那間判若兩人，情緒激昂地宣洩心中不齒。『我們不會被趕入森林，成為一息尚存的皮包骨成群遊蕩，再一個接一個倒地給螞蟻啃食到屍骨無存。喔，絕不！……「你們不配有更好的下場，」他說。「那你配擁有什麼，」我對他吼道，「你被我發現躲在此地，偷偷摸摸，滿嘴什麼重責大任、什麼無辜生命、鬼才相信的什麼應盡義務──你配嗎？你對我的了解有比我對你的了解更多嗎？我來此地只為食物。老兄，有聽清楚嗎？──填飽肚子的食物。那你又為何而來？當初你來此地想要的是什麼？我們沒有其他要求：我們要的只是跟你決一死戰，或是放過我們，讓我們循原路回去原來地方。……」「我現在就能跟你決鬥，」他邊說邊捻他的小鬍。「那樣的話，歡迎把我當場斃命，沒關

1　布朗無意間戳到吉姆痛處。請見第八章倒數第五段（本書p.154）。

係，」我說。「對我來說，要在此地開戰跟在其他地方一樣好。我受夠了
我的厄運。但這樣做太便宜行事了。我的船員就在附近——老天有眼，我
不是那種一有機會就跳出火坑、棄同袍於不顧的人[1]，」我說。他站著想了
一下，然後他想知道我究竟幹了什麼（「在外頭那裡，」他說，朝下游點
一下頭示意），才會被整到落入這步田地。「我們見面是要分享彼此生平
事蹟嗎？」我問他。「要不要由你先說。不要？喔，我肯定不會想聽的。
你自個兒知道就好。我知道你做過的事不會比我的好到哪裡去。我有人生
經歷——你也有，雖然你講話的樣子讓人以為你好像是長了翅膀高飛、不
會碰到骯髒地表的那種人。我告訴你——地本來就是髒的。我沒長翅膀。
我會在這裡出現，是因為我這輩子曾經害怕過一次。想知道我怕什麼？牢
房。嚇死我了，讓你知道沒關係——如果知道這點對你有幫助的話。我不
會過問到底是什麼把你嚇來這個鬼地方——看樣子你在此已找到好康的
橫財。那是你的好運，而這是我的運氣——有幸能求饒：要不是痛快地將
我一槍斃命，不然就放我一馬，叫我滾蛋隨我餓死。」……[2]』

　　「他奄奄一息的病體突然因一陣狂喜[3]而抖個不停——那陣狂喜是如
此強烈、如此篤定、如此猙獰，似乎已把等在破屋裡的死神趕跑。他狂妄
的自戀成為一具行屍走肉，衣不蔽體、窮困潦倒，如同從墳裡破土而出的
暗黑可怖之物。根本無從斷定他對吉姆撒了多大的謊、對我撒的謊又有
多少——也不知他總是如何自我欺騙。虛榮心操弄我們的記憶，其手法駭
人聽聞；每次慷慨激昂都需某種藉口以實實在在體認激情。在乞丐的假面
下，他站在另一個世界入口，對這個世界呼了巴掌、吐口痰，作惡多端後
丟下一屁股鄙視與反感。他已戰勝他們所有人——男男女女、蠻族[4]、商
人、惡棍、傳教士——還包括吉姆——就憑他這個粗臉叫化子。我不會嫉

1　布朗的話無意間再次戳到吉姆痛處。
2　本譯本根據英國初版與二版將省略符號置於雙引號內（布朗對馬羅的敘
　　述），而非雙引號外（馬羅的轉敘）。
3　exultation：《咆哮山莊》結尾以此關鍵詞描寫離經叛道的男主角遺容。
4　savages：歧視語。

妒他*in articulo mortis*[1]的勝利——這種幾乎是死後才有的幻覺，認為自己已將全世界踩在腳下。當他對我吹噓時，他那副悲慘又令人作嘔的痛苦模樣讓我不禁想起一則有關他的八卦。那是他人生最輝煌時期所發生的事：布朗紳士的船曾在一個小島外海徘徊，每次持續多日，整整一年；小島周緣綠意盎然，比鄰蔚藍，遠遠可見白色沙灘上化為黑點的教會小屋；那時，布朗紳士整天上岸，迷住一位浪漫女孩；但美拉尼西亞令她水土不服，給她丈夫一線希望，以為自己很了不起能讓她改變信仰。聽說，這位可憐傳教士有意說服『布朗船長投身更美好的人生。』……『以榮光之名把布朗活捉過來。』——有個油滑浪子曾如是說——『讓上頭那些人見識見識在西太平洋做生意的船長該是什麼模樣。』正是此人後來跟那位垂死女子私奔，最後哭倒在她的遺體上。『就像一個大男孩繼續過活，』當時他的大副總不厭其煩提起這段往事，『至於這樣又有何樂趣，**我**若知道的話，就讓帶病的卡那卡人[2]一腳把我踢死算了。呦，各位老兄！當她被他帶上船時，早已回天乏術，根本無法好好培養感情；她只躺在他艙房，明亮大眼緊盯著橫梁——然後就死了。運氣不好，染上那種嚴重的熱病，我猜。……』我想起這些舊事的同時，布朗一邊用發紫的手捻著那團亂鬍、一邊躺在那張臭睡椅敘述他是如何使出哄騙、突破心防、讓對方明白的伎倆，以對付那個該死、潔白無瑕、擺出一副『別惹我』模樣的傢伙。他承認此人不怕被恐嚇，但有個方式，『就像收費公路[3]那樣暢通無阻，能突破此人一文不值的心防，把他從裡到外、從頭到腳徹底搞得天翻地覆——以老天之名！』」

---

1 拉丁語「臨終之際」。

2 diseased Kanakas：請見第三十八章第一段（本書p.372）。當時歐洲人認為疾病為「蠻族」退化（degeneration）的表徵。

3 turnpike：舊時設柵欄以收取過路費的道路。

第四十二章

「我認為他能做的不多，可能只是看看那個暢通無阻的方式。他似乎對本身所見到的感到困惑不解，因為他敘述時好幾次打斷自己，連連驚嘆：『他在那裡差點讓我摸不著頭腦。我搞不懂他。到底是何許人？』他狠狠瞪我幾眼後又繼續說，持續冷嘲熱諷。對我而言，這兩人隔著小溪的對談如今看來有如一種最致命的決鬥──命運之神冷眼旁觀，早已知悉結局。沒有，他並沒有把吉姆內心搞得天翻地覆；不過，如果布朗眼前那個可望不可及的心靈沒有被迫徹底體認那場較勁引發的怨恨，我就錯得離譜。這些傢伙是吉姆背棄的世界所派來的密使，緊追著退隱的他。這些白人來自『外頭那裡』──他自認不夠好，無法在那裡過活。他所不樂見的全都找上門來──對他事業的威脅、衝擊、危險。我想，正是這種可悲情感──一半怨恨、一半認命──乍現於吉姆有時脫口而出的隻字片語──令布朗十分困惑，以致無從解讀吉姆為人。有些偉人之所以偉大，有賴其慧眼識人的能力才得以知人善任；布朗假裝自己好像很偉大，卻也顯露惡魔般的識人才能，得以持人長短、逼人就範。布朗坦白對我說，吉姆那種人若只靠卑躬屈膝是無法擺平的；因此，他跟吉姆對峙時很注意言行，讓自己看起來毫無令人氣餒的厄運、並未受人譴責、也沒有歷經劫難。走私幾把槍不算什麼大罪過，他指出。至於來到巴度山一事，誰有資格說自己不是為了乞討而來？那群該死的居民從河岸兩邊朝他宣洩而來，並未在現場盤問他。他這樣說還真不要臉；因為，其實是丹瓦歷斯積極介入才得以避免最壞的慘事發生：如布朗明確告訴我，他一見到那個地方的規模，馬上下定決心：只要據點建立後，他就會放火把四周全燒個精光，再把視線所及之處所有活的東西全都射死，如此才能威嚇當地居民。雙方兵力實在過於懸殊，他只能靠此法求得一線生機以達成目的──他狂咳發作，邊咳邊辯稱。但他並未告知吉姆這點。有關他們歷經的苦難與飢餓，確有其

事；從他們那幫人模樣就可看出。他當場發出刺耳的哨音，倒下的樹幹上頓時出現一排他的手下，大剌剌站著給吉姆看。至於那人後來被殺，確實如此——嗯，搞定了——話說回來，這不正是一場戰事，血腥的戰爭——陷入重圍所做的搏命一擊？此外，那個傢伙被殺得乾淨俐落，從胸口一槍斃命，有別於躺在溪岸的那個可憐蟲。他們整整聽他哀嚎六小時才死，腸子都被彈頭打爛。不管怎樣，他所做的只是一命換一命。……以上這段經歷是以不顧一切的厭煩口吻說出的，訴說的那個人一輩子被歹運追著跑，終於受夠了，能往哪兒逃就往哪兒。他突兀地問吉姆，以絕望的坦白口氣——把話說開——問他是否知道『一個人若想暗中救自己一命，才不管會死多少人——三條、三十條、三百條人命都沒差』——吉姆被這麼一問，好像有魔鬼在耳邊偷偷諫言。[1]『他皺了一下眉頭，』布朗對我吹噓。『他在我面前很快就卸下原先那正派模樣。他只愣在那裡，不曉得要說什麼才好，擺出臭臉——不是對我——盯著地上。』他又問吉姆，是否忘記自己曾幹過虧心事，要不然為何要故意刁難一個想趁機爬出死亡深坑的人——諸如此類的話。布朗雖撂下狠話，言外之意卻始終離不開一絲微妙暗示：提及他們同文同種，設想他們擁有共同經歷；一種令人作嘔的影射，暗指他們有相同罪惡感、都知道一些祕辛，讓他們兩人無論於精神層面或內心世界都相互羈絆。

「布朗終於把話說完，然後往後一倒，平躺在地，僅用眼角餘光留意吉姆舉動。吉姆在小溪對岸則站著考慮，不停更換站姿。視線所及的屋舍皆悄然無聲，好像裡頭的生命氣息早已被瘟疫趕盡殺絕；不過，屋裡仍暗藏多雙眼睛，偷偷望著隔個小溪對峙的那兩人、擱淺的白船、半沒入爛泥的第三者屍體。獨木舟再度航行於河上，因為自從白爺返回後，巴度山恢復既有信念，相信俗世制度能帶來穩定。大河右岸、成排的房舍、沿岸停泊的木筏、甚至沖澡小屋頂蓬上滿滿都是人潮，各個都睜大眼睛往拉惹藩籬對面小山丘望去，即使距離太遠，聽不到也看不見發生何事。河域將寬

1　布朗無意間又再一次說中吉姆的祕密。

廣參差的環形森林一分為二，兩者之間寂靜無聲。『你是否答應會離開海岸？』吉姆問。布朗舉起他的手又放下，可說放棄一切——接受無可避免的結果。『還要繳械？』吉姆接著問。布朗起身，狠狠瞪回去。『要我們繳械！除非你從我們僵硬的手中親自奪回。你以為我怕到都瘋了？喔，絕不！那些與我身上的破衣是我在世上僅有的東西，若不算船上一些庫存的後膛槍；我預計前往馬達加斯加把這批貨賣掉，如果我能到那麼遠的地方——一船接著一船沿途乞討。[1]』

「吉姆聽完後一語不發。最後，他丟下握在手裡的樹枝，然後說——好像自言自語般——『我不知道自己是否有權決定。……』『你會不知道！你先前竟然還要求我繳械！說得好聽，』布朗叫道。『假使他們對你說一套、對我做一套。』看得出來布朗設法按捺激動的情緒。『我敢說你絕對有權，否則這場對談又有何意義？』他接著說。『你為何要遠從上游來到這裡？消磨一天時間？』

「『好吧，』吉姆說，沉默好一會兒後突然抬起頭。『給你通行無阻的一條退路，不然就一決死鬥。』說完後就轉身離去。

「布朗隨即起身，看著吉姆身影消失於前排屋舍後才返回丘頂。此後，他再也不會見到吉姆。上山途中，他遇見柯內琉斯垂著頭無精打采走著。柯內琉斯在他面前停下腳步。『你為何不殺他？』柯內琉斯不滿地以刻薄口氣質問。『因為我能做得更好。』布朗說，露出令人玩味的微笑。『絕不可能！絕不可能！』柯內琉斯激動地反駁。『沒辦法。我在此地已生活多年。』布朗抬起頭好奇看著對方。準備跟他開戰的那個地方所藏的生活有許多面向；有些事物他永遠無法得知。[2]柯內琉斯沮喪地走過布朗身旁，躡手躡腳往河的方向走去。他決定離開他的新朋友；事態發展令人失望，固執的他只好繃著臉接受事實，他那副老黃臉似乎因而皺成一團；下山途中，他不停斜著眼東張西望，下定決心不放棄原先盤算的主意。

1　意即航程中一路打劫路過船隻。

2　暗示布朗在巴度山歷經文化衝擊。

「此後，事態一發不可收拾，源源不絕的事件從眾人內心宣洩而出，如同源頭暗黑不明的溪流；吉姆身陷其中，我們主要透過塔姆伊丹的視線才得以目賭。那名女孩的視線也投射在吉姆身上，但他們兩人生相互糾結：干擾她眼界的有她的熱情、驚訝、憤怒，特別是她的恐懼、善記恨的愛。說到那位忠心耿耿的隨從[1]，雖然與其他隨從一樣都懂得不多，卻能發揮獨有長處——忠誠；心懷忠誠，再加上對主人強烈信任，以致當不可思議的失敗發生時得以抑制詫異，再悲從中來接受事實。他眼裡只有一人，儘管走不出困惑的迷津，自始至終把持守護、服從、照顧的一貫作風。

「他的主人與白人會談結束後，就慢慢走回街上的藩籬。看到他安然返回，每個人都欣喜若狂；因為，當他不在時，所有人都很擔心他會被殺，也很害怕可能會引發的後果。吉姆進入其中一間屋舍——老多拉敏的休息所——獨自與布吉斯移民頭目在裡頭待了好長一段時間。當時，他肯定與多拉敏討論因應對策，但他們研商時並無他人在場。只有塔姆伊丹盡可能貼在門上聽到主人說：『是的。我會讓所有人了解那是我自己的意思；但跟其他人說之前，我要先知會您，多拉敏啊，我要單獨先跟您談；因為，我們都懂彼此的心意，我也了解您最大的心願。您也十分清楚，我只為人民福祉著想，沒有其他念頭。』然後，他看見主人掀起通道門簾，走到屋外；那時，塔姆伊丹瞥見屋裡的老多拉敏坐在椅子裡，雙手擱在膝上，低頭凝視兩腿間的地板。後來，他隨主人返回堡壘，布吉斯與巴度山居民所有要員都受召前來聆聽吉姆發表談話。塔姆伊丹則希望自己能好好打一仗。『若只在空談另一座山頭，又有什麼用呢？』他懊惱地感嘆。然而，鎮上多數人則希望：那些貪婪的陌生人若看見有這麼多勇士準備一戰，就會知難而退，自願離開。他們若能自願離開就好辦了。吉姆的到來已於黎明時分由堡壘砲聲與大鼓敲擊聲昭告民眾，先前籠罩巴度山的恐懼

1　faithful servant：《咆哮山莊》、《傲慢與偏見》等作皆有忠僕扮演關鍵角色。然而，《吉姆爺》所刻劃的忠僕乃「異族」，展現扭轉種族刻板印象的時代意義。

氣氛因而一掃而空；巴度山就像頂住巨浪的礁岩，激起興奮、好奇、起伏不定的奔騰海沫。為了落實防禦措施，當地半數居民都被趕出自家屋舍，遷移至左岸街頭暫住；如今，他們都擠滿堡壘周圍，人人皆提心吊膽，很怕他們留在對岸的房子會陷入險境，受戰火波及而付之一炬。大眾迫不及待希望事情能盡快解決。在珠兒的照管下，難民獲得飲食供應。沒人知道他們那位白人打算做什麼。有些人表示，目前情勢還比阿里謝里夫的戰事還糟。以前，很多人都覺得無所謂；現在，每人都有能被奪走的東西。眾人很感興趣地觀望多艘獨木舟來回航行於村鎮兩邊。有幾艘布吉斯戰船停泊在河道中央保護河域，船首冒出縷縷炊煙；船上人員正在煮午飯時，吉姆剛好結束與布朗和多拉敏的個別會談，經由水門渡河進入堡壘。人群一湧而上，返家的吉姆幾乎寸步難行。之前，他們沒機會見到他；因為他深夜抵達時只與特地到碼頭迎接的那名女孩簡短交談幾句，隨後便立刻趕往對岸與頭目和戰士會合。很多人在吉姆背後扯著嗓子問候他。有位老婦擠到人群前面，以訓人語氣對吉姆再三叮嚀，她有兩個兒子加入多拉敏陣營，別讓他們落入盜匪手中以防不測；老婦的舉止把眾人都逗笑了。幾位圍觀民眾想把老婦拉走，但她邊掙扎邊喊道：『放手。你們想幹嘛，喔，穆斯林啊？你們的嘲笑真是無禮。那群強盜殺人不眨眼，怎會不殘忍？』『隨她去吧，』吉姆說，頓時眾人皆默不作聲；接著，吉姆緩緩說：『每個人都會很安全。』在場群眾皆鬆一大口氣；吉姆進入屋裡後，群眾仍議論紛紛，久久不散。

　　「毫無疑問，他已決意給布朗一路通行到近海的退路。他的命運桀驁不馴，迫使他提前出手。他首次得要獨排眾議，在反對他的眾人面前昭告自身意圖。『現場一片譁然，主人起初不發一語，』塔姆伊丹說。『天黑了，我點亮長桌的蠟燭。頭目分坐兩側，夫人始終在主人右手邊。』

　　「當他開口說話時，不尋常的難題似乎更加令他更加鐵下心。那群白人在山丘等他答覆。他們的首領已用他的族語[1]跟他談過，把其他語言很

---

[1]　吉姆同胞的語言（英語）。

難講明的很多事情都說清楚了。他們都是犯錯的罪人，所受的苦讓他們是非不分。沒錯，已折損幾條人命，但為何要死更多人？面對在場聽眾——出席集會的族長們——他當場宣示：他們的福祉就是他的福祉、他們的損失就是他的損失、他們的哀悼就是他的哀悼。他環視聽他說話的肅穆臉龐，告訴他們：別忘記他們曾與他並肩作戰，一起打拼。他們很清楚他的勇氣⋯⋯講到這裡，一陣低語打斷他的話⋯⋯也很清楚他從未欺騙他們。多年來，他們一起生活。他深愛這片土地，也深愛生活在這片土地的人民。倘若那群蓄鬍白人能有條退路，他將以自身性命擔保，人民不會遭受任何危害。他們都是作惡的人，他們的命將會是厄運。難道他曾提過壞建議？他所說的話什麼時候曾令人民受苦？他問。他認為，最佳之道就是讓那些白人與其追隨者能有條生路。這將會是微不足道的施捨。『你們已考驗過我，知道我永遠真誠：我懇求你們放他們走。』他轉頭看多拉敏。老 *nakhoda* 一動不動。『那麼的話，』吉姆說，『有請丹瓦歷斯，請您兒子前來協助，我的朋友啊，因為這件事我不會出面。』」

第四十三章

「這番話令站在吉姆椅子後面的塔姆伊丹驚詫萬分。吉姆的聲明引發軒然大波。『放他們走，因為就我所知這樣做最好；而且，我從未欺騙你們。』吉姆說。在座人士皆默不作聲。昏暗中庭傳來壓低嗓音的交頭接耳聲，還有許多人走動的腳步聲。多拉敏抬起頭，然後說：要看出一個人的心意比登天還難，但是——他表示贊同。其他人逐一發表意見。『那樣做最好』、『放他們走』等等的話。不過，大多數人僅表示他們『相信吉姆端安』。

「吉姆的意願以如此單純方式獲得認同，此為當時局勢關鍵所在；他們的信念，他的真理；這證明他擁有某種忠誠，在自己眼裡能讓他與那些完美無瑕、絕不脫隊的人平起平坐。史坦曾說，『他很浪漫！——浪漫！』[1]：這句話似乎跨越千里，言猶在耳；那個世界不會在乎他的缺點與德行，也無視於熱切依戀著他的那個情愛——面對悲痛欲絕與永別而感到茫然以致不掉一滴眼淚——如今，這句話絕不會洩了他的底。他最後三年的人生每天都以真誠抵禦人們的無知、恐懼、憤怒；從那時起，他在我眼裡已非當初我最後所見[2]——一個白斑，閃射陰沉海岸與黯然大海的殘光——而是隨著他愈趨孤寂而變得更加醒目、更令人同情；就算對最愛他的那位女子而言，他始終都是傷人的無解謎團。

「他顯然並不懷疑布朗；沒有理由質疑對方說詞，而後者那種粗鄙的坦誠、那種接受道德批判與行為後果的陽剛率性，似乎都確保所說為真。可是，吉姆並不知此人與生俱來幾乎無從察覺的自負，一旦他人不從或違背其意願，就會像一位受挫的獨裁者忿恨難耐，燃起復仇怒火。吉姆雖不懷疑布朗，卻顯然急於確保不會發生誤會，以避免可能導致衝突與流

1　請見第二十章倒數第六段（本書p.251）。
2　請見第三十五章結尾（本書pp.355-356）。

血事件。正是基於這個理由，馬來頭目們離開後，他隨即吩咐珠兒替他準備吃的，以便盡快從堡壘動身前往村鎮指揮。她認為他太過勞累，反對這個主意；吉姆則表示，倘若有任何差錯，他將永遠不會原諒自己。『這塊土地上所有活的東西都歸我負責，』他說。剛開始他還悶悶不樂；她從塔姆伊丹接來餐盤（史坦贈送的餐具），親手送上食物。過一會兒後，他心情才好轉；他告訴她堡壘還需她再負責指揮一晚。『我們沒時間睡覺了，老妹，』他說，『尤其是當我們人民遭遇危險時。』後來，他開玩笑說，她是他手下最棒的漢子。『如果你與丹瓦歷斯完成你們想做的事，如今那群該死的傢伙不會有人活著。』『他們很壞嗎？』她問，靠在他椅子旁。『人有時候會做壞事，但與其他人相比也沒壞多少。』他猶豫一下說。[1]

「塔姆伊丹跟著主人走到堡壘外的碼頭。夜空清朗無月，河水中央一片昏暗，河水在兩側岸邊映照許多營火，『好像是齋月夜，』塔姆伊丹說。暗黑河道上戰船有的悄悄飄移、有的靜靜錨泊漂浮，河面傳來響亮的漣漪聲。那晚，塔姆伊丹花很多時間在獨木舟上划槳，也跟在主人後面趕了很多路：他們走遍每條街，經過熊熊營火，甚至前往靠近內地的邊陲地區巡視野外的守衛小隊。吉姆端安一一指示，大家聽命行事。最後，他們到拉惹藩籬巡察當晚從吉姆所屬人馬派遣的支隊。老拉惹已於當天一早帶著妻妾逃到支流附近的叢林小村。卡希姆則被留在藩籬；他有出席商議會，裝模作樣想為自己前一日的斡旋提出辯解。他態度十分冷漠，卻設法保持微笑與低調的逢迎作風；那天，吉姆堅決表示準備於當晚派出屬下占領藩籬，卡希姆還公開宣稱樂見其成。商議會散會後，可聽到他在中庭搭訕幾位臨行的頭目，以欣慰口吻大聲表示，拉惹不在時房舍能受到保護，他感到非常滿意。

「當晚十點左右，吉姆手下編隊進入藩籬。該處俯瞰溪口，吉姆打算守在那裡直到布朗從下方通過。塔姆伊丹在木樁圍籬外一處平坦草地點燃小火堆，並擺出一張折椅供主人使用。吉姆叫他試試坐著小憩。塔姆伊丹

1　吉姆的罪惡感促使他包容布朗。

拿出地墊到附近躺著休息；他睡不著，雖然他知道應趁機補眠，因為天亮前還有重要行程要跑。他主人在營火前低著頭、手放身後來回走動。主人表情很傷心。每次主人走到他身旁，塔姆伊丹就假裝入睡，不想讓主人知道他在偷看。終於，他主人站著不動，俯看躺在地上的他，然後輕聲說：『是時候了。』

「塔姆伊丹立刻起身準備。他的任務是前往下游，搶在布朗船隻啟航前約一小時先正式傳達最後一個口信給丹瓦歷斯，通知他那幫白人獲許通行，不得阻攔。吉姆不相信其他人能執行此項任務。動身前，塔姆伊丹為慎重起見（其實人人皆知他為吉姆隨從），要求攜帶一個信物。『因為，端安啊，』他說，『這是一個重要口信，而且我要傳達的是您親口說出的話。』他的主人起初把手伸入一個口袋、又伸入另一口袋，最後把慣於戴在食指的史坦銀戒摘下，交給塔姆伊丹。當塔姆伊丹出發執行任務時，丘頂的布朗營地仍漆黑一片，只見白人砍到的樹幹枝葉後方有道微小火光。

「當晚稍早，布朗接獲吉姆傳來一張摺起的紙條，裡面寫道：『你得到一條通行無阻的退路。船隻於早晨漲潮得以漂浮時要立刻啟航。叫你的人別輕舉妄動。小溪兩岸草叢與河口藩籬全都有武裝人員。你毫無勝算，我不相信你會想要無謂的流血衝突。』布朗讀完後，把紙條撕成碎片；然後，他轉身對送信的柯內琉斯嘲諷說：『再會了，我最夠意思的朋友。』先前，柯內琉斯人在堡壘，整個下午都在吉姆住所附近鬼鬼祟祟。吉姆選擇此人傳遞紙條，因為他能說英語，還與布朗見過面；再者，此人於黃昏時分靠近山丘時，比較不會像馬來人那樣被神經兮兮的人誤殺。

「柯內琉斯傳遞紙條後並未離去。布朗在小火堆旁熬夜；其他人全都躺著。『跟你說一件你會想知道的事，』柯內琉斯氣呼呼嘟囔說。布朗不理他。『你沒把他殺死，』柯內琉斯繼續說，『這對你有什麼好處？你原本可從拉惹那裡拿到錢，還不算從布吉斯房舍搶來的戰利品，如今你什麼都沒有。』『你最好趕快從這裡滾蛋，』布朗吼道，連看都不看他。不過，柯內琉斯在他身旁坐下，開始對他嘰哩咕嚕耳語，還不時摸他的胳膊。他一聽到柯內琉斯所說的話就馬上坐直，並破口大罵。柯內琉斯只不

過告知他下游有丹瓦歷斯的武裝支隊。起初，布朗覺得自己徹底被出賣，還被人背叛；但仔細想了一下後，他確信應該不會有人故意背信。他不發一語；過一會兒後，柯內琉斯以事不關己的口氣表示，河道還有另一處出口，他瞭若指掌。『能知道詳情會很不錯，』布朗說，同時豎直耳朵；柯內琉斯開始滔滔不絕把鎮上傳言全都說了出來，還把商議會的談話一字不漏說給布朗聽，在他耳邊以單調低語說長道短，好像身旁有人睡覺而不想吵醒他人那樣壓低聲音說話。『他以為已把我變成安全無害，對不對？』布朗很小聲嘟囔說。……『沒錯。他很傻。小孩一樣。他來到這裡把我搶個精光，』柯內琉斯繼續喃喃說，『他甚至讓所有人相信他。如果發生什麼意外讓他們不再相信他，他又能躲到哪裡？還有，船長您要知道，那個等在下游、名叫丹的布吉斯人，正是當初驅逐你把你困在此地的同一人。』布朗毫不在乎表示，最好還是要避免與此人衝突；柯內琉斯繼續若有所思冷冷說，他知道有處回流寬度足以讓布朗的船繞過瓦歷斯軍營。『你們得非常安靜，』他想了一下接著說，『因為我們會經過一個地方非常靠近他營地後方。非常靠近。他們在岸上紮營，會把船拖上岸。』『喔，我們知道要如何像老鼠那般安靜。不用擔心，』布朗說。柯內琉斯表示，布朗的船出海若需要他領航，他要求拖上自己的獨木舟。『我事後得要盡快折返，』他解釋。

「黎明前兩小時，駐外守衛向藩籬回報，那幫白種強匪正下山取船。巴度山各地武裝人員立刻動員警戒；不過，河岸兩側仍沉寂無聲，若非旺盛營火突然冒出火舌，看起來還以為這是承平時期安然入眠的村鎮。低垂濃霧籠罩河水，河面泛著朦朧灰光，讓人誤以為什麼都沒有。當布朗的長船從小溪滑入河水時，吉姆站在拉惹藩籬前一處低地——正好是當初他初次踏上巴度山土地的相同位置。黑影浮現，在一團灰白裡移動，碩大孤影始終無法清楚辨識。孤影傳出喃喃低語。在船上掌舵的布朗聽見吉姆冷靜的說話聲：『一條通行無阻的退路。你最好趁霧濃時順水而去；霧很快就散了。』『沒錯，我們很快就能看清航道。』布朗回答。

「藩籬外有三、四十位人員手執毛瑟槍站著待命，各個屏息以待。其

中一位是布吉斯船主，就是我在史坦走廊遇見的那人[1]；他告訴我，那艘長船近距離掠過低地，剎那間彷彿突然變大，有如一座高山矗立在眼前。『如果你認為值得在河口外再等一天的話，』吉姆喊道，『我會想辦法送東西過去給你——小牛、芋頭之類——看我能拿到什麼。』高大黑影持續前進。『好。沒問題。』霧裡有人回答，聲音模糊單調。很多人在附近專心傾聽，卻都無法聽懂這些話；然後，布朗與那幫人乘著長舟而去，一聲不響有如幽靈般消失無影。

「布朗就這樣藏身於濃霧裡，跟柯內琉斯並肩坐在長舟艉座駛離巴度山。『或許你會得到一隻小牛，』柯內琉斯說。『喔，沒錯。小牛。芋頭。如果**他**說可以的話，你才會有。他說的話才是真理。他把我所擁有的全都偷走。我想你會比較想要小牛，而不是從很多房舍裡搜刮而來的東西。』『我建議你閉嘴；否則這裡會有人把你從船上扔到這該死的霧裡。』布朗說。長舟好像靜止不動；什麼都看不見，甚至連周圍河面也無法看清；只有漫天水氣隨著濃霧飄散再凝結於他們的鬍鬚與臉上。那種感覺非常怪異，布朗跟我說。他們每一位成員都覺得自己好像獨自在小船上漂流，被心中一股幾乎無法察覺的疑神疑鬼所擾，總以為身旁有哀聲嘆息的鬼魂出沒。『把我丟下船，好不好？至少那樣會讓我知道自己在哪裡，』柯內琉斯粗魯埋怨。『我在這裡已生活多年。』『還不夠久，無法看穿這種濃霧。』布朗說，癱在座位上，一隻手擱在毫無用處的舵柄上來回擺動。『不對。我在這裡夠久了，看得清清楚楚。』柯內琉斯吼道。『那應該會派得上用場。』布朗表示。『我哪會相信你矇著眼會找到你說的那條後方支流，像這樣？』柯內琉斯哼一聲。『你累到連樂都划不動了嗎？』沉默一會兒後他接著說。『沒那回事，老天有眼！』布朗突然吼道。『全體人員把樂擺在定位。』濃霧裡一陣手忙腳亂的撞擊聲；沒多久，只聽見無形的樂在無形的樂座銷[2]上規律的摩擦聲。除此之外，一切照

1　請見第三十七章第六段（本書p.364）。
2　thole-pins：舷緣固定樂的插銷。

舊；布朗說，若非聽到槳在水裡划動的濺水聲，還以為是在雲裡划一艘飛船[1]。後來，柯內琉斯就沒再開口說話，除了有次口氣很差地叫人解開他那艘拖在長舟後面的獨木舟。濃霧逐漸明亮，前方也變得愈來愈亮。布朗看見左方有團黑影，彷彿看到夜晚離去的背影。忽然間，一根枝葉濃密的粗枝出現在他頭上，旁邊還有叢佈滿露水的細枝垂在水上往船側靠近。柯內琉斯二話不說就從他手中搶過舵柄。」

1　balloon car：法國建築師Henri Dupuy de Lôme（1816–1885）建造有舟形載具之氫氣飛船，於1872年首航。

第四十四章

「我認為他們倆再也不會交談。長舟進入一個狹窄的分支水道，槳葉撐在崩落河岸推船行進；一大團黑影懸在半空，彷彿有對巨大黑翅在霧裡展翅覆蓋，隨著濃霧盤旋至樹冠。頭頂上方懸垂的枝葉灑落水滴，透過陰沉霧氣不斷落下。柯內琉斯嘟噥一聲後，布朗命令手下把東西搬上岸。『我們完事前我會給各位機會再好好跟他們算帳，你們這些可憐的廢物，就是你，』他對手下說。『注意不要糟蹋這個機會——你們這些爛人。』布朗的話引發一陣低沉吵嚷。柯內琉斯大發牢騷，要確保自己的獨木舟完好無傷。

「在這期間，塔姆伊丹已快抵達目的地。濃霧稍微耽擱他的行程，但他穩穩划槳，貼近南岸趕路。不久後，曙光乍現，好像在大地點了一盞玻璃球燈。參差河岸在兩側形成烏影，隱約可見柱形輪廓與高聳糾結的枝葉。河面霧氣仍濃，但盡職的守衛仍緊盯著四周；塔姆伊丹靠近營地時，白霧裡出現兩個人影，嘰哩咕嚕對他說話。他隨即答話；然後，他看見有條獨木舟駛近他小舟側緣，就與槳手寒暄幾句。一切平安無事。麻煩已經落幕。後來，對方鬆開握在船緣的手，很快就駕舟失去蹤影。塔姆伊丹繼續前行，直到聽見水邊傳來低聲交談的聲音；同時，在盤旋繚繞的霧氣下，他看見許多小營火散落沙岸，營地後方有高聳細竹與樹林。在那裡他又被守衛攔下。他大聲報上名字，同時用力划槳兩次把獨木舟送上河岸。營地規模很大。人員三五成群蟠伏著，空中瀰漫持續的晨禱低吟。白霧裡炊煙裊裊。地上還有架高的棚遮，特地為頭目搭設的。毛瑟槍成堆架設，狀若小型金字塔；長矛一一插在營火旁的沙地。

「塔姆伊丹擺出一副有要事傳達的模樣，要人立刻帶他去見丹瓦歷斯。他見到白爺朋友躺在架高的竹椅裡，周圍有蓋滿墊子的木籬棚架。丹瓦歷斯已經起床，睡榻前燃著一堆明火，像座簡陋神社。多拉敏這個

*nakhoda*獨子親切地與他打招呼。塔姆伊丹當場出示那只戒指，擔保信使所捎口信真實無誤。丹瓦歷斯用手肘撐著身體靠在椅子上，叫他報告最新消息。塔姆伊丹首先以祭典客套話說：『有佳音傳報，』然後一字不漏傳達主人的話。那群白人在眾頭目許可之下已啟程離開，得以通行順流而下。塔姆伊丹被問了幾個問題，他就將最後一次商議會討論內容據實以報。丹瓦歷斯專注聽完報告，最後將手中把弄的那只戒指套入自己右手食指。他聽完所需消息後，就吩咐塔姆伊丹退下用餐休息。他隨即下令當天下午撤營返回鎮上。然後，丹瓦歷斯再度躺下，睜著眼睛；隨從在營火旁準備食物，塔姆伊丹在旁與眾人聊天，大夥兒都躺在附近想得知鎮裡最新情報。初陽趕跑霧氣。河域主水道已充分部署守衛，以警戒隨時會出現的白人。

　　「就在那時，布朗決定要報復這個世界；他二十年來不顧後果鄙視一切於各處大肆蹂躪，居然連一個普通盜匪的功成名就都不被認可。那是一件冷血殘暴之舉；他臨終前憶起這件往事，就像想起自身不服輸的叛逆作風而大感寬慰。他偷偷派人登上布吉斯營地對面沙洲後方，然後再率領人馬橫越河道。柯內琉斯原本打算一上岸就逃，但歷經一陣短暫且無聲的扭打後，只好聽命帶路，在樹叢中指出一條便於通行的出路。布朗瘦巴巴的雙手掐在他身後，有如用大鉗夾住他，還不時用力推著他走。柯內琉斯就像一尾魚那樣不吭一聲，模樣淒慘，但仍忠誠執行任務；最後，此行目標隱約於前方浮現。沿著林地周緣，布朗手下尋找掩護並躲藏等待。整個軍營從頭到尾清楚暴露在他們眼前，沒有人理會他們藏身位置。根本沒有人料到白人竟會得知沙洲後方有條狹窄水道。該處出入口非常狹小，連當地人都得特別小心才能順利乘獨木舟通過。布朗大吼，『讓他們嘗嘗我們厲害。』十四發子彈頓時應聲齊發。

　　「塔姆伊丹告訴我，大夥全都大吃一驚；第一波槍響後，除了中彈而死或傷者之外，好長一段時間他們全都愣在原地。後來，突然有人尖叫；隨後，所有人都發出驚愕與恐懼的喊叫聲。盲目的恐慌讓那群人沿著河岸東奔西竄，如同怕水的牛群成群奔逃。那時，還有一些人跳入河裡；不

過，第三波射擊後大部分的人全都跳河而逃。布朗手下朝人群發動三次攻擊，只見布朗一人邊罵邊吼道：『瞄低一點！瞄低一點！』

「塔姆伊丹說，對他而言，第一波掃射時他馬上就明白發生了何事。雖然他並未中彈，仍立刻趴下裝死，只把眼睛睜著。丹瓦歷斯原本躺在椅子裡，聽到第一波槍響隨即跳起來奔向河岸空地，剛好遇上第二波攻擊：一顆子彈直接命中他額頭。塔姆伊丹看見他兩臂往外一伸就倒地不起。然後，塔姆伊丹說，他突然感到十分恐懼——先前都沒有這種感覺。白人來無影去無蹤——沒人看見他們。

「如此一來，布朗總算與他的厄運結清舊帳。請注意：就算是這種駭人發洩，其中仍帶有一種優越感，好比一個人自認有權——在抽象層面——在本身普通慾望的範疇內展現。那不是一件粗鄙忘義的屠殺；而是教訓對方，一種懲罰——表露了我們本性某種晦澀駭人的特質；此天性恐怕並非如我們所想那樣僅於心底潛藏。

「後來，塔姆伊丹沒看見白人離開；他們好像在眾人眼前完全消失，連那艘縱帆船也憑空消失，就像被偷走的東西失去蹤跡。不過，據說一個月後有條白長船在印度洋被貨輪救起。船上有兩人飢渴萬分、面黃肌瘦、目光呆滯、只剩一把骨頭在胡言亂語；他們聽命於第三者——自稱布朗。此人解釋，他的縱帆船原本載運一批爪哇砂糖要往南方，但因嚴重漏水而意外沉沒。原本六名船員只剩他與那兩個皮包骨生還。那兩人後來死在營救他們的那艘輪船上。無關緊要。布朗活了下來，撐到與我見面；而我能見證他自始至終都在做自己。

「話說當初他們離開巴度山，竟忘記解開柯內琉斯獨木舟的拖繩。布朗一發動攻擊就把柯內琉斯丟下不管，離別前還特地踢上一腳以為贈禮。塔姆伊丹在死屍中起身，看見拿撒勒人[1]在河岸成堆的屍體與餘燼裡到處亂跑。他不斷小聲哀叫。然後突然往河的方向衝去，發狂般奮力把一艘布吉斯船推入河裡。『後來，在他看見我之前，』塔姆伊丹敘述

1　請見第二十九章第二段（本書p.311）。

道，『他只呆站在那裡，看著那艘大獨木舟不斷搔著頭。』『他後來怎麼了？』我問。塔姆伊丹盯著我，用右手比了個生動手勢。『我敲他兩下，端安，』他說。『他一看到我接近，就拚命跳上岸，又哭又鬧，還不停踢腳。我重重敲他兩下。他就像一隻受驚的母雞發出尖叫，直到他明白是怎麼回事；然後，他就靜靜不動，躺在地上望著我，眼神漸漸失去生命。』

「事後，塔姆伊丹並未多做停留。他了解事關重大，要搶先通知堡壘這個可怕消息。現場當然還有丹瓦歷斯營地生還者；不過，極度恐慌之下，有的游到對岸、有的逃入叢林。事實上，他們根本不知道是誰發動攻擊——究竟是有更多白種強盜前來，或是整個地區已落入他們手中。他們覺得自己都是受害者，被一個牽連很廣的背叛行為所害，毫無勝算，注定家破人亡。聽說還有少數人員事發三天後才敢回家。雖然如此，仍有少數人當場決定返回巴度山；當天上午有艘獨木舟在營地附近河域巡邏，剛好目睹攻擊事件。儘管起初舟上人員都跳入河裡游到對岸，後來他們都返回崗位，但仍猶豫不決是否該返回上游。塔姆伊丹因而比其他人早到一個小時。」

第四十五章

「塔姆伊丹發狂似的划船；抵達村鎮前方水道時，有許多婦女擠在屋前平台，盼望能看見丹瓦歷斯小型船隊歸來。鎮上洋溢節慶氣氛；到處有男子手執長矛或槍枝，或動或坐集結在岸邊。中國佬的店很早就開門營業；但市集仍空無一人；堡壘一角仍有衛兵駐守，看見塔姆伊丹就通報內部人員。堡壘大門敞開。塔姆伊丹跳上岸，直往前衝。他遇見的第一個人就是從屋裡走下來的那名女孩。

「塔姆伊丹驚魂未定、上氣不接下氣，嘴唇不停顫抖，眼神驚恐萬分，在女孩面前站著愣了好一會兒，有如突然中了魔咒。然後，他倉皇開口說：『他們殺了丹瓦歷斯和其他很多人。』她緊握雙手，所說的第一句話是：『關大門。』堡壘守衛幾乎都已返家，但塔姆伊丹仍很快找到尚未動身的幾位人員，叫他們趕快返回崗位。那名女孩站在中庭，其他人在四周東奔西跑。『多拉敏，』塔姆伊丹經過時聽她絕望哭喊道。後來，他再次路過時，很快回應她的想法：『沒錯。但巴度山所有的火藥在我們這裡。』她抓住他手臂，往屋舍一指，『叫他出來。』她悄悄說，全身顫抖不停。

「塔姆伊丹跑上樓梯。他主人仍在睡覺。『是我，塔姆伊丹，』他在門口喊道，『有急事稟報。』他看見吉姆在枕頭轉過身來，睜開眼睛；他隨即開口。『今天，端安啊，是厄運之日，受詛咒的一天。』他主人以手肘撐著身體聽他說——就如丹瓦歷斯先前那樣。然後，塔姆伊丹開始報告，設法依序說明事發過程；他以『邦里瑪[1]』稱呼丹瓦歷斯：『然後，邦里瑪吩咐自己船員的頭子，「弄點吃的給塔姆伊丹」』——說到這裡，他主人從床上起身站在地上，以非常不安的表情盯著他，令他說不下去。

1　Panglima：馬來語「指揮官」。

「『快說，』吉姆吩咐。『他死了嗎？』『願您長命百歲，』塔姆伊丹大聲說。『那是最殘忍的背叛。他聽見首波槍響就衝出去，然後就倒下了。』……他主人走到窗旁，拳頭打在捲簾。吉姆叫人點燈；然後，他語氣沉穩但倉促說出指令，要塔姆伊丹召集船隊立刻追趕，還要他去找某某人、另一人、派出傳令等等；他坐在床緣邊說邊彎腰匆忙繫上鞋帶，然後突然抬頭。『你站在這裡做什麼？』他滿面通紅質問。『別耽擱。』塔姆伊丹動都不動。『原諒我，端安，但是……但是。』他開始結巴。『什麼事？』他主人吼道，表情很凶，雙手撐在床緣身體前傾。『您的僕人若在民眾面前公開露面會不安全。』塔姆伊丹猶豫一會兒後說道。

「那時，吉姆恍然大悟。他先前從另一個世界隱退來此地，只不過由於衝動一跳的小事；如今，他親手打造的這個世界已分崩離析，在他頭上四分五裂。他的僕人若在自己人民面前公開露面會不安全！我相信就在那一刻他已下定決心要扭轉災難——以他所能想到這種災難能被扭轉之唯一方式；然而，我只知道他一語不發走出房間，走到長桌主位坐下：他在那個位置慣於統御他世界的世務，每天宣達由衷而出的真理。黑暗勢力絕不能再度奪走他的平靜。他坐著，猶如一座石像。塔姆伊丹恭敬提醒他要準備防禦措施。他所愛的那名女孩進來屋裡想跟他說話，但他手一揮；此懇求安靜的無言手勢令她嚇了一跳。她走到長廊，坐在玄關，彷彿要用自己身子保護他不受外界危害。

「他的腦海閃過哪些想法——哪些回憶？沒人知道。一切都毀了；他曾背叛別人對他的信任，如今又再次失去所有人對他的信賴。我認為正是那時他嘗試寫下心情——寫給某人——但最終放棄。[1]他逐漸被一股孤寂感籠罩。人民將他們性命託付給他——不過如此而已；然而，如他先前指出，絕對、絕對無法讓他們了解他。屋外的人完全聽不到他在房裡的動靜。後來，快到傍晚時，他在門邊傳喚塔姆伊丹。『情況如何？』他問。『很多人在哭。也很多人在生氣。』塔姆伊丹說。吉姆抬頭看他。『你知

1　請見第三十六章第六段（本書p.359）。

道嗎。』他喃喃說。『是的，端安，』塔姆伊丹回答。『您僕人知道的，大門已關上。我們必將一戰。』『一戰！又有何用？』他問。『為了我們的性命。』『我沒什麼命可言了。』他說。塔姆伊丹聽見女孩在門邊驚叫。『誰知道呢？』塔姆伊丹說。『我們如果膽子夠大、夠狡猾的話，或許能逃走。人民心中其實都十分恐懼。』他說完後就出門，大略思考船隻與大海的事，留下吉姆與那名女孩在一起。

「我不忍在此描述當時場景：我心中能窺見她在房裡一個多小時，為了自身幸福與他周旋。他心中是否仍有一絲希望——無論期望或是想像的——旁人無從斷言。他很執拗；隨著他愈趨固執，他也愈趨孤寂，而他心靈似乎就這樣從他人生廢墟裡升起。她在他耳邊吶喊：『戰吧！』她無法了解。沒有什麼好值得奮戰的。他將以另一種方式證明自我能力，以便征服自身注定的命運。他走到中庭，她跟在後頭，一頭亂髮、滿臉驚恐、幾乎喘不過氣來；她踉蹌走著，靠在通道欄杆旁。『打開大門。』他下令。然後，他轉身對仍未離去的手下說，他准許他們返家。『回去多久呢，端安？』其中一名下屬靦腆問道。『一輩子。』他說，語氣沮喪。

「一陣慟哭哀悼的宣洩席捲整條河，好像開啟悲傷之門讓暴風乘隙而入；平復後，村鎮陷入沉寂。不過，眾人仍偷偷議論，心底皆焦灼不安，深怕會有大事發生。那群強盜將會返回，帶來更多同夥，乘著更大艘的船；這片土地上將無處可躲。人心惶惶，好比遇上地震；眾人都面面相覷，擔心會發生壞事，好比看見某種駭人凶兆。

「太陽在森林後方逐漸沉落時，丹瓦歷斯遺體被運到多拉敏的 *campong*。四名人員負責搬運；老母特地前往大門迎接兒子返家，以白布體面地覆蓋其上。他們把遺體放在多拉敏跟前；老父坐著久久不發一語，兩手置於膝上，垂著頭。寬大的棕櫚樹葉輕柔擺動，果樹枝葉也在頭上搖擺。他族人每位成員皆到場，全副武裝；然後，老*nakhoda*終於抬起眼睛。他緩緩掃視人群，有如尋找不在場的那張臉。他再度把頭垂在胸口。樹葉經柔搖曳的沙沙聲音夾雜眾人耳語呢喃。

「把塔姆伊丹與女孩載到三寶瓏的那位馬來人當時也在場。[1]『沒像其他人那樣氣憤，』他告訴我，但仍感到十分驚訝：『命運難以意料，好像頭頂有雷雨雲盤旋不散。』他跟我說，多拉敏示意揭開蓋在丹瓦歷斯遺體的布，他們看見大家口中所稱的白爺朋友躺在那裡，沒什麼變，雙眼微開好像才要醒來般。多拉敏俯身往前靠近，好像在尋找掉在地上的東西。他從頭到腳檢視遺體，可能在找傷口。那是前額上一個小點；眾人皆不發一語，其中一位隨從彎下腰，將銀戒指從僵硬的手指拔下。靜默中，他把戒指拿給多拉敏看。眾人看見那個熟習信物不禁議論紛紛、驚恐不已。老 nakhoda 盯著信物，突然失聲痛哭，從胸口傳出一聲哀痛怒吼，如同一隻受傷公牛嘶吼那般令人震撼；在場人士都恐懼萬分，因他的怒氣與傷悲之痛切根本不需語言就表露無遺。好一會兒現場瀰漫沉重的靜肅，四名人員將遺體抬到一旁。他們將遺體放在樹下；霎時，家族所有女人皆齊聲哀鳴、嚎咷大哭；她們以刺耳哭聲表示哀悼；太陽西沉，哀鳴暫歇，仍持續傳來兩名長老朗誦可蘭經抑揚頓挫的吟禱聲。

「大約同時間，吉姆倚著砲架往河流望去，背對屋子；那名女孩在走道不停喘氣，好像跑到一半突然停止；她望著中庭對面的他。塔姆伊丹站在主人附近，耐心等候可能下達的指示。吉姆好像迷失在沉思裡；突然間，他轉過身來對塔姆伊丹說：『解決這件事的時候到了。』」

「『端安？』塔姆伊丹說，輕快地走上前。他不懂主人是什麼意思；但吉姆有所動作後，那名女孩就下來走到空地。四下似乎不見房舍其他人員。她略微踉蹌走著，半途呼喚吉姆名字：看樣子他仍平靜望著河流若有所思。他轉過身來，背對著砲台。『你會戰嗎？』她大聲問。『沒什麼好戰的，』他說，『一切都完了。』他邊說邊靠近她。『你會逃嗎？』她再次大聲問。『逃不了。』他說，停下腳步；她也站著不動，以深切眼神默默望著他。『那你會離開我？』她徐徐說。他把頭垂下。『啊！』她感嘆一聲，可說是狠狠瞪他，『你不是瘋了就是在騙人。你記不記得那晚我叫

你離開我[1]，你告訴我你做不到？那是不可能的事！不可能！你是否記得自己曾說絕不會離開我？你自己說的！我沒有要求承諾。沒人要你做出承諾——別忘記。』『好了，可憐的女孩，』他說。『我不值得擁有。』

「塔姆伊丹說，他們交談時她有時會無故大笑，彷彿遇見神祇顯靈。他主人用手摸著頭。他跟平常一樣穿著正式服裝，但那天沒有戴帽。她笑到一半突然停止。『就最後一次，』她語帶威脅吼道，『你要不要保護自己？』『什麼都傷不了我。』他說，閃現最後一道極度自傲的容光。塔姆伊丹看見她前傾張開手臂，輕盈跑向他。她衝入他懷裡，緊緊摟著他脖子。

「『啊！但願我能永遠這樣抱著你，』她哭道。……『你是我的！』

「她哭倒在他肩上。巴度山天空血紅一片，夕照在遼闊天際留下有如裸露血管的紋絡。斗大赭紅夕陽棲在樹梢，下方森林暗黑無影，望而生畏。

「塔姆伊丹告訴我，那晚夜空帶有怒氣，很可怕。我相信他的說法，因為我知道那天剛好有熱帶氣旋在離該地海岸不到六十哩處掃過，雖然當地只感受到悶熱清風。

「塔姆伊丹看見吉姆突然捉住她手臂，想掙脫她的擁抱。她把頭往後一倒，雙手仍緊抓不放；她的長髮拖到地上。『過來！』主人叫他去；塔姆伊丹上前幫忙扶她躺下。費一番力氣才撥開她指頭。吉姆俯身看她，深深望一眼，然後就拔腿奔向碼頭。塔姆伊丹跟在後面，轉頭看到女孩跌跌撞撞站起來。她在他們身後追了幾步，然後就重重跪倒在地。『端安！端安！』塔姆伊丹喊道，『看後面；』可是，吉姆那時人已登上獨木舟，拿著槳站著。他並未回頭。塔姆伊丹跳上時獨木舟正好漂離碼頭。那時，女孩來到水門，雙手緊握、跪在地上。她維持那副懇求姿勢好一會兒，然後猛然起立。『你這個人虛假不忠！[2]』她對吉姆背影吼道。『原諒我。』他

1　請見第三十三章第四段（本書p.334）。
2　請見第三十七章倒數第五段（本書p.368）。

大聲說。『絕不！絕不！』她大聲回答。

「塔姆伊丹從吉姆手裡接過槳，因僕人坐著看主人划槳會不成體統。當他們抵達對岸時，主人禁止他跟上；但塔姆伊丹仍保持一段距離走在後頭，一起走上多拉敏的*campong*。

「天色逐漸昏暗。到處閃爍火炬光芒。他們途中遇見的人似乎全被嚇到，倉皇讓路給吉姆通過。上方傳來女人哭嚎聲。中庭擠滿布吉斯武裝人員與隨從，還有許多巴度山民眾。

「我不曉得這次集會的用意。是要準備一戰、復仇，抑或要驅逐入侵的威脅？先前，人們原本都渾身發抖唯恐會看到蓄長鬍、穿破衣的白人返回；多天以來，他們已不再擔心這些人會出現；可是，他們永遠無法理解那群白人跟他們自己白人的確切關係。對這些單純的居民來說，吉姆將永遠受人懷疑而陷入愁雲慘霧。

「多拉敏單獨坐在扶手椅上，孤影碩大淒涼，膝上放著一對燧發手槍[1]，面對一群武裝人員。吉姆出現時，有人驚叫一聲，所有人轉頭來；然後，人群一分為二，眾人皆避開目光，吉姆走進來。他身後傳來議論紛紛的低語；耳語不斷：『都是他搞的鬼。』『他下的咒語。』……他都聽見了——或許吧！

「當他走近火炬照亮之處，女人哭嚎戛然而止。多拉敏並未抬頭，吉姆默默站在他面前好一會兒。然後，吉姆往左邊看去，朝那個方向徐徐走去。丹瓦歷斯的母親蜷伏於遺體頭部，蓬亂灰髮遮著她的臉。吉姆緩緩上前，看著死去的友人，把白布掀開後再默默蓋上。他慢慢走回原來位置。

「『他居然敢來！居然敢來。』眾人異口同聲說道；吉姆每走一步，大家便竊竊私語。『他打算為這件事擔下責任。』有人大聲說。他聽到這句話，轉身面對群眾。『是的。用我的人頭擔下。』有些人怕到往後退縮。吉姆在多拉敏面前等了一下，然後平和地說：『我帶著傷悲而來。』他再度等待對方開口。『我準備好而來，沒帶武器。』他接著說。

1　請見第二十六章倒數第三段（本書p.292）。

「行動不便的老翁有如一頭戴著牛軛的公牛，垂著壯碩前額奮力起身，同時一把捉起膝上燧發手槍。他的喉頭發出咯咯哽咽聲，聽起來不像人聲；兩名隨從在他身後攙扶。據在場人士表示，那只戒指從老翁膝上滾落而下，滾到那位白人跟前；可憐的吉姆低頭看著那個信物——當初此物在他面對白浪緣飾的密林之牆、在他投身夕陽下那塊黑夜堡壘般海岸之際[1]，為他開啟聲望、愛情、成功之門。多拉敏步態蹣跚，與身旁兩名隨從搖搖晃晃走過來；旁觀者都注意到他小眼的眼神痛苦至極、盛怒難耐、閃爍凶光；然後，他走向僵直站立的吉姆——火炬光芒下頂著空蕩的頭、直視著正前方——他用左臂重重勒住那名俯首青年的脖子，慎重舉起右手，再對準兒子朋友的胸口將他一槍斃命。

「多拉敏舉起手臂時，人群在吉姆身後四散；槍響後，人群又一哄而上。他們都說，那位白人對著圍觀人群露出毫不畏懼的自豪眼神。然後，他的手輕搗嘴唇[2]，往前倒下而死。

「結局就是那樣。他在愁雲慘霧裡飄然而逝，內心深不可測，被人遺忘、不被原諒，浪漫到無可救藥。甚至在他最狂傲的日子，他那孩子氣的遐想都無法預見自身的非凡成功竟會以如此誘人的形態呈現！很可能在他最後顯露毫不畏懼的自豪眼神剎那間，他看見機運終於對他露出臉龐——先前有如東方新娘頭戴面紗來到他身旁。[3]

「不過，我們能看清他：一位沒沒無聞的征服者——征服了聲望，掙脫了善妒之愛的擁抱，僅僅由於一個徵兆、一聲呼喚之下，轉而回應他那崇高的自負。他拋下世間一位女子，無情地獻身給另一世界，與理想中的

1　請見第三十五章最後二段（本書pp.355-356）。
2　hand over his lips：此手勢象徵虛心接受苦難，源自《聖經‧約伯記》40:4：「我是卑賤的！我用什麼回答你呢？只好用手搗口。」（"I am unworthy—how can I reply to you? I put my hand over my mouth."）。
3　請見第二十四章第四段（本書p.276）。

虛幻行為準則結合為一。他是否心滿意足——若在世的話，是否得償所願？我想知道。我們應該要知道。他屬我族類——難道我沒有不止一次挺身而出，如同被召喚的幽靈，承擔他永遠忠誠的後果？難道說我到頭來錯得離譜？如今他已不在世；但我有時會感覺到他隨著一股強大難擋的力量活生生現身；可是，我發誓有時也會看見他在我眼前消逝，猶如一個迷失於塵世情慾的無形幽靈，隨時準備忠貞地交出自我，聽從他本身所屬幽魂國度的召喚。

「誰知道呢？他已離我們而去，內心深不可測；那名可憐女孩住在史坦家，過著一種默默無語、了無生氣的生活。史坦最近變老很多。他自己也感到如此，常掛在嘴邊說他『準備放下一切；準備離開……』，邊說邊傷心地揮著手，揮別他的蝴蝶。」

全文完

1899年9月～1900年7月

不朽

吉姆爺：一段軼事

2024年12月初版　　　　　　　　　　　　　　　　定價：新臺幣450元
有著作權・翻印必究
Printed in Taiwan.
.

著　　者	Joseph Conrad
譯　　者	鄧　鴻　樹
叢書主編	孟　繁　珍
校　　對	金　文　蕙
	鄭　碧　君
內文排版	菩　薩　蠻
封面設計	謝　佳　穎

出　版　者	聯經出版事業股份有限公司	編務總監	陳　逸　華
地　　　址	新北市汐止區大同路一段369號1樓	總　編　輯	涂　豐　恩
叢書主編電話	(02)86925588轉5318	總　經　理	陳　芝　宇
台北聯經書房	台北市新生南路三段94號	社　　長	羅　國　俊
電　　　話	(02)23620308	發　行　人	林　載　爵
印　刷　者	世和印製企業有限公司		
總　經　銷	聯合發行股份有限公司		
發　行　所	新北市新店區寶橋路235巷6弄6號2樓		
電　　　話	(02)29178022		

行政院新聞局出版事業登記證局版臺業字第0130號

本書如有缺頁，破損，倒裝請寄回台北聯經書房更換。　　ISBN　978-957-08-7328-3 (平裝)
聯經網址：www.linkingbooks.com.tw
電子信箱：linking@udngroup.com

國家科學及技術委員會經典譯注計畫

國家科學及技術委員會人文社會科學研究中心
Research Institute for the Humanities and Social Sciences,National Science and Technology Council

本著作獲國家科學及技術委員會人文社會科學研究中心補助出版

國家圖書館出版品預行編目資料

吉姆爺：一段軼事/康拉德（Joseph Conrad）著．鄧鴻樹譯．
初版．新北市．聯經．2024年12月．424面．14.8×21公分（不朽）
譯自：Lord Jim: a tale
ISBN 978-957-08-7328-3（平裝）

873.57   113003722